国家社科基金
后期资助项目

明清时期
山左新城王氏家族
文学研究

贺琴 著

A Study on the Literature of
Family Wang in Xincheng of Shandong During
the Ming and Qing Dynasties

西南大学出版社
国家一级出版社 全国百佳图书出版单位

图书在版编目(CIP)数据

明清时期山左新城王氏家族文学研究/贺琴著.--重庆：西南大学出版社，2023.12
ISBN 978-7-5697-1977-2

Ⅰ.①明… Ⅱ.①贺… Ⅲ.①中国文学—古典文学研究—山东—明清时代 Ⅳ.①I206.2

中国国家版本馆CIP数据核字（2023）第221268号

明清时期山左新城王氏家族文学研究
MINGQING SHIQI SHANZUO XINCHENG WANGSHI JIAZU WENXUE YANJIU

贺 琴 著

| 责 任 编 辑：李晓瑞 |
| 责 任 校 对：畅 洁 |
| 装 帧 设 计：闰江文化 |
| 照 排：张 祥 |
| 出 版 发 行：西南大学出版社（原西南师范大学出版社） |
| 网 址：http://www.xdcbs.com |
| 地 址：重庆市北碚区天生路2号 |
| 邮 编：400715 |
| 电 话：023-68868624 |
| 印 刷：重庆市圣立印刷有限公司 |
| 成 品 尺 寸：165 mm × 238 mm |
| 印 张：39 |
| 字 数：770千字 |
| 版 次：2023年12月 第1版 |
| 印 次：2023年12月 第1次印刷 |
| 书 号：ISBN 978-7-5697-1977-2 |
| 定 价：128.00元 |

国家社科基金后期资助项目
出版说明

　　后期资助项目是国家社科基金设立的一类重要项目，旨在鼓励广大社科研究者潜心治学，支持基础研究多出优秀成果。它是经过严格评审，从接近完成的科研成果中遴选立项的。为扩大后期资助项目的影响，更好地推动学术发展，促进成果转化，全国哲学社会科学工作办公室按照"统一设计、统一标识、统一版式、形成系列"的总体要求，组织出版国家社科基金后期资助项目成果。

全国哲学社会科学工作办公室

序

明清时期山东省的文学名家为世人关注的有"后七子"的领袖济南李攀龙、戏曲作家曲阜孔尚任、小说家淄川蒲松龄、诗人新城王士禛，这当中称得上"文学世家"的，当属曲阜孔氏、新城王氏。我对新城王氏的了解却不是因为文学，而是他的著名藏书室"池北书库"。1985年，我从山东大学中文系毕业，考上了山东大学古籍整理研究所的研究生班，当时山东大学古籍所所长由校长吴富恒先生兼任，实际负责人是副所长董治安先生。董先生当时担任中文系主任，古籍所的日常事务，包括研究生培养，委托副所长霍旭东先生负责。古籍所里的老师有十几位，老先生是蒋维崧先生、王绍曾先生。王先生给我们讲目录学、校勘学。毕业时霍旭东先生问我："毕业后想干什么？"我说："当老师。"多年后霍先生告诉我，那是为了留下我而做的考察谈话，当时要求保密。留下以后，霍先生又代表古籍所与我谈话："你的任务是跟王绍曾先生做项目，把王先生的目录版本学学到手，传承下去。"于是，我成为王绍曾先生的助教，坐班参加王先生的项目"清史稿艺文志拾遗"，接触到许许多多书目，其中有一本陈乃乾先生所辑的《重辑渔洋书跋》，使我对什么是"跋"有了具体认识。1989年，王先生命我重新搜集整理王士禛的书跋，扩大到读书评论。于是我在王先生指导下把《王渔洋遗书》全部看了一遍，这部线装雕版古籍共9函55册，因而对王士禛"著作等身"有了特别深的认识。从《王渔洋遗书》中辑出的图书评论640篇（所评论的图书有568种），形成《渔洋读书记》一书，由王先生的好友程千帆先生题签、同学钱仲联先生作序，青岛出版社出版。那时王绍曾先生主持的项目有"清史稿艺文志拾遗""山东文献书目"等多项，阶段性成果都在山东大学图书馆古籍部摆开着，卡片盒一排一排；周边靠墙是大书架，陈列着线装的、平装或精装的工具书，也是一大景观。

有一天，中文系的王小舒老师来了，他说要托我买一本《渔洋读书记》，于是我从家里拿了一本送给了王老师。后来我了解到王小舒老师研究王士禛，对"神韵诗学"研究最深，有专门著作，以后交往就多了起来。进入21世纪，王小舒老师的研究生答辩常常邀我和冯建国老师参加评议，晚上与他们师生共饮，结下了深厚的友谊。贺琴女士是王小舒教授的高足之一，继承导师的学问，研究王渔洋，师生合作整理研究王士禄诗文著作，成《王士禄集笺校》，尚未定稿，而小舒先生染疴不起，远近师友，识与不识，无不痛惜。2020年8月，我与贺琴联系，商议编辑出版《王小舒文集》，那时贺琴已博士毕业到青岛中国海洋大学文学与新闻传播学院任教，她邀请同门10余位建起微信群，大约用3个月时间，完成了编校任务，全书75万字，交山东大学文学院，列入《山东大学中文专刊》，即将由山东大学出版社出版。

当年贺琴读硕士生、博士生时期，常常到我的项目组查《清人著述总目》当中的王士禛家族著述目录，也查检各家书目，讨论有关问题。最可贵的是，贺琴到各大图书馆访书，查阅资料，获得的新城王氏著述第一手材料日见丰富，也多有新发现。订正补充前人著录讹误阙漏，时时书信相告，考证缜密，分析深细，发人所未发，这些成果被收到《清人著述总目》当中，限于体例，未能一一注明。独学无友，孤陋寡闻。我于贺琴女士深切体会到相互帮助，受益良多。贺琴女士经过穷搜博览，钩深索隐，写成了博士论文《明清时期山左新城王氏家族文学研究》，共40余万言，2015年顺利毕业，工作以后继续充实，到2019年，该成果获批为国家社科基金后期资助项目，终于可以与学术界见面了。贺琴来信，要我写序，作为多年的师友，这篇序当然要写，但真正应当写序的是她的导师王小舒先生，他已于2017年12月17日晚去世了。墓草已宿，杯酒如昨，回首往昔，不能无山阳闻笛之感也。

滕人杜泽逊序于山东大学文学院
2022年6月12日

目录

序 ··· 1

绪　论 ··· 001

上编　综论 ··· 017

第一章＞新城王氏与明清政治、文化 ····························· 017
　　第一节　新城王氏家族发展概述 ································ 018
　　第二节　新城王氏的政治生活 ·································· 031
　　第三节　新城王氏与明清社会文化思潮 ·························· 043

第二章＞新城王氏家族交游考 ···································· 053
　　第一节　明代王氏的社会交往 ·································· 054
　　第二节　王氏家族的文学交往 ·································· 065
　　第三节　王氏与明清山左文学家族的交往 ························ 072
　　第四节　清初新城"二王"的诗坛活动 ···························· 085

第三章＞新城王氏家族著述考 ···································· 117
　　第一节　明代王氏成员著述考 ·································· 118
　　第二节　王士禛著述考 ·· 128
　　第三节　王士禄与清代王氏其他成员著述考 ······················ 174

第四章 新城王氏的文学传统及其成因 …… 187

第一节　王氏的文学概况 …… 188

第二节　王氏家族的诗学传统 …… 204

第三节　王氏家族的词学传统 …… 209

第四节　王氏家族笔记与笔记小说创作传统 …… 216

第五节　王氏家族文学传统的成因 …… 224

第五章 新城王氏的文学思想 …… 243

第一节　新城王氏的诗学思想 …… 244

第二节　王氏的词学思想 …… 277

第三节　王氏的笔记创作思想 …… 282

小　结 …… 291

下编　分论 …… 295

第六章 王象春、王象明及王与玫诗歌研究 …… 295

第一节　王象春的诗歌创作 …… 296

第二节　王象明与《聊聊草》 …… 326

第三节　王与玫与《笼鹅馆集》 …… 332

第七章 王象乾、王象晋及王与胤诗歌研究 …… 345

第一节　王象乾与《迁园诗》 …… 346

第二节　王象晋的诗歌创作 …… 365

第三节　王与胤与《陇首集》 …… 373

第八章 王士禄、王士禧、王士祜诗歌研究 …… 379

第一节　《琅琊二子近诗合选》与王士禄早期诗歌取径 …… 380

第二节　王士禄的诗学宗尚与嬗变 …… 396

第三节　王士祜、王士禧诗歌简论 …… 409

第九章＞王士禛与家族、地域诗学 ·············· 425
第一节　王士禛与王氏家族诗学 ·············· 427
第二节　王士禛与明清山左诗学 ·············· 435

第十章＞新城王氏家族词学研究 ·············· 445
第一节　王氏成员词的创作与词风 ·············· 446
第二节　王士禛扬州词坛活动考 ·············· 457
第三节　王士禄江南词坛活动考 ·············· 471

第十一章＞新城王氏笔记小说研究 ·············· 481
第一节　王象晋笔记小说研究 ·············· 482
第二节　王士禛笔记小说的家族传承与新变 ·············· 496
小　结 ·············· 515

结　语 ·············· 517
附　录 ·············· 525
参考文献 ·············· 601
后　记 ·············· 611

绪论

一、王氏家族文学的内容与价值

明清时期山左文学发展的一个重要特点,是文学家族的增多。这些家族往往在科举中取得优势,为一地显宦,又重视家族教育,形成特有的家族文化。受齐鲁地域文化的影响,明清时期的山左望族多重视文教,文学创作非常活跃。代表性的文学家族有新城王氏,临朐冯氏,临邑邢氏,东阿于氏,济南朱氏,博山赵氏、孙氏,长山刘氏,淄川高氏、毕氏,德州田氏、卢氏,安丘曹氏,莱阳宋氏、姜氏,高密李氏,掖县赵氏等。这些文学家族在明代山左诗坛占据重要位置,晚明至清初,山左诗坛有较高成就、有重要影响力的名家,大都有着文学家族的背景,如冯裕、冯惟敏、冯琦出于临朐冯氏,于慎行出于东阿于氏,高珩出于淄川高氏,曹贞吉、曹申吉出于安丘曹氏,姜埰、姜垓出于莱阳姜氏,赵进美、赵执信出于博山赵氏,田雯、田同之出于德州田氏,孙廷铨、孙廷铎出于博山孙氏,宋琬出于莱阳宋氏,卢见曾出于德州卢氏,王象春、王士禛出于新城王氏,等等。文学家族有较为优越的教育条件和文化环境,培养出不少人才,他们对区域内的学风、文风有潜移默化的影响,同时,这些家族之间通过家族联姻、成员交往,结成一个庞大的家族网络,在文学上,以群体的力量增强了山左地区的实力,对山左文学的发展做出了重要的贡献。

新城王氏是明清山左重要的文学家族之一,从明中叶到清初期科甲相继,事功卓著,日益显赫。王氏于明成化年间开始崛起,三世祖王麟以《毛诗》起家,官至颍川王府教授,其子王重光是王氏的第一个进士,官至贵州布政司左参议,因平蛮督木卒于任上,嘉靖帝为之敕建忠勤祠,后世称其为"忠勤公",曾制《太仆家训》督导子孙,勤学忠直,蔚为家风。第五代王之垣出任湖广巡抚,内迁户部右侍郎。第六代人才济济,王象乾官至兵部尚书加太子太保,王象晋官至浙江右布政使,王象恒官至应天巡抚,王象蒙官至监察御史,王象春官至南吏部考功司员外郎,家族中有十人中进士,呈现出父子尚书、兄弟督抚的鼎盛局面。明清易代,第七代成员大多殉节罹难,王氏遭受重创。入清以后,王士禄、王士禧、王士祜、王士禛四兄弟重振家声,王氏家族再度崛起。

从明中期到清初,王氏延续六代,发展成为一个庞大的宗族家庭,几代人重视宗族建设和科举教育,形成深厚的文化传统。第五代王之垣有意识地进行建家祠、置义田、立族训、修族谱的宗族建设,重视家族教育,敦促子弟上进。第六代王象晋于科举教育之外,颇及声律之学,提升子弟的文化艺术素质。在家族长辈的示范和鼓励下,王氏成员多勤于著述,涉猎广泛,在文学、经学、史学、农学、医学、小学等方面都有所造诣,尤其是在文学上,在明清山左地区乃至海内都产生了相当影响,王士禛曾在《分甘余话》中追溯其家学渊源、家族著述,云:

> 先高祖太仆忠勤公遗墨,止有采三殿大木于黔中时所为祝嘏词及史论数篇。先曾祖大司徒公著述有《炳烛编》《摄生编》《百警编》,皆门生郭文毅明龙(正域)为序及《谏议疏稿》。先伯祖大司马公著述有《皇祖开天玉律》并进疏经理骈胁《奏议》、总督宣大《奏议》,大半载陈大樽(子龙)《经世八编》,而混入太仓王少司马思质(忬,弇州先生父也。)疏数篇,舛讹当改正。本兵及署太宰奏议,无专刻,今《邑志》略载数篇。先祖方伯赠大司寇公著述,《群芳谱》最著,康熙四十六年特旨命翰林官汪灏、张逸少等四人续广之。又御制《序文》,冠诸编首。余如《剪桐载笔》《操觚剩说》《心赏编》《日省录》《救荒成法》《举业津梁》等,凡十余种。先伯父侍御公著述有《陇首集》。先兄吏部西樵有《然脂集》二百卷,《十笏草堂集》《西湖竹枝》《三舟倡和词》(与宋荔裳琬,曹顾庵尔堪。)《广陵倡和词》(与陈其年维崧等。)。先仲兄礼吉有《抱山堂集》。先叔兄叔子有《古钵集》。皆已刻梓。又从叔祖郡丞定宇公《迂园集》。少司马立宇公《西台奏议》《巡抚奏议》。吏部季木公《问山亭集》《齐音》《李杜诗评》。大宁令用晦有《鹤隐集》。从伯文玉《笼鹅馆集》。余尝欲录其简要,合为一编,藏之家塾,奔走四方,卒卒未暇。今老矣,未必能终践此志,聊志其目,存之家乘云。[①]

---

① [清]王士禛:《分甘余话》卷三,袁世硕主编《王士禛全集》,齐鲁书社,2007年,第4997—4998页。

新城王氏著述从王士禛的记载中可窥一斑，王氏著述宏富，又好藏书，有"江北青箱"之称，从第四代王重光到第八代王士禛，王氏有著述者40人，留存、著录的各类著述300余种，其中王士禛200余种，其他王氏成员100余种。王氏家族的文学以诗学见长，明中期追随以李攀龙为首的复古派，晚明世风激变，王象春时有"齐气"，抒写忧时愤世之情。明清易代，家族中工于诗文的成员，如王与胤、王与玟、王与端等，在易代的浩劫中殉难。入清之后，王士禄、王士禧、王士祜、王士禛登上诗坛，重振王家学，尤其是王士禛，标举"神韵"，主持风雅，为诗坛一代正宗。诗学之外，王氏的词学、笔记小说也形成了自己的创作传统，明清两代，王氏成员多涉猎词学，或刊刻词集，或进行词的创作，或参与词坛倡和，受到明末清初追摹《花间》《草堂》词风的影响，以婉约为正宗。清初王士禄、王士禛兄弟参与倡和、选政活动，推动了词坛风气的嬗变。笔记小说也是王氏家族文学中的重要内容，王氏的笔记小说指的是以笔记形式创作的小说，收录在王氏的笔记著作中，现存的王氏笔记著作多达23种。笔记既是王氏家族教育的重要载体，也是王氏成员立言的重要方式。王氏笔记小说是其中最具文学性的部分，王象晋与王士禛的笔记小说受到时代环境、个人学养等因素影响，呈现出不同的创作倾向，分别代表了明清两代王氏成员的创作成就。

王氏家族有丰富的文学遗存，文学内容非常充实，对新城王氏家族文学的研究，目的在于总结王氏家族内部文学发展的轨迹和规律。王氏不同成员的创作面貌因社会环境、个人经历等因素虽有所不同，但家族文化传统、家学门风、文学观念等都会对各个成员形成潜在的影响，如明清时期文学思潮的变迁，使王氏家族文学在发展中表现出对某些观念的认同或排斥。王氏的诗学、词学、笔记与笔记小说既在家族内部形成了自己的脉络，也与明清时期的文学环境相互作用。全面展示王氏家族文学的面貌，勾勒其文学传承演变的轨迹，对明清文学研究有一定价值。

王氏文学的发展从时间上看，集中在自明嘉靖至清康熙的这段时期，文学的发展与此时期政治环境、社会环境、学术文化转向都有密不可分的联系，王氏家族是历史大潮中的一个部分，且在明清山左文学家族中占有重要位置。从空间上看，王氏家族的姻亲网络和王氏成员的交游从明至清遍及山东各府，王象春、王士禄、王士禛等人的文学交游突破了山左的范围，在全国范围内产生相当影响。所以，新城王氏家族在明清时期的山左地区具有典型性和代表性，由王氏家族观照山左文学，可以为研究明清山左文学的演进提供新的视角。

新城王氏家族中最令人瞩目的人物是王士禛。他是康熙朝诗坛领袖，在诗歌创作和诗学理论上都贡献卓著，在明清诗歌风气转移中有深远影响，他的诗学、词学、笔记小说皆得益于家学传统，王氏文学是王士禛各体文学形成的基础。对王氏家族文学的研究，有助于王士禛诗学研究的深入，以王氏家族文学为研究对象也对明清山左地域文学研究有开拓意义。

二、学术研究回顾

家族是古代中国社会的重要单元，社会学、历史学中对家族的研究早在20世纪30年代已经出现，如潘光旦的《明清两代嘉兴的望族》[1]。对古代文学中家族的研究则在21世纪以来日益成为热点，从宏观角度研究家族与文学发展关系的有程章灿的《世族与六朝文学》[2]、刘跃进的《门阀士族与永明文学》[3]、李浩的《唐代关中士族与文学》[4]、张兴武的《两宋望族与文学》[5]、朱丽霞的《清代松江府望族与文学研究》[6]、罗时进的《地域·家族·文学：清代江南诗文研究》[7]、黄金元的《明清之际济南府望族与诗歌研究》[8]等。也有以单个家族为对象的个案研究，如姚晓菲的《两晋南朝琅邪王氏家族文化研究》[9]、罗莹的《宋代东莱吕氏家族研究》[10]、张剑的《宋代家族与文学——以澶州晁氏为中心》[11]、蔡静平的《明清之际汾湖叶氏文学世家研究》[12]、郝丽霞的《吴江沈氏文学世家研究》[13]等。

明清时期山左地区经济发展、教育兴旺、文化传统恢复，文学家族随之

---

[1] 潘光旦：《明清两代嘉兴的望族》，商务印书馆，1947年。
[2] 程章灿：《世族与六朝文学》，黑龙江教育出版社，1998年。
[3] 刘跃进：《门阀士族与永明文学》，生活·读书·新知三联书店，1996年。
[4] 李浩：《唐代关中士族与文学》，中国社会科学出版社，2003年。
[5] 张兴武：《两宋望族与文学》，人民文学出版社，2010年。
[6] 朱丽霞：《清代松江府望族与文学研究》，上海古籍出版社，2006年。
[7] 罗时进：《地域·家族·文学：清代江南诗文研究》，上海古籍出版社，2010年。
[8] 黄金元：《明清之际济南府望族与诗歌研究》，人民出版社，2011年。
[9] 姚晓菲：《两晋南朝琅邪王氏家族文化研究》，山东大学出版社，2010年。
[10] 罗莹：《宋代东莱吕氏家族研究》，人民出版社，2011年。
[11] 张剑：《宋代家族与文学——以澶州晁氏为中心》，北京出版社，2006年。
[12] 蔡静平：《明清之际汾湖叶氏文学世家研究》，岳麓书社，2008年。
[13] 郝丽霞：《吴江沈氏文学世家研究》，复旦大学出版社，2009年。

增多,文学也进入了活跃时期。山左文学家族对于山左文学和明清文学的整体发展都做出了重要贡献,为学界所关注。2013年中华书局出版的"山东文化世家研究书系"选取了从春秋战国到清代山东地区28个文化、文学家族的研究成果。其中,明清时期有12家,包括新城王氏,安丘曹氏,诸城王氏、刘氏,莱阳宋氏,博山赵氏,德州田氏,栖霞牟氏,聊城杨氏、傅氏,海丰吴氏,济宁孙氏。这些都是明清时期山左地区影响较大的文化世家。除了这些家族,清代曲阜孔氏,即墨蓝氏、黄氏、杨氏,颜山孙氏等家族也受到关注,新城王氏在明清山左文学中颇有声名,然而关于这个家族的研究尚不充分。

目前学界对新城王氏的研究成果大致有以下几方面:

(一)新城王氏家族研究

新城王氏的家族研究,目前有何成的《明清新城王氏家族文化研究》,其从家族史意义上研究了王氏家族从兴盛到式微的过程,详细地探讨了王氏的仕宦、家族结构、婚姻关系、文化、教育等,从社会历史的方面提供了翔实的资料。裴培科主编的《新城王氏家族》[①],收入了张昆河、严迪昌、伊九州等人的文章,对王氏家族重要成员王象乾、王象春、王士禄、王士禛等的生平和创作情况分别做了简要的介绍。这两部论著在研究新城王氏时更侧重于社会学、历史学,文学方面虽有所涉及,但不够深入。王氏家族文学的研究成果集中在诗学方面,王小舒的《明末清初山东新城王氏家族的历史选择》[②]一文,简述了王氏从明末到清初的家族发展演变,指出王氏道义和读书的世传家训,即在明末清初纷繁复杂的社会政治环境中坚持道义立身,从事文学活动。并分析了明清易代对新城王氏立世准则和王氏文学创作的影响,勾勒出明末清初王氏家族几代人的处世态度与文学创作的变化轨迹,发人深思。王小舒的另一篇文章《王氏四兄弟与清初神韵诗潮》[③]揭示了王氏家族文学传统和清初由鼎革转为盛世的特殊审美心态对于王氏四兄弟神韵诗风形成的影响。沈琳的《明清山东新城王氏家族文学传统的构建与嬗变》[④]将新城王氏的文学进程分为准备、初建、鼎盛、衰落四个阶

---

① 裴培科主编:《新城王氏家族》,天马图书有限公司,2004年。
② 王小舒:《明末清初山东新城王氏家族的历史选择》,《山东大学学报》(哲学社会科学版)2011年第6期。
③ 王小舒:《王氏四兄弟与清初神韵诗潮》,《文学评论》2012年第6期。
④ 沈琳:《明清山东新城王氏家族文学传统的构建与嬗变》,《武陵学刊》2013年第4期。

段,认为王士禛在对家族文学的汲取和改造中形成了自己的特征。丁修振等人的《新城王氏家族对明清山东文学的影响》[1]简要阐述了王象春、王士禛对明清山东文学的影响。黄金元的《明清之际济南府望族与诗歌研究》[2]在研究明清济南府文化望族时,单独列出"新城王氏与诗歌"一章,研究王氏家世、家风、诗风,并评价了王士禛、王象春、王士禄的诗歌成就。这些专著、论文以王氏文学传统为研究对象,对王氏家族文学的发展过程、影响进行了分析和总结,对王氏家族文学的深入研究有启发意义。此外,在一些研究王士禛诗学的专著中,也将王氏家学作为影响王士禛的重要因素而给予关注,如黄河的《王士禛与清初诗歌思想》[3]、王利民的《王士禛诗歌研究》[4]、王小舒的《王渔洋与神韵诗》[5]、黄景进的《王渔洋诗论之研究》[6]等,在研究王士禛时,首先对其家世、家风、家学进行了追溯,认为王士禛颇受其家学的影响。以上专著、论文关注到了王氏的家族演变与家族成就,提供了研究的新线索,并取得了一定的成就,尤其是在社会史方面取得了重要的成果。但是缺乏对王氏家族文学的系统全面的研究,且以王氏家族文学的内容来看,目前的成果都集中在诗学上,而忽视了王氏的词学和笔记小说。

(二)王氏家族成员的研究

新城王氏家族中的众多成员都从事文学创作活动,从王之猷、王象晋、王象春、王象艮,到易代之际的王与胤、王与玟,再到清初的王士禄、王士禧、王士祜、王士禛等,都体现出这个家族以文学传家的特征。20世纪以来学界对王氏家族成员文学的研究呈现出不平衡的状态,最突出的表现是对王士禛的研究已经非常深入,且硕果累累,而对王氏家族其他成员的研究则重视不够。

1.对王士禛的研究

王士禛是新城王氏家族中文学成就最高的一位,也是清初令人瞩目的诗坛领袖,因此,自清代以来就颇受关注,其诗集、词集、诗话等在清代被频

---

[1] 丁修振、赵晓明、王聿发、丁玉:《新城王氏家族对明清山东文学的影响》,《淄博师专学报》2010年第2期。
[2] 黄金元:《明清之际济南府望族与诗歌研究》,人民出版社,2011年。
[3] 黄河:《王士禛与清初诗歌思想》,天津人民出版社,2002年。
[4] 王利民:《王士禛诗歌研究》,中华书局,2007年。
[5] 王小舒:《王渔洋与神韵诗》,山东文艺出版社,2004年。
[6] 黄景进:《王渔洋诗论之研究》,文史哲出版社,1980年。

繁整理、重刊,广泛传播。经过百年以来学者的研究,目前对王士禛的研究已经非常充实、丰富。对王士禛诗文集的整理、生平事迹、神韵诗论、诗歌研究、词论与词的研究等都已经全面展开,呈现出多元化、多视角的态势。

目前对王士禛的作品整理已经取得重要的成果,以袁世硕先生主编的《王士禛全集》[①]为代表,这部全集全面辑录了王士禛的诗、词、文等,共六册,前三册为诗文集,包括《落笺堂集》《渔洋诗集》《渔洋集外诗》《渔洋文集》《衍波词》等,后三册为杂著,包括《池北偶谈》《居易录》《古夫于亭杂录》等,最后附王士禛年谱等,确为研究王士禛的第一手资料。诗文选本如李毓芙的《王渔洋诗文选注》[②],王小舒、陈广澧译注的《王士禛诗选译》[③],赵伯陶的《王士禛诗选》[④]等。

对王士禛的生平研究,有蒋寅的《王渔洋事迹征略》[⑤]。此书以编年的方式,对王士禛的生平事迹进行了细致的考订。它所关注的并不只限于王士禛一人,而同时将与王士禛相关联的清初诗人及创作活动进行编录考证,以扎实的文献为基础,旁征博引,具有广阔的学术视野,是王士禛生平事迹研究的重要成果。此外还有孙言诚点校的《王士禛年谱》[⑥]、宫晓卫的《王士禛》[⑦]等。对王士禛交游的研究有蒋寅的《王士禛与江南遗民诗人群》[⑧]、袁世硕的《蒲松龄与王士禛的交往》[⑨]、王小舒的《陈廷敬与王士祯》[⑩]等。

王士禛诗学研究是20世纪以来清代诗学研究中的热点。20世纪前半期,王士禛诗学研究出现了经典性成果,以钱锺书、郭绍虞、朱东润为代表,他们对"神韵"进行了追本溯源的阐述。钱锺书在其《谈艺录》中说"神韵"非诗品中之一品,而为各品之恰到好处,尽善尽美[⑪],是中国诗歌中普遍具有的一种品质。郭绍虞认为王士禛"神韵"有先天和后天二义,先天与作家的个性气质、风神态度有关,后天而言,则在于工夫,"工夫到家,自然有韵"。他还阐释了

---

① 袁世硕主编:《王士禛全集》,齐鲁书社,2007年。
② 李毓芙:《王渔洋诗文选注》,齐鲁书社,1982年。
③ 王小舒、陈广澧:《王士禛诗选译》,巴蜀书社,1994年。
④ 赵伯陶:《王士禛诗选》,人民文学出版社,2009年。
⑤ 蒋寅:《王渔洋事迹征略》,人民文学出版社,2001年。
⑥ 王士禛:《王士禛年谱》,孙言诚点校,中华书局,1992年。
⑦ 宫晓卫:《王士禛》,上海古籍出版社,1993年。
⑧ 蒋寅:《王士禛与江南遗民诗人群》,《北京大学学报》(哲学社会科学版)2005年第5期。
⑨ 袁世硕:《蒲松龄与王士禛的交往》,《春秋》2006年第3期。
⑩ 王小舒:《陈廷敬与王士祯》,《文史知识》2006年第4期。
⑪ 钱锺书:《谈艺录》,生活·读书·新知三联书店,2001年,第129页。

王士禛对宋诗的态度,指出士禛诗论一生凡经三变,其中岁有取于宋、元,"不过博其旨趣,至其所作,依旧不违于唐音""想于神韵风调之中,内含雄浑豪健之力,于雄浑豪健之中,别具神韵风调之致"①。钱、郭二家对王士禛诗论的论述,已开始建构神韵诗学的雏形,他们的观点提供了神韵诗学研究的线索,为20世纪后半期的王士禛诗论研究奠定了基础。

20世纪后半期,经历了1949年至1979年的低谷后,王士禛诗学研究在80年代进入活跃期,取得了丰硕的成果。研究专著以吴调公的《神韵论》②、王小舒的《神韵诗史研究》③、蒋寅的《王渔洋与康熙诗坛》④为代表,承接了钱锺书、郭绍虞等的传统研究,并在他们的基础上进行了审美角度的开拓。学术论文在数量和质量上都有很大提升,研究的视角、层次逐渐丰富。学界对王士禛诗论尤其是神韵说的研究成果突出,并且在某些方面达成了一致的看法。认为王士禛标举"神韵"与清初的政治环境有关,也是明代复古派诗学发展至清代的结果。"神韵"的理论渊源在于司空图的"韵味"说和严羽的"兴趣"说。王士禛的神韵诗歌含蓄蕴藉、冲淡清远,推崇王、孟的山水清音等。这些观点是对传统研究的承继和发展,在评价王士禛诗学时,或从审美出发,或从文献出发,或以理论为中心,或重在创作研究,体现出研究方法多元化的特征。除了神韵说的研究,学者们也在王士禛诗学的其他层面上取得了成就,王士禛诗学与其创作的关系、王士禛诗学与前代诗学的关系、王士禛诗学的文献学研究、王士禛与赵执信诗学的关系等方面,都出现了新的成果,这些层面的研究体现出新时期王士禛诗学研究视野上的拓宽、层次上的细化、方法上的创新。

王士禛词学研究,在20世纪前半期无论在数量还是质量上都不能与其诗学研究相提并论,此时期的王士禛词研究还处于零散的词话、点评的状态。20世纪80年代,王士禛的词学开始受到关注,夏承焘的《天风阁丛书》整理收入了《衍波词》⑤,词论的研究以《花草蒙拾》为中心,如孙克强的《王渔洋词论初探》⑥。最受关注的是王士禛的扬州词学活动及其对清初词坛的影响,专著

---

① 郭绍虞:《中国文学批评史》(下册),百花文艺出版社,1993年,第477页。
② 吴调公:《神韵论》,人民文学出版社,1991年。
③ 王小舒:《神韵诗史研究》,文津出版社,1994年。
④ 蒋寅:《王渔洋与康熙诗坛》,中国社会科学出版社,2001年。
⑤ 王士禛:《衍波词》,李少雍校,广东人民出版社,1986年。
⑥ 孙克强:《王渔洋词论初探》,《苏州大学学报》(哲学社会科学版)1992年第3期。

如严迪昌的《清词史》①、李丹的《顺康之际广陵词坛研究》②、林琬瑜的《清初广陵词人群体研究》③，都将王士禛的扬州词事活动作为清初词风大盛的标志性事件进行了探讨；蒋寅的《王渔洋与清词之发轫》④、张宏生的《王士禛扬州词事与清初词坛风会》⑤等论文所关注的也是扬州词坛的活动。学界对王士禛扬州词事活动的评价，主要集中在三方面：其一，王士禛主持了几次重大的倡和活动，如红桥倡和，扩大了词的影响；其二，他与邹祇谟一起编纂了《倚声初集》，成为清代词集选编的先导；其三，他在扬州广交文友，包括陈维崧等后来成为清代词派领袖的词家，对清代词派形成有重要影响。

王士禛笔记小说研究方面，从20世纪90年代开始，一些小说史专著对王士禛的笔记小说予以论述，如宁稼雨的《中国志人小说史》、吴礼权的《中国笔记小说史》、苗壮的《笔记小说史》、张明的《王士禛志》等，这些著作的研究对象多以《池北偶谈》《香祖笔记》《皇华纪闻》为主，对王士禛笔记小说的题材内容、创作思想、艺术特点等都有所论述。21世纪以来，随着王士禛研究的深入，出现了专门、系统的研究成果，文珍的《王士禛笔记小说研究》总结了王士禛的小说观，并将王士禛的笔记小说分为志怪小说和志人小说两类，进行了深入的研究，较全面地展示了王士禛笔记小说的面貌。辛明玉的《王渔洋文言小说研究》也对王士禛收录于《皇华纪闻》《池北偶谈》《香祖笔记》《居易录》等笔记中的小说进行了较细致的题材划分，并探讨了其文化特质、艺术特点及创作动因，所涉及的层面较为广泛，其中创作动因的部分涉及王士禛家族文化对其小说创作的影响，但并未探讨王氏家族的笔记小说。此外，还有一些单独针对《池北偶谈》《香祖笔记》中小说的研究，兹不细述。近年来，"渔洋说部"作为一个文体概念被学者重视，如薛润梅《"说部"文体概念辨析兼论"渔洋说部"的文体贡献》⑥中认为"渔洋说部"是"说部"文体发展中的重要一环，在笔记文学发展史上有重要价值。宋世瑞的博士学位论文《清代顺康雍乾四朝笔记小说研究》将渔洋说部视为清代前期笔记小说的体派之一进行了专门论述，王士禛笔记小说的价值与成就越来越被重视。

---

① 严迪昌：《清词史》，江苏古籍出版社，1990年。
② 李丹：《顺康之际广陵词坛研究》，上海古籍出版社，2009年。
③ 林宛瑜：《清初广陵词人群体研究》，文津出版社，2009年。
④ 蒋寅：《王渔洋与清词之发轫》，《文学遗产》1996年第2期。
⑤ 张宏生：《王士禛扬州词事与清初词坛风会》，《文学遗产》2005年第5期。
⑥ 薛润梅：《"说部"文体概念辨析兼论"渔洋说部"的文体贡献》，《古代文学理论研究》2020年第1期。

王士禛研究的深入，得益于学术界的关注。1986年在山东桓台举行的全国王渔洋学术讨论会和1995年的桓台国际王渔洋学术研讨会推动了对王士禛的研究。2014年纪念王渔洋诞辰380周年全国王渔洋学术研讨会上，成立了王渔洋研究专业委员会，对于日后的王士禛研究有重要的推动作用。

20世纪以来的王士禛研究，总体上成果丰硕，研究视角、研究方法等都得到了极大的拓展。但总结这些研究成果，我们可以发现，学界对王士禛的研究也是不平衡的，如他的诗学神韵说一直以来都是研究的热点，在对神韵理论进行追本溯源的研究中，论者总是追溯至司空图、严羽等人的理论，这当然是着眼于大的诗学背景，而王士禛诗学的形成、发展、变化，与其家学、地域文学之间的关系却少有探讨。王士禛留存文献丰富，从文献的角度可以挖掘出研究其诗学的新的材料和价值，而这也正是目前的研究中需要进一步深入的。对王士禛笔记与笔记体小说及其受到的家族文学传统影响的研究也是学界目前的成果中所缺乏的，故而尚有阐释的空间。

2.对王氏家族其他成员的研究

王氏家族中，除王士禛外，王象春、王士禄文学成就也较高，学界对他们的研究较多。

王象春是明代新城王氏家族文学的代表，他在政治上参与东林党争，文学上倡导"重开诗世界"，不循时习，自辟门庭，都颇具争议性。作为晚明山左诗坛独树一帜的诗人，王象春较受关注，研究成果也越来越多。在文献整理方面，王象春有《问山亭诗》十八卷，被收入《山东文献集成》第二辑，张昆河、张健之对王象春《齐音》进行了笺注[1]。诗歌研究方面，广西民族大学硕士学位论文《重开诗世界：王象春诗歌研究》较为细致地研究了王象春的家世、生平、诗歌理论、诗歌创作、诗歌影响[2]，张永刚的《东林党人冯琦、公鼐、王象春创作考述》[3]、李圣华的《王象春论》[4]、宋家庚的《王象春和他的〈齐音〉》[5]、周潇和裴世俊的《晚明山东文坛宗尚》[6]、李振松的《箕踞悲骚者的抒怀奇作——王象春及其〈齐音〉》[7]等论文，在研究方向上都较为一

---

[1] 王象春：《齐音》，张昆河、张健之注，济南出版社，1993年。
[2] 郭莉：《重开诗世界：王象春诗歌研究》，广西民族大学2014年硕士学位论文。
[3] 张永刚：《东林党人冯琦、公鼐、王象春创作考述》，《滨州职业学院学报》2009年第1期。
[4] 李圣华：《王象春论》，《泰安师专学报》2002年第1期。
[5] 宋家庚：《王象春和他的〈齐音〉》，《济南大学学报》（社会科学版）1993年第2期。
[6] 周潇、裴世俊：《晚明山东文坛宗尚》，《山东师范大学学报（人文社会科学版）》2006年第51卷第1期。
[7] 李振松：《箕踞悲骚者的抒怀奇作——王象春及其〈齐音〉》，《濮阳职业技术学院学报》2014年第3期。

致,王象春"重开诗世界"、倡导"禅诗""侠诗"的诗歌观念,蹈险经奇、箕踞悲歌的诗风,推动晚明山左诗歌发展的贡献都是学者研究的重点,学者也在一定程度上形成了共识,但是,王象春在观念、创作中的一些细节、变化,他在王氏家族文学发展中发挥了何种作用等问题还有待于进一步深化。

王士禄在清初诗坛与王士禛并称"二王",为"海内八大家"之一,也是清初王氏家族中的代表人物,关于王士禄及其诗、词的研究近十多年来兴起,诗歌研究方面目前有程轶的硕士学位论文《清初诗人王士禄研究》,[①]对王士禄的生平、诗歌内容、艺术特点进行了详细深入的考察,并将其诗与王士禛诗进行了比较,条理清晰,提供了丰富的资料和线索。对于王士禄诗歌的风格,目前的研究中已经得出了比较一致的结论,程轶认为王士禄诗歌取向多重,既有清远闲淡的一面,又有劲健雄放的一面,黄金元也认为王士禄诗风是自然清远和豪隽雄放两种风格的对立统一[②],他们对王士禄诗风的评价符合实际。王士禄在诗学上与王士禛联系密切,对王士禛影响深刻,学界也注意到这一点。王利民的《贝叶绮语话西樵——兼论王士禄对王士禛的影响》[③]、马大勇的《逃禅绣佛长斋里,避世佳人锦瑟旁——论王士禄的"逃"情结》[④]这两篇论文就从王士禄托意佛禅、逃避现实、寄情山水的心态出发,考察这种心态对他的创作及对王士禛诗学的影响。王士禄词的研究方面,笔者的硕士论文《王士禄词研究》考述了王士禄参与的"江村""广陵""秋水轩"倡和,以及这些倡和活动对王士禄词风的影响;刘彦丽的《王士禄与江村唱和》[⑤]一文,主要阐述王士禄在江村倡和中的重要作用。这些研究成果对于深入了解王氏家族文学创作面貌、王士禛诗学的形成有重要意义,但是,王士禄诗歌宗尚的变化、他与王士禛诗学上的具体联系,他对王氏家族文学的继承和总结问题,都有必要进一步厘清。

综合目前的研究情况,新城王氏家族文学的研究尚有较大的研究空间,已有的研究成果存在以下不足之处。首先,虽然学界对新城王氏家族的文学较为重视,但是目前为止尚未有专门的、系统的、深入的王氏家族文学研究成果出现,而已有的成果或偏重于社会学、历史学,或重在个案研究,不成体系。其次,对新城王氏家族著述的整体情况掌握不全面。现有

---

① 程轶:《清初诗人王士禄研究》,山东大学2007年硕士学位论文。
② 黄金元:《明清之际济南府望族与诗歌研究》,人民出版社,2011年。
③ 王利民:《贝叶绮语话西樵——兼论王士禄对王士禛的影响》,《古典文学知识》1995年第6期。
④ 马大勇:《逃禅绣佛长斋里,避世佳人锦瑟旁——论王士禄的"逃"情结》,《泰山学院学报》2006年第5期。
⑤ 刘彦丽:《王士禄与江村唱和》,《语文学刊》2009年第21期。

的成果对王氏家族的文献著述重视不够,且集中在王士禛的诗学文献上,而忽略了王氏家族其他成员的著述情况。即使是王士禛的文献,也尚有被遗漏的部分,如《退寻草》《咏史小乐府》等早期单刻小集。本书根据各类目录及各大图书馆馆藏的著录情况,对300多种王氏家族著述的版本、流变、存佚等情况进行了翔实的叙录,这是全面研究王氏家族文学的文献基础。再次,个案研究因文献资料的缺乏而受到限制,不能揭示王氏家族文学的全貌。目前的成果对王氏家族成员的研究只集中在王士禛、王士禄、王象春等人身上,而其他成员如王象艮、王象晋、王士禧、王士祜等人的研究尚为空白,这是对王氏家族文献掌握不够而导致的结果。这些成员共同构成了新城王氏家族独特的文学景观,以群体性的力量推动了山左文学的发展,应当成为王氏家族文学研究的题中应有之义。本书通过文献的排查,首次对王象艮的《迁园诗》、王象晋的《赐闲堂集》、王与玫的《笼鹅馆集》、王士禧的《抱山堂小草》等进行深入研究,对于揭示王氏家族诗歌创作的全貌有重要意义。最后,以往王氏家族文学的相关研究中,关注点都在其诗学成就上,而未将词学、笔记与笔记小说作为其家族文学的内容进行探讨,而从王氏家族的著述来看,词学与笔记小说也是其文化中代有相传的部分,本书将王之垣、王象晋、王士禛、王士骊的词学和笔记小说作为整体进行观照,从而全面展示并探讨王氏文学的观念、价值、特点等。

二、研究思路

本书首先对相关概念做出界定:

1.时间。新城王氏从元末由诸城迁至新城,至第三代王麟以《毛诗》起家,初振王氏家学。第四代王重光为王氏第一个进士,开启王氏科举之路。第五代王之猷等人开始进入文学创作的领域,这种家族文化传统一直延续到清中叶。从明嘉靖到清康熙的这段历史时期,为王氏人文蔚起、创作繁盛,在诗歌领域从山左走向全国的重要阶段;清康熙以后,王氏成员亦多有创作,但在成就上难以与前代相匹。而王氏在文学上崛起的过程,也正处在山左文学,尤其是诗坛宗尚由明向清演化、嬗变的阶段,王氏作为在诗歌上逐渐崛起的家族,在其间有重要的影响。因此,本书的研究在时间上,集中在从明嘉靖到清康熙近二百年的历史阶段,从王氏家族来说,是从第四代(王重光)到第八代("士"字辈)。

2.地域。题目中的"山左"是为与明清时期其他行省的"新城",如直隶新城相区别。"山左",为太行山以东,也指山东。明清时期山东为省区,与今山东区划略有不同,本书以今山东区划为准。

3."家族"概念。"家族"属社会学和历史学的范畴,关于这个词的研究也很丰富,本书不再做详细的追溯,书中将遵循普遍的定义。

在确定时间、地域及"家族"等范围、概念之后,以文献为基础,进行文献普查。本书对王氏的家族文献以及与王氏相关的山左文献进行了较为全面的搜集,主要包括:

1.王氏家族的谱系、家集。乾隆二十五年(1760)王兆弘等人纂修的《新城王氏世谱》载有明万历间王之垣的《王氏族谱原序》,崇祯三年(1630)王象晋的《重修王氏族谱原序》,可见自明代王氏就曾多次修撰族谱,这些谱系资料是研究王氏家族发展脉络的基本资料。

2.王氏家族成员的诗集、文集、词集,以及与王氏相关的山左文人的诗文总集、别集。据笔者统计,王氏从第四代到第八代,有著述者25人,著录或留存的著述类型丰富,涉及文学、史学、经学、医学、农学等方面,文学方面数量最多,纳入主要研究范围的有王之猷的《柏峰集》,王象春的《问山亭集》,王象艮的《迂园诗》,王象明的《聊聊草》,王与玟的《笼鹅馆集》,王士禄、王士禛的《琅琊二子近诗合选》,王士禧的《函玉集》《抱山堂小草》等。与王氏相关的山左文人也多数来自文学家族,如邢侗、冯琦、公鼐、孙廷铨、高珩、毕自严等,这些文人的诗文集也是研究王氏文学的重要资料。

3.明清时期山左地方志和地域总集。地方志包括新城、淄川、博山、邹平、长山等县志和济南府志。地域总集如《山左明诗钞》《山左明诗选》《国朝山左诗钞》《涛音集》等。

4.各类正史和野史、笔记。正史如《明史稿》《明通鉴》《明实录》《清史稿》等,野史、笔记如王培荀的《乡园忆旧录》《听雨楼随笔》和李斗的《扬州画舫录》等。

在充分占有原始资料的基础上,本书对王氏家族的发展历史、文学传统以及与山左地区其他家族的互动、主要成员的文学创作进行深入的考察。对王氏的研究,不仅仅停留在其文学成就的分析上,对王氏家族而言,重在探究其家族文学内部的传承,并结合时代、环境的因素探讨家族成员在文学创作上的继承和变异;从山左地域文学角度而言,着力通过王氏从明中叶至清前期在山左诗坛乃至海内诗坛的交游活动,深入研究王氏与明

绪　论

清之际山左地区其他家族的互动，从这个视角把握这一历史时期山左地区文学风气的演变。

　　本书分为上、下两编，上编为综论，探讨王氏在明清特殊的政治环境和社会文化思潮下的生存、发展、交游、著述，以文献为基础研究其诗学、词学、笔记与笔记小说的创作传统、创作思想，从宏观上考察王氏家族的文学传统及其与山左地域文学、明清时代背景之间的关系。下编为分论，对王氏代表性成员如王象春、王象艮、王象晋、王与玟、王士禄、王士禛等人的诗学、词学、笔记小说进行个案研究。王氏以诗学见长，成员在各体文学方面的创作不均衡，为使王氏各体文学的脉络更加清晰，故将诗学、词学与笔记小说进行单独、集中论述。本书最后有附录二则，分别是新城王氏家族世系简表和新城王氏家族大事年表，以对王氏家族及其文学研究做必要的补充。

上编(综论)

第一章

新城王氏与明清政治、文化

新城王氏在科举、文学上的繁荣与振兴经历了明、清两代，晚明时期科甲蝉联，数十人同朝为官，有"王半朝"之称，清初王士禄、王士禛兄弟同列"海内八家"，在文学上引领潮流。王氏家族的发展与明清时期的政治、社会、文化息息相关，他们不同程度地参与了晚明党争、明清易代、王学左派与东林学派等历史事件与学术思潮，对家族发展与明清历史产生了影响。

第一节　新城王氏家族发展概述

新城王氏家族是明清山左地区重要的科举、文化家族，其繁衍与发展从明初至清末，跨越四百余年，而这个家族真正意义上成为山左科举、文化望族，并对明清山左乃至海内产生影响，则在明代中期至清初的这段历史时期，其间王氏家族的发展经历了崛起、鼎盛、凋零、振兴。

一、声名初振——明中期王氏的崛起

新城王氏家族的崛起是由世代佣作向科举世家发展的过程，王象晋《重修王氏族谱序》勾勒出明初至明中期王氏家族崛起的轨迹："琅琊公基之，植德公培之，颍川公始肇文脉，至我祖忠勤公，以匪躬大节，益阐扬而光大之。"[①]

新城王氏祖籍青州诸城，元末明初，王氏始祖王贵为避白马军乱迁至新城，为赵氏佣作，"新城之有王氏，系出青州之琅琊，其移居新城，自琅琊公始"[②]，诸城为古琅琊郡，故后称王贵为"琅琊公"。王贵为人质朴无华，力

---

① ［清］王兆弘等：《新城王氏世谱》，《山东文献集成》第二辑第14册，山东大学出版社，2008年，第3页。
② ［清］王兆弘等：《新城王氏世谱》，《山东文献集成》第二辑第14册，山东大学出版社，2008年，第2页。

本重农,有五子,幼子王伍乐善好施,于门右植槐,施粥其下,周济饥民,有"大槐王氏""善人公"之称,亦即王象晋所言"植德公"。从王伍常行善举来看,王氏第二代在经济上已较为富足。

王伍次子王麟"始肇文脉",开始了王氏读书、科宦之路。王麟,字舜祯,号静庵,"家素贫,好读书,端方自持,不愧衾影,与人交隐恶扬善"[①],"生而警颖强记,于书无所不睹,受《诗》于毕文义(理)"[②]。王麟14岁考中贡生,后科举不顺,考选永平郡司训,官至颍川王府教授,故称"颍川公"。王麟对新城王氏向科举、文化望族发展有开启之功。王氏从王麟开始进入了科宦之路,直至清代绵延不绝,其"以《毛诗》起家,接武列卿,御史、尚书郎、秘苑方岳、郡邑长吏,皆名臣朊仕,布列中外"[③],为后代的科举之路奠定了基础,开启了王氏家学。

王氏第四代进一步跻身仕途,奠定了科举之路的基础。王麟有八子,长子王耿光、次子王重光进入仕途。王耿光,字廷觐,号岱泉,少与弟重光穷时共春,对读友爱,以孝友闻,由岁贡官马湖府经历,任六月致仕归,诗酒陶情,不与外事。王重光,字廷宣,号泺川,嘉靖二十年(1541)进士,授工部主事,转户部湖广司主事,榷税九江,不名一钱,以清名著称。后擢佥都御使,分巡大同,兼督学政,大将军仇鸾为严嵩党徒,权势熏天,王重光"每见,以礼折之,不为屈"[④]。仇鸾放纵部卒横行街市,迫辱妇女,王重光命逻卒逮至,绳之以法。仇鸾与蒙古人作战失利,欲以堠卒顶罪自解,王重光辨明其冤,释放堠卒,平反无辜。嘉靖三十二年(1553),王重光晋少参,移守上谷,上机宜十二事,凿凿中窾,然以抗直忤当事意,于嘉靖三十五年(1556)迁贵州布政司参议。贵州为蛮荒之地,环境恶劣,时京城三殿大火,王重光奉命采木,贵州又有赤水黑、白羿叛乱,"四十八寨,三万余众杀酋长,焚屯堡,大肆流劫"。采木之事为叛乱所阻,王重光"以方略授诸将,分兵关隘,绝其援,而自领大众突入夷穴。诸夷仓皇不及格斗,解甲请命"。遂单骑驰入夷垒,以圣谕招抚,黑、白羿遂为降服。王重光督办采木一事尽心竭力,"深入

[①] [清]王兆弘等:《新城王氏世谱》,《山东文献集成》第二辑第14册,山东大学出版社,2008年,第37页。
[②] [清]王士禛:《渔洋山人自撰年谱》,袁世硕主编《王士禛全集》,齐鲁书社,2007年,第5050页。
[③] [清]王士禛:《渔洋山人自撰年谱》,袁世硕主编《王士禛全集》,齐鲁书社,2007年,第5050页。
[④] [清]王赠芳、王镇修,成瓘、冷烜等纂:(道光)《济南府志·人物志》,《中国地方志集成·山东府县志辑》1,凤凰出版社,2004年,第569页。

果峡口、大落包、雾露沟等处,深丛密箐,上山乘撵,涉水渡一木舟"①,因山中岚烟瘴雨,王重光染病,卒于任上。嘉靖帝诏谓"忠勤可悯",特加恩恤,赐祭一坛。嘉靖四十一年(1562),三殿告成,嘉靖下诏追赠王重光为太仆寺少卿。贵州永宁士民感念其功绩,为建祠,取圣谕,表额"忠勤",配文成侯王守仁祀,号曰"二王"。万历十六年(1588),其子王之垣于新城别建忠勤祠,以彰其功。

王重光是新城王氏第一个进士,且事功卓著,在王氏家族发展中有重大影响。首先,他使得王氏在仕宦之路上更进一步,正式确立了王氏科举世家的地位。王重光督办采木,忠勤报国,身体力行,为后世子孙树立了榜样。其次,王重光在科举、仕宦之余,为王氏确立了道义、读书的家训:"所存者必皆道义之心,非道义之心,勿汝存也,制之而已矣。所行者必皆道义之事,非道义之事,勿汝行也,慎之而已矣。所友者必皆读书之人,非读书之人,勿汝友也,远之而已矣。所言者必皆读书之言,非读书之言,勿汝言也,诺之而已矣。"②道义之心与读书之人所指向的一方面是家族仕宦,另一方面则是家族文化,在这两方面都为王氏的发展与繁荣打下基础。王重光为国事而卒,且有嘉靖为之赠恤,对王氏第五代、第六代影响深远,其孙王象乾、王象蒙特请当时政坛、文化名流申时行、王家屏、王锡爵、焦竑、董其昌等为之撰祭文、墓表、行状等,辑为《忠勤录》,进一步扩大了王氏在海内的影响。

二、率有显誉——晚明王氏的鼎盛

新城王氏家族的繁荣与鼎盛在第五代、第六代,此时期王氏不仅在科举仕宦上达到鼎盛,在宗族建设上进一步完善,还涉足文学、艺术领域,开始向文化世家的方向发展。家族的繁荣与鼎盛也主要体现在科举、宗族建设及文化艺术三个方面。

科举方面,第五代、第六代成员取得了巨大成功,科甲蝉联,不仅科举仕宦中人数众多,而且身居高位、事功显赫者大有人在,在明中期以后形成了一定的政治影响力。仅进士而言,第五代中王之垣、王之猷、王之都为进

---

① [清]王赠芳、王镇修,成瓘、冷烜等纂:(道光)《济南府志·人物志》,《中国地方志集成·山东府县志辑》1,凤凰出版社,2004年,第569页。

② [清]王士禛:《池北偶谈》卷五,袁世硕主编《王士禛全集》,齐鲁书社,2007年,第2933页。

士,第六代中王象坤、王象乾、王象晋、王象蒙、王象斗、王象节、王象恒、王象春、王象云、王象丰十人为进士。此外,王氏多数成员以举人、贡生、恩荫出仕为官,显示出强大的家族科宦实力。根据康熙三十二年(1693)《新城县志》及《王氏世谱》记载,王氏第五代、第六代科举、仕宦情况如下:

表1-1 新城王氏五代、第六代仕宦表

代次	姓名	字号	出身	官职
第五代	王之垣	字尔式,号见峰	进士	荆州府推官、刑科给事中、湖广巡抚、户部左侍郎
	王之猷	字尔嘉,号柏峰	进士	平阳府推官、浙江按察使、淮阳兵备道
	王之都	字尔会,号曙峰	进士	平凉府知府
	王之辅(初名之干)	字尔卫,号锦峰	举人	户部员外郎
	王之城	字尔守,号会峰	恩贡	鹿邑知县,浙江温州府同知,通州、忻州知州,淮安府同知
	王之栋	字尔隆,号云峰	岁贡	高阳县知县
第六代	王象坤	字子厚,号中宇	进士	山西左布政使
	王象乾	字子廓,号霁宇	进士	闻喜知县、山西右参政、山西布政使、巡抚宣府、兵部右侍郎、兵部尚书,总督蓟、辽,兼制宣、大,加太子太保
	王象晋	字康侯、荩臣,号康宇	进士	中书舍人、礼部仪制司主事、浙江右布政使
	王象蒙	字子正,号养吾	进士	监察御史、光禄寺少卿
	王象斗	字子极,号瞻吾	进士	户部四川清吏司主事
	王象节	字子度,号翼吾	进士	翰林院检讨
	王象恒	字微贞,号立宇	进士	祥符知县、应天巡抚、都察院右佥都御史
	王象春(初名象巽)	字季木,号文水	进士	上林苑典簿、南京大理寺评事、南京职方司郎中、南京吏部考功司郎中
	王象云	号蓼莪	进士	监察御史、山西参议

续表

代次	姓名	字号	出身	官职
第六代	王象丰	字熙明,号淦阳	武进士	直隶定州守备、山东临清都司、昌平游击,授安远将军
	王象随	字季良	举人	未仕
	王象泰	字泰然,号水濂	举人	未仕
	王象艮	字介石,号定宇	选贡	姚安府同知
	王象复	号宛初	选贡	河南归德府通判、直隶保定府同知
	王象兑	字子悦,号怡吾	岁贡	曹州训导、米脂知县
	王象壮	号贞吾	恩贡	光禄寺署丞
	王象咸	号洞庭	岁贡	光禄寺署丞
	王象震	字子起,号省吾	恩贡	颍州训导
	王象益	字冲孺,号冲宇	岁贡	博兴训导
	王象明(初名象履)	字用晦,号雨萝生	岁贡	大宁知县
	王象贲	字子化,号心宇	荫生	户部广西司员外郎
	王象奎	号聚吾	例贡	常州府通判
	王象寅			济南指挥佥事
	王象曾	字子一,号恤宇	例贡	武英殿中书

由表1-1可见,新城王氏第五代、第六代以进士为官者十三人,以举人为官者一人,以贡生、荫生等为官者十三人。家族中多人同朝为官,《新城县志》卷十"兄弟科甲"云:"邑多兄弟同登科甲者,如王大司徒之垣、母弟户部之辅、按察使之猷。……王太师象乾、母弟布政使象晋,王方伯象坤、母弟亚元象泰,王侍御象蒙、母弟户部象斗、翰林象节,王中丞象恒、母弟吏部郎中象春,王侍御象云、母弟举人象随。"①王氏科举的鼎盛可见一斑。在这些步入仕途的成员中,王之垣、王象乾、王象晋官位显赫,影响甚大。

王之垣,字尔式,号见峰,王重光次子。嘉靖四十一年(1562)进士,授荆州府推官,"听断平反,一禀三尺"②,辽王专恣不法,扑杀郡吏,王之垣扣

---

① [清]崔懋:(康熙)《山东新城县志》卷十,《中国方志丛书》,成文出版社,1976年,第444页。
② [清]王赠芳、王镇修,成瓘、冷烜等纂:(道光)《济南府志·人物志》,《中国地方志集成·山东府县志辑》1,凤凰出版社,2004年,第570页。

捕其手下十余人，依律惩处。隆庆元年（1567）擢刑科给事中，上疏陈安民固本四事，擢礼科、兵科，以言事激切，忤旨夺俸，请归省。后以政绩出任刑科给事中，巡抚湖广。寻内迁户部右侍郎，转户部左侍郎，万历九年（1581）乞归省，告病不出。王之垣是王氏第五代成员中官位显赫者，在政治上追随万历首辅张居正，任荆州府推官时办辽王之案，不畏权势。辽王曾辱及张居正之父，与张有隙，故此事引起张居正的注意，张曾致信云："理刑王公祖，甚有执持，我甚服之。"①万历五年（1577），王之垣官湖广巡抚时，杖杀何心隐一事，引起明代思想文化界巨大争论，此事亦与张居正有关。张居正死后，王之垣激流勇退，致仕不出，乡居二十余年，避开了反张、倒张的政治风潮，使王氏免于祸患，并将一生为官的经历写成《历仕录》，垂训子孙。

王象乾，字子廓，号霁宇，王之垣长子，为明代王氏家族中官职最高的一位，隆庆五年（1571）进士，授闻喜知县，万历十七年（1589）晋山西右参政，分守口北，驻宣府。后擢右佥都御史，万历二十八年（1600）加兵部右侍郎，万历三十七年（1609）总督蓟、辽，万历四十年（1612），加太子太保，世荫锦衣指挥佥事。万历四十二年（1614）称病告归。天启元年（1621），边事紧急，天启帝亲遣官召王象乾至京，任兵部尚书，以原官提督九边，总督蓟、辽，兼制宣、大等处。崇祯元年（1628），大同遭虎墩兔侵犯，王象乾又以原官起复，以兵部尚书加太子太傅，总督蓟、辽、真、保、津，次年再加少傅兼太子太傅。崇祯三年（1630）病卒。王象乾是明代新城王氏官位最显赫者，他二十四岁中进士，八十五岁病卒，六十余年历仕五朝，在明末军事上有重要影响。

王象晋，字康侯，号康宇，又字荩臣，王之垣第三子。万历三十二年（1604）进士，因其父王之垣去世，丁外艰，请归。后授中书舍人，万历四十一年（1613）考选，其兄王象乾官兵部尚书，为六卿之一，明代官制，父子兄弟有在六卿者，子、弟不得居言路，王象晋本可入科道，王象乾欲以此暂请归，王象晋不以私恩宿君命，调为礼部仪制司主事。万历四十二年（1614），齐党亓诗教、韩浚以铨司之位拉拢王象晋，王象晋不为所动，坚辞不受，为齐党所忌恨。万历四十五年（1617）京察，遭齐党中伤，去官回乡。崇祯元年（1628）升按察司副使，备兵淮、扬，后又以参政督苏、松、常、镇粮储。崇祯七年（1634）升河南按察使，八年（1635）迁浙江右布政使。崇祯十一年（1638）致仕归里，优游林下，顺治十年（1653）去世。

---

① [明]王之垣：《历仕录》，《四库全书存目丛书·史部》第127册，齐鲁书社，1996年，第749页。

王氏第五代、第六代成员在科举上取得成功的同时还积极地进行了宗族建设。在这方面,王之垣做出了重要的贡献。王之垣致仕乡居期间,"建家祠以报宗功,立族约以垂后戒,剂义田以赡族众,广赈施以惠间右,自筮仕迄归田,约己省躬,无改寒素,而凡可以敦宗训族、济人利物者,孜孜不遗余力"①。除此之外,他还修撰族谱。这一系列的宗族建设实践,强化了对子孙的宗族意识培养和科举教育,提高了王氏子弟的科举能力。他撰有《百警编》《炳烛编》《摄生编》等,辑录古今格言,从人品道德、为学为政、修身养性等方面教育子孙。王象晋则著《清寤斋心赏编》《举业津梁》《普渡慈航》等,从思想、科举等方面教育子孙。

在文化方面,王氏第五代、第六代也进入了繁荣时期,多数成员勤于著述,第五代"之"字辈成员有著述者为王之垣、王之都、王之城,有著录的著述有十六种。第六代有留存、著录著述的成员有王象乾、王象晋、王象春、王象明、王象艮、王象随、王象益、王象云、王象恒九人,著述四十余种。这些著述涉及农学、医学、文学、小学等各方面。著书立说是新城王氏向文化世家发展的重要标志,而王氏在文化上成就最高、影响最大的则在于文学,第五代、第六代成员涉足文学,并取得了一定的成就。王之猷有诗集《柏峰集》流传至今,其诗"大抵步趋济南,不爽尺寸"②,这一点被其子王象春所继承。王象春,字季木,号文水,王之猷第五子。万历三十八年(1610)会试,与钱谦益、文翔凤、钟惺同年。会试后初拟第一,因党争居第二名,每叹"奈何复有人压我?"他仕途坎坷,万历四十年(1612)任顺天乡试同考官,因科场案告病回籍,后补上林苑典簿、南京大理寺评事、南京工部营缮司员外郎,历兵部车驾、职方,转吏部考功司郎中。王象春性格耿直,嫉恶如仇,招致魏党嫉恨,被指为东林党。天启五年(1625),被削职回乡。崇祯元年(1628),魏党事败,被削夺诸臣起复,独遗漏王象春一人。崇祯五年(1632),病卒。王象春颇有诗名,在诗学上受到明前后七子复古思潮影响,在万历后期与山左公鼐、李若讷等人标举"齐气",倡导"重开诗世界",有《问山亭诗》十八卷、《齐音》等,对晚明山左诗坛有重要影响。第六代文学成就较高者还有王象艮、王象明,分别有《迂园诗》《聊聊草》存世,王象晋还有《赐闲堂集》。王士禛云:"八叔祖伯石(象艮),仕为姚安府同知,著《迂园

---

① [明]王象晋:《重修王氏族谱序》,王兆弘等《新城王氏世谱》,《山东文献集成》第二辑第14册,山东大学出版社,2008年,第3页。
② [清]王士禛:《柏峰集序》,王之猷《柏峰集》,上海图书馆藏稿本。

诗集》,诗名远出考功下,然谨守唐人矩矱,不失尺寸,如《咏鲁仲连》云:'孤城一飞矢,六国有心人。'又'萧条两岸柳,怊怅五更鸡','鱼藏芦底穴,雪压竹间庐','青荧茅舍火,缥缈竹林烟','南雁迎花早,东风带雪多','月明才十日,人病已经旬',皆五言之选也。后人不振,予购其刻板藏之。"又云:"十八叔祖晦甫(象明)著《鹤隐》《雨萝》诸集,才不逮考功,而欲驰骤从之,故时有衔蹶之患,未能成家,今刻版仅有存者。"①王士禛曾选王象春、王象艮、王象明三人诗为《琅琊三公集》,道光间王氏后人王允灌著录为"三王公集",然今不传。

新城王氏第五代、第六代在科举上取得成功,确保了家族的政治地位,宗族建设的逐步完善又加强了家族成员的家族意识和家族凝聚力,促使家族教育进一步成功。在科举成功的基础上,家族成员勤于著述,涉足文学、艺术领域,开始确立文化世家的地位,因此王氏这一时期在各方面都达到繁荣与鼎盛。

三、家国危难——鼎革之际王氏的凋零

明代新城王氏家族在达到鼎盛的时候,正是晚明社会危机四伏的时期,政治的腐败、社会的黑暗最终引向农民起义、清军入关。明清易代,战火频仍,新城王氏在这个过程中遭到打击,一度凋零、衰落。

明清易代对新城王氏的打击,主要体现在三次劫难中,即"辛未之难""壬午之难""甲申之变",王氏众多家族成员在三次战乱中死难,对正处在鼎盛时期的王氏有着几近毁灭性的打击。

新城王氏"辛未之难"是发生在崇祯四年(1631)至六年(1633)孔有德"吴桥兵变""登莱之乱"一系列变乱中的一环。崇祯四年(1631),辽东大凌河被后金所围,登莱巡抚孙元化命孔有德、李应元率兵赴辽东支援,部队一路有扰民之行,至吴桥,孔有德率兵叛乱,反攻山东,一路攻陷临邑、商河、齐东,至新城大肆屠戮。崇祯五年(1632)攻破登州,崇祯六年(1633)孔有德部由海上降清,这场变乱才告结束。新城之陷在崇祯四年(1631)十二月初七日,知县秦三辅等人死之。王氏遭屠戮尤重,王象复、王与夔父子誓死守城,城陷被执,不屈而死。其余家族成员被迫逃至长白山避祸,才幸免于

---

① [清]王士禛:《居易录》卷十四,袁世硕主编《王士禛全集》,齐鲁书社,2007年,第3946—3947页。

难。"壬午之难"新城王氏的损失更为严重，崇祯十五年（1642），清军南下，孔有德部李九成再次攻陷新城，王氏第七代成员王与端、王与玟、王与龄、王与朋等人在抵抗清军的战争中殉难。崇祯十七年（1644）甲申，李自成率领的农民起义军攻入京城，崇祯自缢于煤山，消息传来，王象晋次子王与胤与其妻于氏、子士和自缢殉国。

　　这三次劫难对新城王氏的打击首先是人才的凋零。据《新城县志》《王氏世谱》记载，三次战乱中，王氏共损失人才三十余人，其中尤以"壬午之难"损失惨重，殉难者有王家彦、王家俊、王与广、王与盛、王与端、王与朋、王与能、王与才、王与缨、王与试、王与莅、王与献、王与璧、王与玟、王与斌、王与满、王士庆、王士捷、王士扬、王士笃、王士瞻、王士熊、王士雅、王士琦、王士璇、王士植、王士恺、王士亨、王士纯、王士驹、王启淳等三十三人。在"壬午之难"中，王氏青壮年成员进行了激烈的抵抗，王与玟、王与斌、王士瞻等人率领族人守城，故城破后王氏遭到更为残酷的屠杀。三次劫难对王氏的打击面广，第六代、第七代、第八代成员皆遭屠戮，其中以第七代"与"字辈成员最多。王氏成员的折损使王氏文化在即将进一步繁荣的时期陡然断裂，诸多死难的成员从年龄层次上来说，多数为青壮年，他们在文学、艺术等方面正各自显示出特有的造诣。如王与玟诗宗晚唐，书法入李邕之室，好收藏金石、法书、名画；王与璧博学能文，工书法；王与斌工绘画，尤精于琴理，亦工李北海书法；王与试善绘画，解琴弈，颇有名士风度；王与盛风神玉立，工文章，善长啸，闻者以为神仙中人；王士和博综经史，书法精绝；王士纯工李北海书法，诗超轶绝尘。这些成员在诗歌、书法、绘画、金石等方面有一定的造诣，继第六代在文学上取得成功之后，在艺术领域进一步发展，且正呈现出蓬勃之势，然这种发展势头在易代三次战火中被打断。

　　人才凋零的同时，第七代成员在著述方面亦是贫乏，数量和质量上无法与前人、后代相比。这是因为第七代成员多年纪尚轻，著述尚未形成，即便有著述也大多毁于战火。从现有的目录文献记载来看，"与"字辈成员有著述者四人，王与胤有《陇首集》，王与端有《栩斋词曲》，王与玟有《笼鹅馆集》，王与襄有《历亭诗选》，四人中只有王与胤和王与玟的诗文集保存了下来，且颇为不易。《陇首集》为王士禛辑刻，《笼鹅馆集》则是王与玟生前嘱托好友荣实颖代为搜集留存。崇祯十五年（1642）王与玟殉难后，荣实颖在黄庄别业搜集遗稿，战火之际藏稿于复壁，经历火焚虫蠹后又遍搜残编，最后刻成四卷，由此可见第七代成员著述保存之艰难。

三次战乱对新城王氏来说,还有精神上的摧残。在明末的社会危机下,王氏有着深重的忧时伤世之感,王象晋、王象春、王象明、王与玟等人的诗文中对时势都有直接的反映,"辛未之难"后,登州、莱州被围,王氏家园被毁,王象复、王与夔父子战死,王象晋远在苏州,产生生灵涂炭、无家可归的漂泊之感,写下了《悼兵变》《恨登抚》《哭完初弟》等作。王与玟有《家继父因莱久围不解,作〈忧莱诗〉,敬步原韵》等。甲申之变后,王与胤与妻、子的殉国更是精神摧残后的结果。家国的覆亡对于士大夫来说是一种精神、理想的沉重打击,使修身、齐家、治国、平天下的个人理想和政治理想一同毁灭,王士和《绝命词》集中表达出精神无处安放的痛苦:"嗟世界之秽浊兮,羞四维之不张,大地无容身之隙兮,愿从吾亲兮归于帝乡。"①

明清易代新城王氏经历的"辛未""壬午""甲申"三次战火,造成王氏家族人才折损,家族文化断裂和家族精神摧残,使王氏第七代进入了凋零与衰落。在清初十余年的沉寂后,王氏第八代成员再次振兴家族,在文化上达到了一个更高的层次。

四、重振家声——清初王氏的文化振兴

明清鼎革以后,新城王氏家族面临着家国变迁以后巨大的心理冲击和对出与处的选择,面对新朝的统治,与明朝有着千丝万缕联系的王氏有着复杂的心态。

如前所述,在易代的过程中,王氏遭受了重大创伤,付出了惨烈的代价,入清以后,面对无可改变的现实,王氏成员首先面临的是生与死的抉择。王与胤一家的殉国正是明亡情境下的一种直接反应,在鼎革之际生与死之间,以士大夫的忠孝气节做出的选择。而生存下来的王氏成员则面临出与处的选择,出则积极应举,出仕新朝,处则退隐林下,坚守节操。王氏作为一个地方望族,在清初复杂而敏感的政治环境下,既要保持家族的气节与声望,又要保证家族的继续发展,适时调整态度,使家族再次振兴。

入清以后的王氏的态度有两面性。一方面,以王象晋、王象咸、王与敕等人为代表,坚守不仕,王象晋鼎革之际八十四岁,顺治十年(1653)卒,在

---

① [清]崔懋:(康熙)《山东新城县志》卷十,《中国方志丛书》,成文出版社,1976年,第361—362页。

入清后的十年中，隐居新城，自号"明农隐士"，潜心著述，与堂兄王象咸往来相伴。王象晋第四子王与敕在清世祖定鼎后的征召中，以其父年老为由，不谒选而归，与父亲王象晋隐居林下。另一方面，面对家族生存与发展的压力与困境，王象晋、王与敕等人敦促子孙读书、举业，王象晋"亲教诸孙，颇及声律之学"①，并以旧藏邢侗书画激励王士禄、王士禛兄弟发奋读书，参加科举。在祖辈、父辈的教育和鼓励下，王氏第八代成员以王士禄、王士祜、王士禛兄弟为代表，在科宦和文学上都取得了成功。

在科宦方面，清初王氏第八代有进士五人，举人一人，贡生、监生等五人，较第六代成员大为缩减，品级与政治地位除王士禛外，亦皆不及第六代。因此，清初王氏在科举、仕宦上实际未能恢复到明代的辉煌，王氏真正意义上的再次振兴实是就文化层面而言的。王士禄、王士禛将王氏的文学传统在祖辈的基础上光大弘扬，在清初海内诗坛产生影响，彰显了新城王氏文化世家的特质。

王士禄，字子底，一字伯受，号西樵山人，又号负苓子、更生，王与敕长子。少工文章，清介有守。顺治十二年（1655），殿试及第，投牒莱州府学。顺治十六年（1659），迁国子助教，擢吏部主事。康熙二年（1663），迁稽勋员外郎，典河南乡试，以磨勘墨吏议下狱，久之得雪，后以原官起用，复遭罢免。康熙十二年（1673），以母丧哀毁而卒。

王士禛，字贻上，号阮亭，别号渔洋山人，王与敕四子。少年颖悟，有"圣童"之目，读书家塾时，取《文选》、唐诗洛诵之，学五七言诗。顺治八年（1651），与兄士禄同上公车，每有倡和，题于旗亭驿壁。顺治十二年（1655），中举。顺治十四年（1657），与邱石常、柳葇、孙宝侗等举秋柳诗社，赋《秋柳》四章，引起南北诗人倡和，诗名鹊起。顺治十五年（1658），中进士，在京期间与诗人汪琬、程可则、彭孙遹、龚鼎孳等倡和，受到京城文人的推许。后选扬州府推官，历官礼部主事、国子监祭酒、刑部尚书。

王士禄与王士禛兄弟二人在清初并称"二王"，在清初诗坛、词坛皆有重要影响。顺治九年（1652）、顺治十二年（1655），二人两次同上公车，在京城与海内文人订交，在诗坛崭露头角。此后，他们在莱州同选《涛音集》，在山东地区颇有影响。顺治十八年（1661）至康熙五年（1666），王士禛、王士禄先后至扬州，展开了以扬州为中心的诗坛、词坛倡和，王士禛在扬州，公

---

① [清]王士禛：《渔洋山人自撰年谱》，袁世硕主编《王士禛全集》，齐鲁书社，2007年，第5055页。

事之余,走遍镇江、苏州、无锡、金陵等江南州县,拜访结交了江南的耆旧野老、青年才俊,操持选政,主持风雅。而王士禄在杭州和扬州发起、参与的"江村倡和""广陵倡和",促进了清初词风的嬗变。兄弟二人在江南的交游活动赢得了江南文人的认可和推重,为后来他们在京城诗坛地位的确立打下基础。康熙十年(1671)至康熙十二年(1673),"二王"同在京师为官,与海内诗人相赠答,"海内文章之士游挚下者,以不识先生(王士禄)颜色为耻"①,"宋荔裳琬、曹顾庵尔堪、施愚山闰章、沈绎堂荃皆在京师,与山人兄弟为文酒之会,盛有倡和"②。康熙十二年(1673)王士禄卒后,王士禛在诗坛上继续探索着自己的神韵诗学,康熙十七年(1678)授翰林院侍读,其诗歌才华与诗学观念受到最高统治者的认同,主盟康熙诗坛四十余年,奖掖后进,门生甚众,有崇高的地位和声望。

王士禄和王士禛以诗歌才华、诗歌理论将家学传统发扬光大,在文学成就和影响上超越了他们的祖辈王象春、王象晋等人。在著述方面也取得了巨大成就,王士禛一生勤于著述,于诗学成就最高,自定《渔洋山人精华录》一千六百余首,为其足以传世之作,选唐人诗为《唐贤三昧集》《十种唐诗选》《唐人万首绝句选》等,并选评明清人如边贡、徐祯卿、高叔嗣、徐夜、宋荦、田雯等人之诗。奉诏出使秦蜀、南海等地,途中所经即记述行程,考证古今,记录野闻,有《蜀道驿程记》《南来志》《北归志》《广州游览小志》等。笔记杂录有《池北偶谈》《居易录》《香祖笔记》《古夫于亭杂录》等。各种著述留存、著录者200余种,远远超越了其他家族成员。王士禄颇通经史,曾研究《十三经注疏》,辨《诗传》《诗说》,注《论说》数篇;史学方面,"恒以《廿一史》与《十三经》相表里,而实多舛谬"③,有《读史蒙拾》等。其各类著述二十八种,涉及经、史、子、集。"二王"为王氏第八代的振兴做出了重要贡献。

除了王士禄、王士禛,王氏第八代成员中王士祜、王士禧、王士骥、王士骊也在文学上有一定的才华。王士祜,字叔子,一字子侧,号东亭,又号古钵山人,王与敕第三子,幼颖异。《国朝耆献类征》载国史馆本传,云其"十岁时,客有疑焦竑字弱侯者,即从末坐应曰:'此出《考工记》,竑其辐广以为之弱也',咸惊其夙慧"④。康熙二年(1663)中举,康熙九年(1670)中进士,未

---

① [清]王士禛:《王考功年谱》,王士禛撰,孙言诚点校《王士禛年谱》,中华书局,1992年,第84页。
② [清]王士禛:《渔洋山人自撰年谱》,袁世硕主编《王士禛全集》,齐鲁书社,2007年,第5079页。
③ [清]王士禛:《王考功年谱》,王士禛撰,孙言诚点校《王士禛年谱》,中华书局,1992年,第74页。
④ [清]李桓辑:《国朝耆献类征》18册,江苏广陵古籍刻印社,1990年,第190—191页。

仕而卒。王士祜喜游历，曾南游京口、三山、姑熟等地，与宋琬等交游，篇什遂多，王士禛为辑《古钵集选》。在京师时与王士禄、王士禛齐名，时称"三王"。王士禧，字礼吉，一字仲受，号汉厓，王与敕次子，贡生，考授州同知，工诗文，精医理。与王士禄、王士祜、王士禛倡和，今存《抱山堂诗》，另有《送怀草》《豫游草》未刻不传，才力不及其兄弟。王士骥，字陇西，号杜称，王与玟之子，顺治十四年（1657）解元，康熙三年（1664）进士，官内阁中书舍人，以母老乞归，科举制艺之文风华洗丽，诗歌自成一家，有《听雪堂诗集》《听雪堂词集》，今不传。王士骊，字驰西，号幔亭，王与阶子，贡生，官诸城训导。以教化为己任，修学宫，举乡饮，修公冶祠，治祭天，祀东坡、椒山于超然台上，好诗文，有《就园小咏》《庚寅漫录》等。

新城王氏在清初的振兴很大程度上是以家族文化为中心向外辐射、影响山左乃至海内的文化振兴，康熙五十年（1711）以后，随着王氏第八代政治地位最高、最具文学影响力的成员王士禛的逝世，新城王氏逐渐走向衰落。虽然清中期以后王氏仍然保持着科宦的传统，家族成员获得功名，出仕为官，但无论在政治地位还是文化影响上都不复从前。

新城王氏家族在明清时期的崛起、鼎盛、衰落、振兴，伴随着巨大的社会变迁。从时间上来说，明嘉靖二十年（1541）第四代王重光中进士，入朝为官，开启王氏科举之路，到康熙五十年（1711）第八代王士禛逝世，王氏在政治、文化上的繁荣持续了二百余年，经历了明嘉靖、隆庆、万历、泰昌、天启、崇祯，及清顺治、康熙八朝，正是明清政治、社会、思想、文学等领域急剧变革的时代。政治上，明嘉靖以后，国是日非，帝王怠政，宦官专权，国库亏空，党争激烈，危机四伏，最终被清政权所代替。随着明王朝政治上的日益腐败，思想领域王阳明的"心学"不断冲击着程朱理学的权威地位，自由思想风靡一时，明清易代的巨变又促使思想界对"心学"进行反思，在清初出现了注重经世致用的实学思潮。诗歌领域，前后七子引领复古思潮，一扫明前期的台阁习气，万历以后公安、竟陵相继而起，倡导性灵，纠复古之弊，易代之际复社、几社再倡复古，以用世复归风雅，到了清初钱谦益、王士禛等人又进入对明代诗歌的总结与超越阶段。

新城王氏作为这一时期的世家大族，在家族发展过程中与所处的时代必然有千丝万缕的联系，这种联系是双向的，主要体现在政治与文学两方面。在政治上，明中期至清初的政治环境影响着王氏成员的仕进、王氏家族的政治选择，同时，王氏家族成员在仕途中参与到一些重要事件中，对时局、政局产生了一定的影响。在文学上,王氏受到明中期以后的复古思潮影响,在山左地域文学、家族文学的发展演化中,形成了特有的文学观念,进而影响了清代诗坛。新城王氏从明中期至清初的家族发展与文学发展是在广阔而急剧变化的社会政治环境中展开的,因此,研究其家族、文学首先要对其生存背景进行考察。

第二节 新城王氏的政治生活

新城王氏从明嘉靖到清康熙的二百余年发展中,伴随着明末清初政治、社会的巨大变革。明中期以后统治阶层出现了自上而下的解体趋势,上层统治者昏聩怠政,宦官专权,政局纷乱。万历以后争国本、妖书案、梃击案、红丸案、移宫案等宫闱之乱、权力斗争此起彼伏,朝中党争激烈,齐党、昆党、浙党与东林党形成以京察、外计为中心的权力争夺,"言事者益裁量执政,执政日与枝拄,水火薄射,迄于明亡"①。这种纷乱的政局最终以崇祯十七年(1644)李自成农民起义军攻陷京城,崇祯自缢而宣告结束。明清易代在屠杀和血腥中进行,带给汉族士人极大的心灵震颤。清政权建立以后,清廷一方面以武力打击、镇压明王朝残余势力,另一方面实行文化钳制,制造了"科场案""通海案""奏销案""《明史》案"等一系列大案,对汉人在精神、文化上进行征服,造成了高压的政治、文化气氛。新城王氏作为一个科举世家,参与政治、社会生活,与明末清初晚明党争、明清易代都有千丝万缕的联系。

一、王氏与晚明党争

万历至崇祯是新城王氏家族在明代的鼎盛与繁荣期,而这一时期的政治以门户之争为大背景。明代的党争起自万历,与明王朝的衰落、覆亡相始终,从万历间东林党与齐、楚、浙三党的权力纷争到天启间魏忠贤专权,再到崇祯以后纷乱的政局,门户之祸愈演愈烈,对士林影响甚大。新城王氏在这段时期科举上已经取得成功,成为一个科宦世家,诸多成员步入仕

---

① [清]张廷玉等:《明史·赵用贤传》卷二百二十九,中华书局,1974年,第6002页。

途,不可避免地卷入了党争。王士禛追溯家风,述明代王氏与门户之争云:

> 吾家自明嘉靖中,先高祖太仆公以甲科起家,至隆万而极盛,代有闻人。当明中叶,门户纷纭之时,无一濡足者,亦可见家法之恭谨矣。先伯祖太师霁宇公(讳象乾)出入将相六十年,与叶文忠公、沈文端公、郭文毅公辈师友之谊最厚。故小人造《东林同志录》,东林籍贯皆列焉。先祖方伯公(讳象晋)为礼部主事,时乡人亓诗教、韩浚势张甚,以公名阀,素有清望,饵以铨曹,欲引入其党,公力却之,遂触其怒。丁巳,以察典中伤,里居者十余年。此其梗概也。至从叔祖吏部(象春)为东林闻人,而才浮于□,家法始一变矣。①

王氏于隆、万以后科甲鼎盛,代有闻人,跻身科宦望族,门风谨严,万历中门户纷争,王氏"无一濡足者"。然而门户之争本身具有狭隘性,王氏成员身居高位者如王象乾、王象晋等人与叶向高、沈鲤、郭正域等东林中人交好,不受齐、楚、浙三党拉拢,这样的交友倾向与不合作的态度就使他们被划为东林党人,在仕途中受到排挤。王氏在党争中态度最为鲜明、影响较大的是王象春,他从万历三十八年(1610)中进士初入仕途到崇祯五年(1632)去世,政治生涯始终处在党争漩涡中,其言论、行为都站在东林党的立场,故王士禛有"家法始一变"之说。

新城王氏卷入晚明党争主要在万历后期和天启年间,这是党争最激烈的时期。这一时期朝中围绕争国本、妖书案、梃击案、红丸案、移宫案等一系列问题争论不休,逐渐形成东林党与齐、楚、浙三党纷争的局面。东林党人以顾宪成、高攀龙、邹元标等人为代表,多数人品正直,清操独立,素有声望,较能主持正义。万历中叶东林书院讲学活动频繁,议论时政,裁量人物,在朝在野影响日隆,引起部分朝臣忌恨。汤宾尹、顾天埈等人各收党徒,干预时政,形成"宣昆党"。万历四十年(1612)以后,齐、楚、浙三党形成,齐党以亓诗教、韩浚、周永春、张延登为首,燕人赵兴邦辈附之;楚党以官应震、吴亮嗣、田生金为首,蜀人田一甲、徐绍吉辈附之;浙党以姚宗文、刘廷元为之魁,而商周祚、毛一鹭、过庭训等附之。三党与汤宾尹、顾天埈声势相倚,攻击东林,排除异己。天启间魏忠贤专权,三党人物投到魏忠贤名下,迫害东林党人,党祸愈烈。

---

① [清]王士禛:《池北偶谈》卷六,袁世硕主编《王士禛全集》,齐鲁书社,2007年,第2965—2966页。

万历后期正如谢国桢所言,是东林党与三党消长的一段历史①。由于万历皇帝的多年怠政,内外奏章留中不发,"惟言路一攻,则其人自去,以故台谏之势积重不返"②,无疑加剧了朝臣对话语权的争夺,而他们争夺的焦点集中在对官员的考察上,在历年的京察大计中,齐、楚、浙三党与东林党相互弹劾、相互攻击,此消彼长。新城王氏在万历间为海内右族,科甲鼎盛,在朝为官者有王之都、王之猷、王象坤、王象乾、王象晋、王象蒙、王象斗、王象恒、王象春、王象复等人,在政治生活中有一定的实力,尤其是王象乾在万历后期官至兵部尚书,为六卿之一,其子王与籽荫为锦衣卫指挥佥事,其弟王象晋官礼部,在朝中较有影响。因此王氏成为各方笼络或打压的对象,卷入了党争。

(一)王象晋与丁巳京察

王象晋于万历三十二年(1604)中进士,至崇祯十一年(1638)致仕,仕宦生涯三十余年,官至浙江右布政使,其为人冲淡宽厚,为官、处世的心态较为平和,在官场试图保持中立,不涉足党争,但并不因此圆滑世故、虚与委蛇。他与东林党并无直接关系,面对三党原则坚定,不受拉拢。然而也正因为这种守身持正的原则和不合作的态度使王象晋在万历四十五年(1617)京察中受到排挤。万历四十一年(1613)考选,王象晋有望入科道,是时王象乾为兵部尚书,按明代官制,为防止形成党势,父子、兄弟有在内阁、六卿者,子、弟不得居言路。王象乾欲暂请归,王象晋力争不可,不以私恩宿君命,调为礼部仪制司主事。可见王象晋在仕途中坚守原则,非常谨慎,也无意涉足党争。然而不久之后,齐党亓诗教、韩浚看重王氏影响力,以吏部官位拉拢王象晋,王象晋坚辞不受。《池北偶谈》记载此事云:"亓诗教,莱芜人。韩浚,淄川人。赵忠毅著论所目为四凶也,皆同郡。会山东缺铨司,先方伯时官仪制主事,同乡前辈皆属意。亓、韩欲攘以为德,冀为之用,属张华东公(延登)通殷勤。时伯祖太师以蓟督召入中枢,公曰:'朝廷威柄,惟铨与枢,讵有兄在本兵,弟复为铨曹者。'力谢辞之。亓、韩怒不附己,遂以察典中伤。"③王象晋因此事为齐党所忌恨,为日后遭罢黜埋下伏笔。

万历四十五年(1617)丁巳京察,由吏部尚书郑继之、刑部尚书李志主

---

① 谢国桢:《明清之际党社运动考》,上海书店,2006年,第22页。
② [清]夏燮:《明通鉴》卷七十四,中华书局,1959年,第2875页。
③ [清]王士禛:《池北偶谈》卷六,袁世硕主编《王士禛全集》,齐鲁书社,2007年,第2966页。

持,二人分属楚党、浙党,齐党韩浚等佐之,三党盘踞言路,攻击东林,排除异己,东林党人尽遭罢黜,王象晋亦在其列。他在《甲寅异梦记》中自述:"万历甲寅,予以秘书郎迁礼曹。时同乡二、三要人,势煊赫甚,三事六曹而下,莫不奉命惟谨,一时附丽之者,蝇营蛆竞,竞相奔走。予性迂拙,弗能知,即明示招来,又弗能悟。用是决计剪锄,而以其党某御史,先为排击,羁邸中者数月,诸知交皆为予危,予犹不悟,且不知悔。"①丁巳京察三党把持权柄,对朝中正直士人进行了大范围的打击,王象晋一度遭羁押,情势险恶,后罢官回乡,居家近十年。

王象晋本人尽管无意于党争,他希望在复杂的党争环境下谨守节操,不为齐党所笼络,但这种不同流合污的态度事实上在党争的环境下已经被划为东林一派,因而遭到打击报复,牵连到党争之中。

(二)王象春与东林党争

与王象晋相比,王象春在党争中的态度更为鲜明,仕途也更为曲折,政治生涯始终伴随着党争,对其影响较大的是庚戌科场案、壬子科场案和天启间的东林党人之祸。

《明通鉴》记载万历三十八年(1610)庚戌科场案云:

> 是年,侍郎王图主庚戌会试,宾尹以庶子为分校官。举人韩敬,尝受业宾尹,及会试,敬卷为他考官所弃,宾尹越房搜得之,与各房互换闱卷凡十八人,强图录敬为第一;知贡举侍郎吴道南欲劾之,未果。至是宾尹已为祭酒,而图方掌翰林院,衔之,遂起明年京察之狱。②

庚戌科进士人才济济,如王象春、钱谦益、韩敬、邹之麟等人皆充才名,有抢元之望。钱谦益曾受业于主考官王图,韩敬受业于分校官汤宾尹,而王象春会试之前,"已隐然名动天下矣"③。会试阅卷后,王象春已被拟为第一,分校官汤宾尹越房搜卷,强推韩敬为第一。知贡举吴道南欲弹劾,与汤宾尹相互诟詈,主考官王图从中调停。发榜后,韩敬果为第一,王象春被置为一甲第二名,对此结果王象春难以心服,却也无可奈何,每叹诧"奈何复

---

① [明]王象晋:《赐闲堂集》卷二,《山东文献集成》第三辑第24册,山东大学出版社,2009年,第714页。
② [清]夏燮:《明通鉴》卷七十四,中华书局,1959年,第2876页。
③ [清]钱谦益:《王季木墓表》,《牧斋初学集》卷六十六,文海出版社,1986年,第1527页。

有人压我?"①在之后的廷试中,王象春直陈时弊,被置于三甲之末,遭到更大的打击。庚戌科最终以韩敬为状元,钱谦益为探花,汤宾尹的公然舞弊引起物议沸腾。万历三十九年(1611)京察,庚戌科场案成为东林党与齐、楚、浙三党斗争的焦点,汤宾尹、韩敬因此案遭到东林党人弹劾,汤宾尹被削职,韩敬被贬。

庚戌科场案使王象春未入仕途就卷入党争之中。王象春为人刚肠嫉恶,雅负性气,对这样的不公之事自然有所抨击,而当时推毂王象春,为之鸣不平者甚众,甚至形成一小股舆论力量。文震孟云:

> 其成进士也,魁其经,科名亦峻矣,乃闱中既已甲,而复乙之,则不能无嗛;素善楷书,谓廷对必当甲,而更甚乙之,则又不能无嗛。众口嘈喳,竟成水火。②

庚戌科场案本身就是齐、楚、浙三党与东林党政治角力的结果,同时又将党争推向更激烈的阶段。王象春中进士的过程曲折,遭遇不平,其"抗论士大夫邪正"③亦从此事而起,为他日后在仕途中的选择定下了基调。

万历四十年(1612)壬子,王象春与邹之麟分考顺天,邹之麟录本房傅皇谟,又受韩敬请托,越房搜卷,取录童学贤为首荐卷。放榜后,御史马孟祯上疏告发童、傅二人之文悖谬不通,邹之麟有文无行,请勘究追查。孙居相上疏追及庚戌科场案,科场之议进一步扩大。齐党、浙党和东林党针对此事的处理进行了激烈争辩。同时,御史凌汉翀弹劾"王廷鼎、乔之申等或三十金,或五百金贿买进士王象春",御史李奇珍亦参"顺天乡试四十七名举人张世伟贿通象春,幸中本房"④,请三法司会问,这是三党借以攻击东林党的一环。张世伟,字异度,中举前已为江南闻人,与东林党人关系密切,钱谦益《张异度墓志铭》云:"万历中,门户科场之议锋起,君扼腕拊颊,多所题核裁量。壬子举顺天,出新城王季木之门。党人大哗,御史遂呈身排击,卒不能有所连染。"⑤可见王象春遭排挤与所录张世伟声望在外,"题核裁

---

① [清]钱谦益:《王季木墓表》,《牧斋初学集》卷六十六,文海出版社,1986年,第1527页。
② [明]文震孟:《南吏部考功郎王季木志铭》,蔡士顺编《同时尚论录》,《四库全书存目丛书·集部》第374册,齐鲁书社,1997年,第815页。
③ [明]钱谦益:《列朝诗集小传》,上海古籍出版社,2008年,第653页。
④ 《明神宗实录》卷五〇三,台湾"中央研究院"历史语言研究所校勘本,1962年,第9553页。
⑤ [明]钱谦益:《牧斋初学集》卷五十四,文海出版社,1986年,第1361—1362页。

量"有关,"世伟为诸生时,已名满天下,所选庆历小题,天下以其进退为荣辱,忌者啧啧道,发难于象春,然世伟贫甚,不能有所传致"①。王象春在两年前的庚戌科场案中已与三党结怨,此科又取录颇具声誉的张世伟,加上壬子科场案的持续发酵,引起了三党攻击。刑部勘定此案后,王象春被降调闲散,张世伟等坐罚三科。

壬子科场案后,王象春归乡,卜居济南大明湖,万历四十五年(1617)补上林苑典簿,泰昌元年(1620)升南大理寺评事,三年后调南职方司郎中、吏部考功司郎中。经过庚戌、壬子两次科场案,在复杂的党争环境下,王象春的政治立场已经明确,"当是时,党论已成,凡海内所指目为东林者,季木皆与声气应和,侃侃以裁量贤佞、别白是非为己任"②。从王象春泰昌元年(1620)至天启五年(1625)的仕途升迁来看,其任大理寺评事时,周嘉谟为吏部,升南职方司郎中时,赵南星为吏部,升迁轨迹与东林党人密切相关。在南京时与东林党人解学龙、刘懋、蒋允仪、陈必谦、涂世叶、万言、王允成等相厚。"东林三君"之一邹元标与其父王之猷为理学契厚,王象春从之讲学,事之甚谨,并为其文集作序,颇多讥刺谗佞之语。天启三年(1623)京察,赵南星罢免齐、楚、浙三党人物,邹元标典外察,"癸亥南察,公实与其(邹元标)谋,大与南总宪忤"③,王象春参与南察,成为名副其实的东林党人。

天启元年(1621)到天启三年(1623),赵南星在吏部,邹元标为左都御史,叶向高在内阁,东林党在与齐、楚、浙三党的斗争中获得主动权。同时,魏忠贤与熹宗乳母客氏勾结,逐渐得势,齐、楚、浙三党人物在与东林党的斗争中失利后,投到魏忠贤羽翼之下。魏忠贤专权,驱逐朝臣,打击东林党,天启四年(1624),副都御史杨涟上疏弹劾魏忠贤,列二十四条大罪,左光斗、魏大中大力支持,但弹劾未果,反被熹宗斥责,而东林党祸以此张本。天启五年(1625),东林党与魏阉的斗争进入最为惨烈的阶段,杨涟、左光斗、魏大中、袁化中、周朝瑞、顾大章六人以熊廷弼封疆重案被捕,严刑拷打,死于狱中。魏广微、顾秉谦等造《缙绅便览》,王绍徽编《东林点将录》,造"东林党人榜",对东林党人削籍、禁锢,拆毁天下书院,凡与魏党对立者皆被列为东林党而遭到排挤。

---

① [明]邹漪:《启祯野乘》卷四,《四库禁毁书丛刊·史部》第40册,北京出版社,2000年,第405页。
② [清]钱谦益:《王季木墓表》,《牧斋初学集》卷六十六,文海出版社,1986年,第1527—1528页。
③ [明]文震孟:《南吏部考功郎王季木志铭》,蔡士顺编《同时尚论录》,《四库全书存目丛书·集部》第374册,齐鲁书社,1997年,第815页。

王象春在这场东林党祸中自然未能幸免,他在南京时"当大计京朝官,慷慨为主者言之。或移主者之怨于季木,弗愿也"①,已经为三党人物所忌恨。天启四年(1624),杨涟劾魏忠贤二十四条罪疏传至南京,王象春门人何永泓为捐资传刻,王象春为作赞作跋,周顺昌为之批点,一时流传甚广,"时即有媚珰之范得志将刻本呈之于珰。而一时攻击东林之人,又恶春如仇雠,遂指为门户中人矣"②。天启五年(1625),党祸益烈,魏党对东林党人进行大范围的打击,谄媚魏党之人皆以排挤东林为事。魏党魏广微拟票旨云:"王象春穷凶极恶,党邪害正,本当重处,姑从轻革了职为民当差,仍追夺诰命"③,王象春遭削职回乡。魏党造《天鉴录》《点将录》《同心录》《同志录》等,王象春皆被列入其中,霍维华、杨维垣、曹钦程、石三畏、卢承钦、崔呈秀等人从旁之求多者,呶呶不已,且云"仅仅削夺,未尽厥辜者,盖必欲杀春而后为快也"④。

天启东林党祸对王象春的打击,除了使他的政治生涯结束,还造成了他精神上的创伤,他在崇祯间魏党事败后所作的《辩明孤贞疏》中回忆党祸后家居的情状,云:

> 比时海内当杨涟等十八忠魂化碧之后,又复见此,家家自危,人人股栗。春在籍四年,塞门泥首,兀坐斗室,不敢一窥户外。逆珰分布伺察,遍于天下,而春乡更甚,风声所迫,神鬼不宁,妻孥兄弟,时时料理生离死别之事,春自分必逮,必死无疑矣。⑤

"家家自危,人人股栗"可以说反映的是当时整个士林的状态,从王象春的叙述中亦可知新城王氏在这个阶段亦是动辄得咎、忧谗畏讥。崇祯初,魏党事败,东林之禁除,多数被削职的官员被召回,然魏党余孽仍在,张桂芳《题覆废籍疏》中独遗漏王象春一人,"举朝共为骇异,海内共抱不

---

① [清]钱谦益:《王季木墓表》,《牧斋初学集》卷六十六,文海出版社,1986年,第1528页。
② [明]王象春:《辩明孤贞疏》,蔡士顺编《同时尚论录》卷五,《四库全书存目丛书·集部》第374册,齐鲁书社,1997年,第525页。
③ [明]王象春:《辩明孤贞疏》,蔡士顺编《同时尚论录》卷五,《四库全书存目丛书·集部》第374册,齐鲁书社,1997年,第525页。
④ [明]王象春:《辩明孤贞疏》,蔡士顺编《同时尚论录》卷五,《四库全书存目丛书·集部》第374册,齐鲁书社,1997年,第525页。
⑤ [明]王象春:《辩明孤贞疏》,蔡士顺编《同时尚论录》卷五,《四库全书存目丛书·集部》第374册,齐鲁书社,1997年,第525页。

平"①。王象春上《辩明孤贞疏》辩冤未果,因此自天启五年(1625)一斥不复,至崇祯五年(1632)病卒再未复官。

王象春近二十年的政治生涯始终伴随着党争,他也是新城王氏在晚明党争中的代表人物,很大程度上代表了王氏在晚明激烈、复杂的党争环境下秉持正义的政治立场。

除了王象晋、王象春外,王氏其他成员如王象恒、王象复、王象云等人也不同程度地卷入党争。王象复官保定府同知时,魏党夜呼城门,不为开,不拜党祠,以此罢官。崇祯以后,新城王氏王与龄、王与朋、王与敕、王士瞻、王士熊、王士和、王士鹄等人参加复社。新城王氏在晚明党争中持守道义,总体上站在了东林党的立场。

二、王氏与明清易代

新城王氏与明清易代也息息相关,在易代的过程中王氏经历了辛未、壬午、甲申三次劫难,家园摧毁,家族成员殉难,一度凋零、衰落。易代的战火对王氏造成了沉重打击,而王氏也一定程度上影响了明末时局。

(一)王氏与吴桥兵变

明末清初的野史、笔记中关于吴桥兵变的记载多与新城王氏有关,且对王氏的评价是偏于负面的,如明杨士聪《玉堂荟记》中认为孔有德之变乃新城王氏所激,文秉《烈皇小识》中亦认为孔有德叛乱与王氏的气势凌人、逼迫太甚有关。正史中也有相关的记载,《明通鉴》云:

> 大凌围急,部檄元化发劲卒泛海趋耀州为声援,有德诡言风逆,改从陆赴宁远。十月晦,有德及九成子千总应元统千余人以行,经月抵吴桥,天大雨雪,众无所得食。新城邑绅王象春者,有庄在吴桥,有德兵屯其地,卒或攫鸡犬以食。王氏子怒,诉之有德,有德笞卒以徇,众大哗。九成先赍银市马塞上,用尽无以偿,适至,闻众怨,遂与应元谋劫有德为乱,有德从之。还兵大掠,陷陵县、临邑、商河、残齐东,围德平。继而舍去,陷青城、新城,而新城受祸尤酷。知县秦三辅、训导

---

① [清]钱谦益:《王季木墓表》,《牧斋初学集》卷六十六,文海出版社,1986年,第1528页。

王协中、举人王与夔、张俨然并死难。以衅由王氏,焚杀甚惨。①

《明通鉴》的记载较少个人感情色彩,较为公允。从正史、野史的记载来看,吴桥兵变确实与新城王氏有关。

崇祯四年(1631)八月,辽东大凌河被围,登莱巡抚孙元化令游击孔有德率千余人赶赴前线增援。孙元化原欲遣部从海路赴辽,孔有德以海上风大为由改陆路,部队一路走走停停,与所过之处屡有摩擦,至吴桥士兵哗变,发生叛乱。

从兵变发生的过程来看,王氏与孔有德部的摩擦纠纷成为吴桥兵变的直接导火索。孔有德部行至吴桥,天降大雨,而吴桥闭城罢市,部队驻扎于王象春别庄,衣食无着,士卒强掠王象春家仆一鸡,发生争执。王象春之子大怒,诉于孔有德,孔鞭笞士卒以作惩罚,千总李应元之父李九成因挥霍市马之钱无法偿还,遂鼓动孔有德叛变。《烈皇小识》对事情经过的记载与《明通鉴》在细节上稍有出入,孔有德部行至吴桥时,仍有滞留新城的后续部队,在新城强取王氏庄仆一鸡,王氏不甘,"随禀领官,必欲正法",领官查夺鸡者"穿箭游营",士兵哗然,遂杀王氏守庄仆人,事情进一步激化,"王氏申详抚按,必欲查首乱者,戮以徇"。众兵卒急至吴桥请前队返回,"三千人皆歃血立誓,若不雪此耻而北行者,众其杀之"②,遂拥孔有德叛乱。关于王氏与孔有德部的纠纷,台湾学者黄一农的文章《吴桥兵变:明清鼎革的一条重要导火线》中有详细的考证③,但其中对王象春之子的身份认定有误。论文根据《庚戌科序齿录》中所记载的王象春家世履历,推断与孔有德部发生冲突的是王与文,本为王象艮之子,过继于王象春,王象春中年得子王与仁(后改名山立)后又归宗。过继一说确有其事,然根据王潆所撰《明王文玉墓志铭》中所言"文玉讳与玫,别号铁岚,大将军象丰之仲子也……季木早未宜子也,爱文玉颖,辄乞之兄子之,遂从之宦邸"。"王氏子怒,诉之有德"所指应是王与玫。

无论是正史还是野史的记载,王氏在吴桥兵变中无疑负有一定责任,明末内外交困的政治环境下,王氏作为科宦望族、地方缙绅,本当深明大

---

① [清]夏燮:《明通鉴》卷八十二,中华书局,1959年,第3171页。
② [清]文秉:《烈皇小识》卷三,留云居士编《明季稗史汇编》卷三,北京古籍出版社,2002年,第13—14页。
③ 参见黄一农:《吴桥兵变:明清鼎革的一条重要导火线》,《清华学报》2012年第1期。

义,为士卒提供补给,避免冲突。然而王象春之子因庄仆与兵卒纠纷而不肯善罢,激化了矛盾,成为孔有德叛乱的直接导火索,为整个王氏家族带来了灾难,这也正是野史、笔记中对王氏有负面评价的原因。但是,将吴桥兵变的原因全部推给王氏也是失之偏颇的,《烈皇小识》中的记载强调了王氏与孔有德部的矛盾冲突激化的过程,凸显了王氏与孔部的私人恩怨,而忽视了吴桥兵变的其他重要因素。

  孔有德为毛文龙旧部,崇祯二年(1629)毛文龙因骄恣浮夸、滥用军饷被袁崇焕斩杀,毛文龙旧将刘兴治叛乱被诛,毛旧部将发生哗变,时为宁前兵备的孙元化认为辽人可用,收留毛文龙旧部。崇祯三年(1630),孙元化升登莱巡抚,"乃用有德、仲明为游击,九成为偏裨,且多收辽人为牙兵"①。明末随着辽东战事的日益频繁,辽东百姓被迫逃难,与辽东隔海相望的登莱地区成为辽东人逃难的聚集地,在当地经济、社会中为一定程度的不安定因素,逐渐与山东人出现摩擦,关系紧张。而孔有德部多为辽东人,"辽丁贪淫强悍,登人不能堪"②,在赶赴前线途中就已不断有扰民之行,沿途城镇多闭城罢市,已经显示出辽兵与土人的紧张关系。而孔有德、李九成等人自毛文龙被斩后即"心渐携,益不可用,其后致有叛去者"③。对于赴辽东解围一事,孔有德部先"诡言风逆",改从陆路,徘徊不前,在邹平屯兵月余不进,行军两月方至吴桥,早有懈怠敷衍之意。李九成挥霍军饷,为逃避责任已有叛乱之心,王氏与孔有德部的纠纷恰为叛乱提供了一个由头。因此,孔有德、李九成等人由于毛文龙被杀、辽人与土人的矛盾等因素,实早有动摇,兵变缘于孔有德部与地方大族的一次摩擦,却激起辽人与土人敌对情绪的大爆发,最终演化为持续两年的"登莱之乱",对明清战局的走向和新城王氏的家族发展产生重要影响。

  吴桥兵变的直接结果就是引发新城王氏的"辛未之难"。孔有德、李九成在吴桥发动叛变后,反攻山东,连陷陵县、临邑、商河、青城、新城等地。崇祯四年(1631)十二月初七,孔有德、李九成等自吴桥南下,攻打新城,新城知县秦三辅率军民守城,新城王氏也参与守城之战,城陷后死节士民甚众。《新城县志》《王氏世谱》中记载,孔兵将至,王象复方病,人或劝其走匿,王象复跃起曰:"吾家世受国恩,谊不可去,且先去以为民望令长,其谁与

---

① [清]夏燮:《明通鉴》卷八十二,中华书局,1959年,第3171页。
② [明]文秉等:《烈皇小识》(外一种),北京古籍出版社,2002年,第78页。
③ [清]张廷玉等:《明史·袁崇焕传》卷二百五十九,中华书局,1974年,第6718页。

守？"①其子王与夔从旁称是，父子二人纠众守城，毙其一将，城破，父子被执，不屈而死。王象春虽避难逃脱，不久后亦郁郁而终。

孔有德叛军一路洗劫各地后，围攻登州、莱州，登、莱两地相继被攻陷，巡抚孙元化被俘。这场变乱持续两年，崇祯六年（1633），孔有德率部由海上投降后金，并带走了孙元化多年经营建成的军队，这支军队有新式西洋大炮、火器，为后金增加了强大的军备，进一步改变了明王朝与后金在战场上的力量对比。孔有德、耿仲明等降后金后，受到皇太极优待，后来成为清军入主中原的主要战将。

（二）王氏的创伤与彷徨

辛未之难后，崇祯十二年（1639），清军侵入关内，千里奔袭，烧杀戮掠，攻陷济南，王象明避难长白山，作《聊聊草》，追诉孔有德叛乱，对诸将官无力抵抗愤懑不已，"孔贼昔年叛逆，据登攻莱，靡金钱者数十万。不即殄灭，诸将官受贿卖之而逃，今乃携虏内犯，南下千里，曾无一兵阻之，竟破济南，血流漂杵"②，可见崇祯十二年（1639）济南之陷仍有吴桥兵变的影响，清军这次在济南屠杀百万，劫掠一空。

崇祯十五年（1642），清军再次下山东，攻克三府、十八州、六十七县，新城就在其中，这就是对新城王氏打击最大的壬午之难。壬午之难中王氏男丁殉难者四十余人，其中以第七代"与"字辈与第八代"士"字辈青壮年成员为主，这也正是王氏在文化上蓬勃发展的两代。经过这次劫难，王氏人才凋零，文化发展被猛然打断。除了男性成员外，王氏妇孺不屈殉节者甚多，"明季壬午、癸未间，二东妇女死者众矣。或死俘执，或死道路、山谷，流冗转徙，等死耳"③。

据王士禛《五烈节家传》载，崇祯十二年（1639）清军自畿辅下山东，破济南，东至长山，未至新城而去。崇祯十五年（1642）冬，清军入关，新城陷，王与龄妻孙孺人投井死，其子王士瞻、王士鹄守城，士瞻战死，士鹄以婢言，负其母出井。王士和之妻张氏自经东阁中，以发覆面。"初，先宜人与张对缢，先宜人绳绝不死，时夜中，喉咯咯有声，但言渴甚。士禛方八岁，无所得水，乃以手掬鱼盎冰进之，以书册覆体上。又明日，兵退，得无死，视张则久

---

① [清]崔懋：(康熙)《山东新城县志》卷八，《中国方志丛书》，成文出版社，1976年，第359页。
② [明]王象明：《济事》，《聊聊草》，北京大学图书馆藏明崇祯间刻本。
③ [清]王士禛：《李烈妇胡氏传》，《渔洋文集》卷六，袁世硕主编《王士禛全集》，齐鲁书社，2007年，第1609页。

绝矣。"①《新城县志》中对壬午殉节的妇女有更全面的记载,如王与珍妻耿氏、王士捷妻毕氏、王士扬妻郑氏、王士騄妻张氏、王象丰妻张氏、王象恒女、王象奎女、王象春女(徐夜母),或自缢,或投井,或被执后不屈而死。家族长辈在壬午之难中的殉难、殉节给王士禛留下了深刻印象:"先方伯公教家严。闺门之内,俨若朝典。又尝以先高祖母刘太夫人阃范图说,教诸妇女,皆凛然知礼义,榛栗枣修,秩秩如也。壬午、甲申之间,诸母而下,节烈辈出,孰谓方伯公之教渐渍使然哉?"②

崇祯十七年(1644)甲申之变后,朱明王朝覆灭,带给新城王氏更大的心理阴影与精神创伤,王与胤及其妻、子的自缢殉国正是在家与国不断遭受打击之后做出的反应。朱彝尊云:"甲申前后,士大夫殉难者,不下数百人,大都半出科第,而新城王氏,科第最盛,尽死节者亦最多。"③易代之际,山东其他望族如淄川高氏、鸢桥王氏、德州谢氏等因社会动乱、农民起义暴动等各种原因归降清廷。相比之下,王氏在易代过程中坚贞不屈的气节和态度都是十分鲜明的。

顺治初,被征服的山东地区并未因新王朝的建立而归于平静,社会仍然处于动荡,"探丸啸聚,尚遍六郡,劫掠玉帛、子女无虚日,长吏束手不能御"④。顺治三年、四年间(1646—1647),高苑农民谢迁率数千人暴动,连破新城、长山诸县,新城王氏外出避难,王象晋、王与敕一家避地邹平,依外家张氏。在这种动荡、纷乱的社会环境下,王氏无疑面临着家族生存的压力。谢迁暴动中,淄川孙之獬被处死,高珩乘夜色缒城而出,与王樛在清兵军营中赞画方略,击溃农民军。高珩、王樛分别出自淄川高氏与鸢桥王氏,与新城王氏关系密切,清初入仕授官,属降清的山东缙绅。与其他山东望族相比,面对生存困境和家族气节,王氏呈现出彷徨、挣扎的家族心态,这从清初众多王氏成员对出世入世的选择上可以看出来。

王与美,字楚白,贡生,考授中书。甲申后甘老林泉,终身不出。

---

① [清]王士禛:《五节烈家传》,《渔洋文集》卷六,袁世硕主编《王士禛全集》,齐鲁书社,2007年,第1612页。
② [清]王士禛:《五节烈家传》,《渔洋文集》卷六,袁世硕主编《王士禛全集》,齐鲁书社,2007年,1613页。
③ [清]朱彝尊:《曝书亭集》卷七十二,国学整理社,1937年,第829—830页。
④ [清]王士禛:《贞烈韩孺人传》,《渔洋文集》卷六,袁世硕主编《王士禛全集》,齐鲁书社,2007年,第1604页。

王与敕，字钦文，号匡庐，王象晋四子，王士禛父，顺治二年（1645）拔贡，以父年老，兄殉节，不谒选而归，事父终身。

王与慧，字僧眼，号雪潭，贡生。辛未之难火焚其居，以身蔽其父之柩。抚按旌荐其孝行，予以官，不就。

王山立，原名与仁，字善长，号肃然，王象春子。顺治十四年（1657）武举，十八年（1661）武进士，以母老不愿仕，隐居长白山别墅。

王士鹄，字志千，一字太液，邑增生，其父王与龄、兄王士瞻、母孙孺人皆壬午殉难，事方伯公王象晋得其欢心，晚岁倡族人修葺忠勤祠，又创善行祠于大槐之侧，手录祖宗嘉言懿行以训后人，邑中推为典型，累举乡饮，皆逊谢不赴。

王士誉，字令子，号笔山，顺治七年（1650）举人，顺治九年（1652）不第，为宵小所蛰。肆力诗文，工书法，间作山水花鸟，日与农夫野老流连泉石以终其身。

王士骧，字陇西，号杜称，顺治十四年（1657）解元，康熙三年（1664）进士，官内阁中书舍人，以母老乞归。

这些经历了明清易代的家族成员在清初身负功名，一度参加科举并进入仕途，但大都选择归隐，功名抱负、家族生存促使他们走上科举仕宦之路，而易代中的家族创伤带给他们巨大的伤痛和阴影。因此，经历明清易代以后王氏呈现出彷徨、挣扎的心态。

新城王氏在吴桥兵变中负有一定的责任，也在辛未壬午、甲申三次劫难中遭到沉重的打击，在明清易代过程中表现出坚定的立场和不屈的气节，入清后面对生存压力和动荡的社会环境呈现出彷徨、挣扎的心态。作为明清之际的科宦望族，王氏影响了明清易代的进程，而明清易代对王氏的家族发展、家族心态、家族文化都产生了深远的影响。

第三节　新城王氏与明清社会文化思潮

新城王氏在明末清初既经历了政治、社会的大变革，也经历了思想文化领域从王学左派到实学思潮的转变。晚明时期以王艮、何心隐、李贽为代表的王学左派重视人的主体价值，肯定人的合理欲望，冲击程朱理学，伴随着政治上的腐败与混乱,促成了晚明的思想解放。同时,随着明王朝的衰亡与覆灭,东林学派以实学补王学末流空谈心性之弊,为明末清初启蒙思潮的兴起做好了准备。明清易代的社会变革,使士人反思明亡,顾炎武、王夫之、黄宗羲等学者将明王朝的覆灭与王学末流的空疏学风联系在一起,批判王学流弊,提出经世致用的思想,向传统、理性回归。新城王氏家族的发展,以王学的盛行和实学思潮的兴起为背景,或多或少地与明末清初的社会思潮发生联系。

一、王氏家族与王学左派

嘉靖、隆庆、万历三朝,是王学盛行并发展、蜕变的重要时期,王学左派影响日益扩大,讲学活动兴盛,空谈心性之风日隆。这一时期也是新城王氏家族发展、繁荣的重要阶段,对于风靡天下的王学,王氏家族持有何种态度?这是探讨王氏家族文化取向的一个重要方面,而这一时期与王氏家族有重大关系的何心隐之死正反映了王氏家族的态度。

何心隐之死关涉到新城王氏第五代重要人物王之垣。万历六年(1578),时任湖广巡抚的王之垣杖杀王学左派人物何心隐,这是一个影响深远的文化事件,也是关系到王之垣仕途转折、王氏家族发展的重要事件。何心隐,原名梁汝元,字柱乾,号夫山,江西吉安人,早年参加科考,嘉靖二十五年(1546)省试第一,后弃举业,拜王学左派颜钧为师。嘉靖间严嵩专权,何心隐参与弹劾严嵩,事泄后更名并南下避祸,从事讲学,讥切时政,万历七年(1579),以僧人曾光事被王之垣杖杀。何心隐以颜钧为师,学术思想源于王阳明弟子王艮,是泰州学派代表人物,有较高的社会声望,关于其生平行迹及被捕、被杀的过程,容肇祖先生有详细的考证[①]。

万历七年(1579)三月,何心隐被捕,九月被王之垣杖杀。何心隐之死引起舆论哗然,而最引人争论的是王之垣杀何心隐的动机。当时文人、学者为何心隐作传、作祭文、题词,力辨其冤,李贽、邹元标、耿定力、黄宗羲等人皆有所论断。最普遍的看法是与首辅张居正有关,王之垣杀何以媚张,这也是何心隐本人生前的说法。嘉靖三十九年(1560),何心隐与张居正经耿定向兄弟介绍会面,何心隐后有"此人必当国,杀我者必此人也"的预言。

---

① 容肇祖:《何心隐传》,何心隐撰,容肇祖整理《何心隐集》,中华书局,1960年,前言第1—7页。

万历七年(1579)，何心隐被捕后上书辩冤，认为自己为张居正所"毒"①。何心隐见王之垣，坐不肯跪，曰："君安敢杀我，亦安能杀我，杀我者张某也。"②何心隐本人的言论皆指向张居正，因而多数人持此看法，认为王之垣杀何心隐以取悦于张居正，如邹元标云："王夷陵惟知杀士媚权，立毙杖下。"③黄宗羲将何心隐之死归于政治斗争，云："江陵当国，御史傅应祯、刘台连疏攻之，皆吉安人也。江陵因仇吉安人。而心隐故尝以术去宰相，江陵不能无心动。"④沈德符《万历野获编》中亦云张居正夺情事起，何心隐讥切时政，"与其临邑吉水人罗巽同声倡和，云且入都持正议，逐江陵去位，一新时局"，引致"江陵恚怒，示意其地方官物色之。诸官方居为奇货"⑤。第二种说法出自李贽，认为何心隐之死与张居正无关，而为李幼滋授意，他在《答邓明府》中云何心隐解至湖广时，湖广曾密进揭帖于张居正。张曰："此事何须来问，轻则决罚，重则发遣已矣。"差人出阁门，李幼滋授意曰"此江陵本意也，特不欲自发之耳"⑥，遂杀何心隐。另一种说法来自何心隐好友耿定力，他认为何心隐之死完全出于王之垣之意。耿定力在《胡时中义田记》中记载了何心隐与张居正的会面，并云其后张居正语及心隐"未尝相忌相仇也"，何心隐之死皆为王之垣之意，"夷陵南操江时，孝感程二蒲以维扬兵备，直言相忤。夷陵衔之，二蒲尝父事心隐，遂借心隐以中二蒲，而朝野舆论咸谓出江陵意，立毙杖下，竟践心隐当国杀我之言。夷陵实江陵罪人矣"⑦，谓王之垣挟私怨而杀何心隐。后两种说法都有为张居正开脱之意，李贽虽谓"何氏不足仇"，但亦未能彻底撇清张居正。耿定力谓王之垣杀何心隐是为报私怨，而事实上追捕何心隐之事非始于王之垣，早在万历四年(1576)前任湖广巡抚陈瑞已开始追捕何心隐，而耿氏本人出自张居正门下，故为张居正开脱之意十分明显。杀何媚张之说则为舆论普遍认同，从明代至当今学者的研究考证来看，这种看法也是较为符合实际的。

① [明]何心隐：《上祁门姚大尹书》，何心隐撰，容肇祖整理《何心隐集》，中华书局，1960年，第77页。
② [明]王世贞：《弇州史料后集》卷三十五，《四库禁毁书丛刊·史部》第49册，北京出版社，1997年，第703页。
③ [明]邹元标：《梁夫山传》，何心隐撰，容肇祖整理《何心隐集》，中华书局，1960年，第121页。
④ [清]黄宗羲：《明儒学案·泰州学案序》，何心隐撰，容肇祖整理《何心隐集》，中华书局，1960年，第124页。
⑤ [明]沈德符：《万历野获编·妖人遁逸》，何心隐撰，容肇祖整理《何心隐集·附录》，中华书局，1960年，第137页。
⑥ [明]李贽：《答邓明府》，《焚书》卷一，中华书局，2009年，第15—16页。
⑦ [明]耿定力：《胡时中义田记》，何心隐撰，容肇祖整理《何心隐集》，中华书局，1960年，第142页。

不论哪种说法,值得注意的是,何心隐之死背后有一个文化动因,即与何心隐的讲学活动有关。何心隐被捕后呈书自辩,即认为所谓"盗犯""奸犯"皆属无稽,真正原因在于讲学,"汝元以讲学被毒。窃元自幼壮,至今六十有余岁,无一岁不与讲学人交,以事讲学事也,何尝有一逆事以藏于妖事乎?"①这一文化动因无论从当时的社会政治背景,还是何心隐与张居正的个人往来来看都有据可依。万历初期,王学左派以其浓郁的世俗化、平民化特点风行天下,同时也逐渐背离了儒家正统,如黄宗羲所说:"阳明先生之学,有泰州、龙溪而风行天下,亦因泰州、龙溪而渐失其传。泰州、龙溪时时不满其师说,益启瞿昙之秘而归之师,盖跻阳明而为禅矣。"②王学左派后期发展为狂禅,何心隐已显其端,且他一生以讲学为事业,在士民中影响很大,王世贞《史料后集》云其"而所至聚徒,若乡贡、太学生以至恶少年,无所不心服",故被视为"异端"。万历七年(1579)正月,张居正颁布诏令毁天下书院,"先是原任常州知府施观民,以科敛民财,私创书院,坐罪褫职。而是时士大夫竞讲学,张居正特恶之,尽改各省书院为公廨。凡先后毁应天等府书院六十四处"③。同年,何心隐作《原学原讲》,谓不可不学,不可不讲,并欲上书阙下,其被捕后沿途以此篇呈辨,表明了其对于"讲学"一事的态度,这无疑与官方意志相悖。从何心隐与张居正的个人交往来说,耿定力所记载的京师会面时二人并无矛盾,而何心隐预言"张公必官首相,必首毒讲学,必首毒元"④,可见他们的分歧很大程度上在于"讲学"一事。万历七年(1579)张居正诏毁天下书院之事为其改革中整顿学风中的一环,邹元标虽认为王之垣杀何媚张,但亦指出了讲学一事的重要影响:"比江陵柄国,即首斥讲学,毁天下名贤书院,大索公,凡讲学受祸者不啻千计。"⑤

因此,从明代社会文化大背景来说,何心隐之死可以说是程朱理学与王学斗争的结果,而王之垣正处于事件的漩涡中心,他杖杀何心隐一方面出于政治原因,另一方面则出于文化原因。王氏从王重光开始跻身仕宦,在王之垣一辈尚处于由世代务农向科宦世家转换的阶段,王重光以忠勤死

---

① [明]何心隐:《上沿途经解衙门书》,何心隐撰,容肇祖整理《何心隐集》,中华书局,1960年,第26页。
② [清]黄宗羲:《明儒学案·泰州学案序》,何心隐撰,容肇祖整理《何心隐集》,中华书局,1960年,第122页。
③ [清]夏燮:《明通鉴》卷六十七,中华书局,1959年,第2613—2614页。
④ [明]何心隐:《上祁门姚大尹书》,何心隐撰,容肇祖整理《何心隐集》,中华书局,1960年,第77页。
⑤ [明]邹元标:《梁夫山传》,何心隐撰,容肇祖整理《何心隐集》,中华书局,1960年,第121页。

于王事,受到嘉靖褒扬,事功卓著。而王之垣亦有着强烈的建立事功的欲望,在政治上确与张居正关系密切,他初任荆州府推官时拒绝请托,不徇私情,善断疑狱,"听断平反,一禀于三尺,而辅以宽恕,两造庭立,出片语折之,君然而解"①。辽王不法,扑杀郡吏,王之垣不畏其权势,逮捕查办辽王门下十余人,激怒了辽王,其辱骂威胁王之垣,王不为所动,依律惩处。荆州为张居正故里,而辽王与张居正有隙,王之垣惩办辽王属下一事便为其日后的政治立场埋下伏笔。万历五年(1577),王之垣任湖广巡抚,再次在楚为官,张居正父丧,王之垣曾参与张父陵墓督修,二人多有书信往来。因此,王之垣在政治上是追随张居正的,何心隐之死亦当与王之垣政治立场有关。从文化方面来说,王之垣本人接受的是正统的儒家教育,思想上受程朱理学影响较深,他晚年的《炳烛编》记录古人格言懿行,以"修己""摄生""淳伦""谨畏""勤俭"为先,认为治家以正伦理、别内外为本,为政当以扶纲常、正名分、重道义为第一,而风俗为天下大事,教化衰则风俗日坏。王之垣在思想文化认识上以儒家正统为本,而他建家庙、置义田、修族谱的宗族建设和严格教育子孙的实践也都反映出对儒家伦理纲常的认同和维护。

何心隐之死使王之垣处于当时舆论批评的中心。万历十年(1582)张居正死后,"倒张"风潮兴起,张居正的改革政策、所选用的官员都遭到攻击、罢黜,是时王之垣已告病回乡,然其杖杀何心隐之事仍被弹劾,赵崇善、王士性、邹元标等人以此事交章具奏,弹劾王之垣杀何心隐以媚张。王之垣上疏自辩,以各省访拿何心隐卷案请行勘,朝廷有"这有名凶犯,原应正法,不必行勘"②之旨,此事方告一段落。然而他虽避开了政治上的清算,仍被士林中人所诟病,入清后王士禛一再为其高祖辩解,侧面说明此事在王氏文化上影响深远。

王之垣杖杀何心隐一事从文化意义上来说,反映出明代新城王氏对于盛行一时的王学不认可、不接受的态度,这种态度与王氏对东林学派的态度对比明显。

---

① [清]王赠芳、王镇修,成瓘、冷烜等纂:(道光)《济南府志·人物志》,《中国地方志集成·山东府县志辑》1,凤凰出版社,2004年,第570页。
② [明]王之垣:《历仕录》,《四库全书存目丛书·史部》第127册,齐鲁书社,1996年,第753—754页。

二、王氏家族与东林学派

东林党作为晚明一股极具影响力的政治力量,有自己的思想观念和政治倾向,自顾宪成、高攀龙讲学开始,便以纠王学末流之弊为目的,倡导经世实学,以天下为己任。新城王氏家族与东林党的联系多属政治层面,晚明党争激烈之时,王象乾、王象晋、王象春皆被列为东林党人,历来对王氏家族与东林党的研究也关注于党争的层面,而事实上,王氏家族在文化上也与东林党有关联。

(一)王之都与顾宪成

从现有的文献资料来看,新城王氏家族最早与东林党人有交往的是第五代成员王之都。王之都,字尔会,号曙峰,王耿光第四子,聪颖绝伦,长于书法,万历二十三年(1595)中进士,官平凉府知府,渑池县令,以兄王之猷观察大梁,调宁晋、柏乡、密云,升户部主事、员外郎,榷浒墅关税,督辽东粮储,官至开封府知府。王之都与东林开山顾宪成有交往,顾宪成曾为王之都《弹心录》题词,云:

> 曙峰王君之为吴关也,声称籍甚,方吴越千里内外往来之旅,辗转滕说,莫不欣然愿出于其途,予闻而异之。已而有言君三仕令尹,并著循良声,予益异之,以为真洁己爱民君子也。偶问医姑苏,道经吴关,君访予舟中,一见如故。及予报谒,君遂出卮酒酌予,相对为秉烛谈,亹亹皆古人风轨,忽不觉沉疴之霍然去体也。①

王之都与顾宪成相识、订交在其榷关浒墅时。顾宪成于万历二十二年(1594)因会推阁臣之事削职回乡,至万历四十年(1612)病逝,在无锡重修东林书院,往来于无锡、虞山一带,讲学议政,发起东林大会,声望日高。王之都中进士、入仕途之后正是东林崛起、名声大振之时。顾宪成对王之都的人品、学问赞誉有加,与王之都的交往也不只是一次"访予舟中"的偶然契机,更深层次的原因是二人的学术旨向和政治理念有一致性。东林学派崛起于阳明心学风靡一时、流弊渐显之际,顾宪成的学术思想受到心学的影响,同时也洞察到了心学的弊端,他讲求学以致用,直面现实,以世为体,

---

① [明]顾宪成:《泾皋藏稿》卷十三,《景印文渊阁四库全书·集部》第1292册,台湾商务印书馆,1986年,第159页。

开启了明末经世致用的实学思潮。王之都学问渊博,亦曾讲学授徒,他告诫弟子"文章要在经世,如户口、屯田、兵防、水利、盐法诸务,不究析其要领,虽得科名,辟诸石田,无所用之"①。王之都在学术旨向上尚实用之学,在为官为政中践行了经世致用的政治理念。他在渑池县治理水患,建文昌祠,兴文教,行方田法;在密云筑石垣,开水道,擒巨盗;在浒墅减船科,建吴太伯祠,造兴福桥;在开封惩奸除恶,汴人为之立祠于包公祠之右,为官多实政,体现出儒家济物利人的思想。

王之都的实学和实政无疑与顾宪成学术思想相契合,因此二人一见如故,秉烛而谈,顾宪成谓王之都有古人之风,询其《殚心录》所指,王之都答云:

> 天下之事才者能为,智者能谋,强有力者能任,予于斯自省无处也,惟此心不敢不尽焉。苟有利于民则跃然以起,不为之聚,而归之不已;苟有害于民则恻然以兴,不为之除,而去之不已。是故在渑池即身视渑池,在栢乡即身视栢乡,在密云即身视密云。今兹抱关,与东西南北之人交,即又身视东西南北。恩怨之不知,毁誉之不知,知尽吾心而已。②

顾宪成颇为赞同,并云"吾将借以自镜焉"。王之都的学术、政治思想都遵循着儒家学以致用的思想,与东林学派学术宗旨相一致。

(二)王象春与东林学者

明代新城王氏家族与东林学派联系最为紧密的是王之猷、王象春父子。王象春抗论士大夫邪正,政治倾向鲜明,被视为东林党党魁,他是晚明山左较有影响的诗人,诗歌创作多,但并无学术论著传世,在《辨明孤贞疏》中对自己的学术渊源有一番追溯:

> 邹元标为臣父按察使之猷同籍,同为理学契厚,春从之讲学,又为邹文集作序,颇有讥刺谄佞之语,而一时伪学之禁起,攻击道学之

---

① [清]崔懋:(康熙)《山东新城县志》卷七,《中国方志丛书》,成文出版社,1976年,第311页。
② [明]顾宪成:《泾皋藏稿》卷十三,《景印文渊阁四库全书·集部》第1292册,台湾商务印书馆,1986年,第159页。

人,恶春如仇雠,遂指春为讲学之党矣。①

《辨明孤贞疏》作于崇祯元年(1628)魏党事败以后,其时遭罢黜的东林党人大多得以重新起用,唯王象春一斥不复,故王象春上疏辩冤,期望起复,一展抱负,其文化倾向和学术态度从这段自述中可窥一斑。王象春之父王之猷与东林学者邹元标同为万历五年(1577)进士,王之猷为官多实政,治河、减屯税、折马价、平反无辜,政务皆以便民为本,并且熟知礼典,长于诗歌,有《柏峰集》存世。从王象春的叙述中可以看出王之猷与邹元标在理学上观念契合,交往密切。王象春显然受到了其父亲的影响,与邹元标有师生之谊。

邹元标,字尔瞻,号南皋,江西吉水人,万历五年(1577)进士,观政刑部,因张居正夺情一事抗疏切谏被谪,万历十一年(1583)召为吏科给事中,后历官南京兵部主事、吏部主事、刑部主事。万历二十二年(1594)告病乞归,乡居近三十年。泰昌元年(1620)被召回,为大理寺卿,历刑部右侍郎、吏部左侍郎、都察院左都御史,天启二年(1622)致仕,天启四年(1624)卒,谥"忠介"。邹元标是晚明著名学者,又是东林党人,在学术上受到王阳明影响,他少时从太和胡直游,是江右王门的三传弟子。江右王门以邹守益、欧阳德、聂豹等为代表,谨守阳明矩矱,对王学的发展不似泰州学派激进。邹元标对万历以后王学左派末流影响下的空疏学风有清醒认识,所以重实行,反空谈,主张修悟合一,重视儒家道德,因而他虽为王学传人,在思想上却与东林学派颇为接近,如黄宗羲所说:"先生即摧刚为柔,融严毅方正之气,而与世推移,其一规一矩,必合当然之天则,而介然有所不可者,仍是儒家本色。"②邹元标一生从事讲学活动,建立仁文书院、泷江书院、归仁书院、首善书院等,与东林书院相应和,其学说与声望都有很大影响。王象春曾从邹元标讲学,文震孟说他"素事父执邹忠介公甚谨",并为邹元标文集作序。根据《辨明孤贞疏》,其为邹元标文集作序在天启元年(1621)至天启三年(1623)南京工、兵二部为官之时,是时齐、楚、浙三党逐渐投靠魏忠贤,魏党势力壮大并开始驱逐、打击东林党人,故王象春云"一时伪学之禁起",将东林学派的遭遇比为南宋禁锢朱熹讲学的"伪学之禁",王象春也受到牵连,被指为"讲学之党",这也正说明了王象春的文化旨向与学术态度与东林学派相一致。

---

① [明]王象春:《辨明孤贞疏》,蔡士顺编《同时尚论录》卷五,《四库全书存目丛书·集部》第374册,齐鲁书社,1997年,第524页。
② [清]黄宗羲:《明儒学案》卷二十三,中华书局,1985年,第535页。

除了邹元标之外,王象春与河洛学者吕维祺交往颇深。吕维祺,字介孺,河南新安人,万历四十一年(1613)进士,授兖州推官,擢吏部主事,天启间以魏党专权辞归,崇祯间官尚宝卿、太常少卿、南京兵部尚书。崇祯十四年(1641),李自成兵破洛阳,吕维祺被俘,于周公庙不屈就死。吕维祺精于儒学,创立芝泉讲会,在河洛间讲学,他受阳明致良知之学影响,同时有东林学派的经世思想,在学术思想上与邹元标相近,奉邹氏为师,亦与王象春交好,二人有频繁的诗歌倡和,为王象春重要诗友。

王象春为人刚直傲兀,以才学自负,所交者多志同道合。他在政治立场上与东林党一致,而他与邹元标、吕维祺等学者的交往,侧面反映出他在文化上对东林学派的接受。

新城王氏在由心学思潮向实学思潮转变的社会文化背景下,有自己的文化态度,何心隐事件中王之垣的行为选择,王之都、王之献、王象春等成员与东林学者的交往,在反、正两方面体现了王氏的文化选择。另外,从儒家传统与经世思想来说,王之城《防海要略》对海防的见解、王象晋《保安堂三八部简便验方》《群芳谱》在医学、农学上的贡献,王图鸿《春秋四则》《三传义例》《字韵》等对儒家经义的研究,都表明了王氏对儒家正统、经世思想的恪守与奉行。因此,新城王氏在文化取向上与东林学派较为一致,这也正顺应了明清社会文化的发展、转变的趋势。

新城王氏家族从明嘉靖至清康熙的二百余年中经历了崛起、鼎盛、凋零、振兴的过程,在科举、文化上都取得了较大的成功。其家族的发展以晚明党争、明清易代为社会大背景,同时伴随着文化思潮从王学左派向实学思潮的转型。这是一个急剧变革的时代,而这种时代环境作为外部因素对于王氏家族文学传统构成了潜移默化的影响。

第二章

新城王氏家族交游考

明清时期新城王氏通过科举确立了其政治、社会地位，同时与海内文人、山左望族有广泛的交游。王氏家族的交游在明、清两代有不同的侧重，晚明时期王氏科甲鼎盛，有较高的政治地位，家族交游以政治、社会交往为主；入清以后，王氏家族更大程度上是文学、文化层面的振兴，家族交游也以文学交往为主。王氏家族的交游范围广泛、形式多样，通过与联姻家族的文化互动和家族成员的结社、倡和、交游，广泛地与海内文人产生联系。本章根据王氏不同时期交游的侧重，以《忠勤录》为中心探讨明代王氏的社会交往、明清两代王氏与山左文学望族的交往，以及清代王士禄、王士禛兄弟的诗坛活动，勾勒王氏文学产生与发展的社会、文化环境。王氏家族的交游一方面促进了其家族文学传统的形成和成就的提高，另一方面也影响了明清时期文学风气的嬗变。

第一节　明代王氏的社会交往

　　新城王氏在明代中期的崛起与鼎盛，是在广阔的政治、社会背景下出现的，因此必然与时代发生联系。王氏是明清时期的世家大族，家势显赫，在明嘉靖至万历后期达到鼎盛。鼎盛时期的王氏的政治地位和家族实力体现在与当时的政治、社会生活的联系中。《忠勤录》较为集中地展示了王氏鼎盛时期的政治地位和社会生活。
　　《忠勤录》为王氏第六代王象乾、王象蒙辑录，是对王重光平蛮、督木和忠勤报国之功的记述。全书共四卷，收录了神道碑、墓志铭、行状、祭文、颂诗、跋文等，全面而详尽地记载了王重光一生为官的事迹。是书刻于万历三十三年(1605)，正是明代第六代"象"字辈成员走上科举、仕宦，家族兴旺、繁荣的时期，其中所录行状、墓志铭、诗歌、跋文等的作者144位，涉及政治、文化领域的重要人物,如申时行、王锡爵、王家屏、李三才、郭正域、邢侗、杨巍、焦竑等人。这些诗、文展现了王重光、王之垣、王象乾三代人为家族事功的弘扬所做的努力,同时反映了王氏家族鼎盛时期的政治交游和社会影响。

一、崇尚事功

王氏在万历后期的鼎盛由第四代王重光开始便奠定了坚实的基础,最广泛地为时人所认可的是其以平蛮、督木卒于王事,嘉靖亲诏"忠勤可悯",并赐祭、赠官一事。王重光历官工部主事、户部主事、佥都御史、山西左参议、贵州布政司参议,在官职、地位上并不显赫,然"年位虽未竟,而业已飞符"[①]。榷税九江时清正廉洁、不名一钱,分巡大同时不阿权贵、据理力争,平蛮、督木时果敢无畏,身体力行,体现出王氏初入仕途正直谨慎、积极进取的态度,为子孙入仕为官树立了榜样。而王重光的事功卓著则主要体现在其卒后朝廷的嘉奖和士民的称颂上。嘉靖三十七年(1558)八月,王重光以采木染病卒,嘉靖帝诏谓"忠勤可悯",赐祭一坛,遣山东布政司右参议李一瀚颁谕祭文。嘉靖四十一年(1562),京城三殿告成,嘉靖下诏追赠王重光太仆寺少卿,同年,王重光病卒之处永宁士民感其政绩,为其建祠,以"忠勤"表其额,配王文成侯(王守仁)祀,号曰"二王","盖文成之道被功成亦在黔也"[②]。万历八年(1580),其子王之垣官户部右侍郎,以秩满赠王重光如其官。

《忠勤录》中的墓志、行状等皆围绕王重光为官的种种经历,褒扬他的忠勤报国、匪躬大节,并认为王氏后人科宦蝉联、家族兴旺为王重光德行庇佑的结果。吴之鹏云:"种木者先世树之,后世享之,收其实则盈儋石,用其材必济隆栋。故世臣之家先有高勋钜劳殒躬致命者,其子孙必有后禄,盖天道然也。"[③]王重光以忠勤卒于王事在一定程度上也确实为子孙的科举、仕途铺平了道路,"每岁大比,使者上贤能书,则都人士争指名之曰'此夫故

[①] [明]王锡爵:《忠勤祠记》,王象乾、王象蒙辑《忠勤录》,《北京师范大学图书馆藏明刻孤本秘笈丛刊》第11册,广西师范大学出版社,2010年,第543页。
[②] [明]吴之鹏:《忠勤录叙》,王象乾、王象蒙辑《忠勤录》,《北京师范大学图书馆藏明刻孤本秘笈丛刊》第11册,广西师范大学出版社,2010年,第534页。
[③] [明]王锡爵:《忠勤祠记》,王象乾、王象蒙辑《忠勤录》,《北京师范大学图书馆藏明刻孤本秘笈丛刊》第11册,广西师范大学出版社,2010年,第533页。

涞川之后,某子某孙某同产伯仲也'"①。王重光分巡大同期间兼督学政,王家屏曾受知于王重光,郝杰、李承式、马豸、陆应鸿、马濂、李一鹗、覃应元、田兰皆出自其门下,侯钺、宋延年为王重光好友。王重光在仕途中与同年、好友、学生、故交等的人际交往同样为王之垣、王象乾等人的仕宦打下了基础。

王之垣、王象乾两代人在进入仕途之后弘扬王重光的事功、政绩,以光大门楣,王之垣巡抚湖广,王象乾总督川贵,王象蒙巡按四川皆曾至永宁拜忠勤祠。万历十六年(1588),致仕居乡的王之垣在新城县东别立"忠勤祠",追念先人盛德,垂训后世,彰显君赐。忠勤祠建成后,王象乾将王重光平蛮、督木事刊于家庙,又将古法书自晋王羲之、王献之,至唐颜真卿、柳公权,集为忠勤祠帖,刻以传之。《忠勤录》的辑纂、刊刻亦体现出王氏第五代、第六代彰显家族事功,振兴家族的积极态度,其中所收录的神道碑、墓志铭、行状、诔、传等多为王之垣、王象乾、王象蒙等人请当时名宦写成,如申时行《神道碑》为其归田以后王之垣致信请为撰写;《忠勤祠记》为忠勤祠落成后,王之垣遣长子王象乾请王锡爵撰写;王家屏《墓表》为受王之垣嘱托而作;宋延年《行状》是王重光归葬后其子王之翰等拜谒请为撰写;《合葬墓志铭》是王重光妻刘太淑人卒后,王之垣、王之猷特拜请杨巍撰写;屠隆《王司徒诔》为王之猷致信请撰,其余如冯琦、郝杰、郭正域、江东之、邢侗等人所写的传、颂、跋等皆受王之垣、王象乾等人所托而作。《忠勤录》的成书反映了明代王氏对家族事功的彰显与弘扬,同时也反映出王氏家族成员交游的广泛。

二、政治地位

《忠勤录》收录神道碑、墓志铭、行状、传记、诗歌、跋文等,内容丰富,收录的作者144人,皆与新城王氏有或多或少的交往,他们的身份、官职从侧面反映出王氏在政治生活中的交游层面和政治地位。与这144位作者相关联的不仅仅为王氏某一代人,而是包括了从第四代王重光到第六代王象乾等王氏崛起与鼎盛时期三代人的政治交往。《忠勤录》中所涉及人物如下表:

---

① [明]王锡爵:《忠勤祠记》,王象乾、王象蒙辑《忠勤录》,《北京师范大学图书馆藏明刻孤本秘笈丛刊》第11册,广西师范大学出版社,2010年,第544页。

表2-1 《忠勤录》收录诗、文作者表

姓名	省份	官职/身份	姓名	省份	官职/身份
申时行	江苏	太子少师、东阁大学士、内阁首辅	王锡爵	江苏	太子太保、文渊阁大学士
王家屏	山西	东阁大学士	侯钺	山东	都察院右都御史
宋延年	山东	礼部司务	杨巍	浙江	吏部尚书
屠隆	浙江	礼部郎中	郝杰	山西	少保兵部尚书
冯琦	山东	礼部尚书	郭正域	湖北	詹事
江东之	安徽	贵州巡抚、右佥都御史	李维桢	湖北	翰林院编修
蔡时鼎	福建	云南道监察御史	黄镇	福建	云南布政司参议
邢侗	山东	少参(湖广参议)	梁铨	浙江	少参(贵州右参议)
李长春	四川	礼部尚书	周应中	浙江	佥都御史
张道	江西	监察御史	罗应云	贵州	知县
邹至道	广东	永宁卫指挥佥事	雷动		永宁卫镇抚
闻克承 闻克让 闻克谨		廪生	胡宥	安徽	佥事
闻道立	四川	山西清吏司主事	马呈图	四川	监察御史
何世显	浙江	永宁卫指挥	丁世芳		永宁卫镇抚
张云翔		指挥佥事	雷思忠		永宁卫指挥
王以俭		永宁宣抚司同知	王以涣		四川布政司
高则益	江西	四川按察司副使	曹希彬		叙泸、迤西总兵
李仲文		纳溪知县	江大涵		梧州府通判
路车		叙州府同知	刘綎	江西	备倭副总兵
顾为麟		叙州府安边同知	陈性学	浙江	贵州按察司副使
吴道卿	山东	四川布政司右参政	雷应时	山西	永宁宣抚司儒学教授
黄懋鼎	山东	乌蒙府通判	向达吉		寇思训导
罗应台		广西思恩军民府知府	宋兴祖	四川	监察御史
丘乘云	四川	御马监大监	洪澄源	福建	贵州按察司副使
王廷兰		四川都使司军政佥书	顾汝学	浙江	大参(云南右参政)
王应麟		四川布政使司右参政	李时华	贵州	监察御史
周嘉谟	江苏	四川右布政使	韩擢		四川布政使司下川南右参政
崔应麒	北直隶	四川左布政使	李三才	陕西	兵部侍郎
曹子念	江苏		顾其志	江苏	南京都察院右都御史
茅国缙	浙江	监察御史	顾九思	江苏	太常少卿
吴崔	浙江		管志道	江苏	佥都御史

续表

姓名	省份	官职/身份	姓名	省份	官职/身份
顾冶	江苏		姚纯臣	江苏	知府
元文发	江苏		周时复	江苏	
黄嘉芳	江苏		林文英		侍御
邓铼	江西	太仆寺卿	桑学夔	河南	兵部主政
王之桢	江苏	大金吾	吴城	江苏	
王世扬	洺州	兵部尚书	郑汝璧	浙江	佥都御史
郑材	四川	少参	蒋行可	山东	兵部员外
吕三才	山东	山西参政	计大谟	江苏	
丁元复	江苏	少参（浙江参议）	陈㝎	山东	监察御史
游日时	江西	都察院照磨	周兆龙	江苏	国子生
孙维城	北直隶	湖广道监察御史	萧大亨	山东	太子太保、刑部尚书
周天球	江苏		张献翼	江苏	举人
郑洛	四川	太子少保、兵部尚书	陆橓	江苏	山西学宪
毛文蔚	江苏		吴礼嘉	浙江	宣大监察御史
钱允治	江苏		孙化龙	北直隶	山西按察司按察使
张寿朋	旴江	刑部主事	马呈图	四川	广西巡按御史
陈载春	山东	知府	韩取善	山东	都御史
冯烶	四明	兵部主政	钱梦得	浙江	侍御
陈惟芝	河南	都御史	刘履丰	福建	
张阳春	浙江	进士	马从龙	山东	进士
罗赐祥	安徽	兵部正郎	汪鸣鸾	安徽	进士
兰轩知	山西	奉国将军	封轩新		奉国将军
七泉知	山西	镇国中尉	严应阳	山西	
沈大绶	浙江	都察院司务	刘凤	安徽	
辛志登	山西	少参	申用懋	江苏	太仆少卿
周于德	河南	按察使	刘一相	山东	参议
沈桥	四川	两淮盐运使	罗盛颜	广东	永宁卫经历
何台	中川		江盈科	湖南	户部员外郎
郑朴	四川	锦衣卫指挥	王释登	山西	
张文燿			蔡守愚	福建	四川按察使
袁子让	湖南	嘉定知州	王继明	浙江	宪副
叶向高	福建		董其昌	江苏	
耿定力	湖北	右佥都御史	杨道宾	福建	礼部尚书
焦竑	南直隶	南京司业	杨绍礼	江苏	
葛昕	山东	户部尚书	朱之蕃	山东	礼部右侍郎

续表

姓名	省份	官职/身份	姓名	省份	官职/身份
窦子偁	安徽	泉州知府	严澂	江苏	
唐鹤	江苏		张凤翼	江苏	
张牧幼	江苏		盛世鸣	安徽	
沈绍文	江苏		王衡	江苏	翰林院编修
薛明益	江苏		范醇	四川	

注：表格中人物按照书中出现顺序排列，官职根据所撰诗文附注补充。

从表2-1可以看出，这些作者涉及的地域广泛，南方以江苏、浙江、四川为多，这一方面是由于明代江南人文、社会、自然条件优越，科举兴盛，文化繁荣，王氏第五代、第六代成员出仕为官者多，官位较高，亦多在江南。王之猷曾任淮扬兵备道、浙江按察使，王之城为温州府同知，在江南有一定的影响。另一方面，王重光的功业主要在贵州，卒后四川永宁为建忠勤祠，万历六年(1578)至万历十年(1582)、万历十八年(1590)、万历二十年(1592)、万历二十一年(1593)、万历二十九年(1601)至三十二年(1604)四川官员皆为其作祭文，如洪澄源、王廷兰、王应麟、李时华、周嘉谟、韩擢、崔应麒等人的祭文皆作于为官四川时期。王之垣曾为湖广巡抚，王象乾曾为川贵总督，王象蒙曾为四川巡按，皆在西南为官，此地门生故旧较其他地方多。而北方以山西为多，亦与王重光分巡大同、王象乾综理宣、大、山西军务有关。

值得注意的是，为王氏撰写神道碑、墓志铭、墓表、行状、诔、跋等的作者皆为嘉靖至万历年间重要的政治人物，申时行、王锡爵、王家屏、叶向高为首辅、内阁大学士，郭正域、杨巍、郝杰、冯琦、江东之等人都具有较高的政治地位，今择其要者述之，以见王氏政治交往之层面。

申时行，字汝默，号瑶泉，江苏长洲人。嘉靖四十一年(1562)进士，授修撰，万历五年(1577)改吏部右侍郎，以文字受知于张居正。万历六年(1578)迁吏部左侍郎兼东阁大学士，入预机务，后进礼部尚书兼文渊阁大学士，累进少傅兼太子太傅、吏部尚书、建极殿大学士。张居正卒后，申时行与张四维柄政，曾一度为首辅，万历十八年(1590)因建储之议上疏告归，万历四十二年(1614)卒，谥"文定"。申时行是王之垣同年进士，申时行告归以后王之垣致信云："维先子宣力国家，功被乎荒裔，此邦之人业，俎豆而尸祝之必言也，为后镜者。"[1]申时行慕其遗烈，遂为撰《神道碑》。申时行之

---

[1] [明]申时行：《神道碑》，王象乾、王象蒙辑《忠勤录》，《北京师范大学图书馆藏明刻孤本秘笈丛刊》第11册，广西师范大学出版社，2010年，第540页。

子申用懋亦为作诗颂王重光之功德。

　　王锡爵，字元驭，江苏太仓人。嘉靖四十一年（1562）会试第一，授翰林院编修。万历五年（1577）以詹事掌翰林院，万历六年（1578）进礼部右侍郎。王锡爵在翰林院、礼部与首辅张居正不和，在张"夺情"一事中同情被廷杖的吴中行、赵用贤等人，乞省亲归去。张居正卒后，万历十二年（1584）还朝拜礼部尚书兼文渊阁大学士，参与机务。万历二十一年（1593）入阁为首辅，次年以赵南星放归事上疏乞退。万历三十五年（1607）加太子太保，礼部尚书、建极殿大学士，卒后谥"文肃"。王锡爵亦为王之垣同年进士，为王氏撰《忠勤祠记》。其子王衡，字辰玉，号缑山，万历二十九年（1601）进士，授翰林院编修，善杂剧，有《郁轮袍》，亦为《忠勤录》作跋。

　　王家屏，字忠伯，山西大同人。隆庆二年（1568）进士，选庶吉士，授编修。万历初进修撰，充日讲官。万历十二年（1584）由礼部右侍郎改吏部左侍郎，兼东阁大学士，入预机务。申时行为首辅时，王锡爵、王家屏亦在内阁。万历十九年（1591），王家屏出为内阁首辅，然以建储之事上疏致仕归里，万历三十一年（1603）卒，谥"文端"。王家屏为诸生时，王重光分巡大同，兼督学政，为王家屏座师，王家屏所作《墓表》忆王重光督学云："始屏小子为诸生时，受知于督学泺川先生。所以奖予之甚厚，犹及记先生训饬士，每以忠孝大节为勖，士用蒸蒸起，咸克有树于世，若郝尚书杰、田通政蕙、李方伯承式，其显者也。屏无似，不得其职，乞身归，先生而在庶几免非徒之斥焉。去世兹久，教泽如存。会少司徒见峰公竖石先生之隧道，属屏文之，愿有述也。"①王重光与王家屏为师生关系，与王之垣亦相交甚契。

　　叶向高，字进卿，号台山，万历十一年（1583）进士，授翰林院庶吉士，进编修，迁南京国子司业。万历二十六年（1598）召为左庶子，充皇长子朱常洛侍班，不久擢为南京礼部右侍郎，改吏部。万历三十五年（1607）擢礼部尚书兼东阁大学士，与王锡爵同在内阁，次年为首辅。万历四十二年（1614）以政绩晋为太子太保、文渊阁大学士，以延绥战功加少保兼太子太保，改户部尚书、武英殿大学士，又累进少傅兼太子太傅，改吏部尚书、建极殿大学士，是年乞归。天启元年（1621）再次诏回，任内阁首辅，后以魏忠贤专权遭革职，天启七年（1627）卒，谥"文忠"。叶向高于万历、泰昌、天启间，

---

① ［明］王家屏：《墓表》，王象乾、王象蒙辑《忠勤录》，《北京师范大学图书馆藏明刻孤本秘笈丛刊》第11册，广西师范大学出版社，2010年，第544—545页。

三度出任内阁首辅,经历争国本、矿税、党争等重要事件,正直磊落,扶植贤良,与王象乾有交往,并为忠勤祠帖作跋。

郭正域,字美命,江夏人,万历十一年(1583)进士,选庶吉士,授翰林院编修,为皇长子朱常洛讲官。万历三十年(1602)拜詹事,为东宫讲官,擢礼部右侍郎,掌翰林院。次年礼部尚书冯琦卒,郭正域还署部事,代为尚书。因楚太子案遭沈一贯弹劾罢官,未及归,因妖书案入狱,万历三十二年(1604)释归,家居十年卒,谥"文毅"。郭正域与王氏有师友之谊,王象乾曾延请郭为其子师。

这些政治人物多与王象乾有交谊,与新城王氏有交往,王士禛云:"先伯祖太师霁宇公(讳象乾)出入将相六十年,与叶文忠公、沈文端公、郭文毅公辈师友之谊最厚。"①王象乾本人官至兵部尚书,总督蓟、辽、兼制宣、大,加太子太保,在万历、天启、崇祯间的政坛有重要影响,而王氏第六代9人为进士,父子、兄弟同朝为官,在官场形成一个影响巨大的家族网络。申时行、王家屏、王锡爵、叶向高、郭正域、杨巍等人权倾朝野、声望显赫,其余为王氏撰祭文、诗、跋等作者多数官职级别较高,涉及一些江南官宦世家,如王锡爵、王衡出自太仓王氏,冯琦出自临朐冯氏、邢侗出自临邑邢氏、杨巍出自海丰杨氏、陈性学出自诸暨陈氏。这些作者除了政治身份,还兼具文化身份,为晚明时文化名人,如"北邢南董"皆在其中。《忠勤录》所录诗、文的作者的官职和身份,反映出新城王氏在当时的政治地位和影响。

三、家族联姻

杨巍在为王重光与刘太淑人撰《合葬墓志铭》时对新城王氏与山左望族的联姻有一段较为详细的叙述:

> (王氏)姻缔如于少卿□、毕大司空亨、李大司徒士翱、张大司徒舜臣、毕中丞昭、御史大夫葛端肃守礼、张宪副希稷、张太仆希召、沈司业渊、耿侍御鸣世、顾郡伯连璧、冯大宗伯琦、张中丞一元、韩中丞取善、葛尚宝昕、高侍御举、于侍御永清、刑太仆侗、曲方伯迁乔、刘宪

---

① [清]王士禛:《池北偶谈》卷六,袁世硕主编《王士禛全集》,齐鲁书社,2007年,第2965页。

副一相、李黄门春开、韩侍御介皆右族云。①

杨巍列出明代与新城王氏有姻亲关系的22人,这些人都是官僚家族出身,而杨巍所在的海丰杨氏亦与王氏有联姻,他们的仕宦及家族背景如下:

杨巍,字伯谦,山东海丰(今无棣)人。嘉靖二十六年(1547)进士,授武进知县,擢兵科给事中,因忤吏部,出为山西佥事,迁参议,分守宣府。隆庆初进为右副都御史,万历初起为兵部侍郎,改吏部。万历十年(1582)起南京吏部尚书,旋召为工部尚书,万历二十一年(1593)乞归。杨巍出自海丰杨氏,其子杨尔陶为万历乙酉(1585)举人,官至江南松江府同知。海丰杨氏与新城王氏有姻亲之谊,杨巍为王重光及其妻作《合葬墓志铭》。

毕亨,字嘉会,山东新城人,成化十一年(1475)进士,由吏部主事累迁顺天府丞、湖光参政、浙江右布政使、甘肃巡抚、南京工部右侍郎,以上疏言刘瑾事罢官归家。"亨气度宏伟,忠鲠狷介,扬历中外三十余年,所至有冰蘖声。"②其父毕理,字文义,天顺四年(1460)举人,五年(1461)中礼部乙科,授怀远训导,官至安阳教谕,一生以讲学授业为任。毕亨子毕昭,字蒙斋,弘治己未进士,授工部主事,迁员外郎,出守汝宁,晋佥都御史,巡抚山西,以母疾请归,家居二十余年。毕亨、毕昭家族为新城科举望族,起家早于王氏,毕理为王重光授业之师,毕亨、毕昭与王氏联姻。

李士翱,山东长山人,字如翰,号长白,嘉靖二年(1523)进士,授潜山知县,历官山西道监察御史、荆州知府、湖广布政使司右参政、都察院右副都御史、宁夏巡抚等,任工部、刑部、户部尚书。李士翱为长山李氏振兴第一人,自李士翱后,李氏家族绵延数百年,为山左科举望族。

张舜臣,字熙伯,号东沙,山东章丘人,嘉靖十五年(1536)进士,历官南太仆寺卿、南户部尚书,隆庆元年(1567)称疾辞归,以勤劳廉洁、政绩卓著赠太子少保。

葛守礼,字与立,山东德平人,嘉靖八年(1529)进士,授彰德推官,迁兵部主事,嘉靖间历官河南提学副使、右副都御史、巡抚河南、户部、吏部侍郎、南礼部尚书,以忤严嵩归。隆庆间起为户部、刑部尚书,万历初改左都

---

① [明]杨巍:《合葬墓志铭》,王象乾、王象蒙辑《忠勤录》,《北京师范大学图书馆藏明刻孤本秘笈丛刊》第11册,广西师范大学出版社,2010年,第560—561页。
② [清]崔懋:(康熙)《山东新城县志》卷八,《中国方志丛书》,成文出版社,1976年,第270页。

御史。葛守礼"熟识治体,严气正性,独立不阿,为中外所推重"[1],卒后赠太子太保,谥"端肃"。德平葛氏家族自明中叶葛守礼入仕成为科举家族,延续至清初,守礼孙葛昕,字幼明,以荫补国子生,授中军都督府都事,历太仆寺丞、户部员外郎,迁工部郎中,擢尚宝司卿。葛昕弟葛曦,字仲明,万历十一年(1583)进士,授翰林院检讨,学问澹雅,留心经济,官至南京国子监司业。葛昕子葛如鳞,字子仁,万历三十八年(1610)进士,官至陕西按察使。

张希稷,字于田,山东高苑人,嘉靖三十八年(1559)进士,官至陕西布政使司参议。其弟张希召,字凤楼,嘉靖四十一年(1562)进士,官至太仆寺卿。希稷子张暖、张燧皆出仕为官。

沈渊,字子静,别号澄川,山东新城人,嘉靖四十四年(1565)进士,选庶吉士,授翰林检讨,万历间起为经筵讲官,擢国子监司业,以病卒于官。沈氏为新城科举家族,与王氏交谊深厚,沈渊卒于京城,贫无以殓,王之垣醵同邑大夫资助归乡,沈氏亦长于文学,沈渊好为歌诗,体骨遒劲,嘉靖、万历间与王之猷同为新城文学之士,羽翼济南。

耿鸣世,字茂谦,号敬亭,山东新城人,隆庆二年(1568)进士,授邢台知县,入为刑部主事,改广西道御史,以病归,再补山西道御史,擢潞安府推官,再入礼部,由员外郎迁陕西陇右道佥事,进参议。耿鸣世出身新城科举望族,其父耿锌,贡生,官霸州学正;其弟耿鸣雷,万历二十六年(1598)进士,官至太仆寺卿;其子耿庭柏,字惟芬,万历二十年(1592)进士,官至吏部文选司郎中。耿氏与王氏皆为新城望族,明清时期联姻频繁,有世交之谊。

顾连璧,字曰温,山东博兴人,万历二年(1574)进士,官周至知县、嘉兴都丞。顾连璧家族自其祖父顾铎兴起,其父顾存仁,以贡生官永安府照磨;其弟顾合璧,以举人官博野县令;其子顾颐,万历二十六年(1598)进士,历官南京兵部郎中、河南知府、山西冀南道、河东道参议,调辽东布政司参政,在辽阳被后金围困后,自缢殉节,卒后赠太仆寺少卿。顾连璧与王之垣同举于乡,最为契厚,连璧三子顾颖又聘王之垣季女,为世姻。

韩取善,字惺庵,山东淄川人,万历五年(1577)进士,历官工部主事、山西右布政使、都察院右佥都御史、辽东巡抚。韩取善出自淄川韩氏家族,为明代科举世家,其祖于明洪武间迁至淄川,五世韩相为正德二年(1507)举人,出为山西河津知县,七世韩萃善、韩取善皆中进士,八世韩浚,万历二十

---

[1] [清]凌锡祺修,李敬熙纂:(光绪)《德平县志》卷七,《中国地方志集成·山东府县志辑》8,凤凰出版社,2004年,第336页。

六年(1598)进士,官至右佥都御史,巡抚保定;韩源,崇祯元年(1628)进士,明末官至礼科给事中,入清后官至太仆寺卿;韩冲,顺治六年(1649)进士,官至广平府同知。

于永清,字太寰,山东青城人,万历十一年(1583)进士,官湖广道监察御史、福建道监察御史。其子四裳,顺治三年(1646)进士;四印,崇祯十五年(1642)举人;四宾,贡生,官至湖广都指挥司断事;孙重华,字二唐,崇祯四年(1631)进士,官至江南按察使;重寅,顺治十六年(1659)会魁。

曲迁乔,号带溪,山东长山人,万历五年(1577)进士,授沁水知县,历官工科给事中、淮扬布政使、广西左布政使、顺天府尹、通政司通政使。"正色立朝,出纳惟允,朝野倚之。"①有《光裕堂文集》。

李春开,山东长山人,隆庆进士,官至吏科都给事中,出自明清长山科举世家,其父李光代官景州通判;其子李化熙,字五弦,崇祯七年(1634)进士,明末官至兵部右侍郎,总督三边军务,入清后累官至刑部尚书;李载熙,武进士,官惠州守备。

韩介,字于石,号贞斋,山东临淄人,万历八年(1580)进士,授户部主事,官至直隶高邮、宝应知县,历官两浙巡按、诰封文林郎、山西道监察御史、户部主事。其父韩超然,字龙池,嘉靖四十三年(1564)举人,官山西平阳蒲县知县,宦绩卓著,敕封文林郎、山西道监察御史。

以上诸人皆与新城王氏联姻,他们大多出自科举、官僚、文化世家,且宦绩、政声卓著,在嘉靖至崇祯年间的政治、社会中有一定影响,"其仕迹婚姻为海内名族"②,他们与新城王氏交往密切,以王氏为中心形成一个家族联姻网络,反映了王氏广泛的社会交往和较高的社会地位。当然,这些仅为《忠勤录》中所涉及的与王氏联姻的世家,而明清两代王氏的婚姻网络涉及的世家不止这些,由于篇幅所限,不一一列举,其中在文学上与王氏有重要联系的姻亲世家将在本章第二节详细考察,兹不赘述。

---

① [清]倪企望修,钟廷瑛、徐果行纂:(嘉庆)《长山县志》,《中国地方志集成·山东府县志辑》27,凤凰出版社,2004年,第385页。
② [明]郭正域:《刘太淑人传》,王象乾、王象蒙辑《忠勤录》,《北京师范大学图书馆藏明刻孤本秘笈丛刊》第11册,广西师范大学出版社,2010年,第581页。

第二节　王氏家族的文学交往

一、王氏文学交往的形式

新城王氏的文学交往,从形式上来说大致有以下三类:

其一,以姻娅关系为基础的家族之间的文学交流。这一类交往集中在山左地区,有明显的地域性特征。明清时期的山左文学家族在地域文学发展过程中扮演了重要的角色,它们依靠优越的教育条件和文化环境,培养出不少人才,对山左的学风、文风有潜移默化的影响。而家族之间通过联姻、交往,结成庞大的家族网络,以群体的力量增强了山左文学的实力,为山左文学的发展做出了重要的贡献。新城王氏为山左望族,明清时期与之联姻的文学家族有20余家,以济南府和青州府为多,济南府有新城沈氏(沈渊)家族、徐氏(徐准)家族、耿氏(耿鸣世)家族、淄川毕氏(毕自严)家族、高氏(高珩)家族、张氏(张至发)家族、长山刘氏(刘鸿训)家族、徐氏(徐日升)家族、海丰杨氏(杨巍)家族、历城朱氏(朱宏祚)家族、德州田氏(田雯)家族等,青州府有临朐冯氏(冯琦)家族、博山赵氏(赵进美)家族、孙氏(孙廷铨)家族等。从明清山左诗学的发展来看,济南府和青州府在明中期分别形成了以李攀龙为中心的济南诗派和以临朐冯琦等家族为中心的海岱诗社,这两个诗歌中心并驾齐驱,对山左诗学传统的形成、崛起做出了重要贡献,而新城王氏在家族文学发展过程中以家族联姻的方式与两个诗坛中心都产生了密切联系,从而影响到了自身文学传统的形成与发展。

王氏与这些文学家族之间的交往随着时代的变化而变化,各个家族在王氏文学发展的不同阶段发挥了不同的作用。明中期王氏在文学上初兴的时候,临朐冯氏、临邑邢氏已经进入文化的繁荣阶段,冯氏冯裕嘉靖间举"海岱诗社",冯惟健、冯惟敏等人以文章震耀海内,冯琦反思复古诗学,推动山左诗学的发展;邢氏以艺术见长,给王氏以艺术的熏染;海丰杨巍尚古澹闲适,属复古诗学中重"兴象风神"一脉;新城沈渊与王之猷同受后七子影响,步趋济南,不爽尺寸。这些家族在王氏文学初兴期对王氏文学传统的形成有重要影响。明清易代之际,受到社会动荡的影响,山左文学家族的格局也发生变化，王氏所联姻的家族也相应有所调整。临朐冯氏、淄川高氏和博山孙氏、赵氏中的冯溥、高珩、孙廷铨、赵进美等人在明末取得功名，声名初显，入清后或为馆阁重臣，或雄踞诗坛，成为影响清初诗风的重要力量，作为王氏第八代"士"字辈的亲长，他们对王士禄、王士禛等人在诗学上进行了指引，对王氏文学的再次振兴起到了助推作用。清康熙以后，经过几代的积累，以王士禛为代表的神韵诗学引领海内诗坛，同时，虽然山左诗坛存在分化，如赵执信、田雯等人在诗学上与王士禛异趣，但整体而言，山左文学家族如淄川高氏、毕氏，博山赵氏、孙氏，长山刘氏等皆为王氏所笼罩，王氏神韵诗学的正统地位被确立。

其二，结社与倡和活动。王氏通过结社与倡和活动积极加入明清文学生活中，在诗文切磋中提高了自身的文学修养，并扩大了其文学影响力。结社与倡和是相联系的，文人结社往往通过宴饮、赋诗、倡和等进行交流，诗、词是交流的重要成果。当然，一些倡和并不属于结社，同样也具有较大的影响。王氏的结社与倡和活动集中在明末清初时期，首先从结社来说，受到晚明党争及讲学风气的影响，王氏结社、参与社团最初政治意味较浓。王象乾、王象春被列入东林党，明清易代之际王与夔、王与麟、王与朋、王与敕、王士瞻等人加入复社。崇祯年间王图鸿"约邑中名士二十余人为从社"①，据民国《重修新城县志·杂识志》，参与者有毕海州、张官玉、张文虎、张圣瑞、田完白、徐怡怡、徐崐岑、徐小峦（徐夜）等人②，诸人除徐夜外，其余生平不可考，"原立社之初，诗酒文讌，特讲学之变调"③，可见从社有明末讲学之风，同时也以诗文相倡和，有一定的文学社团性质。清初顺治年间王士禄、王士禧兄弟结晓社、因社，王士禛《仲兄礼吉墓志》载：

> 甲申后，乱稍定，（王士禧）归自山中，与长兄（王士禄）复理故业。会邑中诸名士修社事，分为二，曰因社，曰晓社。所谓晓社者，兄与长兄主之。二社之宿素英妙，各岳岳不相下。顺治丙戌，再行乡试，邑得隽三人：张官玉琯，因社中人也。于少参觉世，晓社中人也。荣水部开则，游于二社之间。于是分者乃合。④

---

① [清]崔懋：（康熙）《山东新城县志》卷八，《中国方志丛书》，成文出版社，1976年，375页。
② 袁励杰修，张儒玉、王寀廷纂：（民国）《重修新城县志》卷二十五，《中国地方志集成·山东府县志辑》28，凤凰出版社，2004年，第311页。
③ [清]王培荀著，蒲泽校点：《乡园忆旧录》卷一，齐鲁书社，1993年，第60页。
④ [清]王士禛：《蚕尾续文集》卷十七，袁世硕主编《王士禛全集》，齐鲁书社，2007年，第2257页。

《王考功年谱》亦载,王士禄顺治二年(1645)秋省试下第后,与诸名士为晓社。①王士禧与王士禄初主晓社,后晓社与因社合而为一,成员有于觉世、荣开则、伊辟、伊巘、傅扆、张珣等,其中张珣明末曾为从社成员。这两个社团的具体活动缺乏文献记载,已不可详考。

清初对王氏影响最大的结社活动是秋柳诗社。顺治十四年(1657),王士禛与济南名士在大明湖畔举秋柳社,即景赋《秋柳》四首,大江南北和者数百人,《居易录》载:"丁酉秋,倡秋柳社于明湖,二东名士,如东武丘(石常)海石、清源柳(耒)公㦒、任城杨(通久)圣宜兄弟、益都孙(宝侗)仲孺辈咸集。予首倡四诗,社中诸子暨四方名流和者不减数百家。"②王士禛在秋柳诗社中的诗作,使他在诗坛声名鹊起,影响甚远。

与结社相比,王氏的文学倡和活动所涉及的范围更广,影响更大,尤其是清初王士禄与王士禛兄弟初登诗坛时与海内文人倡和频繁,并称新城"二王",被时人比于眉山"二苏"。二人的倡和活动集中在京师与扬州两地,京师的倡和活动分为两个阶段,第一阶段是顺治九年(1652)至顺治十六年(1659)"二王"入京应试的时期,这一阶段二人三次入京,参加会试、殿试,在京城与吴伟业、龚鼎孳、徐乾学、程可则、刘体仁、梁熙、汪琬、曹申吉、邹祗谟、彭孙遹、曹尔堪、叶方蔼、魏学渠、李敬、陈廷敬、李天馥等人交游,并以香奁体与彭孙遹进行了"彭王倡和",王士禛谒选扬州推官将要离开京师时,京中文人龚鼎孳、吴绮、汪琬等集于吴氏房研斋为其宴集赋诗送行。"二王"第二阶段的京师文学活动集中在康熙九年(1670)至十一年(1672),是时王士禛在京为官,王士禄磨勘之狱事白以原官起复,同在京师的"二王"与京师诗人展开了频繁的倡和活动。与他们交往密切的诗人主要有施闰章、宋琬、陈廷敬、沈荃、程可则、曹尔堪等,他们在黑龙潭、金鱼池、梁家园、京郊西山等地聚会、游览、倡和,形成了一个京师文学群体,对于康熙初期诗坛风气的转变有重要影响。吴之振后辑选八人之诗为《八家诗选》,"二王"列于其中,确立了"海内八家"的地位。"二王"在扬州的倡和活动集中在顺治十七年(1660)至康熙五年(1666),其间王士禛为扬州推官,公事之余与聚集在扬州的江南文人交游倡和,诗歌方面有蜀冈禅智寺倡和、《冶春绝句》倡和,如皋冒氏水绘园修禊等,词方面有《清溪遗事》倡和、"红桥倡和"等。王士禄在康熙三年(1664)南下,先在杭州与曹尔堪、宋琬进行了"江村

---

① [清]王士禛:《王考功年谱》,王士禛撰,孙言诚点校《王士禛年谱》,中华书局,1992年,第69页。
② [清]王士禛:《居易录》卷十二,袁世硕主编《王士禛全集》,齐鲁书社,2007年,第3760页。

倡和",后至扬州发起广陵倡和,对于词坛创作风气的嬗变起到了重要推动作用。"二王"早年在京师、扬州的倡和活动在时间上较为连贯,在空间上跨越南北,在与海内文人的倡和中提高了自己的艺术水平和文学声望,同时也初步确立了他们在清初诗坛的地位。

其三,王氏家族成员与其他文人之间的赠答酬唱。这类交往形式涉及王氏每一位有文学创作的成员,实际上是王氏家族文学交往的最基础、最普遍的方式,王氏家族重要的文学成员如王象春、王象艮、王士禄、王士禛等人都有广泛的文学交游。如王象春与钱谦益、钟惺、文翔凤、公鼐、李若讷等人有文学交往,钱谦益与钟惺对王象春反思复古诗学有所影响,文翔凤与王象春在诗学上志趣相投,公鼐、李若讷与王象春同倡"齐风",壮大了山左诗坛声势,王象春的这些诗坛友人对其自辟门庭的诗学道路都产生了影响。王象艮虽然一生不得志,但所交不乏文化名流,李维桢、董其昌、邵可立、施邦曜、公鼐等人皆为其诗集作序,称其"风华秀绝,骨力沉雄,错出于大历、长庆之间"①。王士禄、王士禛的文学交游更为广泛,二人通过诗坛、词坛的倡和活动与海内文人论交,交游范围远超过家族前辈。康熙十二年(1673)王士禄病逝以后,王士禛"念二十年中所得师友之益为多,日月既逝,人事屡迁,过此以往,未审视今日何如","辄取箧衍所藏平生师友之作,为之论次,都为一集"②,辑为《感旧集》,集中所收皆为王士禛在顺治、康熙年间所交师友的作品,共有333人,而这些仅仅是王士禛中年以前所交游的海内诗人。王士禛后来以神韵说总持康熙诗坛,并多次担任乡试、会试主考官,门生弟子遍天下,诗学和声望广泛地影响了清初诗坛。

以上是新城王氏文学交往的三种主要形式,这三种形式在王氏对外的文学生活中占有重要位置,同时也相互联系。以姻娅关系为基础的家族文学交往为王氏营造了地域性的文化氛围和文学环境,影响着王氏成员的文学创作道路,也为王氏成员的结社、倡和、进行较高层次的文学交游奠定了基础。而王氏的结社、倡和等文学活动提高了自身的创作水平和家族的整体影响力,对王氏家族文学传统的形成、发展起到了重要的推动作用。

---

① [明]董其昌:《王思止迂园诗序》,王象艮《迂园诗》,北京大学图书馆藏明崇祯间刻本。
② [清]王士禛:《感旧集》,《四库禁毁书丛刊·集部》第74册,北京出版社,1999年,第155页。

二、王氏文学交往的特点

明清时期新城王氏文学交往的三种形式反映了其广阔的交往范围,从王氏家族文学的纵向发展来看,其文学交往体现出突出的地域性、传承性和所交往的空间与范围逐渐扩大的特点。

首先,王氏的文学交往有鲜明的地域性特点,从明中期至清初,王氏的文学交往不论扩展到何种程度,与山左地区家族、文人的交往都是重中之重,并一以贯之。在家族之间交往的层面上,从家族利益出发,与王氏联姻的绝大多数都是山东地区的高门望族,文学上的交往也自然而然地共同受到山东地域文学特点的影响,在这一层面上,王氏突破地域性局限的可能性最小。而王氏家族成员的个人文学交游则不受山东地域限制,扩大到全国范围,但以山左地区为主的特点也没有改变。王氏最初在文学上兴起并在晚明取得较高的成就离不开山东文学家族的文化熏染,也离不开明代山左诗坛复古诗学的影响,第五代王之猷涉足文学之时,同邑沈渊已经濡染济南诗派风气,"吾邑前辈以诗名者,自国子司业澄川沈先生始。曾叔祖柏峰与沈公生同时,其诗派亦略相似,大抵步趋济南,不爽尺寸"①。第六代王象春、王象艮所交往的重要诗友也多来自山东,如公鼐、公鼒、李若讷、冯琦、徐日升、邱志充、赵秉忠、刘亮采、王漋、王袞等,这些山左诗人在诗学上都深受前贤李攀龙的影响,晚明时期反思复古,王象春与李若讷、冯琦等倡导"齐风""齐气",有鲜明的地域诗学特质。清初第八代王士禄与王士禛兄弟在诗学上各有创立,已非山左诗学所能牢笼,王士禛神韵诗学影响遍及海内,但也并不意味着王氏脱离了山左地域诗学,因为神韵诗学的形成本身就受到家族、地域诗学的深刻影响。王士禄任莱州府学教授时,与东莱赵士喆家族诗人往来频繁,并搜集明代掖县诗人之作为《涛音集》。王士禛一生的诗学历程中,山左地域诗学是一个重要内容,他乐于奖掖后进,所交往的山左诗人数量众多,康熙间定《十子诗略》,"十子"中曹贞吉、颜光敏、田雯、谢重辉四家为山东人。他还多次为山左诗人点评、论定诗集,有徐夜、唐梦赉、孙蕙、张实居、田霢、李雍熙、张笃庆、萧惟豫、张贞、李浃、朱缃、朱纲、赵作肃、赵执端、赵执瑞等20余人。除了这些同代诗人,王士禛还致力于搜集、整理山左前贤如杨巍、边贡、边习、徐准、毕亨、于慎思等人的诗集。王氏家族的地域诗学意识在王士禄、王士禛这里十分明确,他们曾有

---

① [明]王之猷:《柏峰集》,上海图书馆藏稿本。

志于选编有明一代山左诗歌总集，虽未完成，但通过与山左诗人的广泛交往，搜集了大量的山左文献，为后来宋弼完成《山左明诗钞》、卢见曾完成《国朝山左诗钞》奠定了基础。王氏家族文学交往的地域性特点不仅使王氏深受山左诗学的濡染，也使山左地域诗学经过王氏几代人的积累和发扬，在清中期完成建构。

其次，王氏家族的文学交往具有传承性。所谓传承性指的是王氏与其他家族的交谊代际传承，并影响到王氏家族文学的走向。这种传承性体现在王氏与山左文学家族之间的交往上，如临朐冯氏在明代与新城王氏通婚，第六代王象有娶冯氏之女，结为世交。这种联姻关系虽然在入清以后没有继续下去，但是家族成员的文学交往仍然得以传承，王士禛在仕途和文学上都受到冯溥的推助，康熙十七年（1678）经冯溥与李霨、陈廷敬等的推荐，王士禛奉旨召对懋勤殿，为翰林院侍讲，入直南书房。王士禛后为冯溥《佳山堂诗集》作序，自称为冯氏门人，冯溥为馆阁重臣，诗学观念以雅正为旨归，对王士禛由宋返唐、确立唐诗正统的诗学道路有所影响。淄川高氏与王氏亦是如此，两个家族从明到清保持了两百余年的联姻关系。明清之际高珩与王氏第七代王与玟、王与阶及新城徐氏徐夜年岁相当，经常一起谈艺论诗，入清后，高珩仕途显达，对从表兄弟王士禄、王士禛在文学上颇有引导。另外，长山刘氏在明代与王氏通婚，文学上也有交融，刘一相万历间辑唐以前诗歌为《诗宿》，王氏家族收藏，王士禄少年时期即以《唐诗宿》中王维、孟浩然、常建、王昌龄等数家诗使王士禛手抄，成为其诗学之重要启蒙。在王士禛引领康熙诗坛之后，刘氏后人刘大勤学诗于王士禛，有《诗问》。王氏文学交往的传承性还体现在家族成员重要诗友对后代成员的提携上，最典型的例子是钱谦益与王象春、王士禛两代人的文学交往。钱谦益与王象春既为同年又为诗友，虽然二人在诗学上有所分歧，但并不影响清初钱氏对王士禛的揄扬，钱氏自言其与王氏有通家之谊，对王士禛的诗歌才华十分欣赏，并许以"代兴"，希望王士禛能代己而起，主持风雅。清初另一位诗坛耆宿吴伟业对王士禛、王士禄的称许与推重也与王氏文学交往的传承性因素有关。顺治年间，王士禄、王士禛的少作合选《琅琊二子近诗合选》刊刻，吴伟业作序。吴氏与王氏本无交集，因其同乡周逸休为王士禄、王士禛兄弟的启蒙恩师，受周逸休请托，吴伟业为"二王"诗集作序。王氏家族文学交往上的这种传承性一方面影响着王氏不同时代的诗学观念，另一方面在明末清初特殊的历史时期，作为家族遗留的优越的文学人脉与资源,促成王氏家族文学交往的代际交接,使第八代成员能够站在较高的平台上顺利地进入诗坛,完成了振兴家族文化的重任。

最后,从明中期到清初,王氏家族文学交往的空间、范围逐渐扩大,王氏家族文学交往的空间从山左地区逐步扩大到全国范围。明代与王之猷文学交往最密切的沈渊为新城人,尚未突破州县的范围。王象春、王象艮、王象明等人多次往来于济南与新城之间,与山左诗人酬唱频繁。随着他们宦迹的变化,文学交游的地点扩大到京师、南京等地,万历间王象春与文翔凤、钱谦益哭灵于阙下,抵掌论文即为一例。王象艮在京为官期间,有《都中喜遇公浮来》《和云从刘寅丈雨后望西山韵》《雨后看西山和刘太微首句韵》等诗,亦将交游空间扩展到京师。清初王士禄、王士禛兄弟的行迹更广,王士禄任莱州府学教授,与东莱文人交游;奉使山右、典试河南,行迹所至,酬唱频繁。王士禛典试四川,祭告南海、西岳、西镇、江渎等,行迹、交游更为广泛。"二王"在京师、扬州进行倡和活动,交游范围涵盖南北,影响遍及全国。从明至清,王氏文学交往在空间上逐步突破了山东地区而走向全国。同时,王氏交往范围也在逐渐扩大,一方面表现在王氏成员所交往的文人数量上,第五代王之猷《柏峰集》存诗数量少,成就不高,所涉及的赠答之作也少,且与之赠答之人声名不显。第六代王象春、王象晋所交游的文人数量大量增加,主要交游对象有30余人。第七代成员由于易代战乱折损巨大,王与玟、王与胤等人的文学交往数量减少。第八代王士禄、王士禛所交往的清初诗人不仅范围遍及全国,在数量上也难以确计。王氏文学交往的范围另一方面表现在人员的层次和性质上。明代王氏在家族层面上交往的多为山左文学望族,在成员的个人文学交游层面上,所交往的也多出自地方名门或文化名流,如王象春与钱谦益、公鼐、冯琦、赵秉忠、文翔凤等人的交往,他们或是王象春的同年,或出自蒙阴公氏、临朐冯氏等山左文学家族。王象艮的交游也不乏像李维桢、董其昌、公鼐等文化名人。清初随着王士禄、王士禛等人交游空间的扩大,他们所交往的文人从政治倾向上来说,有遗民耆旧如申涵光、孙枝蔚、归庄、林古度、杜濬、冒襄、程邃等,有身仕两朝的吴伟业、龚鼎孳、高珩、孙廷铨、赵进美等,也有国朝俊彦如陈维崧、李天馥、程可则、曹尔堪、施闰章、宋琬等。从社会阶层来说,既有来自海内名门望族的诗人如朱彝尊、查慎行、赵执信、宋琬、纳兰性德等,有身居高位的馆阁重臣如张英、熊赐履、陈廷敬、叶方蔼、汤斌等,也有未入仕的布衣寒士如徐夜、吴雯、蒲松龄、张实居、邵潜、孙默、陈恭尹等。此外,王士禛还与释智朴、释成楚、智泉等诗僧交往,王士禄编选历代女性文学总集《燃脂集》,与清初闺秀诗人、词人如王端淑、董小宛、吴山、卞梦珏、卞德基等有交往。在这个过程中,王士禛助其兄搜集女性作品,亦与倪仁吉、纪映淮、顾姒、王慧等闺秀有文学交往。明清两代王氏家族成员的文学交游在空间和范围上都逐步扩大,这种趋势反映了王氏在文学上的逐步繁荣。

文学交往无论是对个人还是对家族都是至关重要的,只有与所处的文学环境发生广泛的联系,触碰不同的文学观念和创作风格,才能使自我得到提升和拓展。新城王氏的文学交往从纵向而言跨越了明清文学重要的发展阶段,从横向而言与广阔的文学环境发生了联系,在家族交往的整体层面上受到山左文学家族、文学风气的熏染,成员在个人的倡和、交游中,提高了创作水平,促进了家族创作风气的改变,形成王氏家族特有的文学道路,并推动明清文学的演进与繁荣。

本章研究王氏家族的文学交往,主要探讨王氏以姻娅关系为基础的家族文学交往和清初新城"二王"的京师、扬州倡和活动,前者形成了明清山左家族文学发展的一条线索,后者在清初诗坛上具有典型性。至于王氏其他家族成员的个人文学交游则在下编分论中个别探讨。

第三节　王氏与明清山左文学家族的交往

新城王氏作为明清时期山左地区的重要文学家族,明嘉靖至清康熙时期在家族发展过程中,以姻娅关系为纽带,联结了众多山左文学家族,在文学上交流、渗透、融合,对山左文学尤其是诗学产生了深远影响。明清时期与王氏有联姻关系的文学家族有临朐冯氏,临邑邢氏,淄川高氏、毕氏,博山赵氏、孙氏,长山刘氏等,王氏与这些家族在不同时期联姻、交往,对家族文学、山左诗学形成不同程度的影响,构成了明清山左诗学发展的一条线索。以时间来划分,王氏与这些家族的文学互动可分为三个阶段,反映了不同时期山左诗学的风貌,同时也反映出王氏家族从明中期到清康熙以后在文学上的演进轨迹。

一、明嘉靖至万历：王氏家族文学的交融与构建

明嘉靖至万历时期，临朐冯氏、临邑邢氏在文学、文化上崛起，对新城王氏反思复古、自辟门庭产生影响，王氏开始构建自己的诗学传统。

临朐冯氏是明清时期海内闻名的文化世家，始祖冯思忠祖籍山东，明洪武间应征戍辽宁广宁卫，定居于广宁。五世冯裕，字伯顾，号闾山，正德三年（1508）进士，官至贵州按察司副使，嘉靖十三年（1534）致仕，返回故籍，定居临朐。从冯裕开始，冯氏代有闻人，成为山左科举、文献望族，王士禛《居易录》云：

> 予乡文献旧家以临朐冯氏为首。初闾山公裕居辽东，从贺医闾学，中正德进士，官止副使，归居青州。有四子，惟健举人；惟重进士，官行人；惟敏举人，官通判；惟讷进士，官光禄寺卿。惟讷字汝言，最有文名，著《古诗纪》《风雅广逸》诸书。惟健字汝强，以诗名。惟敏字汝行，词曲为明第一手。惟重字汝威，名稍逊伯叔季，而其子子咸以进士官给事中。梦天帝以韩魏公为其子，遂生文敏公琦，官至礼部尚书，号文章经济大儒。光禄曾孙易斋公溥，本朝官少傅、文华殿大学士兼刑部尚书。数代皆有集传于世。①

王士禛所列临朐冯氏从五世冯裕到十世冯溥，延续二百余年，其家族兴盛的时期在明中期到清初，大致与新城王氏一致。冯氏在文学上的成就突出，冯裕在嘉靖间与石存礼、陈经、杨应奎、刘澄甫、刘渊甫、黄卿、蓝田结"海岱诗社"，开启了青州诗坛的繁荣。六世冯惟健、冯惟重、冯惟敏、冯惟讷四人"以文章振耀海内，一时弇州、中麓诸贤交相引重"②，时称"临朐四冯"。冯惟重之孙冯琦官至礼部尚书，集文学、经术、事功于一身，万历前期与东阿于慎行、蒙阴公鼐标举"齐风"，并称"山左三家"。入清以后，十世冯溥官至文华殿大学士，有《佳山堂集》。

临朐冯氏与新城王氏是世交，明万历时期，冯氏曾与王氏通婚，王氏第六代王象有娶冯氏女。联姻关系增进了相互的交往，从明中期到清初，新城王氏与临朐冯氏在政治、文学上都有密切的联系。

---
① [清]王士禛：《居易录》卷十，袁世硕主编《王士禛全集》，齐鲁书社，2007年，第3858页。
② [清]王士禛：《佳山堂集序》，冯溥《佳山堂诗集》，《四库全书存目丛书·集部》第215册，齐鲁书社，1997年，第14页。

王氏与冯氏首先在政治上守望相助。万历初，王之垣在湖广巡抚任上拘捕、杖杀何心隐，引起朝野震动，遭到士林声讨，首辅张居正死后的清算风潮中，已经致仕归隐的王之垣被视为张居正一党，被人弹劾。冯琦时为经筵讲官，颇有声望，对王之垣给予声援，在与王之垣的书信中写道："近阅邸报，郭中丞辨疏可异焉。南中缙绅皆谓何心隐行兼三游，罪浮四凶，置之宪典，孰以为非三尺之平。今中丞不辨其当罪，而以罪之者不在已，若将移事于台下者，盖季孙行父逐莒仆，而自以为于舜之功二十之一也。意在拘怨，而适足归功于台下，何病焉？愿台下无自疑而急就道，以对海内苍生之望。"①冯琦在信中告知王之垣朝中有人以何心隐事件相构陷，希望王之垣能重返朝堂，以辩清白，在何心隐事件上与王氏立场一致。

其次，明代冯氏在科举上也对新城王氏给予帮助，王氏成员曾多次向冯氏讨教科举制艺之法。冯琦学识渊博，多次主持乡试，在科举考试上经验丰富，王之猷曾令其子从冯琦学，冯琦有"令郎才本超轶，调复沉稳，能使高眼，不置俗眼，不惊此必中无疑，且当前列耳"②的评价。冯琦与王象晋交往密切，王象晋常与冯琦商研试卷，冯琦读其试卷"明顺条达，无少滞碍，此必中之文，可以弹冠相贺矣"③，对其赞誉有加，还建议王象晋应试之文不必求奇，也不要太过平实，以自出机杼为佳。王象晋在科举上对自己要求严苛，冯琦云："古称断轮乃在不疾不徐，正恐刻厉太过，或至伤神伤气耳。忆从吾师游时，发未及肩，今皆过而立之年，足下未仕，弟嗣未立也。功名子息迟速有数，不能两兼耶？有志竟成，亲家自是国器，弟所期茫如望洋然，亦听之而已。"④

再次，在文学上，明代冯氏的崛起早于王氏，冯裕等人在嘉靖年间倡"海岱诗社"，与以李攀龙为中心的济南诗坛并驾齐驱。万历以后，山左诗坛进入反思复古的阶段，冯琦与于慎行、公鼐倡导"齐风"，反对模拟，以纠正复古诗学的弊病，此时新城王氏也在文学上兴起，王象春与公鼐等人承

---

① [明]冯琦：《寄王见峰司徒》，《用韫书牍》卷二，《山东文献集成》第一辑第34册，山东大学出版社，2007年，第138页。
② [明]冯琦：《与王柏峰》，《用韫书牍》卷二，《山东文献集成》第一辑第34册，山东大学出版社，2007年，第144页。
③ [明]冯琦：《寄王康宇》，《用韫书牍》卷二，《山东文献集成》第一辑第34册，山东大学出版社，2007年，第145页。
④ [明]冯琦：《寄王康宇》，《用韫书牍》卷二，《山东文献集成》第一辑第34册，山东大学出版社，2007年，第145页。

接其后,在反思复古的基础上进一步立意创新。王象春与冯琦从弟冯珣为诗友,交往密切,共同鼓扬"齐风",具有鲜明的地域诗学意识。诗学之外,冯氏亦长于散曲、杂剧,冯惟敏有散曲集《海浮山堂词稿》,杂剧《不伏老》《僧尼共犯》,在明代曲学史上有重要地位,是冯氏通俗文学的代表,这种创作风气对王氏的词曲也有潜在的影响。

明代另一个与新城王氏联系紧密的家族是临邑邢氏。临邑邢氏明初由河北迁移入临邑,从成化年间四世祖邢政开始进入科举世家的行列,五世邢溥、邢泽、邢沂皆为举人,六世邢如默中嘉靖八年(1529)进士,官至都给事中,邢如愚任甘州行都司断事,邢如约任德王府医正。第七代人丁兴旺,科甲鼎盛,文化繁荣,以邢侗为代表。邢侗,字子愿,号来禽生,万历二年(1574)进士,授南宫知县,迁湖广参议,官至陕西太仆寺少卿。邢侗工于书法,与董其昌齐名,称为"南董北邢",兼工诗文,有《来禽馆集》。邢侗之妹邢静慈亦工书法,善绘画,与兄肩随,有《兰雪斋集》。

邢氏与王氏的家族交谊始于万历时期,邢侗《先侍御史府君行状》载:"新城少司徒王公往来道邑,必就府君,款语问所以谡射治家法,府君具对以质,王公持以训子孙,府君恒谓孤曰:'王公身至九卿,粥粥然若不胜衣,缦缯白裹已耳,此其为云来锦绮多矣',吾两家尊亲用古道相往复,各极厌生平焉。"①王之垣看重邢氏治家之法,常向邢氏请教,邢如约钦佩王之垣谦虚为人,双方以礼相待,缔结友谊,并且联姻。邢侗与王象乾为亲家,其女许配王象乾之子王与定,并对与王象乾结亲一事非常重视,称赞新城王氏"扶舆间气,累叶名家。教衍一经,以诗礼文章为种,芳联八桂,用貂蝉珪组为秋","侗与中丞尊丈匹称秦晋,太行让华岳之尊,表谢王咏,雪篸琅琊之席"②。邢侗与王象乾的书信往来也十分频繁,《来禽馆集》中收入《答王子廓中丞》《与王子廓中丞》《与蜀抚王霁宇》《与王霁宇年丈》《上蜀抚霁宇王姻家》等书札。与之相应,王氏与邢氏在日常生活、文化上的交流也频繁起来。王象乾辑《忠勤录》时得到了邢侗的支持,为王氏撰写了《忠勤堂碑版集古法书序》。作为一代书法名家,邢侗墨宝珍贵,却对王氏毫不吝惜,"太

---

① [明]邢侗:《先侍御史府君行状》,《来禽馆集》卷十八,《四库全书存目丛书》第161册,齐鲁书社,1996年,第613页。
② [明]邢侗:《答新城见峰年伯》,《来禽馆集》卷十八,《四库全书存目丛书》第161册,齐鲁书社,1996年,第687页。

仆与新城王大司马象乾为戚谊,王氏所得先生手迹尤多"①。

临邑邢氏对新城王氏的影响主要是艺术方面的熏陶,王氏第六代、第七代成员多数爱好书法、篆刻,如王象咸、王与玟、王与璧、王与斌、王与试等人,都有相当的艺术造诣,王氏与邢氏的交谊无疑对于家族艺术氛围的培养产生了积极的作用。明清易代,王氏遭到战火洗劫,家族所藏书、画等多毁于战火,王象晋唯珍藏邢侗所书《兰亭序》与《白鹦鹉赋》,视为至宝,顺治间为了鼓励王士禄、王士禛兄弟读书上进,在他们中举后分别赠与二人,此事在王氏年谱、笔记中多次记载,可见王氏对邢侗书法的重视。王士禄兄弟也在诗文中对邢侗多有歌咏:"丰颐方口如公异,笔墨风流信不群。千载旧观还内史,一时好手似羊欣。"②(王士禄《子愿字》)"秋晚犁邱道,西风黄叶深。婆娑叹官柳,惆怅少来禽。一代风流绝,孤坟牧竖侵。通家怀旧客,重鼓雍门琴。"③(王士禛《过邢子愿先生墓》)对邢侗充满崇敬与缅怀之情。

从晚明山左诗坛的格局而言,万历以后,随着复古诗学大潮的回落,山左诗坛以冯琦、于慎行、公鼐三家为代表,标举"齐风",三家都有文学家族的背景,东阿于氏、蒙阴公氏都是山东重要的文学家族,他们构成了晚明山左诗坛的核心力量,王氏除了与冯氏联姻,与其他家族也有密切联系。在这一时期,王氏与他们实现了家族的联姻,政治上的联合和文学上的交融,加入山左诗学的大潮中,并开始构建自己的家族文学传统。因而新城王氏在文学上虽然起步较冯氏等家族晚,但也很快就进入了山左诗学的中心,以王象春为代表,在"山左三家"之后自辟门庭,以禅诗、侠诗壮大了山左诗坛的声势。

二、明崇祯至清顺治:山左望族对王氏的助推与引导

明末崇祯以后,新城王氏、临朐冯氏、东阿于氏、蒙阴公氏等家族由于受到社会动荡的影响,或者家族内部发展中受到人才、科举等的制约,逐渐式微。在明末清初特殊的政治社会环境下,出于家族持续发展的需要,遭受重创的新城王氏做出了调整。首先在家族内部守节与出仕的问题上,王士禛的父辈王与敕等守节不仕,成长于易代之际的王士禛等人参加科举,

---
① [清]王培荀:《乡园忆旧录》卷一,蒲泽校点,齐鲁书社,1993年,第8页。
② [清]王士禄、王士禛:《琅琊二子近诗合选》卷十,国家图书馆藏顺治十六年刻本,第3页。
③ [清]王士禛著,惠栋、金荣注:《渔洋精华录集注》卷六,齐鲁书社,1992年,第834页。

振兴家族。其次,在家族外部交往上,与清初新兴的山左家族联姻关系再次发挥作用,对王士禄、王士禛等人在仕途、文学上形成助力。此期与王氏联系紧密的家族主要有博山赵氏、益都孙氏、淄川高氏,从文学层面上来说,博山赵氏对王氏影响最大。

博山赵氏兴起于明末清初,天启间九世赵振业步入仕途之后,赵氏代有相继,十世赵继美、赵济美、赵元美、赵进美等人承续家族传统,读书尽礼,不失尺寸,其中影响最大的人物是赵进美。赵进美,字韫退,号清止,崇祯十三年(1640)进士,年仅二十一岁,授行人,奉使湖北、江西,鼎革之际侨居金陵,乱后北归。顺治二年(1645)清廷召为太常寺博士,累迁至福建按察使,康熙二十三年(1684)致仕。赵进美为清初山左诗坛名家,"与莱阳姜如须、宋荔裳、桐城方密之,华亭陈卧子,以诗名雄视南北"[1],有《清止阁集》。赵氏十一世虽不及父辈辉煌,但赵作素、赵作羹等人亦能持盈守成。赵氏十二世以赵执信为代表。赵执信,字伸符,号秋谷,又号饴山,少颖悟,九岁即捉笔为文,为孙廷铨所器重。康熙十八年(1679)中进士,年仅十八岁,选翰林院庶吉士,散馆后授编修,后典试山西,迁右春坊右赞善兼翰林院检讨,充《明史》纂修官,预修《大清会典》。康熙二十八年(1689)因在佟皇后丧期观洪昇《长生殿》,被弹劾罢官,此后终身不仕,有《饴山堂集》《谈龙录》等。赵执信与其叔祖赵进美在家族中一前一后,双峰并峙。在清代诗坛上,为"国朝六家"之一,影响深远。除了赵执信,其从弟赵执端亦有文名。赵执端字好问,号缓庵,少而有才,然屡踬场屋,循例捐职,得汶上教谕,好为诗,有《宝菌堂诗集》。博山赵氏在十一世以后逐渐衰落,但文学传统仍然传续。

赵氏在此期与王氏在家族和文学上发生紧密联系。首先,两家有联姻关系,王与仁(又名王山立,王象春之子)、王士禧皆娶赵氏女,王士禛季妹嫁于赵作肃,王士禄次女嫁于赵执桓,王士祜之女嫁于赵执端,这种联姻关系一直持续到清中期。其次,在文学上,此期赵氏影响了王氏,集中体现在赵进美与王士禛的诗学关系上。赵执信在清初江南、京师诗坛皆著声名。顺治年间,王士禛初登诗坛时,赵进美作为亲长,对王士禛诗学观念产生影响。赵进美在诗学上与山左其他名家一样,由七子入手,然而,他"于宋得

---

[1] [清]王培荀:《乡园忆旧录》卷一,蒲泽校点,齐鲁书社,1993年,第33页。

严沧浪，明得徐昌谷、王元美"①，所崇尚的三人皆以盛唐诗为法，严羽之"妙悟"，徐祯卿之"因情立格"，王世贞之"才思生格调"都与复古派所强调的高古格调有所区别，这一点也被王士禛所接受。赵进美"分守江左日，尝寓书渔洋论诗，渔洋答以诗曰：'风尘憔悴赵黄门，岭表迁移役梦魂。昨见端州书一纸，说诗直欲到河源。'"②。赵进美与王士禛"累世交契，周旋最久"③。不仅是王士禛，王士禄在诗学宗尚方面也与赵进美相通，他"常戏语同人：'昔刘贡父呼梅圣俞为梅都官，梅便作色而愠。某即不然，但令有数百篇诗，得称《迪功集》，比于徐祯卿，足矣'"④。赵进美去世八年后，从孙赵执信请王士禛为其撰墓志铭，王士禛在文中论赵进美诗歌云：

> 公少为诗，清真绝俗，得王、孟之趣。使江西时，尤刻意二谢。其《放吟》一卷，皆乐府诗。丁明末造，多悲天闵人之思，顾盼跌宕，不主故常，有邯郸生天人之叹。丙戌后，官京师，与龚芝麓尚书、曹秋岳侍郎诸公倡和，一变而高华，尚声调，然《梨花》《枫叶》诸篇，风致不减青丘、海叟。《使楚》一集，尤为艺林所贵重。⑤

王士禛所言"得王、孟之趣""刻意二谢"，及《梨花》《枫叶》诸诗，皆清远杳渺，与神韵说颇为契合。

如果说赵进美对王士禛的引领是在神韵诗学上，那么此期的博山孙廷铨、淄川高珩则以敦厚和平的诗学理念，引导王士禛在特殊的政治环境下确立国朝诗学的范式。

博山孙氏起家匠籍，以制造琉璃为业，六世孙延寿以进贡琉璃、经商致富，使孙氏家业昌隆，并重视教育，奠定了孙氏向书香门第转换的基础。从七世"颜山双凤"孙霁、孙震开始，形成尚科举、文学的传统，至崇祯年间，孙氏已经显现出在科举上的兴盛迹象，代表人物孙廷铨、孙廷铎即起于是时。

---

① [清]赵进美：《清止阁集自序》，卢见曾《国朝山左诗钞》卷三，《山东文献集成》第一辑第41册，山东大学出版社，2007年，第39页。
② [清]徐世昌：《晚晴簃诗汇》卷二十二，中国书店，1988年版第1册，第243页。
③ [清]赵执信：《中大夫福建提刑按察使司按察使先叔祖韫退赵公暨元配张淑人合葬行实》，《饴山文集》卷十，《四部备要》第85册，中华书局，1989年，第169页。
④ [清]王士禛：《王考功年谱》，王士禛撰、孙言诚点校《王士禛年谱》，中华书局，1992年，第73页。
⑤ [清]王士禛：《诰授中大夫福建提刑按察使司按察使清止赵公墓志铭》，《蚕尾续文集》卷十四，袁世硕主编《王士禛全集》，齐鲁书社，2007年，第2194页。

孙廷铨,字枚先,号沚亭,"少具夙慧,读书有神解,长而博极群书"①,崇祯十三年(1640)中进士,鼎革前选大名魏县知县,调抚宁,改监纪推官。清顺治二年(1645)荐授河间府推官,分司天津卫漕务,此后不断晋升,历官吏部主事、兵部尚书、户部尚书、吏部尚书加太子太保,深受顺治皇帝倚重。康熙元年(1662)以内秘书院大学士入参机务,次年告归,康熙十三年(1674)卒于乡,谥"文定"。孙廷铨为清初重臣,在政治上影响甚大,"公自登朝以至为相,始典铨衡,继司国计,继而掌中枢,晋冢宰,端揆百寮。我国家数十年来,人才之登进,国用之权衡,军政之振肃,以至赞画庙谟,论思密勿,皆藉公一人为重"②。孙廷铨不仅政声卓著,还长于诗文,有《沚亭自删诗集》《沚亭删定文集》二卷。除孙廷铨外,其兄弟如孙廷锡、孙廷铎,子侄如孙宝仍、孙宝侗、孙宝仁、孙宝信等,皆有诗文创作。

博山孙氏在家族繁荣的时间上不及山左望族早,但在清初的政治地位和影响上却足以与临朐冯氏、新城王氏比肩。孙氏与新城王氏联姻在清初,王士禛《韩氏两贤妇传》云:"孙氏小字俸姑,益都相国文定公廷铨曾孙,光禄署正宝仍之孙,太学生续厚之子也。光禄娶吾再从妹,续厚又娶吾女侄,故两世皆吾之自出。"③王士禛之从妹嫁于孙廷铨之子孙宝仍,其侄女又嫁于孙续厚。孙氏与王氏在文学上的联系也十分紧密,孙廷铨诗文受前后七子影响,"诗学七子而能变化",作为台阁重臣,其诗学观念崇尚平和醇雅,"古体则出入三谢,近体则骖驾钱、刘。华而不浮,质而不俚,雍雍乎曲江风度也"④。孙廷铨也有笔记杂著,晚年告归,搜集旧闻,作为《颜山杂记》。

王氏与孙氏在文学上的交往时间集中在顺康之际,康熙初年,王士禛兄弟初入仕途时,相国孙廷铨已经致仕,所以王氏兄弟与孙廷铨的交往少见例证,然而,王士禛对于这位山左尊宿十分敬佩,曾为其作传,并在《渔洋诗话》中引其诗作,以为近于盛唐。除孙廷铨外,王士禛与孙廷铎曾偕上公车,"逆旅解鞍,篝灯谈艺,往往至乙夜不休,交相得也"⑤。王士禛尤喜其五

---

① 王荫桂修,张新曾纂:(民国)《续修博山县志·人物志》,《中国地方志集成·山东府县志辑》7,凤凰出版社,2004年,第864页。
② [清]冯溥:《光禄大夫内秘书院大学士前太保太子太保吏部尚书孙文定公墓志铭》,孙发全《般阳孙氏谱乘考》,第164页。
③ [清]王士禛:《蚕尾续文集》卷八,袁世硕主编《王士禛全集》,齐鲁书社,2007年,第2102页。
④ [清]徐世昌:《晚晴簃诗汇》卷二十一,中国书店,1988年版第1册,第240页。
⑤ [清]王士禛:《蚕尾续文集》卷十五,袁世硕主编《王士禛全集》,齐鲁书社,2007年,第2214页。

言诗，认为"闲旷有渊明之风"，并为其《说研堂集》作序。与王士禛结交甚深的另一个孙氏成员是孙宝侗。顺治十四年（1657），王士禛与山左名士在济南大明湖举秋柳诗社，以《秋柳》四章名传大江南北，孙宝侗就是秋柳诗社的成员之一，二人青年时期在诗歌审美趣味上有通同之处。

　　淄川高氏的兴起与孙氏相似，也是先殷实家境，跻身缙绅，再走向教育、科举之路。六世高㟽，字殷宗，别号仰簀，娶鸾桥王氏刑部郎中王逵之女，夫妻二人振兴家业，家境宽裕，开始跻身于缙绅之列，为子孙教育打下基础。七世高汝登，字自卑，号柳溪。以子高举封河南道监察御史，赠中宪大夫都察院右佥都御史。明万历时期，八世高举进入仕途，涉猎文学。高举弟高誉亦勤于著述。十世高玮、高珩弱冠齐名于乡，高玮科举、仕途不顺，曾官河间府推官，因河间失守被牵连罢官，回乡后以诗酒自娱。高珩，字葱佩，号念东，别号紫霞道人，崇祯十六年（1643）进士，选翰林院庶吉士。顺治二年（1645），授内翰林秘书院检讨，历任国子监祭酒、翰林秘书院侍讲、詹事府詹事、国史院学士、吏部左侍郎、刑部左侍郎，康熙十九年（1680）告归。有《栖云阁诗》。高珩之后，清代高氏虽在科举上不显著，但仍以文学传家，高之騊、高之駥、高肇绩、高肇翰等人都延续了高氏的文学传统。

　　淄川高氏与新城王氏为世婚，从明到清，高氏与王氏通婚有8例之多，王氏第六代王象恒、第七代王与谐、第八代王士雅、第九代王启浑和王启沆皆娶高氏女，王象乾、王象艮之女皆嫁入高家，两大家族保持了二百多年的通婚。《乡园忆旧录》载：

> 新城王大司马霁宇有知人鉴。其婿，吾邑浙抚东溟公举之子也，字宏室，贵介子，而朴质无文。王夫人心微歉。司马曰："勿尔！婿厚重，福人也！"后生二子：绳东玮、念东珩。每游外家，司马必亲送，人疑焉。公曰："二子虽幼稚，天下才也！"兄弟皆有异秉，读书过目不忘。崇祯己卯，绳东领解，念东同举，人比之"二陆"。①

　　这个记载揭示了王氏与高氏联姻的原因，王氏看重高氏的家族潜力，王象乾善于识人，将女儿许配于高举之子高所蕴，对外孙高玮、高珩更是器重，事实上高玮、高珩也确为高氏家族中的中坚人物，在明清之际声名显著，有"玉穀同升"之目。王象乾对高氏的重视和礼遇拉近了两家的关系，

---

① [清]王培荀：《乡园忆旧录》卷一，蒲泽校点，齐鲁书社，1993年，第5页。

明末清初,王氏与高氏在文化上的联系最为紧密。

　　高氏与王氏在家族文化上也有通同之处,都是以农耕起家,发展成为科举世家,以儒家思想为规范,出入于佛、道。高氏勤俭持家、多行善举、忍让为先等传统与王氏并无二致,高氏在文化上最为突出的一点则是深入佛、道二氏,八世高誉"二氏之学莫不涉猎"①;九世高所蕴曾弃家至磨庄习静,与方外之士参叩玄诠,意有所会,笔之为《随得录》《续录》《无生诠》等,深入二氏之室;十世高珙为康熙六年(1667)进士,放弃仕途至二劳山学道;高珩也深受佛、道影响,致仕家居"几上唯梵夹旁行,《金刚》、《净名》数卷外,不复观他书"②。在佛、道思想的影响下,高氏成员大多出处自如,超脱功名,呈现出与新城王氏极为相似的出入佛、道,诗酒风流的风貌。

　　高氏、王氏的文学传统也有相近之处,最值得注意的是高珩与王士禄、王士禛。王氏为高珩外家,高玮、高珩与王士禄、王士禛为从表兄弟,二人幼年时期即频繁往来王家,与王氏第七代、第八代成员情谊深厚。高珩年长王士禛二十多岁,明末与王士禛叔伯一辈如王与阶、王与玟等人交往较多。高珩十二三岁时即听闻舅氏王与玟才华横溢、名噪词坛,崇祯四年(1631)见到王与玟,为其性情、才华所折服,崇祯十五年(1642),王与玟抗清殉节,高珩为其遗稿作序。入清以后,高珩仕途通达,作为前辈,影响了王士禄、王士禛兄弟的诗歌创作。顺治十六年(1659),王士禄、王士禛的诗作合选《琅琊二子近诗合选》刊刻,高珩作序,在序中赞扬"二王","能发明古诗之遗,以求合于四始、六义之大旨,今观诸制,义兼正变,体被文质,乐而不淫,怨而不激,极发越震荡之气,而一归于敦厚和平,即弦而歌之,以合雅颂"③。而"二王"此时在创作上尚处于探索阶段,师法汉魏六朝诗及唐诗,将高珩、吴伟业等人视为国朝"耆宿",尊敬有加,高珩的诗学观无疑对他们有所影响。高珩"诗文皆似白居易,为人坦率,自适其适。而悲悯为怀,亦与居易为近"④,高珩作诗往往直抒胸臆,冲口而出,浅易通俗,多闲适之作,且将佛、道思想融入诗中,在吟咏山水、引禅入诗方面与王士禛神韵

---

① [清]张鸣铎修,张廷寀纂:(乾隆)《淄川县志》卷六,《中国地方志集成·山东府县志辑》6,凤凰出版社,2004年,第269页。
② [清]王士禛:《诰授通奉大夫刑部左侍郎念东高公神道碑铭》,《蚕尾续文集》卷十一,袁世硕主编《王士禛全集》,齐鲁书社,2007年,第2149页。
③ [清]高珩:《琅琊二子近诗合选序》,王士禄、王士禛《琅琊二子近诗合选》,国家图书馆藏顺治十六年刻本。
④ 邓之诚:《清诗纪事初编》卷六,《清代传记丛刊·学林类》28,明文书局,1985年,第667页。

说相合，王士禛在《池北偶谈》《居易录》《渔洋诗话》《香祖笔记》等杂著中多次记载高珩事迹，摘录高珩之诗，总体上也体现出了这两方面的偏向，他引高珩祭告南岳途中所作之诗，如"行人到武昌，已作坐涂喜。那识武昌南，烟水五千里"，"两岸层层嶂，孤城面面山。横襟凭一叶，睥睨洞庭间"[①]，皆清新可诵，对高珩"笻杖古松流水外，蒲团修竹绪风间"一句十分喜爱，曾命画家禹之鼎写为二图。王士禛还评高珩和寒山诗"破却顽空"，"说尽三教末流之弊"[②]。高珩有诗以娱情的观念，认为诗歌的功能在于陶写性情，因此，虽然他经历了明清易代之变，他的创作中却较少关注现实，所表达的都是自适与归隐的情怀，这种远离现实的倾向恰契合了王士禛神韵诗的旨归。

高珩倡导温柔敦厚的儒家诗教，一方面是出于对明代诗学的反思，另一方面也契合了新朝的政治需要，他对"二王"少年之作的评价就是基于这样的标准，高珩的诗学观与孙廷铨相近，除了高、孙二人，此期临朐冯氏的冯溥亦以雅正为归旨，于康熙十八年（1679）博学鸿词科后整饬宋诗风，影响了王士禛对唐、宋诗的态度，使他返归唐音，再次确立了唐诗的正统地位。三家崇尚雅正的观念是清初庙堂文学的反映，对于在诗学道路上探索的王士禛等人起到了引导的作用。

明末清初，在新城王氏家族式微的情况下，博山赵氏、益都孙氏、淄川高氏等新兴望族，以赵进美、孙廷铨、高珩等人为代表，或雄踞诗坛，或为馆阁重臣，在诗学上既延续着明七子以来的复古之风，又从清初政治文化的需要出发，崇尚雅正，作为王士禛、王士禄等人的亲长，在一定程度上担负了王氏兄弟父辈的角色，对他们在文学上进行了推助和指引。

三、清康熙至乾隆：山左诗学的分化与聚合

康熙到乾隆时期，是新城王氏引领山左诗学的阶段，以王氏为中心观照山左文学家族，在诗学上出现了两个截然相反的趋势，一为分化，二为聚合。

首先，从分化而言，最引人注意的是博山赵氏与新城王氏的分化，核心人物是赵执信与王士禛。赵执信是王士禛甥婿，赵、王两家有深厚的家族

---

① [清]王士禛：《渔洋诗话》卷中，袁世硕主编《王士禛全集》，齐鲁书社，2007年，第4789页。
② [清]王士禛：《古夫于亭杂录》卷五，袁世硕主编《王士禛全集》，齐鲁书社，2007年，第4916页。

交谊,赵执信早年曾学诗于王士禛,而后来"越秩山左门庭",对王士禛神韵诗学产生异议,与王士禛展开了论争,舅甥之间甚至到了貌合神离的地步。这场论争也成为清代诗坛上的一桩公案,引起后人关注。关于赵、王之争,学界看法不一,严迪昌认为是一场在野与在朝的诗学观和风气的交锋,赵执信对王士禛异议相驳之关键因素是康熙二十八年(1689)因观演《长生殿》而遭罢官的打击后,随着遭际和人生体验变迁而产生的转换、调整。[①]蒋寅认为赵、王之争的原因在于双方理论渊源的不同,王士禛诗学司空图、严羽,赵执信宗法冯班,而赵执信在对王士禛的批评中有意气之争的成分,"具体到实际的批评,恐怕秋谷的指摘多不能成立,而渔洋诗学的博大精深更非秋谷所能望其项背也"[②]。无论是意气之争,还是诗学渊源的不同,赵执信与王士禛从合到分反映了从清初到清中期山左诗学内部的分化与碰撞。如果跳出王氏联姻家族的范围,可以发现,与王氏分化的不止赵氏一家,与王士禛同时的德州田雯在诗学道路上亦与之异趣。田雯虽由唐诗入手,却唐、宋兼擅之,在山左诗家中另辟一径。在王士禛以"一代正宗"引领康熙诗坛的时期,田雯并未被其牢笼,而与其诗学趣味相异,"论者遂谓欲以奇丽驾渔洋上"[③],与王士禛相抗衡,实际上也体现了山左诗坛的分化。

赵执信、田雯与王氏的分化是清代山左诗坛诗学繁荣、名家林立的结果,赵执信对王氏诗学虚空、失真的批评,对王氏典范、正统诗学的冲击,田雯对宋诗的坚持与独辟一径,都已超出山左诗学的范围,反映的是清中期以后诗学调整的方向。

其次,从聚合而言,从康熙时期开始,以王士禛为中心的山左诗学传统确立,并受到山东乃至全国的普遍认同。山左诗人的地域诗学观念愈加明确,文学认同感大大增强,文学自信大大提升。从家族文学的角度来说,这是山东文学家族从明中期到清初逐步积累、相互扶持、砥砺奋发的结果。新城王氏经过几代的学习与积累,经过与山东其他文学家族的交融、磨合,以王士禛为代表创神韵说,成为引领山左乃至海内风气的主导力量。王士禄、王士禧、王士祜、王士禛四兄弟崇尚唐王、孟一派山水田园诗的清远冲淡,王士禛以司空图"不着一字,尽得风流"、严羽"妙悟"说为理论渊源,提出神韵说,在清初特定的环境下产生了巨大影响,被山左诗人奉为圭臬,新

---

① 严迪昌:《清诗史》,浙江古籍出版社,2002年,第609页。
② 蒋寅:《王渔洋与康熙诗坛》,中国社会科学出版社,2001年,第204页。
③ [清]徐世昌:《晚晴簃诗汇》卷三十五,中国书店,1988年版第1册,第438页。

城王氏也在文学上达到极盛,其诗学趣味广泛地被山左诗人所认同。康熙时期与新城王氏在诗学上观念分化的家族,在康熙以后也被王氏诗学所笼罩,博山赵氏除赵执信外,其他诗人深受王氏影响,赵执端亦得王士禛指授,其为诗"倚声谐法足为后学楷式,而延誉后生亦有舅氏风焉"①。在赵执信与王士禛诗学发生分歧时,赵执端指责从兄"突兀龙门群仰望,飘零宅相独徘徊。依然万壑朝宗在,不禁蚍蜉撼树来"②。德州田氏的田霡、田同之,在诗学上也是王氏神韵诗学的追随者。除此之外,山左地区的其他家族,在诗学上也受到神韵诗学的影响,如长山刘氏刘大勤、刘大毂皆为王士禛门人。刘大勤学诗于王士禛,有《诗问》,其子刘宗濂少有隽才,九岁咏白燕诗,为王士禛所赏,后受知于黄叔琳,是王士禛的再传弟子。淄川毕氏毕际有、毕海珖、毕世持,济南朱氏朱缃、朱纲,邹平张氏张实居等,皆为神韵诗学的羽翼。

乾隆年间,山左地区出现了两部地域诗歌总集:《山左明诗钞》和《国朝山左诗钞》。这两部总集所录诗人囊括了明初至清乾隆时期的山左诗人,这些诗人大部分有着文学家族的背景,其中录入诗人最多的家族是新城王氏。编纂者宋弼与卢见曾在诗学上都服膺王士禛,他们不仅大量辑录王氏家族的诗人诗作,在诗人小传、诗话等部分也大量采入王士禛、王士禄等人的评语,诗学趣味和倾向上都体现出对新城王氏的重视。卢见曾在《国朝山左诗钞》中云:"国初诗学之盛,莫盛于山左,渔洋以实大声鸿之学,为海内执骚坛牛耳,垂五十余年。同时,若宋荔裳、赵清止、高念东、田山薑、渔洋之兄西樵、清止之从孙秋谷咸各先登树帜,衣被海内,故山左之诗甲于天下,盖由我朝肇兴,辽海声教首及山东,一时文人学士鼓吹休明,黼黻盛业,地运所钟,灵秀勃发,非偶然者也。"③卢氏通过诗人、诗作数量的取舍,强调了王士禛诗学的正统地位,王士禛诗作"所钞最富,非缘不能割爱,正以示天下,使知先生之诗精微广大,无所不备耳。又平生宏奖风流,吾乡前辈见于先生赠答而征诗未得、及表扬忠节无别见者,皆录之"④。这两部总集体

---

① [清]王荫桂修,张新曾纂:(民国)《续修博山县志·人物志》,《中国地方志集成·山东府县志辑》7,凤凰出版社,2004年,第940页。
② [清]赵执端:《宝菌堂遗诗》,《四库全书存目丛书·集部》第252册,齐鲁书社,1996年,第112页。
③ [清]卢见曾:《国朝山左诗钞自序》,《国朝山左诗钞》,《山东文献集成》第一辑第41册,山东大学出版社,2007年,第1页。
④ [清]卢见曾:《国朝山左诗钞自序》,《国朝山左诗钞》,《山东文献集成》第一辑第41册,山东大学出版社,2007年,第3页。

现出其对新城王氏诗学的强烈认同,并且以王士禛诗学为中心,对山左诗学进行了主动的建构。

从山左诗学的纵向发展来看,清康熙至乾隆时期虽然山左诗坛内部有分化,但整体趋势是聚合,这一方面由于王士禛"一代正宗"的诗学地位和神韵诗学的强大影响力,另一方面也得益于清中期卢见曾、宋弼、李文藻等山左诗人对山左诗学的自我认同和自我建构。从家族文学而言,虽然在王士禛之后,新城王氏后继乏人,但王氏诗学仍然占据了领导地位。

作为一个延续两朝的文学家族,新城王氏所交往的并不止以上所论的五家,它以联姻方式构成了一个庞大而复杂的家族网络,冯氏、邢氏、高氏、孙氏、赵氏等家族之间也并不是孤立的,以它们为中心向外辐射,所联系的是蒙阴公氏、东阿于氏、滨州杜氏、长山刘氏、高苑张氏、淄川毕氏等家族,共同构成了明清山左家族文化圈,促进了山左文学的演进和繁荣。

从明清山左文学纵向发展的角度来观照新城王氏与山左文学望族的关系,王氏与冯氏、邢氏、高氏、孙氏、赵氏等家族在文学上的互动构成了明清山左文学发展的一条线索。它们与王氏在文学上相互影响,在文学上的发展前后相继,在不同时期发挥着各自的作用。从冯琦、邢侗到王象春、王象晋,从高珩、孙廷铨、冯溥、赵进美到王士禄、王士禛,再从王士禛到赵执信及清中期的山左诗人,大致可看出明清山左诗学的演进轨迹,新城王氏在其中的作用和地位也逐渐凸显。从明嘉靖到清乾隆的不同时期,新城王氏通过与山左望族的文学交往,开启了家族诗学的传统,形成了对国朝诗学的认知,完成了对神韵诗学的建构和对山左诗学的引领,并最终确立了山左诗学的正统。

第四节　清初新城"二王"的诗坛活动

王士禄、王士禛兄弟是清代新城王氏家族文化振兴的代表人物,二人皆出生于明末,成长于明清易代之际,在清顺治年间相继登第,并以"二王"之目走上清初诗坛,产生相当影响。从时间上来说,"二王"于顺治八年(1651)入京参加科考,开始与海内诗人订交,康熙十二年(1673),王士禄因母丧哀毁而卒,以"二王"之名展开的诗坛活动随之结束。从地域上来说,他们以京城、扬州为中心与清初诗人进行了多次倡和活动,与活跃在清初诗坛的前辈尊宿、国朝俊彦交游,并建立起诗友的关系。所以"二王"的诗坛活动主要考察他们在顺治九年(1652)至康熙十二年(1673)在京城、扬州的倡和、交游。"二王"京师与扬州的文学活动使他们在诗坛、词坛获得了较高的声望和影响,同时也确立了他们在诗坛的地位,一定程度上影响着清初诗坛的格局和走向。

一、"二王"京师文学活动考

(一)顺治年间的京师文学活动

从顺治八年(1651)至顺治十六(1659)年,王士禄与王士禛三次同在京师,相继中进士,奠定了仕进之路,逐渐展开了二人的京师交游。

顺治八年,"二王"首次入京应会试,途中"每停骖辍轭,辄相倡和。书之旗亭驿壁"①。题壁诗的创作既是二人切磋诗艺的过程,也初步向海内诗友展示了诗歌才华,在顺康之际传为佳话。王士禛晚年忆及此事,云:"予少时与先兄考功同上公车,每到驿亭,辄题素壁,笔墨狼藉,率不存稿,逸去多矣。数年来往往从友人口中得之。"②尤侗道经燕、齐,见"二王"题壁之作,"解鞍造食,坐对移晷不能去"③。吴伟业自京城归里,"道出青齐邮亭墙壁间,往往得其埙篪倡和之作,流连扪摸,倾写甚至"④。

顺治九年(1652)会试后,王士禛落榜,王士禄举礼部,但因程可则科场磨勘案被黜,不与殿试。二人在京数月,与丁弘诲、程可则等人订交。丁弘诲,字景吕,江西南昌人,其《阮亭诗余略序》云:"余与贻上定交,盖在壬辰春仲云,会贻上上公车北游燕赵,余亦偕计入春明,卜肆一言,欢如夙昔,时贻上未及终贾之岁,琼枝玉树,映带千人,而抵掌古今,晰玄疏滞,意气拟托,辄欲攀提乐、卫,含咀殷、刘,余为解带流连,屡发天人之叹。"⑤程可则,字周量,一字湟溱,广东南海人,后为"二王"重要诗友,康熙年间与"二王"在京城倡和,同为"海内八家"之一。

---

① [清]王士禛:《渔洋山人自撰年谱》,袁世硕主编《王士禛全集》,齐鲁书社,2007年,第5058页。
② [清]王士禛:《池北偶谈》卷十八,袁世硕主编《王士禛全集》,齐鲁书社,2007年,第3290页。
③ [清]王晫:《今世说》卷六,中华书局,1985年,第71页。
④ [清]吴伟业:《琅琊二子近诗合选序》,王士禄、王士禛《琅琊二子近诗合选》,国家图书馆藏顺治十六年刻本。
⑤ [清]王士禛:《阮亭诗余略》卷首,《新城王氏杂文诗词》,国家图书馆藏刻本。

顺治十二年(1655),"二王"再次入京,同行者还有王士祜、傅扆。王士祜,行三,字叔子,一字子侧,号东亭,一号古钵山人,是年以太学生参加廷试。傅扆,字兰生,一字彤臣,号丽农,山东新城人,其《奉檄入闱宿雄县馆舍,见壁间有乙未春与西樵贻上赓酬旧作,再和贻上》,有"赊途疲马足,好句冷旗亭"之句,四人在途中倡和频繁,并书于旗亭驿壁。王士禛记载:"顺治乙未,予上公车,与家兄吏部、傅彤臣御史,赋《柳枝词》于此,忽忽十余年矣。"[1]《琅琊二子近诗合选》收入王士禄《赵北口柳枝词同傅彤臣、家弟贻上》二首,王士禛《赵北口柳枝词》三首,皆为当时所作。

据《渔洋山人自撰年谱》,此次入京,王士禄兄弟三人"始与海内闻人缟纻论交,时号'三王'"[2],王氏兄弟四人中,以王士禄、王士禛成就最高,因此"二王"之目广为人知,然王士禧、王士祜二人亦颇有诗才,王士祜与王士禄、王士禛同被称为"三王"。计东《广说铃》云:"予同年王子侧,居西樵、阮亭间,才堪颉颃。予与邓孝威、宗鹤问诸公,偕子侧游苕、雪山水间,子侧诗援笔辄成,多见警拔。同人每相太息曰:'济南二王才故奇,亦以早贵声誉先布。子侧才何尝肯作蜂腰哉?'人以为知言。"[3]王士祜才华声名不及士禄、士禛,然在三人同登诗坛之时,所交者皆为当时名士,徐乾学忆其与"三王"交游曾言:"余同年友新城东亭王君,与其兄西樵考功,弟阮亭祭酒,以才名为士大夫所倾瞩。考功、祭酒皆早达交游,而东亭久困场屋,闭户却扫,顾与其兄弟齐名海内,称为'三王'。"[4]王士祜虽与王士禄、王士禛被称为"三王",齐名海内,然科举不顺,声名不显,康熙庚戌中进士后,未仕而卒,时人颇引以为憾。这是王士祜不及王士禄、王士禛的一个原因,从文学造诣上来说,王士祜也确有不足之处。《四库全书总目提要》评曰:"实士禄不及士禛,士祜不及士禄,天下之公评也。"[5]当为确论。

是年王士禄殿试及第,王士禛会试中式,未参加殿试。在京期间,王士禄"既风神玉立,又夙工欧阳书,盛有文名于时"[6],声名初显,丁弘诲云:"乙未复游长安,日与刘子小石、令兄西樵往复和酬"[7],说明"二王"与京中文人

---

[1] [清]王士禛:《渔洋精华录集注》卷三,惠栋、金荣注,齐鲁书社,1992年,第397页。
[2] [清]王士禛:《渔洋山人自撰年谱》,袁世硕主编《王士禛全集》,齐鲁书社,2007年,第5059页。
[3] [清]王士禛:《渔洋山人自撰年谱》,袁世硕主编《王士禛全集》,齐鲁书社,2007年,第5059—5060页。
[4] [清]李桓辑:《国朝耆献类征》18册,江苏广陵古籍刻印社,1990年,第191页。
[5] [清]永瑢、纪昀等:《四库全书总目提要》,中华书局,1965年,第1657页。
[6] [清]王士禛:《王考功年谱》,王士禛撰,孙言诚点校《王士禛年谱》,中华书局,1992年,第71页。
[7] [清]丁弘诲:《阮亭诗余略序》,《阮亭诗余略》,国家图书馆藏刻本。

的交往倡和较为频繁。也正是在这一时期,他们与诗坛尊宿吴伟业相识并订交,顺治十一年(1654),吴伟业被授予秘书院侍读,正在京城,与"二王"相识。顺治十六年(1659),王士禄、王士禛少作合选《琅琊二子近诗合选》成,吴伟业为作序,云:"予在京师,辱与贻上交,从其所并识子底。两人姿貌修伟,言论风发……里居以后,间阔者久之,二君复邮示新篇,心喜其才情之进益。适高少宰念东、吾友周二为、逸休论定二君诗,次第杀青,因介逸休征一言。"①在序中吴伟业追溯王氏家族门风和山左诗坛,赞扬王氏家学渊源有自,但未对王士禄、王士禛的创作作深入的评论,盖因"二王"为世家之子入仕新朝,初登诗坛,未成气候,然亦欣赏二人之才情,有推助之意。这次在京城中与王氏兄弟订交的还有徐乾学。徐乾学,字原一,号健庵,江苏昆山人,顺治七年(1650)与吴梅村、尤侗、朱彝尊等人在嘉兴举十郡大社,顺治十一年(1654)入太学,与王士祜为同窗,曾为王士祜撰墓志铭,忆其与王氏兄弟的订交云:"乙未岁余以贡入京师,与考功、祭酒定交时,东亭选入太学,亦一再相见。"②是年中进士者有刘体仁、汪琬、曹申吉、傅宸、王揆、秦松龄、梁熙等人,后皆为"二王"重要诗友。

顺治十五年(1658)至十六年(1659),新城"二王"第三次入京,论交始广,《居易录》载:

> 戊戌廷对,不与馆选,以观政留京师,始与常州汪(琬)苕文、南海程(可则)周量、武进邹(祗谟)订士辈倡和为诗。己亥再入都谒选吏部,汪、程皆官都下,又益以颍川刘(体仁)公㦷、鄢陵梁(熙)曰缉。是冬昆山叶(方蔼)子吉、海盐彭(孙遹)骏孙皆来定交,相倡和。③

顺治末,王士禛在京城与海内诗友的倡和频繁,汪琬、刘体仁、程可则、梁熙等人通过王士禛得以相识订交。梁熙,字曰缉,号晳次,鄢陵人,与王士禛为同年进士,但顺治十二年(1655)榜下未相识。顺治十五年(1658),王士禛居京城慈仁寺,与同寓寺中的梁熙往还,并介绍梁熙给刘体仁、汪琬等人。王士禛与汪琬相识于顺治十二年(1655),汪琬求友于王士禛,王为其言刘体仁、梁熙、程可则,汪琬遂皆与订交,这样,以王士禛为中心,形成

---

① [清]吴伟业:《琅琊二子近诗合选序》,王士禄、王士禛《琅琊二子近诗合选》,国家图书馆藏顺治十六年刻本。
② [清]李桓辑:《国朝耆献类征》18册,江苏广陵古籍刻印社,1990年,第190页。
③ [清]王士禛:《居易录》卷五,袁世硕主编《王士禛全集》,齐鲁书社,2007年,第3760页。

了一个诗人小团体。与此同时,王士禄由莱州府学教授迁国子助教入京,兄弟二人在京月余,往来的诗友还有邹衹谟、彭孙遹、叶方蔼、曹尔堪、魏学渠、李敬等人。"二王"与诸人进行了一些倡和活动,王士禛的《听公戬弹琴》《与周量过访苕文夜雨共宿》《讯公戬慈仁寺寓并示益贤》《九日黑窑厂登高同曹顾庵、彭骏孙四首》《九日同曹顾庵、彭骏孙用重阳登高为韵,兼寄陈子更四首》,程可则的《刘公戬至弹琴》《过汪苕文听刘公戬谈苏门之胜,同王贻上作》,刘体仁的《秋日退朝归慈仁寺寓,伯琴上人见过,偕王贻上、丘虎牙、程周量订共游西山》,彭孙遹的《九日限重阳登高四韵同顾庵、子存、贻上赋》《九日同子存、贻上赋》等,皆作于此时。

顺治末的这次京城之行,"二王"与彭孙遹以"无题诗"倡和,在京城产生了较广的影响,称为"彭王倡和"。是时"二王"与彭孙遹均好为香奁,而"二王"早在顺治九年(1652)已有香奁倡和。王士禄《十笏草堂诗选》卷五《香奁诗三十首》小序云:

> 壬辰岁贻上曾为《香奁诗》三十章,又为《续香奁》十章,约余同作,以懒故不获,竟仅五篇而止。今集中所存"深闺怨语传愁妾,乐府新词赋《恼公》"诸篇是也。今春西来,与子重仰卧政脚,殊苦岑寂。因抽毫拂素,依上下韵,次第为之,以掌代案,欹侧而吟而书,竟二日,得诗如韵,抵舍待命侍史缮录一过,与诸弟快读,竟忘物役之苦。虽情至之语,风雅扫地,然一往而深,辄欲令伯舆唤奈何,雅不屑使大雅扶轮,小山承盖也。夫桃叶桃根,不过于宣尼片庑俎豆无分耳。迂哉!才伯何至以"笑拥如花"之好句,自遁于"欲尽埋还"?得勿令义山、致光揶揄地下乎?丙申上元日书。①

从王士禄的序中可知,"二王"少时即好为香奁,顺治九年(1652)王士禛先后作《香奁诗》《续香奁诗》,约王士禄同作,王士禄仅作五首而止。顺治十三年(1656),王士禄任莱州府学教授,忆及王士禛香奁之作,遂再作三十首。今国家图书馆藏《琅琊二子近诗合选》卷七收入王士禄香奁体诗三十三首,其中三十首后选入《十笏草堂诗选》,其余三首题为"又五首,选三",即为士禄序中所言顺治九年(1652)和王士禛之五首。是卷还收入王

---

① [清]王士禄:《十笏草堂诗选》卷五,《清代诗文集汇编》第98册,上海古籍出版社,2010年,第563—564页。

士禛香奁体二十五首，其《香奁诗》三十章、《续香奁》十章已经删选。

周亮工《藏弅集》卷十五有房天驷《复新城王子底》尺牍一则，云："齐贾还，索有远函，并《香奁》二册，快读之，盖叹古道雅怀，声色满纸，离思咏歌，风流未散也。但惜不见令弟贻上所为三十章，又续十章，次第聆双鬟发响，何羡杨柳外晓风残月哉？"①房天驷，字大生，生平不详，《十笏草堂诗选》卷五有王士禄顺治十三年（1656）诗《赠房大生》，注曰："时客开来使君署中"，谓："大生有观海诗，最佳"②，可见王士禄官莱州府学时已与其相交。从房大生尺牍知士禄曾为其寄《香奁诗》二册，房氏遂索士禛香奁诗。房大生所言《香奁》二册，当为士禄顺治十三年（1656）追和之作，"二王"早年所作香奁诗已有流传。

顺治十六年（1659）王氏兄弟在京师与彭孙遹交游，并以香奁诗倡和，结集为《彭王倡和》一卷。彭孙遹有《与礼吉索香奁诗》云："偶叠香笺写丽人，讵堪持作镜湖春。归囊莫带陈思赋，恐向中宵诵《洛神》。"③《渔洋山人自撰年谱》顺治十六年（1659）载彭王倡和之事云："是冬，山人与西樵及羡门倡和香奁体诗，刻《彭王倡和集》。"④是以参与倡和者为王氏兄弟二人与彭孙遹。

《彭王倡和》一卷录王士禛、彭孙遹香奁诗各十二首，王士禛之作后收入《渔洋诗集》，删去四首，彭孙遹诗皆收入《松桂堂全集》。王士禛诗题为"无题诗同骏孙赋"，彭诗题为"无题诗次阮亭韵"，则首倡为王士禛，彭孙遹和之。卷前有魏学渠序云："我友王子贻上，表泱泱千齐风，彭子骏孙，振翩翩千越隽。班荆燕市，推如江如海之才；濡墨旅人，集倾国倾城之句。"倡和之作为香奁诗，写闺阁相思，离愁别绪，魏学渠谓彭、王之诗"体同闺怨，妙等香奁，致光掩思，义山逊藻者也"⑤。

王士禛顺治九年（1652）香奁体诗为其少年时期之作，写闺阁女子离思别绪，委婉缠绵，写女子空闺冷寂，慵懒无绪的情态，有香艳之气，如"别后午痕知未减，起来卯酒欲初酣"，"腕笼跳脱消香雪，奁拂郎当罥网蛛"，"绕

---

① [清]周亮工著，朱天曙整理：《周亮工全集》第11册，凤凰出版社，2008年，第915页。
② [清]王士禄：《十笏草堂诗选》卷五，《清代诗文集汇编》第98册，上海古籍出版社，2010年，第562页。
③ [清]彭孙遹：《松桂堂全集》卷六，《清代诗文集汇编》第125册，上海古籍出版社，2010年，第80页。
④ [清]王士禛：《渔洋山人自撰年谱》，袁世硕主编《王士禛全集》，齐鲁书社，2007年，第5063页。
⑤ [清]王士禛、彭孙遹：《彭王倡和》，国家图书馆藏清康熙间刻本。

脸斜红香黛残,东风不与玉儿欢"①等,写闺阁之态有温庭筠之风。这些作品多为"空中之语",对女子闺中情态的摹写,是为了表现女子为离愁、冷寂所困所伤,"遥知别后怀人夜,应抱寒衾忆梦眠"的怅惘思绪。此次倡和中王士禛无题诗开始摆脱早期香奁诗工笔描摹的痕迹,虽也是写女子闺中情态,表现手法更为婉转朦胧,多用"云母""玉女""鸳鸯""洛神""青陵"等有象征意义的意象,以景物、环境的外部描写影射人物内心,如"柳絮横塘三尺水,梨花帘幕午时烟",写人物心态则"心似西陵松柏老,愁如东冶暮潮生",以象征性的意象和自然景物的描写,冲淡了香奁体的浓艳之感。

彭、王倡和在顺治十六年(1659)的京师影响较大,徐景穆跋彭孙遹《无题诗同贻上作》云:"公少时喜为艳情之什,兴会所之,跌宕风月,描摹闺阁,尽态极妍,当使温、李失声,和、韩却步。登第日即与新城先生无题倡和,传诵都门,真一时风流绝唱也。"②魏学渠序《彭王倡和》谓"盖闻《诗》三百篇半录闺房之什,古十九首多存嬿婉之言。楚客行吟,援美人以喻君子,陈思作赋,假宓女以写深情。固有惜艳追欢,流连红粉,岂无含忠履孝,讽讬青丝"③,古今才彦皆"借画眉之笔杼轴琴心",将彭、王之香奁倡和归于"言志"的诗教范畴,为其正名,然香奁体诗在题材和艺术方面的香艳性质使其历来不为诗家正统所接受,否定多于肯定。王氏兄弟与彭孙遹之作亦为一时消遣,如王士禄所言,"夫桃叶桃根,不过于宣尼片疣俎豆无分耳"。汪琬《说铃》云:"二王好香奁诗,倡和至数十首。刘公䅟寓书于予,问讯博士曰:'王六不致堕韩冬郎云雾否?此虽慧业,然并此不可作也。'"④可见时人对香奁诗的态度,所以,彭、王倡和作虽传唱一时,却不能形成大的影响。

顺治末年"二王"在京师虽然时间很短,但他们的交游、倡和活动为二人康熙初年走上诗坛中心奠定了基础。从王士禛而言,他已经凭借此前济南的《秋柳》诗倡和和此次京城的广泛交游,在京城诗坛崭露头角,与汪琬齐名。《渔洋诗话》载:"汪钝翁与余顺治末称诗都下,忝齐名之目。钝翁有诗云:'侠少场中同结驷,郎官队里各题诗。耻居王后吾何敢?愿作云龙上

---

① 以上所引王士禛诗皆出自《彭王倡和》,国家图书馆藏清康熙间刻本。
② [清]彭孙遹:《松桂堂全集》卷三十一,《清代诗文集汇编》第125册,上海古籍出版社,2010年,第202页。
③ [清]彭孙遹:《松桂堂全集》卷三十一,《清代诗文集汇编》第125册,上海古籍出版社,2010年,第202页。
④ [清]王士禛:《渔洋山人自撰年谱》,袁世硕主编《王士禛全集》,齐鲁书社,2007年,第5063页。

下随。'"①同时,他也积聚了较广的诗坛人脉,顺治十六年(1659)十二月,王士禛将赴扬州府任推官,京城诗人纷纷作文、作诗相送,龚鼎孳召诸人在吴绮房研斋分韵赋诗为其送行,汪琬、李敬、程可则等人亦集于李敬斋中为其饯行。吴绮有《送王阮亭司李维扬诗序》,汪琬有《送王进士之任扬州序》等,王士禛答以《答别御史大夫龚公兼呈苕文、公䫆、禹疏、秋崖、周量、圣秋、石潭、紫来、黄湄诸君》,可见王士禛在当时的京城诗坛中已有相当影响。王士禄在王士禛离开京城后继续与京城诗人倡和,隐然为京师诗坛职志,《王考功年谱》载:"是时南海程湟榛(可则)为内阁中书舍人,颍川刘公䫆(体仁)、蕲水杨菊庐(继经)、长洲汪钝庵(琬)在部曹,嘉善曹顾庵(尔堪)、昆山叶訒庵(方蔼)在翰林,鄢陵梁晢次(熙)、武进董易农(文骥)在西台,遵化周伯衡(体观)以前给谏补外客京师,相与为文章之友,以先生为职志。合肥龚公芝麓以前御史大夫左迁国子助教,亦时有酬唱。"②

顺治十七年(1660)以后,王士禛司理扬州,王士禄典试山西,"二王"在京城的文学活动由于仕途变迁而告一段落,随后又相继南下扬州,以扬州为中心的诗坛交游为他们提供了更广阔的舞台,康熙九年(1670)至十一年(1672),二人再聚京师,正式确立了在清初诗坛的地位。

(二)康熙年间的京师文学活动考

康熙初年的京城诗坛,诗人云集、名家辈出、倡和日盛,聚集于此的四方文人频繁地进行文酒之会,在康熙十年(1671)至十一年(1672)达到鼎盛。新城"二王"正是在这段时间第四次同聚京师,以诗会友,确立了二人"海内八家"的地位,并对王士禛后来主盟康熙诗坛产生了深远影响。

康熙九年(1670)冬,王士禄补吏部考功司员外郎,再入京城,是年王士禛已官户部,并在此之前与汪琬、程可则、刘体仁、梁熙、董文骥、李天馥、陈廷敬等人为文社,展开了京师文学活动。彼时的京城诗坛,以龚鼎孳为职志,王士禛参与了以龚鼎孳为中心的多次倡和,并汲引后进,经其指授者,人称王门弟子,"士人挟诗文游京师者,首谒龚端毅公,次即谒山人及汪(琬)、刘(体仁)二公"③。王士禛在京城诗坛已经积累了相当的名望,随着王士禄与其他诗友的相继入京,以"海内八家"为中心的京城诗人群体正式

---

① [清]王士禛:《渔洋诗话》卷上,袁世硕主编《王士禛全集》,齐鲁书社,2007年,第4771页。
② [清]王士禛:《王考功年谱》,王士禛撰,孙言诚点校《王士禛年谱》,中华书局,1992年,第73页。
③ [清]王士禛:《渔洋山人自撰年谱》,袁世硕主编《王士禛全集》,齐鲁书社,2007年,第5078页。

形成,而京师诗坛"职志"也悄然由龚鼎孳转向新城"二王",这与二人在京期间诗坛结构的变化和诸诗人的文学活动有关。

康熙十年(1671)至十一年(1672)的京城诗坛格局在发生变化,此前活跃于诗坛的汪琬、梁熙、刘体仁已辞官离开京城,而宋琬、王士禄、施闰章、曹尔堪四人则或因起复、或因求复官相继入京,加上从顺治年间开始一直在京为官的陈廷敬、李天馥、程可则、沈荃,及康熙四年(1665)入京的王士禛,京城诗人群体发生了微妙的变化,"海内八家"中的四家皆在此期齐集京城,意味着新的诗坛格局开始形成,新入京的四家在京城的文学活动频繁而集中,并逐渐改变了此前以龚鼎孳为中心的活动局面,这一时期新城"二王"参与的京城文学活动如下:

康熙十年(1671)六月,施闰章奉部檄补官入京,"二王"过访,并召集宋琬、曹尔堪、沈荃、程可则等人于邸舍为其接风。王士禄有《荔裳、愚山、顾庵、绎堂、周量、舍弟贻上晚集邸舍,时愚山初至,同用"初"字》,王士禛有《愚山至都门,同荔裳、顾庵、绎堂、湟溱小集家兄西樵邸舍,同用"初"字》,施闰章有《初入都,集王西樵、阮亭邸舍,同荔裳、顾庵、绎堂、周量赋,得"初"字》,程可则有《施愚山初至都门,王西樵、阮亭兄弟招同荔裳、顾庵、绎堂小集,限"初"字》。

六月,"二王"应程可则之邀,同宋琬、曹尔堪、施闰章、沈荃集于海日堂,送蔡竹涛赴太原,限韵赋诗。王士禛有《程湟溱席上同荔裳、愚山、顾庵、绎堂、西樵送蔡竹涛之太原,兼寄潘次耕》,程可则有《枉荔裳、顾庵、愚山、绎堂、西樵、阮亭小集海日堂,因送蔡竹涛之太原,兼寄周济伯、潘次耕,同用一屋》。

六月二十七日,"二王"参与龚鼎孳召集的黑龙潭倡和,同时参与者还有宋琬、施闰章、曹尔堪、纪映钟、沈荃、曾灿、姜埂等。诸人以"二仪清浊还高下,三伏炎蒸定有无"分韵赋诗,王士禄有《龚芝麓先生招同宋荔裳、曹顾庵、纪伯紫、施愚山、曾青藜、陶季、沈绎堂、姜铁夫、程周量、刘次山、舍弟阮亭黑龙潭树下晚集,分韵得"有"字》,王士禛有《大宗伯龚公招同荔裳、愚山、顾庵、绎堂、湟溱、西樵、伯紫、铁夫、谷梁集黑龙潭,分得"下"字》,程可则有《大宗伯龚公招同宋荔裳、曹顾庵、施愚山、纪伯紫、沈绎堂、姜铁夫、王西樵、王阮亭、刘玉少、陶积深、曾青藜、冒谷梁诸子集黑龙潭树下,即以"二仪清浊还高下,三伏炎蒸定有无"为韵,予分得"定"字》,施闰章、曹尔堪、沈荃等人皆有和作。

八月，"二王"应宋琬之邀，于王方朴寓园赋诗倡和，参与者还有曹尔堪、陈廷敬、程可则、许之渐、沈荃。王士禄有《夏日荔裳招同青屿、顾庵、绎堂、周量、子端、家阮亭集襄璞寓园限韵》，王士禛有《宋荔裳观察招同诸公集大司马王公别墅分赋四首》。

八月，"二王"与宋琬、施闰章、沈荃、曹尔堪、沈胤范、曹禾、汪懋麟等人集于乔莱斋中，分韵赋诗。王士禄有《雨后康臣、颂嘉、蛟门、石林四舍人招同青屿、荔裳、顾庵、愚山、陶季、绎堂、舍弟阮亭夜集分韵，得"声"字》，程可则有《乔石林宅集同青屿、荔裳、顾庵、愚山、绎堂、西樵、阮亭、铁夫、陶季、康臣、蛟门、颂嘉分得"家""溪"二字》。

八月，施闰章将游嵩山，京中诗人先在金鱼池举文酒之会，为其送行。王士禄有《金鱼池仿杜乐〈游园体〉，同荔裳、顾庵、愚山、绎堂、周量、舍弟阮亭作》，注云："时愚山将南归，便游嵩少。"施闰章有《金鱼池歌仿杜〈乐游园〉体》，亦注云："时余将南归，荔裳、顾庵、绎堂、周量、西樵、阮亭、观玉、昆仑、方山诸公，集饯同赋。"施闰章启程离京之日，"二王"与诸人祖帐国门，分韵赋诗。施闰章《蜀道诗序》载："康熙辛亥夏，余客京师，出游嵩洛，阮亭与伯子西樵诸公合为诗祖帐国门。"①参与送行活动的有宋琬、沈荃、许之渐、曹尔堪、程可则、沈胤范、汪懋麟、曹贞吉、乔莱等。王士禄有《送施闰章游嵩山得"天"字》，王士禛有《送愚山游嵩山》《送愚山游嵩少再赋》，施闰章有《将游嵩岳留别都门同好》等作。

九月九日重阳，宋琬召集诸公谨集于梁家园，以"秋菊有佳色"为韵赋诗，兼送沈荃赴中州。王士禄有《九日梁园以"秋菊有佳色"为韵，人赋五章》，注云："同赋者为高侍郎念东、沈副使绎堂、程耀州昆仑、宋观察荔裳、程职方周量、陈侍读说岩、谢舍人方山、家方伯襄璞、给事北山、户部阮亭。"陈廷敬有《九日宋玉叔招同诸子宴集梁家园池亭，兼送绎堂之中州访愚山嵩岳，以"秋菊有佳色"为韵五首》，程可则有《九日同念东先生、绎堂、北山、西樵、阮亭、说岩、方山集荔裳园馆，以"秋菊有佳色"五字为韵分赋》。

九月，应宋琬之邀，"二王"与陈廷敬、谢重辉等集于梁家园，送姜梗还会稽。王士禄有《秋夜荔裳寓园水亭送姜铁夫还会稽，得"阳"字"先"字》，王士禛有《宋荔裳梁园饮集送姜铁夫自覃怀归会稽》。

九月二十二日，侍讲学士张贞生因谏言激切被降级南归，王士禄赋诗

---

① [清]施闰章：《愚山先生文集》卷五，《清代诗文集汇编》第67册，上海古籍出版社，2010年，第40页。

赠之,《王考功年谱》:"张学士簣山(贞生)建言下,考功先生心服其忠直,首赋诗赠之云:'铜龙晓色破层阴,羡尔批鳞意独深。言听便为天下福,计违不负一生心。他年焄奕看青史,此日辉光烛翰林。我亦握兰东省客,浮沉空叹二毛侵。'一时继和者甚众。"①京中名流继和赠行,王士禛、宋琬、施闰章等皆有和作。

康熙十一年(1672)正月四日,"二王"与宋琬、谢重辉同游西山,有游览之作,归来后王士禛集其作为《游西山诗》,严绳孙、曹禾、汪懋麟作序。王士禄、宋琬、谢重辉皆有诗作,曹禾序云:"济南两王先生于岁之初休沐无事,偕莱阳宋观察载酒披裘,冒风雪而往,搜奇吊古,更倡迭和,联为大卷。归数日,其诗传播人口,踵门求观者趾相错。"②由于此次游西山四人皆为山东人,严绳孙有"风雅尽在山东"③之叹。

从以上文学活动来看,参与成员较为固定,而龚鼎孳已不再是活动的主要召集者,王士禄、王士禛、宋琬、施闰章等人成为核心。尤其是王士禄、王士禛兄弟占据主导地位,一定程度上来说,他们是这些诗人的核心联结者,"二王"与大多数的京城诗人为旧识,程可则、沈荃为王士禄同年,陈廷敬、李天馥为王士禛同年,顺治年间"二王"入京时已间有过往,施闰章在顺治年间已与"二王"订交,并有诗文往来,曹尔堪、宋琬在康熙四年(1665)与王士禄在杭州、扬州相遇,举"三子倡和""广陵倡和"。康熙十年以后诸诗人集于京城,施闰章、宋琬曾请王士禛定其诗集,《池北偶谈》载:"己未在京师,登堂再拜,求予定其全集。宋浙江后诗,颇拟放翁,五古歌行,时闯杜、韩之奥。康熙壬子春在京师,求予定其诗笔,为三十卷。"④王士禄也名重京师:"是岁宣城施愚山(闰章)、武乡程昆仑(康庄)及宋荔裳皆至京师,华亭沈绎堂、泽州陈说岩(廷敬)、合肥李容庵(天馥)官翰林,泗州施匪莪(端教)官司城、德州谢方山(重辉)、安丘曹实庵(贞吉)、江阴曹峨眉(禾)与汪蛟门皆官中书舍人,而程湟榛适为职方郎中,皆与先生雅故,数以歌诗相赠答。海内文章之士游辇下者,以不识先生颜色为耻。"⑤

伴随着这些文学活动,康熙诗坛的"海内八家"也正式形成。康熙十

---

① [清]王士禛:《王考功年谱》,王士禛撰,孙言诚点校《王士禛年谱》,中华书局,1992年,第84页。
② [清]王士禛:《游西山诗》卷首,天津图书馆藏清康熙间刻本。
③ [清]王士禛:《游西山诗》卷首,天津图书馆藏清康熙间刻本。
④ [清]王士禛:《池北偶谈》卷十一,袁世硕主编《王士禛全集》,齐鲁书社,2007年,第3086页。
⑤ [清]王士禛:《王考功年谱》,王士禛撰,孙言诚点校《王士禛年谱》,中华书局,1992年,第84—85页。

年,吴之振进京,参与并关注着京城诗坛这一系列的倡和活动:"余辛亥至京师,初未敢对客言诗,间与宋荔裳诸公相游宴,酒阑拈韵,窃窥群制,非世所谓唐法也。故态复狂,诸公亦不以余为怪,还往倡酬,因尽得其平日之所作而论次之。"[1]吴之振辑选王士禄、王士禛、宋琬、施闰章、曹尔堪、沈荃、陈廷敬、程可则八人之作为《八家诗选》,康熙十一年(1672)刻于吴中,"海内八家"之名形成,王士禄、王士禛兄弟二人同列其中,确立了诗坛地位。

(三)"二王"京师文学活动的意义

新城"二王"的京师文学活动,是一个较为连贯、逐步推进的过程,从顺治八年(1651)至康熙十一年(1672),新城"二王"四次同在京师,从籍籍无名到"二王""八家",闻名海内,诗名的显扬、诗艺的提升都通过与海内诗人的文学活动完成。文酒之会、赠送酬答是不同诗人之间交流、互动的重要方式,京师又是海内名流聚集之地,他们来自不同地域,各自有不同的诗学宗尚和创作风格,"二王"与他们的倡和不同于一般的诗酒风流,而对康熙初期的诗坛格局、风气转移有重要意义。

首先,新城"二王"在顺康之际的京师文学活动反映并促成了顺康之际京城诗坛的风会、流变。从京城诗人群体的构成来说,"二王"顺治年间三次入京所结交的诗人如程可则、汪琬、刘体仁、梁熙、曹尔堪、叶方蔼等人皆是康熙初年京城诗坛的主要力量,康熙初年入京后,施闰章、宋琬、陈廷敬、李天馥、沈荃等又皆为二人故交、诗友,以"二王"为核心,串联起了京城诗坛大多数的名流,因此,他们见证并亲历这批"国朝"诗人从诗坛边缘走向中心的过程。

从诗坛风会来说,新城"二王"的京师文学活动促成了诗坛主盟从"贰臣"诗人向"国朝"诗人的过渡。顺治末"二王"入京论交始广时,活跃于京城诗坛的是"贰臣"诗人龚鼎孳,其时王士禄在京隐然为"职志",似能与龚氏争胜,但很快因典试山西离京,故而康熙初年的京城诗坛以龚鼎孳为"职志"。康熙四年(1665)至康熙九年(1670)王士禛在京期间,京城诗坛众多倡和活动以龚氏为中心,但康熙十年(1671)至十一年(1672),"海内八家"形成,"八家"中诸人的年辈,以宋琬、施闰章、曹尔堪、王士禄为长,宋琬、施闰章曾为"燕台七子"成员,曹、王此前为"广陵倡和"的发起者,皆闻名南北,四人同在康熙十年(1671)入京,加上王士禛在京城广泛奖掖后进,网罗

---

[1] [清]吴之振:《八家诗选序》,《八家诗选》,国家图书馆藏康熙十一年鉴古堂刻本。

门人,这批"国朝"诗人的文学活动也就有了较大的号召力和影响力,而龚鼎孳则不再是主导者,"国朝"诗人成为主流,京城诗坛的主持者实现了从"贰臣"诗人到"国朝"诗人的过渡。

在这个过程中,新城"二王"以顺治年间以来广泛的交游成为京城诸多诗人的联结者,同时又发起并参与多次倡和活动。王士禛作为晚辈为施、宋论定诗集,其诗才、诗名为二人所推毂,这些都反映了"二王"在"海内八家"群体中的核心地位。

其次,"二王"早期京师的文学活动为王士禛领袖康熙诗坛打下了基础。凭借其在京师文学活动中的影响,王士禛在京城诗坛新旧更替的格局中进一步确立了领袖地位。康熙十一年(1672)以后,随着诸位诗人的仕途、人生遭际的变迁,京城诗坛的倡和活动迅速由盛转衰。对于王士禛来说,这是他平生师友新旧交替、急剧变化的时期。康熙十一年(1672),王士禛典试四川,沈荃典试浙江,均离开京师。康熙十二年(1673),龚鼎孳卒,宋琬因吴三桂兵变,家属遇难,在京幽愤而卒,程可则出守桂林,曹尔堪以丁忧归里,两年中京师诗友风流云散,而对王士禛打击最大的是其兄王士禄的去世。康熙十二年(1673),王士禄因其母去世哀毁而卒,王士禛时以母丧亦在里中,为其兄撰年谱,海内诗友闻讣亦赋诗、撰文缅怀悼念。王士禄之于王士禛,是"文章经术,兄道兼师"[1],而他的去世也令王士禛感到"风流顿尽,发言莫赏"[2],惆怅纡郁之余,进而想到平生师友,遂辑录自钱谦益、吴伟业而下诸友人之诗为《感旧集》。《感旧集》是王士禛对自己青年时期所交往诗友的总结,它的编纂以王士禄的去世为直接触发点,标志着"二王"时代的终结,同时,在更大的意义上来说,也意味着康熙十一年(1672)以后京师诗坛格局已然变化。

康熙十四年(1675),王士禛服阕入京,京师诗坛已是另一番景象:"是时诸故人皆散去,惟翰林李湘北天馥、陈子端廷敬、叶子吉方蔼官京师。彭骏孙孙遹自浙西来,间为文酒之会,然无复曩时之盛矣。"[3]故人散去的同时,聚集于京师并与王士禛往来的是新的诗人群体:"宋牧仲(荦)、王幼华(又旦)、曹升六(贞吉)、颜修来(光敏)、叶井叔(封)、田子纶(雯)、谢千仞

---

[1] [清]王士禛:《王考功年谱》,王士禛撰,孙言诚点校《王士禛年谱》,中华书局,1992年,第93页。
[2] [清]王士禛:《渔洋山人感旧集自序》,《感旧集》,《四库禁毁书丛刊·集部》第74册,北京出版社,1999年,第157页。
[3] [清]王士禛:《渔洋山人自撰年谱》,袁世硕主编《王士禛全集》,齐鲁书社,2007年,第5082页。

（重辉）、丁雁水（炜）、曹颂嘉（禾）、汪季甪（懋麟），皆来谈艺。先生为定《十子诗略》，刻之。"①

此时王士禛在京城的师友从"海内八家"过渡到了"金台十子"，王士禛在两个不同的群体中有不同的位置，如果说"八家"是王士禛的同辈诗友的话，"十子"则带有王氏门人、弟子的性质，虽然后来的"十子"趣味各异，并不都服膺王士禛，但选定《十子诗略》却是王士禛在前辈、故友、亲人离散后，确立其诗坛领袖地位的重要举措，而完成这一举措则得益于此前他的京师文学活动。"十子"之中曹禾、汪懋麟、谢重辉、曹贞吉早在康熙十年（1671）已在京师，并参加了一些倡和活动，对于"海内八家"的形成及新城"二王"在其中的地位已有认知；此外，《八家诗选》的形成与王士禛有关，施闰章《翰林院侍讲学士曹公顾庵墓志铭》载："初君客都下，余以事适至，与沈、宋、王、陈诸公为文字交甚欢。君会必有诗，诗必数首。新城王侍读士禛于时荟萃为八家诗，刻之吴中。"②可以说，"八家"时期，王士禛在鼓扬风气、操持选政上的作用已经有所显现，选定《十子诗略》，品评"十子"诗，更凸显了王士禛的主导地位。正是由于此前京师文学活动的铺垫，王士禛才在新旧师友更替的新格局下完成了诗坛中身份的转变。

新城"二王"的京师文学活动是他们从诗坛边缘走向中心的重要途径，二人的京城行迹既反映了顺康之际京城诗人群体的构成和变化，同时也推动了京城诗坛格局的改变，为康熙十七年（1678）以后王士禛主盟诗坛奠定了基础。

二、"二王"扬州诗坛活动考

顺治十七年（1660）王士禛司理扬州，康熙四年（1665）迁礼部，在扬州六年，与遗民俊彦交游，倡和频繁，规模宏大。康熙三年（1664）十月，王士禄磨勘事白，亦至扬州，康熙六年（1667）归里，其间兄弟二人先后与众多文人交游酬唱。王士禛与王士禄在扬州诗坛的交游时间上一前一后，空间上不限于扬州一地，包括了杭州、金陵、如皋等周边地区，所交的诗人也不限于扬州，此间汇集了来自各地遗民、布衣、新贵，各种诗风相互碰撞，"二王"在

---

① ［清］王士禛：《渔洋山人自撰年谱》，袁世硕主编《王士禛全集》，齐鲁书社，2007年，第5083页。
② ［清］施闰章：《愚山先生文集》卷十九，《清代诗文集汇编》第67册，上海古籍出版社，2010年，第168页。

更广范围、更大程度上扩大了自己在诗坛的影响。由于王士禛与王士禄在扬州的倡和活动在时间上前后相续,本节将分别对他们的诗坛活动进行考察。

(一)王士禛扬州诗坛倡和考

王士禛在扬州六年,公事之余,登临游览,走遍了镇江、苏州、无锡、金陵等江南州县,拜访结交了江南的耆旧野老、青年才俊,与各方文人相互酬唱,形成了一个庞大而紧密联系的文学网络,而王士禛逐渐成为广陵文人群体的中心人物。其间以王士禛主导,影响大、范围广的诗歌倡和活动有蜀冈禅智寺倡和、忆洞庭倡和、《冶春诗》倡和,如皋水绘园修禊等。这些倡和或为王士禛发起,或以王士禛为主导,反映了王士禛在扬州诗坛的影响力。

1.蜀冈禅智寺倡和

蜀冈禅智寺倡和并非发生于一时一地,参与倡和者有孙枝蔚、冒襄、杜濬、吴嘉纪、陈维崧,皆为当时名士,诸人倡和之作后结集为《蜀冈禅智寺倡和诗》。

蜀冈位于扬州西北,禅智寺在蜀冈之尾,又名竹西寺、上方寺。宋元祐七年(1092),苏轼为扬州太守时,与苏伯固、李孝博同游蜀冈,送李出使岭表,苏轼作《次韵伯固游蜀冈,送李孝博使岭表》,并刻于禅智寺石碑之上。顺治十八年(1661),王士禛游平山堂,访禅智寺东坡石刻,次东坡原韵,并刻于东坡旧碑之侧。国家图书馆藏《蜀冈禅智寺倡和诗》录王士禛《次苏公韵》,作于顺治十八年(1661)上元,跋云:"大苏先生送李孝博使岭表诗,凡十韵。碑在上方寺,断仆已久,铁箄道人犹及见其墨泽,谓风骨过颜、柳,不在一时二蔡下。予初春维舟竹西别墅,步往上方寻此石所在,拂拭出之,摩挲三叹,如与公晤。言酬唱于当日,而信杨公之言不虚也。归舟取元韵次之,并刻石断碑之侧。"① 王士禛访禅智寺时,东坡旧碑已零落剥蚀,于是赋诗凭吊先贤,颇为感慨。

王士禛在顺治十八年(1661)访碑赋诗之后,欲为其补缀而未成。至康熙四年(1665)迁礼部,将离扬州,嘱门人宗元鼎为筹划,并同兄长王士禄与禅智寺硕揆上人诗歌往来,扬州诸名士亦以诗相和,传为盛事。

《蜀冈禅智寺倡和诗》录王士禛顺治十八年《次苏公韵》后,依次录释元志《山中喜晤梅岑并致历下两居士》、王士禄、王士禛《答硕公》诗,王士禛诗后有跋云:"顺治辛丑,禛徒步往访,时寺荒落甚,碑亦零乱,颓橝坏壁间,摩

---

① [清]王士禛等:《蜀冈禅智寺倡和诗》,国家图书馆藏清康熙间刻本。

挚慨叹,和诗一章。四年来时欲屏当补缀,俾还旧观,忽忽未遑。康熙甲辰冬,量移主客,行有日矣。念往事,耿耿于心,乙巳仲春属宗子梅岑往营度,而灵隐硕公适飞锡于此,再辟初地,龙象巍然。闻宗子言,欣然以一偈垂示,辄同家兄各拈二绝为答,异日留镇山门,又增佳话矣。"①可知康熙四年(1665)宗元鼎为补缀之时在禅智寺遇硕揆上人释元志,释元志与"二王"以诗赠答。释元志诗云:"玉带金山迹已陈,更将诗句付贞珉。旁观莫漫增潦倒,佛印坡公是古人。"②"二王"各答二首,王士禄诗云:"禅智山光好墓田,老夫于此契真禅。知公说偈如翻水,肯否从中下一诠?"③"二王"答诗之后,有宗元鼎《述硕禅师意呈历下两夫子》《述历下两夫子意转报硕禅师》《再述硕禅师意报历下两夫子》《再述历下两夫子意报硕禅师》,释元志与"二王"之间的倡和通过宗元鼎传递转述。其述释元志意有"且为苍生束玉带,先留诗句镇山门"(《述硕禅师意呈历下两夫子》)之句,可知释元志先索"二王"诗句。《述历下两夫子意转报硕禅师》云:"王公伯仲诗无敌,问说元师意便亲。蒲团纸张须收拾,分韵同来十六人。"④"二王"欣然为倡和赋诗。

邹祗谟对王士禛赞誉有加:"阮亭文章诗词为当代所宗尚,与东坡同;其任扬州也,廉爱精敏,百姓食其德,与东坡同;见一善如己有,而奖训士类,有古贤公卿下士之风,复与东坡同。虽古今时代不一,然究不以时代分古今也。"将士禛与东坡相比,谓"阮亭非髯后身乎?"⑤"二王"与释元志倡和后,扬州诸名士纷纷应和,《蜀冈禅智寺倡和诗》录王揆、孙枝蔚、杜濬、程邃、冒襄、陈维崧、吴嘉纪、汪楫和诗。

王揆,字端士,号芝廛,江苏太仓人,王时敏次子。顺治十二年(1655)进士,康熙十七年(1678)诏举博学鸿儒,力辞未出。有《芝廛集》,吴伟业选入《太仓十子诗选》。

孙枝蔚,字豹人,号溉堂,陕西三原人,世为大贾。李自成起义时曾结里中少年起兵杀敌,明亡后赴扬州,折节读书。康熙十八年(1679)举博学鸿词科,授中书舍人,后辞归。

---

① [清]王士禛等:《蜀冈禅智寺倡和诗》,国家图书馆藏清康熙间刻本。
② [清]王士禛等:《蜀冈禅智寺倡和诗》,国家图书馆藏清康熙间刻本。
③ [清]王士禛等:《蜀冈禅智寺倡和诗》,国家图书馆藏清康熙间刻本。
④ [清]王士禛等:《蜀冈禅智寺倡和诗》,国家图书馆藏清康熙间刻本。
⑤ [清]王士禛等:《蜀冈禅智寺倡和诗》,国家图书馆藏清康熙间刻本。

杜濬,字于皇,号茶村,湖北黄冈人。明崇祯时太学生,明亡后流寓金陵,拒不出仕,声著江南,有《变雅堂诗集》。

程邃,字穆倩,号垢区、江东布衣,安徽歙县人。久居南京,明亡后移居扬州,工篆刻、绘画,书画皆精。

冒襄,字辟疆,号巢民,江苏如皋人。明崇祯副贡,与陈贞慧、方以智、侯方域并称"复社四公子",才名远著,入清不仕,以遗民自居,在如皋水绘园与四方名士文酒游宴,文采风流,为江南一时之盛。

陈维崧,字其年,号迦陵,江苏宜兴人。明末诸生,入清后流寓四方,康熙十八年(1679)应博学鸿词科,授翰林院检讨,纂修《明史》。陈维崧少年能文,后以词为阳羡开派宗师,又工诗、文、骈赋,有《湖海楼诗集》《迦陵文集》。

吴嘉纪,字宾贤,号野人,江苏泰州人。明末事科举之业,入清后绝意仕进。家贫,曾参加烧盐劳动,隐居家乡,终身为布衣,有《陋轩诗》。

汪楫,字舟次,号悔斋,江苏江都人。康熙十八年(1679)应博学鸿词科,授检讨,纂修《明史》,官至福建布政使。汪楫诗与孙枝蔚、吴嘉纪齐名,有《悔斋集》。

倡和诸人中孙枝蔚、杜濬、程邃、冒襄、吴嘉纪皆为遗民,他们在明末已声名显著,入清后以遗民身份寓居江南,在文化心理上更容易获得认同,王士禛在扬州时,诸人诗名、文名、才名、气节皆为江南文人所推重。"二王"的倡和得到这些扬州名士的响应,反映了其时江南诗坛对于作为国朝新贵的"二王"的认同。

李斗《扬州画舫录》云:"寺中苏文忠公《次韵伯固游蜀冈送李孝博奉使岭表》诗,凡十韵。石刻在寺中,断仆已久,上有嘉靖辛丑蜀冈盛仪、万历己卯沔阳陈文烛二跋。康熙辛丑新城王文简公士正为司理时,访之,命僧陷旧石于方丈壁,次韵纪事,为《禅智唱和诗》。"[①]石刻上盛仪、陈文烛之题跋收入《蜀冈禅智寺倡和诗》,其卷首第二行下题"济南王士禛编",集中所收诸人和诗按时间顺序编次。考《扬州画舫录》所载及《蜀冈禅智寺倡和诗》之内容编排,可知此次倡和的结集最后由王士禛编选并促成。王士禛在编此集时特收入苏轼原作、扬州先贤题跋,在编排上体现出他对此次倡和的重视。

[①] [清]李斗:《扬州画舫录》卷一,汪北平、涂雨公点校,中华书局,1960年,第11页。

此次倡和体现了王士禛对扬州的文化认同,参与倡和者为当时江南名士,并对王士禛颇为推许,这也反映了康熙四年(1665)王士禛将离扬州之际,江南诗坛对他的肯定。

2.忆洞庭倡和

《渔洋诗话》载:"李退庵侍郎有《读水经注忆洞庭》一篇,极佳。余和之云:'楚望经时入渺冥,岳阳楼上数峰青。曾临南极浮湘水,坐对西风忆洞庭。斑竹想从春后长,落梅犹向笛中听。新诗吟罢愁多少?肠断当年帝子灵。'一时和者甚众。"①忆洞庭倡和的首倡者为李敬。李敬,字圣一,一字退庵,六合人。顺治四年(1647)进士,官至监察御史。《池北偶谈》云:"六合李侍郎(敬),字退庵,顺治戊戌、己亥间,予在京师,辱忘年之契,论诗文一字不轻放过。"②顺治十五年(1658)、十六年(1659)王士禛在京殿试、谒选时与李敬订交。

李敬《洞庭雪后记》云:"予闻长老传说荆楚山水之胜,无过湖南,湖南山水之胜,无过洞庭。壬辰出巡斯土,初抵永道,季夏乃涉潇湘,略长沙而入湖口,观所为洞庭者。"③顺治九年(1652),李敬奉使荆楚,有洞庭之游,后作《读〈水经注〉思洞庭有述》:"坐倚巴丘俯洞庭,君山一十二峰青。不闻修竹来仙吹,只有孤鸿送客舲。欲辨水天唯北斗,若当风雨即南溟。旧游浩渺如春梦,兀看郦元注《水经》。"《渔洋诗话》卷上载:"(李敬)辛丑归田,舟过广陵,犹与余论诗移晷。"④顺治十八年(1661)李敬路过扬州,王士禛与其舟中论诗,又和其忆洞庭诗。

忆洞庭倡和是王士禛在扬州期间一次规模较大的倡和,有《忆洞庭诗倡和集》,今藏国家图书馆,收入王士禛《奉和李侍郎〈读水经注忆洞庭〉之作》,此诗亦收入《阮亭壬寅诗》,可知其诗作于康熙元年(1662)。《忆洞庭诗倡和集》首录李敬原诗,继录王士禛和诗,再录孙枝蔚、陈允衡、刘梁嵩、宗观、黄云、王士祜、盛符升、崔华、王仲儒、王喜儒、桑豸、蒋超、叶方蔼、叶奕苞和诗。

---

① [清]王士禛:《渔洋诗话》卷中,袁世硕主编《王士禛全集》,齐鲁书社,2007年,第4789页。
② [清]王士禛:《池北偶谈》卷十三,袁世硕主编《王士禛全集》,齐鲁书社,2007年,第3153页。
③ [清]李敬:《退庵文集》卷六,《四库全书存目丛书·集部》第216册,齐鲁书社,1997年,第281页。
④ [清]王士禛:《渔洋诗话》卷上,袁世硕主编《王士禛全集》,齐鲁书社,2007年,第4766页。

王士禛叔兄王士祜亦参与此次倡和,王士禛《赐进士出身先兄东亭行述》载王士祜行迹:

> 庚子,兄秋试又不利,闻不肖卧疾,兼程至扬州榻前,执手且悲且喜,病霍然良已。时家严在官舍,遂留侍焉。辛丑七月,归觐先恭人。不肖拏舟送至袁浦,洒泪赋诗别去,是岁冬复南来。康熙壬寅,先恭人亦就养广陵。定省之余,兄弟论文,不啻家塾。……官舍有竹亭鹤柴,杂植梅花、辛夷、修竹,兄每婆娑读书其间。长至北归。①

王士祜于顺治十七年(1660)秋至扬州探望王士禛,顺治十八年(1661)七月归新城,是年冬再南来扬州,寓王士禛官舍中,至康熙元年(1662)夏复归新城。《忆洞庭诗倡和集》中诸人和作,王士禛诗写于康熙元年(1662),结合王士祜顺治十八年(1661)至康熙元年(1662)行迹,王士祜和诗亦当作于康熙元年(1662)。王仲儒《同阮亭使君和李侍郎〈读水经注忆洞庭〉》系于辛丑至丙辰②,在时间上三者吻合。

王士禛所言"一时和者甚众",不止于《忆洞庭诗倡和集》中所载十四人,汪琬、朱克生、孙枝蔚等人后有和作,作于康熙二年(1663)以后,未收入是集。归庄有《王阮亭忆洞庭诗序》,亦未收入此集。归庄序云:

> 《忆洞庭》诗者,扬州法曹王贻上先生和李退庵侍郎及诸名士之作也。尝闻洞庭湖周八百里,君山浮水面,楼阁横空,波涛蹴天,暮霭朝暾,风帆沙鸟,奇胜不可名状。李公尝驻节楚中,其忆也,盖旧游也;王先生以齐产宦广陵,其于洞庭,马迹屐齿,有所未遑,其忆也,盖梦游也。余读太史公自序:"二十而游江、淮,上会稽,浮沅、湘,涉汶、泗。"杜子美《壮游》诗:入吴渡浙,放荡齐、赵。故知二公之文章,得江山之助为多。余读先生全集,自燕、齐以至淮南、江左,名胜古迹,六年之中,题咏殆遍,不以簿书鞅掌损其胜情;诗之才调风格,又压等辈而蹴古人。他日拥传按节,倘在楚地,得果洞庭之缘,知必更有惊人之作,与吴楚乾坤之句争雄千古。唱和之集,特为之先导也矣。韩昌黎羡滕王阁之胜,未得游,先为人作记。余吴人,去洞庭绝远,无缘得

---

① [清]王士禛:《渔洋文集》,卷十一,袁世硕主编《王士禛全集》,齐鲁书社,2007年,第1687页。
② [清]王仲儒:《西斋集》,《四库禁毁书丛刊·集部》第73册,北京出版社,2000年,第477页。

至,于吾友盛子珍示之索序也,而乐为之书。①

归庄序为受王士禛门人盛符升所请而撰写,序中所及"先生全集",当指《阮亭诗选》。《阮亭诗选》为王士禛在扬州时合编删选顺治十三年(1656)至十八年(1661)之诗而成。归庄言王士禛六年之中游燕、齐、淮南、江左,题咏殆遍,当指《阮亭诗选》所及六年间士禛由山东赴京应试、谒选,再赴任扬州之诗作。《阮亭诗选》刊于康熙元年(1662),归庄之序当作于康熙元年之后。

《忆洞庭诗倡和集》共收入十六人诗,除李敬为原倡外,其余诸人是时皆在扬州或其周边。李敬为官多数时间则在京城,顺治十八年(1661)归田之前官刑部,亦在京师,归田后于康熙四年(1665)卒于里中。而其《读〈水经注〉思洞庭有述》之作康熙初年在扬州得到广泛的应和,与王士禛的倡和有直接关系。倡和诸人皆与王士禛相交,王士祜为其叔兄,盛符升、崔华为王士禛门人,蒋超、叶方蔼曾为《阮亭诗选》作序,归庄之序亦应盛符升请为王士禛作。故此次倡和虽李敬为原倡,然王士禛实为中心人物,实反映了康熙元年王士禛在扬州诗坛的影响。

3.《冶春绝句》倡和

康熙三年(1664)清明,王士禛同林古度、孙枝蔚、张纲孙、程邃、孙默、许承宣修禊于红桥,王士禛即席赋《冶春绝句》,诸人和之。《年谱》载其事:"春与林古度茂之、杜濬于皇、张纲孙祖望、孙枝蔚豹人诸名士修禊红桥,有《冶春诗》,诸君皆和。"②这是一次王士禛主持的倡和活动,参与者皆为声望甚著的遗民诗人,红桥修禊,文人酬和,杯酒赋诗,为此次倡和赋予了浓厚的文化意义,加上诸遗民诗人在江南有重要的精神号召力,使《冶春》倡和成为一次有重要影响的文学活动。

王士禛此次所作《冶春绝句》二十四首后收入《阮亭甲辰诗》,题后注云:"邀林茂之前辈、杜于皇、孙豹人、张祖望、程穆倩、孙无言、许力臣、师六修禊红桥酒,间赋《冶春》诗。"其十五后注:"于皇有约不至。"③可见杜濬并未参与修禊,《变雅堂遗集》中有《题王阮亭〈冶春〉词后》一首,当为后作。

参与《冶春绝句》倡和诸人多为遗民,活动在扬州一带,杜濬、孙枝蔚、

---

① [清]归庄:《归庄集》,上海古籍出版社,2010年,第193页。
② [清]王士禛:《渔洋山人自撰年谱》,袁世硕主编《王士禛年谱》,齐鲁书社,2007年,第5070—5071页。
③ [清]王士禛:《阮亭甲辰诗》,国家图书馆藏清康熙间刻本。

程邃,与王士禛交往密切,其余诸人亦有相当影响。

林古度,字茂之,号那子,福建福清人。晚明时与钟惺、谭元春、王象春交,入清后寓居南京,布衣终身,王士禛后为其选定《林茂之诗选》二卷。

张纲孙,原名张丹,字祖望,号秦亭,浙江钱塘人,以诗文称于时,与毛先舒、陆圻等齐名,称"西泠十子",有《张秦亭诗集》。

孙默,字无言,江南休宁人。明清之际长期寓居扬州,终身为布衣,能诗重文,好交游,奖掖后进。曾采辑王士禛、彭孙遹等人词为《国朝名家诗余》。

许承宣,字力臣,江苏扬州人。康熙十五年(1676)进士,官工科给事中,有《金台集》。

许承家,字师六,号来庵,江苏扬州人,许承宣弟。康熙二十四年(1685)进士,官翰林编修,有《猎微阁诗集》。

这是王士禛在扬州进行的第二次红桥修禊。康熙元年(1662),他曾与诸名士于红桥以《浣溪沙》词相倡和,作词三首。与前次相比,康熙三年(1664)的清明修禊,王士禛与诸诗人各逞才力,赋诗二十余首,尽兴而作,盛况空前。《渔洋山人自撰年谱》引王士禄语云:"贻上早负夙惠,神姿清彻,如琼林玉树,朗然照人。为扬州法曹,日集诸名士于蜀冈、红桥间,击钵赋诗,香清茶熟,绢素横飞。故阳羡陈其年有'两行小吏艳神仙,争羡君侯断肠句'之咏。至今过广陵者道其遗事,仿佛欧、苏,不徒忆樊川之梦也。"[①]时人将王士禛修禊红桥之举比于欧阳修、苏轼之诗酒风流,传为诗坛佳话。

王士禛《冶春绝句》[②]二十四首为即席而作,故兴至笔随,神韵天然,不假雕饰。扬州清明春风吹拂,游人如织,红桥飞跨,草色青青。"今年东风太狡狯,弄晴作雨遣春来。江梅一夜落红雪,便有夭桃无数开"(其一),"红桥飞跨水当中,一字阑干九曲红。日午画船桥下过,衣香人影太匆匆"(其三),同时,面对红桥风物,王士禛在不经意间将历史变幻融入诗中,"三月韶光画不成,寻春步屧可怜生。青芜不见隋宫殿,一种垂杨万古情"(其七),"当年铁炮压城开,折戟沉沙长野苔。梅花岭畔青青草,闲送游人骑马回"(其十三),以冲淡的笔调写隋宫殿前、梅花岭畔杨柳依依,游人如织,背后是历史变幻的沉重与感慨。也正因此,《冶春绝句》得到了诸诗人的应和。

---

① [清]王士禛:《渔洋山人自撰年谱》,袁世硕主编《王士禛全集》,齐鲁书社,2007年,第5071页。
② 以下所引《冶春绝句》诗皆出自《阮亭甲辰诗》,国家图书馆藏清康熙间刻本。

孙枝蔚《溉堂前集》有《清明王阮亭招同林茂之、张祖望、程穆倩、许力臣、师六、家无言泛舟城西，酒间同赋〈冶春绝句〉二十四首》对王士禛多赞扬之词，"王公能作《兰亭序》，太子休骄文选楼"，"惟有使君爱文雅，坐中宾客半渔樵"①，孙枝蔚又有《后〈冶春〉次阮亭韵》二十四首，当为后作。

康熙三年(1664)的《冶春绝句》倡和诗后有结集，王献唐《双行精舍书跋辑存》著录《阮亭甲辰诗》一卷，又名《阮亭冶春绝句》，云："此渔洋《冶春绝句》单刻本，亦此诗之最初刻本也。当时各家题咏，为以后刻本所不载。"②国家图书馆藏《阮亭甲辰诗》除收入《冶春绝句》二十四首外，还收入是年王士禛所作古近各体诗一百七十余首，与王献唐著录有出入。故王献唐所著录《阮亭冶春绝句》当为倡和王士禛原作与诸家和作的单刻本，惜今不见传本。

王士禛将红桥修禊比于兰亭之集："永和之岁暮春月，王谢风流见典型。好记甲辰布衣饮，竹西亭子是兰亭。"③也正如兰亭修禊一样，《冶春绝句》倡和在诗坛引起反响，陈维崧后和诗云："官舫银灯赋《冶春》，廉夫才调更无伦。玉山筵上颓唐甚，意气公然笼罩人。"宗元鼎云："休从白傅歌杨柳，莫向刘郎演竹枝。五日东风十日雨，江楼齐唱冶春词。"④陈维崧、吴嘉纪、汪楫等人后皆有追和之作。

4. 水绘庵修禊

康熙四年(1665)三月上巳，王士禛至如皋，应冒襄之约，修禊于冒氏水绘园，与诸名士即席分赋，为水绘庵倡和。水绘庵倡和的过程在冒襄的《水绘园修禊记》中有详细的记载，康熙四年(1665)仲春，王士禛以书信致冒襄，与订三月洗钵池修禊之约。二月底，王士禛按部属邑，至如皋，冒襄出郊迎之，相见言修禊之事。初三日，王士禛应冒襄之邀，修禊于水绘庵。同在此间者有毛师柱、陈维崧、邵潜、许嗣隆、冒禾书、冒丹书。

是日"天色明霁，桃花未落，春泥已干，风日清美，微云若绡，舒卷天际"，早春三月，天朗气清，为此次倡和提供了怡人的环境。王士禛"袷衣芒履，循虹桥画堤而入"，与诸人坐寒碧堂品茗，至枕烟亭赏文征明《兰亭修禊图记》，泛舟洗钵池，抵小三吾亭，小饮数巡，复回枕烟亭把酒赋诗，王士禛提议："今日之集，诗不限韵，人不一体，各踞一胜，宾主不相顾。"诸人分体

---

① [清]孙枝蔚：《溉堂前集》卷九，上海古籍出版社，1979年。
② 王献唐：《双行精舍书跋辑存》，青岛出版社，2007年，第259页。
③ [清]王士禛：《阮亭甲辰诗》，国家图书馆藏清康熙间刻本。
④ [清]王士禛：《渔洋山人自撰年谱》，袁世硕主编《王士禛全集》，齐鲁社，2007年，第5071页。

赋诗,王士禛坐因树楼,冒襄居寒碧堂,毛师柱、许嗣隆居湖中阁,陈维崧、冒禾书在小三吾,冒丹书则泛舟洗钵池,往来接应。诸人分以七古、七绝、七律、五古、五绝、五律即席赋诗,曲水流觞,颇得兰亭集会之遗。倡和之后,日已将暝,冒襄又令家中乐班演《紫玉钗》《牡丹亭》以助雅兴,"漏下二鼓,以红碧琉璃数十枚,或置山颠,或置水涯,高下低昂,晶荧闪烁,与人影相凌乱。横吹声与管弦拉杂,忽从山上起,栖鸦籁籁不定"①。

以上是冒襄《水绘庵修禊记》所载此次修禊活动的过程,八人泛舟、品茗、饮酒、赋诗、观剧,种种文化活动串联起这次修禊雅事,倡和之后,王士禛嘱陈维崧作序,未能参与其事的杜濬亦作《水绘庵乙巳上巳修禊诗序》,云:

> 谁谓今人不古若耶? 矧禊集之外,复有泛月、望雨、夜游诸唱和,旬日之间,篇什之富,兴趣之豪,主宾之美,诚挽近所希睹。②

水绘庵修禊如杜濬所言,其"篇什之富,兴趣之豪,主宾之美",皆为时人所称,而倡和参与者八人有着不同的身份和政治倾向。王士禛为清朝新贵,扬州推官,水绘庵主人冒襄为颇具声望的江南遗民。其余诸人,如邵潜,字潜夫,南通州人,工诗歌,为明遗民,入清后以气节称,"性傲僻不谐俗,好嫚骂人"③,水绘庵倡和时,王士禛请邀邵潜至,邵已八十五岁,带病参与倡和,水绘庵倡和后不久即离世。陈维崧,字其年,其父陈贞慧为复社成员,明末四公子之一,与冒襄交谊笃厚,南明覆灭后,筑土室于山中,矢志不仕。陈维崧入清后补为诸生,但身世飘零,顺治十五年(1658)至如皋,客居水绘庵。水绘庵修禊之前,陈维崧与王士禛已有多次交往倡和。毛师柱,字亦史,江苏太仓人,少从陆世仪研程朱之学及当世之务,并受知于吴伟业,顺治十八年(1661)因"奏销案"革除功名后,肆力于诗,客游四方,水绘庵倡和时,已携吴伟业诗文至如皋,在水绘庵与陈维崧读书半月。许嗣隆,字山涛,江苏如皋人,冒襄表弟,康熙二十一年(1682)中进士。冒禾书,字縠梁,冒丹书,字青若,皆为冒襄之子。倡和八人有立场坚定的遗民,有遗民之后,也有清朝新贵,而作为遗民的冒襄对王士禛推誉备至,水绘庵修禊

---

① [清]冒襄:《水绘庵修禊记》,《同人集》卷三,《四库全书存目丛书·集部》第385册,齐鲁书社,1997年,第94页。
② [清]杜濬:《水绘庵乙巳上巳修禊诗序》,《同人集》卷一,《四库全书存目丛书·集部》第385册,齐鲁书社,1997年,第36页。
③ [清]王士禛:《池北偶谈》卷十八,袁世硕主编《王士禛全集》,齐鲁书社,2007年,第3279页。

亦成为诗坛雅事，不同身份、立场的八人相聚一地，完成了这次雅集。

水绘庵倡和宾主尽欢，王士禛即席作七言律诗十首，杜濬评其诗"兴酣落笔摇五岳，诗成啸傲凌沧洲"①，以李白《江上吟》概括其和作之酣畅淋漓，自然天成。还将王士禛比为李白："近来海内为长句，汝与山东李白好。"王士禛诗中追忆以往在扬州红桥、平山堂等胜地与诸人倡和之事，"忽忆虹桥作寒食，梨花千树照芜城"，"平山堂下五清明，草长莺飞无限情"，对于王士禛来说，水绘庵修禊倡和之事可续红桥倡和之盛。王士禛所作十首七律追忆旧游，摹写景物，风格冲淡闲逸，冒襄等人的和诗风格亦与之相近，倡和前诸人所赏文征明之《兰亭修禊图记》为此次倡和奠定了基调，他们不仅在诗中所表现的是良朋欢聚，名士雅集，面对自然风景的闲雅之趣，更明确地将这次修禊比于兰亭之集，如"永和三日今千载，坐使清风满竹林"②（王士禛《上巳辟疆招同潜夫、其年、亦史、山涛修禊水绘园即事》其七）、"山园曲曲恣寻幽，不减兰亭昔日游"（邵潜）、"修禊若应传胜事，右军千载最知名"（毛师柱）、"只有右军能作序，风流人说永和年""一自题诗披鹤氅，枕烟亭子是兰亭"（许嗣隆），诸人诗作温和淡远、含蓄蕴藉，抛开了种种现实环境与各自的身份立场，仅以文人雅士的身份彼此倡和，无论是曲水流觞即席分赋的形式，还是诗歌创作风格，都体现出了对兰亭集会的追仿。因此，王士禛、冒襄、陈维崧等人的即席之作呈现出比较一致的风格，正因为这样的有意识的取向，使得八位身份不同的文人在情感上达成一致，水绘庵修禊也成为继红桥倡和后的又一次文化盛事。

（二）王士禄杭州、扬州倡和考

1. 游历杭州与《西湖三舟图》倡和

王士禄在江南的文学活动是从杭州开始的，康熙四年（1665）二月，王士禄自广陵渡江往京口，登三山，访鹤林寺，登临游览。三月，侍父礼部公王与敕至杭州，遇宋琬、曹尔堪、林嗣环、杨执玉等人，与他们交游、倡和，进行了一系列文学活动。

王士禄在杭州与林嗣环订交。林嗣环，生卒年不详，字铁崖，福建晋江人，顺治六年（1649）进士，因议屯田事遭谪戍，后遇赦，客死武林。王士禄在杭州期间，林嗣环曾为其《十笏草堂辛甲集》作序，二人皆曾就逮入狱，在

---

① [清]王士禛：《池北偶谈》卷十四，袁世硕主编《王士禛全集》，齐鲁书社，2007年，第3164页。
② 以下所引诸人诗作皆出自冒襄《同人集》，《四库全书存目丛书·集部》第385册，齐鲁书社，1997年。

请室中作诗排解郁结。林嗣环对王士禄《拘幽集》一百余首颇有感触,并云其在西湖登临酬唱,"或时逃于贝叶,时逃于绮语",认为他"入道太早",当以豪隽之语直抒情怀。然而二人"旨趣虽殊,而苔岑卒合"①,在西湖流连倡和,交谊深厚。

王士禄与孙默订交亦在此时,康熙四年(1665)王士禄在扬州与孙默相识,二月与之同游京口,登三山,又同游杭州,王士禛《祭孙无言文》云:"康熙乙巳春,先考功兄南游广陵,爱无言之为人,与之遍访鹤林、招隐诸名胜,既而入吴适越,亦挟与俱,凡客西湖三月。四方名士,或因考功以识无言,或因无言以识考功,二人者交相重也。"②王士禄《金山妙高台作同无言、伟男、道子》《与无言、伟男、道子由走马涧度柳溪桥观秋月潭侧石壁》《同无言、伟男、道子、登焦山绝顶作,兼呈古樵大师二首》《十笏草堂上浮集》)诸诗,皆为与孙默同游三山之时所作。杭州之游是王士禄江南诗坛交游的开始,身为布衣的孙默则成为王士禄交游展开的重要媒介。这一方面与王士禛身为推官交游广阔有关;另一方面,王士禄本人经历过出狱罢官,此时亦为一介布衣,在身份上更容易被江南文人接纳。

康熙四年(1665)五月,王士禄、宋琬、杨执玉、孙默、叶元礼、王豸来泛舟第一桥,听庄蝶庵弹琴,王士禄、宋琬首倡,诸人分韵赋诗。庄臻凤,字蝶庵,扬州人,清代著名琴家,一生致力于琴曲创作,有《琴学心声谐谱》一卷,其后附《听琴诗》一卷,有《五月望后,杨执玉太常招集湖舫,晚泊第一桥听庄蝶庵道翁弹琴分韵》,依次收入莱阳宋琬、辕里王士禄、沛上朱持正、黄山孙默、钱唐王豸来、松陵叶舒崇、三山庄臻凤和诗各二首。其后又有杨执玉跋云:

> 诸同人泛舟之夕,杂坐第一桥上。烟云四映,风净波澄。蝶庵援琴再鼓,余深惧其声出空阔,或失则散,且暑湿相侵,易成柔靡。讵知安弦之余,疏越清泠,鼓者与听者皆移情物表,盖古人志在山水,指下即有矻然若峙,沛然莫御之致。矧真山真水互相映答,有不迥出凡响哉?余言是否,试以质之蝶老。③

诸人分韵和诗皆写琴声清越,山水之乐,王士禄《仲夏杨执玉太常招同

---

① [清]林嗣环:《十笏草堂辛甲集序》,王士禄《辛甲集》,《四库全书存目丛书补编》第79册,齐鲁书社,2001年,第60页。
② [清]王士禛:《渔洋文集》卷十一,袁世硕主编《王士禛全集》,齐鲁书社,2007年,第1697—1698页。
③ [清]庄臻凤:《听琴诗》,《四库全书存目丛书·子部》第75册,齐鲁书社,1995年,第82页。

荔裳、半隐、无言、元礼、古直饮湖上,晚泊第一桥,听庄蝶庵弹琴分赋二首》有云:"凉吹侵挥尘,澄流数戏鱼,粘帷时蛱蝶,对槛总芙蕖",写仲夏之夜戏鱼粘蝶之乐。

第一桥听琴雅集之外,王士禄还与宋琬、孙默、林嗣环等人湖舫泛月,分韵赋诗,王士禄《十笏草堂上浮集》卷二有《夏日同铁崖、荔裳、无言诸公湖舫泛月分赋四首》,宋琬有《王西樵招同林铁崖、孙无言、叶元礼携姬人文云湖舟泛月分赋》四首,从题目看,泛月雅集为王士禄招集首倡。

王士禄在湖上三月,与往来于杭州诸文人泛舟西湖,登临倡和,时有雅集,《王考功年谱》载,康熙四年(1665),王士禄"与荔裳及杨太常执玉(璿)各买一舫,休夏湖中。薰炉茗椀,清言弥日,铁崖为作《三舟图》"①。杨璿,字执玉,宛平人,崇祯十六年(1643)进士,官太仆寺少卿。王士禄、宋琬、杨执玉三人买舟居西湖上,往来倡和,林嗣环为作《西湖三舟图》,江南文人多有题咏,为"《西湖三舟图》倡和"。

王士禄、宋琬、杨执玉三舟往来倡和之事在康熙四年(1665)夏,《西湖三舟图》则成于康熙五年(1666),王士禄《十笏草堂上浮集》卷四丙午诗《题〈西湖三舟图〉兼送荔裳北行四首》,有小序云:"客岁,予与荔裳及执玉客湖上,盛夏各僦舟以居,颇极游览之趣。荔裳北还,时林铁崖倩武林胡生作图以赠,比与荔裳重晤维扬,始见斯图。荔裳计日复别余北去,抚往悲来,辄有此作。"②康熙五年,《西湖三舟图》成,宋琬作《浪淘沙·湖上〈三舟图〉成,寄执玉奉常、西樵吏部》,又自杭州北上,携图经过扬州,重晤王士禄,王士禄始见此图,并题诗其上,云:"路岐曾共杨朱哭,摇落还同宋玉悲。亦有三舟成往事,回头也复足人思。"③写"三舟往事",寄托失路之悲。

王士禄《题〈西湖三舟图〉兼送荔裳北行》小序云为林铁崖请武林胡生所作,《王考功年谱》又云此图为林铁崖所作,二者说法不甚一致。邓汉仪《诗观初集》收入宗元鼎《王西樵先生属萧灵曦画〈三舟图〉,作歌题赠,兼示萧子并序》,序曰:"乙巳岁,司勋王西樵先生与宋荔裳观察、杨执玉太常同客湖上,时盛夏,各僦舟以居。……七闽林铁崖宪副作图为宋公赠,越岁,丙午秋,司勋与观察重晤维扬,时太常已复燕游,而观察又将北去。司勋抚玩之余,中情交集,因命萧子灵曦仿图曩迹,俾余作歌以识之。"④从宗元鼎

---

① [清]王士禛:《王考功年谱》,王士禛撰,孙言诚点校《王士禛年谱》,中华书局,1992年,第80页。
② [清]王士禄:《上浮集》卷四,《四库全书存目丛书补编》第79册,齐鲁书社,2001年,第180页。
③ [清]王士禄:《上浮集》卷四,《四库全书存目丛书补编》第79册,齐鲁书社,2001年,第180页。
④ [清]邓汉仪:《诗观初集》卷七,《四库禁毁书丛刊·集部》第1册,北京出版社,2000年,第449页。

小序可知,林铁崖杭州作《西湖三舟图》至扬州后,王士禄又请名手萧晨仿作一幅。萧晨,字灵曦,扬州人,清代画家,王士禄在扬州时与之交游甚多,曾多次为王士禄作图,有《芜城风雨图》《水晶帘下看梳头图》等。故《西湖三舟图》当有两种,而萧灵曦之作则至清嘉庆间还有流传。郭麐《灵芬馆诗话》卷八云:"曩过淮阴,江郑堂以《西湖三舟图》索题。三舟者,宋荔裳、王西樵、杨执玉也。图中国初前辈皆具有作,特未识执玉为何人。顷见庄蝶庵《琴学心声》所刻《听琴诗》,有《五月望后杨太常执玉招集湖舫,晚泊第一桥听弹琴》诗,则荔裳、西樵实为首唱。执玉,都下人,其图今藏闽中叶明府升蔼家。图为萧晨作,尺木犹子也。"①因有此图中国初诸名家题咏,西湖三舟倡和亦被传为一时之盛事。

除王士禄、宗元鼎题赠之作外,扬州文人亦有和作。陈维崧有《〈西湖三舟图〉歌,杨执玉太常、王西樵司勋时复各载一舟,出没六桥烟雨中,于其行也,林铁崖质钱作图以赠行,宋、王属余作歌》(《迦陵诗集》),孙枝蔚有《〈西湖三舟图〉,王西樵司勋属题,兼呈宋荔裳观察、杨执玉太常》(《溉堂续集》),冒襄有《〈三舟图〉歌,王西樵司勋属赋》(《巢民诗集》卷二),谈允谦有《〈三舟图〉,宋荔裳宪使、王西樵吏部、杨执玉太常乙巳集西湖,僦舟为邸,濒别,林铁崖为作〈三舟图〉》(《诗风初集》)。诸人和诗多为王士禄、宋琬属赋而作,并题于《西湖三舟图》上。

2.扬州倡和活动考

康熙五年(1666)至康熙六年(1667),王士禄多次与扬州文人展开倡和,这是继王士禛清初广陵文学倡和高潮之后的余音续曲,大大小小的雅集活动展现出康熙初年扬州诗坛的盛况。

陈维崧云:"史家别宅,韩氏小园,水木清幽,竹梧淡沱,此则先生之寓园也。余犹记夫风微微其卷幔,而月娟娟其在楹。斯时予每偕豹人、伯籲、介夫、善伯、孝威、定九诸子,过先生为遐宴。"②王士禄在扬州所居皆为山水清幽之处,所交者为江南文人名士,他与此地的遗民、布衣、故友、新朋倡和赠答,诗酒流连,倡和活动颇为频繁,今将其在扬州参与的雅集倡和活动列如下表:

---

① [清]郭麐:《灵芬馆诗话》卷八,杜松柏主编《清诗话访佚初编》2,新文丰出版公司,1987年,第212—213页。
② [清]陈维崧:《祭王西樵先生文》,《陈迦陵文集》卷六,张元济等辑《四部丛刊初编》360,商务印书馆,1936年,第146页。

表2-2　康熙五年至康熙六年王士禄扬州倡和活动表

时间	地点	作者	作品题目	来源	备注
初秋	法海寺、平山	王士禄 孙默 孙枝蔚 查士标	王士禄：《初秋同孙无言、豹人、查二瞻出郭纳凉分赋二首》 孙枝蔚：《初秋同家无言、查二瞻陪王西樵考功出郭纳凉，放船至法海寺，遇雨，不得登平山》	王士禄：《十笏草堂上浮集》卷四 孙枝蔚：《溉堂续集》卷一	王士禄、孙枝蔚诗均系于"丙午"
九月九日	福缘庵，慧光阁	王士禄 宋琬 姜埰 程邃 王尔调 宋伯献	王士禄：《九日宋荔裳招同姜如农、程穆倩福缘庵后小山登高得"豪"字》 宋琬：《九日同姜如农、王西樵、程穆倩诸君登慧光阁饮于竹圃分韵》《念奴娇·九日王西樵、姜如农、程穆倩、王尔调、家伯献登慧光阁》	王士禄：《王西樵诗选》卷四 宋琬：《安雅堂未刻稿》《二乡亭词》	宋琬康熙五年八月至十月在扬州，登高之事当在此间
晚秋十月	刘峻度葭园	王士禄 宋琬 曹尔堪 吴嘉纪 汪楫 方孝标	王士禄：《同荔裳、顾庵续举雅集于刘峻度之葭园分得"舒"字、"安"字》 陈维崧：《宋荔裳、曹顾庵、王西樵招集刘峻度葭园分得"山"字》《水调歌头·宋荔裳、曹顾庵、王西樵招集刘峻度葭园即席限韵》 宋琬：《点绛唇·刘峻度席上听女郎度曲》 吴嘉纪：《葭园宴集，第二会，分得"东""台"二字》 汪楫：《顾庵、荔裳、西樵诸先生招同诸公复集葭园限韵》二首 方孝标：《葭园续集即席分得"通"字、"潜"字》	王士禄：《十笏草堂上浮集》卷四 宋琬：《二乡亭词》 陈维崧：《湖海楼诗集》卷二、《迦陵词全集》卷十四 吴嘉纪：《陋轩诗》卷三 汪楫《山闻诗》 方孝标：《钝斋诗选》卷十八	陈维崧和诗有注云："是夜觅伎不得"；王士禄和诗亦注："时觅伎不得"，又注"夜听辟疆家歌儿度曲""时荔裳、云田、长益、其年皆将归"；按，诸人皆参与十月十七日红桥宴集，宋琬离扬州亦在十月，故此会亦当在十月

续表

时间	地点	作者	作品题目	来源	备注
晚秋	刘峻度葭园	王士禄 陈维崧 冒襄 吴嘉纪	王士禄:《分赋广陵古迹得二十四桥》 陈维崧:《广陵怀古,分咏康山》 冒襄:《丙午晚秋再集葭园咏怀广陵古迹,分得康山》 吴嘉纪:《分赋古迹,得第五泉》	王士禄:《十笏草堂上浮集》卷四 陈维崧:《湖海楼诗集》卷二 冒襄:《巢民诗集》卷一 吴嘉纪:《陋轩诗》卷三	据冒襄和诗题目,知此次雅集在葭园分韵倡和之后
首冬,农历十月	红桥,程园	王士禄 宋琬 程邃 孙枝蔚 宗元鼎 沈泌	王士禄:《首冬同宋荔裳、程穆倩、孙豹人、宗梅岑、沈方邺泛舟红桥,遇风,移饮程园分得"齐""文"二韵》 孙枝蔚:《宋荔裳观察、王西樵司勋招同程穆倩、宗定九、沈方邺泛舟红桥,遇大风,起移饮程园分韵》	王士禄:《十笏草堂上浮集》卷四 孙枝蔚:《溉堂续集》卷一	王士禄和诗系于"丙午"
不详	王士禄寓园	王士禄 孙金砺 宗元鼎 卞云郭 黄雨相	王士禄:《卞云郭、宗崔问移樽寓园,邀孙介夫、黄雨相共集,分得"梅"字》	王士禄:《十笏草堂上浮集》卷四	王士禄和诗系于"丙午"
十二月八日	王士禄寓园	王士禄 曹尔堪 雷士俊 孙枝蔚 邓汉仪 陈世祥 孙金砺 范国禄 沈泌	王士禄:《季冬八日,邀顾庵、伯吁、豹人、孝威、散木、介夫、汝受、方邺夜集寓园,同用"灯"字》 雷士俊:《宴王吏部旅馆,有妓周秀善歌,限"灯"字》	王士禄:《十笏草堂上浮集》卷四 雷士俊:《艾陵诗钞》卷下	

113

续表

时间	地点	作者	作品题目	来源	备注
除夕	王士禄寓园	王士禄 雷士俊 陈世祥 孙金砺	王士禄：《今夕行，共伯吁、散木、介夫、寓园守岁作，同依杜用七虞韵》 雷士俊：《今夕行，同孙介夫、陈散木守岁王考功寓园限杜虞韵》	王士禄：《十笏草堂上浮集》卷四 雷士俊：《艾陵诗钞》卷上	
康熙六年夏	扬州北郭，李氏园亭	王士禄 白仲调 孙金砺 季公琦 邵天自 雷士俊 陈世祥	王士禄：《夏日白仲调、孙介夫、季希韩、邵天自招同诸公集北郭池亭即席分赋，得"妍"字》《同人北郭集散后复同李山颜、陈散木、姚端木、孙介夫、邵天自、吴西崖共饮水亭看月作》 雷士俊：《白仲调、孙介夫、季希韩、邵天自、招饮城北李氏园亭，有妓，得"仙"字》	王士禄：《王西樵诗选》卷四 雷士俊：《艾陵诗钞》卷下	王士禄和诗有注云："客冬同人集于红桥"，知诗作于康熙六年
不详	孙金砺馆	王士禄 雷士俊 陈世祥 孙金砺	雷士俊：《同王考功、陈新安饮孙介夫馆即席赋，得"中"字》《同王考功、陈新安饮孙介夫馆即席赋，得"中"字》	雷士俊：《艾陵诗钞》卷下	
不详	红桥寓园	王士禄 程邃 吴嘉纪	王士禄：《九日式之招同黄复仲、程穆倩宴红桥寓园台上，同用"登""高"二字为韵作诗》 吴嘉纪：《扬州九日，和王西樵"登""高"二韵》	王士禄：《王西樵诗选》卷三 吴嘉纪：《陋轩诗》卷四	

上表以王士禄《十笏草堂上浮集》、吴之振选《王西樵诗选》中康熙五年（1666）至六年（1667）之诗为基础，结合与其交游倡和的诗友如宋琬、陈维崧、冒襄、雷士俊等人的诗歌别集梳理而成，其中所列倡和活动以时间为序。王士禄的雅集倡和活动如表中所及，可考者十一次，而实际的倡和活动当更多。从诸人和作题目看，倡和的形式以分韵为主，如九月九日登高分韵、刘峻度葭园分韵、红桥程园分韵、王士禄寓园分韵等，其余则有限韵、次韵，刘峻度葭园倡和诸人还分咏扬州古迹。以倡和心理来说，诸人未尝

不有逞才娱乐的动机，但总体上，这是王士禄与扬州文人交流情感、切磋诗艺的重要方式。

从王士禄的交游来说，红桥宴集时已有四十余人，宴集之后，四方文士虽已逐渐散去，但扬州作为水陆要冲，往来此地的文人甚多，仅表格中所列与王士禄倡和者即有三十余人。从人员构成来说，与其交往密切的重要诗友中，冒襄、孙枝蔚为遗民，王士禄游扬州之前，二人已与王士禛有过密切的交往。吴嘉纪，字宾贤，号野人，明诸生，曾参与抗清活动，入清后隐居东陶，布衣终生。雷士俊，泾阳人，明诸生，入清后弃之，专力于经史百家，侨居扬州。程邃长于篆刻、书画，与王士禄、王士禛兄弟友善。陈世祥，字善伯，号散木，崇祯间举人，入清后官直隶新安知县。宋琬、曹尔堪、陈维崧、宗元鼎诸人皆为王士禄兄弟重要诗友，他们与王士禄在仕途、人生方面有很多相似之处，发生在康熙五年（1666）到康熙六年（1667）的广陵倡和及之后的诸多雅集、酬赠，既以他们命运相似，情感相近为基础，又在倡和中将这样的情绪进行了群体性的抒发。

王士禄与王士禛兄弟二人早年在京城和扬州的诗坛倡和活动为他们确立诗坛地位打下基础。康熙六年（1667）以后，王士禄回乡潜心研究经史之学，创作鲜少，王士禛入京任职，与李天馥、陈廷敬、刘体仁、程可则等为文社，成为京师台阁诗人中的中坚力量。康熙九年（1670），王士禄起复考功司员外郎，王士禛督理清江浦船政毕还京，"二王"再次聚首京城，与京中诸友人为文酒之会，以诗歌相赠答，在京师诗坛享有盛誉。"是时，士人挟诗文游京师者，首谒龚端毅公，次即谒山人及汪、刘二公。"[①]王士禛好奖掖后学，早在康熙七年（1668）就已为士人所推重，王士禄起复以后，"海内文章之士游辇下者，以不识先生颜色为耻"，"无异韩退之、皇甫持正之在元和，苏子美、梅圣俞之在天圣、景祐间也"[②]。康熙十年（1671），吴之振选曹尔堪、宋琬、沈荃、施闰章、王士禄、王士禛、汪琬、程可则诗，并刻为《八家诗选》，"二王"位列"八大家"中，已然确立了诗坛地位。

[①]［清］王士禛：《渔洋山人自撰年谱》，袁世硕主编《王士禛全集》，齐鲁书社，2007年，第5078页。
[②]［清］王士禛：《王考功年谱》，王士禛撰，孙言诚点校《王士禛年谱》，中华书局，1992年，第85页。

第三章

新城王氏家族著述考

新城王氏好藏书、著书，被誉为"江北青箱"，明嘉靖至清康熙年间，家族中四十人有著述三百余种，其中以王士禛著述最丰，有二百余种。王氏的著述以文学为主，同时涉及史学、小学、农学、金石等，这些著述是研究王氏文学的基础，本章将对王氏著述的版本、存佚等情况进行考订，以见王氏著述之面貌。

第一节　明代王氏成员著述考

新城王氏第三代王麟以《毛诗》起家，家族成员多有著述。第四代王重光不仅开启了科举之路，而且有著述存世，北京大学图书馆藏明万历三十二年（1604）刻本《毕节阅操和梅翁韵诗》，为王重光撰，王之垣识。王士禛《分甘余话》言及高祖王重光著述，云："止有采三殿大木于黔中时所为祝嘏词及史论数篇。"[①]《山东通志·艺文志》则著录王重光有《史论》《五刑加减律议》《太仆家训》，三者今皆不存，唯王士禛《池北偶谈》录《太仆家训》云："所存者必皆道义之心，非道义之心，勿汝存也，制之而已矣。所行者必皆道义之事，非道义之事，勿汝行也，慎之而已矣。所友者必皆读书之人，非读书之人，勿汝友也，远之而已矣。所言者必皆读书之言，非读书之言，勿汝言也，诺之而已矣。"[②]

王重光的著述主要是史论、政论和家训，但同时也开始显示出向文学的倾斜，《山左明诗钞》载其《赤水道中度雪关》一首，可见他亦有诗歌创作。

王氏从第五代成员开始著述渐多，有留存或记载者为王之都、王之垣、王之城、王之猷。其中王之都有《殚心录》十九卷，《山东通志·艺文志》著

---

① [清]王士禛：《分甘余话》卷三，袁世硕主编《王士禛全集》，齐鲁书社，2007年，第4997页。
② [清]王士禛：《池北偶谈》卷五，袁世硕主编《王士禛全集》，齐鲁书社，2007年，第2933页。

录,明顾宪成《〈殚心录〉题辞》载王之都访之于吴关舟中,出其《殚心录》,顾氏为之撰写题辞,今不存。顾宪成询其"殚心"之所指,王之都云:"天下之事才者能为,智者能谋,强有力者能任,予于斯自省无处也,惟此心不敢不尽焉。苟有利于民则跃然以起,不为之聚而归之不已;苟有害于民则恻然以兴,不为之除而去之不已。是故在沔池即身视沔池,在柏乡即身视柏乡,在密云即身视密云。今兹抱关,与东西南北之人交,即又身视东西南北,恩怨之不知,毁誉之不知,知尽吾心而已。"①王之城有《防海要略》,《山东通志·艺文志》著录,大要不以寇殃民,不以奉寇困民,当道见而叹服。

第五代成员中,王之垣、王之猷所存著述较多。王之垣仕途顺利,有较强的仕进之心,注重子孙教育,其著述也多倾向于这些方面,版本、存佚情况如下:

《历仕录》一卷,康熙四十一年(1702)王氏家塾刻本,王士禛校,藏山东省图书馆,《四库全书存目丛书·史部》一百二十七册据以影印。此集为王之垣生平为官的经历见闻,其中记何心隐事件甚详,王士禛在跋中亦对此有所评论。

《柄烛编》一卷,《山东通志·艺文志》著录,明万历三十年(1602)刻本,香港天马图书有限公司1999年出版。有王之垣自序,辑录古人格言懿行,以教育子孙。自序云:"往哲格言懿行载诸简编,若珠海玉山,记忆不能,委置未安。暇中手录成编,分类十二,列款一百二十,间杂以释、老、庄、列之语,苟可缮性,尊生何必五谷,师旷曰'少而学为日出之光,老而学为炳烛之明',予今所辑,亦炳烛类也,因名《柄烛编》,藉明一隙犹愈于昧行云尔。"②

《摄生编》一卷,明万历三十年(1602)刻本,《山东通志·艺文志》著录,香港天马图书有限公司1999年出版。卷前有桓台悟玄子序、郭正域序。辑录古人养生健行之理,颇涉老庄。郭序评其"尽除隐言罕譬,悉破外道旁门,直指深渊,妙探象罔,语约而显,道奥而真,大有功于丹经,名且挂于仙籍,天机尽泄,人世不迷矣"③。

《百警编》一卷,《山东通志·艺文志》著录:"是编刊入《正谊堂丛书》,江夏郭正域序略云:'今世谈玄空者,扫躬行而靡顾,骋权术者,竟波荡以忘

---

① [明]顾宪成:《泾皋藏稿》卷十三,《景印文渊阁四库全书·集部》第1292册,台湾商务印书馆,1986年,第159页。
② [明]王之垣:《炳烛编》,香港天马图书有限公司,1999年,序第2页。
③ [明]王之垣:《摄生编》,香港天马图书有限公司,1999年,序第4页。

归,先生此书有深思乎,孔圣之教大旨,不外伦常,科条不出,言行忠恕谨信,临深履薄,比于今人,皆庸德耳。大圣诱人,抑何兢兢也。展诵此书,约文举要则,鏧鉴可征,顾目书绅则户牖不爽,培其本如松柏之有心,防其逸如规矩之有度,岂若夸昆之子,诐淫之说,听其言词,荡心骇目,综其行事夐驾诡闲也哉。"①今未见传本。

《谏议疏稿》四卷,明万历间刻本,藏国家图书馆。白口,左右双边,半页九行,行十八字。卷前有"赐进士弟中宪大夫巡抚辽东暂理军务兼管备倭都察院右佥都御史韩取善"撰《谏议疏稿叙》,收王之垣所撰奏疏。

《忠勤图说》,王之垣纂,抄本,无格,藏天津图书馆、国家图书馆。卷首有王之垣撰《大槐王氏家谱语略》,述王氏家族源流,是集以图示王氏家族生活,并叙述王氏族人事迹。

《念祖约言世记》,王与胤刻本,《山东通志·艺文志》著录:"是书有王与胤刊本,之垣自序云:年跻八十,自幼闻见祖父一二勤俭诗书事迹,恐遂遗忘,因录遗后,以防子孙之忘勤俭,贱诗书。或可动其警惕之心,因庶几乎保家守业之一助云。"②

《律解附例》八卷,《山东通志·艺文志》著录:"《钦定续通考》云:'隆庆五年四月刊布律例诸书,刑科给事中王之垣等言律解不一,理官所执互殊,请以大明律诸家注解,折衷定论,纂辑成书,参以续定事例,列附条例之后,刊布中外,以明法守。'"③

《新城县志备考》,《山东通志·艺文志》著录:"《新城志凡例》云:'山川、古迹、艺文,多从司徒王公所纂《备考》一帙摭拾纂辑',王士禛康熙《新城志》序云:'志初修于嘉靖,先曾祖大司徒公实任分较备考,即分较时作也。'"④

《恩命录》,明万历八年(1580)刻本,收入《原国立北平图书馆甲库善本丛书》第二百三十三册。

王之垣另有《琅琊游记》《承天大志纪录事实》十三卷、《基命录》三卷,《山东通志·艺文志》著录。

新城王氏在文学方面的倾向从第五代开始显现,其中以王之猷在诗歌方面建树最高,并影响到其子王象春。他有《王柏峰诗稿》,清抄本,今藏上

---

① [清]孙葆田等:《山东通志》卷百三十五,华文书局股份有限公司,1969年,第3769页。
② [清]孙葆田等:《山东通志》卷百三十五,华文书局股份有限公司,1969年,第3747页。
③ [清]孙葆田等:《山东通志》卷百三十五,华文书局股份有限公司,1969年,第3744—3745页。
④ [清]孙葆田等:《山东通志》卷百三十五,华文书局股份有限公司,1969年,第3682页。

海图书馆,卷末有王士禛、徐夜跋,收入其各体诗歌五十余首。

明代新城王氏的兴盛在第六代成员,他们不仅在科举仕途上取得了巨大的成功,在文学领域也开始占有一席之地。因此,第六代成员的著述也是非常丰富的。著述有记载、留存的"象"字辈成员共九人,著述四十余种,其中以王象晋著述最多,他在农学、医学、文学方面都有成就,各种著述存佚情况如下:

《赐闲堂集》四卷,顺治十年(1653)王与敕等刻本,藏山东博物馆,《山东文献集成》第三辑影印。卷前有王象晋《赐闲堂集题词》,言"今九十有三矣,生平偶有挥洒,皆巴人下里之谈"①,卷末王与敕跋言王象晋一生著述甚富,有《墨沈》数十卷,经新城三次兵火,均遭毁佚,"闲从蠹简获一二残编,合以近岁所作,请命而付之剞人,虽未及《墨沈》什一,然而手泽灿然,炳于星日,皆我子若孙所当奉持而永宝者也"②。是集录王象晋诗文,其中卷一为诗、赋,卷二至卷四为文,包括赞、疏、启、记、传、序等。

《鄑封里吟》一卷,明末刻本,藏北京大学图书馆。白口,四周单边,半页八行,行二十一字。有王象晋自序,存诗八十五首,为在湖广期间作,内容不外祭祀颂德,和韵题赠。

《秦张两先生诗余合璧》二卷,王象晋编,明末毛氏汲古阁刻《词苑英华》本,藏北京大学图书馆,《四库全书存目丛书·集部》四百二十五册影印。是集与《诗余图谱》合刊,同为张綖辑,王象乾、王象晋刊发、重梓。《秦张两先生诗余合璧》是北宋秦观《少游诗余》与明张綖《南湖诗余》的合辑,王象晋在序中说明张綖为秦观同里,慕秦观之诗文,遂辑为《诗余图谱》,其词俨然少游,遂合二者之词,刊于《图谱》之后。是集半页九行,行十九字,白口,左右双边。有王象晋序,先录秦观词,后录张綖词,每卷前有目录。《四库全书总目提要》评此集云:"是书乃以宋秦观《淮海词》、明张綖《南湖词》合为一编,以二人皆产于高邮也。然一古人,一时人,越三四百年而称为合璧,已自不伦。况綖词何足以匹观,是不亦老子、韩非同传乎?"③较为中肯。

《二如亭群芳谱》二十八卷,明末刻本,藏山东省图书馆、山东大学图书馆,有王象晋自序,毛凤苞、方岳贡、陈继儒序,卷前有义例、总目。半页八行,行十八字,有眉栏、脚栏。各卷由毛凤苞、陈继儒等校正,子王与敕、王与龄,孙王士禄、王士禛等诠次,卷末有天启元年(1621)王象晋跋。王象晋

---

① [明]王象晋:《赐闲堂集》,《山东文献集成》第三辑第24册,山东大学出版社,2010年,第679页。
② [明]王象晋:《赐闲堂集》,《山东文献集成》第三辑第24册,山东大学出版社,2010年,第789页。
③ [清]永瑢、纪昀等:《四库全书总目提要》,中华书局,1965年,第1833页。

万历末年罢官家居，辑录此书，至天启元年完成，为古代农学的重要著作，对明代以前中国农业资料进行了汇集与考订，全书分为元、亨、贞、利，并细分为十四谱，是研究古代农学的重要文献；另有沙村草堂刊本，版式与前本相同，各家序的顺序不同。明代刻本还有汲古阁藏板，增入申用懋、张溥西、朱国盛序，雕刻精美。康熙四十七年(1708)汪灏等奉敕增广，编为《广群芳谱》一百卷。有康熙四十七年(1708)内府刻本，藏国家图书馆；康熙内府朱墨钞本，藏故宫博物院；乾隆内府钞《四库全书》本，藏国家图书馆。《群芳谱》对后世的影响很大，王象晋在其中引用典故、诗词等，增加了文学色彩，清人俞鹏程辑录其中所引诗歌为《群芳诗钞》，并有所增补，有乾隆二十六年(1761)新郑郝璋刻本，藏上海图书馆。

《清寤斋心赏编》一卷，崇祯六年(1633)刻本，藏山东省图书馆，《四库全书存目丛书·子部》一百三十九册影印。有王象晋崇祯癸酉(1633)自序，半页九行，行二十字，白口，四周单边。辑录前代有关饮食、养生等方面的言论，分为六类：葆生要览、淑身懿训、佚老成说、涉世善术、书室清供、林泉乐事。主要内容是论述如何养生长寿。另有稿本，藏上海中医学院图书馆；《王渔洋遗书本》，藏山东大学图书馆等。

《剪桐载笔》一卷，明末毛晋刻本，《四库全书存目丛书·子部》二百四十三册影印。卷前有王象晋序，半页八行，行十九字，白口，左右双边，内容分表、启、传、赋、解、说、记。《四库全书总目》言是集为王象晋奉使荆州途中所作，故取义剪桐，自序云此集"乃举数年来耳目之所睹闻，友朋之所传说，撮而录之"[1]，可见并非途中一时见闻。书中多记奇闻异事，有笔记小说的性质。另有《王渔洋遗书》本，藏山东大学图书馆等。

《举业津梁》一卷，清米拜山房抄本，藏北京大学图书馆。

《董漕副墨》二卷，明崇祯间刻本，藏北京大学图书馆。二册，上册为抄本，无边栏，半页九行，行十八字。下册为刻本，白口，四周单边，行字与上册同。有王象晋序、崇祯四年(1631)敕旨，为王象晋分管漕务，督理苏、松、常、镇四府粮储兼巡视漕河时的奏疏公文。

《救荒成法》一卷，藏山东省图书馆，白口，上单鱼尾，四周单边，半页十行，行二十一字。卷前有王象晋自序，云："予以为救荒一事，要在实实轸恤，平平做去"，言其阅颜茂猷《迪吉录》"尤为注念，陈说古昔，备列法戒"[2]，

---

[1] [明]王象晋：《剪桐载笔》，《四库全书存目丛书·子部》第243册，齐鲁书社，1995年，第463页。
[2] [明]王象晋：《救荒成法》，山东省图书馆藏自刻本。

遂在其基础上略为增损而为此编。内容一为救荒总论,论救荒之法甚详;一为救荒福报,载善救荒者故事;一为不救荒显惩,录前代见荒不赈者,而必有业报,有佛家因果报应观。其刊刻时间,《山东文献书目》等各种目录著录为万历间自刻本,然王象晋序后注有"时年八十八岁",为清顺治六年(1649),是以此本为顺治间刻本。

《普渡慈航》四卷,清道光十八年米拜山房抄本,藏北京大学图书馆。半页九行,行二十一字,白口,四周双边,无鱼尾。卷前有王象晋顺治五年戊子(1648)自序,云:"《迪吉》一书于善恶报应尤为详悉,其提醒世迷,婆心最切。第编帙浩繁,不便披阅,暇日稍加点定,分为款项,别其劝戒,而又益以傍所睹记,题之曰'普渡慈航。'"①序后有发刊姓氏,则此书曾有刻本,为王象晋之子王与敕,其孙辈王士鹄、王士禄、王士祜、王士禛,及曾孙王启泓、元孙王兆橚等人校刊。内容分为救劫帝训、慈航总论、淑身慈航、宜家慈航、处世慈航、莅官慈航、服役慈航,引前人慈善之论,并载稗史小说加以印证,劝诫世人有慈悲之心,与人为善。

《金刚经直解》一册,明崇祯十七年(1644)刻本,《山东通志·艺文志》著录;清乾隆间刻本,藏山东省图书馆。

《万历甲午科乡试朱卷》不分卷,明万历间刻本,藏山东省图书馆,白口,四周单边,半页九行,行二十字。所收为王象晋甲午科乡试四书、论、策等卷,各卷有圈点、眉批。卷前录各考试官评语,有"此卷高标磊落,宿抱渊醇,其色苍然,其词烂然,随笔吞吐,无一不佳,论精深豪宕,表典丽精工,判中律五策,学富才雄思深调古,议论有条,擘画中肯,得士如此可以慰矣"②之评。

《保安堂三补简便验方》四卷,崇祯十七年(1644)刊本,藏淄博市图书馆。此集三册,一、二、四卷为手抄本,三卷为刻印本。王象晋自序云:"此旧刻简便验方也,稿今三易矣。初梓于万历甲寅(1614),随所效于付枣梨,期于人人共之。再梓于崇祯己巳(1629),剖判论类,次第卷帙,庶几披阅为便。逮壬午(1642)季冬,物桓忽遭焚掠,旧版沦于灰烬,知交相求,愧无以应,于是穷搜旧本,类附新知,两阅岁华,始克就绪。"此所谓"三补"。是集为医学专著,载三十余门、八百余方,包括内、外、妇、儿等科。在著述过程中经历战火,旧版沦于灰烬,前后历时三十年,保存记录了其医学理论实践,医理精深,在医学方面有重要贡献。

───────
① [明]王象晋:《普渡慈航》,北京大学图书馆藏道光十八年抄本。
② [明]王象晋:《万历甲午科乡试朱卷》,山东省图书馆藏清刻本。

《王氏族谱》十三卷，崇祯三年（1630）毛氏汲古阁刻，今藏山东省图书馆。

《手书遗训》，王士禛《香祖笔记》云："先大父方伯赠尚书公手书遗训有云：'吾既无厚遗，而使汝辈遇营丧葬之费，心殊不忍，虚地上以实地下，又所深恶'云云。盖本汉贡禹'众庶葬埋，皆虚地上以实地下，其过自上'之语。"①《手书遗训》今不见全本。

王象晋另有《火经》《鳖经》《贝经》《字学快编》《日省撮要》《佐济刑书》《扶舆闲气词坛汇锦》《星署纪言》《春曹纪言》《保境集议》等，《山东通志·艺文志》著录。

王象乾在明代的政治、军事方面影响很大，其著述亦倾向于这两方面。

《忠勤录》二卷，王象乾、王象蒙辑，明万历三十三年（1605）刻本，藏北京师范大学图书馆。白口，四周双边，半页九行，行十六字，无鱼尾。卷前有明嘉靖三十八年（1559）李一瀚、明万历二十一年（1593）汪应蛟《论祭文》、万历三十三年（1605）吴之鹏序、万历三十年（1602）冯琦序。是书辑录官宦名士如申时行、王家屏、王锡爵、焦竑、董其昌等为王重光所撰之墓表、传记、行状、祭文。

《皇明开天玉律》四卷，明万历间刻本，藏国家图书馆。白口，四周双边，上单鱼尾，半页七行，行十四字。版心上镌"皇明开天玉律"，下标页码。卷前有王象乾万历三十八年（1610）正月十七日奏疏。奏疏首页版心下镌"邓志写，邓任刻"。卷一第二行题："总督蓟辽保定等处军务兼理粮饷经略御倭都察院右都御史兼兵部侍郎臣王象乾谨辑。"卷前附有纂修《明史》郑县万言所撰《崇祯实录·王象乾传》。是集辑录明太祖开国事迹与言行，卷一为事天、恤民、勤政；卷二为圣学、训储、用人；卷三为谕臣、求言、慎刑；卷四为理财、止税、弥灾、保业，后附缀言。

《川贵总督王象乾以议处播地界疏略》，是集收入顾炎武辑《皇明修文备史》中，藏国家图书馆。白口，四周单边，半页十三行，行二十四字，为王象乾所撰奏疏。

《评苑傍训大全》十五卷，梁昭明太子著，王象乾删订。日本元禄十一年（1698）刊本，藏国家图书馆。半页十行，行二十一字，四周单边，下单鱼尾。有眉批。卷一第二行题"钦差提督紫荆等关易州兵备副使信安四泉余

---

① [清]王士禛：《香祖笔记》卷十一，袁世硕主编《王士禛全集》，齐鲁书社，2007年，第4704页。

国宾总阅",第三行题"保定府知府新城霁宇王象乾删订"。《山东通志·艺文志》著录为《文选删注》十二卷:"《邵亭书目》载是编云:'摘六臣注列上方,行左右,音释列下方,不间本文,以便记诵,写刻极精。'"①

王象乾另有《经理牂牁奏议》《总督宣大奏议》《音韵类编》,《山东通志·艺文志》著录。

明代新城王氏在文学上的成就以王象春为代表,他传世的诗集有《济南百咏》《问山亭遗诗》等。

《济南百咏》一卷, 万历四十年(1612),王象春任顺天乡试同考官,因科场案受牵连,告病回籍,万历四十四年(1616)至济南,追慕李攀龙之为人,购其旧居白雪楼居之,其间创作了《济南百咏》(又名《齐音》),取唐刘禹锡《竹枝词》之体制,歌咏南名泉、古迹、历史、风俗等,展示了明末济南的社会风俗状况。是集最初为淄川姜刚所刻,刻成后多散佚,据王士骊《跋〈齐音〉小记》,王士禛曾使王士骊手录一册,为人借抄未返还。王士骊父王与阶于顺治十六年(1659)至十七年(1660)在济南,属乐安黄甲云为画《济南百咏图》十三幅,"有序、记、目录,欲将此图刻十三幅,附《齐音》诗之前,刊一家刻,以存风土人物之佳话"②,然未刊行。康熙五十年(1711),王士骊请督学黄昆圃(黄叔琳)刊刻,手录《齐音》并百咏画册呈览,一并取去,然从此杳无音信。后王士骊又使人手录一册,然多有错讹。此集传本遂为少见。今有明万历四十四年(1616)刻本,藏国家图书馆。白口,四周单边,版心镌"齐音",半页八行,行十九字。卷首题"稷下王象春季木著,门人姜一蛟子柔甫校",卷末题"万历丙辰八月既望发刻于崿桥",为《齐音》之初刻本。另有清抄本,藏山东省图书馆,有邹平张延登小引,为王象春子王山立编,门人姜刚校,徐夜重校,卷后有象春《补齐音引》。

《问山亭诗》十八卷, 清康熙间树音堂钞本,山东省图书馆藏。白口,左右双边,半页八行,行十八字。此集包括《崿居诗》《小草草》《酉戌草》《辛亥草》《壬子草》《癸丑草》《甲寅草》《问山亭诗未刻草》九卷,并附《北湖游记》《北湖别记》《北湖别诗》。每种小集前各自有序,参校者各集不同,有吕维祺、刘亮采、王山立、王与慧、徐夜等。虽题为"问山亭诗",实亦收入词、文,收录王象春诗词较为全面。

---

① [清]孙葆田等:《山东通志》卷百三十五,华文书局股份有限公司,1969年,第4306页。
② [清]王士骊:《幔亭公漫录》,山东省图书馆藏钞本。

《问山亭主人遗诗正集一卷续集一卷补集一卷附录一卷》，清同治间武进陶氏《喜咏轩丛书》本，王士骧辑，王士禛、王士骊删选、录定。无格，半页十行，行二十一字，白口，四周双边，无鱼尾。其中《补集》实为《齐音》，《附录》为王士禛《与朱竹垞》，有王士骧评及王祖昌跋。王祖昌，字子文，号秋水渔人，新城王耿光后裔，有《秋水亭诗集》，其跋云："曾伯祖渔洋公与竹垞先生书云：'择《问山亭诗》雅驯雄俊之作五六十首，颇卓然可传。'今正、续二集乃存一百八十二首，余焚香细读，除留蒙泉太史所签二十二首外，益以可意者四十四首，不知当否。"①此集另有清三十六砚斋钞本，藏浙江大学图书馆。半页九行，行二十字，白口，四周双边，版心镌"三十六砚斋"，卷首题"明王季木象春著，士骊力庵订辑，士禛阮亭删选，士骧幔亭录定"，卷末有王士骊、王祖昌跋。

《问山亭主人遗诗》正集一卷续集一卷《齐音》一卷，王象春撰，王士骧辑，清钞本，藏山东博物馆。《山东通志·艺文志》著录为《问山亭集四卷附甲寅草齐音李杜诗评》："今所传《问山亭前后集》汰其芜杂，撷其菁英，可传者尚什之二三也。少时诗如'故人江汉绝，疏雨户庭过'之句，不减大复、苏门，又叶承宗《历城志》载象春《齐音》序略云：乙卯、丙辰乱作，就济上而居焉。往来问绎，有感辄书，大抵皆凄婉萧骚之致。而其声发则一归于廉直，无肉好也。问山亭在百花洲上，即李攀龙白雪楼，亦见叶志。"②

《问山亭遗诗拾遗》一卷，王象春撰，王祖昌选，清抄本，藏山东省图书馆。半页八行，行二十字，卷首题"济南王象春季木著，六世胞侄孙祖昌秋水删选"，所选诗歌不出十八卷本之范围。

除王象晋、王象乾、王象春外，"象"字辈成员中有诗文集存世者还有王象明、王象艮。王象明有《聊聊草》一卷，明崇祯间刻本，藏北京大学图书馆。半页八行，行十八字，白口，四周单边。是集卷首题"聊聊草"，然封面、版心皆为"兜玄集"，又名"山居吟"。崇祯五年壬申（1632），王象明避兵祸于阳邱之南，山居期间登临感兴，因有所作，徐日升称其"辟境离奇，俊削灵庚，所欲言极所不能言，如钟钟然，如钟鼓然"③。为其门人单民功、傅中华校，他还有《鹤隐集》《雨萝集》，王士禛《居易录》云："十八叔祖晦甫（象明）著《鹤隐》、《雨萝》诸集，才不逮考功，而欲驰骤从之，故时有衔蹶之患，未能

---

① [明]王象春：《问山亭遗诗》，《喜咏轩丛书·甲编》，民国武进涉园陶氏刊本。
② [清]孙葆田等：《山东通志》卷百三十五，华文书局股份有限公司，1969年，第4046页。
③ [明]王象明：《聊聊草》，北京大学图书馆藏明崇祯间刻本。

成家,今刻版仅有存者。"①《山东通志·艺文志》著录。王象艮有**《迂园诗》十二卷**,明崇祯间刻本,藏北京大学图书馆。白口,四周单边,半页九行,行十八字。《居易录》:"八叔祖伯石(象艮),仕为姚安府同知,著《迂园诗集》,诗名远出考功下,然谨守唐人矩矱,不失尺寸,如《咏鲁仲连》云:'孤城一飞矢,六国有心人。'又'萧条两岸柳,怊怅五更鸡','鱼藏芦底穴,雪压竹间庐','青荧茅舍火,缥缈竹林烟','南雁迎花早,东风带雪多','月明才十日,人病已经旬',皆五言之选也。后人不振,予购其刻板藏之。"②《山左明诗钞》选王象艮诗,云:"《迂园集》二十四卷,仅得其'雨''柳'二集,皆七律。"③

其他"象"字辈成员中著述不传但有著录者有王象随《王氏礼经解》、王象益《景先楼集》、王象云《上林汇考》五卷、王象恒《西台奏议》《巡抚奏议》等。

明清易代之际,新城王氏受到鼎革战乱的重创,家族中人才凋零,"与"字辈成员中有文学才华与造诣者多有创作,但作品在战火中毁佚,今有著述存世者有王与玫和王与胤。

王与玫,字文玉,少有文名,性善谐谑,诗宗晚唐,好书画,崇祯壬午(1642)殉难,年三十七岁。其**《笼鹅馆集》二卷**,今存清抄本两种,藏国家图书馆。一种九行二十二字,有林棠、高珩、徐夜、荣实颖序,诸人序后有编目,有古近体诗、诗余、杂文、题跋、评书、笔记、尺牍等。正文首页题有"济南王文玉遗稿,同学荣实颖华淑编辑,甥元善长公鉴定、男王士骥杜称录刊",旁批"侄王士禛重订",书中有大量王士禛旁注、批点及增删痕迹,最后附有益都王漾所撰《明王文玉墓志铭》。另一种封面题下有"己未得于津门,重装于乐寿官廨,亿年"。亿年为新城王氏后人,王士禧八世孙,扉页亦有其墨识云:"王与玫,号文玉,天启七年(1627)恩贡,有《笼鹅馆集》四卷、《桓台遗事》,此未刻本原稿。"然将此本中的字句与前一种的旁批相比对,显然是前一种的重订本,并非原稿。此本无格,四周单边,半页九行,行二十六字,卷前序文与前一种相同,其中的作品较前一种有所删改。王与玫生平创作较多,但随手散逸,且经兵祸,所余残编经其兄弟亲友得以保存,

---

① [清]王士禛:《居易录》卷十四,袁世硕主编《王士禛全集》,齐鲁书社,2007年,第3946—3947页。
② [清]王士禛:《居易录》卷十四,袁世硕主编《王士禛全集》,齐鲁书社,2007年,第3946页。
③ [清]宋弼:《山左明诗钞》卷三十一,《四库全书存目丛书·集部》第412册,齐鲁书社,1997年,第314页。

此集的辑录保存多得荣实颖之力，荣氏在序中追忆了其与王与玟的交往，崇祯十五年（1642）王与玟以《笼鹅馆集》嘱荣实颖，后殉于壬午之难。崇祯十六年（1643）荣实颖于黄庄别业得其诗稿，为避屠掠，藏于复壁，后又遭虫蠹火烬，勉为编成一帙，又录副本，崇祯十六年（1643）由与玟弟王与端刻印，刻本今未见，所存者皆为抄本。林棠言王与玟生而慧颖，然困于场屋，遂寄牢骚不平于声律中。王与玟才思敏捷，诗"清丽绵芊"（高珩），"以凄激为宗，归极流艳"（徐夜）①。王士禛《居易录》评其："好为艳体，少时有《悼亡诗》句云：'二十五年将就木，一千里路不通书。''欲唤小儿求梦草，定呼妙子到稠桑。''茕茕白兔东西顾，恰恰黄鹂四五声。''通德每宵谈秘事，清娱随处品名山。'皆工。"②

王与胤，字百斯，崇祯戊辰（1628）进士，由翰林改御史，抗疏直言，不避权贵，闻甲申之变，与妻子自缢殉国难。有《陇首集》一卷，康熙间刻本，藏山东大学图书馆，《四库全书存目丛书·集部》影印。有陈允衡序，钱谦益赞，录王与胤所撰诗四十一首，及汪琬、朱彝尊、王士禛、纪映钟等所撰墓表、事状、诗跋等。陈允衡序云："壬寅（康熙元年，1662）秋，从公从子士禄、士禛乞公全书，则以兵火散轶，仅存《陇首集》一卷。"③所录四十一首诗皆与胤奉使关陇之作，故名"陇首"，钱谦益云："其词约以则，其志哀以思。"④

《山东通志·艺文志》著录有王与端《栩斋集》、王与襄《历亭诗选》，王与敕、王与龄、王与籽、王与璧等在文学、艺术方面均有所长，作品惜不留存。

第二节　王士禛著述考

王士禛一生著述等身，在新城王氏成员中著述最多，他在诗、文、词、笔记、小说等方面都有涉猎，还对前代和清代的诗歌、诗人进行辑选和点评。

关于王士禛的著述，伦明的《渔洋山人著书考》著录一百二十六种，末

---

① ［明］王与玟：《笼鹅馆集》，国家图书馆藏清抄本。
② ［清］王士禛：《居易录》卷十四，袁世硕主编《王士禛全集》，齐鲁书社，2007年，第3947页。
③ ［明］王与胤：《陇首集》，《四库全书存目丛书·集部》第193册，齐鲁书社，1997年，第157页。
④ ［明］王与胤：《陇首集》，《四库全书存目丛书·集部》第193册，齐鲁书社，1997年，第158页。

附清人惠栋《渔洋精华录训纂》采用书目一百零二种[1],二者多有重合,亦互有补充。杜泽逊先生的《渔洋山人著书续考》又在惠栋、伦明外辑得八十二种,使王士禛著述目录更加完备[2]。然王士禛著述卷帙浩繁,他在世时已经过多次结集删汰,版本繁多。去世以后,清人又对他的各种著作进行了整理、辑选等,种类更多,版本情况也更为复杂,二百余种著述在内容、种类、版本等方面都需要进一步考察。笔者将王士禛著述从内容上分为诗文词、史地考证、选评三类,对各种著述的版本、内容进行梳理,对容易混淆的著述如《律诗定体》等进行考证,对一些稀见版本进行考述,力求厘清流变,以便从文献的角度对渔洋的诗歌及理论作进一步阐释。

一、诗、文、词类

王士禛是清初诗坛一代正宗,创作丰富,留存的诗集、文集、词集几十种,有单刻的小集、诗文合集、当代及后人的选集等,以下将按照创作、刊刻时间的先后顺序对这些诗、文、词集进行考察。

(一)诗集

王士禛早年创作较多,顺康之际初登诗坛,以《秋柳》诗名传南北,中进士后初至扬州游历、倡和,每有创作即付刊刻,遂多单刻小集,考之如下:

《琅琊二子近诗合选》十一卷,周南、王士禧等辑评,顺治间刻本,藏国家图书馆。白口,左右双边,半页九行,行十九字。版心上方题"表余落笺合选",下方题"初集",中间为卷次和页码。首页题"淄川高念东、娄东周逸休梁先生论定《琅琊二子诗选》(王子底,讳士禄,号西樵;王贻上,讳士禛,号阮亭)初集"。卷前有高珩序(丙申)、吴伟业序(乙亥)、姚佺序(未题年月)以及周圣稷《跋表余落笺合选诗后》(己亥)。是集又名"表余落笺合选",为王士禛与其兄王士禄早年诗作的合选,王士禛初稿名"落笺堂初稿",今不存,士禄初稿名"表余堂集",藏山东博物馆。此集共十一卷,分体编次,卷一为五言古诗,卷二为七言古诗,卷三、卷四为五言律诗,卷五至卷七为七言律诗,卷八为五言排律,卷九为五言绝句,卷十为七言绝句,卷十

---

[1] 伦明:《渔洋山人著述考》,《燕京学报》1929年第5期。
[2] 杜泽逊:《渔洋山人著书续考》,《版本目录学研究》第三辑,国家图书馆出版社,2012年,第417—426页。

一为乐府，每一体中先录王士禄诗，后录王士禛诗。孙殿起《贩书偶记》著录为约康熙刻本[1]，《清代禁书知见录外编》又作"顺治己亥刻"[2]，袁世硕先生根据周果跋中"家尊既付校雠，予小子因得竟读诸体毕"，推此本顺治十六年已刻[3]，故此本当为顺治十六年（1659）刻本。是集所录王士禄、王士禛诗歌均作于二人早年读书家塾、同上公车并开始崭露头角时期，录王士禛顺治十六年（1659）之前的诗作，保存了其少作的原始面目。伦明《渔洋山人著述考》曾著录《表余落笺合选》十一卷，顺治刊本，其中有凡例七则，但未提及序跋，国家图书馆另藏一版本，版式内容与上述刊本实无差别，但卷首凡例为他本所无，伦明著录当为此本，两种刊本可互为补充。

《长白游诗》一卷，王士禛、徐夜撰，刻于顺治十三年（1656），《渔洋山人自撰年谱》载，是年春，"与邑高士徐（夜）东痴同游长白山，凡柳庵、上书堂、醴泉寺诸胜皆至焉。刻《长白游诗》一卷"[4]。《长白游诗》今未见传本，惠栋《渔洋精华录》采用书目著录，袁世硕先生《王渔洋早年诗集刻本》一文推断《渔洋诗集》中《栗溪抵柳庵溪路中作》等近二十首诗即出于《长白游诗》，认为近世不见著录，已无传本[5]。但天津图书馆藏《退寻草》一卷，又名"阮亭近诗"，为王氏家藏本，疑即为《长白游诗》。是集半页九行，行十九字，无鱼尾，四周双边。卷首第一页题为"退寻草"，下注曰："西山游诗"，第二、三、四行下题"新城王士禛贻上著，同里徐夜东痴、兰陵邹祗谟讱士、兄王士禄西樵阅"，卷前有东莱赵士冕序。其中收入王士禛诗作二十余首，篇目为《生生庵僧为恒禅师乞铭》《栗溪往柳庵溪路中作》《柳庵晓起同徐五东痴饮溪中作》等，这二十余首诗后来编入《渔洋诗集》，系于丙申（顺治十三年，1655），创作时间与《长白游诗》相吻合，篇目也与《长白游诗》一致，故推断《退寻草》即为《长白游诗》。

《彭王倡和》一卷，王士禛、彭孙遹撰，顺治十六年（1659）刻本，藏国家图书馆，半页九行，行二十一字，白口，四周单边，有魏学渠《彭王倡和序》，序云："伊其相谑，赠惟芍药之花聊以言情，酬必葡萄之锦洵矣。体同闺怨，妙等香奁，致光掩思，义山逊藻者也。"[6]录二人倡和诗各十二首，皆为香奁

---

[1] 孙殿起：《贩书偶记》卷十九，上海古籍出版社，1982年，第529页。
[2] 孙殿起：《清代禁书知见录·外编》，商务印书馆，1957年，第24页。
[3] 袁世硕：《王渔洋早年诗集刻本》《中国典籍与文化》，2002年第1期，第58页。
[4] [清]王士禛：《渔洋山人自撰年谱》，袁世硕主编《王士禛全集》，齐鲁书社，2007年，第5060页。
[5] 袁世硕：《王渔洋早年诗集刻本》《中国典籍与文化》，2002年第1期，第58页。
[6] [清]王士禛、彭孙遹：《彭王倡和》，国家图书馆藏清刻本。

之作。据《渔洋山人自撰年谱》，顺治十六年(1659)，王士禛在京待选，与彭孙遹倡和香奁体诗，并刻此集。同参与香奁体倡和的还有王士禄，但此集中并未收录，《琅琊二子近诗合选》收入王士禄香奁体三十三首。此集中所收王士禛十二首收入《渔洋诗集》，删去四首。

《秦淮杂诗》一卷，清康熙间刻本，藏国家图书馆。白口，左右双边，半页八行，行二十一字。卷前有王士禛顺治十八年(1661)小序："青溪佳丽，白下冶游，空存小姑之祠，无复圣郎之曲。渡名桃叶，怀王令之风流；湖近莫愁，忆卢家之旧事。高卧邀笛之步，偶成击钵之吟，调类清商，语多杂兴，以所居在秦淮之侧，故所咏皆秦淮之事，而以'秦淮'名篇，此外有作则隶之《白门前后集》云尔。"①收入王士禛诗二十首，为顺治十八年(1661)其至金陵所作，《渔洋诗话》卷上云："余客金陵，居秦淮邀笛步上，与主人丁翁谈秦淮盛时旧事，作绝句二十首，人竞传写。"③其诗中咏秦淮往事，在当时产生较大的影响。《秦淮杂诗》后收入《渔洋精华录》，删减为十四首。

《入吴集》一卷，清康熙间刻本，藏国家图书馆。白口，左右双边，半页八行，行二十一字。卷前有林古度、顾宸序，及王士禛自序。卷首第二行下题"新城王士禛贻上著，梁溪顾宸修远阅，兄王士禧礼吉选"。是集为顺治十八年(1661)王士禛赴苏州期间所作，自序云："是役也，发朱方，次云阳，抵吴阊，归经伯鸾之溪，前后所得六十余篇，题曰《入吴诗》。"②收入王士禛诗六十三首。

除以上几种，今有著录但不存传本的单刻小集有：

《白门集》无卷数，康熙间刻本，《渔洋山人自撰年谱》载，顺治十八年(1661)王士禛有事于江宁，有《白门集》，《山东通志·艺文志》著录。

《白门后集》无卷数，康熙三年(1664)，王士禛有事于江宁，游牛首、祖堂、栖霞诸古寺，观六朝松石，得诗歌、游记若干，为《后白门集》，汪琬为作《白门前后集序》，《山东通志·艺文志》著录。

《过江集》一卷，顺治十八年(1661)刻本，《渔洋山人自撰年谱》载，顺治十七年(1660)冬，王士禛有事至金陵，登京口三山，游鹤林、招隐、竹林诸寺，作游记、题名，并古近体四十余首，编为一集，张九征序云："笔墨之外，自具性情，登览之余，别深怀抱。"③《贩书偶记续编》著录。

---

① [清]王士禛：《秦淮杂诗》，国家图书馆藏清康熙间刻本。
② [清]王士禛：《入吴集》，国家图书馆藏清康熙间刻本。
③ [清]王士禛：《渔洋诗话》卷上，袁世硕主编《王士禛全集》，齐鲁书社，2007年，第4756页。

《岁暮怀人绝句》一卷,《渔洋山人自撰年谱》载顺治十八年(1661)冬,王士禛"赴淮安氄社湖中,作《岁暮怀人绝句》六十首",后选入《阮亭诗选》,删为五十一首,康熙八年(1669),王士禛删定《渔洋诗集》,再删为三十二首。

《銮江倡和集》无卷数,为王士禛与吴国对倡和诗合集,顺治十八年(1661),王士禛在真州与友人吴国对倡和,并将倡和诗编为《銮江倡和集》,"人凡四,诗凡四十五首,附见凡十一"①,今不见传本,《山东通志·艺文志》著录。

康熙元年(1662),王士禛将以上各集合编为**《阮亭诗选》**十七卷,由门人盛符升刊行,所录诗作自顺治十三年(1656)至十八年(1661),有所删汰。是集为王士禄、王士禧、王士祜选,作序者有钱谦益、李元鼎、黄文焕、林古度、李敬、汪琬、施闰章、冒襄、杜濬、赵进美等二十七人。今有康熙元年(1662)刻本,藏国家图书馆,半页九行,行十九字,白口,左右双边。另有康熙六十一年(1722)写刻本,半页九行,行十九字,白口,左右双边,有朱笔圈点。

康熙元年(1662)以后王士禛的诗集有一年之作,有一时一地倡和之作,且对单行小集又进行了删定。

《阮亭壬寅诗》一卷,清康熙间刻本,藏国家图书馆。白口,四周单边,半页十一行,行二十三字。卷前有王士禛自序,有缺页。序中自悔往年创作过于频繁,"跌宕文笔,不自爱惜,往往酒间击钵,断纨零素,顷刻至数十篇,今始悔之",所以"是岁遂欲断绝笔墨,终年所得才八十余篇耳"②。是集录王士禛康熙元年(1662)诗八十九首,后收入康熙八年(1669)刻《渔洋诗集》,删去了自序及诗歌十一首,所删为《中秋答珍示》《登金山绝顶留云亭怀刘太守,亭是太守重建,时移衡州》《红陵》《方邵村侍御画》《恼公》《九日平山堂杂感》等。

《阮亭癸卯诗》一卷,清康熙间刻本,藏国家图书馆。半页九行,行二十字。卷前有王士禛自序两篇。首篇实为《戏效元遗山论诗绝句序》,曰:"昔元遗山在三乡作《论诗绝句》三十首,扬扢风骚,轩轾今古。其末章云:'撼树蚍蜉自觉狂,书生技痒爱论量。老来留得诗千首,却被何人较短长。'余读而悲其志。又尝观钟嵘《诗品》、严羽《诗话》,其所评陟,多契于怀,因年

---

① [清]王士禛:《渔洋山人自撰年谱》,袁世硕主编《王士禛年谱》,齐鲁书社,2007年,第5067页。
② [清]王士禛:《阮亭壬寅诗》,国家图书馆藏清康熙间刻本。

《王风》不作,将委蔓草,射洪有不见古人之悲,太白有吾衰谁陈之叹;溯流风而独写,感不绝于予心,非云月旦品流,聊亦发抒鄙臆耳。属方有雉皋之役,河涸遵陆,雨中发吴陵,次曲塘,计马上所得凡二十有七首,都无伦次,因稍整比录之。翌日使院中,复成十有三首。视遗山原什,浮三之一,旨不相袭,互可发明。顾其狂易,有弗计也,观者当有以谅之。"①从此序中可见王士禛对当时诗风的看法和其神韵说之端倪,《论诗绝句》四十首作于康熙二年(1663)秋王士禛赴如皋途中,《渔洋诗话》载其事云:"余往如皋,马上成《论诗绝句》四十首。从子净名(启浣)作注,人谓不减向秀之注《庄》。"②净名为王启浣字,王启浣,王士禄第三子。据《贩书偶记续编》著录,王启浣注本有陈允衡序,又名"阮亭癸卯诗选",康熙间刻③,今未见传本。此集中王士禛另一篇序,叙其自顺治十七年(1660)以来与王士禄、王士祜、王士禧兄弟分别,宦情淡泊,颇有羁旅之思。是集亦多赠别寄怀之作,共录王士禛康熙二年(1663)诗八十二首,后收入康熙八年(1669)刻《渔洋诗集》,删去两篇自序,《戏效元遗山论诗绝句》由四十首删为三十五首(《渔洋诗集》题为三十六首,实收三十五首)。其余删减作品还有《喜闻家兄子侧捷报》《家兄自汴寄泞、浑、访诗,昔坡公视子由于筠,亦有先寄三犹子诗,有"夜来梦见小于菟之句"注云:迟小字虎儿,今访亦字虎儿,因戏成一绝句奉呈》《送余生归会稽,因寄姜铁夫》《浦口寄家兄二首》《读秦简讨留仙、严处士荪友倡和诗赋寄》《冬杪羼提阁晏坐忆渔洋山》六首。

《阮亭甲辰诗》一卷,清康熙间刻本,藏国家图书馆。半页十一行,行二十三字。卷前有王士禛自序。录康熙三年(1664)诗一百七十七首,是年诗多为游金陵名胜及怀其长兄王士禄之作,康熙三年三月王士禄因典河南乡试,以"磨勘"入狱,十月事白出狱,十一月抵扬州,王士禛诗中多及此事。其序云:"康熙甲辰岁,家兄司勋以磨勘之狱,下吏八阅月。子侧侍老父于京师,崎岖橐饘。而仆越在江淮,不能如睢阳从事,上书请代,窃中夜旁皇,扪心自叹,二十年读书怀古,所学何事,顾披猖至此? 会上意知无他,事大白,父母兄弟复得相见竹西,共叹圣恩浩荡,不知所报。于时司勋既坚青鞋布袜之志,而仆旋拜主客之命,又将赴关。念买田筑室,未知何日,而此时离合之绪,实不可忘,因识之编首。是岁两客金陵,得《游览志》二卷,《记》

---

① [清]王士禛:《阮亭癸卯诗》,国家图书馆藏清康熙间刻本。
② [清]王士禛:《渔洋诗话》卷上,袁世硕主编《王士禛全集》,齐鲁书社,2007年,第4752页。
③ 孙殿起:《贩书偶记续编》,上海古籍出版社,1980年,第224页。

一卷,别见诗载于此。"①康熙八年(1669)刻《渔洋诗集》,收入此集中诗作,删去自序,及《人日过方山僧庵》《春寒渡江》二首、《秦邮杂诗》二首、《短歌送蒋修撰》《赠孙豹人》《冶春绝句》四首、《真州杂诗》六首、《戏为其年题卷二绝句》《宝志公衣履在钟山灵谷寺,顶礼作诗》《八功德水》《琵琶街》《雨入高座寺》《雨登木末亭歌》《瓦官寺唐幡是则天后锦裙所制》《怀彭十入粤兼呈程五,时粤有畔将之警》《江岸晓发》《瓜步即目寄方邵村侍御》《皇厂河口号》《为巢民题小像》《咏史》《贞鸾操》《第一山》《览浣诗戏赠兼呈西樵》《戏赠虎儿》《家兄闻于陵司寇李公罢遣歌伎,作歌讽之,余亦戏成五绝句奉献》等,共四十首作品。

《咏史小乐府》一卷,清康熙间初刻本,藏天津图书馆。半页九行,行二十字,四周单边,无鱼尾,版心上方镌"阮亭诗"三字。扉页题:"此册与《金陵游记》皆池北书库旧藏,壬子在京师重装。"卷前有孙枝蔚序,言王士禛诗"发源汉魏,旁及宋、元",收入诗作三十五首,皆为王士禛读《三国志》的感悟之作,后收入《渔洋诗集》(删去五首),归入乙巳年(康熙四年,1665),今有清初刻本。《咏史小乐府》另有乾隆间有徐夔笺注的单行刻本,今不传,后被采入惠栋《渔洋山人精华录训纂》。

《忆洞庭诗倡和集》一卷,清康熙间刻本,藏国家图书馆。半页八行,行十八字,四周单边。此倡和为李敬原倡。李敬,字圣一,一字退庵,六合人,官至监察御史,顺治十五年(1658)王士禛赴京师殿试,与之订交。李敬先有《读〈水经注〉忆洞庭》诗,王士禛作《奉和李侍郎〈读水经注忆洞庭〉之作》一首,《渔洋诗话》卷中载此事:"李退庵侍郎有《读水经注忆洞庭》一篇,极佳。余和之云:'楚望经时入渺冥,岳阳楼上数峰青。曾临南极浮湘水,坐对西风忆洞庭。斑竹想从春后长,落梅犹向笛中听。新诗吟罢愁多少,肠断当年帝子灵。'一时和者甚众。"②王士禛和作收入此集,其余和者有孙枝蔚、陈允衡、刘梁嵩、宗观、黄云、王士祜、盛符升等十四人。归庄有《王阮亭忆洞庭诗序》云:"余读先生全集,自燕、齐以至淮南、江左,名胜古迹,六年之中,题咏殆遍。"③王士禛于顺治十七年(1660)至扬州,康熙四年(1665)迁主客郎离任,在扬州六年,结合归庄所提"六年"及所游之地,归庄序当作于康熙四年(1665),且不见于此集,而王士禛和诗收于《阮亭壬寅诗》,其倡和

---

① [清]王士禛:《阮亭甲辰诗》,国家图书馆藏清康熙间刻本。
② [清]王士禛:《渔洋诗话》卷中,袁世硕主编《王士禛全集》,齐鲁书社,2007年,第4789页。
③ [清]归庄:《归庄集》,上海古籍出版社,2010年,第193页。

时间当在康熙元年(1662),则此集的刊刻应在康熙元年(1662)至康熙四年(1665)之间。

《蜀冈禅智寺倡和诗》一卷,清康熙间刻本,藏国家图书馆。白口,四周单边,半页九行,行二十字。卷前有王岩序,卷首第二行下题:"济南王士禛编。"首载东坡先生石刻诗《次韵伯固游蜀冈送叔师奉使岭表》,并盛仪嘉靖二十年(1541)旧识、陈文烛万历七年(1579)旧题。是集收王士禛、王士禄、释元志、宗元鼎、王揆、孙枝蔚、杜濬、冒襄、陈维崧、吴嘉纪等人倡和诗,细考其内容,诸人和诗非一时一地所作,首录王士禛五言《次苏公韵》并跋,为其顺治十八年(1661)游上方寺作,并刻于东坡石刻之侧;再依次录释元志与王士禛兄弟和诗,王士禛和诗后跋云:"顺治辛丑,禛徒步往访,时寺荒落甚,碑亦零乱,颓楹坏壁间,摩挲慨叹,和诗一章。四年来时欲屏当补缀,俾还旧观,忽忽未遑。康熙甲辰冬,量移主客,行有日矣。念往事耿耿于心,乙巳仲春属宗子梅岑往营度,而灵隐硕公适飞锡于此,再辟初地,龙象巍然。闻宗子言,欣然以一偈垂示,辄同家兄各拈二绝为答,异日留镇山门,又增佳话矣。"①康熙四年(1665),王士禛内迁礼部,即将离开扬州,为完成补缀苏公残碑的旧愿,嘱门人宗元鼎前往筹划,遇释元志,遂赋诗纪事。释元志与"二王"之间的倡和通过宗元鼎传递转述,宗诗《述硕禅师意呈历下两夫子》有"且为苍生束玉带,先留诗句镇山门"②之句,其另一首《述历下两夫子意转报硕禅师》则答云:"蒲团纸张须收拾,分韵同来十六人。"③此次倡和诸人中孙枝蔚、冒襄、杜濬、吴嘉纪、陈维崧等皆为当时名士,反映出"二王"康熙四年(1665)在扬州诗坛的地位。

《齐鲁诗选》一卷,王士禄、王士祜、王士禛撰,为三人诗作合集,作于康熙四年(1665)之前,康熙间溉堂刻本,藏山东省图书馆。

康熙六年(1667),王士禛任职礼部,门人集其康熙元年(1662)以后诸诗为《礼部集》,计东、朱彝尊作序,今不见传本,《山东通志·艺文志》著录。

康熙八年(1669),王士禛将顺治十三年(1656)以后诗作进行汇编,门人王立极刊为**《渔洋山人诗集》二十二卷**,是集删汰《阮亭诗选》《礼部集》,前此诸集如《岁暮怀人绝句》《过江集》《白门集》等皆入此集,编年排次。卷前有李敬、汪琬、叶方蔼、陈维崧序。有康熙八年(1669)吴郡沂咏堂刻本,

---

① [清]王士禛、王士禄等:《蜀岗禅智寺倡和诗》,国家图书馆藏清康熙间刻本。
② [清]王士禛、王士禄等:《蜀岗禅智寺倡和诗》,国家图书馆藏清康熙间刻本。
③ [清]王士禛、王士禄等:《蜀岗禅智寺倡和诗》,国家图书馆藏清康熙间刻本。

今藏山东省图书馆、国家图书馆等，白口，四周单边，上单鱼尾，半页十行，行十九字。《四库全书存目丛书·集部》二百二十六册影印。

康熙八年(1669)以后，王士禛单行刻本有：

《游西山诗》一卷，康熙间初刻本，藏天津图书馆，封面题为"西山诗序"，题名下方注有"亿年珍藏，杨篆之题签"，为王氏家藏本。扉页题"游西山诗"，卷前有严绳孙、汪懋麟、曹禾序文。半页十行，行十九字，上单鱼尾，版心上方镌"游西山诗"，下方镌"阮"字，书后注有"吴门尤乘书、金陵邓法镌"。此集收入《香山寺月夜》《碧云寺》《玉泉》等诗作二十八首，后皆编入《渔洋续诗集》，系于壬子年(康熙十一年，1672)。《渔洋山人自撰年谱》载是年"正月三日雪后，与宋荔裳、谢方山(重辉)、兄西樵游西山，有《游山诗》"，并自注："严处士苏友绳孙、门人曹峨眉禾、汪蛟门懋麟序之。"①此集即为《年谱》所载之《游山诗》。

《蜀道集》五卷，康熙十一年(1672)，王士禛典四川乡试，途中得诗三百余首，结为《蜀道集》，施闰章、徐夜、曹禾、汪懋麟为之作序。康熙二十三年(1684)并入《渔洋续集》中。《蜀道集》为王士禛中年濡染宋调，诗风转变的标志，今未见传本，《山东通志·艺文志》著录。

《屏风集》无卷数，《渔洋山人自撰年谱》康熙十二年(1673)引梅耦长《知我录》，云王士禛曾手书其篇目见示："右康熙甲寅撰，故无新篇。尚有《屏风集》，伫近作入之。"梅氏言是集始于癸丑，成于甲寅，惠栋注云："《屏风集》，他处不载，盖未成书也。"②《山东通志·艺文志》著录。

《和艺圃十二咏》一卷，王士禛、王士祜撰，清康熙间刻本，藏国家图书馆。与吴绮撰《艺圃诗为姜仲子赋》合刊，前有汪琬撰《艺圃记》、余怀撰《吴湖州艺圃诗序》，黑口，四周双边，半页十一行，行二十字，卷末题"金陵邓光法书刻"。王士禛、王士祜所撰《和艺圃十二咏》前有尤侗、陈维崧序，及王士禛自序，版式与前者不同，白口，左右双边，半页九行，行十九字，版心下镌"天水藏板"。王士禛自序云："艺圃者，故吴郡文文肃公别业，今莱阳姜君学在之居也……戊午秋，尧峰僧来，得钝翁书，寓所为《艺圃记》及《圃中杂咏十二章》，予方卧疾，读之洒然良已。已而慨然，念文肃、贞毅二公之流风余韵，庶几于此圃见之，古所云廉让之间者，非欤？钝翁要予继作，因属和如其数。适家兄东亭来京师见之，亦欣然有作，因录为一卷，寓钝翁使示

---

① [清]王士禛：《渔洋山人自撰年谱》，袁世硕主编《王士禛全集》，齐鲁书社，2007年，第5080页。
② [清]王士禛：《渔洋山人自撰年谱》，袁世硕主编《王士禛全集》，齐鲁书社，2007年，第5081页。

姜君。"①是集乃汪琬为姜实节赋《艺圃诗》并嘱士禛同和，士祜在京师亦有和作，集中收入二人诗各十二首。此十二首作于康熙十七年(1678)，后归入《渔洋山人诗续集》。

康熙二十三年(1684)，王士禛将康熙十年辛亥(1671)至康熙二十二年癸亥(1683)之诗合刊为**《渔洋山人诗续集》十六卷**，按年编次，前此之《蜀道集》《御览集》②皆汇入此集。今有康熙二十三年(1684)刻本，半页十行，行十八字，黑口，左右双边，上单鱼尾，书名题"渔洋续集"，卷前有施闰章、徐乾学、陆嘉淑、曹禾、汪懋麟、金居敬、万言序。另有稿本，存卷十一、卷十二，藏上海图书馆；钞本，藏北京大学图书馆；康熙间刻《王渔洋遗书》本，藏山东省图书馆、国家图书馆等，《四库全书存目丛书·集部》二百二十六册影印。

康熙三十三年(1694)，王士禛又合订《渔洋山人诗集》与《渔洋山人诗续集》，为**《渔洋山人诗合集》十八卷**，在原本的基础上进行了删选，分古今体编次。今有康熙三十三年(1694)锡山于野草堂刻本，藏山东大学图书馆，又名"王阮亭先生诗初续合集"，黑口，左右双边，上单鱼尾，半页十行，行二十一字。卷前有《渔洋山人诗集》中钱谦益、汪琬、叶方蔼、陈维崧原序，《渔洋山人诗续集》施闰章、徐乾学、曹禾原序，并有钱谦益《古诗一首赠王贻上》一首。是集为王士禛子启涑、启汸、启汧校，有朱墨批点，卷末有侯文灿康熙三十年(1691)《渔洋山人诗合集后序》。另有姚鼐评点本，藏安庆市图书馆；乾隆二十七年(1762)刻本，书名题"王阮亭先生自订诗"，版式与康熙本同，有朱墨圈点、眉批，藏国家图书馆。

《崇效寺倡和诗》一卷，康熙间刻本，《来燕榭读书记》著录："十行，十九字。上下黑口，左右双边。倡和者王士禛、蒋景祁、宋至等凡十人。"③

《山水集》无卷数，王士禛编，《池北偶谈》云："予尝以暇日，撰《感旧》《山木》二集，所录愚山诗为多。"④《白云山房文集》作《山木集》。民国《重修新城县志》卷二十五《节录张汉渡答李雨樵论渔洋山人著述书》："渔洋山人平生著作不一，时有雕版者，有未及雕版者……至今未刻者则若《朱鸟逸史》《神韵集》，

---

① [清]王士禛、王士祜：《和艺圃十二咏》，国家图书馆藏康熙间刻本。
② 《渔洋山人自撰年谱》康熙十七年惠栋注云："在禁苑时，上尝征其诗，录进三百篇，谓之《御览集》，未敢专行。"见袁世硕主编《王士禛全集》，齐鲁书社，2007年，第5085页。
③ 黄裳：《来燕榭读书记》卷五，辽宁教育出版社，2001年，第36页。
④ [清]王士禛：《池北偶谈》卷十三，袁世硕主编《王士禛全集》，齐鲁书社，2007年，第3141页。

而《燃脂集》亦为山人与西樵同订之书,若某所未见者,犹有《山木集》《论定明人七言古诗选》数种。"①《山东通志·艺文志》著录。

康熙二十三年(1684)以后,王士禛有《南海集》《蚕尾集》《蚕尾续集》《蚕尾后集》《雍益集》等。

《南海集》二卷,康熙二十三年(1684),王士禛奉使祭告南海,途中得诗三百余首,刊为此集,今有康熙间《王渔洋遗书》本,藏山东省图书馆、国家图书馆等,半页十行,行十九字,白口,四周单边,有盛符升、金居敬序,《四库全书存目丛书·集部》二百二十七册影印。

《蚕尾集》十卷,所收为王士禛康熙二十三年(1684)祭告南海前所作之诗及康熙二十六年(1687)以后之诗文。康熙二十三年(1684),王士禛祭告南海,至东平阻雪,爱蚕尾山胜景,遂以"蚕尾"名此集。今存康熙间《王渔洋遗书》本,藏山东大学图书馆、山东省图书馆等,半页十行,行十九字,黑口,左右双边,上单鱼尾,卷前有宋荦康熙三十五年丙子(1696)序,王士禛自序,收入诗二卷,文八卷。

《雍益集》一卷,康熙三十五年(1696),王士禛奉使祭告西岳、西镇、江渎,途中作诗百余首,结为此集。今有清康熙三十六年(1697)刻本,半页十行,行十九字,黑口,左右双边,卷前有盛符升《读〈雍益集〉总述》,卷末有康熙三十六年(1697)门人蒋仁锡跋,《四库全书存目丛书·集部》二百二十七册影印。另有康熙间《王渔洋遗书》本,行字相同,白口,四周单边,藏山东大学图书馆等;嘉庆十四年(1809)钞本,藏北京大学图书馆。

《蚕尾续集》二卷,收入王士禛康熙三十四年(1695)至四十三年(1704)所作之诗,唯丙子(康熙三十五年,1696)一年奉使祭告之作,别为《雍益集》,未收入此集。今有康熙四十三年(1704)刻本,半页十行,行十九字,白口,左右双边,藏国家图书馆。

《古夫于亭稿》二卷,收王士禛康熙四十三年(1704)归田后所作,今有清康熙四十六(1707)年成文昭刻本,藏国家图书馆。黑口,左右双边,上单鱼尾,半页十行,行十九字。卷前有王士禛丙戌(1706)自序、吴陈琰丁亥(1707)序、成文昭序。卷末题"康熙丁亥夏五,门人侯官林佶辑录,大名成文昭校刻于京师之慈仁寺",录诗二百零二首。另有乾隆三十一年(1766)固堂仿林佶刻本,藏山东省博物馆。

---

① 袁励杰修,张儒玉、王寀廷纂:(民国)《重修新城县志》卷二十五,《中国地方志集成·山东府县志辑》28,凤凰出版社,2004年,第300页。

《蚕尾后集》二卷，录王士禛康熙四十七年（1708）归田以后之诗，有王士禛自序云："予甲申归田后诗曰《古夫于亭稿》，此卷则为《蚕尾后集》，以缀《蚕尾》正、续两集之后，实则《古夫于亭稿》后一年之作云。"①

康熙三十九年（1700），王士禛托门人盛符升、曹禾选顺治十三年（1656）至康熙三十九年（1700）之诗为**《渔洋山人精华录》十卷**，共一千六百余首，选自《渔洋山人诗集》《渔洋续集》《南海集》《蚕尾集》《蜀道集》《雍益集》，是集初刊时称为盛符升、曹禾所选，《王贻上与林吉人手札》所录王士禛手札记录了《渔洋山人精华录》修订刊刻的过程，实为王士禛亲自审定，林佶为之刊刻。今存康熙三十九年（1700）林佶写刻本，藏国家图书馆、上海图书馆等，卷前有禹之鼎《渔洋山人戴笠像》，白口，四周单边，半页十一行，行二十一字，写刻精美，卷末有林佶跋，《四库禁毁书丛刊》五十三册影印。林佶写刻本流传甚广，多有名家批校，有吴骞录、杭世骏圈点并跋本，藏上海图书馆；邓钟岳批校本，藏山东省图书馆；朱笔过录姚鼐评点本，藏四川图书馆。写刻本亦收入《王渔洋遗书》，藏山东省图书馆、山东大学图书馆等。另有乾隆内府钞本《四库全书》，藏国家图书馆。乾隆嘉庆间《悔堂手钞二十种》稿本，藏山东省图书馆。

《渔洋山人精华录》刊行后，影响甚广，清人惠栋、徐夔、金荣对其进行了笺注，版本繁复。

《精华录》之笺注始于徐夔。徐夔，字龙友，江苏长洲人。其《渔洋山人精华录注》十卷，今存稿本，惠栋补注，藏国家图书馆，无格，半页十一行，行二十一字。所注为《精华录》中《咏史小乐府》一卷、近体诗六卷，有叶昌炽跋。

徐夔之后，惠栋又对《精华录》进行笺注，惠氏与徐夔友善，在其《精华录训纂》中尽采徐注。惠栋，字定宇，号松崖，江苏吴县人，因其父惠士奇有名于经学，称红豆先生，而被称为小红豆先生。惠栋为王士禛门生，他对《渔洋山人精华录》诗之典故、本事作了详尽的阐释，并补注了《渔洋山人自撰年谱》，刻为《渔洋山人精华录训纂》十卷、《年谱》二卷、《金氏精华录笺注辩讹》一卷，今存乾隆间惠氏红豆斋刻本，藏国家图书馆、山东省图书馆等，半页十行，行二十一字，白口，四周双边，分体编纂，另编目录二卷并附《年谱》二卷。末有《金氏精华录笺注辩讹》一卷，因金荣《渔洋山人精华录笺注》多

---

① [清]王士禛：《蚕尾续文集》卷三，袁世硕主编《王士禛全集》，齐鲁书社，2007年，第2024页。

有错讹,惠氏遂撰此一卷,附于此本之后。《精华录训纂》,旁征博引,颇为精审。乾隆二十二年(1757),卢氏雅雨堂刊《渔洋山人精华录训纂补》十卷,惠栋对钱谦益序及赠诗、王士禛《年谱》《训纂》等又进行了补充,卷前有总目及黄叔琳所撰《渔洋山人本传》,今藏中科院图书馆。《渔洋山人精华录训纂》民国间收入《四部备要》,《四库全书存目丛书》二百二十五至二百二十六册影印;另有光绪十七年(1891)会稽徐氏述史楼重刻本,藏国家图书馆,版式相同,版心题"训纂补"。还有清光绪十七年(1891)南皮张氏刻本,藏国家图书馆。

《精华录》笺注另一流传广泛的版本为金荣注本。金荣,字林始,江苏昆山人,其《渔洋山人精华录笺注》十二卷,始编于康熙四十九年庚寅(1710),成书于雍正十二年甲寅(1734),晚于惠栋之《训纂》,而刊刻时间先于惠氏,初刊于雍正末年,今有雍正十二年凤翔堂刻本,藏山东大学图书馆等,附《补》一卷。白口,左右双边,版心镌"凤翔堂",半页十一行,行二十字,小字双行三十字。题为"中吴金荣林始笺注,徐淮岱阳纂辑",卷前有渔洋山人戴笠像、附录、年谱、墓志铭、神道碑、凡例、总目。凡例云:"《笺注》缘起于康熙甲寅……历廿余年,至雍正甲寅冬注稿粗定","开雕后,时有弋获,不便增入卷内,而惠注复不能捐爱,爰仿朱长孺注义山诗例而小变之,补注总附于十二卷后"[1]。乾隆二年(1737)凤翔堂续刊,增《续补注》一卷、《续录笺注》一卷。金荣采摭了惠栋、徐夔的注释,并有增益,然错讹亦多,惠栋曾撰《金氏精华录笺注辩讹》附于其《训纂》之后。金氏笺注本流传较广,批校本亦多,有方功惠批校本,藏山东省图书馆;翁方纲批本,藏南京图书馆;蒋德馨批本、姚莹评点、姚永概、马其昶跋本,藏上海图书馆。

除以上三种外,尹应鼎有《渔洋山人精华录会心偶笔》六卷。尹应鼎,字元吉,号侗叟,山东新城人,为王士禛同乡,与王氏有通家之好,曾得王士禛指点诗法。他选《精华录》诗三百零一首,阐发大旨,重"神韵"之诗法。今有乾隆二十三年(1758)刻本,藏国家图书馆。白口,四周单边,半页十行,行十九字,小字双行同。分体编次,有袁承宠、张永瑗、沈廷芳序及尹应鼎自序,尹序中言其与友人闲中谈《精华录》诗,相与析疑辨难,子侄为掌录,日积月累,编为六卷,名之为"会心偶笔","喻如鸟鸣枝上,虫吟草间,感气而动,兴尽则止"[2],阐发渔洋"神韵"之旨,至于其中名物典故,则采自惠

---

[1] [清]王士禛:《渔洋山人精华录笺注》,金荣笺注,山东大学图书馆藏雍正十二年凤翔堂刻本。
[2] [清]王士禛:《渔洋精华录汇评》,周兴陆编,齐鲁书社,2007年,第600页。

栋《训纂》。另有乾隆六十年(1795)刻本,藏山东省图书馆。

以上三种《精华录》注本外,清人还进行了摘录、整理等工作,今有留存者有:

《渔洋精华录偶笔》一卷,旧钞本,藏青岛图书馆。

《精华摘录》二卷,《续精华录》一卷,叶凤毛摘录,乾隆十五年(1750)叶凤毛钞本,藏复旦大学图书馆。

《王文简公精华录》一卷,翁方纲辑,稿本,藏中科院图书馆。

《渔洋精华录》一卷,赵怡选,遵义赵氏钞本,藏四川省图书馆。

《渔洋山人精华录选钞》一卷,道光间刻本,藏国家图书馆。白口,四周单边,半页十行,行二十一字,有朱墨圈点,署"查初白、何义门两先生评本,山右郭汝骢校刊",所录为郭汝骢所摘《精华录》中有查慎行、何焯评点之诗,有吴德旋序,陈用光道光二十年(1840)跋。吴序云:"查氏之于文简也尝著籍称弟子,顾其为诗,与文简绝不相似,故其誉文简也,非党同。若何氏,则疑其不能与文简无异同矣,乃未尝有心于伐异。后之学者,既读二家评本,复取《精华录》全本复观之,文简之真自不可掩,而奚尊之过、卑之过者之纷纷为?"①选录之目的是对王士禛诗作出公允之评价。

以上各种诗集或为王士禛早年单刻小集,或为其删定之合选,皆出自王士禛之手。王士禛为一代诗宗,声名既高,为其选诗者亦多。今存诸多王士禛诗之选集,有时人之选,有后人之选,考之如下:

《王贻上诗选》一卷,邹漪选。邹漪,字流绮,江苏无锡人,吴伟业门人,交游广阔,选编、刻印了《启祯野乘》《明季遗闻》《清初五大家诗抄》《名家诗选》等。《王贻上诗选》是其所编《名家诗选》中的一种,《名家诗选》选入清初诗人二十四家:金之俊、薛所蕴、程正揆、曹溶、周亮工、赵进美、彭而述、柯耸、姜真源、王锡琯、曹尔堪、刘孙芳、刘榿、董以宁、王崇简、魏裔介、杨思圣、卢綋、施闰章、王士禛、黄永、严沆、钱升、邹祗谟。二十四家虽皆冠以"名家",但成就实则参差不一。《王贻上诗选》刻于康熙七年(1668),现藏上海图书馆,白口,左右双边,半页九行,行二十字。其中所选王士禛诗出自《琅琊二子近诗合选》,为王士禛少年之作,是时王士禛初入仕途,于诗坛亦属新人,其神韵诗尚处于探索、发轫阶段,邹漪将其列入"名家",一定程度上反映了顺康之际王士禛在诗坛的地位和影响。

---

① [清]王士禛:《渔洋山人精华录选钞》,查慎行、何焯评,国家图书馆藏清道光间刻本。

《阮亭诗选》一卷，为吴之振所辑选《八家诗选》之一。吴之振，字孟举，号澄斋，晚号黄叶村农，浙江石门人，曾与吕留良编选《宋诗钞》，提倡宋诗。康熙十年（1671）入京，与宋琬、曹尔堪、施闰章、沈荃、王士禄、程可则、王士禛、陈廷敬等人往还酬唱，并辑选诸人诗为《八家诗选》。《八家诗选》刊刻在康熙十一年（1672），所选八位诗人，实际上是是时在京城交往密切、倡和频繁的一个诗人群体。吴之振选八家之诗并无特定且统一的诗学标准，而恰恰因八家诗风格、旨趣各不相同："今八家自不相为同，余之选八家也，非选其同于余，标一同之说以绳天下。斯不同者，多知吾之所谓不同，则可以同。此不同者正多也，其足以陵轹中州，摩荡风雅，亦在能诗者各求其自得而已矣，何必同？"[①]《阮亭诗选》有康熙十一年（1672）鉴古堂刻本，藏国家图书馆。黑口，四周单边，双鱼尾，半页十二行，行二十二字，选入王士禛诗二百一十二首，既包括了早期顺治年间的诗作，也包括康熙十年（1671）与施闰章、宋琬诸人的倡和之作，时间跨度二十余年。《八家诗选》集中了康熙初年京城诗坛的主要力量，王士禛位列"海内八家"，确立了其诗坛地位，为后来领袖康熙诗坛奠定了基础。

《王阮亭诗》一卷，为魏宪所选《皇清百名家诗》之一。魏宪，字惟度，福建福清人，曾选清初诗为《诗持》。《皇清百名家诗》初刻于康熙十年（1671），为福清魏氏枕江堂刻本，另有康熙二十一年（1682）聚锦堂印本、康熙二十四（1685）年圣益堂印本。所选诗家"自天启甲子以后，康熙壬子以前，由缙绅迄方外，共得百人，人各立一小引，并列字号、籍贯于前。其诗或以体序，或以类序，或以时与地序，各从原本。其登选则以得诗之先后为次，不拘行辈，而宪诗亦附于后焉"[②]。然名为百家，实则选入魏裔介、钱谦益、吴伟业、王士禛等九十一家，多为显宦，有声气标榜之习。《王阮亭诗》选入王士禛诗作六十四首，魏氏《小引》曰："去夏孝廉王我建自吴门寄示阮亭近诗，且道其谆谆之意，余伏读匝月，惊服其隽永清新、雄迈苍老，直欲入少陵堂奥；别开东阁，与沈、宋、储、孟、苏、黄诸君子揖让其间；彼元、白、郊、岛辈且拜阶除，不敢仰视矣。"[③]王我建为王士禛顺治十七年（1660）司理扬州时期所取门人，曾为王士禛刻《渔洋集》。魏宪所选王士禛诗为王我建所提供，所录诗作以扬州时期为主，亦属王士禛早年作品。

---

① [清]吴之振：《八家诗选》卷首，国家图书馆藏康熙十一年鉴古堂刻本。
② [清]永瑢、纪昀：《四库全书总目提要》，中华书局，1997年，第2724页。
③ [清]魏宪：《皇清百名家诗·凡例》，《华东师范大学图书馆藏稀见丛书汇刊》第3册，北京图书馆出版社，2006年，第119页。

《王氏渔洋诗钞》十二卷，为邵长蘅所辑《二家诗钞》之一，另一家为宋荦(《绵津诗钞》)，刻于康熙三十四年(1695)。邵长蘅，字子湘，号青门山人，江苏武进人，十岁补诸生，因事除名，后为太学生，科举不利，以布衣终，与王士禛、施闰章、汪琬、陈维崧等交游，晚年为宋荦幕宾。《二家诗钞》邵氏序云："夫其所以为一代之宗者，其才足以包孕余子，其学足以贯穿古今，其识足以别裁伪体，而又有其地，有其时。"[1]王、宋二人皆五者兼而得之，且能挽时人学唐、学宋之弊，故推二人为一代宗工，《王氏渔洋诗钞》收入王士禛诗作一千四百七十五首。

《渔洋山人集》一卷，为聂先编《百名家诗钞》之一，聂先，字晋人，江右庐陵人。《百名家诗钞》共五十九卷，收入梁清标、王熙、熊赐履、李天馥、王士禛等五十九人诗作，每人一集，人各一卷，诸体毕备，各抄所长。刻于康熙中期，今藏国家图书馆。黑口，左右双边，上单鱼尾，半页十一行，行二十一字，选入王士禛诗一百七十六首，在所录诸家中数量较多，且多为其中年以前诗作。

《阮亭诗钞》七卷，何西堰选，康熙五十四年(1715)萧山何氏钞本，台湾图书馆善本书目著录。

《渔洋诗抄选》一卷，吴霭编，康熙学古堂《大家诗抄》本，藏中国科学院图书馆。

《渔洋山房诗》不分卷，康熙内府钞本，藏故宫博物院。

《渔洋山人集古梅花诗》四卷，雍正间姚茭霖刻本，藏国家图书馆。白口，四周单边，半页九行，行二十字，小字单行同，有朱笔句读。有姚序云："余从散帙中，得读其梅花集句三百有十首，上溯有唐，下迄宋元诸名家诗，咸在所取。对偶精切，而词意聊属。爰整比其篇次，付之剞劂。"[2]伦明据"士禛"避讳认为其刊刻在雍正以后。[3]另有乾隆三十五年(1770)听秋山房刻本，钱珏、李德焞订，藏上海图书馆、南京图书馆等。

《阮亭诗钞》八卷，邵玘、屠德修辑，《国朝四大家诗钞》之一，刻于乾隆三十一年(1766)，今藏于国家图书馆。白口，四周单边，上单鱼尾，半页七行，行十五字。四大家为宋琬、施闰章、王士禛、朱彝尊，《阮亭诗钞》分体编次，卷一至卷五为古体，卷六至卷八为今体，选入王士禛诗二百八十六首。

---

① [清]邵长蘅：《二家诗钞》，《四库全书存目丛书补编》第36册，齐鲁书社，2001年，第442页。
② [清]姚茭霖编：《渔洋山人集古梅花诗》，国家图书馆藏清雍正间刻本。
③ 伦明：《渔洋山人著书考》，《燕京学报》，1929年第5期，第924页。

《阮亭诗钞》二卷，刘执玉选《国朝六家诗钞》本，六家为王士禛、朱彝尊、宋琬、施闰章、赵执信、查慎行。乾隆三十二年(1767)诒燕楼刻本，藏山东省图书馆。白口，左右双边，半页十行，行二十一字，王士禛名讳为"王士正"，选古近体诗四百八十九首，卷首云："阮亭早年登第，即弃帖括而从事于诗，后官扬州，又奉使西蜀南海，所至与贤士大夫游，取材既富，而气之浑灏流转，足以达之，即偶然涉笔，亦有搢笏垂绅风度，主盟骚坛，洵无愧色，后人或讥其优孟衣冠，亦可谓蚍蜉撼大树矣，兹于带经堂全集中，择其言尤雅者，离为二卷。"①据《凡例》，所录诗为编年体例，有朱墨句读，并注释诗中典故。光绪十三年(1887)汗青簃刻本，藏国家图书馆，黑口，四周单边，行字与乾隆刻本一致。宣统二年(1910)澄衷学堂石印本，白口，四周双边，半页十四行，行三十字，小字双行同。

《渔洋山人集外诗》二卷，张承先辑，乾隆四十二年(1777)刻本，藏国家图书馆，白口，左右双边，半页十行，行十九字。分体编次，有张承先、钱大昕序，褚英跋，辑录王士禛诗一百二十余首，据张序、钱序，是集所录之诗出自邹漪《十名家诗选》，而《精华录》《带经堂全集》均未收入，为王士禛早年之作，实为《琅琊二子近诗合选》中所录王士禛部分诗作。光绪二十年(1894)石埭徐士恺刻《观自得斋丛书》重刊乾隆间刻本，藏国家图书馆，版式不同，黑口，左右双边，半页十行，行二十一字，保留了原序，《丛书集成续编》一百七十四册影印。嘉庆五年(1800)程芝筠刻本，藏上海图书馆。

《带经堂集》一卷，赵熟典选，乾隆间平河赵氏编《国朝文会》稿本，《中国丛书广录》著录。

《王先生集》一卷，道光五年(1825)洪洞张恢刻本，藏国家图书馆。

《阮亭诗钞》一卷，沈道宽选录，道光六年(1826)话山草堂钞本，藏上海师范大学图书馆。

《杂录渔洋山人诗》一卷，王昌龄选，清王昌龄泥金钞本，藏天津图书馆。

《渔洋山人绝句》一卷，清抄本，藏国家图书馆，抄录时间不详。封面题为"渔洋山人七绝钞"。朱丝栏，白口，四周双边，半页十行，行二十四字，上单鱼尾。此本所收均为七绝，共一百二十五首。

《渔洋山人今体诗》，清抄本，藏国家图书馆。

《渔洋古诗抄校本》十七卷，乾隆十年(1745)苏斋刻本。

---

① [清]王士禛撰，刘执玉选:《阮亭诗钞》，山东省图书馆藏乾隆三十二年诒燕楼刻本。

《王渔洋诗钞》一卷，日本相马肇元基辑选，藏国家图书馆，白口，左右双边，上单鱼尾，半页十行，行二十字。版心上镌"王渔洋诗钞"，下标页码。卷前有相马肇元基日本弘化三年(1846)所作《王渔洋诗钞序》，序首页有"松门文库所藏""马鞍山房书记"钤印。卷首第二行下题"赞岐相马肇元基选次"。相马肇元基序中自述其意，有重选渔洋精华之意："予曩读《渔洋精华录》，乃曰：如是而精华，无不精华者矣……渔洋固一代诗宗，至其佳者，则固亦无愧于骚坛主盟，只其篇什甚多，而佳者少，则诵读之间顿生厌弃，终使人并其佳而废之，亦可惜也矣。予因痛加峻削为一卷，此可以见其精华。"[①]可见自有其辑选标准。

《王阮亭诗选》六卷，日本韩钰辑，日本文化十年(1813)伊势山田文台屋庄左卫门刻本，日本国会图书馆藏。

《渔洋绝句抄》四卷，日本嘉永大阪书林嵩山堂刻《清六大家绝句》抄本，《丛书综录补编》著录。

《王渔洋诗抄》，日本江户抄本，日本国会图书馆藏。

《渔洋山人精华录绝句抄》二卷，日本柳政恝录，日本明治十九年(1886)大阪浪华文会铅印本，日本国会图书馆藏。

《渔洋山人佚诗》一卷，宣统三年(1911)《小说月报》第一卷第一期本。

王士禛青年时期在大明湖结秋柳社，赋《秋柳》四首，触物起兴，征引故实，意蕴含蓄，追和者甚众。关于其主旨，清人颇有争论，并对《秋柳》进行了笺注和阐释，其刊本有：

《王渔洋秋柳诗四首解》一卷，屈复笺注，清乾隆九年(1744)刻本，藏国家图书馆。与《百砚铭》等合刊，无格，白口，左右双边，上单鱼尾，半页十行，行二十二字。屈复认为《秋柳》影射南明之亡覆，有故国之思。屈复，字见心，号金粟，陕西蒲城人。

《渔洋山人秋柳诗笺》一卷，李兆元笺注，嘉庆二十四年(1819)刻本，藏国家图书馆。白口，四周单边，半页九行，行二十二字。扉页题"嘉庆己卯新刊诗笺三种，十二笔舫藏板"，卷前有何光熊叙，陶际清、何士郊题词，李兆元自序认为《秋柳》为感慨明亡之作。是集为李兆元"诗笺三种"之一，与《古诗笺》《苏李诗笺》合刊。李兆元，字勺洋，山东掖县人。另有民国三年(1914)国群铸一社本，藏国家图书馆。

---

① [清]王士禛撰，(日本)相马肇元基选：《王渔洋诗钞》，国家图书馆藏日本弘化三年刻本。

《王渔洋秋柳诗笺注析解》一卷，郑鸿注，清同治十一年(1872)刻本，藏国家图书馆。白口，四周单边，上单鱼尾，半页十行，行二十一字。卷前有毛鸿顺撰《王渔洋〈秋柳〉诗笺注析解序》、郑鸿撰《渔洋山人〈秋柳〉诗笺注析解序》。二序皆作于同治十一年(1872)。卷首行题"渔洋山人《秋柳》诗笺注析解，新城王士正贻上著，曲阜郑鸿伯臣氏注"。郑鸿，字伯臣，山东曲阜人。自序云其幸生新城，从王士禛后裔超峰先生游，知《秋柳》为吊明之作，其笺注广征史实以证《秋柳》所写为南明本事。此本与王祖源《渔洋山人秋柳诗诠解》合刊。

《渔洋山人秋柳诗诠解》一卷，王祖源诠释，清同治十一年(1872)刻本，藏国家图书馆，白口，四周双边，半页九行，行二十二字，上单鱼尾。卷首钤"同治丙寅秋九月天壤阁开刊"。卷前有王祖源自序，云："家戟如兄案头有李瀛客（李兆元）先生《〈秋柳〉诗笺解》，披阅之下，实获我心，携归抄录，藏诸故箧。丙寅春，都门闲居，为儿子辈讲论古今体诗，因检出缮录一帙，并将《精华录笺注》采入，付之剞劂。"①在李兆元笺注的基础上，又采入了金荣《精华录笺注》。王祖源，字廉堂，号莲塘，山东福山人。

《渔洋山人秋柳诗铨》一卷，徐寿荃释，清光绪十二年(1886)刻本，藏上海图书馆。

《渔洋秋柳诗释》一卷，高丙谋释，清光绪十四年(1888)古费王氏刻本，藏国家图书馆。黑口，四周双边，半页十行，行二十一字。卷前有王肇震光绪十四年(1888)序、高丙谋同治四年(1865)自序。卷末补朱晓村跋语、王有源题辞。高丙谋，字在午，山东淄川人。他认为《秋柳》为南明歌伎郑妥娘、寇白门作，谓诗中所引白门、江南、扶荔宫、隋堤水、桃根、桃叶等，均有所指。

(二)文集、词集

王士禛一生创作游记、序跋、墓铭等，其文集情况较诗集简单，生前所编《渔洋山人文略》十四卷为其主要的文集。此外，他早年有单刻文集，晚年所作古文虽未刊刻，但亦有稿本存世，清人还对其古文进行过辑选，今考之如下：

《金陵游记》一卷，康熙三年(1664)夏王士禛有事至金陵，公务之余游览名胜，并集所作。今存康熙间刻本，藏国家图书馆。白口，四周单边，半

---

① [清]王士禛：《渔洋山人秋柳诗诠解》，王祖源笺注，国家图书馆藏清同治十一年刻本。

页九行,行二十字。卷前有杜濬、陆圻、施闰章、冒襄、尤侗、陈维崧序,及王士禄所作《贻上寄〈金陵游记〉喜而作歌》一首。冒襄序云:"先生甲辰闰夏于役石城,公余游鸡鸣山、乌龙潭诸胜,又游钟山、灵谷寺,又游金陵城南诸刹,又游瓦官寺,又雨登木末亭,又纪六朝松石,又夜登弘济观石壁,共记七首,又癸卯《登燕子矶》记一首,共八首,为一卷。"①收入游记八篇,附题名记七篇。王士禄《贻上寄〈金陵游记〉喜而作歌》注曰"甲辰秋日系所",也作于康熙三年(1664)。杜濬等六人序中对王士禛大加揄扬,杜濬称"所谓绝异之才而克成《金陵景物略》者,允属阮亭矣"②,施闰章评其"大抵清言逸语,多逼晋人,未肯优孟柳州,作者之意,所为孤行也"③。《金陵游记》后收入《渔洋山人文略》,删去了卷前杜濬等六人序和《六朝松石记》。除陈维崧、尤侗二序,杜濬等其余四篇序均未见于各自别集。

《渔洋山人乙亥文稿》一卷,稿本,藏国家图书馆。白口,红格,四周双边,半页八行,字数不等,卷末有韩崶、章绶衔跋。"乙亥"为康熙三十四年(1695),收入王士禛文十二篇、诗七首。

《渔洋山人文略》十四卷,康熙三十四年(1695),王士禛自定《蚕尾集》十卷,前此之古文别为《渔洋山人文略》,门人张云章序。今有康熙三十四年(1695)刻本,藏山东大学图书馆,半页十行,行十九字,黑口,左右双边。另有康熙间刻《王渔洋遗书》本,版式相同,藏国家图书馆、山东省图书馆等,《四库全书存目丛书·集部》二百二十七册影印;乾隆嘉庆间《悔堂手钞二十种》稿本,藏山东省图书馆。

《载书图诗》一卷,清康熙间刻本,王士禛编,半页十行,行十九字,白口,左右双边。卷前有王士禛请假疏,门人张起麟、王源序及总目,录禹之鼎绘《载书图》、奏疏、序二首,诗、赠行诗各一卷,《赐沐纪程》一卷,并附朱彝尊《池北书库记》。是集为康熙四十年(1701)王士禛乞假归里所辑,所录诗作皆门人、友人作。《四库全书存目丛书》三百九十四册影印。

《朱君墓铭》一卷,清抄本,藏山东省图书馆,无格,有朱墨批点。为王士禛为朱缃所作墓志铭,仅录此一章,与张世祺《待赠安人朱母王安人墓志铭》张廷寀《恭祝大台辅即天卿约翁王老父台五十荣寿序》合刊。朱缃,字子青,号橡村,山东历城人。此本所抄录墓志铭作于康熙四十六年(1707)以后。

---

① [清]王士禛:《金陵游记》,国家图书馆藏清康熙间刻本。
② [清]王士禛:《金陵游记》,国家图书馆藏清康熙间刻本。
③ [清]王士禛:《金陵游记》,国家图书馆藏清康熙间刻本。

《蚕尾集剩稿》不分卷，稿抄本，藏国家图书馆。

《石帆亭文稿》二卷，稿本，无格，半页十行，行二十字，藏国家图书馆。

《王文简公诗文残稿》一卷，稿本，与《王文简公说部残稿》合刊，藏上海图书馆。

《渔洋书籍跋尾》二卷，为王士禛题跋的汇编，锡山刘坚编选，乾隆十三年（1748）刻本，藏国家图书馆、上海图书馆等，半页十行，行二十一字，白口，左右双边，卷前有刘坚序，言王士禛嗜书，每得一书，辄加题跋评述，版刻姓名无不备载，刘坚整理其题跋，散见于说部者，录入《渔洋说部精华》，又将《蚕尾集》中所收跋文五卷，"除字画题跋并书后外，略加类叙，为《书籍跋尾》二卷"①。另有光绪四年（1878）葛元煦刻《啸园丛书》本，藏国家图书馆、北京大学图书馆等，半页九行，行二十字，小字双行同，黑口，四周双边，《丛书集成续编·史部》七十一册影印。

《带经堂集文录》二卷，李祖陶辑，道光十九年（1839）瑞州府凤仪书院刻《国朝文录初编》本，藏首都图书馆、上海图书馆等。

《阮亭游记》一卷，杨宾辑，清刻本，藏国家图书馆。附于《尺牍新编甲集二卷乙集一卷丙集三卷丁集三卷外集二卷》之后，收入王士禛所撰游记十八篇，卷末有陆僎跋。

王士禛青年时期司理扬州，曾多次参与扬州词坛的倡和活动，操持选政，在词的理论和创作上都有所成就，对清初词风有重要影响。其词集今存世者有：

《阮亭诗余略》一卷，清顺治间刻本，藏国家图书馆。白口，四周单边，半页九行，行二十一字。卷前有唐允甲、丘石常、丁弘诲、邹祗谟、沈履夏、徐夜序，及王士禛自记，徐夜、丘石常评点。所录四十六首词除《怨王孙》一首外，其余皆收入康熙三年（1664）《衍波词》（孙默刻《国朝名家诗余》本）。《阮亭诗余略》的刊刻年代，《山东文献书目》等均著录为康熙年间②，此本与《衍波词》刊刻的先后，历来有争议，《续修四库全书提要》云："此本四十余首，《衍波》皆有，尚多数首。和易安者，则散入全书，是可知此本即从《衍波》摘出，化散而为整也。"③认为《阮亭诗余略》刊刻在《衍波词》之后，此论

---

① ［清］王士禛：《渔洋书籍跋尾》，刘坚选，国家图书馆藏乾隆十三年刻本。
② 见王绍曾《山东文献书目》，齐鲁书社，1993年，第461页。另外，夏承焘主编《天风阁丛书》本《衍波词》，李少雍点校，其《校读记》中认为《阮亭诗余略》的刊刻早于《衍波词》，但仍录为康熙间刻。
③ 王云五主编：《续修四库全书提要》第12册，台湾商务印书馆，1972年，第729页。

似不足信;民国陈乃乾《清名家词》辑入《衍波词》并跋:"《阮亭诗余》凡词四十六首,其不见于《衍波词》者,有《怨王孙·碧天云晚》一首,而《衍波词》校《阮亭诗余》,则溢出七十余首。岂七十余首皆当删,而《怨王孙》独在可存之列耶?"[1]从词的数量上看《阮亭诗余略》早于《衍波词》,陈乃乾的说法较为可信,且《阮亭诗余略》的刊刻时间当在顺治年间,原因有二:首先,此本卷首题"丙申"(顺治十三年,1656),且王士禛自序云:"今夏楼居,效比丘休夏自恣,桐花苔影,绿入巾舄,墨卿毛子,兼省应酬。偶读《啸余谱》辄拈笔填词,次第得三十首。易安《漱玉》一卷,藏之文笥,珍惜逾恒,乃依其原韵尽和之,大抵涪翁所谓'空中语'耳。"[2]结合自序所述,《阮亭诗余略》所录四十六首词大多作于同一年,考察此本所录词作,顺治十七年(1660)以后王士禛司李扬州,与邹祗谟、彭孙遹、陈维崧等倡和所作《沁园春》《菩萨蛮》《浣溪沙》词,均不见载,所以在时间上,结合"丙申",《阮亭诗余略》所录应为顺治十三年(1656)或更早;其次,此本为徐夜、丘石常作序并评点,邓之诚《清诗纪事初编》据丁耀亢挽诗,丘石常卒于顺治十八年(1661)[3],此本既为丘石常与徐夜评点,且王士禛早年小集多即作即刻,结合评者卒年,《阮亭诗余略》刊刻时间当在顺治年间。光绪六年(1880),赵之谦辑入《仰视千七百二十九鹤斋丛书》,名"阮亭诗余"。据吴重憙《衍波词序》:"此本(《阮亭诗余略》)为阙里孔传铎藏本,钞极精,赵益甫(赵之谦)刻入丛书,评注俱存,《浪淘沙》一阕误作《雨中花》,赵亦承其误。"[4]可知赵之谦刊本所据为《阮亭诗余略》。光绪十五年(1889)许增辑刊《榆园丛刻》本,二卷,有谭献序,言许氏之底本为王士禛手定本,有其自序,当为《阮亭诗余略》。实际所录则不止于原本,增入孙默本词作。藏上海图书馆,白口,左右双边,半页十二行,行二十三字。

《衍波词》二卷,康熙间孙氏留松阁刻《国朝名家诗余》本,藏上海图书馆、北京大学图书馆等,白口,左右双边,半页九行,行二十一字,小字双行同,有邹祗谟序。此本收入《阮亭诗余略》中四十五首词作,唐允甲等原序及王士禛自记则未见收入,共录一百二十七首词。此本后作为孙默《十五家词》之一,收入《文渊阁四库全书》,民国间《四部备要》铅印。康熙间绿荫

---
[1] 陈乃乾编:《清名家词》卷三,上海书店,1982年,第33页。
[2] [清]王士禛:《阮亭诗余略》,国家图书馆藏清顺治间刻本。
[3] 邓之诚:《清诗纪事初编》卷六,上海古籍出版社,1965年,第686页。
[4] [清]王士禛:《衍波词·附录》,李少雍点校,广东人民出版社,1986年,第149页。

堂刻《百名家词钞》本，聂先、曾王孙辑，传世数量多，面貌芜杂。上海图书馆藏绿荫堂本，黑口，四周单边，半页九行，行二十字。对王士禛词进行过删选，收五十六首，《续修四库全书》影印。光绪二十七年（1901）海丰吴重熹刻《吴氏石莲庵刻山左人词》，亦收入《衍波词》，据自序，其重刊孙默本，而以《阮亭诗余略》校勘，又辑佚四首。今藏北师大图书馆、上海图书馆等，黑口，左右双边，半页十一行，行二十一字。另有道光二十五年（1845）苏雨亭小栖岩抄本，名为"衍波词录"，民国陈乃乾辑《清名家词》辑入《阮亭诗余略》与《衍波词》，合为一卷。

《红桥倡和词》一卷，清康熙间刻本，藏国家图书馆。白口，四周单边，半页九行，行二十字，卷前有杜濬序，王士禛撰《红桥游记》。卷末有陈允衡跋。王士禛《红桥游记》载此事云："壬寅季夏之望，与箨庵、茶村、伯玑诸子偶然漾舟，酒阑兴极，援笔成小词二章，诸子倚而和之。箨庵继成一章，予亦属和。"①此次倡和时间在康熙三年（1664）六月十五日，而倡和的经过，王士禛记载则前后有出入，《红桥游记》载为王士禛首倡二首，袁于令继倡一首，《香祖笔记》卷十二则云"予首赋三阕，所谓'绿杨城郭是扬州'者，诸君皆和"②，今观此刻本，先录王士禛《红桥怀古》《红桥感旧》二章，后依次收入袁于令、杜濬、陈允衡、邹祗谟、陈维崧、朱国桢和词。后一章为袁箨庵首作《红桥即事》与诸人和词，故当以《红桥游记》所载为准。集中还附王士禛《红桥绝句》二首、幔亭歌叟所填《八声甘州》，并被之丝竹，叙此盛事。

除文集、词集外，王士禛与友人往来信札有：

《王贻上与林吉人札子》一卷，清缪氏藕香簃抄本，藏国家图书馆。白口，左右双边，双鱼尾，半页十行，行二十字。卷末有林亭、梁章钜、翁方纲等题跋。林佶，字吉人，号鹿原，福建侯官（今福州）人，康熙五十一年（1712）特赐进士，工书法，王士禛门人，曾为王禛写刻《渔洋山人精华录》。

《王贻上与汪于鼎手札》一卷，民国九年（1920）江阴缪氏藕香簃刻本，属缪荃孙《烟画东堂小品》之一，藏国家图书馆。汪洪度，字于鼎，号息庐，安徽歙县人，善书画，有诗名，王士禛门人，与弟汪洋度称"新安二汪"。

《渔洋山人手柬》一卷，民国十六年（1927）上海商务印书馆据王士禛手迹影印，藏国家图书馆。

《和松庵存札》不分卷，王士禛、朱彝尊等撰，稿本，藏国家图书馆。收

---

① [清]王士禛等：《红桥倡和词》，国家图书馆藏清康熙间刻本。
② [清]王士禛：《香祖笔记》卷十二，袁世硕主编《王士禛全集》，齐鲁书社，2007年，第4725页。

入顾炎武、钮秀、朱彝尊、王士禛、陈维崧等十一人信札二十余通,其中收入王士禛二通,卷末有张仁熙跋。

《王士禛等书札》不分卷,稿本,藏国家图书馆。

《渔洋山人书札》不分卷,稿本,藏国家图书馆。卷首题:"王渔洋信札一册,共计十四页",卷末有光绪甲辰(1904)冬十月刘廷琛记云:"渔洋诗为本朝之冠,不能以书名而书法亦高俊,乃尔雅人,固自无□韵也。右书札八通,大都琐屑之事,真率可味,黎君海峰得此见示,留玩数日,辄为神怡。"①

(三)诗话、词话

王士禛于诗歌理论有《渔洋诗话》《师友诗传录》等,词话有《花草蒙拾》,有其生前刊刻,有门人整理,亦有后人辑录,版本情况亦较为复杂。

《五代诗话》十二卷,为王士禛晚年所作,记录五代诗人、诗歌、诗事,共六百四十二条,初未刊行,稿本今藏国家图书馆。国家图书馆另藏康熙间抄本,黄叔琳批校,存六卷。乾隆十三年(1748)养素堂刻巾箱本,藏国家图书馆、山东省图书馆,有康熙四十年(1701)王士禛自序,云:"予撰《五代诗话》十余年矣,下直之余,手不释书卷,日有所得,辄以签记之。"②乾隆间宋弼、郑方坤对《五代诗话》进行删补,删去二百六十条,又补入七百八十九条,为十卷,乾隆十九年(1754)杞菊轩刻,藏中国科学院图书馆、复旦大学图书馆等,有郑方坤序。《四库全书存目丛书·集部》四百二十册影印。嘉庆五年(1800)王如金序刻本,为八卷。

《渔洋诗话》三卷,据王士禛自序,"康熙乙酉(1705),余既遂归田,武林吴宝厓(陈琰)书来,云欲撰本朝诗话,征余所著。无暇刺取诸书,乃以余平生与兄弟友朋论诗,及一时诙谐之语可记忆者杂书之,得六十条……戊子秋冬间,又增一百六十余条"③。《渔洋诗话》之撰写始于康熙四十四年(1705),今国家图书馆藏康熙四十四年(1705)稿本,为一卷,附王士禛自序手稿。而康熙四十七年(1708)稿本,据赵晓华《王士禛〈渔洋诗话〉戊子手稿考述》④,藏辽宁省博物馆,收诗话八条,钤"启泝家藏印记",当为王氏家藏。国家图书馆还藏有康熙四十九年(1710)刻本,白口,左右双边,半页十

---

① [清]王士禛:《渔洋山人书札》,国家图书馆藏稿本。
② [清]王士禛:《五代诗话》,山东省图书馆藏康熙四十年刻本。
③ [清]王士禛:《渔洋诗话自序》,《渔洋诗话》,袁世硕主编《王士禛全集》,齐鲁书社,2007年,第4750页。
④ 赵晓华:《王士禛〈渔洋诗话〉戊子手稿考述》,《文物》,1995年第9期,第83页。

行,行十九字,有王士禛自序、黄叔琳序,当为王士禛自序中所云黄叔琳序刻之足本。乾隆二十三年(1758)竹西书屋重刊本,今藏山东省图书馆,黑口,四周单边,半页九行,行十九字,小字双行同,卷末题"益都后学段玉华缮写,李文藻重校"。需注意的是康熙间张潮辑《檀几丛书》,收入《渔洋诗话》一卷,摘录王士禛五言诗、七言诗凡例而成,实非诗话,《渔洋诗话》王士禛自序言"今南中所刻《昭代丛书》,有《渔洋诗话》一卷,乃摘取《五言诗》《七言诗》凡例,非诗话也"①,王士禛所言《昭代丛书》一卷有误,实收入一卷本诗话的是《檀几丛书》。雍正三年(1725)俞兆晟刊本,今未见传本,嘉庆三年(1798)《诗触》(本衙藏板)重刊俞兆晟本,二卷,半页九行,行二十二字,黑口,左右双边。卷前有自序、雍正三年乙巳(1725)海盐俞兆晟序,俞序云:"板藏蒋氏,辛丑岁暮,余同《夫于亭杂录》并载以归"②,此本道光四年(1824)重刊。光绪十四年(1888)聚英堂刻本,为二卷,有自序及俞兆晟序,将中卷分别归入上卷与下卷中,内容与三卷本同,藏宁夏大学图书馆。另有《王渔洋遗书》本,藏山东大学图书馆等;乾隆内府钞《四库全书》本,以编修励守谦家藏本为底本,卷前仅有王士禛自序,藏国家图书馆。民国间,《渔洋诗话》收入丁福保《清诗话》中。

《师友诗传录》一卷,此集以问答、论辩论诗,郎廷槐问,王士禛、张笃庆、张实居答。郎廷槐,字梅溪,奉天广宁人,王士禛曾为评《江湖夜雨集》。张笃庆,字历友,号厚斋,山东淄川人。张实居,字萧亭,山东邹平人,王士禛内兄,王士禛曾为选评《萧亭诗选》。康熙四十五年(1706),王士禛归里,闭门著述,唯与张实居、张笃庆往来倡和,此集编纂始于是年。录郎廷槐诗问三十一条,王士禛、张笃庆、张实居先后作答。有康熙四十五年(1706)刻本,敬义斋重刊。乾隆四十一年(1776),李其彭《廿一种诗诀》刊入,题为"诗问合答"。

《师友诗传续录》一卷,又称"古夫于亭诗问",刘大勤问,王士禛答。刘大勤,字仔臣,山东长山人。记述王士禛论诗六十二则,有康熙四十五年(1706)刻本,敬义斋重刊。乾隆四十一年(1776),李其彭《廿一种诗诀》刊入,题为"诗问"。

《师友诗传录》与《师友诗传续录》在清代经过多次刊刻,版本较多,各家往往将二者合刊,各种版本所录条目不一。

---

① [清]王士禛:《渔洋诗话自序》,《渔洋诗话》,袁世硕主编《王士禛全集》,齐鲁书社,2007年,第4750页。
② [清]王士禛:《渔洋诗话》,山东大学图书馆藏嘉庆三年刻本。

乾隆二十三年(1758)昼锦堂刊李因培重订《渔洋诗法》三卷,录《师友诗传录》十七则,《师友诗传续录》四十一则,并附《律诗定体》,所据为黄叔琳原本,有李因培序,所辑两种诗话皆非足本。

乾隆二十五(1760)年式谷堂刊王廷铨辑《诗论正宗》二卷,录《师友诗传录》十九则,《师友诗传续录》六十二则,今藏山东省图书馆。白口,左右双边,半页十行,行十九字,卷前有成城序云:"先生所论著,亦既传诵人口。裔孙翔南复出其家所藏答门人问诗,并二张之言示予友王君昆衡。君好为诗,尤服膺渔洋、二张论诗宗旨,以为不可无以广其传也。乃校而授之梓。"①所据应为王氏家藏本。乾隆二十七年(1762)重刊,题为"渔洋山人定论"。乾隆四十二年(1777),洪楠云春晖草堂刊《诗问》二卷,与《诗论正宗》同。

乾隆三十五年(1770)王士禛再从孙王祖肃重刊《师友诗传录》《师友诗传续录》,将二者合为《渔洋山人诗问》二卷,今藏山东大学图书馆,白口,左右双边,半页八行,行十八字。卷前有乾隆三十三年戊子(1768)全魁、郑席文序、乾隆三十五年庚寅(1770)汪廷玙序。卷末有王祖肃跋云:"《诗问》一书,自郎梅溪原刻携归北平,六十年来大江南北竟若无传,文简公任斯文之重,尤邃于诗。所著《诗问》二卷,大叩大鸣,小叩小鸣。大而穷河源于天柱,揽海若于地维;小则芥颗针锋,无微不贯。学者之津梁,风骚之奥窔,悉囊括一编之中。文简公之以此教郎公、刘公者,岂偶然哉?"②光绪二十年(1894)徐士恺辑《观自得斋丛书》辑入《渔洋诗问》,重刊王祖肃本,藏国家图书馆。

嘉庆间雪北山樵《花薰阁诗述》,辑入二集,题为"梅溪诗问",上卷录十九则,下卷十二则。

清光绪十四年(1888)《花雨楼丛钞》本,题为"诗答问",张宗柟辑,藏国家图书馆。

此外还有清钞本,为《四库全书》底本,藏中国科学院图书馆;乾隆六十年(1795)经香阁刊本;《诗触》本、诗说汇本,《国朝名人著述丛编》本、《谈艺珠丛》本、上海扫叶山房石印本等。民国间丁福保《清诗话》亦辑入,称为足本,但《续录》漏二则。

---

① [清]王士禛:《诗论正宗》,王廷铨辑,山东省图书馆藏乾隆二十五年式谷堂刻本。
② [清]王士禛:《渔洋山人诗问》,山东大学图书馆藏乾隆三十五年王祖肃刻本。

《律诗定体》一卷，王士禛论诗律、诗体之作，为后人所辑。有乾隆二十三年（1758）昼锦堂李因培刻本，藏内蒙古师大图书馆；乾隆三十五年（1770）王祖肃刻本，附于《诗问》之后；光绪八年（1882）福山王氏刻《天壤阁丛书》本，藏国家图书馆；光绪二十年（1894）徐士恺辑《观自得斋丛书》本，藏国家图书馆，作《渔洋山人诗问》二卷，《丛书集成续编·集部》一百五十六册影印；宣统三年（1911）上海扫叶山房石印本；民国丁福保《清诗话》辑入。

《王文简公论七言古体平仄》一卷，乾隆五十三年（1788）刻本，藏山东省图书馆，有汪镛序。乾隆五十七年（1792）王允肃刻本，以家藏稿刊行，翁方纲为撰《新城县新刊王文简古诗平仄论序》；此集还有稿本，藏中国科学院图书馆；另有小石帆亭著录本、《苏斋丛书》本、《天壤阁丛书》本、日本明治间东京宝书阁刻本、森大来参订本。民国丁福保《清诗话》辑入。

《然灯记闻》一卷，此集为王士禛口授，何世璂录。何世璂，字澹园，号铁山，山东新城人，王士禛门生。《然灯记闻》录王士禛论诗22则，论诗从风致入手，渐归于平淡，与"神韵"一脉相承。此集有乾隆三十五年（1770）王祖肃刻本；光绪八年（1882）福山王氏《天壤阁丛书》本，藏国家图书馆，《丛书集成新编》七十八册影印；光绪五年（1879）上海松隐阁《国朝名人著述丛编》本；光绪二十年（1894）徐士恺辑《观自得斋丛书》本，藏国家图书馆；民国丁福保《清诗话》本，藏上海图书馆、复旦大学图书馆等；清钞本，藏山东省图书馆。

《谐声别部》六卷，清人喻端士仿《带经堂诗话》之体例，从《皇华纪闻》《陇蜀余闻》《池北偶谈》《居易录》《香祖笔记》《分甘余话》六种笔记中辑录、汇编渔洋论诗之言。有乾隆间刻本，藏国家图书馆，半页九行，行二十字，白口，四周双边。同治十三年（1874）盯南三余书屋重刊，题作"分类诗话"，藏山东省图书馆、国家图书馆等，版式相同，分为志趣、风雅、感慨、考证、评论、汇编六类。

《渔洋杜诗话》一卷，翁方纲辑，清乾隆三十二年（1767）大兴翁氏刻本，藏国家图书馆。白口，四周双边，上单鱼尾，半页八行，行十七字。扉页题"大兴翁氏覃溪录""石洲草堂藏板"。卷首第二行下题"大兴后学翁方纲录"。卷前有乾隆三十二年翁方纲序云："新城王阮亭先生扶树雅道，为诗人师百余年矣。……所评点杜集，秋毫神妙，期于亲见古人，而是书无刻本，学人转相过录，或赝焉，抑未尝坐立带经、信古之侧，取一二绪论为之质也。……爱读先生遗书次其谈杜者,得百四十余条,录而志之。"①翁氏辑渔洋所撰杜甫诗话为总论九条、论古体三十六条、论近体十七条、杂论二十条、论学人三十二条、论评家七条、语资二十六条,共一百四十七条。

《渔洋诗话拾唾》不分卷,安浚德辑,乾隆四十年(1775)稿本,藏山东省图书馆,有乾隆十三年(1748)滕阳王特选序,尹应鼎跋,安浚德乾隆十一年(1746)小引、例言,及安洛德乾隆四十年(1775)跋。据尹应鼎、安浚德序跋中所言,此本为安浚德为补吴陈琰辑刻《渔洋诗话》之不足而录,书成后未刊刻,安浚德去世后,其兄安洛德又补录《古夫于亭杂录》而成,是集按照诗体编次,所引条目注明出处。

《渔洋诗法》三卷,又名"诗法浅说",张涛、张云阁辑,光绪十九年(1893)聚和堂李氏刻本,藏国家图书馆,半页十行,行二十一字,白口,左右双边。所录三卷分别录自《律诗定体》《师友诗传续录》《然灯记闻》。

《渔洋诗法》一卷,王士禛口述、何世璂述、王廷铨校订,《诗学丛书》钞本,藏复旦大学图书馆。

《渔洋诗话汇编》十六卷,王士禛撰,王煜编,咸丰稿本,藏山东省博物馆。

《渔洋诗则》一卷,乾隆二十年(1755)商丘陈淮尘定轩刻本,藏上海师范大学图书馆,内容包括《渔洋论诗》《杂论》《古今乐府论》《声调谱》。此集是否为渔洋诗论学界尚有争议,刘永平曾对此集版本、内容进行介绍,认为此集为王士禛晚年完整系统的诗论②。蒋寅则通过对其中《杂论》《渔洋论诗》《声调谱》各个部分内容的详细对比考察,推论此集编者或许为赵执信。③

《渔洋绪论》不分卷,钞本,藏中国社会科学院文学所。

《带经堂诗话》三十卷首一卷,王士禛撰,张宗柟辑,乾隆二十七年(1762)南曲旧业刻本,藏国家图书馆,半页十二行,行二十三字,小字双行同,左右双边,上单鱼尾;同治十二年(1873)广州藏修堂刻本,藏国家图书馆,半页十二行,行二十三字,左右双边上单鱼尾;清钞本,藏山东省图书馆。民国间上海扫叶山房石印本。

---

① [清]王士禛:《渔洋杜诗话》,翁方纲辑,国家图书馆藏乾隆三十二年大兴翁氏刻本。
② 刘永平:《〈渔洋诗则〉及其在诗律学方面的贡献》,《文献》1982年第13辑。
③ 蒋寅:《王渔洋与康熙诗坛》,中国社会科学院出版社,2001年,第211页。

《花草蒙拾》一卷，是集为王士禛论词之作，有顺治十七年（1660）刻本，在《倚声初集》卷首。王士禛云："往读《花间》、《草堂》，偶有所触，辄以丹铅书之，积数十条。程村强刻《倚声集》卷首，仆不能禁，题曰《花草蒙拾》。"①收王士禛论词五十九条；另有《昭代丛书》本，《词话丛钞》《词话丛编》《续修四库全书》本均据此本。道光十三年（1833）吴江沈氏世楷堂重印，半页九行，行二十字，白口，左右双边，藏国家图书馆。道光十年（1830）长洲顾氏刻《赐砚堂丛书新编》本，半页九行，行二十五字，白口，左右双边，藏国家图书馆。

《慎墨堂诗品》二卷，王士禛撰，邓汉仪论次，康熙间刻本，《贩书偶记》著录。

《主客图》，《山东通志·艺文志》著录。

二、笔记杂著类

《长白山录》一卷，康熙间刻《王渔洋遗书》本，附《补遗》一卷，藏国家图书馆、山东省图书馆等，半页十行，行十九字，黑口，左右双边。长白山在济南府邹平县西南，王士禛顺治十三年（1656）与徐夜同游长白山，记其地理、历史、传说等，撰为此集。此集先录入《渔洋山人文略》，无补遗，王士禛后寄抄本于张潮，刊入《檀几丛书》，今有康熙三十六年（1697）王氏霞举堂刻《檀几丛书》本，藏国家图书馆，半页九行，行二十字，白口，四周单边。卷末张潮跋云："先生此录已刻于《渔洋山人集》中，丁丑春复以钞本见寄，较之刻本稍详，此帙悉从钞本。"②《丛书集成续编·史部》六十册影印；光绪十七年（1891）上海著易堂《小方壶舆地丛钞》本，藏国家图书馆。

《蜀道驿程记》二卷，康熙间刻本，藏国家图书馆，半页十行，行十九字，黑口，左右双边。康熙十一年（1672）王士禛奉命主持四川乡试，途中记述蜀地历史、风物、民俗，自序言其所记驿程，置于箧中，二十年后，嘱门人盛符升检阅修订。另有康熙间刻《王渔洋遗书》本，据康熙间刻版重修，藏山东省图书馆、国家图书馆等，《四库全书存目丛书·史部》一百二十八册影印；嘉庆间《悔堂手钞二十种》稿本，藏山东省图书馆；光绪十七年（1891）上海著易堂《小方壶斋舆地丛钞》本，藏国家图书馆。

---

① [清]王士禛：《花草蒙拾》，袁世硕主编《王士禛全集》，齐鲁书社，2007年，第2477页。
② [清]王士禛：《长白山录》，国家图书馆藏张潮《檀几丛书》本。

《皇华纪闻》四卷，康熙间刻本，藏国家图书馆、山东省图书馆等，半页十行，行十九字，黑口，左右双边。卷前有韩菼、王源序，此集为康熙二十三年（1684）王士禛奉使祭告南海途中所作小说地志。另有《王渔洋遗书》本，《四库全书存目丛书·子部》二百四十五册影印；康熙间《虞初新志》本卷九收入十五条，藏国家图书馆。乾隆嘉庆间《悔堂手钞二十种》稿本，藏山东省图书馆；《碎佩丛铃》抄本，藏山东省图书馆。

《南来志》一卷，康熙间刻本，藏国家图书馆，半页十行，行十九字，黑口，左右双边。卷前有黄与坚、屈大均、魏世效序。是集属《粤行三志》之一，记录了康熙二十三年（1684）王士禛奉使祭告南海，自京师至广州的经历。另有康熙间刻《王渔洋遗书》本，据康熙间刻版重修，藏国家图书馆、山东省图书馆等，《四库全书存目丛书·史部》一百二十八册影印；乾隆嘉庆间《悔堂手钞二十种》稿本，藏山东省图书馆；光绪十七年（1891）上海著易堂《小方壶斋舆地丛钞》本，藏国家图书馆。

《北归志》一卷，康熙间刻本，属《粤行三志》之一，版式与《南来志》同，藏国家图书馆。记录王士禛康熙二十三年（1684）十一月祭告南海，二十四年（1685）二月至广州，三月事毕，四月一日从广州回京，途中便道省亲，所见山水名胜。另有康熙间刻《王渔洋遗书》本，藏国家图书馆、山东省图书馆等，《四库全书存目丛书·史部》一百二十八册影印；乾隆嘉庆间《悔堂手钞二十种》稿本，藏山东省图书馆；光绪十七年（1891）上海著易堂《小方壶斋舆地丛钞》本，藏国家图书馆。

《广州游览小志》一卷，康熙间刻本，属《粤行三志》之一，藏国家图书馆、山东省图书馆等，版式与《南来志》《北归志》同。康熙二十四年（1685）王士禛祭告南海，在广州期间游览古迹所作。另有《王渔洋遗书》本，《四库全书存目丛书·史部》二百五十四册影印；康熙三十九年（1700）刻《昭代丛书》本，藏清华大学图书馆、天津图书馆等；乾隆嘉庆间《悔堂手钞二十种》稿本，藏山东省图书馆。嘉庆八年（1803）《广虞初新志》刻本；道光间吴江沈氏世楷堂重印《昭代丛书》本；清末至民国扫叶山房《广虞初新志》石印本。

《迎驾纪恩录》一卷，康熙三十九年（1700）刻《昭代丛书》本，藏国家图书馆、天津图书馆等，《丛书集成续编·史部》四十册影印；乾隆嘉庆间《悔堂手钞二十种》稿本，藏山东省图书馆；光绪十七年（1891）上海著易堂《小方壶斋舆地丛钞》本，藏国家图书馆、上海图书馆等；道光间吴江沈氏世楷堂重印《昭代丛书》本。

《纪琉球入太学始末》一卷，康熙间刻《昭代丛书》本，乾隆间重印，藏国家图书馆，半页九行，行二十字，白口，四周单边，有张潮题辞。此集收入《渔洋山人文略》，康熙二十七年（1688）琉球王遣陪臣子弟梁成楫等四人入国子监读书，王士禛纪其始末。另有道光间吴江沈氏世楷堂重印，《四库全书存目丛书·史部》二百七十一册影印；道光十一年（1831）晁氏《学海类编》活字影印本，半页九行，行二十一字，白口，左右双边，藏国家图书馆、上海图书馆等。

《国朝谥法考》一卷，康熙三十四年（1695）序刻本，半页十行，行十九字，黑口，左右双边，有尤侗序，王士禛自序，收录清初至康熙三十四年赐谥王公大臣三百九十九人，以官阶分类，收入《王渔洋遗书》，《四库全书存目丛书·史部》二百七十一册影印。另有康熙三十九年（1700）刻《昭代丛书》本，有张潮题词，半页九行，行二十字，白口，四周单边，藏山东大学图书馆等，道光间吴江沈氏世楷堂重印；乾隆嘉庆间《悔堂手钞二十种》稿本，藏山东省图书馆。

《秦蜀驿程后记》二卷，康熙间刻本，藏国家图书馆、山东省图书馆等，半页十行，行十九字，黑口，左右双边。记康熙三十五年（1696）王士禛奉使祭告西岳、西镇、江渎往返途中所见山水风物。另有《王渔洋遗书》本，乾隆、嘉庆间《悔堂手钞二十种》稿本，藏山东省图书馆；光绪十七年（1891）上海著易堂《小方壶斋舆地丛钞》本，藏国家图书馆、北京大学图书馆等。

《陇蜀余闻》一卷，康熙间刻本，半页十行，行十九字，黑口，四周单边。此书记陇蜀碎事，间有考证。《四库全书存目丛书·子部》二百四十五册影印。另有《王渔洋遗书》本，藏国家图书馆、山东省图书馆等，康熙三十九年（1700）刻《昭代丛书》本，藏国家图书馆、天津图书馆等；清初钞本，藏上海图书馆；乾隆嘉庆间《悔堂手钞二十种》稿本，藏山东省图书馆；同治七年（1868）吴震方辑《说铃》本，藏国家图书馆；光绪十七年（1891）《小方壶舆地丛钞》本，藏国家图书馆。民国四年（1915）文明书局石印本；道光间吴江沈氏世楷堂重印《昭代丛书》本；清世德堂刻本；民国五年（1916）有正书局石印本。

《古欢录》八卷，康熙三十九年（1700）快宜堂刻本，藏国家图书馆、山东省图书馆等，半页十行，行十九字，白口，左右双边。有王士禛自序、宋荦、朱从延序，自序言"古欢"取自古诗"良人惟古欢"，寓尚友之意。是集撰于康熙三十八年（1699），王士禛在京师，公余"浏览诸史、《庄》《列》，下逮稗官说部,山经地志之书,有当于心,辄掌录之"①,记上古至明代林泉隐居之士若干人。另有清初钞本,藏山东省图书馆,《四库全书存目丛书·史部》一百二十一册影印。

《东西二汉水辩》一卷,康熙三十九年(1700)刻《昭代丛书》本,藏国家图书馆、天津图书馆等,《丛书集成续编·史部》六十三册影印;光绪十七年(1891)上海著易堂《小方壶斋舆地丛钞》本,藏国家图书馆、北京大学图书馆等;道光间吴江沈氏世楷堂重印《昭代丛书》本。

《浯溪考》二卷,康熙四十年(1701)刻本,藏国家图书馆,中国科学院图书馆等,半页十行,行十九字,黑口,双鱼尾,左右双边。卷前有王士禛自序,言楚山之胜首潇湘,潇湘之胜首浯溪。浯溪以唐元结名,李仁刚、綦光祖撰浯溪前后两集不传,今志乃出庸手,总杂泛滥,王士禛族侄官祁阳,为其寄《祁阳志》,王士禛遂为采摭辑录。上卷记山川古迹、元结诗文,附欧阳修、黄庭坚等人题识,下卷载杨万里、范成大等人诗文,末附补遗。《四库全书存目丛书·史部》二百三十五册影印;《悔堂手钞二十种》稿本,藏山东省图书馆;同治光绪间刻《息柯居士全集》本,藏国家图书馆、上海图书馆等。

《池北偶谈》二十六卷,康熙四十年(1701)临汀郡署刻本,半页十一行,行二十三字,黑口,左右双边,藏山东省图书馆、国家图书馆等。据《渔洋山人自撰年谱》,是集成于康熙二十八年(1689)。康熙二十四年(1685),王士禛祭告南海归,其父匡庐公王与敕谢世,王士禛丁忧居于里中至康熙二十八年,《池北偶谈》即撰于其间。卷前有康熙三十年辛未(1691)自序,言因其宅西有圃,圃中有池,池北有屋数椽,置书千卷于其中,取白居易"池北书库"之名名此集。内容分谈故、谈献、谈艺、谈异四种,涉及典制、言行、诗文、小说等;此集版本较多,另有稿本,藏社科院文学研究所。康熙四十年(1701)文萃堂刊本、乾隆内府钞《四库全书》本,均藏国家图书馆。康熙间吴震方辑《说铃》本,为三卷,亦藏国家图书馆,《丛书集成续编·子部》九十册影印。

《居易录》三十四卷,康熙间刻本,藏国家图书馆、山东省图书馆等。半页十行,行二十字,黑口,左右双边。卷前有王士禛自序,所录为康熙二十八年(1689)至康熙四十年(1701)在京中见闻,内容驳杂,以论诗最精,题为"居易",取顾况"长安米贵,居大不易"之意。另有乾隆内府钞《四库全书》本,藏国家图书馆。

---

① [清]王士禛:《古欢录》,山东省图书馆藏康熙三十九年快宜堂刻本。

《居易录谈》三卷附《续谈》一卷，道光十一年（1831）晁氏《学海类编》活字本，半页九行，行二十一字，白口，左右双边，藏国家图书馆、上海图书馆等，《丛书集成新编》八十五册影印。

　　《南台故事》一卷，手稿本，方地山藏，《分甘余话》《渔洋山人著述考》著录。《渔洋山人自撰年谱》云："山人官副宪时，尝欲集《唐六典》诸书，作《南台故事》一书。未几迁侍郎，遂不果。"①今不见传本。

　　《香祖笔记》十二卷，康熙四十四年（1705）刻本，藏山东大学图书馆、国家图书馆等，半页十行，行十九字，白口，左右双边，有宋荦序及王士禛自序，宋荦序作于康熙四十四年乙酉（1705），言王士禛辑癸未（康熙四十二年，1703）迄甲申（康熙四十三年，1704）两年笔记，嘱其校订为序。王士禛自序云："壬午（康熙四十一年，1702）后急还京师，偶有见闻，笔之简策，适所居邸西轩有兰数本，花时香甚幽淡，昔人谓兰曰'香祖'，因以名之。"②从二人序可知此集作于康熙四十一年至康熙四十三年。其内容"或辩驳议论得失，或阐发名物源流，或记述时事，或兼及怪异，率皆精简而不浮"③。（宋荦语）另有乾隆内府钞《四库全书》本，藏国家图书馆等；《碎佩丛铃》抄本，为八卷，藏山东省图书馆。

　　《古夫于亭杂录》六卷，康熙四十三年（1704），王士禛罢归里居时撰，其所居鱼子山上有古夫于亭，因以名之，又以此书无凡例，无次第，故曰杂录。所录内容有诗话、杂史、轶事、逸闻等。此集康熙间刊刻，有五卷本和六卷本，两种有出入，五卷本为《四库全书》底本，删削较多，六卷本有广陵刊本，俞兆晟序，藏北师大图书馆。另有光绪三年（1877）葛元煦刻《啸园丛书》本，藏国家图书馆。

　　《分甘余话》四卷，此书为王士禛罢归里居时所撰，成于康熙四十八年（1709），自序云："仆生逢圣世，仕宦五十载，叨冒尚书，年逾七袠，迩来作息田间，又六载矣。虽耳聋目眊，犹不废书。有所闻见，辄复掌录，题曰《分甘余话》。"④"分甘"取王羲之"有一味之甘，割而分之，以娱目前"之意。《分甘余话》所录内容广泛，涉及诗评、著述、典制、轶事、风俗等。有程哲七略书堂刻本，藏国家图书馆、上海图书馆等；乾隆内府钞《四库全书》本，藏国家

---

①［清］王士禛：《渔洋山人自撰年谱》，袁世硕主编《王士禛全集》，齐鲁书社，2007年，第5092页。
②［清］王士禛：《香祖笔记》，山东大学图书馆藏康熙四十四年刻本。
③［清］王士禛：《香祖笔记》，山东大学图书馆藏康熙四十四年刻本。
④［清］王士禛：《分甘余话》，袁世硕主编《王士禛全集》，齐鲁书社，2007年，第4949页。

图书馆。康熙四十一年(1702)吴震方刻《说铃》本,为二卷,藏国家图书馆、北京大学图书馆等,《丛书集成续编·子部》九十册影印。

《御定渊鉴类函》四百五十卷,张英、王士禛等撰,康熙四十九年(1710)内府刻本,藏故宫博物院、北京大学图书馆等;乾隆内府刻《钦定古香斋袖珍》本,藏复旦大学图书馆、故宫博物院等。光绪间南海孔氏刻本,藏国家图书馆。

《水月令》一卷,康熙间张朝辑《檀几丛书》本,藏国家图书馆、上海图书馆等,《丛书集成续编·史部》四十七册影印;清管庭芬编《一瓻笔存》稿本,藏天津图书馆;嘉庆八年(1803)《广虞初新志》本,藏国家图书馆。

《盘山志》十卷《补遗》四卷,释智朴纂,王士禛、朱彝尊校,康熙间刻本,藏天津图书馆等;同治十一年(1872)据康熙刻本重刻,藏上海图书馆、天津图书馆等。

《赐沐纪程》一卷,稿本,藏国家图书馆;康熙间刻本,藏上海图书馆、南京图书馆等。

《渔洋山人自撰年谱》二卷,康熙间刻本,藏南京图书馆;清惠氏红豆斋刻本,惠栋注补,与《渔洋精华录训纂》合刊,藏国家图书馆、山东省图书馆等,《续修四库全书·史部》五百五十四册影印;光绪十七年(1891)南皮张氏刻本,藏国家图书馆;光绪十七年会稽徐氏述史楼刻本,藏国家图书馆、南开大学图书馆等。

《王考功年谱》一卷,康熙间刻本,藏天津图书馆,《天津图书馆孤本秘籍丛书·史部》三册影印;清钞本,藏山东省图书馆。

《渔洋先生草稿墨迹》不分卷,手稿折页裱装本,实为《池北偶谈》稿本,钤"七十二泉主人"印,有朱笔涂改痕迹,条目标题和文字与刻本有异,藏中国社会科学院文学所。

《明名臣言行录》无卷数,《山东通志·艺文志》著录:"《西陂类稿》云:同里沈文端公鲤,为明神宗朝名相,居乡,有万石家风。余藏公家书一通,字字皆省身克己之学,每一展阅,如闻晨钟,发人深省。王阮亭尚书已采入《续名臣言行录》,今载于此。全祖望《鲒埼亭集外编》云,昆山徐开禧辑《明名臣言行录》百卷,闻新城王士禛亦有是书,予未之见。"[①]

《剑侠传》,康熙间《虞初新志》本,藏国家图书馆。

《渔洋说部精华》十二卷,乾隆间锡山刘坚对王士禛说部诸书甄选分

---

① [清]孙葆田等:《山东通志》卷百三十二,华文书局股份有限公司,1969年,第3651页。

类,汇为此集,有乾隆间刻本,藏国家图书馆、清华大学图书馆等,半页十行,行二十一字,白口,左右双边,卷前有刘坚序,言渔洋所撰说部,游历记志而外,《石帆亭纪谈》《居易录》诸书多编年日,各部间有重复,因摘选菁英,略用门类,稍加区别,分为评陟、考核、载籍、典故、谈谑、诗话、清韵、奇异八类,分类精当,但体例不善之处在于未注原书。另有光绪四年(1878)葛元煦刻《啸园丛书》本,藏国家图书馆《丛书集成续编·子部》九十六册影印;民国三年(1914)扫叶山房石印本,藏国家图书馆、浙江省图书馆等。

《王文简公说部残稿》一卷,稿本,与《王文简公诗文残稿》合刊,藏上海图书馆。

《北征记》一卷,乾隆、嘉庆间《悔堂手钞二十种》稿本,藏山东省图书馆。

《选明代山左诗钞采访书目》一卷,清乾隆间卢见曾刻本,藏国家图书馆。白口,左右双边,半页十行,行二十字。卷前有卢见曾《征选山左明诗启》,并引录王士禛《香祖笔记》:"尝欲辑海右六郡前辈作者遗集五十家,断自洪、永以来"①,其中所述五十家与此集中所录一致,是集先收入王士禛拟选山左诗人五十家,简录其郡属与别集名目,后收卢见曾《续开六郡采访名人书目》一卷,分济南、兖州、东昌、青州、登州、莱州六府。

《宋道人传》,嘉庆七年(1802)《虞初续志》本,藏国家图书馆。

《春曹仪式》一卷,道光二十年(1840)刻本,藏国家图书馆;同治二年(1863)刻《国朝春曹题名》本,藏国家图书馆。

《池北书目》一卷,道光十二年(1832)味经书屋刘喜海抄本,与冯溥《佳山堂书目》合刊,藏国家图书馆。

《渔洋山人手镜》一卷,咸丰间刻本,藏南京图书馆;同治七年(1868)楚北崇文书局刻本,藏国家图书馆。

《草书字汇》六卷,稿本,藏山东省图书馆。

《三体摭韵》不分卷,田氏鬲津草堂钞本,藏吉林大学图书馆。

《冬心斋摭言枕秘》不分卷,清郑小邑钞本,藏南京图书馆。

《游宝华山记》,《小方壶斋舆地丛钞》本,藏国家图书馆。

《齐州胜记》不分卷,稿本,《蚕尾续文》著录。

《维扬信谳》无卷数,《渔洋山人自撰年谱》著录。

---

① [清]王士禛:《香祖笔记》卷十,袁世硕主编《王士禛全集》,齐鲁书社,2007年,第4673页。

三、选评类

《唐贤三昧集》三卷,康熙二十七年(1688)吴门书林刻本,藏国家图书馆,半页十行,行十九字,黑口,左右双边。王士禛自序述其选编缘起,康熙二十七年其在京读开元、天宝诸诗,有会于严羽"羚羊挂角,无迹可求"、司空图"妙在酸咸之外","录其尤隽永超诣者,自王右丞而下四十二人,为《唐贤三昧集》,厘为三卷"①,以王维、孟浩然诗最多,仿王安石《唐百家诗选》例,不选李、杜,所选唐诗多合"神韵"。卷末有门人盛符升、王立极所撰《后序》。此集为《王渔洋遗书》之一,另有康熙间罗延斋刻本,附于《十种唐诗选》之后,版式与前本同,康熙三十一年(1692)南芝堂刻本,亦附于《十种唐诗选》之后;乾隆二十年(1755)刻巾箱本,作四卷,藏国家图书馆,半页五行,行十二字,白口,左右双边;清抄本,藏国家图书馆。

《唐贤三昧集笺注》三卷,王士禛辑,吴煊、胡棠注,乾隆五十二年(1787)听雨斋刻本,有姜宸英、王士禛原序,吴煊、胡棠序,只作笺注,无评论,半页十行,行二十一字,白口,左右双边,版心题"三昧集笺注",藏国家图书馆、山东省图书馆等;光绪九年(1883)翰墨园刻朱墨套印本,在吴、胡笺注本的基础上,黄培芳加以批点。黄培芳,字香石,广东香山人。除原序、吴序、胡序外,另有王鸣盛序,卷中有眉批,半页十行,行二十一字,白口,四周双边,藏国家图书馆;日本明治三十八年(1905)大阪青木嵩山堂排印本,王士禛选,黄培芳评,近藤元粹增评,作《笺注唐贤诗集》三卷,藏国家图书馆。另有潘德舆评点本,名"唐贤三昧集评",此本既评王士禛编选,亦评所选唐诗。

《广唐贤三昧集》十卷,清文昭辑,文昭,字子晋,曾从王士禛游。康熙六十一年(1722)刊,宣统元年(1909)田氏后博古堂据日本明治四十三年(1910)七条恺本影印,分为前、正、后、续四集,分别为初、盛、中、晚四编,有沈宗敬、林佶序,均撰于康熙六十一年壬寅(1722),林序云:"其合渔洋师所选五七言古诗,及《唐贤三昧集》与《唐人选唐诗》十种,并《万首绝句》统录之,总定为《广唐贤三昧集》。"②实为王士禛所选各种唐诗的汇编。

《十种唐诗选》十种十七卷,王士禛删纂,康熙三十一年(1692)南芝堂刻本,收入《王渔洋遗书》,半页十行,行十九字,黑口,左右双边,有韩菼、尤

---

① [清]王士禛:《渔洋文集》卷一,袁世硕主编《王士禛全集》,齐鲁书社,2007年,第1534页。
② [清]文昭辑:《广唐贤三昧集》,宣统元年刻本。

侗、盛符升序,十种唐诗为殷璠《河岳英灵集选》一卷、高仲武《中兴闲气集选》一卷、芮挺章《国秀集选》一卷、姚合《极玄集选》一卷、韦庄《又玄集选》一卷、佚名《搜玉小集选》一卷、元结《箧中集选》一卷、令狐楚《御览诗选》一卷、韦縠《才调集选》三卷、姚玄《唐文粹诗选》六卷。王士禛对十种唐诗选本进行了删汰、选编,盛符升序云:"乃先生之意,以为后人选唐诗不若求之唐人,足见当代之遗,则复取唐人选唐诗九种,并宋姚氏所选《唐文粹》古诗,荟萃成编,共为十选,各仍旧本,存选家之面目也。加以持择,务取尽善,明删定之宗旨也。"①藏国家图书馆、山东省图书馆等,《四库全书存目丛书》三百九十四册影印;清钞本,存九种十一卷,藏国家图书馆。清康熙四十三年(1704)萝延斋刻本;稿本,半页十行,行二十一字,无格,藏国家图书馆。

《十种唐诗选》五卷,王士禛选,宋荦编,宋氏漫堂抄本,半页十行,行十九字,蓝格,白口,左右双边,藏国家图书馆。

《唐人万首绝句选》七卷,宋洪迈编,王士禛删选,清康熙间洪氏松花屋刻本,藏国家图书馆,半页十行,行十九字,黑口,左右双边,朱墨套印,李慈铭批校并跋,收入《王渔洋遗书》,同治九年(1870)重印补修。王士禛自序其删选缘由:"宋洪文敏公迈,常集唐绝句至万首,经进孝宗御览,褒赐优厚。予少习是书,惜其踳驳,久欲为之刊定而未暇也。归田之五载,为康熙戊子,乃克成之。"②洪迈原本为一百卷,每卷一百首,王士禛删选为七卷,八百九十五首,颇为精审;乾隆内府钞《四库全书》本,藏国家图书馆;雍正十年(1732)胡氏退补斋刻本,藏国家图书馆,题"退补斋开镂",版式相同,有钱泰吉跋,同治间重刊。宣统元年(1909)扫叶山房石印本;清江右同文堂刻本,半页十行,行二十字,黑口,四周双边。

《唐诗神韵集》六卷,王士禛选,俞乃实、胡延庆辑注,乾隆三十二年(1767)蓴溪草堂刻本,藏上海图书馆、浙江省图书馆等。

《渔洋西樵批点杜诗》一卷,光绪二十九年(1903)黄昱然钞本,藏济南图书馆。

《阮亭选古诗》三十二卷,王士禛辑,包括五言诗十七卷,七言诗十五卷,康熙三十六年(1697)天藜阁刻本,藏国家图书馆、山东省图书馆等,《四库全书存目丛书补编·集部》四十二册影印;同治五年(1866)金陵书局刻本,题作"渔洋山人古诗选",藏国家图书馆、山东省图书馆等。

---

① [清]王士禛:《十种唐诗选》,山东大学图书馆藏《王渔洋遗书》本。
② [清]王士禛:《蚕尾续文集》卷三,袁世硕主编《王士禛全集》,齐鲁书社,2007年,第2019页。

《古诗笺》三十二卷，王士禛辑，闻人倓笺，乾隆三十一年(1766)芷兰堂刻本，含《五言诗》十七卷，《七言歌行钞》十五卷，藏国家图书馆。《七言歌行诗钞》，闻人倓笺，乾隆三十一年(1766)茸城闻人氏刻本。

《王文简公五言诗十七卷七言歌行十五卷》，王士禛辑，翁方纲订，嘉庆十年(1805)苏斋刻本，名"王文简公五七言诗钞"，藏上海图书馆、国家图书馆等，半页十行，行二十字，小字双行同，白口，左右双边，民国十三年(1924)博古斋据以影印，藏首都图书馆、上海图书馆等。

《大小雅唐五七言古今体诗歌行钞》不分卷，王士禛辑，承龄觞蝶精舍钞本，藏上海图书馆。

《宋人绝句》一卷，王士禛辑，乾隆间朱振图钞本，藏南京图书馆。

《光岳英华》十三卷，清钞本，明许中丽辑，王士禛删定，《四库全书存目丛书·集部》二百八十九册影印。

《涛音集》八卷，王士禄、王士禛选评，清钞本，藏山东大学图书馆；乾隆五十七年(1792)掖县儒学刻本，藏山东大学图书馆、山东省图书馆等。

《二家诗选》二卷，王士禛选，二家为明徐祯卿、高叔嗣，据《渔洋山人自撰年谱》，对二人诗的评次始于顺治十八年(1661)，王士禛自序亦言其酝酿编选四十年之久，选录范围"大抵于徐主《迪功集》，而《外集》、《别集》，什不取一；于高主五言，而七言则姑舍是"①，对二家诗颇为欣赏。《四库全书总目提要》云："明自弘治以迄嘉靖，前后七子，轨范略同。惟祯卿、叔嗣虽名列七子之中，而泊然于声华驰逐之外。其人品本高，其诗亦上规陶、谢，下摹韦、柳，清微婉约，寄托遥深，于七子为别调。越一二百年，李、何为众口所攻，而二人则物无异议……士禛之诗，实沿其派。故合二人所作，简其菁华，编为此集，祯卿诗多取《迪功集》，其少年之作见于外集、别集者，十不存一，叔嗣惟取其五言诗、其七言则阙焉。取所长而弃所短，二人佳什，亦约略备于是矣。"②另有清抄本，题作"徐高二家集选"，藏国家图书馆；康熙间刻《王渔洋遗书》本，藏国家图书馆、山东省图书馆等，黑口，左右双边，半页十行，行十九字，卷前有王士禛自序并明人对二家的诗评。

《新安二布衣诗》八卷，明吴兆、程嘉燧撰，王士禛选，康熙四十三年(1704)新安汪洪度刻本，藏国家图书馆，半页十行，行十九字，白口，四周单边，双鱼尾。卷前有王士禛、宋荦、汪洪度序，及吴苑撰《吴兆传》、钱谦益撰

---

① [清]王士禛：《蚕尾续文集》卷一，袁世硕主编《王士禛全集》，齐鲁书社，2007年，第1983页。
② [清]永瑢、纪昀等：《四库全书总目提要》，中华书局，1965年，第1500页。

《程嘉燧传》,选吴、程诗各三百余首。吴兆字非熊,程嘉燧字孟阳,二人皆为休宁布衣,明末有诗声,乡人汪洪度搜访二人遗集,请王士禛遴选,编为此集。王士禛序评二人诗,云:"吴五言其源出于谢宣城、何水部,意得处时时近之。程七言近体学刘文房、韩君平,清辞丽句,神韵独绝。绝句出入于梦得、牧之、义山之间,不名一家,时诣妙境;歌行刻画东坡,如桓元子,似刘越石,无所不憾。大抵吴以五言擅场,七言自《秦淮斗草篇》而外,颇无可采;程以七言擅场,古体不逮今体,此其大略也。"①

《二仲诗》二卷,明汪道贯、汪道会撰,王士禛辑,康熙五十二年(1713)五世读书园刻本,藏国家图书馆。

《华泉先生集选》四卷《附录》一卷,明边贡撰,王士禛选,康熙三十九年(1700)刻本,藏国家图书馆、上海图书馆等,半页十行,行十九字,黑口,左右双边,双鱼尾,版心题"华泉集"。分体编次,有魏允孚原序,王士禛序,附王世贞、胡应麟、何良俊等评一卷。王士禛序云:"吾济南诗派,大昌于华泉、沧溟二氏,而筚路蓝缕之功又以边氏为首庸。暇日因参伍二刻,剃其繁芜,掇其精要,与徐氏《迪功集》并刻于京邸。"序又言及边贡仲子边习"食贫授徒,以诗世其家,……有遗稿一卷,将录其可存者附斯集后,以备一家之言"②,是集收入《王渔洋遗书》,《四库全书存目丛书·集部》四十九册影印。

《睡足轩诗选》一卷,明边习撰,徐夜、王士禛选,康熙三十九年(1700)刻于《华泉先生集选》之后,版式相同,有王士禛序,云:"今所存《睡足轩诗》一卷,其七十时客孙氏作也。故友徐隐君夜购得手稿,重装之,予假其本,将谋锓梓,未遑也。而隐君以癸未岁客死浔阳,又十七年,康熙庚辰,予刻华泉集于京师,乃取徐本重阅,录其半,附先生集后。"③藏国家图书馆、山东省图书馆等,《四库全书存目丛书·集部》七十九册影印。

《问山亭主人遗诗》一卷续一卷补一卷,明王象春撰,王士骥、王士禛辑选,清三十六砚斋钞本,藏浙江大学图书馆;民国武进陶氏《喜咏轩丛书》石印本,藏国家图书馆,《丛书集成续编·集部》一百一十九册影印。

---

① [清]王士禛:《新安二布衣诗序》,吴兆明、程嘉燧《新安二布衣诗》,《四库禁毁书丛刊·集部》第155册,北京出版社,1999年,第2页。
② [清]王士禛:《华泉先生诗选序》,边贡《华泉先生集选》,《四库全书存目丛书·集部》第49册,齐鲁书社,1997年,第2—3页。
③ [清]王士禛:《边仲子诗序》,边习《睡足轩诗选》,《四库全书存目丛书·集部》第79册,齐鲁书社,1997年,第320页。

《王考功诗集》四卷,王象春撰,王士禛评,旧写本,伦明《渔洋山人著书考》著录为天津方地山收藏。王象春,字季木,王士禛从叔祖。

《林茂之诗选》二卷,清林古度撰,王士禛选,康熙四十九年(1710)程哲、殷誉庆刻本,藏国家图书馆等,半页十行,行十九字,黑口,左右双边。林古度,字茂之,福建福清人,明末举人,入清后隐居不仕,与王士禛交,康熙九年(1670),王士禛选其顺治八年(1651)以前诗二卷,康熙四十九年门人程哲七略书堂刻,《池北偶谈》卷十三载:"时林方携其万历甲辰以后六十年所作,属予论定……因为批拣得百五六十首,皆清新婉缛,有六朝、初唐之风。"①另有清抄本,藏山东省图书馆。

《倚声初集》二十四卷,邹祗谟、王士禛选,顺治十七年(1660)大冶堂刻本,藏上海图书馆、南京图书馆等。半页十行,行二十四字,白口,四周单边。是集成于顺治十七年,王士禛司理扬州,邹祗谟携稿请其同订,并作评点,前有邹祗谟、王士禛序,词人爵里二卷,词话韵辨四卷,以调编次,小令十卷,中调四卷,长调六卷,选明万历至清康熙间词人四百六十余人之词近一千九百首;清绿丝栏抄本,藏国家图书馆。

《感旧集》十六卷,王士禛辑,卢见曾补传,乾隆十七年(1752)卢氏雅雨堂刻本,藏国家图书馆、山东省图书馆等。半页十一行,行二十一字,白口,左右双边。卷前有朱彝尊、王士禛、卢见曾序,并卢见曾所撰《凡例》,卷前有总目。是集所录为王士禛亲友之作,生前未刊行,卢见曾得此集于黄叔琳处,遂整理刊刻,并为所录诗人作小传,云:"我朝之诗人虽不尽于是集,集中名家之诗,亦非是集之所能尽,而人之以诗鸣于我朝之初,盛而必传于后世者,已囊括而无遗。"②《四库禁毁书丛刊·集部》七十四册影印。

《渔洋山人评点昆仑山房诗稿》三卷,张笃庆撰,王士禛评点,稿本,藏山东省图书馆;清钞本,作"昆仑山房集"二卷,藏山东省博物馆。

《徐诗》二卷,徐夜撰,王士禛批点,清康熙三十七年(1698)刻本,藏国家图书馆,半页十行,行二十字,黑口,左右双边,版心镌"阮亭选徐诗",卷前有王士禛序,卷末有王士骊康熙三十七年(1698)跋,并附徐夜复王士禛帖二通。徐夜,初名元善,字长公,慕嵇叔夜为人,遂更名夜,字嵇庵,又字东痴,山东新城人,王士禛外从兄弟,年少从王士禛叔祖王象春读书。明清

---

① [清]王士禛:《池北偶谈》卷十三,袁世硕主编《王士禛全集》,齐鲁书社,2007年,第3130页。
② [清]卢见曾:《刻渔洋山人感旧集序》,王士禛《感旧集》,《四库禁毁书丛刊·集部》第74册,北京出版社,1999年,第157页。

鼎革遭遇家难,弃诸生,隐居系水东,贫寒度日,其诗多散佚,且逊谢王士禛索稿。王士禛"乃就箧中所藏断简编录之,共得二百余篇,刻梓以传",评其五言诗似陶渊明,"巉刻处更似孟郊",中岁以后,"写林水之趣,道田家之致,率皆世外语,储、王以下不及也"。[①]另有康熙间《王渔洋遗书》本,半页十行,行十九字,黑口,左右双边,藏国家图书馆。

《表余堂诗》一卷,王士禄撰,王士禛评,稿本,藏山东博物馆。

《阮亭选志壑堂诗》十五卷,唐梦赉撰,王士禛选评,康熙间刻本,半页十一行,行二十字,黑口,四周单边,卷前有王士禛序,藏国家图书馆。

《甫里初集》六卷,计东撰,王士禛评,康熙五年(1666)刊本,《渔洋山人著述考》著录。计东,字甫草,号改亭,江苏吴江人。

《慕庐诗稿》无卷数,叶封撰,王士禛评点,康熙间刻本,藏国家图书馆。

《程昆仑诗选》二卷,程康庄撰,王士禛等选,康熙间刻本。

《问山诗集》十卷,丁炜撰,王士禛、施闰章选,康熙间希郧堂刻本,藏国家图书馆、南京图书馆等。半页十行,行二十一字,白口,左右双边,有宋琬、汪琬、朱彝尊、钱澄之、魏禧、林尧英、沈荃、余国柱序及自序;咸丰四年(1854)雁江景义堂重刻本,增入张维屏序,藏国家图书馆、上海图书馆等。丁炜,字瞻汝,号雁水,福建晋江人,"金台十子"之一。

《涉江倡和诗》不分卷,丁炜、丁焊撰,王士禛选,清刻本,藏国家图书馆。

《浣雪词钞》二卷,毛际可撰,王士禛、李天馥评,康熙间刻本,藏国家图书馆。

《黄湄诗选》十卷,王又旦撰,王士禛选,康熙二十年(1681)刻本,藏国家图书馆,半页十行,行十九字,黑口,四周单边。有王士禛、汪懋麟、顾景星、姜宸英、陆嘉淑序,按创作时间收入《山中集》《涉江集》《汉渚集》《京华集》《芝阳集》《续汉渚集》《续山中集》《掖垣集》《领海集》九种五百三十余首诗。王又旦,字幼华,号黄湄,陕西郃阳人,"金台十子"之一。王士禛评其诗清真古澹,变而为奇恣雄放,再变为渊泓澄深,渺乎莫窥其涯涘。另有山东大学图书馆藏五卷本,半页十行,行十九字,黑口,四周单边。五卷为十卷本的前五种诗集,收入古今体诗二百余首。卷末有黄裳记:"丙申六月初十日收,亦有十卷本,不知与此异同如何,此本总目即五卷,当是全本。"[②]

---

① [清]王士禛:《徐诗序》,徐夜《徐诗》,《丛书集成三编》第43册,新文丰出版公司,1997年,第21—22页。
② [清]王又旦撰,王士禛选:《黄湄诗选》,山东大学图书馆藏清刻本。

《珂雪集》一卷，曹贞吉撰，王士禛评，康熙间刻《十子诗略》本，藏山东省图书馆、山东大学图书馆等，《山东文献集成》第二辑据以影印。另有宣统三年(1911)钞本，藏北京大学图书馆。

《慎余堂诗集》五卷，王元䎖撰，王士禛、叶方蔼、施闰章等评，康熙二十年(1681)自刻本，藏国家图书馆，半页十一行，行二十一字，白口，四周双边，有冯溥、沈荃、叶方蔼、王士禛、徐乾学序。王元䎖，字良辅，号慎余，祖籍琅琊，后为陕西三韩人。

《双江倡和集》一卷、《西山倡和诗》一卷，宋荦辑，王士禛评，康熙二十年(1681)刻本，藏国家图书馆。

《回中集》一卷，宋荦撰，王士禛批点，康熙二十年(1681)刻本，藏国家图书馆。

《笠山诗选》五卷，孙蕙撰，王士禛、汪懋麟选，清康熙二十一年(1682)刻本，藏国家图书馆、上海图书馆等，卷前有王士禛、汪懋麟序，录诗四百余首，《四库全书存目丛书·集部》二百三十二册影印。

《玉岩诗集》二卷，林麟焻撰，王士禛选评，康熙二十三年(1684)刻本，藏国家图书馆，半页十行，行十九字，黑口，四周单边。有王士禛、陈维崧、林尧英序及林麟焻自序，王士禛评其诗"温润缜审，孚尹旁达，扶疏而直上，譬之玉与木然。"[①]林麟焻，字石来，福建莆田人，曾学诗于王士禛。

《铜引楼诗》三十卷，黄云撰，王士禛选，康熙二十四年(1685)吴宗潧刻本，藏国家图书馆、上海图书馆等。另有清钞本，藏南京图书馆。

《苍梧词》十二卷，董元恺撰，王士禛评，康熙二十六年(1687)刻本，藏国家图书馆；民国二十六年(1937)上海开明书店排印《清名家词》本；民国二十九(1940)年武进董氏刻《广川词录》，藏国家图书馆。

《陈迦陵文集》六卷《俪体文集》十卷本，陈维崧撰，王士禛等选，康熙间宜兴陈氏患立堂刻本，藏国家图书馆、北京大学图书馆等。

《观稼楼诗》二卷《雪根清罄山房集》一卷《吴船书屋集》一卷，朱缃撰，朱缃，字子青，号橡村，山东济南人，曾从王士禛学诗。此三种均为王士禛评本，《四库全书总目》将朱缃另一别集《枫香集》与前三种合为《橡村集》。三种皆有康熙间《橡村诗集》本，藏国家图书馆，半页十行，行十八字，黑口，左右双边。《雪根清罄山房集》有朱彝尊、王士禛序，康熙三十九年(1700)安

---

① [清]王士禛：《玉岩诗集序》，林麟焻《玉岩诗选》，《四库全书存目丛书·集部》第244册，齐鲁书社，1997年，第697—688页。

丘张贞序、康熙四十五年(1706)王士禛序。另有乾隆间济南朱氏家刻本，半页十行，行十九字，黑口，左右双边。道光间刻《济南朱氏诗文汇编》本，藏山东大学图书馆，《四库全书存目丛书·集部》二百七十三册据以影印。

《苍雪山房稿》一卷，朱纲撰，王士禛评，清刻本，藏山东省图书馆，半页十行，行十九字，黑口，左右双边，有王士禛序，《四库全书存目丛书补编》第六册据以影印。朱纲，字子聪，山东济南人，原籍高唐，曾与其兄朱缃学诗于王士禛。另有道光间刻《济南朱氏诗文汇编》本，藏山东大学图书馆。

《出塞诗》一卷，徐兰撰，王士禛评点，康熙三十七年(1698)刻本，藏国家图书馆。半页十行，行十九字，黑口，左右双边，有王士禛、姜宸英、万斯同序，卷末有汪灏跋，王士禛序言其诗精悍雄拔。徐兰，字芬若，一字芝仙，江苏常熟人，曾随安郡王北征，作《出塞诗》一卷。另有道光六年(1826)琅嬛仙馆刻本，藏国家图书馆，半页十行，行二十字，白口，左右双边，附《芝仙先生遗诗》。

《塞上集》一卷，喻成龙撰，王士禛评，康熙三十七年(1698)刻本，藏国家图书馆。

《青门旅稿》六卷，邵长蘅撰，王士禛评，康熙间刻本，藏中国科学院图书馆。

《莲洋集》二十卷《附录》一卷，吴雯撰，王士禛评，乾隆三十九年(1774)张氏荆圃草堂刻本，伦明著录为嘉庆间大兴翁氏刊。半页十一行，行二十三字，白口，四周单边。有翁方纲、曹学闵、张体乾乾隆三十九年(1774)序，王士禛、汤右曾、陈维崧原序。卷前有《莲洋先生小像》及翁方纲赞、年谱，王士禛撰墓志铭。《附录》一卷为诸家诗评、酬唱等。收诗二千余首。吴雯，字天章，山西蒲州人，与王士禛交，其诗"一刻于吴中，再刻于都下，三刻于津门"①，据翁、曹、张序及总目后吴雯侄吴秉厚跋，吴秉厚有王士禛手评抄本，张体乾嘱曹学闵请翁方纲论次，刻为此集，民国间《四库备要》排印。另有乾隆十五年(1750)刘组曾刻、十六年(1751)宋弼增刻本，为十二卷，有《补遗》一卷、《附录》一卷，半页九行，行十九字，白口，左右双边，藏山西省图书馆、中国科学院图书馆等；乾隆五十五年(1790)徐昆等增修本，藏吉林省图书馆、内蒙古图书馆等。乾隆三十二年(1767)孙谔望云楼刻本，为十卷，名"莲洋诗钞"，藏南京图书馆；乾隆内府钞《四库全书》本，藏国家图书馆。

---

① [清]王士禛：《吴征君天章墓志铭》，《蚕尾续文集》卷十七，袁世硕主编《王士禛全集》，齐鲁书社，2007年，第2252页。

《翠岩偶集》六卷，李雍熙撰，王士禛选评，康熙四十二年(1703)湛恩堂刻本，藏中国科学院图书馆、复旦大学图书馆，《四库未收书辑刊》五辑二十七册影印。另有嘉庆六年(1801)刻本，藏南京图书馆等。

《渔洋山人评选研村集》五卷，汪沅撰，王士禛评选，又名"研村集""研村诗集"，康熙四十四年(1705)汪梓琴等刻本，藏上海图书馆、南京图书馆等。

《江湖夜雨集》四卷，郎廷槐撰，王士禛评，康熙四十五年(1706)萝筵斋刻本，藏国家图书馆，半页十行，行二十一字，黑口，四周单边，卷首有郎廷槐《上渔洋论诗书》及王士禛答书，有宋荦、朱彝尊、张贞、张实居序，按年编次，录康熙三十五年(1696)至康熙三十八年(1699)诗。郎廷槐，字梅溪，号千山，辽宁广宁人，学诗于王士禛，曾任历城知县。

《杏村诗集》七卷，谢重辉撰，王士禛评，康熙四十七年(1708)刻本，藏国家图书馆，半页十行，行二十一字，白口，左右双边。谢重辉，字千仞，号方山，山东德州人，"金台十子"之一。是集录其康熙四十一年(1702)至康熙四十七年(1708)诗，王士禛评曰："杏村近诗，去肤存骨，去枝叶存老干，如长松怪石，颠倒绝壑，冰雪之所凝沍，飞瀑之所穿漏。讵复知名园百卉，争妍竞媚于春风骀荡中耶？寥寥千古，真赏甚希，存之箧中，以待后世有元次山、杜清碧其人者，相赏于弦指之外而已。"[1]《四库全书存目丛书·集部》二百三十四册影印。

《杞田集》，安丘张贞著，王士禛定，康熙四十九年(1710)张氏春岑阁刻本，半页十行，行十九字，黑口，左右双边，《四库未收书辑刊·七辑》二十八册影印。

《渔洋先生评点赤嵌集》四卷，孙元衡撰，王士禛评，康熙四十九年(1710)精刻本，藏国家图书馆，《四库全书存目丛书补编》五十三册据以影印，《四库全书总目》云："是集皆其为台湾同知时所作，以地有赤嵌城，故以为名，多纪海外土风物产，颇逞才气，而未能尽轨于诗律，王士禛为之点定，谓其追踪建安，蹑迹长公，似太过也。"[2]

《青沟偈语》一卷《台山游》一卷《千漫草》一卷，释智朴撰，王士禛批点，康熙间刻本，半页十行，行二十字，黑口，四周单边，藏国家图书馆。伦明

---

[1] [清]王士禛：《杏村诗总评》，谢重辉《杏村诗选》，《四库全书存目丛书·集部》第234册，齐鲁书社，1997年，第220页。
[2] [清]永瑢、纪昀等：《四库全书总目提要》，中华书局，1965年，第1665页。

《渔洋山人著述考》著录。释智朴，号拙庵，江苏徐州人。

《萧亭诗选》六卷，张实居撰，王士禛选，清康熙间孙元衡刻本，藏国家图书馆、山东省图书馆等，有孙元衡、王士禛序，王启涑跋。半页十行，行二十字，黑口，左右双边，选张实居诗五百余首。张实居，字实公，号萧亭，山东邹平人，王士禛内兄。另有《王渔洋遗书》本，半页十行，行十九字，黑口，左右双边。《四库全书存目丛书·集部》二百三十四册影印。

《陶庵诗集》三卷，李浃撰，王士禛选评，康熙间刻本，藏国家图书馆。半页十行，行十九字，黑口，四周单边，有王士禛、高珩序，附《年谱记事》一卷。李浃，字霖瞻，号陶庵，山东德州人。王士禛序言其古诗"大抵原本于陶，而杂采诸家之美"①。

《鬲津草堂诗》六卷，田霡撰，王士禛评，康熙、乾隆间《德州田氏丛》书本，藏国家图书馆。半页九行，行十九字，黑口，左右双边，有王士禛、吴培源、孙勷序。田霡，字子益，号乐园，山东德州人，与其兄田雯并有诗名。是集凡五古一卷，五律一卷，王士禛序评其诗有司空图《二十四诗品》"冲淡""自然""清奇"三品。

《但吟草》八卷《恭纪诗》一卷，萧惟豫撰，王士禛选，康熙五十年（1711）自刻本，藏国家图书馆。半页十行，行十九字，黑口，左右双边，卷前有康熙二十五年（1686）田雯、冯廷櫆序，及康熙五十年萧惟豫自序，《四库未收书辑刊》五辑二十九册据此影印。萧惟豫，字介石，号韩坡，山东德州人。

《淮豫集》一卷，李孚青撰，王士禛批点，康熙间刻本，藏国家图书馆。李孚青，字丹壑，河南永城人，李天馥之子，曾学诗于王士禛。此集为其《盘隐山樵集》之一，《盘隐山樵集》八卷，其余七卷非王士禛批点。

《绿杨红杏轩诗集》四卷，蒋仁锡撰，王士禛批点，康熙间刻本，藏山东大学图书馆，半页十行，行十九字，黑口，左右双边，卷首有王士禛信札一通及朱彝尊序。蒋仁锡，字静山，山西临汾人，师从王士禛。

《画溪西堂稿》三卷，谢芳连撰，王士禛评点，康熙间刻本，藏国家图书馆，半页十行，行十九字，白口，左右双边。伦明《渔洋山人著述考》著录："是稿卷一《啸庄集》，卷二《简言别录》，卷三《香祖山人文外》；卷一卷二渔洋评点，卷三则邵子湘评点也。"②另有清乌丝栏抄本，藏国家图书馆。谢芳连，字皆人，江苏宜兴人。

---

① [清]王士禛：《渔洋文集》卷二，袁世硕主编《王士禛全集》，齐鲁书社，2007年，第1549页。
② 伦明：《渔洋山人著述考》，《燕京学报》1929年第5期，第945页。

《诗庸》六卷,谢芳连撰,王士禛等评,康熙间刻本,藏国家图书馆。

《聊园诗略》十三卷,孔贞瑄撰,王士禛、田雯论定,康熙间刻本,半页十一行,行二十二字,白口,左右双边,藏国家图书馆。孔贞瑄,字璧六,号聊叟,山东曲阜人,孔子六十三代孙。

《古钵集选》一卷,王士祜撰,王士禛批点,康熙间刻本,藏国家图书馆,半页十行,行二十字,黑口,左右双边,有王士禛序,收入《王渔洋遗书》。王士祜,字子侧,号东亭,又号古钵山人,王士禛叔兄。

《抱山集选》一卷,王士禧撰,王士禛批点,康熙间刻本,藏国家图书馆,半页十行,行二十字,黑口,左右双边,有王士禛序,收入《王渔洋遗书》。王士禧,字礼吉,王士禛仲兄。

《菜根堂诗集选》四卷,赵吉征撰,王士禛批点,康熙间刻本,藏国家图书馆。

《浣亭诗略》一卷,林尧华撰,王士禛选,康熙间五草园刻本,藏山东省图书馆。

《草亭诗集存》二卷,周篆撰,王士禛选,钞本,藏内蒙古图书馆。

《倚云阁诗集》一卷,汪灏撰,王士禛选定,约康熙间刻本,藏山东省图书馆。

《知畏堂诗集》五卷,赵执瑁撰,王士禛批点,乾隆二十七年(1762)知畏堂刻本,藏山东省图书馆。

《木田诗抄》七卷,张丕扬撰,雍正四年(1726)刻本,半页九行,行十九字,白口,四周双边,藏国家图书馆,伦明《渔洋山人著书考》著录。张丕扬,字北溟,号木田,江苏泰兴人。

《渔洋山人评校集钞》不分卷,王士禛辑,稿本,藏山东省博物馆。

《文选钞》不分卷,梁萧统编,王士禛选钞,清初王氏手写本,台湾图书馆善本书目著录。

《钤山堂诗选》无卷数,明严嵩撰,王士禛评选,稿本,闽人黄秋岳藏,伦明《渔洋山人著述考》著录。

《琅琊三公集》无卷数,王士禛辑,《山东通志·艺文志》著录。

《南海诗选》无卷数,王士禛选,《山东通志·艺文志》著录。

《十子诗略》无卷数,王士禛辑,《山东通志·艺文志》著录。

《杨梦山诗选》三卷,明杨巍撰,王士禛选订,康熙间谢重辉刻本,《四库全书总目》著录。

《函山集选》无卷数，明刘天民撰，王士禛选，王士禛刻本，《山东通志·艺文志》著录。

《挂剑集》一卷，林古度撰，王士禛删定，清钞本，《续修四库全书总目提要》著录。

《昆仑山房明季百一诗》二卷，张笃庆等撰，王士禛评，清抄本，《中国古籍善本书目》著录。

《援之筌句选钞》不分卷，马澄撰，王士禛选，安丘马氏钞本，《续修四库全书总目提要》《山东通志·艺文志》著录。

第三节　王士禄与清代王氏其他成员著述考

一、王士禄著述考

清初王氏第八代成员中除王士禛外，其他成员也有著述留存，其中以王士禄最多，王士禄"雅好为诗，多记览，遇事成书"[1]，著述丰富。

《司勋五种集》二十卷，黄登贤家藏本，《四库全书总目提要》著录："是集一曰《表余堂诗存》二卷，一曰《十笏草堂诗选》九卷，一曰《辛甲集》七卷，一曰《上浮集》二卷，皆古今体诗。一曰《炊闻卮语》二卷，则词也。然《表余堂诗存》未刻，刻者实止四种耳。"[2] 此集为王士禄诗、词的合集，今不存。

《表余堂诗》一卷，王士禛评，稿本，藏山东博物馆。蓝格，四周单边，半页九行，行十九字。此本封面题"表余堂诗底稿，清王士禄著，王渔洋评"。卷前有赵士冕《乙未诗序》、沈履夏《弁引》。卷首第一行上题"表余堂诗（乙未）"，下题"都门及入莱作"，第二、三、四行下题"新城王士禄子底著，封丘万泰大来、弟王士禛贻上阅"。此集为《琅琊二子近诗合选》中王士禄诗作的底本，共收入王士禄诗作一百二十六首，其中一百首后选入《琅琊二子近诗合选》。沈履夏评曰："及阅乙未诗，盖往来京毂所作，流连唱叹，无非樽酒论文，山川云物

---

[1] [清]施闰章：《吏部考功司员外郎王君墓碑》，王士禛撰，孙言诚点校《王士禛年谱》，中华书局，1992年，第137页。

[2] [清]永瑢、纪昀等：《四库全书总目提要》，中华书局，1965年，第1645页。

之纪,不役役于声华,揽其高致,又是诗家摩诘、东野之绝尘也。"①

《琅琊二子近诗合选》十一卷,王士禄、王士禛撰,周南、王士禧等辑评,藏国家图书馆,为王士禄与弟王士禛少作合编本,又名"表余落笺合选",分别从王士禄《表余堂诗》与王士禛《落笺堂诗》中选出,刻于顺治十六年,收入王士禄各体诗二百七十六首。版本情况见前文王士禛著述部分,兹不赘述。

《十笏草堂诗选》十一卷,梁熙、王士禧、王士禛、汪琬等选,清康熙间增刻本,藏国家图书馆、清华大学图书馆、中国科学院图书馆等。白口,上单鱼尾,鱼尾上为"十笏草堂诗选"六字,鱼尾下为卷次和页码,左右双边,半页九行,行十九字。正文目次前有汪琬、赵士冕、王士禛序。目次仅九卷,首行题"十笏草堂诗选总目",下题"起丙申,迄庚子。附乙未失编重订诗",前九卷分体编次,卷一为"风雅体"与五言古诗,卷二为七言古诗,卷三、卷四为五言律诗,卷五至卷七为七言律诗,卷八为五言排律与五言绝句,卷九为七言绝句,目次后题"凡为风雅体一篇,五七言古近体诗三百九十七首",十卷、十一卷前又有王士禛《序》,曰:"伯氏编年诗九卷,旧刻吴中。兹集二卷附之,缘一岁之作,故不分体。"②且卷十、卷十一前均题"辛丑",结合目次前所述"附乙未失编重订诗",可知此刻本所收为王士禄顺治十二年(1655)至顺治十八年(1661)的作品,共收入诗歌五百六十三首。《四库全书存目丛书补编》七十九册据此本影印,但卷四至卷九缺漏,不知何故。《十笏草堂诗选》十一卷是王士禄诗歌的主要部分,前九卷所录为王士禄在莱州府、京师时期的诗歌,后两卷所录为顺治十八年五月至十月奉使颁诏山西途中所作。其初刻本为《十笏草堂诗选》九卷,藏南京图书馆,四册一函,版式与十一卷本同,录顺治十三年(1656)至顺治十七年(1660)诗三百七十八首。

《十笏草堂辛甲集》七卷,清康熙间刻本,藏北京图书馆、清华大学图书馆、中科院图书馆、中国人民大学图书馆等。此本白口,上单鱼尾,鱼尾上方为"十笏草堂辛甲集",下方为卷次和页数,半页九行,行十九字,左右双边。卷前有林嗣环、雷士俊、王岩、陈维崧、毛先舒序,王士禛《辛丑诗原序》及王士禄自撰《尘余集自序》《拘幽集自序》。后为总目,分体编次,卷一为五言古诗,卷二为七言古诗,卷三为五言律诗,卷四、卷五为七言律诗,卷六为五言绝句,卷七为七言绝句。总目最后题"右《辛丑春诗》《西辕集》(辛丑

---

① [清]王士禄:《表余堂诗》,山东省博物馆藏稿本。
② [清]王士禄:《十笏草堂诗选》,国家图书馆藏康熙间刻本。

五月以后诗)、《尘余集》(壬寅、癸卯两岁诗)、《拘幽集》(甲辰秋诗)、《上浮甲集》(甲辰冬诗)五本合编,凡为五七言古近体诗四百一十二首"。故《辛甲集》所收为顺治十八年(1661)春至康熙四年(1665)冬的诗作,其间王士禄奉召出使山西,又因吏部典试下狱,经历了仕途上的大起大落,"故其诗歌哭无端,啼笑不一,非阡非陌"[①]。毛先舒序云:"虽蕉萃支离,幽忧困顿,而抽思抒曲,行吟自如。"评其"李高谢朗,先生兼之"[②]。一些图书馆如国家图书馆、中国科学院图书馆等,将《辛甲集》《上浮集》合函,称为"十笏草堂诗选"十一卷,易与《十笏草堂诗选》十一卷混淆,需要注意甄别,《四库全书存目丛书补编》七十九册据以影印。

《十笏草堂上浮集》四卷,清康熙间刻本,藏国家图书馆、山东省图书馆、中国科学院图书馆等。此本白口,上单鱼尾,鱼尾上方为"十笏草堂上浮集",下方为卷次和页数,半页九行,行十九字,左右双边。按年编次,卷前有杜濬、孙枝蔚、宗元鼎序及自序。卷一为乙巳诗一百零八首,卷二为乙巳诗一百一十首。卷三前又有王岩、雷士俊、李长祥、邓汉仪、宗元鼎序,为丙午诗九十九首,卷四为丙午诗九十首,收入康熙四年(1665)至五年(1666)诗作四百零七首。王士禄自序云:"《上浮集》者,王子甲辰冬以后所为诗也,义盖取诸屈子之《远游》,而用甲乙为编次。"[③]是其流寓扬州时期之作,杜濬评曰:"盖长公(王士禄)似陶,少公(王士禛)似谢,在唐人中,少公精致似摩诘,长公闲远似浩然。"[④]孙枝蔚评其诗"音节风格大概取法少陵,稍出入于谢灵运、苏子瞻之间"[⑤]。《四库全书存目丛书补编》第七十九册据此本影印。

《考功集选》四卷,王士禛选,康熙三十七年(1698)刻本,藏国家图书馆、上海图书馆、山东大学图书馆等。此本黑口,左右双边,上单鱼尾,鱼尾下为书名"考功集选"及卷次、页码。半页十行,行二十字。卷前有王士禛《刻考功选集序》,首页第一行上方题"考功集选一",第二、三行下方题"新城王士禄西樵撰,弟王士禛阮亭批点"。王士禛在序中述成书过程,并评王

[①] [清]陈维崧:《十笏草堂辛甲集序》,王士禄《十笏草堂辛甲集》,《四库全书存目丛书补编·集部》第79册,齐鲁书社,2001年,第64页。
[②] [清]毛先舒:《十笏草堂辛甲集序》,王士禄《十笏草堂辛甲集》,《四库全书存目丛书补编·集部》第79册,齐鲁书社,2001年,第65页。
[③] [清]王士禄:《上浮集》,《四库全书存目丛书补编·集部》第79册,齐鲁书社,2001年,第127页。
[④] [清]王士禄:《上浮集》,《四库全书存目丛书补编·集部》第79册,齐鲁书社,2001年,第124页。
[⑤] [清]王士禄:《上浮集》,《四库全书存目丛书补编·集部》第79册,齐鲁书社,2001年,第125页。王

士禄诗云:"予往撰《感旧集》,既援簇中,《中州》二集附录季川、敏之两元之例,以先生诗终卷。今二十五年矣,适刻东痴、萧亭二家诗于京师,乃复择先生诗什之二三,次为四卷,并刻以传。仍取诸公品藻之语,略为序述,以俟论定。或曰:子独无言可乎?曰:不敢也。无已,则举坡公所云'出新意于法度之中,寄妙理于豪放之外',以评是诗,其亦无溢美尔矣。"[①]所录诗歌选自《表余堂诗》《十笏草堂诗选》《辛甲集》《上浮集》。此集另有抄本,藏山东省图书馆,一册,半页十行,行十二字,无格,有王士禛朱批;道光十年(1830)王氏信芳阁刊《国初十家诗钞》本,作《十笏草堂诗》,白口,四周单边。半页九行,行二十字。卷前有汪琬、朱彝尊序及王士禛原序、郑方坤《十笏草堂诗钞小传》,藏国家图书馆、山东省图书馆、南京图书馆等。

《王西樵诗选》六卷附诗话一卷,顾有孝辑,清康熙十一年(1672)刻本,藏国家图书馆。此本黑口,上单鱼尾,左右双边,半页八行,行十八字。正文目次前有松陵朱鹤龄所撰《王西樵诗选题辞》,正文先录诗话一卷,半页十一行,行二十一字,为林古度、邓汉仪、杜濬等人对王士禄和王士禛诗歌的评价,共收诗话二十七条。诗话之后录诗六卷,每卷前有目录,分体编次,卷一至卷六分别为五言古诗、七言古诗、五言律诗、七言律诗、五言绝句、七言绝句,共收入诗歌三百五十二首,其中一百四十二首为其余各本所无。朱鹤龄述其成书过程云:"顾子茂伦征选山左四家诗,厥弟君复自京邸归,西樵先生手授编年诸刻,茂伦分体诠次,汇为一集,刻成,以先生命属不佞龄缀词首简。"评其诗云:"西樵先生生于于鳞之乡,而又承季木公之家学,其为诗也,抗坠抑扬,含情悱恻,盖深有得骚人之旨。若其澹而多风,怨而不激,艳而能雅,咀百氏之英华,而汰其庞类。"[②]今考其诗作,多出的一百四十二首诗作中有《红桥作》《二月十九日同诸公两泛红桥晚归,用王少伯宴春原韵》等多篇写红桥的诗作。红桥,一名虹桥,在扬州城西北,康熙四年(1665)至康熙六年(1667),王士禄客扬州,与陈维崧、曹尔堪、宋琬等名士往来其间,相与酬唱。另外集中有《题周雪客小像卷》。周雪客,即周在浚,号遗谷,周亮工长子,大梁人,康熙十年(1671)寓京城,得龚鼎孳支持,组织"秋水轩倡和",并刻《秋水轩倡和词》。王士禄于康熙九年(1670)起复,至十一年(1672)在京师,也曾参与"秋水轩倡和",故集中收入了王士禄

---

① [清]王士禄:《考功集选》,王士禛选,山东大学图书馆藏康熙间刻本。
② [清]朱鹤龄:《王西樵诗选题辞》,王士禄著、顾有孝辑《王西樵诗选》,国家图书馆藏清康熙十一年刻本。

康熙五年(1666)至康熙十一年(1672)的诗作，而这些作品在其余各本中并无收录，故为研究王士禄诗歌的重要文献。

《西樵诗选》一卷，吴之振选，为《八家诗选》之一，清康熙十一年(1672)吴氏鉴古堂刻本，藏国家图书馆、北京大学图书馆、上海图书馆等，黑口，双鱼尾，左右双边，半页十二行，行二十二字。八家其余七家为宋琬、曹尔堪、施闰章、沈荃、王士禄、程可则、王士禛、陈廷敬。

《王西樵诗选》一卷，魏宪选，康熙中福清魏氏枕江堂刻《皇清百名家诗》本，藏上海图书馆、华东师大图书馆等；另有清钞本，梅岑评点，作"西樵山人诗集"，附《燃脂集》残本，山东博物馆藏。

《王子底诗》，藏山东省图书馆。此本包括《齐鲁诗选》《南徐游览集》《忆莱二十诗》《北归录别诗》四种，每种版式不一。《齐鲁诗选》，清溉堂刻本，无格，上单鱼尾，版心下为"溉堂藏板"，半页九行，行二十一字，收入王士禄、王士祜、王士禛兄弟三人诗歌九十八首，其中王士禄诗四十五首。《南徐游览集》，清初王氏十笏草堂刻本，卷前有杜濬序，半页九行，行二十字，版心上方为"十笏草堂"，下方题"乙巳春诗"，收入王士禄康熙四年(1665)诗作五十五首。《忆莱二十诗》，半页九行，行十九字，据《王考功年谱》，此集作于顺治十七年(1660)，"岁暮，作《忆莱杂诗》二十首，论者谓老杜《秦州诗》无以过也"[①]。《北归录别诗》，半页九行，行二十一字，正文前有雷士俊序。康熙六年(1667)王士禄自扬州归里，许钦、杜濬、陈世祥等人送别，收入诸人诗四十四首，最后有王士禄《留别·新城王士禄西樵用"来"字》一首。

《十笏草堂诗略》八卷《西樵山人诗集》二十卷，写本，《山东通志》著录："《白云山房文集·答诸城李雨樵第一书》云：西樵先生诗，一时一地之作，脱稿入梓，散本多矣，至《司勋五种集》之刻，为其总集，后又有《西樵诗选》之刻，最后乃有《考功诗集》之刻，即今载《渔洋全集》者是也。凡此某皆有其书，别有西樵手定《十笏草堂诗略》写本八卷，为二帙，《西樵山人诗集》墨刻相间本二十卷，为五帙，而阙其第二帙，未审雨樵藏本与此数种有同有异夫。即一人之书而合观，名手之去取删定，甚益人神智，今将西樵手定未刻原本二种六帙缄呈，祈明示同异，广其孤陋为惠多矣。"[②]今未见传本。

《十笏草堂诗集》一卷，朱彝人抄本，藏济南图书馆，卷首首行上方题

---

① [清]王士禛：《王考功年谱》，王士禛撰，孙言诚点校《王士禛年谱》，中华书局，1992年，第73页。
② [清]孙葆田：《山东通志》卷百四十三，华文书局股份有限公司，1969年，第4085页。

"十笏草堂诗集",下为"新城王西樵著",无格,分体而录,所选依次为五律、七律、五古七古、辛丑诗二卷,均出于《十笏草堂诗选》。

《涛音集》八卷,王士禄、王士禛选评,乾隆五十七年(1792)掖县儒学刻本,藏国家图书馆、复旦大学图书馆、山东省图书馆等。此本黑口,上单鱼尾,鱼尾下为"涛音集"及卷次、页码,左右双边,半页十行,行二十字,封面题"掖县儒学募金开雕,乾隆五十七年岁在壬子冬十二月刻成"。此集为王士禄在莱州时所选明代掖县人诗歌总集,卷前有翁方纲序云:"《涛音集》八卷,皆掖县人诗,盖西樵教授莱州时,阮亭省兄于学舍,相与观海赋诗,因撰次其邑人之作也。往往有两先生系评云。予访此书三十年不得见,今按试于莱,始见之。"[①]八卷均题为"新城王士禄西樵选辑,弟王士禛贻上仝选",每卷参订者不同,卷后有长洲汤惟镜跋。另有抄本,藏山东大学图书馆,无格,半页九行,行二十六字,卷前有所选莱人姓氏目录,刻本中姓氏则在每人所选诗前。

《炊闻词》二卷,清康熙孙氏留松阁刻本,属孙默《国朝名家诗余》之一,藏国家图书馆、上海图书馆、南京图书馆、中国社会科学院图书馆等。此本白口,左右双边,版心上方为"炊闻词"及卷次,下方镌有"留松阁"三字,半页九行,行二十一字。正文目次前有尤侗序与自序,卷首首行上部为书名"炊闻词"及卷次,第二至五行下部为"新城王士禄西樵撰,长洲尤侗悔庵、武进邹祗谟程村评,休宁孙默无言校"。是集二卷,收词一百七十三首,有王士禛、陈维崧、董以宁、曹尔堪、邹祗谟、徐士俊诸家评点,附于每首词后。王士禄自序曰:"康熙甲辰三月,余以磨勘之狱入羁于司勋之署。于时捕檄四出,未即对簿,伏念日月旷邈,不有拈弄,其何以荡涤烦懑、支距幽忧?自髫齿颇耽词调,虽未能研审其精妙,聊可藉彼抗坠,通此蕴结,因取《花间》《尊前》《草堂》诸体,稍规模为之,日少即一二,多或六七。"[②]是为此集创作缘起。康熙二年(1663)七月,王士禄以吏部考功员外郎典河南乡试,康熙三年(1664)三月,礼部以河南乡试试文有疵,拘其于考功之署,集中词大多作于此时。《四库全书》收《十五家词》本,据留松阁本而来,卷前评者、选者等署名,及卷中评点都被删去,民国二十五年(1936)中华书局印排印《四库备要》本之来源亦同,是较为通行的版本。另有光绪二十七年(1901)金陵吴重熹辑《吴氏石莲庵刻山左人词》本,黑口,双鱼尾,半页十一行,行二十

---

① [清]王士禄、王士禛撰:《涛音集》,山东大学图书馆藏乾隆五十七年掖县儒学刻本。
② [清]王士禄:《炊闻词》,上海图书馆藏康熙间留松阁刻本。

一字,国家图书馆、首都图书馆、北师大图书馆等藏,《四库全书存目丛书·集部》四百二十二册据以影印;民国二十六年(1937)开明书店排印陈乃乾辑《清名家词》,收入《炊闻词》,将原二卷合并为一卷,删去了自序,2002年中华书局出版的《全清词·顺康卷》所收《炊闻词》与《清名家词》本同源。

《三子倡和词》一卷,王士禄、曹尔堪、宋琬撰,徐士俊辑,清康熙四年(1665)刻本,有徐士俊序。康熙四年,王士禄与曹尔堪、宋琬在杭州西湖以词相倡和,三家各填《满江红》八阕,合二十四首,刻为《三子倡和词》,曾藏于上海图书馆,后还于藏家,今未见。

《广陵倡和词》七卷,王士禄、曹尔堪等撰,孙金砺辑,清康熙间刻本,藏国家图书馆、上海图书馆。此本附于《国朝名家诗余》之后,白口,左右双边,半页九行,行二十一字,卷前有孙金砺《广陵倡和词序》、龚鼎孳《广陵倡和词小引》,其后为"广陵倡和词姓氏",共十七人,实收入十二人词。康熙五年(1666),王士禄与曹尔堪、陈维崧、邓汉仪、宗元鼎、季公琦、宋琬、孙枝蔚等人宴集于扬州红桥,赋《念奴娇》,限"屋"韵,每人十二首,后结集为《广陵倡和词》,称为"广陵倡和",其中收入王士禄《念奴娇》十二首,且有诸人评语。

《秋水轩倡和词》二十六卷,王士禄、曹尔堪等撰,清康熙十年(1671)至十一年(1672)遥连堂刻本,藏国家图书馆。曹尔堪,字子顾,号顾庵,浙江嘉善人,顺治九年(1652)进士,曾与王士禄共同参与"江村倡和""广陵倡和"。康熙十年秋,曹尔堪在京中周在浚寓所秋水轩赋《贺新凉》,引起龚鼎孳等响应,周在浚主其事,编《秋水轩倡和词》。此本白口,左右双边,半页九行,行二十一字,卷前有王士禄题词、汪懋麟序、杜濬引、曹尔堪纪略。根据王士禄《秋水轩倡和题词》,"顾庵去两月,从雪客所读《秋水轩倡和》,始知复有'扁'字韵《贺新凉》词六首"[①],王士禄是在曹尔堪离京之后追和其韵,在时间上比较晚,"西樵考功最后成六阕,以为之殿"[②]。此集收入二十六家词一百七十六首。其初刻本二十二卷,康熙十年(1671)刻,版式相同,亦藏于国家图书馆。

《读史蒙拾》一卷,清钞本,藏天津图书馆。此本半页八行,行二十字。"是书取诸史新颖之语,标数字为题,而录其本文于后,亦洪迈《经史法语》之类。然书止一卷,聊以寓意而已,实未竟其事。曰'蒙拾'者,取刘勰《文

---

① [清]王士禄、宋琬、曹尔堪等:《秋水轩倡和词》,国家图书馆藏康熙十年至十一年遥连堂刻本。
② [清]王士禄、宋琬、曹尔堪等:《秋水轩倡和词》,国家图书馆藏康熙十年至十一年遥连堂刻本。

心雕龙·辨骚篇》'童蒙者拾其香草'句也。"①《四库全书存目丛书·史部》一百五十一册据以影印。

《焦山古鼎考》一卷,清康熙三十九年(1700)刻本,属张潮辑《昭代丛书》之一,藏国家图书馆、清华大学图书馆、复旦大学图书馆等。此本白口,四周单边,半页九行,行二十字。关于其成书缘起及过程,《王考功年谱》云:"焦山有古鼎,故京口荐绅家物,嘉靖中尝为分宜相所得。分宜败,鼎归山中,自欧、刘、薛、赵以下诸公所集录金石文字,皆不见收。先生手自披剥,坐卧其下,数日辨其铭识,凡得七十八字,存疑八字,不可识者七字。乞新安程布衣穆倩(邃)摹绘为图,自赋长歌记之。"②《四库全书存目丛书·子部》七十七册据以影印。另有道光十三年(1833)吴江沈氏世楷堂刻本,藏国家图书馆、辽宁省图书馆等,版式皆与康熙三十九年(1700)刻本同。

《燃脂集例》一卷,清康熙三十九年(1700)刻本,属张潮辑《昭代丛书》之一,藏国家图书馆、清华大学图书馆、复旦大学图书馆、天津图书馆等。白口,四周单边,半页九行,行二十字,正文前有张潮《燃脂集例题辞》,正文首页第一行上方题"昭代丛书乙集卷二十八",第二行下方为"新安张潮山来辑"。其内容包括"缘起""部署""尊经""核史""刊谬""存异""去取""区叙""黜评""纂略",最后有张潮跋,《四库全书存目丛书·集部》四百二十册据以影印。另有康熙间刻本,作《燃脂集发凡》,收入《新城王氏杂文诗词十一种》,藏国家图书馆;道光十三年(1833)吴江沈氏世楷堂刻本,藏国家图书馆、北京大学图书馆等。

《燃脂集》二百三十五卷,稿本,存二十九卷,藏上海图书馆。今存首五卷、《引用书目》一卷及《宫闺氏籍艺文考略》八卷。其中《宫闺氏籍艺文考略》民国时期载于《艺文杂志》(1936年第4期)。是集始纂于顺治六年(1649),成于康熙四年(1665)。《王考功年谱》载:"顺治六年己丑,先生年二十四岁。是岁始纂《燃脂集》,为《序例》一卷,《宫闺氏籍艺文考略》九卷,目录十八卷,《风雅》五卷,《赋部》八卷,诗部八十七卷,《文部》五十二卷,说部五十卷,《传奇》五卷,凡二百三十五卷。按是集成于乙巳,先生病中犹时有订改。"③民国王蕴章《然脂余韵》自序云:"吾宗西樵有《燃脂集》之选……茫

---

① [清]永瑢,纪昀等:《四库全书总目提要》,中华书局,1965年,第582页。
② [清]王士禛:《王考功年谱》,王士禛撰,孙言诚点校《王士禛年谱》,中华书局,1992年,第79页。
③ [清]王士禛:《王考功年谱》,王士禛撰,孙言诚点校《王士禛年谱》,中华书局,1992年,第69页。

茫数百年，竟成绝响。尝有意续之而未逮。"①可见民国时此集已经散佚。《山东通志·艺文志》著录："《香祖笔记》云：先兄西樵先生撰古今闺阁诗文为《然脂集》，多至二百卷。诗部不必言，文部至五十余卷，自《廿一史》已下，浏观采撷，可称宏博精核，而说部尤创获，为古人所未有。其全书今藏箧笥，无力刻行也。按：《文略·西樵年谱后书》云：先生著书唯《然脂集》二百三十余卷，条目粗就。所言卷数与《香祖笔记》《分甘余话》不同。《四库全书》诗文评存目《然脂集例》条提要，据'条目粗就'一语，以为未成之书。然《香祖笔记》称全书今藏箧笥，则又确为完书矣。《白云山房文集·答雨樵第二书》云：《然脂集》亦为山人与西樵同订之书。然则是编或士禄殁时草创未定，殁后士禛又为之删定而藏之，故先言二百三十余卷，后又言二百卷欤，今依《笔记》《余话》二书标目题卷，以俟知者考焉。"②另有道光十五年（1835）新城王允丰钞本，存二卷，藏山东省博物馆。

《然脂百一编五种》五卷，傅以礼重编，清光绪八年（1882）傅以礼家抄本，藏国家图书馆。此本有傅以礼校注并跋，蒋凤藻跋。民国四年（1915）编入《古今说部丛书》第五集，国学扶轮社校辑，所收为闺秀文章。

《闺阁语林》一卷，稿本，藏山东省博物馆。另有道光十三年（1833）王允灌钞本，有王允灌跋，所编皆为女性诗。

《朱鸟逸史》一卷，《山东通志·艺文志》著录，此集记载历代闺秀之能文者。王士禛《答陈其年》云："得来书，知近撰《妇人集》，采乐卫于宫闱，表殷刘于螓黛，文流佳话，快睹其成。家兄西樵向撰《燃脂集》，揽撷古今闺秀文章，殆无遗美，十年以来，至百六十卷；又撰闺中遗事为《朱鸟逸史》一书，盖取《汉武外传》中语，亦十余卷：正可与尊著相发明。"③而王士禛撰《王考功年谱》后云："今先生著书，惟《燃脂集》二百三十余卷条目粗就，余如《读史蒙拾》《朱鸟逸史》《宾实别录》《闺阁语林》《南荣曝余录》《群言头屑》《毛角阳秋》诸书，率未卒业。"④故《朱鸟逸史》当时人虽云有十余卷乃至六十余卷之多，但实未完成，今未见传本。

---

① [清]王蕴章：《然脂余韵》，杜松柏编《清诗话访佚初编》8，台湾新文丰出版公司，1987年，第267页。
② [清]孙葆田：《山东通志》卷百四十六，华文书局股份有限公司，1969年，第4349页。
③ [清]周亮工辑，米田点校：《尺牍新钞》卷一，岳麓书社，1986年，第41—42页。
④ [清]王士禛：《王考功年谱》，王士禛撰，孙言诚点校《王士禛年谱》，中华书局，1992年，第94页。

《节孝录》一卷，《山东通志·艺文志》著录，《王士正与颜修来书》云："先兄《节孝录》一册，《蜀道小集》一册，附呈览教。"①王士禛云："今先生著书，惟《燃脂集》二百三十余卷条目粗就，余如《读史蒙拾》《朱鸟逸史》《宾实别录》《闺阁语林》《南荣曝余录》《群言头屑》《毛角阳秋》诸书，率未卒业。"②今未见传本。

《毛角阳秋》，《山东通志·艺文志》著录，今未见传本。

《宾实别录》，《山东通志·艺文志》著录："考'宾实'二字，见《梁书·颜协传》，协卒，世祖为《怀旧诗》以伤之，其一章曰：'宏都多雅度，信乃含宾实，鸿渐殊未升，上才淹下秩'。此书之名盖取诸此，疑所纂皆英俊沉下僚者事迹也。"③今未见传本。

《围炉诗话》，《民国重修新城县志》据白云山房藏书著录，今未见传本。

二、清代王氏其他成员著述考

王氏第八代"士"字辈成员除王士禄、王士禛外，有著述者尚有王士禧、王士祜等人，考之如下：

王士禧，字礼吉，监生，与兄士禄，弟士禛、士祜自幼以诗倡和，性倜傥，工诗文，晚年究心岐黄，其生平诗文今存三种：

《抱山集选》一卷，康熙间《王渔洋遗书》本，藏山东大学图书馆等，《四库全书存目丛书·集部》二百二十七册据以影印。半页十行，行二十字，黑口，左右双边，为王士禛选并批点，有王士禛序，序中忆兄弟四人幼时读书东堂，雪夜倡和，士禄、士禛、士祜三人为进士，唯士禧家食以老，以其所居堂名其诗集为"抱山"，盖取孟郊"好诗空抱山"句，其诗"绰有风调，而才地较弱"④。

《函玉集》一卷，稿本，藏国家图书馆，封面题"抱山堂函玉集原稿"，并"八世孙亿年重装珍藏"，首页有："王士禧，字礼吉，一字仲受，贡生，候选州同，有《抱山堂集》一卷、《载汉洋集》《抱山堂小草函玉集》，此原稿未刻

---

① 吴曾祺编：《历代名人书札（附续编）》卷一，商务印书馆，1936年，第63页。
② [清]王士禛：《王考功年谱》，王士禛撰，孙言诚点校《王士禛年谱》，中华书局，1992年，第94页。
③ [清]孙葆田：《山东通志》卷百三十九，华文书局股份有限公司，1969年，第3895页。
④ [清]永瑢、纪昀等：《四库全书总目提要》，中华书局，1965年，第1647页。

本。"①收入诗歌七十六首。此本为《函玉集》《抱山堂小草》的原稿本,多字、句的删改痕迹。

《抱山堂小草一卷函玉集一卷》,清抄本,藏国家图书馆。封面题:"愚泉公手钞抱山堂诗",字下有:"己未得于津门,重装珍藏,亿年",无格,半页十二行,行三十二字,此集包括《抱山堂小草》一卷、《函玉集》一卷。《抱山堂小草》收入诗歌四十四首,《函玉集》收入诗歌三十六首。卷末有王允灌小识云:"右诗三十余首,太高祖礼吉公《函玉集》第五卷所存诗也,原刊藏方田侄家,共计六十余首,兹钞皆公自选,灌尝求公原稿。此外有初刻《抱山小草》一卷,此则《抱山四集》,而二集、三集皆未见,即此集上四卷亦未见,俟再觅之。"②《函玉集》中三十六首诗为王士禧从原稿本中选出,《抱山堂小草》一卷也是从初刻本中选出,其初刻本今未见留存著录,或已散佚。

王士禧还有《送怀草》《豫游草》《和月泉吟社诗集》,今皆不传。

王士祜,字子侧,又字叔子,号东亭,古钵山人,少时与士禄、士禛倡和京师,"三王"齐名,康熙九年(1670)进士,未仕而卒。有《古钵集选》一卷,王士禛选评,康熙间《王渔洋遗书》本,藏山东大学图书馆等,《四库全书存目丛书·集部》二百四十五册影印。黑口,左右双边,半页十行,行二十字,收入古近体诗歌百余篇。有王士禛序,言士祜"幼沉默,寡言笑,读书好深湛之思,为文章刻深窈杳",计东评之云:"三王并著诗名,西樵、阮亭早达,故声誉易起,若东亭之才,讵肯作蜂腰哉?'"③《四库全书总目提要》评"三王"云:"士禄不及士禛,士祜不及士禄,天下之公评也"④,颇为中肯。王士祜又有《京口游诗》一卷,康熙间附刻于《金陵游记》之后,孙殿起《贩书偶记》著录,今不见传本。

此外,王士骊有《庚寅漫录》一卷,王士骊,字貤西,号幔亭,王与阶子,官诸城训导,王士禛从弟,好为诗而不示人。《渔洋诗话》卷上云:"予所居小圃石帆亭南,有池曰春草。一日集子弟群从赋诗。弟士骊幔亭有'天际星河倒入池'之句,予甚激赏之。"⑤《庚寅漫录》为稿本,藏国家图书馆。白口,四周双边,双鱼尾,无格,半页八行,行二十四字,封面题:"幔亭公庚寅漫

---

① [清]王士禧:《函玉集》,国家图书馆藏稿本。
② [清]王士禧:《抱山堂小草一卷函玉集一卷》,国家图书馆藏清抄本。
③ [清]王士祜:《古钵集选》,《四库全书存目丛书·集部》第245册,齐鲁书社,1997年,第383—384页。
④ [清]永瑢、纪昀等:《四库全书总目提要》,中华书局,1965年,第1657页。
⑤ [清]王士禛:《渔洋诗话》卷上,袁世硕主编《王士禛全集》,齐鲁书社,2007年,第4766—4767页。

录"，下有"秋水公藏稿，亿年重装"。扉页题："文介先生漫录，曾孙祖昌珍藏，曾祖幔亭公一□本颂书，此书俟有力必刻无疑，祖昌记。纵不能刻，亦必手抄一部，以教后人。"①卷前有自序，序前有一段说明文字："王士骥，号幔亭，字空北，又字杜称，文玉公子，顺治丁酉解元，康熙甲辰进士，内阁中书舍人，《听雪堂集》《游大梁诗》，此《庚寅漫录》乃王祖昌藏稿未刻本。"②此段说明是对《庚寅漫录》作者的介绍，然有严重错误，它将《庚寅漫录》作者误认为王士骥。王士骥，字陇西，号杜称，康熙三年（1664）进士，王与玫子，王士骊从兄。是集卷首有作者"幔亭"识云："余庚寅生，今年周花甲"③，而王士骥生于崇祯五年（1632），据《王氏世谱》，王士骊卒于康熙五十七年（1718），享年六十九岁，其生年正在顺治七年庚寅（1650），所以《庚寅漫录》作者为王士骊无疑，今《山东文献书目》等著录为王士骥均有误。此集录其为人处世、读书、养生等感悟二十七则。

《庚寅漫录》另有一清抄本，题为"幔亭公漫录"，藏山东省图书馆，白口，双鱼尾，四周双边，半页八行，行二十字。此本较稿本内容更为全面，卷前有康熙五十七年戊戌（1718）侄王沛思序、金奇玉序，及王士骊自序。除稿本所录为人处世等感悟外，还记录了康熙五十年辛卯（1711）以后王士禛逝世前后之事，及《司训约言八条》《甲午年上元日课儿数则》《跋齐音小记》《求廓记辨二则》。

王士骊还有《就园倡和诗》一卷，清抄本，藏山东省图书馆。封面题为"王幔亭稿抄就园诗草"，无格，半页九行，行二十一字。卷前有王士骊小序云："周栎园先生移花竹盆石于船上，其方广尺寸，仅一舫头，名曰'就园'，集老友唐祖命辈赋诗，一时传为佳话。余客寓，庭不旋马，不能植花木池塘，亦留尺寸之区，似一船头，摆置小小花卉数十盆。暇日作咏吟之状，啜清茗于其侧，以遣老病，亦以'就园'名之。但余学问闻望不能及先生于万一，质之吾老友琢庵，绘为一图，邀二三同人题诗于其上，以志余之志趋，在彼不在此也。"④就园倡和诗作于康熙五十六年丁酉（1717），王士骊先作八首，和者有金奇玉、成永健、罗廷璋、王沛思、丘迈、杨汝谦等十二人，各赋八首。并收入王士骊去世后门人林文汉、丁鲁、杨汝谦、丁源清、丘进等人所

---

① [清]王士骊：《庚寅漫录》，国家图书馆藏稿本。
② [清]王士骊：《庚寅漫录》，国家图书馆藏稿本。
③ [清]王士骊：《庚寅漫录》，国家图书馆藏稿本。
④ [清]王士骊：《就园倡和诗》，山东省图书馆藏清抄本。

作悼诗,何世璂所撰《王士骊墓表》,及康熙五十四年乙未(1715)王士骊所辑《题带琴坐月图》《题把卷图》。是集所录诗、文非王士骊一人所作,多为其亲友门人之倡和酬赠之作,又非作于一时一地,当为后人所抄录。

"士"字辈的作品还有王士誉《笔山集》《刍楚集》《毛褐集》《采篱集》等,王士骥有《听雪堂诗集》《听雪堂词集》,今不传。

第四章
新城王氏的文学传统及其成因

从王氏家族的著述来看,诗、词、笔记杂著数量占据了绝大部分,与之相一致的是,王氏的文学成就也以诗、词、笔记与笔记小说为主,并形成了自己的传统。在诗学上,王氏追慕复古、雅好山水;在词学上,步追《花》《草》,重视以词会友的倡和活动;在笔记与笔记小说方面,融合了儒、释、道三教,并具有浓厚的文学性。王氏文学传统的形成既受到明清政治文化环境与山左地域风气的影响,也是其家族文化、家族性格的选择。

第一节　王氏的文学概况

一、王氏家学的内容

新城王氏有深厚而丰富的家学内容,并在文学上取得了很高的成就,文学之外,王氏在经学、史学、书法、绘画、小学等方面均有涉猎,诸多成员在各自的领域取得了一定成就,家族中的艺术活动也丰富多彩。

王氏勤于著述,以文学见长。王之猷、王象春、王象艮、王象晋、王象明、王与玟、王与胤、王士禄、王士禧、王士祜、王士禛等人皆有文学方面的著述。其中,王氏在诗歌方面的成就最高,同时在词学、笔记与笔记小说等方面也取得了一定的成就。王象晋重刻《诗余图谱》,并选南宋秦观、明代张䌽词为《秦张二先生诗余合璧》,王与端有《栩斋词曲》,王与玟亦有词作,清代王士禄、王士禛兄弟更在词风嬗变中起到重要作用。王之垣、王象晋、王与玟、王士禄等皆有笔记撰述,笔记类著作在王氏著述中占据重要位置。在经学方面,王象云有《王氏礼经解》,王图鸿好研儒学、经学,尤邃《春秋》之学,有《胡传钞》《三传义例》《春秋四则》《字韵》《唐宋诗辩》《八大家论断》

等。王士禄作《史辨》《诗传诗说辨》,辨《子贡诗传》《申公诗说》皆为伪书,有功于经学,康熙十二年(1673)告归居乡后,长日与诸弟晏坐,商较经史,好学不倦。王士禄还致力于史学、金石,著《读史蒙拾》,披剥辨识焦山古鼎,著《焦山古鼎考》,王士禛在其笔记中亦多史地考证方面内容。此外,王象晋长于医学,著《保安堂三补简便验方》《保世药石》《卫生铃铎》,结合古代医学及自己的临床实践,在医学上有重要贡献。其孙王士禧亦长于医学,晚年究心岐黄,著验方,尤精于痘疹,常蓄药饵以济贫。小学方面,王象乾编《音韵类编》,王象晋著有《字学快编》,惜今不存。

王氏部分成员在著书立说时,体现出集大成的意识,如王象晋著《二如亭群芳谱》,历时十余年,汇集、考订十六世纪以前中国农业资料,分元、亨、贞、利四部,四部下再细分为十四谱,内容完备,集古代农学之大成。王士禄汇编历代妇女著作为《燃脂集》,其编纂始于顺至六年(1649),成于康熙四年(1665),直至王士禄逝世前仍有订改,有《序例》《宫闺氏籍艺文考略》《风雅》《赋部》《文部》《说部》《传奇》,凡二百三十五卷,可以说是古代妇女著作的集大成之作。

著述之外,王氏亦好藏书,王士禛在《居易录》中回忆其家族藏书的历史:

> 予家自太仆、司徒二公发祥,然藏书尚少。至司马、方伯二公,藏书颇具矣,乱后尽毁兵火。予兄弟宦游南北,稍复收缉。康熙乙巳自扬州归,惟图书数十箧而已。官都下二十余载,俸钱之入,尽以买书。……朱翰林竹垞尝为予作《池北书库记》。[①]

王氏从明代"象"字辈成员开始,藏书颇具规模,然易代之际,多毁于战火。清代王士禛兄弟重振家声,王士禛勤于抄书、读书、购书,筑池北书库以藏书,晚年在《池北偶谈》《香祖笔记》《居易录》《古夫于亭杂录》等笔记中记载了购书藏书的轶事。池北书库藏书之富与朱彝尊"曝书亭"并称一时。

王氏还好收藏字画。《居易录》载,王氏曾收藏宋代王晋卿《烟江叠嶂图》长卷,有米元章、苏东坡长句,康熙四十二年(1703)万寿节,此卷纳入内府。王氏还收藏元代画家倪瓒之小幅,颇为洒丽。明代王氏与"北邢南董"皆交好,董其昌为王象艮《迂园诗》作序,与王象乾至契,王氏三代诰命,皆为董氏楷书,并曾为王氏题牌坊匾额"四世宫保",至今在桓台保存完好。

---

① [清]王士禛:《居易录》卷十四,袁世硕主编《王士禛全集》,齐鲁书社,2007年,第3938—3939页。

邢侗与王象乾为姻亲,王士禛西城别墅有"茂林修竹"匾额,为邢侗真迹。王氏得邢侗手迹颇多,然明清易代,尽化劫灰,王象晋存其《兰亭序》《白鹦鹉赋》二卷,后分别赐予王士禄、王士禛,以激励二人积极应试。王氏不仅收藏书画,还搜集历代名人如王羲之、王献之、董其昌等人之帖二百余种,请笔刀精好之家摹勒镌刻,立于忠勤祠,以嗣其家学。

由于家族风气的熏陶和影响,王氏诸多成员不仅收藏书画,还研习书法、绘画、篆刻等多种艺术。明代"象"字辈以王象咸为代表。王象咸号洞庭,性格疏放不羁,嗜酒,工怀素书法,"每左持杯杓,右握笔书,如风雨骤至,鱼龙怒飞,醒而视之,更自以为不可及也"①。王象咸崇祯间官光禄寺署正,曾奉诏书御屏,并在邹平长白山筑别业,中有亭,自署"墨王亭",卒后,书法益贵,得者皆藏弄以为宝。王士禛幼时,一日其祖王象晋置酒邀王象咸至,王象咸醉后颠墨淋漓,王象晋命诸孙对"醉爱羲之迹",王士禛年方总角,应声曰:"闲吟白也诗。"王象晋、王象咸大喜,赐其书扇,王士禛后每忆及此事,颇有自豪之感。"象"字辈其余工书法者还有王象节、王象明等。

明末王氏成员更显示出在书法、绘画方面的特长与造诣。王与玟字文玉,工行草,书法入李邕之室,好收藏古法书、名画、敦彝、盉鬲之属。王与端,字方函,工诗画并长于词、曲。王与试,字寿胥,读书之外兼善绘画、书法,解琴奕,颇有名士风流。王与璧,字琅环,号玄石,博学能文,工书法。王与斌,字全淑,号亭山,工绘画及李北海书法,尤精琴理。王士纯,字孤绛,王与夔子,风神玉立,工李北海书法。这些王氏成员在书法、绘画、琴理、篆刻等方面皆显示出一定的天赋和造诣,然而易代之际,多数成员死难,人才的凋零使王氏未能在这些领域获得进一步的成功。

入清以后,"士"字辈成员仍有以书、画名世者。王士誉,号笔山,一号铁樵,工书法,间作山水花鸟画,终身不仕,甘老林泉。王士騄,字宛西,八岁解琴理,善属文,工草书,声噪齐鲁。即如王士禄、王士禛兄弟,虽以诗闻名海内,亦对书法有相当的兴趣,王士禄幼时"尤探求六书之学,工古篆、分隶,正书入欧阳率更之室"②,其伯父王与胤赞其通朗奇雅,比之于北宋书画家黄长睿。

王氏以诗歌为家学所长,兼及经学、史学、农学等方面,又在绘画、书法

---

① 袁励杰修,张儒玉、王寀廷纂:(民国)《重修新城县志》卷十,《中国地方志集成·山东府县志辑》28,凤凰出版社,2004年,第157页。

② [清]王士禛:《王考功年谱》,王士禛撰,孙言诚点校《王士禛年谱》,中华书局,1992年,第67页。

等艺术领域有所造诣,形成了丰富博杂的家学内容。而联诗倡和、著书立说、研练书法、勤习绘画等种种活动是王氏日常生活中除了科举制艺外不可缺少的文化活动,体现出一个文化世家深厚广博的文化传统。

从文学的角度来说,王氏家族的文学传统至少包含了诗学、词学、笔记与笔记小说三方面的内容,明清两代王氏成员在诗、词、笔记方面多有创获,并在家族内部形成了创作传统。

二、王氏的诗学

王氏的家学以文学为主,在文学各种文体中又长于诗学,在这一方面取得的成就最为突出。王氏的诗歌传统从第三代王麟"始肇文脉"、走向科宦已经开启,王麟以《毛诗》起家,对王氏的家学走向有重要影响。第四代王重光有诗歌创作,《山左明诗钞》收入其《赤水道中度雪关》一首,云:"四卫行应尽,回瞻道路遥。永宁连蜀郡,鸟散接滇桥。日夜晴明少,晨昏雾雨饶。身经炎地热,颜入瘴江消。乱石踬人足,危桥折马腰。雪山凌日月,风旗拂云霄。羿仲轻仇杀,元戎善抚招。平蛮非仗剑,仪凤木吹箫。筹计匡王国,忠诚翊圣朝。同僚如漆固,薄宦忘蓬飘。乡土频惊梦,中宵罔寂寥。"[①]这首诗作于其官贵州左参议平赤水黑、白羿之乱时,可以说是对自己生平仕宦艰难状况的反映。王重光长兄王耿光"诗酒陶情,不与外事"[②],可见王氏跻身仕宦以后便开始涉足诗歌。

随着科举、仕宦的成功和家族的鼎盛,明代王氏也迎来了诗歌创作上的繁荣。第五代王之垣在仕途上较王重光更进一步,亦有诗作留存,《山左明诗钞》收入其《结庐》《重阳日同韩明宇登醉翁亭怀仁山渡江》二首,《新城县志·艺文志》收入《谒忠勤祠》一首。王之垣万历九年(1581)告归后乡居二十余年,《结庐》就是其经历仕途风波后心境的表现:"山林城市结茅庐,回首红尘迹已疏。莫怪老夫为计拙,花边流水枕边书。"[③]王氏诗歌结集也在第五代,王之猷有《柏峰集》传世,为现存最早的王氏诗集,收录其诗作五

[①] [清]宋弼:《山左明诗钞》卷十三,《四库全书存目丛书·集部》第412册,齐鲁书社,1997年,第131—132页。
[②] [清]王兆弘等:《新城王氏世谱》,《山东文献集成》第二辑第14册,山东大学出版社,2007年,第37页。
[③] [清]宋弼:《山左明诗钞》卷十九,《四库全书存目丛书·集部》第412册,齐鲁书社,1997年,第192页。

十余首。王之猷熟知礼典,为人耿直节义,为诗跌宕使气,笔力雄健,有强烈的个人性情,对王氏后人影响颇深。

王氏第六代"象"字辈在科举仕宦上达到鼎盛的同时,文学创作上也进入繁盛时期。王象乾、王象晋、王象春、王象坤、王象云、王象复、王象艮等人,多勤于著述,展现出在诗歌、文、词等方面的才华,在诗歌方面以王象春为代表,颇著诗名,王象春有《问山亭诗》《齐音》,与钱谦益、文翔凤、钟惺、公鼐、李若讷等人为诗友,标举"齐风",倡导"禅诗""侠诗",独辟蹊径,自成一格,在晚明山左诗坛上有重要影响。王象春之外,王象艮、王象明、王象晋、王象乾、王象益、王象随、王象恒等人皆有诗歌创作,并取得了一定的成绩。王象艮有《迂园诗》十二卷,在诗歌数量上与王象春不相伯仲,而诗风与之迥然。王象艮少年时期读书家塾,才名与王象斗、王象恒相颉颃,在仕途上不得志,官至姚安府同知,一生大部分时间悠游田园,故诗歌也主要表达山水田园的逸趣,在王氏诗歌发展中有比较重要的位置。王象明有《聊聊草》《雨萝》《鹤隐》《山居》诸集,今唯存《聊聊草》一卷,作于崇祯间战事频仍、社会动荡时期,故在风格上驰骋使气,与王象春接近。王象春、王象艮、王象明三人代表了第六代成员的诗歌成就,王士禛曾选定三人之诗为《琅琊三公集》,对"象"字辈诗歌有所评判,惜今不存。此外王象晋有《赐闲堂集》四卷,收入其中晚年时期的诗歌一百六十余首,描写山水风物,表达闲情逸趣和人生感悟。王象益有《景先楼集》,鼎革之际毁于战火,未能留传。此外,王象蒙、王象节、王象随等人也都有诗歌创作,王象蒙,字子正,号养吾,万历八年(1580)进士,官光禄寺少卿。王象节,字子度,号翼吾,十岁能诗,兼工书法,万历二十年(1592)进士,官翰林院检讨。王士禛《分甘余话》云:"三伯祖光禄少卿养吾公(象蒙),万历庚辰进士。起家阳城知县,擢监察御史,官止卿寺。近始见手书诗草一卷,谨录四篇,以存其梗概。《凤音曲》:'凤兮凤兮集高冈,七德九苞称至祥,五音六律鸣朝阳。鸣朝阳,应明主。非帝庭,宁高举。'《鹤鸣曲》:'苍松挺挺鹤相招,振翮翩翩来九霄,警霜戛戛鸣九皋。鸣九皋,声万里。明月来,清风起。'《瑶琴曲》:'我携绿绮奏春风,一曲相思弹未终,泪垂弦绝送归鸿。送归鸿,坐明月。人不见,心如结。'《暮雨曲》:'忽忽白云罗神霄,霏霏暮雨平河桥,有美一人路迢遥。路迢遥,望无极。梦相见,醒相忆。'"又云:"十叔祖翼吾公(象节),万历壬辰进士,改翰林,授检讨。少有诗名,稿今无传,惟郑简庵(独复)先生《新城旧事》载其二句云：'古寺人来花作供，孤城春尽草如烟。'"①《山左明诗钞》据《分甘余话》收入王象蒙诗四首，王象节诗一首。

明清易代之际，王氏第七代成员多才华横溢，在经学、儒学、金石、书法、绘画、诗文、词曲等方面各有所长。在诗歌方面也正是人才辈出之际，然而经过辛未、壬午、甲申三次打击，王氏多数青壮年人才殉难，诗歌创作也由繁盛转入衰落。"与"字辈成员中王与玟、王与胤有诗集流传，体现出对家族诗歌传统的传承。王与玟有《笼鹅馆集》四卷，收入诗歌一百余首，王与玟受王象春影响较深，诗宗晚唐，"自李商隐、许浑、刘沧数家外，间取材于宋陆游、金元好问"②。王与胤有《陇首集》，为其巡视陕西茶马时所作，写边塞生活，抒发羁旅之思。第七代成员由于遭遇战火，殉难死节，虽然诗歌创作繁盛，但作品多毁于战火，《笼鹅馆集》与《陇首集》是第七代成员中仅存的诗集，反映了"与"字辈青年诗人的创作面貌。王士禛之父王与敕少工骈俪之文，中岁好为诗，王士禛兄弟曾欲请编录，不许，云："吾偶写怀抱，如弦之有音，既弦停音寂，何留此枝赘为耶！"③故其诗今不存。王与襄有《历亭诗选》，今亦不存。

入清以后，生于明末，长于清初的第八代"士"字辈成员在顺治间相继走上仕途，并在诗歌领域创造了超越家族前辈的成绩。王士禄、王士禧、王士祜、王士禛四兄弟，将王氏的诗学传统发扬光大，四人均有诗文集传世，其中以王士禄、王士禛成就最高。王士禄幼承家学，工文章，自幼长于诗，少年读书时取刘顷阳《唐诗宿》中王维、孟浩然等数家诗教诸弟，为王氏兄弟指明了诗学路径。顺治九年（1652）、顺治十二年（1655）两次与季弟王士禛同上公车，在京师与吴伟业、徐乾学、刘体仁、宋琬、曹申吉、梁熙等订交，诗名渐著。王士禄初官莱州府教授，在莱州选明代掖县人诗为《涛音集》。后迁国子助教、吏部考功司员外郎，奉使山右、典试河南皆有诗作，有《十笏草堂诗选》《十笏草堂辛甲集》。康熙三年（1664），王士禄南游扬州、杭州等地，与江南文人交游倡和，诗名益著，有《十笏草堂上浮集》。康熙十年（1671）起复原职，在京师与海内文人相交，"海内文章之士游辇下者，以不识先生颜色为耻。"④并与王士

---

① [清]王士禛：《分甘余话》卷一，袁世硕主编《王士禛全集》，齐鲁书社，2007年，第4955页。
② [清]崔懋：(康熙)《山东新城县志》卷十，《中国方志丛书》，成文出版社，1976年，第373—374页。
③ [清]王士禛：《诰封朝议大夫国子监祭酒先考匡庐府君行述》，《渔洋文集》卷十，袁世硕主编《王士禛全集》，齐鲁书社，2007年，第1679页。
④ [清]王士禛：《王考功年谱》，王士禛撰，孙言诚点校《王士禛年谱》，中华书局，1992年，第84—85页。

禛同列"海内八大家"。王士禛少年颖悟,有"圣童"之目,年少能诗,康熙十七年(1678)官翰林院侍读,受到康熙赏识,主盟康熙诗坛四十余年,奖掖后进,门生甚众,有崇高的地位和声望。王士禛论诗主神韵,其理论源自司空图"不著一字,尽得风流"与严羽"羚羊挂角,无迹可求",讲求兴会,注重诗歌含蓄隽永、冲淡自然的意趣。一生勤于著述,于诗学成就最高,有《渔洋诗集》《渔洋续集》《蚕尾集》等,曾自定《渔洋山人精华录》一千六百余首,为其足以传世之作。他还选唐人诗为《唐贤三昧集》《十种唐诗选》《唐人万首绝句选》等,并选评、总结明人、清人诗歌,影响海内。

王氏四兄弟以王士禄、王士禛影响最大,王士禧、王士祜也颇有诗名。王士禧字礼吉,号汉厘,贡生,王士禛仲兄,考授州同知。工诗文,与王士禄、王士祜、王士禛倡和。有《抱山堂小草》《函玉集》等,王士禛选其诗为《抱山集选》,另有《送怀草》《豫游草》未刻不传。王士祜,康熙九年(1670)进士,未仕而卒,喜游历,曾南游京口、三山、姑熟等地,与宋琬等交游,篇什遂多,在京师时与士禄、士禛齐名,时称"三王",王士禛为辑《古钵集选》。王士禧、王士祜才不及王士禄、王士禛,但也是清初王氏家族中的重要诗人。"士"字辈还有王士骊、王士誉、王士纯、王士骥等人长于诗歌。王士骊,字驰西,号幔亭,王与阶子,贡生,官诸城训导。以教化为己任,修学宫,举乡饮,修公冶祠,治祭天,祀东坡、椒山于超然台上。王士骊好诗文,有《就园小咏》《庚寅漫录》。王士誉,字令子,号笔山,又号铁樵,顺治八年(1651)举人,顺治九年(1652)为宵小所挂误,公车不第,肆力于诗文。居东南铁山下,饮酒赋诗,与田夫野老交,豪迈磊落。有《笔山集》《匆楚集》《毛褐集》《采篱集》等,今不传。王士纯,字元生,号孤绛,风神玉立,工李北海书法,以祖父王象复、父王与夔死叛兵之难,荫国子生,壬午之难殉节而死,其诗集亦散佚失传,有《咏月》诗云:"乍见一帘木,回头月抱肩。黄如浮醉酒,瘦比压琴弦。"[1]王士骥,字陇西,号杜称,顺治十四年(1657)解元,康熙三年(1664)进士,官内阁中书舍人,以母老乞归,科举制艺之文风华洗丽,诗歌自成一家,有《听雪堂诗集》《听雪堂词集》,今不传。

王氏第九代"启"字辈亦继承了家族诗歌传统。王启涑,字清远,号石琴山人,王士禛长子,由廪贡任茌平教谕,候补知县,生平恬淡不乐仕,濡染家学,尤工诗歌,有《西城别墅十三咏》,引起海内文人倡和,诗名远播,另有

---

[1] [清]崔懋:(康熙)《山东新城县志》卷十,《中国方志丛书》,成文出版社,1976年,第374页。

《茌山诗》《闻诗堂稿》等。王启大,字东观,号嵩庵,王士誉子,康熙八年(1669)举人,莒州学正,善书工诗,深得渔洋家学,惜诗多不传。清中期以后王氏家族亦不乏长于诗歌之人,但未取得清初王士禄、王士禛等人的成就。

三、王氏的词学

新城王氏的词学成就虽不及诗学,明清两代也形成了一条家族传承的脉络,在词的创作、选政、批评、倡和等方面都有所涉及,形成了自己的特色。

创作方面,明代王氏治词者甚鲜,无词集传世,从现有文献来看,仅王象春、王象艮、王与玟有词流传,王象春《问山亭诗》卷九为"诗余",收入词四十六首。王象艮《迂园诗》"烟集"中收入词四首。王与玟《笼鹅馆集》下卷收入词十首。王与玟十首词中有"和方函兄韵""和箓澳弟寄毕仲友"等题,"方函""箓澳"皆为王氏成员,方函为王与端字,箓澳为王与阶号,可见以词倡和也是王氏家族成员日常文学生活中的一部分,王氏其他成员也进行词的创作。事实上,王氏在词、曲方面在明末山东地区有一定的影响力,以王与端为代表。王与端字方函,是王象泰之子,先出嗣于王象晋,后生父乏嗣归宗,官上林苑署丞。王与端嗜学,工诗画、词曲,"先是,济南有章丘李中麓、袁西野,历城刘五云皆以北曲擅场,与端后出,与之颉颃焉"[①],可见王与端在词曲方面取得了一定的成就,他是王氏家族中唯一有词曲专集著录的成员,有《栩斋词曲》几十种,惜毁于易代战乱,不见流传。

清初,王士禄、王士禧、王士祜、王士禛四兄弟不仅在诗学上取得了巨大成绩,在词坛也占有重要位置,四人皆有词作,王士禄有《炊闻词》二卷,王士禛有《衍波词》二卷,康熙初皆收于孙默《国朝名家诗余》中。王士禧《抱山集选》中收入词六首,王士祜词未见于其别集中,王昶《国朝词综》收入其《丑奴儿令·留别阮亭家兄》一首。四人中以王士禄、王士禛成就最高,清人沈雄《古今词话》载丁景侣评云:"尽谓填词能损诗骨,近代何、李诸大家,亦不肯降格为之。往日薛行屋侍郎曾语李昌垣学士,劝勿多作,以崇诗

---

① [清]崔懋:(康熙)《山东新城县志》卷十,《中国方志丛书》,成文出版社,1976年,第373页。

格,以观西樵、阮亭异曲同工若此,词之与诗,一耶二耶。"①对"二王"词评价较高。

选政方面,明代王象晋虽然没有词作留存,但他对词也颇为关注,曾刻《诗余图谱》,并选宋代秦观与明代张䌙词为《秦张两先生诗余合璧》。《重刻诗余图谱序》云:

> 南湖张子创为《诗余图谱》三卷,图列于前,词缀于后,韵脚句法黎然井然,一披阅而调可守,韵可循,字推句敲,无事望洋,诚修词家南车已。万历甲午、乙未间,予兄霁宇刻之上谷署中,见者争相玩赏,竟携之而去。今书簏所存,日见寥寥,迟以岁月计,当无剩本已。海虞毛子晋,博雅好古,见余雠校此编,遂请归而付之剞人,使四十年前几案间物,顿还旧观,亦一段快心事也。②

王象晋此序作于崇祯八年(1635),据其所述,万历二十二年(1594)、二十三年(1595)间,长兄王象乾备兵上谷时期曾刻《诗余图谱》,崇祯八年,王象晋依据王象乾刻本校雠并予毛晋重刻。《诗余图谱》是明人张䌙编纂的词谱,张䌙,字世文,自号南湖居士,江苏高邮人,正德八年(1513)举人,选武昌通判,仕至光州知州,他的《诗余图谱》是现存最早的词谱著作,其《凡例》中以婉约、豪放论词,在明清词学中有重要位置。《诗余图谱》的初刻本在嘉靖十五年(1536),王象乾、王象晋兄弟都进行过重刻,王象晋重刻本《诗余图谱》为毛晋《词苑英华》丛编之一,流传最为广泛。王象晋对张䌙的词学成就十分推崇,他将北宋秦观《少游诗余》与张䌙《南湖诗余》合编为《秦张两先生诗余合璧》二卷,附于《诗余图谱》之后,以秦、张二人同里,"慕两先生之所为诗若词,特合两先生之词,并而梓之《图谱》之后。"③《四库全书总目提要》对是书评价不高,认为秦、张为一古人,一为时人,"越三四百年而称为合璧,已自不伦。况䌙词何足以匹观,是不亦老子、韩非同传乎?"④王象晋将张䌙提到与秦观比肩的高度确有拔高,反映了他对张䌙词学贡献的

---

① [清]沈雄:《古今词话》卷下,唐圭璋《词话丛编》,中华书局,1986年,第818页。
② [明]王象晋:《赐闲堂集》卷三,《山东文献集成》第三辑第24册,山东大学出版社,2009年,第741页。
③ [明]王象晋:《赐闲堂集》卷三,《山东文献集成》第三辑第24册,山东大学出版社,2009年,第741页。
④ [清]永瑢、纪昀:《四库全书总目提要》,中华书局,1965年,第1833页。

肯定,如其在《秦张两先生诗余合璧序》中云:"(张綖)慕少游之为人,辄效少游之所为诗文,因取宋人诗余汇而图纸为谱,一时名公神情丰度,规式意调,较若列眉,诚修词家功臣已。"[1]

清初王士禄致力于搜集历代女性著述,编为《燃脂集》,诸体兼备,包含了女性词,《征闺秀诗文书》中所列宋王安石之女、陈子朝妻吴氏等人皆善诗词,着意向天下文士征求文献。王士禛在扬州时期操持选政,与邹祗谟选编《倚声初集》,在词坛引起巨大反响,《倚声初集》收入明万历间至康熙间四百五十七位词人的作品,目的是弥补明代词选中对晚明以后词作的忽视和缺失,王士禛序云:"邹子与予盖尝叹之,因网罗五十年来荐绅、隐逸、宫闱之制,汇为一书,以续《花间》《草堂》之后,使夫声音之道不至于湮没而无传,亦犹尼父歌弦之意也。"[2]《倚声初集》对于清代词学的中兴有开启之功,其编选过程、内容等,张宏生、李丹等已有深入全面的考论[3],兹不详述。

词学批评方面,王士禄与王士禛对清初词人词作皆有评点。康熙五年广陵倡和之后孙金砺刻《广陵倡和词》,收入当时参加倡和的十二人词作,王士禄对诸词人词作进行了评点,反映了他的创作观念和审美观念。王士禛与邹祗谟选《倚声初集》,并加以评点,康熙初孙默刻《国朝名家诗余》,王士禛大力支持,并与王士禄评点了宋琬《二乡亭词》、邹祗谟《丽农词》、彭孙遹《延露词》、尤侗《百末词》、陈维崧《乌丝词》、陈世祥《含影词》、董以宁《蓉渡词》、董俞《玉凫词》等。此外,王士禛还评点了毛际可的《浣雪词钞》、董元恺的《苍梧词》。其《香祖笔记》《古夫于亭杂录》等笔记杂著中亦多对唐宋词的评价,如评婉约与豪放词风,认为秦观、李清照等婉约词固然当行本色,而苏轼、辛弃疾以太史公笔力为词,亦可谓振奇[4],又谓绮丽、豪放二派当分正变,不当分优劣[5]。此外,王士禛还有词话《花草蒙拾》,是他读《花间集》《草堂诗余》的感想与体会,集中反映了他的词学观念。

---

[1] [明]王象晋:《赐闲堂集》卷三,《山东文献集成》第三辑第24册,山东大学出版社,2009年,第741页。
[2] [清]王士禛:《倚声初集序》,邹祗谟、王士禛《倚声初集》,《续修四库全书》1729册,上海古籍出版社,2002年,第164页。
[3] 参见张宏生《总集编纂与群体风貌》,《中山大学学报》,2006年第1期;李丹《顺康之际广陵词坛研究》,上海古籍出版社,2009年。
[4] [清]王士禛:《古夫于亭杂录》卷四,袁世硕主编《王士禛全集》,齐鲁书社,2007年,第4899页。
[5] [清]王士禛:《香祖笔记》卷九,袁世硕主编《王士禛全集》,齐鲁书社,2007年,第4651页。

词坛倡和方面,王士禄与王士禛在顺康之际的扬州、杭州发起、参与了一系列的倡和活动,在词坛上有重要的影响。王士禛的词坛活动集中在扬州时期,顺治十八年(1661)至康熙四年(1665),王士禛司理扬州,昼了公事,夜接词人,与江南文人进行了频繁的倡和活动。顺治十八年(1661)与陈维崧、彭孙遹、邹祗谟等人有"《清溪遗事》倡和""题余氏女子绣像倡和"。康熙元年(1662)与袁于令、杜濬、丘象随、蒋阶、朱克生、刘梁嵩、陈允衡等人有"红桥倡和",王士禛《浣溪沙》三阕广为流传。康熙四年(1665)王士禛即将离开扬州,作《江南好》数阕,陈维崧作长歌,黄永作《满江红》为其送别,顾贞观云"渔洋数载广陵,实为斯道总持"[①],对王士禛的扬州词事活动评价甚高。王士禄康熙三年(1664)至康熙五年(1666)在扬州与江南文人交游,除诗歌上的切磋交流之外,在词坛上的活动影响更大。康熙四年(1665),王士禄与宋琬、曹尔堪在杭州西湖以《满江红》调倡和,引起南北词人的广泛共鸣,这次倡和被称为"江村倡和"。康熙五年(1666),王士禄在扬州与陈维崧、宋琬、曹尔堪、孙枝蔚、冒襄、陈世祥、邓汉仪等十七人以"念奴娇"调进行了"广陵倡和",对清初词坛"稼轩风"的鼓扬起到重要作用。康熙十年(1671),王士禄在京师参与了曹尔堪发起的"秋水轩倡和"。这三次规模盛大的倡和活动对清初词风的嬗变有重要的影响,王士禄在其中有发起、领导的重要作用。

词学虽然不是王氏家族文学的主流,但也构成了其文学传统中不可或缺的一部分,在词的创作、批评、选政、词坛倡和活动等方面,王氏都展现出对词的兴趣,并且在当时的词坛形成了较为广泛的影响。

四、王氏的笔记与笔记小说

新城王氏长于诗学,以诗文传家,这是学界一致的认识,但往往忽略了王氏的笔记与笔记体小说。事实上,笔记与笔记小说也是新城王氏家族文化传统中的重要方面。

笔记既是古代的一种文体,也是一种著述体式,它的特点是随笔记录,不拘体例,题材内容十分广泛,举凡考论经史、掌故旧闻、史地考证、随笔琐

---

① [清]顾贞观:《与梠园论词书》,纳兰性德著,赵秀亭、冯统一笺校《饮水词笺校》,中华书局,2005年,第507页。

记、议论杂说、志怪谈异等皆囊括在内,正因为如此,笔记中也包括了现代意义上的"小说",如《世说新语》《搜神记》等志人、志怪小说,"笔记"与"笔记小说"杂糅共生,密切联系,对于二者的概念界定,目前尚未形成定论。本文对于"笔记"与"笔记体小说"的认识,认同陶敏、刘再华《"笔记小说"和笔记研究》一文的观点。该文认为"笔记一词应当有两层含义,即作为著述体式的笔记和作为文体的笔记,为区别起见,后者不妨称之为笔记文","笔记小说是用笔记形式创作的小说,或被编于笔记中的小说"[①]。以此来看,新城王氏的家学中,笔记与笔记小说也是重要的组成部分。

依照笔记的概念与前文"著述考"部分对王氏家族著述的考述,新城王氏的笔记类著作如下表:

新城王氏笔记类著述一览表

时代	成员	笔记	数量
明	王之垣	《历仕录》《炳烛编》《摄生编》《百警编》(佚)	4
	王象晋	《清寤斋心赏编》《剪桐载笔》《救荒成法》《普渡慈航》	4
清	王士禄	《读史蒙拾》《朱鸟逸史》(佚)《宾实别录》(佚)	3
	王士禛	《蜀道驿程记》《皇华纪闻》《南来志》《北归志》《秦蜀驿程后记》《陇蜀余闻》《浯溪考》《池北偶谈》《居易录》《古夫于亭杂录》《古欢录》《香祖笔记》《分甘余话》	13
	王士骊	《庚寅漫录》	1

王氏从明中期到清康熙时期笔记类著述共二十五种,现存二十三种,数量较多,其中以王士禛最多,其次为王象晋、王之垣。虽然王氏诸成员的创作数量不均衡,但从家族的纵向发展来看,除第七代"与"字辈成员,其余各代皆有笔记类的著述,可以说,笔记、笔记小说也是新城王氏家族文学传承的重要方面。

王氏的笔记内容非常丰富,包括礼制、职官、札记、地理、艺文、奇闻、野史、札记、随笔等,根据笔记的广义内涵,可将王氏家族的笔记分为纪程、杂记、考辨三类。

(一)纪程类

王氏家族纪程类的笔记指的是为官、游历、出使过程中所创作的笔记,

---

① 陶敏、刘再华:《"笔记小说"和笔记研究》,《文学遗产》2003年第2期。

包括王之垣的《历仕录》，王士禛的《蜀道驿程记》《皇华纪闻》《南来志》《北归志》《秦蜀驿程后记》《陇蜀余闻》。

王之垣的《历仕录》是对其一生为官的经历、见闻、交游、处世心得的记录，纪实性强，有借此教育子孙的目的。其中记录了其父王重光去世后家族的发展；记载了他为官不同阶段的建言，如上疏请穆宗陈皇后正位中宫，请恢复郊祀庆成宴，在刑部时集圣祖《基命录》进呈等；也记载了他为官期间拒绝请托、拒收贿赂、在荆州任推官时与辽王的斗争等事迹，反映了其正色立朝、刚直不阿的人格，同时也反映了当时官场的不良风气。其中对何心隐事件从当事人的角度细述了事情的经过、各方的反应，对于相关研究有重要的参考价值。

王士禛的《长白山录》《蜀道驿程记》《皇华纪闻》《粤行三志》《秦蜀驿程后记》《陇蜀余闻》中的内容都是纪游、杂闻，这些在王士禛的笔记中占据大量的篇幅。这些笔记都是王士禛游览、出使途中所作，既有记录行程的日记，也杂记地方风俗、物产，及历史、传说等。

《蜀道驿程记》二卷，为王士禛康熙十一年（1672）典试四川入蜀途中所作，书中记载了沿途及蜀地的地理、历史、风物、民俗等。不同于王士禛其他纪程类笔记的平铺直叙，其中既记述了路途的艰辛，也融入了聚散悲欢独特的感情。

《南来志》《北归志》《皇华纪闻》三种都是王士禛康熙二十三年（1684）至二十四年（1685）奉命祭告南海之广州所作，韩菼序《皇华纪闻》云："康熙二十三年奉命有事于南海，道间所经都邑、地理、山川、人物，与夫荒墟伏莽之遗迹，鸟兽草木，非常可喜之奇怪，搜讨捃摭，荟萃风别，为《皇华纪闻》四卷、《南来志》一卷、《北归志》一卷、《广州游览小志》一卷。"[1]前两种以日记体记录行程，如行路、渡江、访友、凭吊古迹等等，较为简洁。《皇华纪闻》在内容上有所不同，记录沿途的历史、人文、风俗、故事等，内容丰富，"身所经万余里，凡耳目所及，为川为岳，为名贤迹，为陵墓，为草木、蔬果、禽鱼，为孝节，为忠，为侠，为仙灵怪异，为文人，莫不一一笔记，以成是编。上可正往事之诬，下可备史氏采择，大可以阐幽，小可以资博物，而文笔雅炼洁朴，

---

[1] [清]韩菼：《皇华纪闻序》，王士禛《皇华纪闻》，袁世硕主编《王士禛全集》，齐鲁书社，2007年，第2657页。

不在《闻见》、《挥尘》二录下。"①

《秦蜀驿程后记》二卷,记述康熙三十五年(1696)王士禛奉使陕西、四川祭告西岳、西镇、江渎往返途中所见山水风物,此书亦为日记体,记录每日行程,简洁平实,其中有关谒祠庙、拜友人的记录最多,对沿途山水风物的记载往往引证前人诗文,以述掌故渊源。

《陇蜀余闻》一卷,作于康熙三十五年(1696)王士禛第二次出使四川之后,记录陇蜀碎事,惠栋《渔洋山人精华录训纂》云:"陇蜀旧游之地,具详《驿程记》中。此又纪其所未备者也。"②可看作是对《蜀道驿程记》《秦蜀驿程后记》的补充,但其中所记内容与前两者不同,多为奇闻逸事,往往有神怪之说,也是笔记小说的一种。

(二)杂记类

王氏家族杂记类的笔记主要指王士禛的《池北偶谈》《居易录》《古夫于亭杂录》《香祖笔记》《分甘余话》五种。这些笔记的特点是"杂",兼有小说故事、历史掌故、考据论辩等内容,是王士禛笔记中最受关注的一类。

《池北偶谈》二十六卷,是王士禛最具代表性的笔记,作于康熙二十四年(1685)至康熙二十八年(1689)。其自序言宅西有池,池北有屋数椽,为其藏书所在,遂取白居易"池北书库"为之名。王士禛里居期间常与友人"论文章流别,晰经史疑义,至于国家之典故,历代之沿革,名臣大儒之嘉言懿行,时亦及焉。或酒阑月堕,间举神仙鬼怪之事,以资呫嗫;旁及游艺之末,亦所不遗。儿辈从旁记录,日月既多,遂成卷轴"③。此书以类相从,编排明晰,分为谈故、谈献、谈艺、谈异四类,每则笔记都有标题,内容如王士禛自序所言,包括历史、言行、志怪、艺文等,较为庞杂。其中谈异类记录神怪故事,有志怪小说的性质,也是王士禛创作的笔记体小说的重要部分。

《居易录》三十四卷作于康熙二十八年(1689)至康熙四十年(1701)王士禛在京为官期间,时间上与《池北偶谈》前后相续。"居易"之名因康熙二十九年(1690)春夏不雨,米价大涨,因以顾况"长安米贵,居大不易"语名此书。《居易录》的内容与《池北偶谈》相近,不同之处在于"中多论诗之语,

---

① [清]王源:《皇华纪闻序》,王士禛《皇华纪闻》,袁世硕主编《王士禛全集》,齐鲁书社,2007年,第2658页。
② [清]王士禛著,李毓芙等整理:《渔洋精华录集释》,上海古籍出版社,1999年,第2042页。
③ [清]王士禛:《池北偶谈自序》,《池北偶谈》,袁世硕主编《王士禛全集》,齐鲁书社,2007年,第2817页。

标举名俊,自其所长。其所见诸古书,考据源流,论断得失,亦最为详悉"①,反映了王士禛的见闻学养及其诗学观念。

《古欢录》八卷,作于康熙三十八年(1699),记录自唐虞到明代的隐士,其自序云:"康熙己卯,山人官御史大夫,世号雄峻,山人居之淡然,其门萧寂。退食之暇,浏览诸史、《庄》《列》,下逮稗官说部、山经海志之书,有富于心,辄掌录之,单词片语,期在隽永。略仿《高士》《贫士》二传之例。"②"古欢"之名,得自《古诗十九首》"良人唯古欢",寓尚友之意,淡泊之志。

《古夫于亭杂录》六卷,为康熙四十三年(1704)王士禛罢归里居时所作,其自序云:"余老矣,目昏眵不能视书,跬步需杖,白日坐未久即欠伸思卧,讵复劳神于泓颖之间,以干老氏之戒。然遣闷送日,非书不可,偶然有获,往往从枕上跃起书之,积成六卷,无凡例,无次第,故曰'杂录'。"③因其所居鱼子山上有古夫于亭,故名"古夫于亭杂录"。此书内容如王士禛自序所言,多为读书心得,兼有杂史、轶事、典故、书信等。

《分甘余话》四卷作于康熙四十八年(1709),是王士禛最后一部笔记,"分甘"取王羲之"有一味之甘,割而分之,以娱目前"之意。此书体例、内容与前几种笔记相近。

(三)考辨类

王氏家族考辨类的笔记包括王之垣的《炳烛编》《摄生编》,王象晋的《清寤斋心赏编》《救荒成法》《普渡慈航》,王士禛的《国朝谥法考》《浯溪考》,王士骊的《庚寅漫录》,涉及史志、制度、地理、身心性命等,这类笔记王氏成员从明至清的几代成员都有创作,在王氏家族笔记中是最多的一类。

王之垣的《炳烛编》和《摄生编》辑录古人格言懿行、养生健行之理。《炳烛编》自序云:"往哲格言懿行载诸简编,若珠海玉山,记忆不能,委置未安。暇中手录成编,分类十二,列款一百二十,间杂以释、老、庄、列之语,苟可缮性,尊生何必五谷,师旷曰:'少而学位日出之光,老而学为炳烛之明',予今所辑亦炳烛类也,因名'炳烛编'。"④《摄生编》"述古人摄生之训,虽儒、释、

---

① [清]永瑢、纪昀等:《四库全书总目》卷一百二十二,中华书局,1965年,第1056页。
② [清]王士禛:《古欢录自序》,《古欢录》,《四库全书存目丛书·史部》121册,齐鲁书社,1996年,第2020页。
③ [清]王士禛:《古夫于亭杂录自序》,《古夫于亭杂录》,袁世硕主编《王士禛全集》,齐鲁书社,2007年,第4825页。
④ [明]王之垣:《炳烛编自序》,《炳烛编》,香港天马图书有限公司,1999年,序第2页。

庄老不一,然发明性命之枢机,功替化育,弘济含灵,未始不同也。"①两种笔记涉及修身、摄生、政术、应接、为学、人品等方面,间有记录前代遗闻与当时的见闻以证明所论,思想上融合儒、释、道,好宣扬因果报应。

王象晋的《清寤斋心赏编》与其父王之垣创作意图、内容较为相近,辑录前人有关饮食、养生等的言论,内容分为葆生要览、淑身懿训、佚老成说、涉世善术、书室清供、林泉乐事六类。《普渡慈航》四卷,成书于顺治五年(1648),对晚明颜茂猷《迪吉录》辑录、删定,并增以个人见闻。自序云:"《迪吉》一书于善恶报应尤为详悉,其提醒世迷,婆心最切。第编帙浩繁,不便披阅,暇日稍加点定,分为款项,别其劝戒,而又益以傍所睹记,题之曰'普渡慈航。'"②内容分为救劫帝训、慈航总论、淑身慈航、宜家慈航、处世慈航、莅官慈航、服役慈航七类,既录劝善之论,又佐以稗史、故事,宣扬因果善恶报应,反映了王象晋的劝善思想。《救荒成法》一书完成于顺治六年(1649),王象晋时年八十八岁,是其最后一部著作,概因其经历明清易代,有感于战乱、天灾等给人们造成的痛苦,悲天悯人,遂成此书。此书亦以颜茂猷《迪吉录》为基础,略为增损。书中一方面强调实用性,在救荒总论中论救荒之法,甚为详细;另一方面述救荒善报及不救者业报,仍然体现着其劝善思想。

王士禛的《国朝谥法考》记录了清初三百九十九位王公大臣的谥号,以官阶、身份为序,王士禛认为谥号是国家典礼之重,而清代定鼎五十年来尚未有书记载,故成此书,以备世观。除了清初谥号的记载,末尾还附有明代帝王、名臣及朝鲜国王谥号,具有史料价值。《浯溪考》二卷成书于康熙四十年(1701),浯溪在湖南祁阳县西南,唐代元结曾居于此,浯溪以其得名,王士禛康熙二十三年(1684)至二十四年(1685)奉使祭告南海曾经过并游览此地,公事之余杂考文献,穷搜遐撷,取其精华,完成此书。其中记录了浯溪一带的山水、古迹,并加以考证,收入杨万里、杨维桢、黄庭坚、秦观等人的相关诗文,多为当地方志所未收。

王士骊的《庚寅漫录》,又名"幔亭公漫录",是王士骊晚年乡居所撰,此集所录内容较杂,包括读书、处世、养生等。另录其任诸城训导时所撰《司训约言》八条,甲午年课儿数则等,核心思想恪守儒家伦理观念,秉持中庸之道,教子孙以读书为事。其中还记录了王士禛被罢官归乡及去世后家人

---

① [明]王之垣:《炳烛编》,香港天马图书有限公司,1999年,第15页。
② [明]王象晋:《普渡慈航自序》,《普渡慈航》,北京大学图书馆藏道光十八年抄本。

入京请谥的经历，很有文献价值。蒋寅的《新见的一种记载王渔洋暮年事迹的重要史料——读王士骊〈幔亭公漫录〉札记》[①]，论述详细，兹不赘述。

第二节 王氏家族的诗学传统

诗学是新城王氏家族文化中的主要方面，明清两代，王氏大多数成员都进行过诗歌创作，且其诗学由明至清随着家学传统的承续和发扬，呈现出由家族至山左，再由山左而至全国的递进发展态势，王象春、王士禄、王士禛都对晚明至清初的山左、海内文学产生了重要影响。王氏家族的文学传统，实际上主要体现在诗学上，总体而言包括两个方面，一为追慕复古，二为雅好山水，这两种传统相互交融，随着时间的推移，在王氏家族内部传承、整合，对王氏家族影响深远。

一、追慕复古

新城王氏的诗学有鲜明的复古诗学烙印，其家族初涉文学以第五代王之猷为代表，活动在嘉靖、隆庆、万历时期，正处于后七子复古运动的高潮阶段，山左地区形成了以李攀龙为核心的济南诗派，新城属济南府，处在济南诗派笼罩之下。王士禛回顾新城县的诗歌发展，有云："吾邑前辈以诗名者，自国子司业澄川沈先生（沈渊）始。曾叔祖柏峰与沈公生同时，其诗派亦略相似，大抵步趋济南，不爽尺寸。"[②]是时，王氏与沈氏皆为新城望族，文化、文学上有通同之处，王之猷与沈渊都受到了济南诗派影响。王之猷追随李攀龙之格调，诗歌以七言律绝为主，追求雄直阔大、高古豪迈的风格。

第六代王象春在诗学上继承其父王之猷，也深受复古诗学的影响，他的生活时代在万历至崇祯年间。这一时期的诗坛，复古诗学运动落潮，公安、竟陵相继而起，反对拟古，对前后七子展开批判，反复古诗学思潮席卷诗坛，山左诗坛作为复古诗学的重镇，难免受到冲击，也开始了对前后七子

---

① 蒋寅：《新见的一种记载王渔洋暮年事迹的重要史料——读王士骊〈幔亭公漫录〉札记》，《中国典籍与文化》2012年第1期。
②［明］王之猷：《柏峰集》，上海图书馆藏稿本。

复古诗学的反思,王象春就是晚明山左诗坛的代表之一,他与公鼐、李若讷等人对复古运动进行了反思,要求"重开诗世界,一洗俗肝肠",变而为雄肆凌厉,追求"齐风""齐气",对复古诗学做出了调整。但是,这些反思与调整都是建立在肯定前后七子复古诗学功绩的基础上的,总体上来说,他们并未完全突破复古诗学的影响。王象春对前后七子的成就十分肯定,万历间,王象春游济南,购买、修葺李攀龙故居,更名"问山亭",著《齐音》,云:"我朝风雅,盛于七子,而七子则李、何、边、徐四家也"①,他与好友文翔凤推崇前后七子,尤其高度认同李攀龙、王世贞,崇尚七子高古大雅的人格精神与雄浑豪迈的诗歌格调,在创作上,向汉魏乐府、初盛唐诗风学习,走的是复古诗学的路径。其后来的"自辟门庭",努力突破复古诗学的束缚,不拘于初、盛唐,转向晚唐乃至宋、元诗,实质上也是在更广的范围内的复古。

第六代的另一个重要人物王象艮的诗歌,虽然在风格上与王象春颇为不同,但也是复古诗学的羽翼,其"诗名远出考功下,然谨守唐人矩矱,不失尺寸"②。他也推崇李攀龙,万历后期往来于济南,与王象春在李攀龙故居白雪楼寓居、倡和,"人来共领黄花趣,语次频歌白雪诗"③(《九日客居》),兄弟二人被公鼐视为李攀龙传人,"于鳞之后,而有二子,二子之后,且复为于鳞"④,继承了复古派诗学。王象艮所接受的复古诗学,与王象春不同。王象春在审美和创作上倾向于李攀龙式的高古大雅、雄浑豪迈,而王象艮则倾向于学习唐诗中王、孟、韦、柳等冲淡自然的一脉,二人接受的分别是明代复古诗学中的不同方面,所以,呈现出来的诗歌风格也不同。王象艮诗作多写山水之美、田园之乐,为诗"风华秀绝,骨力沉雄,错出于大历、长庆之间"⑤。除了王象春与王象艮,王氏第六代的其他成员如王象明、王象晋等人或跌宕纵横,或闲逸雅健,皆属复古阵营。

第七代王氏虽然人才凋零,但仍有王与玟、王与胤、王与璧继承家学。王与玟与徐夜交往最深,徐夜谓其外祖季木后于鳞起家济南,季木之后,无复有能为问山之业者,而王与玟、王与璧二人能耀其余辉,修其堂坫。王与玟推崇复古,诗法晚唐,以凄激为宗,学习晚唐险怪一派与艳体之作,"其合

---

① [明]王象春:《齐音》,张昆河、张健之注,济南出版社,1993年,第150页。
② [清]王士禛:《居易录》卷十四,袁世硕主编《王士禛全集》,齐鲁书社,2007年,第3946页。
③ [明]王象艮:《迂园诗》,北京大学图书馆藏明崇祯间刻本。
④ [明]公鼐:《王思止迂园诗叙》,王象艮《迂园诗》,北京大学图书馆藏明崇祯间刻本。
⑤ [明]董其昌:《迂园诗序》,王象艮《迂园诗》,北京大学图书馆藏明崇祯间刻本。

处蓦入问山之室"[1]。而徐夜诗学汉魏盛唐亦受到王氏家族追慕复古风气的濡染,与王与玟、王与璧同出王象春之堂奥。

入清以后的王氏第八代成员王士禄、王士禛兄弟,在家族诗学传统的基础上对复古诗学进行了整合,取得了巨大的成就。王士禄与王士禛少年时期学诗就走的是复古的路径,王士禄取刘顷阳所编《唐诗宿》中王、孟、韦、柳等人的诗作使王士禛手抄,对王士禛的神韵诗学的形成有重要的启蒙作用。二人少年时期的诗集合刻本《琅琊二子近诗合选》反映了他们早期创作博综众长的诗歌取径,受到明代复古诗学的影响,他们向汉魏六朝及初、盛唐诗学习,并在一定程度上体现出对兴象、风骨兼备的初、盛唐诗的偏爱。其后,二人共同选编了明代山东掖县诗歌总集《涛音集》,在评点中又表露出对杜甫老成之境的推崇,而杜诗的雄浑高古、沉郁顿挫也正是明代复古诗学所推崇的格调。

王士禄与王士禛有着相近的诗学基础,后来又分别走上不同的诗学道路。他们处于清初反思、总结明诗、建构清诗传统的特殊时期,家族诗学中追慕复古的传统无疑给他们的诗学打上了鲜明的复古诗学的烙印,但同时由于他们所处的时代距离明代复古诗学较远,已经经过晚明时期对复古诗学的反思,钱谦益、吴伟业等前辈诗家形成了可供参考的理论、创作经验,所以他们能在复古诗学的基础上探索出适应时代的新的诗歌道路。王士禄对复古诗学的整合,体现在他的诗歌宗尚中对体格声调和兴象神韵的兼收并蓄,既有杜甫、苏轼的雄浑豪宕,也有王维、孟浩然的神韵天然,在创作上取得了较高的成就。王士禛更是青出于蓝,他的神韵说总体的取向是学唐学古,与明代前后七子复古一致。具体而言,则推崇唐诗古澹闲远的审美风格,纠正了明代复古诗学专尚格调的弊病,由格调而转向神韵,同时他也有意突破复古诗学的束缚,超越复古诗学的认识局限,肯定宋、元诗,追求新的审美风貌,完成了对复古诗学的继承和超越。

二、雅好山水

新城王氏的另一个文学传统是雅好山水,这种传统是在特定的家族文化环境下形成的,也是王氏的一种家族性格。

---

① [清]徐夜:《箨鹅馆集序》,王与玟《箨鹅馆集》,国家图书馆藏清钞本。

明清时期王氏家族成员在创作上都体现出崇尚自然、热爱山水的共同特点。明代王象春、王象艮、王象晋等人虽然生平际遇不同、创作风格不同,但他们在创作中都乐于表现自然山水。如王象春《北湖游记》记载了万历四十二年(1614)七月十三日与王象艮偕同王氏诸弟、子侄游锦秋湖一事:

> 适归自长白,日已晏,闻思止兄偕诸弟侄已先舣舟巩桥,待余始发巩,去邑东四十里,正欲顺湖之南岸,直当其阔腹处,乃北入也。次日,余急驰追诸人,出门,云如笠笼头上。甫二三里,大澍,马行泥淖如拜,余私祝雨师:"定不负此湖。"俄而雨减。迫暮抵巩桥,见诸人尚危坐听霖铃声,虑不得发舟,余笑曰:"迟余至始霁耳。"及天明,果大光霁,两侄急起戒舟,思止又申之曰:"携粮无嚣,楫缆维利,仆无哗,指顾无乱。"约既定,乃遵时水而下,两岸柳相绾斗如长廊,枝柟时时扫拂肩背,亦颇碍舟。惟龙湾漕最阔,水旋转如砲,俗传湖水中往往龙挂雷雨,飞散还窟于此。……有宋光显者,老渔也,见余舟谓曰:"此去诸葛庄尚十里,须渔艇加桨,乃可折而南。"余速易舟,方鼓棹,而月已可中,下照菰蒲蘋蓼,历历如画。诸人长啸浩歌,余亦击榜而和之曰:"月涵清兮龙窟寒,泡白露兮惜朱颜。"歌声未竟,遥闻马嘶,已届南岸,庄西水湄有庙,祀诸葛孔明。孔明步齐门歌《梁父》时,或寓此,想在未卧隆中以前耶。①

王氏兄弟会于巩桥,乘舟沿时水而下,过龙湾、会城、赵公闸、博姑城、锦秋亭、愚公山、鹅鸭城、鲁连陂,观荷菱繁茂,芳香清馥,沿岸长白、愚公诸山簇簇矗矗,峰峦如浴螺,至夜,王象春、王象艮等人长啸浩歌,以歌诗助兴,颇有韶光易逝,美景难留的感慨。

明代王氏雅好山水的诗风以王象艮为代表。王象艮一生沉沦下僚,遂寄情山水,在新城治别业名为"迂园",汲泉煮茗,优游林下,诗歌宗法大历、长庆,有韦、柳之风,《迂园诗》十二卷以王维"桃红复含宿雨,柳绿更带朝烟"命名,其诗写乡居田园的生活,游历登临的自然风光,王象春评其"萧然物外,野鹤不群,大类韦苏州、白香山韵响"②。《迂园诗》一半以上的篇幅都

---

① [明]王象春:《问山亭诗》,《山东文献集成》第二辑第28册,山东大学出版社,2007年,第780—781页。
② [明]王象春:《王思止迂园诗叙》,王象艮《迂园诗》,北京大学图书馆藏明崇祯间刻本。

在歌咏自己隐居山水胜景中的闲情逸趣。《迂园》云:"负郭穿云取径长,闲门流水集幽香。因听竹奏常停屐,每爱禽鸣自举觞。屋外山容青不断,城头树影绿生凉。同游几辈皆心契,率意忘机任我狂。"①这是迂园文化生活的写照。《迂园十咏》分咏迂园十处景观,水斜环径,云树桐荫,荷叶田田,松涛风喧,体现出王象艮崇尚自然、古朴淡雅的审美情趣。王象艮常邀诸兄弟至迂园,饮酒赋诗,王象春序《迂园诗》云:"余每当盛夏,与思止裸僵石上,汲泉煮柏,听百鸟语,已而洒然诗成,相视大笑。即城柝已催,犹可戴星而入。"②洒脱不羁,颇有魏晋风度。

迂园在锦秋湖畔,王象艮常与诸兄弟、子侄、友人泛舟湖上,以慰人生、仕途的坎坷不遇,自得其乐,其《锦秋庄记》云:

> 当春冰初解,或荷芰散盛时,偕二三兄弟轻舟上下,南视长白、花铁等山,隐隐浮水面。予生于斯,因卜筑于斯,有船可游,有稻可耕,有莲可采,有鱼可食,不求人世,而此湖饶焉。至若鸟语花香,山青水白,则又四时之清福也,予何幸得而领略厌饫于其中。③

王象艮所描述的锦秋湖畔的生活,兄弟偕游,当是王氏成员的生活常态,王象春、王象明、王象艮等人常邀友人泛舟锦秋湖,吟咏倡和。锦秋湖畔富饶足以自给,鸟语花香、山青水白又可自娱,为王氏成员在宦途奔波之际提供了身心安适的憩息之地。王象明崇祯间与社友徐日升避兵于长白山,山居期间穿洞漱泉,观山林泉石,登临游览,有《聊聊草》,寄萧散之思。此外,王象晋《赐闲堂集》也以登临游览、田园之乐为主,他曾遍咏金陵名胜古迹,描写悠然自得的乡居生活,在题材、诗风上与王象艮十分接近。

清初王氏以王士禄、王士禛兄弟为代表,二人少时读书即以王、裴《辋川集》相倡和,步入诗坛后,王士禄推崇唐人兴象玲珑、神韵天然的境界,并以《读孟襄阳诗有作》表达了自己的诗学宗尚:"鱼鸟云沙见楚天,清诗句句果堪传。一从时世矜高唱,谁识襄阳孟浩然。"④王士禛倡导"神韵",以模山范水、批风抹月的山水清音笼罩康熙诗坛,明确地将山水风物、自然神韵提到一个新的高度。他们受到家族风气影响,好登临游览,王士禄奉使两河,

---

① [明] 王象艮:《迂园诗》,北京大学图书馆藏明崇祯间刻本。
② [明] 王象艮:《迂园诗》,北京大学图书馆藏明崇祯间刻本。
③ [明] 王象艮:《迂园诗》,北京大学图书馆藏明崇祯间刻本。
④ [清] 王士禄:《上浮集》卷一,《四库全书存目丛书补编·集部》第79册,齐鲁书社,2001年,第141页。

过上党、太行、龙门、绛河、汾河,度故关,出井陉、太原,沿途登临吊古,诗作颇多,后至江南,游扬州、杭州,登三山,访鹤林寺,多登山临水之作。王士禛司理扬州期间,游金陵、常州、苏州、江宁、松江、如皋等地,所作《白门集》《过江集》《入吴集》《秦淮杂诗》《冶春绝句》等皆为游览山水之作,别有怀抱。王士禛后奉命出使,每至一地辄游览其胜,每游胜地,辄有诗作。雅好山水是王氏家族生活中的重要部分,同时也使王氏成员形成一种对自然、山水普遍的偏爱,并进一步渗透进他们的文学创作中,具体到王氏的诗学方面,则是偏好王、孟、韦、柳一派冲淡自然之风。王氏兄弟崇尚冲淡自然、萧疏闲远的风格,王士禛神韵说的倡导与王氏雅好山水的家族风气有关,神韵说也是对王氏乐游山水、崇尚自然的诗学传统的提升和总结。

第三节　王氏家族的词学传统

　　词是新城王氏家族文学中的另一个重要体裁,王氏的词学在创作的数量、成就方面虽不及诗学,但也在其家族内部形成了一个传统,并在特定的时间和范围中产生一定影响。王氏的词学总体来说有两个主要特征:其一,在整体创作风格上不脱明代《花间》《草堂》之风;其二,词的创作上虽未获得很高的成就,却以词坛倡和活动推动了风气的转变。

一、步追《花间》《草堂》的创作风气

　　晚明至清初,受到个性解放思潮的影响,词坛"主情""尚俗",以《花间》《草堂》为效法对象,多涉男女之情、相思别怨,"《花间》以小语致巧,世说靡也。《草堂》以丽字取妍,六朝隃也。即词号称诗余,然而诗人不为也,何者?其婉娈而近情,足以移情而夺嗜,其柔靡而近俗也,诗啴缓而就之,而不知其下也"[①],《花间》《草堂》的婉约绮丽被明人视为词之正体,以"婉娈而近情""柔靡而近俗"为词之本质。王氏家族在词的创作上深受明末清初时代

---

① [明]王世贞:《艺苑卮言·附录一》,《景印文渊阁四库全书·集部》第1281册,台湾商务印书馆,1986年,第444—445页。

风气影响，以婉约为正宗，步追《花间》《草堂》之风，内容多写相思别恨，颇涉艳情，审美趣味较为一致，崇尚绮丽婉约的风格。

明代成员中，王象春的词数量最多，颇能代表明代王氏在词学方面的趣味。他的词以艳情为主，如《眼儿媚·合卺夜》《浣溪沙·桃腮》《浣溪沙·波眼》等，《诉衷情·洞房冬夜八景》写晚妆伴读、释纽就衾、卧初未暖、话久渐忽、微醒低语、困意重酣、鸡声怜夜、乌影求衣八首，皆十分香艳。另如《柳梢青·冬闺》《一剪梅·无题》《相见欢·人归》皆写闺中女性的相思，如《一剪梅·一事》：

> 楼角疏星作会标，月色添羞，月色添娇。人间天上两非遥，梦里今宵，果尔今宵。　私语喁喁漏已饶，惊起风飔，喜是风飔。晓天霜召结青貂，回首妖娆，细记妖娆。

这首词在空间上脱离了闺阁范围，脱去了脂粉之气，写时空阻隔下的情思，情绪、氛围也无闺怨词的哀怨，风格上也仍属婉约清丽一脉。另如《玉楼春·题李家楼四景兼托意》，分别写春、夏、秋、冬，明显模仿了《草堂诗余》的创作范式。

明代王氏有词作流传的还有王象艮与王与玫。王象艮《迂园诗》所收4首词皆为婉约细腻之作，从女性的角度出发，写闺情闺怨，如"耳边私语印胭脂。乍见相思，不见相思"[①]（《一剪梅·题唐伯虎美人图》），"红簌簌，绿簌簌，隔墙谁唱相思曲。愁人独自宿"（《长相思》），模拟女子独居闺中的心理情态。唯《花心动》一首寄托忧思，情感真挚：

> 残暑退，榴花卸，恰正新秋时节。独眠独起，乍凉乍热，无限凄清与谁共说，东望乡关烟水阔，斜阳外，暮蝉鸣咽。梦回时，万种旧恨，都成新结。　心事凭谁诉说。看满院流萤，向人明灭。银河渐转，砧声新起，共笛韵一弄凄绝。无奈功名身外物，思绕高堂千里切。难言处，小楼南畔纱窗月。

这首词写秋夜无眠，独坐庭院的所见、所思、所感，表达身在异乡，功名未就，而身心俱疲的感慨，王象艮一生虽负才名，却仕途不畅，他的诗中充

[①] 此处及下文所引王象艮词皆出自《迂园诗》，北京大学图书馆藏明崇祯间刻本。

满了徘徊于功名成就与归隐乡园之间的矛盾纠结,《花心动》一词也较为真实地反映了王象艮的心境。

王与玫为王象春嗣子,在诗学、词学上均直接受王象春影响。其为诗"凄激为宗,归极流艳",为词也哀艳凄婉,所存10首词皆为小令,写男女情爱与相思别恨,有香艳之气,如"缱绻容多态,欢娱意似痴"①(《南柯子》),"蹑足谩相挑,尽把相付与"(《如梦令》),写男女情事绮丽香艳而流于轻浮。王与玫善于捕捉、描摹女子的神态和心理,如"眉语,眉语,一霎情深几许"(《如梦令》),"斜溜秋波疑皱眉,指伊心许已多时。人前不语强支持"(《浣溪沙》),将女子动情、羞涩、无奈的心理表现出来。王与玫词中所写男女之情也有对自己真实情感经历的反映,如《鹧鸪天·和菉澳弟寄毕仲友》:

> 宋玉多情漫赋秋。凄凉销尽旧风流。关山此际悲难越,风月当时肯暂愁。　　深夜语,醉时眸。几宵携手月当楼。渡河曾说经年约,一水盈盈望未休。

这首小令以时空转换表现了一对有情人的相思、悲苦,上阕从少年风流展开,述说如今的关山阻隔,风月消歇,下阕转入对往日相爱、携手的回忆,而今旧约难舍,仍殷殷企盼再续前缘。这正是王与玫与京城李姬恋情的写照,王与玫入京时与李姬相识、相爱,并约定相守,后因其境况贫窘,又遭天灾,未能如约,李姬贫病交加,卒于京城。王与玫多次在诗中抒发悔恨、惆怅之情,他的词中对于男女情事的描写也以真实的经历为背景,《鹧鸪天》一词就融入了对风流年少、真挚恋情的追忆与感慨,真情流露,含蓄悠远。

清初王士禄与王士禛兄弟在词的创作上不仅数量远超其家族先辈,在创作成就、影响等方面也突破了自娱式的文字游戏,态度严肃,在词坛有一定的影响。但从他们的整体创作风格来说,仍然笼罩在《花间》《草堂》的风气之下。尤侗《炊闻词序》云:

> 眉山二苏风流竞爽,独至填词,则丈六琵琶偏让老髯,而颍滨不得一语,以此定其为兄弟耳。琅琊二王即不然,向读阮亭《衍波词》,每出一语,落落如有香气,固当奴视七郎,婢视清照。今遇西樵于邢上,出《炊闻卮语》,读之静情艳致,撮《花》《草》之标,似未有放阮亭独步。②

---

① 此处及下文所引王与玫词皆出自《笼鹅馆集》,国家图书馆藏清抄本。
② [清]王士禄:《炊闻词》,国家图书馆藏康熙间留松阁刻本。

尤侗以"二苏"比"二王",认为在词的创作上,苏辙未能有如苏轼的成就,而"二王"则不然,王士禛《衍波词》可上追柳七、易安,王士禄《炊闻词》"未有放阮亭独步"。王士禄之于《花间》《草堂》,王士禛之于柳七、易安,实际上指出了兄弟二人的词风都偏向于婉约绮艳的风格。

王士禄的《炊闻词》作于康熙三年(1664)因"磨勘"系狱期间,其自序言"康熙甲辰三月,余以磨勘之狱入羁于司勋之署。于时捕檄四出,未即对簿,伏念日月旷邈,不有拈弄,其何以荡涤烦懑,支距幽忧。忆自鬌齿颇耽词调,虽未能研审其精妙,聊可藉彼抗坠,通此蕴结。因取《花间》《尊前》《草堂》诸体,稍规模为之,少即一二,多或六七"①。显然,《炊闻词》的创作是以《花间集》《草堂诗余》《尊前集》等为范本的。因此,在内容、风格等方面,《炊闻词》都呈现出对《花》《草》的学习。

《炊闻词》在题材内容上有闺情、纪游、怀古、咏物等,其中以描写闺中女子相思别离情思与抒发自我山水之思的内容为主。王士禄描写女性生活中微妙的思念、忧愁、离恨等,也有少数涉笔香艳,在意象、手法、意境等方面都有《花间》《草堂》之风。《花间集》写女性生活,往往以四季节序为背景,描述春日、夏景,《草堂诗余》在编排上以春、夏、秋、冬分类,《炊闻词》在词题上追摹二者,如"初夏""夏闺""春闺""闺情"等,与"春"有关的意象出现频率很高,如春风、春浦、春色、春惰、春宵、春尾、春溪、春波、春心、春梦、春光、春愁、春酲、春魂、春昼、春深、春水、春草等。与《花间集》一样,《炊闻词》好写闺中女性的情思神态,如红晕、倦眸、桃面、双蛾、弱鬟、蓬鬓、鬟烟、素手、眉弯、斜鬟、酥胸、玉肩、眼波、泪痕、枕臂、纤腰、横波等正面容貌、体态的描写,又如双蝉、金钗、钿蝉、宝袜、蝶裙、轻衫、纨扇、绣鞋、郁金油等服饰,枕屏、红烛、绿窗、灯花、绛帏、兰烬、玉簪、紫栈、银蜡、孤灯、瑞脑、帘钩、流苏、素筝、萝屋、红帘、银灯、合欢衾、双凤扇等居所环境的描写,以女性化的意象营造出静谧温馨的女性世界。其《蕃女怨·次温飞卿韵》:

  晓风吹梦春色遍,栖稳梁燕。合欢衾,双凤扇,厌他常见。枕屏帆影向人来,又重回。②

---

① [清]王士禄:《炊闻词》,国家图书馆藏康熙间留松阁刻本。
② 此处及下文所引王士禄词皆出自《炊闻词》,《四库全书存目丛书·集部》第422册,齐鲁书社,1997年。

这首词是次温庭筠之作,在艺术上也借鉴了温词,王士禄以闺中女性的视角,用"合欢衾,双凤扇""枕屏帆影"暗示女性孤独寂寞的情绪,王士禛以为"字字生动,《花间》之神"①。又如《菩萨蛮·闺晓》:

> 春魂带梦扶难起。玉敧翠弱妆慵理。不用郁金油,鬓云腻欲流。 一双罗袜瘦,小凤娇红咮,著罢立盈盈,兰阶无限情。

写女子晨起后的状态,她独立阶前,不弄妆梳洗,而任由"鬓云腻欲流","著罢立盈盈,兰阶无限情"隐约透露出她的心绪。通过对女子妆容、体态的描写,含蓄表达了她的情思,细致入微,与温庭筠词十分接近。

王士禛词与王士禄词一样,在风格上受到《花间》《草堂》风气影响,如谢章铤所云:"阮亭沿凤洲、大樽绪论,心摹手追,半在《花间》,虽未尽倚声之变,而敷辞选字,极费推敲。且其平日著作,体骨俱秀,故入词即常语、浅语,亦自娓娓动听。"②指出王士禛追摹《花间》《草堂》与云间词派的倾向。清初词人对王士禛词的评价亦十分明确,如彭孙遹云:"其工致而绮靡者,《花间》之致语也;其婉娈而流动者,《草堂》之丽字也。"③

王士禛词也多写旖旎侧艳的男女之情,顺治十三年(1656),他遍和李清照名篇,如《浣溪沙》《如梦令》《点绛唇》《蝶恋花》《武陵春》《醉花阴》《声声慢》《一剪梅》《凤凰台上忆吹箫》等,均写闺情,如《蝶恋花·和漱玉词》④:

> 凉夜沉沉花漏冻。敧枕无眠,渐听荒鸡动。此际闲愁郎不共。月移窗罅春寒重。 忆共锦裯无半缝。郎似桐花,妾似桐花凤。往事迢迢徒入梦。银筝断绝连珠弄。

这首词写闺中女子的相思与愁绪,含蓄蕴藉,因其中"郎似桐花,妾似桐花凤"一句,王士禛被时人称为"王桐花"。王士禛的闺情词也有如"小鬟春睡倦,裙上苔花茜"(《菩萨蛮·私语》),"梦残鬖枣垂香枕,芙蓉髻坠蒲桃锦"(《菩萨蛮·和飞卿》)这样绮靡侧艳的词句,有《花间》遗风。

---

① [清]王士禄:《炊闻词》,国家图书馆藏清康熙留松阁刻本。
② [清]谢章铤:《赌棋山庄词话》卷八,唐圭璋主编《词话丛编》,中华书局,1986年,第3426页。
③ [清]彭孙遹:《衍波集序》,《松桂堂全集》卷三十七,《清代诗文集汇编》第125册,上海古籍出版社,2010年,第243页。
④ 此处及下文所引王士禛词皆出自李少雍点校《衍波词》,广东人民出版社,1986年。

此外,王士禧也有词作,《抱山集选》中所收六首,写时光流逝、春日不再的惆怅,如"三春花事好,三月莺花老"(《菩萨蛮·清明其一》),"拂槛花枝留醉客,隔林啼鸟唤归人,异地又逢春"(《望江南·惜春其二》)等,风格清新隽永,亦属《花间》《草堂》的婉约风格。

二、以词会友的倡和活动

王氏家族词学方面的另一个特征是对词坛活动的积极参与,并产生了较大的影响,主要体现在王士禄、王士禛兄弟身上。康熙初年,二人在江南为官、游历,以词会友,他们的交游倡和活动在时间上一前一后,王士禛在顺治十八年(1661)至康熙四年(1665)为扬州词坛总持,王士禄于康熙三年(1664)至康熙五年(1666)在扬州扬扢风雅,兄弟二人实则串联起顺康之际江南词坛的一系列倡和。

王士禛在扬州的词事活动十分频繁,所交游的词人数量多,影响大,是清词复兴过程中不可忽视的一环,引起学界的广泛关注,张宏生、蒋寅、李丹等皆有详细而可靠的论证[1],其倡和活动简列如下:

顺治十七年(1660)冬,王士禛初至扬州,即与邹祗谟、彭孙遹、尤侗等人倡和,作《沁园春》。

顺治十八年(1661)三月,王士禛有事至金陵,馆于布衣丁继之邀笛步水阁中,听其讲述秦淮旧事,作《秦淮杂诗》二十首,《菩萨蛮》八阕,并嘱好手画《清溪遗事》,陈维崧、彭孙遹、邹祗谟、程康庄、董以宁和之。

顺治十八年(1661)冬,扬州女子余韫珠为王士禄绣须菩提像,为王士禛绣《高唐神女》《洛神》《西施浣纱》《杜兰香》四图,王士禛填《浣溪沙》《解佩令》《望湘人》,邹祗谟、彭孙遹、陈维崧等都有和作。

康熙元年(1662)六月十五日,王士禛与袁于令、杜濬、丘象随、蒋阶、朱克生、张养重、刘梁嵩、陈允衡、陈维崧、王又旦等泛舟红桥,作《浣溪沙》三阕,诸人和之,词作结集为《红桥倡和词》,"江南北颇流传之,于是过广陵者皆问红桥矣"[2]。

---

[1] 参看张宏生:《王士禛扬州词事与清初词坛风会》,《文学遗产》,2005年第5期;蒋寅:《王渔洋与清词之发轫》,《文学遗产》,1996年第2期;李丹:《顺康之际广陵词坛研究》,上海古籍出版社,2009年。
[2] [清]徐釚撰,王百里校笺:《词苑丛谈校笺》卷九,人民文学出版社,2006年,第523页。

康熙四年(1665)七月,王士禛即将离开扬州,作《江南好》数阕,陈维崧作长歌,黄永作《满江红》为其送别。

此外,还有《海棠春·闺词》倡和,由王士禛、邹祗谟、彭孙遹发起,以晓妆、午睡、晚浴、夜坐四题相和,陈维崧、董以宁、尤侗、吴绮、程康庄、董元恺、彭桂等人皆有和作。

与倡和活动相始终的是王士禛对邹祗谟《倚声初集》、孙默《国朝名家诗余》编纂的参与和支持,并获得了以扬州为中心的江南词坛的认可和推重,成为扬州词坛的领袖,如顾贞观所言:"渔洋之数载广陵,实为斯道总持。"[①]

王士禄的倡和活动在康熙四年(1665)至康熙十一年(1672),地域从杭州、扬州,再到京城,时间较王士禛长,范围也较王士禛广,所参与的三次倡和影响也逐渐加大,促成了清初词风从《花间》《草堂》的婉约纤丽向豪放的"稼轩风"转变。

康熙四年(1665)三月,王士禛初至杭州,遇宋琬、曹尔堪,和曹尔堪《满江红·江村》,三人遂展开倡和,结集为《三子倡和词》,被称为"江村倡和",因倡和地点在杭州西湖,又称"湖上倡和"。此前,因三人各有坎坷遭际,和词中忧谗畏讥的迁客心态在清初特殊的政治环境中引起广泛共鸣,南北词人和者众多,形成了影响较大的倡和活动。

康熙五年(1666)至康熙六年(1667),王士禄在扬州,与往来于此的文人进行了频繁的倡和活动,影响最大的是"广陵倡和",康熙五年(1666)小春十月,王士禄与宋琬、曹尔堪、孙之蔚、陈维崧、宗元鼎、邓汉仪、范国禄、陈世祥等人宴集于广陵红桥韩园,以《念奴娇》"屋"字韵相倡和,宴集结束后,诸多词人以同题同调继续倡和,形成了较"江村倡和"更大规模的倡和活动,康熙六年(1667),孙金砺将此次倡和中十二人的和作刻为《广陵倡和词》。

除了广陵倡和,王士禄在扬州期间还与寓居扬州的词人在不同时间、地点、以不同的事件为主题,用《念奴娇》进行了倡和,如与曹尔堪广陵舟中送宋琬北行,有《送宋荔裳前辈北行,兼寄舍弟贻上,用顾庵即席见示韵》;送朱近修还海昌、吴西崖往山阴,有《送朱近修还海昌,吴西崖往山阴,兼怀宋既庭先还吴门,次顾庵韵》,曹尔堪、陈维崧、陈世祥、季公琦、邓汉仪、宗元鼎皆有和作;送沈泌还宣城,有《送方邺还宣城,兼怀唐耕坞舍人,用孝威韵》,和者有邓

[①] [清]顾贞观:《与栩园论词书》,转引自赵秀亭、冯统一笺校《饮水词笺校》,中华书局,2005年,第507页。

汉仪、季公琦等；戏王士禄拥艳，陈维崧、陈世祥、邓汉仪等人相和，王士禄有《次韵陈其年〈赠阿秀并示西樵〉》之作，兼答邓孝威、李云田、陈散木、范汝受》；与陈世祥、季公琦等送陈维崧归阳羡；送李云田往吴门，有《送李云田往吴门，次留别韵》；等等。王士禄与诸词人的和作都收在《广陵倡和词》中，所以，这些倡和活动也属于"广陵倡和"的一部分，且从题目来看，以送别为主，反映了康熙五年（1666）至六年（1667）扬州词坛倡和活动逐步消歇的趋势。

康熙十年（1671），王士禄起复，在京城参加了声势更为浩大的"秋水轩倡和"，此次倡和曹尔堪首倡《贺新凉》，龚鼎孳随后和韵，纪映钟、徐倬、陈维岳、宋琬、曹贞吉、梁清标继和。秋水轩倡和的时间，从康熙十年（1671）六月延续至次年，王士禄参与时间较晚，汪懋麟谓"西樵考功最后成六阕，以为之殿。"[①]此次倡和的作品最后由周在浚结集刻为《秋水轩倡和词》，王士禄为题词，集中收入其和作六首，词风脱离了《花间》《草堂》式的轻柔婉媚，而以慷慨豪放为主，与早前的《炊闻词》有了较大差别。

王士禄、王士禛兄弟在康熙初年的倡和活动的成就和影响对于他们自身和清初词坛来说都有着重要的意义。从二人自身来说，康熙初年是他们初入仕途，在诗坛、词坛崭露头角的重要阶段，他们积极地参与扬州、京城的倡和活动，融入了词坛的潮流中，与南北词人交流碰撞，提升了创作水平，改变了对词的认识。对清初词坛来说，王士禛扬州推官的政治身份及其乐于交游的文人雅兴，推动了扬州词坛的繁荣，使之成为词坛的中心。王士禄参加的三次倡和，是促成词风从《花间》《草堂》的婉约向豪放嬗变的重要契机。从这一点来说，以词会友的倡和活动在王氏词学上的重要程度甚至要超过他们的创作，因而成为王氏家族词学传统中的重要特征。

第四节　王氏家族笔记与笔记小说创作传统

新城王氏的文学以诗学成就最高，然从其家族著述的整体来看，笔记类著述的数量实可与诗、词等量齐观，且与其家族文化有着最为密切的联系，笔记既是王氏家族文化的载体，也是文化、文学传统中的一部分。明清两代王

---

① [清]汪懋麟：《秋水轩倡和词序》，《秋水轩倡和词》，国家图书馆藏康熙十年遥连堂刻本。

氏成员的笔记撰述总体而言呈现出三教合一、由俗而雅、文学化的特征。

一、儒、释、道融合的思想内核

笔记与笔记小说的创作受到作者闻见、阅历、思想观念等各种因素的影响，作为宗族大家庭，王氏的笔记与笔记小说受到较为一致的家族观念的影响和制约。从王氏笔记的最初撰述来看，明代王之垣的《炳烛编》《百警编》《念祖约言》，王象晋的《清寤斋心赏编》《日省格言》《日省撮要》等，撰述的直接目的是家族教育，笔记的撰述背后是家族教育的指导思想，而在笔记中呈现出来的则是融通儒、释、道的三教合一的思想，这是王氏笔记与笔记小说撰述的背景。

王氏家族以儒家为思想基础，同时出入于佛、道，在立身处世、为官持家等方面树立了以儒家忠爱、孝悌等伦理观念为基础的家训，形成了以道义立身，持正守节的家风，同时，在思想上又出入于佛、道。儒家的忠义、孝悌、恭让、敦睦等伦理规范，佛家的因果循环、轮回报应，道家的修身养性、长生不老等，都是王氏笔记与笔记小说中的重要元素。

儒、释、道三家思想在王氏笔记中往往是糅合在一起的，一部笔记著作中往往呈现出多元的思想观念，王之垣的《炳烛编》重在记录往哲嘉言懿行，以儒家思想为主，如《惇伦》篇引《遵生笺》云："为家以正伦理、别内外为本，尊祖睦族为先，以勉学修身为要，树艺牧畜为常，守以节俭，行以慈让，足己而济人，习礼而畏法，可以寡过，可以静摄，可以成德。"①引郑淡泉言："孝友德行第一事，故曰行仁之本。张仲以孝友入佐天子，君陈以孝友出尹东都，大舜以孝友为天子。"②同时，王之垣又在其中专论因果报应，《阴德》篇引五代窦禹钧积德行善而延寿，并生五子皆登科第之事，反映了佛家思想的影响。又引《阴德录》云：

> 黄承事每岁收成之日出钱收米谷，来年籴与贫民，价值不增，升斗如故。尚书张咏梦紫府真君降阶迎接黄承事，后承事子孙贵显，青紫不绝。③

---

① [明]王之垣：《炳烛编》，香港天马图书有限公司，1999年，第7页。
② [明]王之垣：《炳烛编》，香港天马图书有限公司，1999年，第7页。
③ [明]王之垣：《炳烛编》，香港天马图书有限公司，1999年，第15页。

这一则典型地体现出三教融合的思想，黄承事行善体现着儒家仁爱之心，因行善而积德，后世子孙皆为显贵，是佛家因果报应思想，而尚书张咏所梦紫府真君则又是道教神仙，显然是儒、释、道三家思想糅合的结果。

《摄生编》论养生之法，以道家思想为主，也融入了儒家与佛家，其中不仅有道家庄子、老子、吕洞宾、王重阳等的言论，还有佛家《楞伽经》《南华经》等的观念，如王之垣所言："右述古人摄生之训，虽儒、释、庄老不一，然发明性命之枢机，功替化育，弘济舍灵，未始不同也"[①]，在儒、释、道三家的思想中找到融通之处，为自己的观念服务。

王象晋的《清寤斋心赏编》论修身养性，受到明末山人陈继儒的影响，崇尚人的身心修养，包括生理的保养和精神的净化、提升，亦体现着三教合一的思想，其中既采撷了刘醴、王阳明等的言论，又对道家长生之法及精神世界颇为向往，如：

> 丘道人年九十余，皓发朱颜，冬夏一单衣，雨雪不张盖。西岩守丞招之来泰宁，留十余载，携一道篮，系一小牌子，上书诗四句云："老迟因性慢，无病为心宽。红杏难经雨，青松耐岁寒。"尝跣足卖卜于市，得钱则散与小儿。黄玉窗与二三友相问功名，皆笑而不言，独指玉窗云："子寿高"，问养生之术，但指小牌上诗示焉。今历五十余年，信知其言之有味也。[②]

丘道人应是晚明时人，王象晋既推崇其养生之法，又对其达观随性的生活方式十分欣赏。丘道人的思想与行为实际上与古代文人士大夫退守佛、道二氏，寻求慰藉的精神道路一致，反映的也是儒、释、道融合的观念。

王象晋的笔记小说体现出三教融合的特点，《剪桐载笔》中的小说既有宣扬孝道、忠义、持正等儒家品德的篇章，如《阳邹生孝感传》《王廷尉平反传》《王宫詹侠仆传》等，也有写方士、僧人身怀异能或招摇撞骗的篇章，如《异术记》《燕僧记》《丹客记》等。《赐闲堂集》中所收"琐谈"部分直接阐明因果报应，如《逞势遗殃》《嗜赌倾家》《蓄戏招祸》等。值得注意的是，王象晋的笔记小说在融合三教的基础上呈现出世俗化的特征，其中所写的缙绅、方士、僧人等人物皆为市井之人，呈现的是晚明时期市井平民的际遇，所述

---

① [明]王之垣：《摄生编》，香港天马图书有限公司，1999年，第15页。
② [明]王象晋：《清寤斋心赏编》，《四库全书存目丛书·子部》第139册，齐鲁书社，1997年，第508页。

神异之事掺杂着鬼神、命定等民间信仰,颇具时代特色。

王士禛笔记与笔记小说融合三教的特点更为突出,以儒、释、道三家思想观照王士禛的笔记与笔记小说,可以发现儒家始终处于正统的位置,与其家族先辈相比,这方面甚至得到了强化。其《国朝谥法考》《陇蜀余闻》《皇华纪闻》《池北偶谈》《居易录》《香祖笔记》《古夫于亭杂录》《分甘余话》等笔记数量多,内容庞杂,典章制度、前言往行、轶事遗文、风土名物、艺文品评等内容反映了王士禛作为一个文人的闻见与学养,其中有些条目甚至带着对家族出身、个人荣显的自矜,如《池北偶谈》记录了其高祖忠勤公王重光勤王事以死、初太夫人异事被明人记载、祖父王象晋拒绝亓诗教与韩浚拉拢等事,表现出对家族世代通显、家风清正的自豪感。又如《香祖笔记》中多次记录康熙皇帝对他的赏赐,赐西域蒲桃,追赠其祖、父,赐御笔绢素大字等,对所获荣宠感恩戴德,体现出王士禛身为天子近臣的正统的观念。

王士禛笔记中的人物众多,有前代名人名士如苏轼、王安石、邢侗、董其昌、张献忠等,品评艺文,议论得失;有与其交往的重臣、师友如孙廷铨、高珩、冯溥、张英、施闰章、宋琬、陈廷敬、刘体仁、李天馥、宋荦、田雯、徐夜、杜濬、林古度、冒襄、陈维崧等,往往记录的是他们的交往经历、文人雅趣。有忠义孝悌之士如王东皋、史五常、丁时魁、郭裕、薛佩玉等,褒扬忠义、孝悌、清正的品格;有节烈贞孝的女性,如王烈女、毕孺人、抱松女、梁指妹、丁贞女等,以儒家伦理观为标准赞扬她们坚守节操的品质。这些人物言论、行迹的记述反映的是王士禛根深蒂固的儒家伦理观,带有教化的意味。除此之外,奇人异事、神怪传闻等内容则渗透着浓厚的宗教因素,延续了志怪、志人小说的传统。他记录了大量的身怀异能的能人异士,如张大悲、何公冕、林癸午、戚无何、崂山道士、张谷山、静宁州道士、宋道人、僧天花者等,是其笔记中最具神秘色彩也最能体现其笔记文学色彩的部分,反映了佛、道思想对王士禛的影响。

在儒家正统的伦理思想基础上,王士禛笔记中佛家的因果报应,道家的养生、占卜、修炼等方术也有非常丰富的呈现。如《皇华纪闻》中的乔仲伦年五十九而无子,因乐善好施而获岳神赐嫡子,刘龙山免饥民夺仓之罪而子孙相继登科,这一类故事写好人好报,与王之垣、王象晋笔记中的以因果报应之说劝善的故事类型一致。另一类写恶人恶报,如《池北偶谈》中《僧三世报》讲河南僧为报前世被侣某劫金害命、河南县令受贿不究之仇,三次投胎转世于桐城姚东朗家,姚东朗向月律禅师忏悔方得解冤。《张巡妾》讲张睢阳杀妾以飨士卒,其妾寻十三世报其冤仇,也都是佛家因果循环、报应不爽的观念的体现。道家的形象在王士禛的笔记中较其祖辈更加丰富,其中不仅反映了道家修身养性、求仙得道、长生不老等观念,还展现了方外之士飞升、占卜、炼丹等独特技能,如张谷山能日行千里,崂山道士能读人心意,李神仙能预知后事,熊仙人修仙得道、坐化飞升,等等,描绘了世俗生活中精彩纷呈的道家世界。

王氏家族的笔记与笔记小说在思想、精神内核上融合了儒、释、道三家,既承担着王氏家族教育、伦理教化的功能,也反映着王氏所处的时代、社会面貌,是王氏家族文学传统中的一大脉络。

二、浓厚的文学性

王氏家族的笔记有浓厚的文学意味,不仅体现在大量的以笔记形式创作的小说,还体现在以笔记作为文学批评的载体,以及笔记的文学化描写等方面。

王氏家族的笔记小说指的是收录在笔记中的志人、志怪故事,或以笔记的形式创作的小说故事。这些故事篇幅短小,记人记事情节曲折离奇,寓意教化,是王氏笔记中最具有文学性的一类。王氏的笔记著作中,几乎每一种都有故事,但王之垣的《炳烛编》《摄生编》、王象晋的《救荒成法》《普渡慈航》等笔记中的故事述因果报应之事,是为阐明观点服务的,思想保守单一,叙述简略,文学性不强。具有文学性的笔记小说创作者主要是王象晋与王士禛。王象晋的《剪桐载笔》中除了赋、解,其余皆为小说,另外,其《赐闲堂集》中"琐谈"部分实际上也是小说故事。王士禛的《皇华纪闻》《陇蜀余闻》《池北偶谈》《香祖笔记》《分甘余话》《古夫于亭杂录》等笔记中都有小说,是王士禛笔记中最受关注的部分。

王象晋的笔记小说以人物传记为主,篇幅较长,且颇涉神异,《剪桐载笔》中的部分作品如《楚春元隐德传》《王孺人再生传》《阳邹生孝感传》《王廷尉平反传》《张襄宪公远虑传》《燕妇奇妒说》《丹客记》等,亦收入《赐闲堂集》中,归入传、说等类中,与一般文章相类从,从这种编排来看,显然是将这一类作品纳入文集,而并不将之视作说部或子部之属。《赐闲堂集》中所收的其他部分篇章实际上也可看作小说,如《于同卿传》《姚孝子传》《斗鸡者说》

《二士谒选说》《异术说》《铨史奇遇说》等,或截取人物的某些经历片段,或记录当世奇闻,情节性强,描摹细致,反映出一种尚奇的心理,还有《甲寅异梦记》《丁卯异梦记》《乙亥异梦记》《佛光记》《异竹记》等皆写自己亲身经历的神异之事,反映了鬼神崇拜、谶纬命定等民间信仰。《四库总目提要》评价王象晋的《翦桐载笔》:"皆载嘉言善行,然多涉因果,其《四公厚德解》等篇,体近于戏,卷首列贺登极一表、贺惠王升位一启,尤不伦也。"[1]显然内容编排不当,并不纯为笔记小说。但总体而言,其中大部分的内容都讲述见闻,阐明因果循环之理,有教化的目的,文学性较强,是王象晋笔记小说的代表。

王象晋的笔记小说篇幅较长,故事情节曲折离奇,内容写清官平冤、孝行感神、义仆救主、僧道害人等,人物形象上至达官显贵,下至市井平民,反映了晚明时期的社会面貌,在审美倾向上尚俗、尚奇,呈现出与"三言二拍"相近的特征,显然是受到了时代风气的影响。小说的最后往往还有"王生曰"对所述之事加以评论,借鉴了史传文学、唐传奇的写法,在王氏家族笔记中独具特色。

王士禛的笔记小说不仅超越了其家族先辈,在清代也影响深远,被誉为"本朝说部之冠"[2]。因其中描写人物、神怪最接近现代笔记小说的观念,而被普遍关注,对王士禛笔记小说的研究也以这两类为主,如苗壮的《笔记小说史》以《池北偶谈》"谈异"中的志怪小说为重点,宁稼雨的《中国志人小说史》中以《皇华纪闻》《池北偶谈》《香祖笔记》志人为主的篇目及有故事成分的部分为重点,陈文新在《文言小说审美发展史》中指出王士禛"点缀敷衍"而使笔记小说中的志怪或轶事小说向传奇小说跨越,以《剑侠传》二则为代表。文珍的《王士禛笔记小说研究》在志人小说基础上又增加了志怪小说,辛明玉的《王渔洋文言小说研究》除了志怪、志人故事,还将地理博物、典故艺文纳入研究范围,因此,对于王士禛笔记小说的研究和界定越来越从以人物、情节、虚构为要素的现代小说观念向着包括了轶事、神怪、杂史、考订等各种内容类型的传统小说观回归,范围不再局限于志人、志怪等情节性强的故事,而扩大到了诗文品评、故实旧闻、风土民俗等各个方面,这些笔记小说也得到了文学化的呈现。

---

[1] [明]王象晋:《翦桐载笔》,《四库全书存目丛书·子部》第243册,齐鲁书社,1997年,第490页。
[2] [清]王澍:《南村随笔序》,陆廷灿《南村随笔》,《四库全书存目丛书·子部》第116册,齐鲁书社,1995年,第238页。

首先，王士禛笔记小说中的志人、志怪小说显然最符合现代小说的观念，最具文学性，代表性的作品《剑侠传》《林四娘》《宋道人》等篇幅较长，着力渲染人物、事件，描绘细致，如人亲临，近于传奇小说。其他的神怪故事往往简短记录，对其中的人物、事件作简洁而精准的素描，如写张大悲修仙之事，寥寥数笔："好仙术，常画地为限，牛不能出，恒作泥丸食之，坐卧处往往有云气。"①戚无何身怀异能，"一日游龙潭，客思鱼鲙。戚拔金搔头投潭中，即有巨鱼跃出，剖之，搔头在鱼腹中"②。林癸午以箫管牧牛，"牛有逸者，取箫画地，牛不敢出"③。王士禛往往在最后加上故事的来源，以这些神怪之事为实录，实际上是对六朝志怪小说的继承。王士禛的志人小说同样继承了六朝传统，由于涉及的人物众多，主旨各不相同，如《左良玉》云："左良玉偃蹇武昌，不奉朝命，其东下以讨马、阮为名，实叛逆也。侯方域为《宁南侯传》，以私恩语多失实，论者犹以是予之。"④《刘吏部》写刘体仁慷慨任侠，自睢阳归，经人家墓田，解囊资助其迁葬；《骆金吾》写崇祯朝大金吾骆养性逆旨直谏，拒杀言官熊开元、姜埰；《事叔至孝》写施闰章孝顺，叔父诞辰因小故忤意，坚卧不起，施闰章跪榻前移晷。还有大量的人物彰显了儒家的忠孝节义伦理道德，如前文提到的史五常、郭裕、丁时魁、梁指妹、毕孺人等，既有男性也有女性，这些作品实际上也属于人物品评的范围。

其次，王士禛笔记小说中有大量的文学批评，是其文学观念的体现。《池北偶谈》中"谈艺"一类主要评论诗文，是研究王士禛诗学观念的重要材料，对明清时期的诗人评论尤多，如陈洪绶、公鼐、王象春、高珩、林古度、杜濬、李因笃、李敬、龚鼎孳、施闰章、宋琬、陈维崧、刘体仁等。《王奉常论诗语》论明诗谓："明诗本有古澹一派，如徐昌国、高苏门、杨梦山、华鸿山辈。自王、李专言格调，清音中绝"⑤。古澹一派实际上是王士禛诗学的发脉之一。对施闰章、宋琬"南施北宋"之名的论定，对广东诗人邝露、陈恭尹、屈大均等人的评价等，皆颇有影响，王士禛还摘录其师友的佳句，如仿张为《主客图》大量摘引施闰章五言佳句，认为其"温柔敦厚，一唱三叹，有风人之旨"⑥，《和韵词》摘录其兄长王士禄"江村倡和""广陵倡和"中的佳句，并考订其中

---

① [清]王士禛：《皇华纪闻》卷一，袁世硕主编《王士禛全集》，齐鲁书社，2007年，第2671页。
② [清]王士禛：《皇华纪闻》卷一，袁世硕主编《王士禛全集》，齐鲁书社，2007年，第2677页。
③ [清]王士禛：《皇华纪闻》卷四，袁世硕主编《王士禛全集》，齐鲁书社，2007年，第2742—2743页。
④ [清]王士禛：《池北偶谈》卷五，袁世硕主编《王士禛全集》，齐鲁书社，2007年，第2922页。
⑤ [清]王士禛：《池北偶谈》卷十二，袁世硕主编《王士禛全集》，齐鲁书社，2007年，第3108页。
⑥ [清]王士禛：《池北偶谈》卷十三，袁世硕主编《王士禛全集》，齐鲁书社，2007年，第3139页。

的典故,《崔孝廉》评价并摘录其门人崔华之诗,《梅村病中诗》引其绝命诗及《贺新郎》词等,通过对佳句的采录展现其文学审美趣味。王士禛还记录了文人的遗文逸事,评价其品格、学养,如《沧溟蔡姬》记述李攀龙身后其姬妾蔡氏流落济南,卖胡饼自给,并引王象春、邢侗诗文以见李攀龙之清节。除此之外,王士禛关注了明清时期的女性作家如倪仁吉、纪映淮、汪静宜、黄媛介、徐元端、顾姒等,简述生平,品评佳作,以说明闺阁中亦不乏才人。

王士禛还在《池北偶谈》《居易录》《香祖笔记》《古夫于亭杂录》《分甘余话》中记录了他生平的交游、行迹,如王士禛幼年入家塾学诗、济南秋柳倡和,康熙元年(1662)与扬州名士红桥倡和,康熙四年(1665)至如皋冒襄水绘园倡和,入京科考、为官时期与陈廷敬、程可则、邹祗谟、彭孙遹、叶方蔼、宋琬、曹尔堪等人的文酒诗会,以及康熙十五年(1676)前后与"金台十子"交往,并为定《十子诗略》,清晰地呈现了王士禛青年时期的诗坛交往,这些内容从当事人的角度还原了清初文人群体的格局和面貌,具有重要的文献价值。此外,王士禛笔记小说中还有对诗词典故的考订,如其从伯王与玫咏宋高宗诗有"千金还买玉孩儿"之句,王士禛在《香祖笔记》中引《西湖志余》,考订"玉孩儿"的典故出处,诸如此类,不胜枚举。

最后,《蜀道驿程记》《皇华纪闻》中记述风土民情、山川地志等,也有大量的文学性的描写,如《蜀道驿程记》开篇述临行前自己与京中亲友的状况,是时王士禛刚经历丧子之痛(其子启浑夭折),京中友人施闰章游嵩山,曹尔堪归乡,程可则出使并州,沈荃被召入翰林,宋琬与王士禛将先后入蜀,王士禛"存殁聚散之间,不胜感慨"[①]。丧子之痛也伴随着王士禛的征途,他在《蜀道驿程记》中多次提到夜梦启浑之事:

  (六月)初十日。夜雨,梦儿浑,髣髴如平生。是日为儿五七,枕上抆泪成一诗。[②]

  (闰七月)初八日。夜雨,梦儿浑,抱持痛哭而醒,听空阶滴沥声,不复成寐。[③]

这两则对梦的记录情感真挚,描绘真实,人物情态近在眼前,令人动

[①] [清]王士禛:《蜀道驿程记》卷上,袁世硕主编《王士禛全集》,齐鲁书社,2007年,第2527页。
[②] [清]王士禛:《蜀道驿程记》卷上,袁世硕主编《王士禛全集》,齐鲁书社,2007年,第2530页。
[③] [清]王士禛:《蜀道驿程记》卷上,袁世硕主编《王士禛全集》,齐鲁书社,2007年,第2546页。

容。除此之外,书中还记录了行路的艰难,"十六日。夜大风,晨稍霁。入舟,遭众骑山行。舟中宽、首尾狭,竹箬覆之,仅蔽风雨"①,"二十八日。雨。西门渡江,即登天柱山。盘折而上二十里,路峻泥滑,徒侣鲜不颠踬"②。对蜀中地理特点的描述形象生动,如写进入中条山,描绘山中情形:"人家烟火与云岚相杂,柿林数十里,菁葱弥望。"③又如过九盘山,"山临青衣江,石壁如横磨大剑,江涛奔突其下,令人骨栗"④。这些描写并不平铺直叙,而是在记事摹物的同时融入了作者的心理感受,都是文学化的描写。

第五节　王氏家族文学传统的成因

新城王氏家族文学传统的形成与山东地域文学思潮、明清政治、文化等外部环境有关,也与其家学、文化生活、家族性格等内部因素有关。

一、地域文化与时代环境的熏染

作为山左地区的文学家族,王氏的文学传统根植于齐鲁文化,受明清山左地域文学风气影响最深。齐鲁文化的形成可追溯到春秋战国时期,孔子建立儒家思想体系,孟子、荀子继承并加以完善,到汉代董仲舒独尊儒术,儒家思想影响深远;齐国稷下学宫作为学术文化中心,儒家、法家、兵家、黄老学派、阴阳五行学派等兼容并蓄,为道家的产生提供了基础,受黄老思想与濒海的地理环境影响,齐国也成为神仙方士的发源地,先秦时期海外三仙山的传说,秦汉时期的泰山封禅、蓬莱求仙活动,增加了齐文化的浪漫主义气质。鲁国儒家思想体系的建立与齐国稷下学宫的百家争鸣共同奠定了齐鲁儒、道并行的文化轨迹。明清时期山左地区的文学家族大都受到齐鲁文化的影响,如以儒起家,重视教育,重视科举功名,家族内崇尚礼法、道德,笃学力行等,带有浓重的儒家思想特征,与此同时,仙道文化、

---

① [清]王士禛:《蜀道驿程记》卷上,袁世硕主编《王士禛全集》,齐鲁书社,2007年,第2552页。
② [清]王士禛:《蜀道驿程记》卷上,袁世硕主编《王士禛全集》,齐鲁书社,2007年,第2557页。
③ [清]王士禛:《蜀道驿程记》卷上,袁世硕主编《王士禛全集》,齐鲁书社,2007年,第2535页。
④ [清]王士禛:《蜀道驿程记》卷上,袁世硕主编《王士禛全集》,齐鲁书社,2007年,第2562页。

佛禅思想、民间信仰等影响着家族文化。王氏家族文学传统建立在齐鲁文化的基础之上,又通过家族联姻、结社、倡和等交游方式融入明清山左地域文学的潮流中,形成了自己的特征。

　　明清时期的山左地区是地域文学的重镇,诗歌、小说、戏曲等不同领域都取得了不俗的成就,有着鲜明的地域特点,王氏家族的诗学、词学、笔记与笔记小说都不同程度地受到了地域文学的熏染,其中以诗学最具代表性。明万历到清康熙的二百余年是新城王氏在诗坛崛起并发展的时期,这一时期诗坛的突出特点是地域性特征明显,主要表现在三方面:其一,社团、诗派、诗群林立,主张各异。明代文人集社繁盛,尤其是万历以后,结社成风,郭绍虞《明代的文人集团》所列万历以后的诗社、文社就有一百多个[①],以东林、复社、几社影响最大,与社团组织相对应,产生了复社、几社等诗人群体。前后七子复古运动落潮以后,公安派、竟陵派相继而出,这些影响较大的诗歌流派在发展过程中又不断分化成规模不一的诗人群体,构成了晚明诗坛诗派林立的局面。其二,形成以地域为中心的诗派和诗人群体,公安派、竟陵派就是以地域构成的诗歌流派。万历以后吴中、甬上、闽中、山左、太仓、新安等诗派、诗群都有较为明确的地域意识。而诗歌风格、宗法中的"楚风""齐气""吴声"也代表了诗歌的地域性特点。其三,诗歌理论中的地域意识明显。胡应麟的《诗薮》总结了明初诗歌,以地域分吴、越、闽、岭南、江右五派,论明中期以后的诗歌发展,也以地域风格为线索,[②]同时,地域性的诗话作品和诗歌总集也不断涌现,如郭子章的《豫章诗话》、李呆堂的《甬上耆旧诗》、吴伟业的《太仓十子诗选》、毛先舒的《西泠十子诗选》等都以地域为论诗、选诗的标准,有鲜明的地域性特征。

　　在明清众多地域性诗歌流派中,山左诗坛作为一个整体在全国诗坛中占有重要位置。明清时期的山左诗坛在发展的过程中也体现出地域性的特点,山左诗坛从宏观来看是明清之际众多地域性诗派中的一部分,从山左诗坛的内部格局来说,明代中期山左诗坛崛起之时,就形成济南和青州两个诗歌中心。济南诗坛的兴起与前后七子的复古运动有密切的关系,前七子中的边贡与后七子中的李攀龙开启了明清山左诗坛的繁荣之路,明中期以后,山左诗人追随边、李,尊奉复古,形成了济南诗派。"济上之诗,以边庭实为鼻祖,其后

---

① 郭绍虞:《照隅室古典文学论集》,上海古籍出版社,1983年,第518页。
② [明]胡应麟:《诗薮·续编》卷一,上海古籍出版社,1979年,第342页。

李于鳞(攀龙)、许殿卿(邦才)、谷少岱(继宗)、刘函山(天民)不可胜数。"①青州诗坛兴起于嘉靖年间,"吾乡六郡,青州冠盖最盛。……世宗时,林下诸老为海岱诗社,倡和尤盛。其人则冯间山、黄海亭、石来山、刘山泉、范泉、杨浬谷、陈东渚、而即墨蓝北山亦以侨居与焉"②。除蓝田之外,其余诸人皆为青州郡人,嘉靖间结为"海岱诗社",以诗歌相倡和,形成了山左诗坛另一个中心。万历以后,随着前后七子复古运动的落潮和公安、竟陵的出现,前后七子遭到批判,出于对乡邦文化的追慕和维护,济南诗坛和青州诗坛合流,山左诗坛作为一个整体显示出巨大的实力,先后出现冯琦、于慎行、公鼐、王象春、公鼒、李若讷、高出等诗人,他们源于济南诗派,受复古思潮影响深刻,同时积极求新求变,对复古诗学摹拟的弊病进行了反思和批判,倡导"齐风",成为山左诗歌文化的一个重要标志,"齐风"根植于厚重的齐鲁文化,崇尚博大雅正,具有地域性的文化内涵,在晚明诗坛上与"楚风"并驱,有重要的影响。明清易代时,山东作为较早归附的省份之一,在经济、政治、文化上都获得了发展的先机,山左诗人在成就、地位上都获得了提升,出现了高珩、赵进美、孙廷铨、宋琬、唐梦赉、王士禄、王士禛、田雯、曹贞吉、颜光敏、谢重辉等诗人,形成"本朝诗人,山左为盛"的局面。

王氏诗学传统的形成与发展以明清时期的山左诗学为背景,明清诗坛上的复古与反复古,山左诗坛上"齐风"与"齐气",促使王氏在诗学上不断做出调整,从王之猷步趋济南到王象春反思复古,倡导"禅诗""侠诗",王象艮对风华秀绝的大历诗风的继承,王与玟的艳体与险怪诗风,再到王士禄、王士禛对家族与地域诗学的总结,都带有鲜明的地域与时代诗学的印记。王氏家族诗学传统中的追慕复古与雅好山水实质上都源自复古诗学,明代复古诗学中体格声调与兴象风神的两种倾向在山左诗学中并存,前者以李攀龙及其影响下的济南诗派为代表,后者以杨巍为代表,王士禛总结明诗时注意到了这一点,认为明诗本有古澹一派,有别于后七子的专言格调。而王氏家族的诗学与山左诗学同轨,亦形成了两条脉络:王之猷、王象春、王与玟等受复古派主流的体格声调影响较深,王象艮、王象晋则雅好山水,更近于兴象风神的古澹一派,清初王士禛兄弟继承了地域与家族诗学的双重遗存,并根据时代与个人际遇作出相应调整和选择,完成了对地域与家族诗学的超越。

---

① [明]王象春:《齐音》,张昆河、张健之注,济南出版社,1993年,第150页。
② [清]王士禛:《古夫于亭杂录》卷五,袁世硕主编《王士禛全集》,齐鲁书社,2007年,第4926页。

王氏的词学从发展轨迹来看,在明代并未形成创作风气,能够形成家族词人群体的是清初的第八代"士"字辈成员,这种现象在山左地区并不是个例,而是普遍的现象,如清初以词学见长的安丘曹氏、即墨黄氏在明代也处于沉寂状态。从词史来说,元、明时期为词的衰落阶段,山左地区亦是如此,宋代的山东有李清照、辛弃疾等大家,词学兴盛,然至明代作者寥寥,非词人聚集之地,与江南地区差距较大,人们在观念上也认为词是"小道",以婉约为正宗,以《花间集》《草堂诗余》为创作范本。明清之际云间词派将家国之情与个人抱负寄托于词,提高词品,揭开了清词振兴的序幕,清初词坛词人众多,南北词人倡和交流频繁,词选、词谱、词话等理论批评活动增多,词坛呈现出活跃而充满生机的局面,在这种环境下成长起来的王士禄、王士禛等人也积极地投入到了词坛中,为王氏的词学、清初词学注入活力。

　　王氏词学中步追《花间》《草堂》的创作风气与以词会友的倡和活动都是词坛风气影响的结果,也与山左地域的词学步调一致。王氏成员词的创作与活动也体现出词坛的某些侧面,王象晋重刻张綖《诗余图谱》,并将张綖与秦观词合刻为《秦张二先生诗余合璧》,是对婉约词的一种审美追求。王象春与王与玟词的浓艳、直露濡染了晚明词坛纤柔卑俗、直露务尽的弊病。王象春词还有曲化的倾向,与山左戏曲的繁盛有关,明中期以后李开先、冯惟敏、袁崇冕等人在散曲、杂剧、传奇领域取得了较高的成就,王氏家族中王与端也以词曲名家,与李开先、袁崇冕、刘云五相颉颃,有《栩斋词曲》几十种,明清易代散佚不传,王氏家族中显然也有曲的创作氛围,词曲一体也是明代王氏成员创作中的一种现象。王士禄与王士禛在清初词坛的倡和、评点、选政活动不仅是王氏词学的振兴,也为山左词坛重新注入活力,是家族与地域文学之间的相互作用。

　　王氏的笔记与笔记小说的创作也与地域文化关系密切,从先秦诸子与史传文学中孕育的笔记小说,到魏晋南北朝任昉《述异记》、颜之推《冤魂志》,唐代段成式的《酉阳杂俎》,宋代周密的《齐东野语》,山左地区一直都有笔记与笔记小说的创作传统,明清时期也承续了这种创作风气,王绍曾、杜泽逊所编的《渔洋读书记》[①]中纂辑了王士禛所评论的著作,其中对明清时期山左文人的笔记著作多有评骘,如于慎行的《读史漫录》、马应龙的《安丘旧志》、郑独复的《新城旧事》、张贞的《杞纪》、田雯的《黔书》、孙廷铨的《颜山杂记》、王象晋的《三补简便验方》、葛守礼的《葛端肃公家训》、贾三近的《滑耀编》

---

① 王绍曾、杜泽逊:《渔洋读书记》,青岛出版社,1991年。

等,王士禛的笔记杂著中对明清时期山左地区掌故旧闻的丰富记载,来自山左地域文化的积淀。而王氏笔记与笔记小说撰述的儒、释、道融合的背景因素及其较强的文学性,也是齐鲁文化的一部分,儒家的伦理、道义,佛家的因果报应,道家的神仙方术在齐鲁文化中皆有脉可循。

王氏家族跨越明末清初,在明清政治、文化生活中扮演了不同的角色,既受到明清政治、文化的影响,也在一定程度上影响着当时政治、文化的变迁。作为一个文学家族,王氏的文学传统的形成也与明末清初政治、文化有千丝万缕的联系。

从明清政治来说,经历了从晚明到清初的政治、社会变革,王氏家族参与政治生活的态度发生了变化:从积极参与政治到与政治核心保持一定的距离。王氏在晚明有着积极的进取心,众多家族成员通过科举入仕为官,成为山左地区重要的科举家族,在政治生活中也有一定的影响力。王之垣在政治上追随张居正;王象乾官至兵部尚书,总督蓟、辽,兼制宣、大,加太子太保,为最高统治者所倚重;王象晋官至浙江右布政使;王象春虽仕途不顺,但在党争中立场鲜明,刚肠嫉恶。他们都不同程度地参与到了晚明重要的政治生活中,尤其是在晚明党争中,王氏与东林党人的交往和与魏党的斗争,体现出其道义立身的家族立场。同时,明代的王氏以光大门楣为己任,王之垣、王象乾两代人为先人王重光建"忠勤祠"、纂《忠勤录》,请当时名宦如申时行、王锡爵、叶向高、冯琦、郭正域、王家屏等撰写墓志铭、神道碑、行状等,反映出明代王氏较高的交往层次和政治地位,也体现出王氏崇尚事功、积极参与政治生活的态度。但是这种态度在经历了明清易代以后发生了变化,明清易代过程中,王氏经历了"辛未""壬午""甲申"三次劫难,众多优秀成员死节,家族遭受重创。入清以后,王氏家族难以抚平创伤,王象晋、王与敕等人拒绝出仕,参与政治的热情逐渐消退。第八代成员王士禄、王士禛等人虽积极参加科举,也取得了成功,但从根本上来说,也与家族发展的压力有关,他们在仕途中的心态也不复如明代王氏的积极进取,王士禄"少抱微尚,慕孟襄阳之为人,学不为仕。以门祚中替,外侮时蘖,祖父督譬,遂黾勉场屋,以甲科起家。性散慢,既婴世网,雅不欲为折腰吏"①。王士禛虽官至刑部尚书,但一生以读书、著述为事,在康熙一朝更多以文学词臣的身份出现,而与政治核心保持了一定的距离,这种态度显然与明代王氏不同。

----

① [清]王士禄:《西樵山人传》,王士禛撰,孙言诚点校《王士禛年谱》,中华书局,1992年,第82页。

王氏在政治上态度的变化影响了其家族文学传统,这种变化为清初王氏文学、文化的振兴与超越提供了契机。随着王氏家族成员政治热情的消退,在清初特殊的高压政治环境下,王氏家族性格中对山水自然的崇尚被激发出来,成为避开政治高压、寻求精神自适的重要途径。诗学方面表现出对唐代王、孟一派神韵天然的诗风的推崇,这一点在王士禄、王士禛身上都体现得十分明显,尤其是王士禛的神韵说,模山范水、批风抹月,在吟咏自然、历史的过程中自写性情,远离现实,融合、总结了家族诗学与复古诗学,在审美趣味上又与康熙盛世的要求相吻合,使得王氏在文学上超越前代,影响了清初诗坛。在顺康之际较为特殊的政治环境下,王士禄、王士禛也以向来被视为抒写儿女之情的"小道""末技"的词抒写心曲,参与到词坛活动中,使王氏在词学上也取得了一定的成就。

　　从明清社会文化思潮来说,明嘉靖至清康熙的二百来年中,社会文化思潮的转向总体上是一个程朱理学蜕变、失控、回归的过程。王阳明的"心学"以天理为良知,将天理与良知统一起来,以维护伦理道德,巩固统治。但在后来的王学左派的发展中重视主体价值、肯定人的合理欲望,冲击着程朱理学,促成了晚明的思想解放,也促成了晚明文学的繁荣。文学领域公安派、竟陵派相继崛起,小说、戏曲等通俗文学蓬勃发展。同时,随着明王朝的衰亡和明清易代,王学末流空谈心性的弊端也显露出来,清初顾炎武、黄宗羲、王夫之等学者提倡经世致用的实学,在思想上向传统回归。在这个文化思潮转型的过程中,新城王氏思想上维护传统,王之垣杖杀何心隐,王之都与东林学派顾宪成的交往,王之猷、王象春父子与理学名臣邹元标的交游,都反映出王氏在王学左派盛行的时代对儒家传统的维护。

　　王氏面对王学左派、东林学派的不同态度反映了其以儒立身的家族风气,在文学上,王象晋笔记小说中对明末物欲横流、世风日下的反映,王象春词的旖旎浓艳与曲化,都是时代思潮影响的结果。而在诗学上,明末清初的社会动荡,使一度沉浸于抒发个人性灵、幽情单绪的士人不得不面对残酷的现实。清初学者对经世致用思想的提倡,使文人回归到儒家诗教中,推崇现实主义精神,在文学的表现上回到载道的传统,而明代前后七子的复古诗学,经过晚明以来的批判、反思,鼎革之际,在陈子龙、吴伟业等人的诗学思想和创作实践中去除了模拟剽窃的弊病,加入了真实而深沉的现实情感,再次发扬光大,影响了清初诗人。对新城王氏来说,复古诗学的传统实际从未断裂,清初王士禄、王士禛兄弟在创作上也对实学思潮有所回应,首先表现在学古过程中回归儒家诗教,二人早年的诗集合刻《琅琊二子近诗合选》"能发明古诗之遗,以求合于四始六义之大旨",在创作上"义兼正变,体备文质,乐而不淫,怨而不激,发越震荡之气,而一归于敦厚和平"①。这是高珩对他们早年诗歌作出的评价,这种评价的背景,则是清初诗坛普遍对于《诗经》风雅传统的追求。其次表现在对杜甫雄深雅健诗风的推崇,王士禄与王士禛早年多有评读、注杜之作,二人同选明代掖县诗人之作《涛音集》,也以杜诗之老成之境为评判标准。杜甫浓厚的忧患意识、悲天悯人的情怀、现实主义的创作道路,都代表着清初实学思潮影响下诗歌的审美取向,同时学杜也是复古诗学中的一个重要部分,"二王"对杜甫的推崇受到时代思潮的影响,也是对家族诗学中追慕复古传统的坚守与推进。

二、出入佛、道的家族文化

作为传统的宗族家庭,王氏以儒家为思想基础,同时出入于佛、道,在立身处世、为官持家等方面树立了以儒家忠爱、孝悌等伦理观念为基础的家训,形成了以道义立身,持正守节的家风,同时,王氏在思想上又出入于佛、道,儒、释、道共同构成了王氏为人处世的哲学。作为明清时期典型的宗法制家族,儒家思想无疑在总体上指导着王氏的思想和文化,而佛家思想对王氏的影响也很深,这种影响除了对个人思想、行为的调节,更重要的是对王氏文学创作、观念的浸润。

王氏从明至清都笃信佛教,佛教对王氏的影响从最初的修身养性,逐渐渗透到王氏的文学创作中。明代王氏从王之垣开始就受到佛教的影响,"释氏面壁亦有妙义,盖洗心退藏于密,以养其神,以复寂然之本体,即吾儒之静存也"②,又云:"世间万事转眼即空,我之此心终亦变灭,所不灭者,一精灵耳,与其于变灭处徒自劳苦,孰若于不变灭处略加工夫。"③同时,王之垣强调因果报应,谓"有阴德者必有阳报"④。

---

① [清]高珩:《琅琊二子近诗合选序》,王士禄、王士禛《琅琊二子近诗合选》,国家图书馆藏顺治十六年刻本。
② [明]王之垣:《炳烛编》,香港天马图书有限公司,1999年,第6页。
③ [明]王之垣:《炳烛编》,香港天马图书有限公司,1999年,第6页。
④ [明]王之垣:《炳烛编》,香港天马图书有限公司,1999年,第17页。

王象晋受佛教影响更深,对佛学有自己的看法和见解,著《金刚经直解》,"古今解释者同而异,异而倏同,论其人八百余家,论其文即八百余见,中间阐明经旨者,固多高贤,各逞意见者,亦多幻语。推其心,皆欲尊佛教,究其敝,反以晦佛心,遂使穷乡下邑、初学小生歧路生嗟,望洋兴叹,泛泛然如野凫漂泊中流,而莫知适从"①,鉴于古今解经者众说纷纭,乃至误解《金刚经》宗旨的状况,王象晋对宋代十七家《金刚经》阐解语涉玄渺,见相龃龉者略为调停,或录其全文,或摘数语,或采众说,融会贯通,使其不悖于宗旨。王象晋晚年还将颜茂猷《迪吉录》中关于善恶报应的内容分门别类,又益以生平见闻,编为《普渡慈航》,用意在于劝诫世人,"果能逐事简察,随宜印证,庶无边苦海在在津梁,普世善缘人人济渡,此壮其拯拨世人雅念,倘亦孟夫子垂训之意乎"②!王象晋在其中引前人之论,并载稗史小说,讲述善恶因果故事,导人向善。他还重刻《劝善录》,又著有《救荒成法》,论救荒之法,亦讲述善人救荒得善报,不救荒者之业报,深受佛家因果报应观念的影响。王氏从善人公王伍开始便周济饥民,好为善举,树立了与人为善的基本准则,王象晋这种善恶报应的观念突出反映了王氏佛教信仰的主要方面。

王氏还热衷于邑中庙宇的修葺与建设,如王之垣曾在新城东南建白衣观音祠,后王象乾又在新城内西南隅建一白衣观音祠,又建张仙庙,王与敕后又进行了重修。王之垣、王象乾还重修关帝庙、东岳庙,王象晋重修八蜡庙,王象艮重修龙王庙等。王氏在邑中修建庙宇一方面是出于一方大族建设乡里的义务,另一方面则出于对佛教的信仰。王氏还与邑中僧人交好,明代新城有涌空禅师,俗名赵天得,原为关东将军,从军辽水,征战有功,后弃爵免胄,皈依佛门,驻锡于新城南郭万佛堂,闭关趺坐十二年,劝人向善,声望甚高,崇祯十三年(1640)圆寂,王象艮、王象益、王象明、王象晋、王与玫等人皆作挽诗,以表崇敬之意。王士禛论诗交友,不乏诗僧,《池北偶谈》对新城释成楚、智泉二僧之诗歌颇为欣赏。钱塘正嵒禅师,字豁堂,诗歌清丽,王士禛于金陵灵谷寺见其《同凡诗集》,甚爱之。王士禛与盘山释智朴交往最契,在京师时,曾为其删定诗集。

王氏在诗歌领域有较高成就的王象春、王士禄、王士禛亦受佛教影响深刻,他们不仅用佛教修身养性,还将佛教思想融入个人经历、诗歌创作中,借以平衡心态,阐发诗观。

---

① [明]王象晋:《金刚经直解序》,《赐闲堂集》卷三,《山东文献集成》第三辑第24册,山东大学出版社,2010年,第733页。
② [明]王象晋:《普渡慈航序》,《普渡慈航》,北京大学图书馆藏道光十八年抄本。

从王象春开始，佛禅的影响进入了诗学领域，王象春在诗歌上受到明七子复古思潮影响，对乡贤李攀龙十分敬仰，以为"昔人诗禅并称，尚存大雅"①，又将诗歌分为禅诗、侠诗、道诗、儒诗，而将禅诗置于第一位，并在创作中对佛禅与诗歌的融合进行了尝试。清代王氏以王士禄、王士禛成就最高，二人也都体现出了对佛禅的接受。王士禄幼时侍奉父母避兵祸于长白山，暇日即就佛阁写书，动盈卷轴。康熙三年（1664），王士禄以吏部河南乡试"磨堪"系狱八月，其间居之坦然，"在系所日写诸品经，楷法精好，更数万字无一脱误"，自谓"冀藉佛力少慰亲心耳"②。施闰章赞曰："身幽请室，如鱼在渊。心手洋洋，委运逃禅。"③全椒吴国龙颂曰："西樵有因缘，难临成胜事。知多解脱心，尤征定静力。定者不能乱，静则生诸吉。观彼所书经，字字皆欢喜。以此心济世，能救诸苦厄。以此心出世，立可闻佛道。"④王士禄系狱时，其父王与敕为诵《观音经》万遍，王士禄感念，作诗有"无畏缘亲力，更生顶佛慈"⑤（《难中老父为诵〈观音经〉万遍恭纪》）之句。又作《长斋绣佛诗》，请杭州戴苍为作《长斋绣佛图》。王士禄在扬州与王士禛补禅智寺东坡石刻，与硕揆上人释元志交，江淮间比于东坡、了元故事。王士禄一生坎坷，佛禅是其渡过困厄、慰藉心灵的一剂良药，借此维持内心的旷达与平衡。佛禅也融入王士禄的创作中，其诗抒写人生感悟往往与佛家思想相融，"已从幻泡悟虚空，尚为饥驱困转蓬。何日鬓丝禅榻畔，安闲真似此图中"⑥（《自题小像〈长斋绣佛图〉》）。王士禄向往归隐之乐，与佛禅为伴，其山水之作近王、孟一派，颇有禅趣。

王士禛除了与诗僧交往甚多之外，还引佛家"羚羊挂角，无迹可求"为立身处世之法："释氏言羚羊挂角，无迹可求。古言云羚羊无些子气味，虎豹再寻他不著，九渊潜龙，千仞翔凤乎？此是前言注脚，不独喻诗，亦可为士君子居身涉世之法。"⑦其神韵说与禅宗有密切的联系，神韵说以严羽诗论为基础，对严羽以禅喻诗甚为认同，追求诗歌空寂超逸的境界，他论诗歌

---

① [明]王象春著，张昆河、张健之注：《齐音》，济南出版社，1993年，第152页。
② [清]王士禛：《王考功年谱》，王士禛撰，孙言诚点校《王士禛年谱》，中华书局，1992年，第76—77页。
③ [清]王士禛：《王考功年谱》，王士禛撰，孙言诚点校《王士禛年谱》，中华书局，1992年，第77页。
④ [清]王士禛：《王考功年谱》，王士禛撰，孙言诚点校《王士禛年谱》，中华书局，1992年，第77页。
⑤ [清]王士禄：《辛甲集》卷三，《四库全书存目丛书补编》第79册，齐鲁书社，2001年，第93页。
⑥ [清]王士禄：《上浮集》卷三，《四库全书存目丛书补编》第79册，齐鲁书社，2001年，第172页。
⑦ [清]王士禛：《香祖笔记》卷一，袁世硕主编《王士禛全集》，齐鲁书社，2007年，第4481页。

创作"镜中之象,水中之月,相中之色,羚羊挂角,无迹可求,此兴会也"①,又谓"舍筏登岸,禅家以为悟境,诗家以为化境,诗禅一致,等无差别"②,诗歌创作中的兴到神会与禅宗的"顿悟"有相合之处。王士禛以禅论诗,云:"咏物之作,须如禅家所谓'不黏不脱,不即不离'乃为上乘""唐人五言绝句,往往入禅,有得意忘言之妙,与净名默然,达摩得髓,同一关捩。"③王士禛以佛家之语论诗,神韵说所追求的不着一字,尽得风流,羚羊挂角,无迹可求的境界也与佛家色相俱空相契合。

新城王氏家族文化形成的另一个重要因素是道家思想。王之垣《炳烛编》融合了儒、释、道思想,其中以道家思想为主,他所辑录的言论多来自老子、庄子、文子等道家人物,以及《仙学真诠》《通玄真经》《坐忘论》《脉望》等道家著述。王象晋的《清寤斋心赏编》论养生亦以道家修道养生思想为基础。

从道家派别来说,王氏较多地接纳了全真教思想,全真教在金、元时期盛行一时,其创始人王重阳于金大定年间云游至山东,招马钰、谭处端、丘处机、刘处玄、王处一、郝大通、孙不二七人为弟子,树"全真教",日益发展壮大,影响了元代思想文化。全真教以老、庄道家思想为基础,同时也融合了儒、佛,是北宋以后三教合一思潮影响下的产物,它融合了儒家"修齐治平"的人生态度,在日常生活中重视儒家伦理道德,重视"心性"的修养,识心见性,性命双修,并追求精神超越,其修行重要方式是炼心,强调清静虚空,摒弃贪、嗔、痴等欲念,追求无心,融通了佛家的虚空思想。全真教三教合一的宗旨顺应了社会文化的发展,调和了儒家日常伦理、道德观念,渗透到了世俗生活中。

全真教的兴起以山东地区为基地,发展过程中又在山东各地建立教会,获得了广泛的社会反响,拥有广大的信众,明代以后虽然进入衰落沉寂,但其与世俗生活紧密联系的教义还在继续发挥作用,在山东地区影响深远。新城王氏的家族文化融合了全真教的思想,主要表现在养生、出处、文学等方面。

新城王氏注重养生,王之垣、王象晋论养生首先清心寡欲为要,"耳目淫于声色,五脏动摇而不定,血气逸荡而不休,精神驰骋而不守,祸之来如

---

① [清]王士禛:《带经堂诗话》卷三,郭绍虞主编,人民文学出版社,1963年,第78页。
② [清]王士禛:《带经堂诗话》卷三,郭绍虞主编,人民文学出版社,1963年,第83页。
③ [清]王士禛:《带经堂诗话》卷三,郭绍虞主编,人民文学出版社,1963年,第69页。

丘山，无由识之矣"①，纵情声色，放纵欲念是祸患的根源，因此，要消除内心的种种贪念、欲望、虚空内心，追求精神的永存，体现了全真教"全心清净，抱守真一"的精神。其次，王氏的养生论中重视调息养气，王之垣以调息、调食、调睡为基础，王象晋也从保真元、顾性命、重饮食等各个细节论述养生的重要性，以达到精神饱满，远离病痛的目的。由于重视养生，王氏家族中如王之垣、王象晋、王士禛等皆为寿考之人。王氏在追求养生、长寿中摒弃了传统道教炼丹服药、追求肉体长生的迷信，而接纳了全真教修心证道、追求精神超越的内丹学，以修心修身、清静寡欲。王象晋答友人问驻颜养生之道，云："问予何事容颜好，曾受高人秘法传。打叠寸心无一事，饥来吃饭倦来眠。"②（《戏答候晋阳大参》）王士禄康熙三年（1664）在狱中时，友人黄无庵曾教以服食导引之事，王士禄以诗答云："百年真乐只衔杯，阅世深时万虑灰。何必琼膏驻金骨，嵇康曾论养生来。"③祖孙二人对于服食丹药皆持否定态度，崇尚自然清静与精神超越。最后，王氏家族的养生观往往与个人修养相联系，即全真教所谓"性命双修"，"性"即人之心性、修养，"命"即人之肉体，强调身心皆修，形神俱妙。"心者，一身之主，百为之帅，须要静坐收心，自能入道"，"心本可静，事触则动，动之吉为君子，动之凶为小人"④，强调驱除人的私心杂念，回归本心，达到修身养性的目的。

全真教超越世俗、淡泊名利的思想影响了新城王氏的出处观念，作为以科举起家的世家大族，科举、仕宦是新城王氏家族得以发展、繁荣的关键途径，所以出仕是绝大部分成员追求的目标。然而，追求科举功名、个人成就、家族荣耀的过程往往是无常的、祸福相依的，尤其是行走于复杂的宦途，有迷失心性、招致祸患的危机，明代王氏卷入党争即是一例。面对仕途，王氏总体上表现出一种自如的态度，如王象晋为齐党所陷后依旧能淡泊自如，不以己悲。王士禄入狱之后仍能超迈潇洒，超然物外。对于功名、权利，王氏一方面秉持儒家"修齐治平"的追求，另一方面又保持清醒，不恋栈权位。王之垣推崇范蠡、鲁仲连、张良等懂得急流勇退的古代贤达，并在自己仕途风头正劲之时辞官归乡，避开了万历时期"倒张"的政治风暴，王

---

① [明]王之垣：《炳烛编》，香港天马图书有限公司，1999年，第4页。
② [明]王象晋：《赐闲堂集》卷一，《山东文献集成》第三辑第24册，山东大学出版社，2010年，第705—706页。
③ [清]王士禛：《王考功年谱》，王士禛撰，孙言诚点校《王士禛年谱》，中华书局，1992年，第78页。
④ [明]王象晋：《赐闲堂集》卷一，《山东文献集成》第三辑第24册，山东大学出版社，2010年，第1页。

象晋奉行七十致仕的古礼,王士禄仕途坎坷,不以降调、失官为意,都表现出豁达自如的态度。超越世俗、淡泊名利的思想是道家的基本思想观念,通过这种思想的调和,王氏在进与退中寻求到一种平衡,达到出处自如的状态。

道家思想也渗透到了王氏的生活方式、家族性格、文学创作等方面,王氏家族亲近自然、悠游林泉、吟咏倡和的生活方式和文学创作中雅好山水的倾向都与道家崇尚自然,追求远离世俗、轻松闲逸的生活状态与精神境界及清静无为的思想有密切联系。

佛、道思想对新城王氏的影响是十分深刻的,从明代到清初,佛、道文化渗透到了王氏思想、生活、文学创作等各个方面,尤其影响到王氏文学传统的形成和传承。雅好山水的文学传统就与王氏出入于佛、道的家族文化有密切联系,佛禅的"顿悟""虚空"等思想给王氏在诗歌境界方面的借鉴,而道家重自然、追求轻松闲逸、远离世俗杂念的思想使王氏得到精神层次的提升。

三、雅好山水、崇尚自然的家族性格

新城王氏雅好山水的文学传统有独特的自然人文环境的熏染。新城历史悠久,风景秀美,西临长白山,境内有锦秋湖,生活在这样的山水田园中,王氏养成了雅好山水的家族性格。明代王氏成员常游于锦秋湖、长白山,同时又好修筑园林,如长春园、二如亭、迂园、西城别墅、夫于亭等,这些自然、人文环境陶冶了王氏成员的性情,激发了他们的文学、艺术等创作灵感。

新城春秋时期为齐桓公系马地,历史悠久,境内有鹅鸭城、鲁连陂、系马台、清凉台等古迹,又有锦秋湖、时水、孝妇河、长白山等山水环绕,风景秀美,极类江南。王氏生活在这样的人文遗迹和山水胜景中,悠游倡和。王象晋作《桓台八景》歌咏家乡山水风物,有"黉宫翠柏""云阁钟声""清沙落雁""桓台系马""玉带河流""石桥晓月""会泊红莲""铁山晚照",自然山水对王氏文化生活产生了重要的影响,这些山水遗迹也频繁地出现在王氏众多成员的文学创作中,成为他们文化生活中重要的组成部分。

新城胜景以锦秋湖为最,锦秋湖又名马踏湖、北湖,在城东北,元代于钦有"霜风收绿锦,万顷水云秋"之句,后人取"锦秋"二字名湖。锦秋湖有荷塘稻田围绕,又有嘉鱼出没,芰荷菱芡,蒲苇夹道,景致颇佳,王士禛《锦秋亭记》载:

> 自夏庄桥渡时水而东,并河北行,内河外湖,浩渺无际。十里,至湾头,新、博二邑分界处也。时水自南而北,小清故河自西而东,汇于湾头,与湖相望,中亘长堤。湾头烟火数百家,夹河以居,鲢舟、渔艇鳞次。市桥渡湾头,桥而北,堤直如弦,属于博昌城,凡十里,榉、柳夹之。两岸皆稻塍荷塘、篱落菜圃,与纬萧交错。时十月下澣,过之,烟雨空蒙,水禽矫翼,黄叶满地,人行其中,宛若画图。时见牧人蓑笠御觳觫归村落间,邈然有吴越间意。①

王士禛笔下的锦秋湖纯朴秀美,充满诗情画意,这是锦秋湖的真实写照。锦秋湖一带风光秀美,与江南山水极为相似。"常伴鸥眠暮与朝,蓴鲈满载雨潇潇。江南烟景差相似,想像苏堤跨六桥。"②(王象艮《锦秋亭》)王氏成员常结伴而游,或卜居其上,吟咏倡和。王象艮有《锦秋湖十二咏》,咏锦秋湖四序六时风光,"宿霭初晴水不波,南山苍翠满岩阿"(《晴湖》),"湖晴露晓镜新磨,濯过红蕖掩绿荷"(《露湖》),"百里湖光翠若何,长虹斜挂雨横拖"(《虹湖》)。王象艮还有《锦秋湖十景》,咏"赵公闸""金刚堰""鲁陂""颜蠋居""庞家泊""锦秋亭""华沟烟水""鹅鸭城""诸葛庙""青冢"十景。王士禄、王士禛兄弟少年时期亦作《北湖竹枝词》《锦秋湖竹枝》歌咏美景。

锦秋湖既是王氏文化生活展开的重要场地,乐游山水的心灵寄托,也是回归田园的精神符号。除了锦秋湖,长白山是王氏生活中另一个有重要意义的文化场所。王氏在邹平长白山置别业,避暑、息居。长白山位于新城西,峰峦陡峭,白云缭绕,林泉幽壑,秀丽天然。柳庵、醴泉寺、范仲淹祠、张临书院、陈仲隐居处等古迹遍布于此。明代王象春读书于醴泉寺,王象咸在长白山建别墅,在其中练习书法,有"墨王亭"。王士禛晚年回忆:"邹平浒山泺獭水汇处,烟波浩淼中,有墨王亭,是从叔祖洞庭(象咸)别业。周侍郎栎园过之,赋诗见怀云:'独有墨王亭畔水,空明与客忆王郎。'"③王象

---

① [清]王士禛:《蚕尾续文集》卷五,袁世硕主编《王士禛全集》,齐鲁书社,2007年,第2055页。
② 以下所引王象艮诗皆出自《迂园诗》,北京大学图书馆藏明崇祯间刻本。
③ [清]王士禛:《渔洋诗话》卷上,袁世硕主编《王士禛全集》,齐鲁书社,2007年,第4765页。

咸别业入清后为王氏姻亲邹平张氏所有,王士禛少时游长白山,题句云:"墨王亭子水中央,四面菰蒲作夏凉。"[1]

长白山在明代是王氏游赏林泉、陶冶情操之处,明清易代之际,这里成为王氏避难之地。崇祯十六年(1643),济南郡被兵祸,新城不守,王象晋、王与敕、王士禄祖孙三辈人依外家邹平孙氏,避地长白山鲁泉。顺治元年(1644),王氏再次避于长白山之柳庵,柳庵在大谷胜处,与醴泉寺相接,风景清美,王士禄年十九,乐游于此,"漱流枕石,或日晏忘返"[2]。王士禄、王士禛多次吟咏,追忆在长白山自由闲适的时光:"忆住柳庵山寺,幽兴随心无次。支枕敞晴窗,卧选万山紫翠,清吹,清吹,我爱硐松妩媚。"[3](王士禄《如梦令·忆柳庵山寺》)"一夜前山雨,千回石濑深。"[4](王士禛《柳庵》)顺治十三年(1656)春,王士禛与徐夜同游长白山,遍至柳庵、上书堂、醴泉寺诸名胜,二人皆有诗作,并刻《长白游诗》。

王士禛晚年筑别业于长白山,《古夫于亭稿自序》云:

> 长白大谷之东,南北两峰呀然中开。有小山突起,当绺縠之口,曰"于兹山",又曰"鱼子"。其下有流水,即《水经注》"鱼子水"也。山之上有夫于亭,相传陈仲子灌园处。予别业在其下,坐卧草堂,朝夕与此山相对,遐思仲子之高风,慨然如或遇之,因以"古夫于"名堂焉。[5]

王士禛长白山别业名"夫于草堂",康熙四十三年(1704)罢官归田以后,常往来于新城与长白山,在夫于草堂与张实居、张笃庆等人论诗,有《古夫于亭集》等。

锦秋湖、鲁连陂、长白山、醴泉寺等胜迹为王氏提供了清新秀美、纯朴而雅致的文化、生活环境,鲁仲连、范仲淹等古贤为这些自然山水注入了更为深厚的文化意蕴,王氏的文化生活就在这样的环境中展开,家族成员之间、亲友故交之间进行读书、论诗、书法、绘画等多种多样的文化活动。山水胜迹、自然环境造就了王氏乐游于山水,发古之幽思的文化传统。

---

[1] [清]王士禛著,郭绍虞主编:《带经堂诗话》卷十四,中华书局,1963年,第379页。
[2] [清]王士禛:《王考功年谱》,王士禛撰,孙言诚点校《王士禛年谱》,中华书局,1992年,第68页。
[3] [清]王士禄:《炊闻词》,《四库全书存目书·集部》第422册,齐鲁书社,1997年,第239页。
[4] [清]王士禛著,惠栋、金荣注:《渔洋精华录集注》,齐鲁书社,1992年,第1412页。
[5] [清]王士禛:《古夫于亭稿》,国家图书馆藏康熙四十六年成文昭刻本。

出于对自然山水的喜爱，王氏在游览、登临之外，还精心构筑了家族园林，寄托雅致闲逸的情怀。

王之垣曾在新城西南建西园，名"长春园"，致仕后，习静于此园，"暇辄阖扉趺坐小阁，阁仅容膝，而冬夏不易"①。王之垣性简朴，好研佛教及养生之道，故其西园为修身养性之地。王象乾有东园，在新城东南，有承茂堂、竹里馆，流觞曲水，别有洞天。王象乾无嗣，此园后归王与胤。崇祯间，王与胤解官罢归，对东园进行了一番修整，"叠石为小山、穿渠引水，有若天然。构流云、仙衣诸亭，缭山上下，春秋佳日，辄奉方伯公（王象晋）篮舆出游，甘为农圃以没世。又皈心白业，精舍数椽，左右列竺乾、珠藏之文，面壁辄终日"②，东园成为王与胤奉亲悠游，静修研佛之处。王象晋有南园，在新城南郭，中有二如亭，万历四十五年（1617），王象晋因党争遭罢官，乡居十余年，在南园辟地数亩，杂植蔬草野花于其中，著《二如亭群芳谱》，闲时偕一二老友饮酒谈故，偃仰于浅红浓绿间，一切仕途荣辱沉浮都付于花开花落。王象春有西清园，在忠勤祠左，徐夜"一代才华怨落花，西清园内赋新茶"③即指其外祖之园。此外，王象艮有迁园，一生大部分时间在迁园度过，与诸兄弟倡和游览，并以"迁园"名其诗集。

王氏的这些园林别业以雄厚的经济实力为基础，而其功用在于修身养性，在王氏成员致仕、罢官、不遇等种种人生情境下，家族园林的筑造与栖居既是个人情志的一种表达，也是对仕途、人生的一种调节，更大的意义在于为王氏丰富广博的文化生活提供了适宜的场所，王氏众多成员的文学、艺术创作就是在这样的精致风雅的环境下完成的。而随着王氏进一步涉足文学、艺术，它们又逐渐地被赋予了文化意味，王氏的这些家族园林在不同程度上都与王氏成员的文学创作、文化活动发生了联系。

王氏以诗学世其家，诗歌是其主流文化，王氏成员的游览、集会，陶冶性情外的一个重要作用就在于互通诗艺。王氏以交流思想、切磋诗艺为主要目的的雅集活动对成员的师法取径、诗学走向产生了重要影响。徐夜幼时养于外祖王象春家，与王氏诸舅一同成长，尤与王与玟、王与璧等人相厚，常相聚

---

① [明]袁宗道：《户部侍郎王见峰七帙序》，袁宗道著，钱伯城标点：《白苏斋类集》，上海古籍出版社，2007年，第124页。
② [清]王士禛：《世父侍御公逸事状》，《渔洋文集》卷十，袁世硕主编《王士禛全集》，齐鲁书社，2007年，第1674页。
③ [清]徐夜著，武润婷校注：《徐夜诗集校注》，山东大学出版社，1997年，第144页。

一室谈诗论道,"或池草生于梦中,或风花追于步后,陋此山川,几不知天地之阔落也"①。联诗竞艺是他们经常进行的活动,王与玟往往才思敏捷,一韵得数十联,酒后引声亢朗,歌唐人流丽之作,令听者忘返。王与玟、王与璧诗歌思想受王象春影响深刻,在与后辈徐夜的交流中也潜移默化地对徐夜产生影响。明清易代,王氏人才凋零,独存者为王士禛之父王与敕及其伯父王与纬,二人常邀邑中耆旧小集家中,道先人遗事,饮酒畅怀。

清初王士禄、王士禧、王士祜、王士禛四兄弟读书家园时期的联珠倡和更具有典型意义。四兄弟少时读书于东堂,堂外有王士禄手植三桐,白丁香一株,竹十余竿,苔藓被阶,人迹罕至。四人读书堂中十余年,"纸窗竹屋,灯火相映,咿唔之声相闻",四人好为诗,"尝岁暮大雪夜,集堂中置酒。酒半,出王、裴《辋川集》,约共和之。每一诗成,辄互赏激弹射。诗成酒尽,而雪不止"②。王士禛对兄弟雪夜联诗倡和的情景感触很深,中年以后,兄长三人相继去世,王士禛常忆及此事,感慨不已。王士禄以王、裴《辋川集》教诸弟相和,对王士禛后来的诗学取径、神韵说的提倡有重要的启发。王士禛一生与从弟王士骊情感笃厚,对王士骊颇为器重,里居时与之燕会无虚日,分韵酬唱,每得佳句,王士禛激赏不已。兄弟间互为师友,以诗艺相交流,是寒窗苦读之际的调节,也是情感交流的方式,他们各自对诗歌的认识就是在这样的酬倡中形成,也完成了家学文风的衣钵相承。

明代王氏在家族园林中的生活,从修身养性到吟咏倡和,游览酬赠,逐渐有了文化的意味,而入清以后,随着王氏在文学上以王士禛为代表获得巨大成就,家族文化生活与外界文化活动发生联系,并产生巨大影响。

王士禛的《四侄墓志铭》记载了王士鹄子王启泽游武林、宛陵,归新城后,作蕙圃,"五亩之区,台池略具,莳修竹,艺香草,药畦花径,曲折蔽亏,暇日邀群从饮酒赋诗,以相娱乐"③。王士禛每奉使过家,或休沐里居,其侄必置酒相邀,召集兄弟子侄宴饮集会。从王士禛的记载来看,王氏这种家庭中的集会游览是较为频繁的,这种活动增进了家族成员之间的感情,也是他们文学、艺术交流的重要方式。王士禛中年以后,随着其父王与敕、其兄

---

① [清]徐夜:《笼鹅馆集序》,王与玟《笼鹅馆集》,国家图书馆藏抄本。
② [清]王士禛:《抱山集选序》,王士禧《抱山集选》,《四库全书存目丛书·集部》第227册,齐鲁书社,1997年,第420页。
③ [清]王士禛:《四侄墓志铭》,《蚕尾续文集》卷十七,袁世硕主编《王士禛全集》,齐鲁书社,2007年,第2261页。

王士禄、王士祜、王士禧等人的逝世,每游家园,常感到茕茕独立,悲从中来,其《仲兄礼吉墓志》云:"乙丑迄己巳,五年中与兄茕茕相倚。祥琴之后,时有家集,则兄与太液(王士鹄)三兄,未尝不在。如御书堂、石帆亭、菜根堂、北楼、眄柯堂,皆常所游止之处。或鸟啼花发,抚时感旧,思司徒公则悲,思西樵、东亭两兄则悲,往往罢酒而起。"①

王士禛晚年归省休沐多憩居于西城别墅。西城别墅为王之垣西园之一隅,经过明清易代,岁月消逝,西园唯西南一隅小山尚存,所存景致有石帆亭、小善卷洞,山前有春草池,池南有大石为石丈山,山北半偈阁。康熙二十三年(1684),王士禛奉使祭告南海,有乞归奉养祭酒公王与敕之意,其子王启涑修葺西园,为西城别墅。王士禛在《西城别墅记》中对此处景致做了细致的描绘:

> 所谓石帆亭者,覆以茅茨,窗槛皆仍其旧,西尻而东首,南置三石俪立,曰三峰,亭后增轩三楹,曰樵唱,直半偈阁之东偏。由山之西修廊缭绍,以达于轩阁。由山之东有石坡陀出亭之前,左右奔峭,嘉树荫之,曰小华子冈。冈北石磴下属于轩阁,其东南皆竹也。南有石磴与洞相直,洞之右以竹为篱,至于池南,篱东一径出竹中,以属于磴,曰竹径。其南限重关内外皆竹,榜"茂林修竹"四大字,炎炎飞动,临邑邢太仆书也。楼既久毁,葺之则力有不能,将于松下结茅三楹,名之曰双松书坞。西园故址尽于此。出宸翰堂之西,有轩南向,左右佳木修竹,轩后有太湖巨石,玲珑穿漏,曰大椿轩。轩南室三楹,回廊引之,曰绿萝书屋。其上方广,可以眺远,曰啸台。薜荔下垂,作虬龙拿攫之状,百余年物也。是为西城别墅。②

康熙二十四年(1685)至二十七年(1688),王士禛丁父忧,居于西城别墅与南城旧第,其间编选《十种唐诗选》《唐贤三昧集》,并有《北征日记》《迎驾纪恩录》。是时王士禛方为詹事府少詹事兼翰林院侍讲学士,又在诗坛总持风雅,蜚声海内,其子王启涑作《西城别墅十二咏》,分咏石帆亭、樵唱轩、半偈阁、大椿轩、双松书坞、小华子冈、小善卷洞、春草池、三峰、啸台、石

---

① [清]王士禛:《蚕尾续文集》卷十七,袁世硕主编《王士禛全集》,齐鲁书社,2007年,第2258页。
② [清]王士禛:《西城别墅记》,《蚕尾文集》卷一,袁世硕主编《王士禛全集》,齐鲁书社,2007年,第1805—1806页。

丈山、竹径十二处景致，引起海内文人应和题咏，形成了以西城别墅十二景为中心的声势浩大的倡和。王培荀在《乡园忆旧录》中记载，参与题咏的海内文人共九十余人。①

康熙二十九年（1690），王启涑将诸名人题咏之作汇刻为《西城别墅倡和诗》，安丘张贞、汉阳王戢作序，王士禛的《西城别墅记》亦作于是年。西城别墅倡和延续的时间长，王启涑原作经过往来于新城的海内名人传读、转告而逐渐形成九十余人应和题咏的庞大规模。据王戢序，康熙二十七年（1688），其在京城，友人章夏公车北来，有和西城别墅咏十二首。康熙二十八年（1689）夏，王戢有济南之行，至新城，王启涑厚待之，馆于西城别墅绿萝书屋，"风雨之夕，对床夜话，焚香啜茗，竟忘其身在异乡"②。西城别墅倡和的规模与影响可以从参与人数看出，"西城别墅倡和姓氏"共载九十八人，有蒋景祁、宋荦、朱彝尊、尤侗、赵执信、洪昇、吴雯、姜宸英、李澄中、盛符升等海内名人，诸人的声望影响皆在王启涑之上，而最终能形成这样浩大的规模，很大程度上体现出的是王士禛的影响力。

西城别墅倡和使王氏崇尚自然，雅致闲适的文化生活与外界发生联系，是王士禛以家族文化生活为媒介，与海内诗坛的一次互动，此时王氏的文化生活从家族内部的雅游联唱，扩展为与外界的倡和，王氏的文化生活以王士禛个人的文学成就和影响力得到海内文人的追慕。张贞序云西城别墅："幽邃纡余，无穹阁屋之观，有荒山野水之思，然后知清远（王启涑字）因心造境，即境会心，而诗之境地故自不殊也"③，阐述的是环境对诗歌创作的启发作用，与明代王氏构筑园林修身养性的功用相比更进了一步。

王士禛晚年罢归后，夏秋避暑于西城别墅之鸥舫，"启北窗，则修竹数百挺，蝉鸟鸣和，不见曦景。东窗俯溪，梦觉闻时，闻游鱼拨剌荇藻间，亦复欣然知鱼之乐，时作小诗"④。除了诗歌创作，王士禛晚年还常与宾客在石帆亭谈经论文，凡历史掌故、名臣言行、小说神怪等皆有涉及，儿孙辈从旁记录整理，完成了《池北偶谈》等著作。

新城王氏依托于家族园林的家庭集会、游览、倡和等活动，是其家族文化生活的重要方式，在这样的文化生活中，王氏的文学、艺术等家学传统得

---

① [清]王培荀：《乡园忆旧录》卷三，蒲泽校点，齐鲁书社，1993年，第171页。
② [清]王戢：《西城别墅倡和诗序》，王启涑等《西城别墅倡和集》，国家图书馆藏清刻本。
③ [清]王启涑等：《西城别墅倡和集》，国家图书馆藏清刻本。
④ [清]王士禛：《古夫于亭集序》，《古夫于亭稿》，国家图书馆藏康熙四十六年成文昭刻本。

以传承,并在家族成员的相互影响下提升了各自领域的造诣,进而扩大了家族影响力。

  总体而言,追慕复古与雅好山水是王氏家族诗学传统中两个突出的特点,在时代思潮与家学传承的双重影响下逐步发展变化,使王氏在明清山左诗学进程中逐步走向主导位置,最终影响了清初诗坛。

第五章

新城王氏的文学思想

新城王氏在诗学、词学、笔记与笔记体小说的理论方面均有所阐述。在诗学方面,从王象春到王士禄、王士禛,复古诗学一直是王氏诗学的核心,王象春对前后七子的推崇与反思,王士禄对唐人妙境与杜诗的诗学旨趣的推崇,王士禛在神韵诗学、宋诗学、杜诗学等方面的成就,从根本上来说,都是对古典诗学的回归。同时,他们也重视创新与突破,重视地域诗学,故而能在继承前人的基础上取得不俗的成就。词学方面,王氏家族在理论上受到明清之际《花间》《草堂》风气的影响,推崇婉约,也有较为通达的词学观念。笔记方面,王氏重视笔记"备史""补史"及教化功能,崇尚雅驯、实录,形成了自己的创作观念。

第一节 新城王氏的诗学思想

一、王象春的诗学思想

(一)地域意识:一地有一地之音

有明一代文学,地域特征明显,胡应麟《诗薮》论明初诗歌时指出:"国初闻人,率由越产,如宋景濂、王子充、刘伯温、方希古、苏平仲、张孟兼、唐处敬辈,诸方无抗衡者。而诗人则出吴中、高、杨、张、徐、贝琼、袁凯,亦皆雄视海内。至弘、正间,中原、关右始盛;嘉、隆后,复自北而南矣。"[①]又论明中期以后诗坛:"洪、永以至嘉、隆,国朝制作,又四变矣。吴郡、青田,纤秾绮缛,一变也。长沙、京口,典畅和平,一变也。北地、信阳,雄深巨丽,一变

[①] [明]胡应麟:《诗薮·续编》卷一,上海古籍出版社,1979年,第341页。

也。娄江、历下,博大高华,一变也。"①

以地域代诗人,恰说明了明中期以后诗歌的地域特点。明代前期,以吴中地区为代表,南方诗派引领诗坛,永乐、成化年间,以"三杨"为首的台阁诗人,以李东阳为代表的茶陵诗人,均以南方人为主。弘治、正德间,前七子崛起,以复古大旗取台阁而代之,诗歌风气开始由南向北转移。前七子中李梦阳、何景明、王廷相为河南人,康海、王九思为陕西人,边贡为山东人,徐祯卿为江苏人,在引领一代风气的复古大潮中,陕西、河南、山东三地的诗人占据了主导。嘉靖以后的北方诗坛,陕西诗坛因地震而归于沉寂,山左诗坛则有李攀龙、谢榛接续复古思潮,影响巨大,"关中作者擅辞场,海内争传李梦阳。一自源流归历下,至今大雅在东方"②,山左诗风成为诗坛主流。明代后期,后七子复古运动落潮,公安、竟陵相继而出,反对复古,抒写性灵,声势浩大,山左诗人并不景从,他们一面承续七子的复古思想,一面又对七子进行了反思,对复古进行调整,倡导"齐气",有鲜明的地域意识。

王象春的诗歌观念强调地域特点,尤其是南北之分,以往对王象春诗歌理论的研究重在其对"侠诗""禅诗"的提倡和其诗歌体现出的"齐气"③,事实上,正是基于对诗歌地域特点的认识,王象春才在理论中倡导"重开诗世界",自辟门庭,在创作中"时有齐气"。

现存的王象春诗文中虽然没有对晚明诗歌地域特点进行单独论述,但是从他的诗和他与诗友的交往评价中可以看出,他对不同地域的诗风有所认识,"每听燕歌多磊落,近能齐语亦风流"(《赠吴生孟元》),"燕歌"磊落、"齐语"风流,有相近之处。他评关中诗人文翔凤兄弟之诗"正拟秦声追大夏","二妙莫嗤伦父赋,三都也不自人间"(《文仲子圣瑞至京省其兄太青》),谓文翔凤兄弟不以"伦父"为意,而诗作有"秦声",而文翔凤亦将其诗与王象春诗比为"秦声齐讴"④。钟惺为王象春作序,论及李攀龙,谓"楚人为济

---

① [明]胡应麟:《诗薮·续编》卷二,上海古籍出版社,1979年,第351页。
② [明]公鼐:《赠蒋生》,《问次斋稿》卷二十八,中国戏剧出版社,2008年,第324页。
③ 周潇:《"齐风"与"齐气"——万历朝山东诗坛》,《管子学刊》2006年第1期;周潇、裴世俊:《晚明山东文坛宗尚》,《山东师范大学学报》(人文社会科学版)2006年第51卷第1期。
④ [明]文翔凤:《王季木戌诗序》,王象春《问山亭诗》,《山东文献集成》第二辑第28册,山东大学出版社,2007年,第718页。

南首难"①,论及公安派对前后七子的批评,也带有一定的地域色彩。

最能体现王象春地域意识的是他的《齐音》。《齐音》一百零七首,皆为七言绝句,遍咏济南山水名胜、古今人物、风土民情,齐之声廉直慷慨,有萧骚之致,遂以齐咏齐,有齐地特点。在强调齐音的同时,王象春注意区别南北方之差异,其《明湖莲》注曰:"北地风景似江南者,自齐城之外并无二地,故吴侬客此甚多,风气自南而北,淫靡渐生,醇朴渐离。若康节先生一到天津桥上,又不知杞忧几许。"②说明了南北风气之差别,南之淫靡,北之淳朴,截然不同。其《寄咏》一首又云:"休唱柳枝与竹枝,柔音不是北方词。长声硬字攀松柏,歌向霜天济水湄。"③此诗为王象春与钱谦益论诗所作,认为北地宜于长声硬字,与南方柔靡之音不合,他在此诗注文中更是直言南北之别:

  五方之民,言语不通,余谓一地有一地之音。何必挢舌相效?近世习尚靡靡,在江南风土冲柔,因其所宜。而北方轩颧鬈鬓之夫亦勉尔降气以为南弄,岂不可耻?余本声气之自然矣。为齐音宁仍吾伧耳。④

在诗歌的地域特征方面,王象春首先强调"一地有一地之音",后七子复古运动消歇后,公安、竟陵风靡,"矫枉太过,相率而靡靡,坐老温柔乡中"⑤,在王象春看来,南方风土适合这样的诗风,但北方粗犷豪迈之士作南方柔靡之音,就显得不伦不类了。所以,他要求"声气自然",本为齐人,宜作齐音,对钱谦益的批评不以为然。

王象春对于诗歌地域特征的认识,影响了他对前后七子复古运动的看法。

(二)推崇乡贤,反思复古

山左诗坛"始盛于弘治四杰之边尚书华泉,再盛于嘉隆七子之李观察

---

① [明]钟惺:《题问山亭诗》,王象春《问山亭诗》,《山东文献集成》第二辑第28册,山东大学出版社,2007年,第717页。
② [明]王象春:《齐音》,张昆河、张健之注,济南出版社,1993年,第65页。
③ [明]王象春:《齐音》,张昆河、张健之注,济南出版社,1993年,第10页。
④ [明]王象春:《齐音》,张昆河、张健之注,济南出版社,1993年,第10页。
⑤ [明]王象春:《浮来先生诗集序》,公鼐《浮来先生诗集》,《四库禁毁书丛刊·集部》第160册,北京出版社,1999年,第506页。

沧溟"①,边贡、李攀龙、谢榛有引领风气之功,影响深远,晚明山左诗人大致承续三家的复古之路。七子之后,冯琦、公鼐、于慎行三家继起,三家睹后七子复古之盛,对李攀龙等多有推许,公鼐《读冯侍讲诗》云:"诗道厄中叶,明兴回颓流。成弘际为盛,作者盈九州。李何相对起,矫矫凌千秋。边徐孙与薛,振羽同夷犹。古质还汉魏,雅颂追商周。迨至嘉靖季,七子争鞭鞘。历下树赤帜,骚坛据上游。"②对山左诗坛的边、李等人给予高度评价,于慎行亦称赞李攀龙为世之宗盟。同时,三家又对复古运动进行了反思。于慎行谓"近世一二名家,至乃逐句形模,以追遗响,则唐人所吐弃矣"③,针对前后七子摹拟之弊展开批评。

万历以后,复古运动落潮,公安派提倡性灵,七子饱受非议。"今称诗不排击李于鳞,则人争异之;犹之嘉、隆间不步趋于鳞者,人争异之也"④,诗坛再次出现万人一习的局面。王象春、公鼐、李若讷接续冯、公、于三家,对前后七子复古运动进一步反思,然而对于时人亦步亦趋,排挤七子亦颇为不满。

基于对"一地有一地之音"的南北诗风差异的认识,王象春推崇七子高古大雅的精神,并对边贡、李攀龙等山左诗人有高度认同,时人排挤李攀龙,他甚为不满,认为非议李攀龙无异于党同伐异,"元祐党人碑屹屹,济南诗禁誓姗姗。喉无鵙舌非佳士,足有韩卢是好官"⑤(《李于鳞》),有党争之嫌。他对当时批判七子的风气深恶痛绝,谓"昔人诗禅并称,尚存大雅。以今观之。诗社酷似宦途。端礼门竖党人碑,韩侂胄标伪学之禁。谈诗者拾苏、白余唾,矜握灵蛇,骂于鳞为伧为厉为门外汉。此辈使生于七子登坛时,恐又咋舌而退,且自恨其声喉之不响矣"⑥,以宦途比诗坛,批评当时的诗坛风气。

王象春对明代山左诗坛的发展源流亦有明确的认识,"七子为诗本四

---

① [清]王士禛:《华泉先生诗选序》,《华泉集》,《四库全书存目丛书·集部》第49册,齐鲁书社,1997年,第2页。
② [明]公鼐:《赠蒋生》,《问次斋稿》卷二十八,中国戏剧出版社,2008年,第48页。
③ [明]于慎行:《谷城山馆集》卷一,《景印文渊阁四库全书·集部》第129册,台湾商务印书馆,1986年,第4页。
④ [明]钟惺:《题问山亭诗》,王象春《问山亭诗》,《山东文献集成》第二辑第28册,山东大学出版社,2007年,第717页。
⑤ [明]王象春著,张昆河、张健之注:《齐音》,济南出版社,1993年,第151页。
⑥ [明]王象春著,张昆河、张健之注:《齐音》,济南出版社,1993年,第152页。

家,太常笔底盛烟霞。华峰一柱夸难尽,群玉璘珣更满车"(《边华泉》),并云:"我朝风雅,盛于七子,而七子则李、何、边、徐四家也。济上之诗,以边庭实为鼻祖,其后李于鳞、许殿卿、谷少岱、刘函山不可胜数,'济南名士多',从昔然矣。"①对山左诗坛、乡邦文学有高度认同。

王象春推崇七子纵横豪迈、雄浑高古的诗歌境界和振兴诗格的功绩。七子之后,诗坛门户林立、争议不断的格局,在他看来是江河日下。他的《读朱五吉诗》论及当时的状况:"予自燥发学操缦,迄今几变江河下。七子骨朽,徐袁老死,钟文之战纷中夏。"在这样的情况下,他非常赞赏朱五吉"诗如铁板唱江东"的豪迈风格,并表明自己是"北人知北音",在多元的诗坛格局下,坚持一地之音,这也是王象春倡导"齐气"的原因。

王象春对复古思潮也有反思,他在《昭代选屑序》中对七子倡导复古的弊端进行了剖析:

> 自七子起,明遂无诗,何也?有七子之诗,因无明诗。国初诸君子不肯摹唐,以其诗为诗;其后相率而唐,唐则唐矣,明于何兴?貌哭不痛,强影不欢,万口一语,语语积喉间者几痺,呜呼!我明遂无诗乎。诗之变转,不关风气工拙,不关学习,情则有悲愉,声则有韵什,譬之水不孽而鱼生,土不种而草长,我明遂无诗乎。惜当时无选,后遂无征耳。永叔修《五代史》缺艺文志,谓九十四年中衽干枕戈之际无诗矣,而建安、黄初何以鼓吹百代?谓五代无诗,抹杀宋、元,甚而曰大历以下无诗,并抹杀唐季。七子起而哗曰:诗惟我辈,前无古人。又抹杀国初之诗,使快风奇雨之盛、山妖水魅之哗、情人韵士之思、嫠妇孤臣之泪,但与野马游魂,随风散去,亦悲夫。
>
> 愚谓李唐气浑,而调不下,宋元情溢,而声不上。我朝挹情取声,往往兼前哲之盛,以我下驷,当李唐上驷,可大得志,何有宋、元之人?顾驳七子而尊苏、白,谓七子之罪不甚,则苏、白之道不倡,余谓七子不任受首功,亦无甚大过,不过自成其套子,但有害于世之为诗者,而初无害于诗。自人生吞七子,优孟东施,展入恶路,遂不直于天下,他又何罪?所微恨者举趾太高,标榜过情耳。使七子当日错铸百代,取大历以下,及宋、元、国初诸君子,尽为表章,各悉其才所至,情所之,勿徒以一手愚天下耳目,则诗之取道尚宽,七子之口诛不抉,而天下

---

① [明]王象春著,张昆河、张健之注:《齐音》,济南出版社,1993年,第149—150页。

之攻七子者,亦不至为裂眥之怒。①

王象春这篇序对前后七子进行了全面的反思,他首先指出七子自成格套带来的弊端:"貌哭不痛,强影不欢,万口一语",当复古思潮席卷诗坛时,人人学习汉魏盛唐,而在学习的过程中并未触及其实质,而流于摹拟;其次,七子倡导学习汉魏盛唐,抹杀宋、元,乃至明初之诗,取径不广,不能兼收并蓄,这也是复古运动落潮之后七子被人攻击的原因。王象春明确指出:"使七子当日错铸百代,取大历以下,及宋、元、国初诸君子,尽为表章,各悉其才所至,情所之,勿徒以一手愚天下耳目,则诗之取道尚宽。"另一方面,王象春也对七子进行了回护,认为七子即便无首功,也无甚大过,他们在诗学上形成格套,并无害于诗道,而追随七子者生吞活剥,才会"展人恶路,遂不直于天下"。

王象春承接了万历前期山左诗人对复古运动的反思,并在此基础上探索,最终形成了自己的诗歌思想。

(三)重开诗世界,一洗俗肝肠

王象春推崇李攀龙诗歌的高古大雅的精神,同时对前后七子的流弊有清醒的认识,钟惺谓"季木居石公时,不肯为石公;则居于鳞时,亦必不肯为于鳞",对王象春的评价是中肯的,他对前后七子和公安派并不盲从,而"假令后于鳞为诗者,人人如季木,石公可以无驳于鳞"②,说明王象春没有受到摹拟饾饤习气的影响。钱谦益与王象春论诗,劝其摆脱前后七子的窠臼,虽然王象春并不认同钱氏观点,但他对前后七子复古之弊也是有所思考的。

王象春的挚友、山左诗人李若讷、公鼐也对复古弊病进行了反思和批评。李若讷与公鼐谈诗,要"宁为真明,勿为假唐"③,他为王象春《甲寅稿》作序云:

甲寅春末,友人王季木过余里,挑灯竟夜,大半谈诗。其指括之

---

① [明]王象春:《昭代选屑序》,李本纬《昭代选屑》,日本文政三年(1820)刻本。
② [明]钟惺:《题问山亭诗》,王象春《问山亭诗》,《山东文献集成》第二辑第28册,山东大学出版社,2007年,第717页。
③ [明]李若讷:《公敏与小东园诗集序》,《四品稿》卷五,《四库禁毁书丛刊·集部》第10册,北京出版社,1999年,第198—199页。

于峭、于紧、于瘦,克峭以砭乏,紧以砭缓,今日返摹古之滥觞,当为第一义,……大抵论诗于明逊唐而逾宋,似以摹古盛中朝。李空同、何大复、徐昌谷以迨七子,非李、杜、王、孟不为也,而今日乃元、白、仝、贺、郊、岛诸家,以颖见售,少所闻,多所怪。守七子之墨者,以为拖曳艮苦,摩豁未弘。而余以诸家乃向所未及摹也,于习标创见,以为新奇可喜。譬之泰山、东海,习而常之,雁荡、洞庭,诧为摩天拱地,释迦之雪山反出宣尼洙泗右。取未及摹而摹之,古今虽序,廓当问之宫锦坊售时花样耳。然摹古之倦,返之故有术,蹈奇测险,发昔人未发,其境侠;滔滔莽莽,信心信腕,其境霸;冲淡潇洒,无一毫脂朱态,其境隐。三百风雅序之,得其一二肖者可也,季木固似仙而侠也。①

在这篇序中,李若讷指出王象春师法晚唐的倾向,王象春"于峭、于紧、于瘦,克峭以砭乏,紧以砭缓",正是晚唐险怪诗派的特征。李若讷曾说王象春"殆类长吉",而王象春认为自己是"长吉后身",也属于学古的范畴,只是开始逐渐摆脱前后七子汉魏盛唐的窠臼,向大历以后学习,其境界之"侠""霸""隐"都是复古诗学的变调。

王象春也与公安派、竟陵派拉开了距离,对笼罩诗坛的两股诗歌思潮有自己的审视,他在《公浮来小东园诗序》中阐明了对前后七子和公安派的看法:

> 今之诗如市肆,杂俎预陈,客到便付,虽不尽恶草,要非思其所嗜而定。诗者亦如八寸三分帽子,人人可移。一人曰:必汉魏,必盛唐,外此则野狐;一人驳之曰:诗人自有真,何必汉魏,何必盛唐;一人又博大其说曰:何必汉魏,何必不汉魏,何必盛唐,何必不盛唐,两祖莫定,五字成文,今天下盖集处于第三说矣。②

对前后七子"文必秦汉,诗必盛唐",和公安派"诗人自有真"提出了异议,反对为诗歌树立藩篱,而认为"何必汉魏,何必不汉魏,何必盛唐,何必不盛唐"。又谓"七子以大声壮语笼罩一世,使情人韵士尽作木强,诚诗中

---

① [明]李若讷:《甲寅稿序》,王象春《问山亭诗》,《山东文献集成》第二辑第28册,山东大学出版社,2007年,第774页。
② [明]公鼐:《浮来先生诗集》,《四库禁毁书丛刊·集部》第160册,北京出版社,1999年,第504页。

五霸,今矫枉太过,相率而靡靡,坐老温柔乡中,岂不令白云笑人?"①前后七子的复古虽恢复了诗歌雄浑传统,但摹拟之弊使其过于僵硬。公安派为矫正七子,提倡"独抒性灵",而又矫枉过正,落入轻滑俚俗。无论是前后七子还是公安派,都有其合理之处,亦有各自的弊端。

在思考复古与性灵诗论的基础上,王象春在序中集中地表达了对诗歌的认识,提出了"重开诗世界,一洗俗肝肠",并对"诗世界"做了阐释:

> 诗固有世界,其世界中备四大宗,曰禅,曰道,曰儒,而益之曰侠。禅神道趣,儒痴而侠厉。禅为上,侠次之,道又次之,儒反居最下。②

他将诗歌分为禅诗、侠诗、道诗、儒诗四种,禅诗、侠诗为上,而道诗、儒诗居下,四者的关系是:"儒诗为道之滥觞,侠诗乃禅之护法,侠之于禅,若支而合,儒之于道,似近而远。"侠诗与禅诗看似支离,却有相近相合之处,儒诗与道诗则似近实远。王象春倡导的是禅诗、侠诗,飞扬蹈厉,抒写自我的精神气韵。他评公鼐的诗也以禅诗、侠诗来衡量:"只恨诗无纱帽气,一层禅意一层仙。"(《公浮来社长》)公鼐为象春山左诗友,二人有相通的诗歌旨趣,王象春对其诗无儒诗之典正和平,而有禅诗和侠诗的意味非常赞赏。

王象春的诗歌观念不附和于前后七子,亦不景从于公安、竟陵,有强烈的个人气质。钟惺谓其诗"蹈险经奇","要以自成其为季木而已"③,就是指其独创精神。清人朱彝尊说:"万历中年,诗派纷出,季木自辟门庭,不循时习。"④王象春的诗歌才气奔轶,放纵不羁,风格奇警,体现出禅诗、侠诗的特点。

二、王士禄的诗学思想——以《涛音集》为中心

王士禄与王士禛是清初新城王氏家族的代表人物,他们在诗坛上同为"海内八大家",被清人视为国初名宿,影响深远,为后人所推崇。二人不仅

---

① [明]公鼐:《浮来先生诗集》,《四库禁毁书丛刊·集部》第160册,北京出版社,1999年,第506页。
② [明]公鼐:《浮来先生诗集》,《四库禁毁书丛刊·集部》第160册,北京出版社,1999年,第504—505页。
③ [明]钟惺:《题问山亭诗》,王象春《问山亭诗》,《山东文献集成》第二辑第28册,山东大学出版社,2007年,第717页。
④ [清]朱彝尊:《静志居诗话》卷十七,人民文学出版社,2006年,第504页。

在诗歌创作上取得了巨大的成就,还操持选政,裁量古今,对前代诗歌进行了梳理总结,引领诗坛风气。王士禛一生有《唐诗神韵集》《唐贤三昧集》《唐人万首绝句选》《十种唐诗选》等集,倡导神韵说,为一代宗匠。王士禄虽在成就上逊于王士禛,但在诗歌选编方面,他搜集了历代妇女著作,编为系统严密、规模宏大的女性总集《燃脂集》。选本的功用,在于"网罗放佚"与"删汰繁芜",故为"文章之衡鉴,著作之渊薮"①,既有保存文献之功,更承担着文学批评的功能,是选者文学观念的反映。王士禄与王士禛早年初登诗坛,共同选编了一部地域诗歌总集《涛音集》,选入明初至清初山东掖县诗人之作,因所选诗人名位不著,不为人们所关注。王士禄与王士禛兄弟二人在诗学观念上有密切的联系,尤其是二人早期的诗学观念非常相近,王士禄对王士禛诗学路径有引导之功,同时,他们早年的诗学观念也不拘泥于王、孟一派,而是富有变化。孙枝蔚云"西樵诗音节风格大概取法少陵,稍出入于谢灵运、苏子瞻之间";姜埰云"(王士禄)诗原本少陵,行以彝犹骊宕";雷士俊又云"西樵诗冲和澹泊,阮亭诗雄杰瑰奇"②,谓王士禄取法杜甫,王士禛亦"雄杰瑰奇",与淡泊清远异趣。"二王"早年的诗学思想、诗学关系、王士禛的神韵说和他对杜甫的评价等问题,都在《涛音集》中有所反映,无论在完成时间上,还是诗歌观念上,《涛音集》都可以说是"二王"诗学的开端。

(一)《涛音集》选编的背景、经过与动机

《涛音集》的选编始于顺治十三年(1656),而在顺治十二年(1655),王士禄、王士禛同上公车,王士禄及第,投牒改教职,任莱州府学教授,王士禛会试中式,尚未殿试,二人在仕途和诗学上都处于初始准备的阶段。顺治十三年(1656),王士禛至莱州省兄,与王士禄蠡勺亭观海、游龙溪、亚禄山,观窟室画松,皆有诗作。其后,王士禛叔兄王士祜、仲兄王士禧先后至莱,兄弟四人选评掖县人诗为《涛音集》,于顺治十四年(1657)完成。

掖县为古莱夷地,战国时属齐,置夜邑,西汉置县,唐为莱州,宋、元沿唐制,明代属莱州府。掖县人文自唐兴起,汤惟镜跋《涛音集》云:"山东掖县旧称胜地,水则有北海之大,山则有寒同、亚禄、云峰之秀。其诗派则衍

---

① [清]永瑢、纪昀:《四库全书总目》,中华书局,1965年,第1685页。
② [清]王士禄:《王西樵诗选》,顾有孝辑,国家图书馆藏清康熙十一年刻本。

于唐之王无竞,历明至清,流风弥著,而清初诸人尤饶余韵。"①掖县诗人王无竞在初唐诗名卓著,与陈子昂、高达夫齐名,而自王无竞后,掖县文学至明代方有蔚然之风。从明初至清初,掖县出现了三个重要的科举、文化家族,即毛纪家族、张孔教家族、赵焕家族。这些世家望族延续百年,在科举仕宦上取得成功,家族成员亦涉足文学,如毛纪、张忻、张端、赵士完、赵士亮、赵士喆、赵士冕等人,引领一地风气,是明清山左文学走向繁荣的一个部分,《涛音集》所选正是这些有代表性的诗人的作品。

《涛音集》八卷,署为王士禄、王士禛同选,选入明宣德至清顺治年间掖县诗人四十四人,诗歌四百五十余首,在编排上以时间为序,有作者小传并王氏兄弟评语,具有重要的史料价值。其中所选掖县诗人从毛纪、毛宗鲁等台阁诗人,到万历间边、李、谢复古思潮流波余韵影响下的孙镇、宿凤翯等人,再到明末清初赵士喆、赵士完、赵涛、赵瀚等遗民诗人,展现了山左诗坛诗风流变的历时性过程。

有明一代,掖县诗人诗名不著,诗文亦多散佚,《涛音集》卷一录明代前期掖县诗人毛宗鲁、毛纪诗各仅一首,皆因年代久远,篇什少传。毛纪,字维之,号砺庵,成化间进士,身历成化、弘治、正德、嘉靖四朝,官至少保、武英殿大学士,名位显赫,有《鳌峰类稿》行于世,然清初王士禄搜访其诗作诗,却遍访不得,"文简先朝名硕,正、嘉之间,功存补浴,志称集名《鳌峰类稿》,余遍购才得其与馆阁诸公联句诗数百篇,而自运之作不少见,仅从郡志中得七律六章,著其一于编,俟续访焉",王士禛亦曰"文简在先朝颇著名德,而文辞不概见",因而也未能对其诗歌作出整体评价。与其类似者还有张忻,他的《三芝馆集》亦因购之未得,仅录其《秋怀》二章。

王士禄辑录掖人诗作或得自诗稿,或得于壁间石刻,如崇祯间诗人张端之诗曾刻于都门,然均捐于宾客,散佚略尽,王士禄从其大阮渤海壁间得其一歌,辑入《涛音集》。部分掖县诗人声名未彰,诗作亦将沉埋湮没,王士禄将搜访所得录入此集,或一或二,保存文献,有姓氏湮没者甚至因此得以传世,万历间诗人孙善继的《吴生窟室画松歌》,为王士禄、王士禛兄弟所赏,王士禄叙其来历云:

黄门(孙善继)风流豪宕,声籍一时,而篇什少传于代,此歌刻林观

① [清]王士禄、王士禛:《涛音集》,《山东文献集成》第三辑第38册,山东大学出版社,2009年,第509页。

察园中,予与家贻上读而赏之,因录以传。举以问人,鲜有知者,正伯敬所云"天风醉花鸟,此语无人读"也。诗文显晦,固自有幸不幸耶。[1]

孙善继此歌不传于时,仅刻于亚禄山林氏园亭中,王氏兄弟观后颇为赞赏,士禛评此诗"骨苍气劲,如观西河剑器,浏漓顿挫,直可追踪杜公"[2],并作《和窟室画松歌》,亦收入《涛音集》中。翁方纲云:"渔洋《窟室画松歌》盖和孙黄门作,所谓江南吴生者,赖此集以传其姓名。"[3]赖此以传者,不止吴生一人。王氏兄弟选掖人诗,有自己的取法宗尚与批评标准,对与其异趣者,亦与采撷。刘鍭永诗学李贺,王士禄谓其"乃堕鬼道,殊非所长"[4],然亦录诗一篇,以存其概。如王士禄所言,"诗文显晦,固自有幸与不幸"[5],古人诗歌的流传与否有偶然性,而诗歌总集的选编,则承载着诗学文献流传的重要使命,王士禄的选编体现出他的文献意识。

《涛音集》是明清掖人的选集,王氏兄弟在进行诗歌选辑时,对掖人诗歌进行了刈其榛芜、撷其苕秀的删选,具有一定的诗歌批评的意识。具体到诗歌来说,有对部分诗歌作品内容上的改动,如郭东山《晚赴纳溪》《送程方严宪副还永康》二首,本为七律,王士禄以为颔联、颈联四句"颇嫌芜累",删作绝句,类似的删改在《涛音集》中还有:毕拱辰《癸酉仲秋登云峰山》删十句,《珊瑚歌》删二句,宿凤起《独游天奇泉遂登西山眺望》删六句,姜开《王元芝》删四句,张孕美《同殷伯岩诸君雷湖夜泛得"张"字》删四句,赵士完《春过山寺》删四句,张之维《松椒代言》其四、其六各删二句,赵瀚《李一壶过访》删二句。

这些进行过删改的诗歌皆为五七言古体诗,由于大部分诗歌原作今不能获见,故无法对删改前后做出比较、评判。诗歌的删改既是诗歌品鉴的结果,也是再创作的过程,其中包含了王氏兄弟的审美理念,同时,删改之

---

[1] [清]王士禄、王士禛:《涛音集》,《山东文献集成》第三辑第38册,山东大学出版社,2009年,第435页。
[2] [清]王士禄、王士禛:《涛音集》,《山东文献集成》第三辑第38册,山东大学出版社,2009年,第435页。
[3] [清]王士禄、王士禛:《涛音集》,《山东文献集成》第三辑第38册,山东大学出版社,2009年,第428页。
[4] [清]王士禄、王士禛:《涛音集》,《山东文献集成》第三辑第38册,山东大学出版社,2009年,第481页。
[5] [清]王士禄、王士禛:《涛音集》,《山东文献集成》第三辑第38册,山东大学出版社,2009年,第435页。

后的诗作已失其本来面貌,一定程度上破坏了原诗的整体性,造成了缺憾。然而,抛开删改原作的缺憾,王氏兄弟对诗歌原作的删改,意味着他们在选编《涛音集》的过程中有自己的诗学观念和审美趣味。

《涛音集》选编完毕后未付刊劂,直至乾隆间桂馥官长山训导,访求一本,募金开雕,始有刻本。翁方纲言其访此书三十年不得见[①],可见流传甚少,不著于世。《涛音集》之选,在时间上是王氏兄弟早年科宦未达之时,也是他们诗学观念的形成初期。王士禛在扬州期间编选的《唐诗神韵集》,及主盟诗坛以后的《唐贤三昧集》《十种唐诗选》《唐人万首绝句选》等,都有确立经典、引领风气、标榜权威的目的,而《涛音集》在《唐诗神韵集》之前,完成于其初登诗坛时,《续修四库全书总目提要》云是时"王氏昆季方在盛年,驰声艺苑,渔洋又尚未达,故能潜心选撷,标新立异,为得意之作"[②],虽有过誉之嫌,然二人于仕途、诗坛尚未显达,无标榜风气之意,故确能潜心选撷,较为真实地反映他们早期的诗学观念。

关于《涛音集》选编的动机,"二王"并没有相关的序跋进行说明,但是,他们在这一时期完成的《琅琊二子近诗合选》中透露出一些信息。《琅琊二子近诗合选》又名"表余落筴合选",刻于顺治十六年(1659),是"二王"少年时期诗作的合选,此集卷前有王士禄、王士禛同撰的《凡例》,在其中对明代以来的诗坛风气有所认识和评价,最后一条云:

> 明诗选颇夥,然瑕瑜互出,兰葹杂植。惟云间数公特追正始,而世或稍病其过严。今两人少有志焉,未有成书。至海右文献,亦拟特勒一集,以表灵异,稍需岁月,当成巨观。[③]

可见"二王"少年时期对明代的诗歌选本就有所反思,并有志于搜集文献,论定明代山左诗歌。然而王士禄于康熙十二年(1673)英年早逝,王士禛一生致力于著述,推举乡贤,虽完成了《选明代山左诗钞采访书目》,但二人少年时期的宏愿却始终未能达成。

《涛音集》的选编在时间上距离"二王"撰写《凡例》不远,是二人选编山左诗歌总集的一次自觉实践。作为一部地域选本,《涛音集》所涵盖的仅为

---

① [清]王士禄、王士禛:《涛音集》,《山东文献集成》第三辑第38册,山东大学出版社,2009年,第435页。
② 中国科学院图书馆:《续修四库全书总目提要》(稿本)第27册,台湾商务印书馆,1972年,第765页。
③ [清]王士禄、王士禛:《琅琊二子近诗合选》,国家图书馆藏顺治十六年刻本。

掖县一地,且选编时间较短,未成巨观。但是其中所包含的"二王"早期的诗学观念却不容忽视,他们的诗学旨趣和风格宗尚在对掖县诗人及诗歌的评点中反映出来。

《涛音集》以王士禄倾注心力最多,在文献搜集、诗歌点评方面也以王士禄为主,王士禛次之。王士禄为所选诗人撰写了小传,小传后均有"二王"的总评,或评其诗歌源流,或述访求文献的过程,体现出归并零章、网罗放佚的文献意识。除了在总评中对掖县诗人的风格与得失进行评价外,他们又点评了具体作品在意境、章法、音节、字句等方面的高下优劣,观点虽然零散,不成体系,但亦体现出较为明确的诗学取向。总体而言,这一时期"二王"宗法初、盛唐,以李白、杜甫、王维、高适、岑参、常建、储光羲等诗人为尺度,在审美上倾向于杜甫的浏漓顿挫、悲郁高华和王、孟一派的闲远清历、落落自远,表现出对杜甫老成境界和唐人"妙境"的推崇。

(二)诗学旨趣之一:雄浑高古的老成之境

王士禄、王士禛评点掖县诗人诗作,以杜诗的雄浑高古为首要标准,对杜甫非常推崇,给予高度评价,并以杜诗为学习榜样。

赵士亮有拟杜《秋兴》八首,王士禄评曰:"丹泽(赵士亮字)《秋兴》诗寄慨既深,发调亦警。至其色理高华,骨彩秀郁,如鱼油龙蠲,列蝶明霞。即使庆阳草创,拾遗润色,不能远过也"[①](卷三),认为其清越悲激、高华悲壮接近杜甫。王士禛评宿凤翥七言"雄郁得意之处,直逼少陵"[②],并言其《秋晚西亭登眺感怀因寄宁之》"淋漓顿挫,远追工部"[③](卷三)。李森先《雨后登临风台》颈联"鸦带夕烟归漠漠,草浮新绿静莓莓",王士禄以为语致全在叠字上,"'莓'字尤新,不减老杜'风吹客衣日杲杲,树揽离思花冥冥'"[④](卷六)。杜诗悲壮雄浑之意境、忧国忧民之情怀,淋漓顿挫之音节均成为王氏兄弟品评诗歌的标尺。

"二王"好用"老"字评诗,《涛音集》中频繁出现与之相关的词,如老致、

---

① [清]王士禄、王士禛:《涛音集》,《山东文献集成》第三辑第38册,山东大学出版社,2009年,第459页。
② [清]王士禄、王士禛:《涛音集》,《山东文献集成》第三辑第38册,山东大学出版社,2009年,第452页。
③ [清]王士禄、王士禛:《涛音集》,《山东文献集成》第三辑第38册,山东大学出版社,2009年,第454页。
④ [清]王士禄、王士禛:《涛音集》,《山东文献集成》第三辑第38册,山东大学出版社,2009年,第488页。

老气、老格、老境、老笔、遒老、浑老、清老等,"老"字出现二十余处,频率最高。并且,"老"之风格气韵往往与杜甫相关,如王士禄评宿孔晖排律《奉呈伯潜、大生、赵、钱二兄东隐见寄四十韵》"极似老杜长律,中间字句有粗有率,正不妨其老"①(卷六),"老"是从杜诗中引申出来的一种风格,在《涛音集》中很大程度上成为"二王"评判学杜成功与否的标准,而他们对于"老"的认识是杜诗和明代诗学双重影响的结果。

"老成"是杜甫所欣赏的一种风格,他在自己的诗中已经表现出对"老成"的推崇,如"庾信文章老更成,凌云健笔意纵横"②(《戏为六绝句》)、"毫发无遗恨,波澜独老成"(《敬赠郑谏议十韵》)、"乃知盖代手,才力老益神"(《寄薛三郎中璩》)、"枚乘文章老,河间礼乐存"(《奉汉中王手札》)等,杜诗在内容形式、主题意象、格律音节等方面也都体现出老成遒劲的美学风格。复古思潮笼罩下的明代,杜甫成为典范,李东阳论杜甫诗歌风格清绝、富贵、高古、华丽、斩绝、奇怪、浏亮、委曲、俊逸、温润、感慨、激烈、萧散、沉着、精练、惨戚、忠厚、神妙、雄壮、老辣,为诗家之集大成者③,"老辣"已经成为杜诗的风格之一。胡应麟《诗薮·外编》论及诗歌之清婉,谓"杜陵人知其老苍,而不知其意致之婉"④,更以"老苍"为杜诗之整体风格。谢榛谓杜甫《和裴迪早梅相忆》两联用二十二虚字,"句法老健,意味深长,非巨笔不能到"⑤,此处"老健"从创作方法和技巧而言。杨慎则针对杜甫"庾信文章老更成,凌云健笔意纵横"之"老成"在内涵上作了诠释:"庾信之诗,为梁之冠绝,启唐之先鞭。史评其诗曰'绮艳',杜子美称之曰'清新',又曰'老成'。其言'清新'人皆知之,而其'老成',独子美能发其妙。余尝合而衍之曰:绮多伤质,艳多无骨,清易近薄,新易近尖。子山之诗,绮而有质,艳而有骨,清而不薄,新而不尖,所以为'老成'也。"⑥可见,形式上的"绮艳"和情感内容的厚重共同构成了"老成"的内涵。

杜甫之"老成"经过明人的阐释,已经成为一种重要的风格标志。选编《涛音集》之前,王士禄、王士禛在《琅琊二子近诗合选》中已表现出对杜甫

---

① [清]王士禄、王士禛:《涛音集》,《山东文献集成》第三辑第38册,山东大学出版社,2009年,第487页。
② 本节引杜甫诗均见《杜诗详注》,中华书局,1979年。
③ [明]李东阳:《怀麓堂诗话》,人民文学出版社,2009年,第299页。
④ [明]胡应麟:《诗薮·外编》卷四,上海古籍出版社,1979年,第185页。
⑤ [明]郭绍虞主编,谢榛、王夫之著:《四溟诗话·姜斋诗话》,人民文学出版社,1961年,第19页。
⑥ [明]杨慎:《升庵诗话笺证》卷三,上海古籍出版社,1987年,第88页。

老成风格的推崇与师法。王士禄尤为明显,彭云客称其五言近体神韵气骨本之摩诘、高、岑,"潦倒自放,专意杜陵,格益高,气益老,色益苍郁"①。徐夜指出二人早年五言风格之差异:"子底(王士禄)如幽燕老将,气韵沉雄;贻上(王士禛)如三河少年,翩翩自喜。"②王士禛诗亦有老成之处,王士祜称其七言古诗沉郁纵横,《大鴈行》《范阳行过涿鹿作》二首尤臻老境③。王士禄、王士禛早期诗歌创作以杜甫为宗,在格调、气韵上都规摹其老成之境,这种观念取向亦在《涛音集》的点评中体现出来。

从王士禄、王士禛的评点来看,"老"的内涵简而言之是诗人艺术功力的深厚老成。进一步来说,包括意境上的雄浑高华,章法上的严整、跳跃,创作技巧上的娴熟。

"老"从意境而言,指的是诗歌的沉郁顿挫,雄浑高华。如王士禛评宿凤鬻"七言雄郁意得处直逼少陵"④(卷三),王士禄谓其近体亦臻老格,这是从诗歌的整体意境风格而言。张端五古《题雪江画壁歌》,王士禄称其"秀颖中时露苍灏之气,中间如'苍然一旦开,真气来户牖'等语,去少陵诗势不远,但结体小碎,复间杂以冗语,为恨事耳"⑤(卷七),以为其"苍灏"之气与杜诗相近,而诗中之"小碎""冗语"则破坏了诗歌整体的浑融境界。

与诗歌意境密切相关的是诗中所蕴含的情感,杜诗低回感慨、悲凉雄壮的情感特质尤为"二王"所推崇。王士禛认为杜甫《秋兴》八首,兼有曹操、刘琨的低回感慨,壮凉悲郁,直越建安而上,故为千古绝调。对于明人拟《秋兴》之作,以为"何、李诸公皆有拟作,各据胜场。陈卧子八篇余尚嫌填塞,少雄畅之气"⑥(卷三),强调"雄畅之气",既是指情感表达的连贯畅达,也是意境上的浑融一体。赵士亮拟杜《秋兴》八首,《涛音集》选入五首,王士禄评"寄慨既深,发调亦警"⑦(卷三),王士禛亦云高华悲壮,去少陵不

---

① [清]王士禄、王士禛:《琅琊二子近诗合选》,国家图书馆藏顺治十六年刻本。
② [清]王士禄、王士禛:《琅琊二子近诗合选》,国家图书馆藏顺治十六年刻本。
③ [清]王士禄、王士禛:《琅琊二子近诗合选》,国家图书馆藏顺治十六年刻本。
④ [清]王士禄、王士禛:《涛音集》,《山东文献集成》第三辑第38册,山东大学出版社,2009年,第452页。
⑤ [清]王士禄、王士禛:《涛音集》,《山东文献集成》第三辑第38册,山东大学出版社,2009年,第495页。
⑥ [清]王士禄、王士禛:《涛音集》,《山东文献集成》第三辑第38册,山东大学出版社,2009年,第459页。
⑦ [清]王士禄、王士禛:《涛音集》,《山东文献集成》第三辑第38册,山东大学出版社,2009年,第459页。

远,都是从诗歌情感的悲壮激越与意境的雄浑高华来评判的。

从章法来说,"老"是指诗歌在结构上的严整而又不失跳跃,宿孔晖排律《奉呈伯潆、大生、赵、钱二兄东隐见寄四十韵》,王士禄评曰:

> "天心况不然"下即接"清朝闻鹊语","行藏两浪仙"下即接"中华消气力",叙次超忽,此苏黄门所谓"如百金战马,注坡蓦涧,如历平地"者也。长篇必如此,乃不冗直拖沓。①(卷六《奉呈伯潆、大生、赵、钱二兄东隐见寄四十韵》)

"百金战马,注坡蓦涧,如历平地"是苏辙对杜甫《哀江头》的评价,所谓"事不接,文不属,如连山断岭,虽相去绝远,而气象联络,观者知其脉理之为一也"②,指行文章法跳跃、不连贯,然以气贯通,通篇脉络一致,不失严整,此为杜诗章法纯熟、老致之处。王士禄认为宿孔晖此篇章法颇有相似,其顺序颠倒,叙述超忽,摆脱了平铺直叙的冗直拖沓之弊,故极似老杜长律,"中间字句有粗有率,正不妨其老"③(卷六)。

在创作方法与技巧上,"二王"强调炼字炼句,推崇杜诗之精炼警策。王士禄评宿孔晖《四月五日海上作》云:

> 王季重《观海》诗"昔日逢泰华,青天暗半壁。今日访大海,青天遂全泪。"颇为警策。艮墟以"乾坤疑占半"五字括之,语简而弥工。犹杜牧诗"南山与秋色,气势两相高",而老杜但言"千崖秋气高"也。④(卷六《四月五日海上作》)

"简而弥工"是对诗歌精炼语言的要求。王士禄又强调自然抒写,谓宿孔晖《访涂山》一诗"谢绝雕饰,惟取朴劲,然非沉炼之至,莫能臻此五言老

---

① [清]王士禄、王士禛:《涛音集》,《山东文献集成》第三辑第38册,山东大学出版社,2009年,第487页。
② [宋]苏辙:《栾城集·第三集》卷八,上海古籍出版社,2009年,第1553页。
③ [清]王士禄、王士禛:《涛音集》,《山东文献集成》第三辑第38册,山东大学出版社,2009年,第452页。
④ [清]王士禄、王士禛:《涛音集》,《山东文献集成》第三辑第38册,山东大学出版社,2009年,第485页。

境也"①（卷六），认为诗歌语言平实精炼，谢绝雕饰，苦心经营，又不露斧凿痕迹，方能达到"老境"。

从意境到情感，再到章法技巧，都是老成之境的构成要素。王士禄评赵瀚诗"已臻老境，仍极洗炼，司空表圣所谓返虚入浑，积健为雄，海客有之"②（卷八），"返虚入浑，积健为雄"指高古雄浑的意境，亦指创作手法的纯熟洗炼，可以说是对老成之境的一个总结和概括。

（三）诗学旨趣之二：兴象神韵的唐人"妙境"

除了杜甫的老成之境外，"二王"亦推崇王、孟一派清远冲淡、兴象自然的审美风格，他们称之为唐人"妙境"。

"二王"对掖县诗人近于唐人的作品颇为赞赏，王士禄评王尔膂《有以琴命予者赋谢》"发言哀断，措意深婉，殊有唐风"③（卷五）；评宿孔晖《哭邻叟建亭刘四》"莺花吊暮春""最是唐人好句"④（卷五）；评张宗英《舟中》"见月在邻舟"五字之情思与唐人最近⑤（卷五）；评赵士冕《别吴门诸同社》"通体轻秀，一起尤是唐人妙境"⑥（卷六）；评赵瀚《拟古边庭四时词》"唐人惟岑参最工边塞之词，二首遒音壮节，正复不减"⑦（卷八）。王士禛评赵瀚《西村》"必如此等胸怀，洒笔自近王、孟"⑧（卷八），在意境、情思、音节等方面都以唐人为规范。

王氏兄弟推崇秀静闲远、兴象玲珑的唐人"妙境"，如赵士冕诗，王士禄以为"省净不嚣，别具逸情秀骨"，王士禛以为如"吴兴山水，清晖娱人，令观

---

① [清]王士禄、王士禛：《涛音集》，《山东文献集成》第三辑第38册，山东大学出版社，2009年，第484页。
② [清]王士禄、王士禛：《涛音集》，《山东文献集成》第三辑第38册，山东大学出版社，2009年，第503页。
③ [清]王士禄、王士禛：《涛音集》，《山东文献集成》第三辑第38册，山东大学出版社，2009年，第473页。
④ [清]王士禄、王士禛：《涛音集》，《山东文献集成》第三辑第38册，山东大学出版社，2009年，第485页。
⑤ [清]王士禄、王士禛：《涛音集》，《山东文献集成》第三辑第38册，山东大学出版社，2009年，第479页。
⑥ [清]王士禄、王士禛：《涛音集》，《山东文献集成》第三辑第38册，山东大学出版社，2009年，第493页。
⑦ [清]王士禄、王士禛：《涛音集》，《山东文献集成》第三辑第38册，山东大学出版社，2009年，第509页。
⑧ [清]王士禄、王士禛：《涛音集》，《山东文献集成》第三辑第38册，山东大学出版社，2009年，第507页。

者澹而忘返"①(卷六)。他们捕捉到了唐诗意内言外的妙处,王士禄谓唐人绝句之妙在于不落言筌,"诗中好句,有可以意索者,有不可以意索者",任虞臣"昼长有梦惊啼鸟,畦水无声谁叩门"(卷七《寄张大支》)一联语境悠然,为不可意索者②。王士禛于唐人中最喜王、孟一派,在学唐的过程中,注重诗人自我性情的抒发,他对张之维的诗尤为赞赏,云:"其为诗原本陶公,杂撷王、韦之胜,而染毫落墨幽净深刻,自有一丘一壑之气。王子猷云'不可一日无此君',余欲以大支(张之维字)诗代之。"③(卷七)张之维《松椒代言》七首,王士禛谓其淳古幽淡,"彭泽之的派,王、韦雁行,亦间常盱眙、祖员外妙处"④(卷七)。王维、孟浩然、储光羲、祖咏、常建、韦应物一派寄兴山水,兴到神会,即为王氏兄弟所推之唐人"妙境"。

《涛音集》所选诗人诗作大多以初、盛唐为宗,亦有学中、晚唐者,如张宗英,"二王"比之于孟郊、皮日休、陆龟蒙,对他学中、晚唐的佳作颇为欣赏。然而,总体而言,他们对于中、晚唐诗还是持保留态度,认为不宜师法。王士禄赞赏李森先不为孟郊、贾岛之苦吟,兴酣落笔,历落嶔崎,时露英人本色,却不甚认同孟郊、贾岛等晚唐诗人苦吟的创作方式和幽寒孤峭的意境。王士禛对李贺诗的险怪风格有一段评述,表达了他对晚明摹拟剽窃之风的否定:

  长吉峭岸之笔,幽奥之气,古艳之色,要眇之思,千古不可无一,不可有二。后人于四者未得其一,漫取老鱼、瘦蛟、鸿龙、玉狗等字,撮剿满纸,以庸肤故为险诡,上者仿佛陈陶,劣者竟似绿章语矣。⑤(卷五)

王士禛认识到李贺诗的独特之处,认为千古不可无一,而"不可无二"所指则是晚明以后步趋中、晚唐,摹拟剽窃的风气,仅以险怪之意象堆砌成诗,缺乏幽奥之气、要眇之思,则如优孟衣冠,不得要领。

---

① [清]王士禄、王士禛:《涛音集》,《山东文献集成》第三辑第38册,山东大学出版社,2009年,第491页。
② [清]王士禄、王士禛:《涛音集》,《山东文献集成》第三辑第38册,山东大学出版社,2009年,第498页。
③ [清]王士禄、王士禛:《涛音集》,《山东文献集成》第三辑第38册,山东大学出版社,2009年,第499页。
④ [清]王士禄、王士禛:《涛音集》,《山东文献集成》第三辑第38册,山东大学出版社,2009年,第501页。
⑤ [清]王士禄、王士禛:《涛音集》,《山东文献集成》第三辑第38册,山东大学出版社,2009年,第481页。

《涛音集》所选诗人除了卷一中毛宗鲁、毛纪、郭东山为弘治以前,其余七卷皆为明中期以后诗人,他们在创作倾向上受复古思潮影响,宗法汉魏、初、盛唐,甚至直接取法于前后七子,在对这些诗人诗作的评点中,"二王"也阐发了对学唐与学明七子的看法。

从诗学观念来说,掖县诗人不可避免地受到前后七子复古思潮的影响。明中期以后,山左诗人对乡贤李攀龙、边贡、谢榛高度认同,"吾山左文人向来奔走海内者,久以于鳞为大手"[1],标举李攀龙高古雄浑的格调,向汉魏、盛唐学习,在学习的过程中有反思,有调整,并浸染了晚明公安、竟陵抒写性灵、幽深孤峭的时代风气,直至清初,前后七子的复古诗学依然影响着诗坛。从掖县诗人来说,明清易代之际,赵士喆倡山左大社,与复社相呼应。作为一个地域性文学社团,山左大社在诗歌创作上的声气相投十分明显,李澄中《处士赵公墓志铭》载:"文潜为山左坛坫主,合六郡士订社于历下之白雪楼"[2],历下白雪楼是李攀龙辞官归里以后所建的读书楼,赵士喆及山左大社诸人的诗学宗尚由此可见一斑。

掖县诗人受到前后七子复古运动的影响,推崇汉魏、盛唐,在创作中时常规摹七子,学习李梦阳、何景明、李攀龙等人,难免有摹拟之弊,"二王"指出了他们学习七子的得失之处。宿凤鬐诗受七子影响颇深,王士禄以为其沿嘉、隆诸公之体,故而壁垒未新,如其"落落风尘双白眼"一句,为"于鳞袭语"(卷三),其《漫成》"十亩桑麻开别墅,一尊风雨对平畴"从于鳞"十里芙蓉迎剑佩,一尊风雨对江湖"脱胎,而未能超越[3]。赵士喆《河南行挽钱塘二公作》王士禛云:"大似何信阳《乐陵令》一篇,当是以彼作蓝本。"[4](卷四)

王氏兄弟对前后七子是颇为认可推崇的,然而从对掖人诗作的源流评判、字句推敲中可以看出,他们对于掖县诗人以李梦阳、何景明、李攀龙等七子派诗人为师法对象不很认同,这种观念与钱谦益对学唐、学七子的态度有相合之处。万历四十八年庚申(1620),钱谦益与"二王"从叔祖王象春以哭临集于西阙门下,相与论诗,钱氏对王象春和文翔凤提出"从古人何者

---

[1] [清]高珩:《栖云阁文集》卷三,《四库全书存目丛书·集部》第202册,齐鲁书社,1997年,第189页。
[2] [清]李澄中:《白云村文集》卷三,《清代诗文集汇编》第120册,上海古籍出版社,2010年,第222页。
[3] [清]王士禄、王士禛:《涛音集》,《山东文献集成》第三辑第38册,山东大学出版社,2009年,第454页。
[4] [清]王士禄、王士禛:《涛音集》,《山东文献集成》第三辑第38册,山东大学出版社,2009年,第465页。

发脉乎？抑或但从空同、元美发脉乎"①的疑问，出发点是对明七子的批判与反思，王象春"退而深惟"。从《涛音集》中王士禄、王士禛对掖县诗人师法七子的评点来看，"二王"早期即有此认识。

不论是对中、晚唐诗的看法，还是对学唐与学七子的讨论，都是针对学习唐诗而言的。前者易堕入艰深晦涩，后者易为摹拟所限，不能超越，都失去了初、盛唐诗歌兴象玲珑、神韵自然的美感，因而，"二王"的最终指向还是以兴象神韵的初、盛唐诗为规范。

（四）关于"二王"早期诗学的几点思考

王士禄与王士禛早期诗学观念在《涛音集》中大致体现出宗法老成之境与唐人"妙境"的两端，这两方面都是"二王"诗学中的主要内容，对于研究"二王"诗学中的一些问题有重要意义。

首先，"二王"对杜甫的看法和评价，尊杜还是贬杜，历来都是一个颇具争议性的话题。王士禄与王士禛都曾经评点过杜诗，渔洋评杜"秋毫神妙，期亲见于古人"②，然未有刻本，清人转相过录，遂有舛误。"二王"评杜也颇为清人所关注，清中期以后几种杜诗评点的汇评本，汇集名家评点，往往辑入"二王"之评，如刘濬的《杜诗集评》、卢坤的《五色批本杜工部集》均辑入二人评语。而关于尊杜、贬杜的问题，亦始于清人，赵执信谓"阮翁酷不喜少陵，特不敢显攻之，每举杨大年'村夫子'之目以语客"③，而王士禛再传弟子翁方纲特撰《渔洋评杜摘记》为其辩驳，云"渔洋幼学诗于西樵，或有传录踵讹者"，"其西樵评本，直抹批杜诗处极多，不能悉举正矣"④，对王士禄评杜多有批驳。事实上，王士禄和王士禛对杜诗都有过批评，但质疑者以为"二王"不喜杜甫，推尊士禛者又一味将责任推给王士禄，都失之偏颇。王士禛云："先生（士禄）诗颇嗜杜。"⑤王士禄在莱州期间作《题杜集诗》："故人纷旌麾，一老飒飘寓。扁舟乱衡湘，苍茫向迟暮。"⑥并常有和杜之作。而关于王士禛论杜，张忠纲和武润婷已有过详尽的辩证。⑦"二王"固然对杜诗

---

① [清]钱谦益：《列朝诗集小传·丁集下》，上海古籍出版社，2008年，第654页。
② [清]王士禛：《渔洋杜诗话》卷首，翁方纲辑，国家图书馆藏乾隆三十二年刻本。
③ [清]赵执信、翁方纲：《谈龙录石洲诗话》，陈迩冬校点，人民文学出版社，1981年，第10—11页。
④ [清]赵执信、翁方纲著：《谈龙录石洲诗话》，陈迩冬校点，人民文学出版社，1981年，第202页。
⑤ [清]王士禛：《王考功年谱》，王士禛撰，孙言诚点校：《王士禛年谱》，中华书局，1992年，第96页。
⑥ [清]王士禛：《王考功年谱》，王士禛撰，孙言诚点校：《王士禛年谱》，中华书局，1992年，第72页。
⑦ 参见武润婷：《论王渔洋评杜》，《山东大学学报》（哲学社会科学版）1990年第2期；张忠纲：《渔洋论杜》，《文学评论》1987年第4期。

有过负面的评价,但并不能说明他们是不喜杜甫的,相反,他们对杜诗的成就是非常肯定的。从《涛音集》来看,杜诗是"二王"早期诗学的重要部分,他们对杜甫老成境界的推崇一定程度上甚至超过了对王、孟一派的喜爱,对掖县诗人的点评以杜甫"老成"之境为标准,在审美上倾向于雄浑高古之风,这是对杜诗艺术性的准确把握。就王士禛而言,这样的标准与倾向与他后来所提倡的"神韵"说异趣。王士禛中年"越三唐而事两宋",而杜诗是宗宋者的诗学途径,因此,王士禛中年主宋诗不仅是受到诗坛风气影响的结果,他早年对杜诗的推崇已为后来对宋诗的接受埋下伏笔。

其次,关于王士禛标举"神韵",以及"二王"诗学的联系,"二王"都以王、孟为宗,标举兴象神韵,王士禄诗效法孟浩然,王士禛以神韵说为康熙诗坛主盟。论者往往以《唐诗神韵集》为王士禛诗学之开端,而蒋寅认为顺治十三年(1656)前后,王士禛已经形成以神韵为宗的诗学观念[1],这一看法是符合实际的,《涛音集》中王士禛已有标举神韵的迹象。王士禄作为主选者和兄长,对王士禛有引导作用,士禛推尊杜甫,喜用"老"字论诗,明显是受到长兄的影响。王士禄不仅在对杜诗的认识上影响了王士禛,在神韵诗观方面,他明确提出"神韵"一词,在评赵士喆《哭徐行吾》时云:"余尝为诗,以古人全句足成之。如《题董元宰画》:'分明诗语传神韵,剪得吴淞水半江','吴淞'即董语也。"[2](卷四)又云唐人绝句妙处在"不落言筌"[3](卷八),已经与王士禛后来的神韵说非常接近。

再次,从宏观的角度来看,一个值得注意的问题是:王士禛早期诗学中杜诗雄浑高古的老成境界与王、孟一派的兴象空灵,在审美取向上是截然不同的。王士禛后来走向兴会神到的神韵说,以"不著一字,尽得风流"的美学趣味影响了诗坛,然而,"神韵"的空疏之弊亦被后人所指摘,至清中期翁方纲以杜甫雄厚高浑、沉郁顿挫的气格补救"神韵"说的缺失,将性情、考据合二为一。从王士禛早期诗学观念中的沉郁顿挫与兴象空灵并重,到翁方纲以杜诗补"神韵"之偏差,形成了清代唐诗接受中一个循环递进的过程。

"二王"早年的诗学观念从大环境来说,是明七子复古思潮影响的结

---

[1] 参见蒋寅:《王渔洋"神韵"概念溯源》,《北京大学学报》(哲学社会科学版)2009年第46卷第2期。
[2] [清]王士禄、王士禛:《涛音集》,《山东文献集成》第三辑第38册,山东大学出版社,2009年,第464—465页。
[3] [清]王士禄、王士禛:《涛音集》,《山东文献集成》第三辑第38册,山东大学出版社,2009年,第503页。

果。杜诗是唐诗发展中的一座高峰,因而不能将其与初、盛唐诗截然分开,但从明代复古运动开始,关于"正""变"的讨论,关于对格调与神韵的不同侧重,都是推崇唐诗者重要的议题,具体到诗歌风格,可归纳为高古雄浑与兴象神韵两种。从家族环境来说,他们的祖辈、父辈皆属复古阵营,王之猷"步趋济南,不爽尺寸"①;王象春推崇李攀龙高古大雅的精神,"奇情孤诣,所为诗蹈险经奇"②;王象艮寄情山水,服膺王、孟、韦、柳,"风华秀绝,骨力沉雄,错出于大历、长庆之间"③,家族长辈的这些创作取向对"二王"有着重要的影响。

选编《涛音集》时,王士禄、王士禛对高古雄浑与兴象自然两种审美趋向都是非常推崇的。康熙以后,随着他们进一步走向仕途、诗坛,各自的诗学趋向愈加明晰,而《涛音集》实则是探讨他们诗歌道路的开端。

三、王士禛的神韵说、杜诗学及宋诗学

(一)王士禛与神韵说

王士禛早年博综该洽,以求兼长,"自《十九首》,下逮建安,阮、陆、陶、谢诸家无不涉笔,妙得神韵"④。同时,神韵诗观已然萌芽。顺治间,王士禛与王士禄选评《涛音集》,在品评明清掖县诗人时即透露出兴到神会的唐人"妙境"的推崇,与徐夜论诗,"以神韵为第一义",明确提出"神韵"二字。在《丙申诗旧序》中王士禛以"典、远、谐、则"阐述了构成"神韵"的内核。"典"是一种雅正而广博的学习路径,"六经、廿一史,其言有近于诗者,有远于诗者,然皆诗之渊海也"。"远"是诗歌主旨意趣,含蓄朦胧,"画潇湘洞庭,不必蹙山结水,李龙眠作《阳关图》,意不在渭城车马,而设钓者于水滨,忘形块坐,哀乐嗒然,此诗旨也"。将绘画的写意、传神引入诗中,强调一种含蓄深远的意味。"谐"是对诗歌音律的要求,"《诗》三百五篇,吾夫子皆尝弦而歌之,故古无乐经,而《由庚》、《华黍》皆有声无词,土鼓、鞞铎非所以被管弦、叶丝肉也"。"则"是对诗歌语言的要求,"昔人云:《楚辞》、《世说》,诗中佳

---

① [清]王士禛:《柏峰集序》,王之猷《柏峰集》卷首,上海图书馆藏稿本。
② [明]钟惺:《题问山亭诗》,王象春《问山亭诗》,《山东文献集成》第二辑第28册,山东大学出版社,2007年,第717页。
③ [明]董其昌:《王思止迂园诗序》,《迂园诗》卷首,北京大学图书馆藏明万历四十四年刻本。
④ [清]王士禄、王士祜:《琅琊二子近诗合选》卷一,国家图书馆藏顺治十六年刻本,第14页。

料,为其风藻神韵,去风雅未遥,学者由此意而通之,摇荡性情,晖丽万有,皆是物也"①。王士禛早年对诗歌的认识已经具备神韵说的雏形,他在顺治十四年(1657)所作的《秋柳》则在创作上体现了重"神韵"的审美趣味。《秋柳》四首为触物起兴之作,王士禛与诸名士集饮于大明湖水面亭,见"亭下杨柳十余株,披拂水际,绰约近人,叶始微黄,乍染秋色,若有摇落之态"②,遂怅然有感,赋诗四首。《秋柳》四首虽咏"秋柳",却始终未对"秋柳"作正面描写,而是通过在今与昔、兴与废的对比中不断往复跳跃,拉开了时空距离,造成朦胧、迷惘的氛围,表达了一种凄凉、感伤的情绪。四首诗征引故实,含蓄蕴藉,引起大江南北数百家诗人的应和,并在清代形成一股笺注《秋柳》的热潮。《秋柳》四首从创作实践上映照了王士禛早年的神韵诗学观。顺治十八年(1661)至康熙四年(1665),王士禛在扬州通过与诸多诗友的交流和在江南的游历,得江山、诗友之助,进一步发展神韵说。他在《论诗绝句》中推崇"风怀澄澹"的韦应物、柳宗元,在创作中强调兴发,"诗情合在空舲峡,冷雁哀猿和竹枝","论古应从象罔求",诗歌要韵味悠长。翁方纲以为"此三十首,已开阮亭'神韵'二字之端矣"③。王士禛重视人与自然的审美关系,"诗意和灵感都是在人与自然间发生了一种审美关系之后才产生出来的,这是诗的真正源泉"④。王士禛还选编唐人七言律绝为《唐诗神韵集》,作为教导其子学诗之范本。选诗是王士禛表达自己诗学旨趣的一种重要方式,《唐诗神韵集》是王士禛的第一部唐诗选集,从唐诗中拈出"神韵"一脉作为学诗路径,正反映了他重视"神韵"的诗学旨趣。康熙二十七年(1688),王士禛编《唐贤三昧集》,标志着神韵诗学的成熟和确立,他在自序中云:

严沧浪论诗云:"盛唐诸人,惟在兴趣,羚羊挂角,无迹可求,透彻玲珑,不可凑泊。如空中之音,相中之色,水中之月,镜中之象,言有尽而意无穷。"司空表圣论诗亦云:"味在酸咸之外。"⑤

---

① [清]王士禛:《丙申诗旧序》,《蚕尾续文集》卷三,袁世硕主编《王士禛全集》,齐鲁书社,2007年,第2025—2026页。
② 王士禛:《菜根堂诗集序》,《蚕尾续文集》卷二,袁世硕主编《王士禛全集》,齐鲁书社,2007年,第2004—2005页。
③ [清]赵执信、翁方纲著:《谈龙录石洲诗话》卷五,陈迩冬校点,人民文学出版社,1981年,第155页。
④ 王小舒:《神韵诗学》,山东人民出版社,2006年,第302页。
⑤ [清]王士禛:《唐贤三昧集序》《渔洋文集》卷一,袁世硕主编《王士禛全集》,齐鲁书社,2007年,第1534页。

从诗学批评史的角度借鉴了司空图味外之味说和严羽妙悟说,并以此作为选唐诗的标准,以唐人王维、孟浩然、韦应物等长于田园、山水的诗人为典范,确立了神韵诗的审美取向。王士禛晚年还陆续选编了《十种唐诗选》《五七言古诗选》《唐人万首绝句选》等,构建了尊唐、学唐的范式,他的神韵说在《渔洋诗话》《师友诗传录》《然灯纪闻》《香祖笔记》《池北偶谈》《分甘余话》《居易录》等著作中都有所阐发。

神韵说是王士禛对中国古典诗歌审美特质的一个总结,"神韵"最初是魏晋品评人物、绘画的概念,至元、明作为美学范畴出现在诗歌批评话语中,并不断演变,明代胡应麟、陆时雍所言"神韵"已经具备自然悠远、鲜活灵动的意蕴,"古人之作,往往神韵超然,绝去斧凿"[1]。用"神韵"论诗并非王士禛首创,王士禛将"神韵"作为其核心的诗学理论范畴加以发挥,赋予其丰富的内涵,影响了清代诗学。从理论渊源来说,神韵说是对司空图、严羽诗学的继承和发扬,王士禛论诗时就已经指出了这一点:"表圣论诗,有二十四品,予最喜'不著一字,尽得风流'八字。"[2]今人则在此基础上进行了更加深入的研究。如吴调公《神韵论》[3]、王小舒《神韵诗学》[4]、蒋寅《王渔洋"神韵"概念溯源》[5]等,兹不赘述。

关于王士禛神韵说的理论内涵,20世纪以来学者们有多方面的诠释,并已形成一些共同的认识。王士禛的神韵说首先作出审美风格上的规定,追求诗歌清远冲淡、含蓄蕴藉。他在《池北偶谈》中有一段关于"神韵"的论述:"汾阳孔文谷(天胤)云:'诗以达性,然须清远为尚。'薛西原论诗,独取谢康乐、王摩诘、孟浩然、韦应物,言:'白云抱幽石,绿篠媚清涟',清也;'表灵物莫赏,蕴真谁为传',远也;'何必丝与竹,山水有清音',清也;'表灵物莫赏,蕴真谁为传',远也;'何必丝与竹,山水有清音','景昃鸣禽集,水木湛清华',清远兼之也。总其妙在神韵矣。神韵二字,予向论诗,首为学人拈出,不知先见于此。"[6]这段论述被论者广泛地征引,是对神韵说内涵的一个总结。王士禛以"清远"为诗歌审美境界的标准,这里的"清远"是其早期诗学中"典、远、谐、则"的延伸,从他所引孔天胤、薛蕙的评论来看,"清远"

---

[1] [明]胡应麟:《诗薮·内编》卷五,上海古籍出版社,1979年,第99页。
[2] [清]王士禛:《香祖笔记》卷八,袁世硕主编《王士禛全集》,齐鲁书社,2007年,第4628页。
[3] 吴调公:《神韵论》,人民文学出版社,1991年。
[4] 王小舒:《神韵诗学》,山东人民出版社,2006年。
[5] 蒋寅:《王渔洋"神韵"概念溯源》,《北京大学学报》(哲学社会科学版)2009年第2期。
[6] [清]王士禛:《池北偶谈》卷十八,袁世硕主编《王士禛全集》,齐鲁书社,2007年,第3275—3276页。

要求诗歌在题材上取自自然,面对山水,"白云抱幽石,绿篠媚清涟""何必丝与竹,山水有清音""景昃鸣禽集,水木湛清华"所呈现的都是山水清音,这种题材指向实现了远离现实人生的"远";描写山水的灵动淡雅又传达出清新悠远的韵致,实现了审美情趣上的"远";在面对自然,与自然对话的过程中饱含着一种超然的情怀,实现了精神世界的"远"。从师法对象上来说,谢灵运、王维、孟浩然、韦应物一派山水田园诗人的创作正符合了"清远"的标准。王士禛在诗歌风格上奉司空图《二十四诗品》中"冲淡""自然""清奇"三品为最上,冲淡、自然、清奇在风格意蕴上实际上都是对"清远"的追求,正如朱东润先生所云:"单言曰韵,重言曰神韵,又曰风神,累言之则曰兴会风神,指实言之则曰清远。"①对于诗歌的表达方式和意境美感,王士禛强调"不著一字,尽得风流"的含蓄蕴藉。李白诗:"牛渚西江夜,青天无片云。登高望秋月,空忆谢将军。余亦能高咏,斯人不可闻。明朝挂帆去,枫叶落纷纷。"孟浩然诗:"挂席几千里,名山都未逢。泊舟浔阳郭,始见香炉峰。常读远公传,永怀尘外踪。东林不可见,日暮空闻钟。"王士禛以为"诗至此,色相俱空,政如羚羊挂角,无迹可求。画家所谓'逸品'是也。"②是对"不著一字,尽得风流"的最好诠释,既具有悠远的况味,又朦胧缥渺,意味绵长,含蓄不尽。

　　神韵说中另一个重要问题是对诗人创作经验的探讨。王士禛多次论及诗歌创作方式对于神韵诗的重要性,他在《渔洋诗话》中云:"萧子显云:'登高极目,临水送归。早雁初莺,花开叶落。有来斯应,每不能已。须其自来,不以力构。'王士源序孟浩然诗云:'每有制作,伫兴而就。'余生平服膺此言,故未尝为人强作,亦不耐为和韵诗也。"又云:"古人诗只取兴会超妙,不似后人章句,但作记里鼓也。"③又回忆他在扬州、京师所作"微雨过青山,漠漠寒烟织。不见秣陵城,坐爱秋江色。"等数首诗,皆为"一时伫兴之言,知味外味者当自得"④。"兴会超妙""伫兴而就"都是针对诗人创作而言,都指的是诗人在创作时瞬间的心理状态,"当其触物兴怀,情来神会,机括跃如,如兔起鹘落,稍纵则逝矣,有先一刻、后一刻不能之妙"⑤。在面对山水自然有所感发时,要善于捕捉即时的心理感受,创作主体的心灵与外

---

① 朱东润:《王士禛诗论述略》,《国立武汉大学文哲季刊》1933年第3期。
② [清]王士禛:《分甘余话》卷四,袁世硕主编《王士禛全集》,齐鲁书社,2007年,第5026页。
③ [清]王士禛:《渔洋诗话》卷上,袁世硕主编《王士禛全集》,齐鲁书社,2007年,第4772—4773页。
④ [清]王士禛:《香祖笔记》卷二,袁世硕主编《王士禛全集》,齐鲁书社,2007年,第4485—4486页。
⑤ [清]郎廷槐问,王士禛答:《师友诗传录》,丁福保辑《清诗话》,上海古籍出版社,1978年,第128页。

部世界相融合,达到兴到神会的境界,触物而兴,伫兴而就,创作的诗歌才能有"味外之味",神韵天然。王士禛所看重的这种兴到神会的创作经验与诗人的才情有关,但如果只强调这种创作方式,未免失于玄虚、空疏,在这种情况下,就需要学问、根柢的充实,王士禛将诗歌之道分为两种。一为有根柢者,一为有兴会者。兴会即"镜中之象,水中之月,相中之色,羚羊挂角,无迹可求",根柢即"本之风雅,以导其源,溯之楚《骚》、汉魏乐府诗,以达其流,博之九经、三史、诸子,以穷其变"①。根柢源于学问,兴会发乎性情,这是两种不同的诗歌创作道路,王士禛一度感叹二者不可兼得。但在与弟子门人论诗时,王士禛又云:"司空表圣云:'不著一字,尽得风流',此性情之说也;扬子云云:'读千赋则能赋',此学问之说也。二者相辅而行,不可偏废。若无性情而侈言学问,则昔人有讥点鬼簿、獭祭鱼者矣。学力深,始能见性情,此一语是造微破的之论。"②可见对于调和学问与性情之间的矛盾王士禛是做过一番努力的。学问与性情二者相辅相成,不可偏废,构成了神韵说通达的创作论。郭绍虞对王士禛"神韵"先天和后天二义的认识正基于此,先天与作家的个性气质、风神态度有关;后天则在于工夫,"工夫到家,自然有韵。"③

  诗歌审美风格的清远冲淡、含蓄蕴藉和诗歌创作中的兴到神会构成了神韵说理论内涵的核心,如蒋寅所言,神韵是属于风景诗范畴的审美概念,偏于阴柔之美。但是它也并不排斥雄浑豪健,王士禛称赞诗友陈廷敬能兼神韵与雄浑,"自昔称诗者,尚雄浑则鲜风调,擅神韵则乏豪健,二者交讥。唯今太宰说岩陈先生之诗,能去其二短而兼其两长"④。又谓陶、谢、王、孟等诗风自然清远的诗人也有"沉著痛快"之处,可见神韵与"雄浑豪健""沉著痛快"并不抵触,而是"想于神韵风调之中,内含雄浑豪健之力,于雄浑豪健之中,别具神韵风调之致"⑤,神韵说是贯穿王士禛一生的诗学观念,他在神韵说的发展、渊源、内涵、审美等方面都进行过深入阐发,完成了对神韵诗学的超越和总结。

---

① [清]王士禛:《突星阁诗集序》,《渔洋文集》卷三,袁世硕主编《王士禛全集》,齐鲁书社,2007年,第1560页。
② [清]郎廷槐问,王士禛答:《师友诗传录》,丁福保辑《清诗话》,上海古籍出版社,1978年,第125页。
③ 郭绍虞:《神韵与格调》,《燕京学报》1937年第22期,第103页。
④ [清]王士禛:《跋陈说岩太宰丁丑诗卷》,《蚕尾续文集》卷二十,袁世硕主编《王士禛全集》,齐鲁书社,2007年,第2313页。
⑤ 郭绍虞:《神韵与格调》,《燕京学报》,1937年第22期,第105页。

(二)王士禛与杜诗学

杜甫作为古典诗歌的集大成者,对后世有深远的影响,自唐以来,文人学杜、评杜、注杜,形成了"杜诗学"。明代前后七子倡言复古,有强烈的干预时政、振兴诗道的意识,杜甫忧国忧民的情怀和雄浑高古的气魄都符合前后七子的诗学取向,被视为楷模。尊杜、论杜成为明代复古诗学中的一个重要方面,也直接影响了清初诗人对杜甫的评价;另一方面,清初经世致用的学术文化思潮也将杜诗学推向高潮。作为国初诗坛领袖的王士禛在杜诗学风潮的笼罩之下,也对杜诗进行了研究与评价。

王士禛论杜与其论神韵一样,较为零散,他的观点散见于《渔洋诗话》《池北偶谈》《香祖笔记》《居易录》等著作中。他还与长兄王士禄批点杜诗,评点之语被清代杜诗评注本广泛征引,清人张甄陶《杜诗详注集成》、杨伦《杜诗镜铨》、卢坤所辑五家评本《杜工部集》、刘濬《杜诗集评》都收录了王士禛的评点。鉴于王士禛论杜零散且易与王士禄之言相混杂,"学人转相过录,或赝焉"①,乾隆间王士禛再传弟子翁方纲将这些零散的论杜言论辑为《渔洋杜诗话》一卷,收入一百四十余条。海盐张宗柟辑《带经堂诗话》又专列《带经堂评杜》一卷。张忠纲先生根据王士禛著述重新辑录、校注,编为《新编渔洋杜诗话》②,所收王士禛论杜言论最为全面。王士禛批点杜诗甚多,且往往与王士禄批点杜诗并录于清代杜诗评本中,多有混淆,为厘清王士禛杜诗学观念,翁方纲在《石洲诗话》中特撰一卷《渔洋评杜摘记》辨别真伪,但是在为王士禛辩驳的同时,又将批抹杜诗的责任推给了王士禄,"其西樵评本,直抹批杜诗处极多,不能悉举正矣"③。翁方纲曾在王士禛门人黄叔琳处见到过王士禛评杜手定之本,故他的说法较为可信,但是"批抹杜诗"并不意味着贬杜、抑杜。王士禛与王士禄对杜诗都有过批评,却并不能说明二人不喜杜甫,他们早年学诗都曾取法于杜,且对杜诗境界十分推崇,对杜甫多方面的评价也颇为中肯。

王士禛杜诗学中一个最突出的问题是尊杜与贬杜的争论,赵执信、袁枚皆曾以此非议王士禛。赵执信云:"阮翁酷不喜少陵,特不敢显攻之,每举杨大年'村夫子'之目以语客。"④袁枚云:"要知唐之李、杜、韩、白,俱非阮

---

① [清]翁方纲:《渔洋杜诗话序》,《渔洋杜诗话》,国家图书馆藏乾隆三十二年大兴翁氏刻本。
② 张忠纲:《杜甫诗话六种校注》,齐鲁书社,2002年。
③ [清]赵执信、翁方纲著:《谈龙录石洲诗话》,陈迩冬校点,人民文学出版社,1981年,第202页。
④ [清]赵执信、翁方纲著:《谈龙录石洲诗话》,陈迩冬校点,人民文学出版社,1981年,第10—11页。

亭所喜,因其名太高,未便诋毁;于少陵亦时有微词,况元、白乎?"①赵、袁二人对王士禛的评论带有个人化的色彩,言过其实。事实上,王士禛对杜甫是十分推崇的,并不贬抑杜甫。明人祝允明论唐诗人尊太白而斥杜甫,谓其"以村野为苍古,椎鲁为典雅,粗狂为豪雄,"总评之为"外道",王士禛十分不满,认为其"狂悖至于如此,醉人骂坐,令人掩耳不欲闻"②。王士禛早年的诗学路径"博综该洽",尊法唐诗神韵之外,杜诗的雄浑高古也符合其审美趣味,这种诗学取向主要体现在顺治间他与王士禄同选的《涛音集》中。王士禛品评明清掖县诗人有两个重要标准:一为兴到神会的唐人"妙境",一为雄浑高古的杜甫"老境"。受王士禄影响,王士禛对杜甫老成境界的推崇甚至一定程度上超过了对王、孟山水清音的喜爱。唐人"妙境"与杜甫"老境"在王士禛后来的诗学道路上发展成为两种趣味相异却并不相悖的审美取向,"山水闲适宜王、韦,乱离行役铺张叙述宜老杜,未可限以一格"③,将两种审美风格落实到具体的题材和师法对象上。康熙二十七年(1688),王士禛选《唐贤三昧集》表达他的神韵诗学观,其中未选李白、杜甫,成为后人指摘其不喜杜甫的另一证据。如果从神韵"妙境"与杜甫"老境"两种审美风格的角度来考察王士禛的诗学,可以发现,这种指摘是不成立的。王士禛在《唐贤三昧集序》中云:"不录李、杜二公者,仿王介甫《百家》例也。张曲江开盛唐之始,韦苏州殿盛唐之终,皆不录者,已入予《五言选诗》,故不重出也。"④不选李、杜诗一是仿王安石《唐百家诗选》之体例,二是他此前所选的《五七言古诗选》中已选入二人诗作,故"不重出"。《五七言古诗选》中,五言诗以汉魏六朝为主,唐人选入陈子昂、张九龄、李白、韦应物、柳宗元,七言诗以杜甫为宗,兼取宋、元。王士禛在《七言诗凡例》中云:"诗至工部,集古今之大成,百代而下无异词者;七言大篇,尤为前所未有,后所莫及。盖天地元气之奥,至杜而始发之。今别于盛唐诸家,钞杜诗一卷。"⑤又云:"愚抄诸家七言长句,大旨以杜为宗,唐宋以来善学杜者则取之,非谓古今七言之变尽于此钞,观唐人元、白、张、王诸公悉不录,正以钞不求备故也。"⑥可见王士禛对杜甫七言推崇备至,并且在选诗时是有所考

---

① [清]袁枚:《随园诗话》卷三,顾学颉校点,人民文学出版社,1982年,第80页。
② [清]王士禛:《香祖笔记》卷一,袁世硕主编《王士禛全集》,齐鲁书社,2007年,第4480页。
③ [清]王士禛:《池北偶谈》卷十二,袁世硕主编《王士禛全集》,齐鲁书社,2007年,第3108页。
④ [清]王士禛:《渔洋文集》卷一,袁世硕主编《王士禛全集》,齐鲁书社,2007年,第1534页。
⑤ [清]王士禛:《带经堂诗话》卷四,张宗柟辑,人民文学出版社,1963年,第95页。
⑥ [清]王士禛:《带经堂诗话》卷四,张宗柟辑,人民文学出版社,1963年,第97页。

虑和取舍的。杜诗的沉郁顿挫、雄浑高古与王、韦的隽永超诣是两种不同的审美风格，具体落实到诗人诗作，则分别在《五七言古诗选》和《唐贤三昧集》中，这一点在王士禛答刘大勤问中可以得到印证：

> 问：《唐贤三昧集序》"羚羊挂角"云云，即音流弦外之旨否？间有议论痛快，或以序事体为诗者，与此相妨否？
>
> 答：严仪卿所谓"如镜中花，如水中月，如水中盐味，如羚羊挂角，无迹可求。"皆以禅理喻诗。内典所云不即不离，不粘不脱；曹洞宗所云参活句是也。熟看拙选《唐贤三昧集》，自知之矣。至于议论叙事，自别是一体，故仆尝云，五七言有二体，田园丘壑，当学陶、韦，铺叙感慨，当学杜子美《北征》等篇也。①

王士禛在这段回答中解决了古澹清远与议论叙事相妨碍的问题，他提出"议论叙事，自别是一体"，将议论叙事视为独立于神韵之外的一体，含蓄蕴藉、冲淡闲远的神韵之作当在《唐贤三昧集》中体味，而铺叙感慨，沉郁顿挫则要从杜诗入手。显然，王士禛对于杜甫与陶、王、韦等人是区别看待的，兴到神会，古澹清远固然是他的诗学核心，而杜诗的雄浑高古、沉郁顿挫也是他所看重和推崇的。

王士禛评杜、论杜涉及杜诗的思想内容、情感实质、艺术技巧、体裁评判等方面，他认为杜甫的创作实绩来源于其情感的真挚，"盖文章以气为主，气以诚为主，故老杜谓之诗史者，其大过人在诚实耳"②。杜甫诗品高妙与其人品谦逊诚实有关，"有宋以来谈诗家，乃挑盛唐诸人，而专宗少陵。然考之唐人之绪论，及唐人选唐诗，固未始有宗少陵之说。即在盛唐诸家与子美抗行者，子美亦多所屈服。在子美集中，虽往往以风雅自任，亦未尝凌轹诸家，而独肩巨任也"③。杜甫本人对待诗歌的态度是"别裁伪体亲风雅，转益多师是汝师"，这种谦逊善学、纯正端朴的态度对诗歌创作大有益处："独是工部之诗，纯以忠君爱国为气骨，故形之篇章，感时纪事，则人尊诗史之称；冠古轶今，则人有大成之号；不有拟古浮辞，而风谣俱归乐府；不有淫佚艳靡，而赠答悉本风人。故登吹台于梁、宋，则支离东北风尘，栖江

---

① [清]刘大勤问，王士禛答：《师友诗传续录》，丁福保辑《清诗话》，上海古籍出版社，1978年，第149—150页。
② [清]王士禛：《香祖笔记》卷十二，袁世硕主编《王士禛全集》，齐鲁书社，2007年，第4738页。
③ [清]郎廷槐问，王士禛答：《师友诗传录》，丁福保辑《清诗话》，上海古籍出版社，1978年，第145页。

阁于夔州,则漂泊西南天地。故浑脱浏漓,只如其自道,顿挫独出,能此者几人?"①王士禛将杜诗与杜甫的人格品质联系起来,认为杜甫忧国忧民的情怀与复归风雅的诗歌创作相结合,形成了浏漓顿挫的风格,造就了杜诗的集大成。杜甫七言诗的成就历来为论者公认为最高的,王士禛也最推崇其七言诗,"杜七言千古标准,自钱、刘、元、白以来,无能步趋者"②。杜甫七言对后世影响深远,对于杜甫以后的七言诗作者,王士禛以为唯韩愈、苏轼、黄庭坚能得其要。从七律来说,学唐宋诗人七律后若取杜诗读之,"譬如百川学海而至于海也。此是究竟归宿处"③。从七古来说,"诸公一调,唯杜甫横绝古今,同时大匠无敢抗行"④。可以说把杜甫的七言诗推到了一个至高无上的位置。王士禛对杜诗也有批评,如他评"红绽雨肥梅"(《游何将军山林十首》)为俗句⑤,评《醉时歌》"相如"二句应删,"结似律,不甚健"⑥。他批评最多的是杜甫的《八哀诗》,认为"最冗杂,不成章,亦多唫哯语"⑦,"钝滞冗长,绝少剪裁"⑧,并摘引其累句,认为当删,他十分赞同叶梦得所云"此八篇本非集中高作,而世多尊称,不敢议其病。盖伤于多,如《李北海》、《苏源明》篇中多累句,刮去其半方善"⑨。王士禛对《八哀诗》的评价得到了翁方纲的认同:"杜诗固不因渔洋之摘累句而稍有损,即渔洋之论诗,亦岂以其摘杜累句而有损乎?"⑩

王士禛对明代诗学的继承和超越体现在格调与神韵两方面。格调方面以杜诗学为主,神韵方面则发展了神韵说。从源流上来说,王士禛的神韵说和杜诗学承接自明代前后七子复古诗学中重风韵与重格调两条诗学脉络,格调讲求法度、气格高华,在前后七子的诗歌创作实践中虽取得了一定实绩,却落入了拟古的窠臼,因此,在反思明诗、开创清诗新局面时,风神、神韵成为王士禛的选择。但是杜诗学也是王士禛诗学中的一个重要部分,王士禛评杜"秋

---

① [清]郎廷槐问,王士禛答:《师友诗传录》,丁福保辑《清诗话》,上海古籍出版社,1978年,第145页。
② [清]王士禛:《带经堂诗话》卷四,张宗柟辑,人民文学出版社,1963年,第95页。
③ [清]王士禛述,何世璂录:《然灯纪闻》,丁福保辑《清诗话》,上海古籍出版社,1978年,第121页。
④ [清]王士禛:《居易录》卷二十一,袁世硕主编《王士禛全集》,齐鲁书社,2007年,第4091页。
⑤ [清]赵执信、翁方纲著:《谈龙录石洲诗话》,陈迩冬校点,人民文学出版社,1981年,第214页。
⑥ [清]赵执信、翁方纲著:《谈龙录石洲诗话》,陈迩冬校点,人民文学出版社,1981年,第205页。
⑦ [清]王士禛:《渔洋诗话》卷上,袁世硕主编《王士禛全集》,齐鲁书社,2007年,第4763页。
⑧ [清]王士禛:《居易录》卷四,袁世硕主编《王士禛全集》,齐鲁书社,2007年,第3743页。
⑨ [清]王士禛:《居易录》卷十六,袁世硕主编《王士禛全集》,齐鲁书社,2007年,第3980页。
⑩ [清]赵执信、翁方纲著:《谈龙录石洲诗话》陈迩冬校点,人民文学出版社,1981年,第222页。

毫神妙,期于亲见古人"①,有推崇也有批评,对杜诗的评价多数颇为中肯。

(三)王士禛与宋诗学

王士禛推尊唐诗,他的神韵说与杜诗学都属于唐诗学的范围,同时,他也在清代唐、宋诗风的流变、消长中有重要作用。他自述一生诗学宗尚,有言"中岁越三唐而事两宋",一度转而学宋,并在康熙诗坛引起一股宋诗热。

王士禛"越三唐而事两宋"有一条较为明晰的时间线索。康熙二年(1663)王士禛所作《论诗绝句》中已经显现出肯定宋诗的端倪。康熙十五(1676)年王士禛在京师与"金台十子"论诗交游,公开倡导宋诗,掀起宋诗热。康熙二十七年(1688),以《唐贤三昧集》的选编为标志,返归唐音。在这个过程中,王士禛并非专意于宋诗,而是兼容唐、宋,在诗学理论上呈现出逐步强化的特点。康熙二年(1663)的《论诗绝句》中,王士禛对宋、元诗人欧阳修、黄庭坚、王安石、杨维桢、吴莱的得失都进行了评判:"耳食纷纷说开宝,几人眼见宋元诗?"表现出不废宋、元的态度。康熙十年(1671),王士禛迁户部郎中,时王士禄、宋琬、曹尔堪、施闰章、沈荃、谢重辉、曹贞吉、曹禾、汪懋麟等人皆在京为官,常为文酒之会,以诗歌相赠答,诸人中宋琬、曹禾、汪懋麟皆有近宋、学宋的倾向,也正是在这一年吴之振携《宋诗钞》入京,为京师诗坛的宋诗风气注入新的力量。吴之振云:"余辛亥至京师,初未敢对客言诗,间与宋荔裳诸公相游谯,酒阑拈韵,窃窥群制,非世所谓唐法也,故态复狂,诸公亦不以余为怪。"②于是同一年,吴之振选刻宋琬、施闰章、王士禄、王士禛、沈荃、汪琬、程可则八人诗为《八家诗选》,并在序中极力提倡"不相为同",以求自得的诗学理念,实际上是对笼罩诗坛的尊唐风气的反拨,以此来看,康熙十年(1671)的京师诗坛已然开始弥漫宋诗之风。康熙十一年(1672),王士禛典试入蜀,途中作诗三百五十篇刻为《蜀道集》,风格一改以往的含蓄淡远,兴象超诣,转而雄放豪健。程哲云:"壬子奉使命入蜀,往还万里,所经山川塞陑,多秦、汉已来名迹,登临凭吊,遥集兴怀,而先生之诗一变。"③这种"变"有人认为是由唐入宋之变,如叶方蔼所云:"毋论大篇短章,每首具有二十分力量,所谓狮子搏象,皆用全力也。"④盛符

---

① [清]翁方纲:《渔洋杜诗话序》,《渔洋杜诗话》,国家图书馆藏乾隆三十二年大兴翁氏刻本。
② [清]吴之振:《八家诗选序》,《八家诗选》,国家图书馆藏清康熙十一年刻本。
③ [清]程哲:《渔洋续诗集序》,王士禛《渔洋续诗集》,袁世硕主编《王士禛全集》,齐鲁书社,2007年,第696页。
④ [清]王士禛:《渔洋山人自撰年谱》,袁世硕主编《王士禛全集》,齐鲁书社,2007年,第5080页。

升也将《蜀道》诸诗比于韩、苏海外诸篇。有人认为是由神韵到格调之变。如翁方纲云"典试蜀中诸诗,并不似主考神气,只要格调似唐人耳"①。施闰章更直言"其所为《蜀道》诸诗,非宋调也"②。从王士禛本人来说,由于他晚年以后返归唐音,以神韵为宗,对于叶方蔼的评价也深愧其言,似不甚认同,今从创作风格的角度看王士禛入蜀诸作,实多得于江山之助,因此,王士禛的创作实践对于宋诗风的作用并不十分凸显,其主要的贡献在理论方面。

康熙十四年(1675)至康熙二十七年(1688)是王士禛大力倡导宋诗的时期,其间他在京师与宋荦、王又旦、叶封、田雯、谢重辉、丁炜、曹禾、汪懋麟、颜光敏、曹贞吉等人论诗谈艺,选十人诗刻为《十子诗略》。宋荦等十人也被称为"金台十子"。十子皆有学宋、近宋的倾向。王士禛在选十子之诗时也表达了自己对唐、宋诗的看法,他在《黄湄诗选序》中说:"予习见近人言诗,辄好立门户,某者为唐,某者为宋,李、杜、苏、黄,强分畛域,如蛮触氏之斗于蜗角,而不自知其陋也。……欧、梅、苏、黄诸家,其才力、学识皆足凌跨百代,使俯首而为捃拾吞剥,秃屑俗下之调,彼遽不能邪? 其亦有所不为邪?"③批评明代以来好立门户、强分畛域的习气,对宋代名家不吝赞誉之词,后来在《鬲津草堂诗序》中也有"唐有诗,不必建安、黄初也;元和以后有诗,不必神龙、开元也;北宋有诗,不必李、杜、高、岑也"④的论调,推尊唐诗的同时,不废宋、元。王士禛倡导宋诗的这段时期恰在其主盟诗坛、引领风气的阶段,康熙十八年(1679)举行的博学宏词科使海内闻人齐聚京师,是年王士禛在翰林,第二年迁为国子监祭酒,成为京师诗坛领袖,他对宋、元诗的认同与倡导使京师诗坛一时呈现出尊宋、学宋的气象。

康熙二十七年(1688),王士禛选编《唐贤三昧集》重新确立了尊唐崇唐的立场,关于王士禛返归唐音的原因,蒋寅《王渔洋与清初宋诗风之消长》、潘务正《王士禛进入翰林院的诗史意义》等文都有多方面的研究和探讨。宋诗风的流行也引起了当时尊唐诗人的不满与批评,加上康熙朝对盛世清明之音的政治需要,是王士禛反思宋诗潮的主要原因。他在《鬲津草堂诗序》中肯定宋、

---

① 钱仲联主编:《明清诗文研究资料辑丛》,吉林文史出版社,1990年,第118页。
② [清]施闰章:《渔洋续诗集序》,王士禛《渔洋续诗集》,袁世硕主编《王士禛全集》,齐鲁书社,2007年,第685页。
③ [清]王士禛:《渔洋文集》卷二,王士禛著,袁世硕主编《王士禛全集》,齐鲁书社,2007年,第1546页。
④ [清]王士禛:《蚕尾文集》卷一,王士禛著,袁世硕主编《王士禛全集》,齐鲁书社,2007年,第1799页。

元诗的同时,也曾表达对于祖宋祧唐、矫枉过正的忧虑,而在晚年回顾自己诗学之变时,对提倡宋、元以及返归唐音的原因进行了剖白。王士禛中年"越三唐而事两宋",原因在于"物情厌故,笔意喜生,耳目为之顿新,心思于焉避熟。明知长庆以后,已有滥觞;而淳熙以前,俱奉为正的"。出于避熟求新的需要,王士禛转入宋调,"当其燕市逢人,征途揖客,争相提倡,远近翕然宗之"。然而大倡宋诗风之后,诗坛呈现出一些弊端,"清利流为空疏,新灵寖以佶屈"①,于是王士禛以太音希声救弊补偏,确立了唐诗神韵的正统地位。

总体而言,出于对神韵诗观的崇尚,王士禛认为宋诗不及唐诗,"唐诗主情,故多蕴藉;宋诗主气,故多径露,此其所以不及,非关厚薄"②。宋诗的刻露细致不符合含蓄丰神的神韵诗美,这就是宋诗不及唐诗之处。具体到宋、元诗人,王士禛对苏轼、黄庭坚、陆游、元好问等人颇为赏拔,他的《七言古诗选》中选入欧阳修、王安石、苏轼、黄庭坚、晁无咎、陆游、元好问等人诗作,并在凡例中对他们的诗歌进行了评价。他称赞苏轼"凌跨千古",其七言长句为自杜甫、韩愈之后,"一人而已"。认为黄庭坚诗学于杜甫,又非杜甫所能牢笼,"山谷虽脱胎于杜,顾其天姿之高,笔力之雄,自辟庭户。宋人作《江西宗派图》,极尊之,配食子美,要亦非山谷意也"③。这与王士禛在康熙二年(1663)所作"涪翁掉臂自清新,未许传衣蹑后尘。却笑儿孙媚初祖,强将配飨杜陵人"一诗相照应,欣赏黄庭坚自辟门庭的创新精神。他评价陆游气格高古,为南渡以后之大宗,都反映了王士禛对宋诗的关注。

唐、宋诗之争是清代诗学中的一个重要议题,刘冶平《唐宋诗之争概述》、王英志《清代唐宋诗之争流变史》都将王士禛划为唐诗阵营,同时也都指出他兼取宋、元的方面。王士禛诗学观念对清代唐、宋诗风气的演变有重要影响,正如王英志所说,他"启发清人对诗歌理论进行更加深入的思考,以宗唐为主,兼取宋元的诗学主张,推动清代唐宋诗之争走向更宏阔、更融通的阶段"④。

王士禛诗学中还有一个重要内容,即声律学。王士禛的声律学承钱谦

---

① [清]俞兆晟:《渔洋诗话序》,《渔洋诗话》,袁世硕主编《王士禛全集》,齐鲁书社,2007年,第4749页。
② [清]刘大勤问,王士禛答:《师友诗传续录》,丁福保辑《清诗话》,上海古籍出版社,1978年,第152页。
③ [清]王士禛:《带经堂诗话》卷四,张宗柟辑,人民文学出版社,1963年,第95—96页。
④ 王英志:《清代唐宋诗之争流变史》,人民文学出版社,2012年,第210页。

益、吴伟业,晚年与门人论诗,在《师友诗传录》《师友诗传续录》《然灯纪闻》等著作中发表过关于古诗声调的言论,但并未形成一套完整的系统。虽然如此,王士禛的声律学依然泽被后学,赵执信《声调谱》即得于此,乾隆年间,王士禛后人、门生辑出其关于诗歌声律的言论,刻为《律诗定体》《王文简公论七言古体平仄》,为"学诗者之津梁"[1],自王士禛、赵执信之后,清代的古诗声调学渐开风气,对清代诗学有重要贡献。蒋寅《王渔洋与清代古诗声调论》一文对声律学的发展、王士禛、赵执信古诗声调论的贡献和影响有深入的研究[2],此处不再详述。

第二节 王氏的词学思想

新城王氏的词学观念受到明清之际词学观念和词坛风气的影响。明清词的发展与诗歌不同,诗歌作为传统载道言志的重要途径,一直受到文人的重视,明代诗坛的前后七子、公安、竟陵,相互之间不论有多大的分歧与差异,最终的目的都是致力于救弊补偏,振兴诗道。而词向来被视为小道末技,自唐、宋的兴盛辉煌之后,元、明两代渐趋衰敝,明人作词,受到《花间》《草堂》词风的影响,多闺襜绮语,卑俗不堪,明末清初云间词派推尊南唐、北宋,标举雅正高浑,将易代之际动荡的时代背景和个人的情怀融入词中,提高了词品,转变了颓靡不振的词坛风气,影响了清初词坛。

清初政治空气紧张,在文化高压政策下,文人心中的不平难以在"言志""载道"的诗文中抒发,于是,向来被视为"小道""末技"的词在偎红倚翠、相思别离的掩盖之下,成为文人抒情言志的重要载体。词的抒情功能得到扩大,不同社团、不同阶层、不同身份的文人游走酬倡,各种观念在交游倡和的过程中交流碰撞,逐步摆脱《花间》《草堂》的影响,向慷慨豪放转变。

新城王氏在词学方面建树较少,但从家族成员对词的涉猎来看,其宗尚与明清之际词学的发展步调一致。第一,王象晋有着较为通达的词学

---
[1] 丁福保:《清诗话》,上海古籍出版社,1978年,第115页。
[2] 蒋寅:《王渔洋与康熙诗坛》,中国社会科学出版社,2001年。

观,他在《重刻诗余图谱序》中集中阐发了对词的看法,首先是词的音乐性,"填词非诗也,然不可谓无当于诗也。《诗》三百篇,郊高之所登闻,明良之所赓和,学士大夫之所宣播,穷岩邃谷、田畯红女之所咏吟,采之辀轩,被之弦管,靡不洋洋纚纚,可讽可咏"①,认为词与《诗》一样,皆可被之于管弦,与音乐密切相关。第二,王象晋从文体角度阐发了对词起源的看法,"诗亡,而后有乐府。乐府亡,而后有诗余。诗余者,乐府之派别,而后世歌曲之开先也"②,从《诗经》到乐府,到词,再到曲,实际上涵盖了传统文体发展的历史,这种观念在明代也较为普遍,如王世贞云:"词兴而乐府亡矣,曲兴而词亡矣,非乐府与词之亡,其调亡也。"③第三,王象晋对词体的看法较少受"小道""末技"的影响,有一定的尊体观念,"元声本之天地,至情发之人心,音韵合之宫商,格调协之风会。风会一流,音响随易,何余非诗?何唐非周"④?词是诗歌发展演变的结果,与诗同质,将"诗余"提高到了与"诗"并肩的地位。

王与玟对其词的创作有一番总结,其《词引》云:

  余也闲坐小窗,有怀如许,偶思往事,积臆难消,聊借儿女之私情,陶泻英雄之壮气。柔肠几断,填晓风残月之词,侠骨半销,删乱石惊涛之句。仍其旧谱,杂以新声,舒一夜之悲吟,洗五更之俗套。⑤

王与玟为诗即好艳体,时人评"英雄气短,儿女情长",作词亦是"聊借儿女之私情,陶泻英雄之壮气",认为词是"情"的载体,适合表达儿女之情,以抒胸臆,"仍其旧谱,杂以新声",王与玟在创作时还对词调、词谱从音乐上进行了改造,他的词多闺情相思之作,哀婉缠绵。

清代王士禄、王士禛深受《花间》《草堂》影响,《炊闻词》与《衍波词》在创作风格上偏于绮艳婉约。王士禛有词话《花草蒙拾》,云:"往读《花间》《草堂》,偶有所触,辄以丹铅书之,积数十条。程村强刻此集卷首,仆不能

---

① [明]王象晋:《赐闲堂集》卷三,《山东文献集成》第三辑第24册,山东大学出版社,2009年,第740页。
② [明]王象晋:《赐闲堂集》卷三,《山东文献集成》第三辑第24册,山东大学出版社,2009年,第740页。
③ [明]王世贞:《艺苑卮言》,唐圭璋编《词话丛编》,中华书局,1986年,第385页。
④ [明]王象晋:《赐闲堂集》卷三,《山东文献集成》第三辑第24册,山东大学出版社,2009年,第740页。
⑤ [明]王与玟:《笼鹅馆集》,国家图书馆藏清抄本。

禁,题曰《花草蒙拾》"①,王士禛的词学观念主要表现在《花草蒙拾》中,此外,他在《分甘余话》《古夫于亭杂录》《香祖笔记》等杂著中也表达了对词的正变、风格、体制等的看法。

王士禛在词学观念上受到明清之际云间词派影响。云间词派陈子龙、李雯、宋征舆等人在创作上继承《花间》《草堂》,抒写相思闺怨,风流婉丽,含蓄蕴藉,明清易代以后,云间诸子把动荡的时代背景与个人的学养抱负融于闺襜之际,追求雅正,提高词品,为词坛开创了新的风气。云间词派振兴词格,变革词风,在清初得到了继承发扬,"昔陈大樽以温、李为宗,自吴梅村以逮王阮亭,翕然从之,当其时无人不晚唐"②。王士禛作词也从《花间》《草堂》入手,并给予《花间》《草堂》绮丽纤婉风格很大的肯定:"或问《花间》之妙,曰:蹙金结绣而无痕迹。问《草堂》之妙,曰:采采流水,蓬蓬远春。"③

在接受云间词派词学观念的同时,王士禛又对其进行了修正。云间词派推崇晚唐五代与北宋,而贬抑南宋。陈子龙认为词"自金陵二主,以至靖康,代有作者。或纤秾婉丽,极哀艳之情;或流畅澹逸,穷盼倩之趣",晚唐五代与北宋词的共同特点是"境由情生,辞随意启,天机偶发,元音自成",陈子龙强调词的自然婉丽,而"南渡以还,此声遂渺。寄慨者亢率而近于伧武,谐俗者鄙浅而入于优伶"④,南宋词的寄慨谐俗脱离了"雅"的轨道,而被云间词派所排斥否定。王士禛对此有更为包容的看法,"宋南渡后,梅溪、白石、竹屋、梦窗诸子,极妍尽态,反有秦、李未到者。虽神韵天然处或减,要自令人有观之之叹"⑤,他肯定了南宋姜夔、吴文英、史达祖、高观国等人词"极妍尽态",拓宽了词的风格取径。在此基础上,王士禛进一步明确指出云间词派在创作上的弊端:"云间数公论诗拘格律,崇神韵。然拘于方幅,泥于时代,不免为识者所少。其于词,亦不欲涉南宋一笔,佳处在此,短处亦坐此。"又云:"近日云间作者论词有云:'五季犹有唐风,入宋便开元曲,故专意小令,冀复古音,屏去宋调,庶防流失。'仆谓此论虽高,殊属孟浪,废宋词而宗唐,废唐诗而宗汉魏,废唐宋大家之文而宗秦汉,然则古今文章,一画足矣,不必三坟八索至六经三史,不几几赘疣乎。"⑥批评云间词

---

① [清]王士禛:《花草蒙拾》,唐圭璋主编《词话丛编》,中华书局,1986年,第673页。
② [清]谢章铤:《赌棋山庄词话·续编》卷三,唐圭章主编《词话丛编》,中华书局,1986年,第3530页。
③ [清]王士禛:《花草蒙拾》,唐圭璋主编《词话丛编》,中华书局,1986年,第675页。
④ [明]陈子龙:《幽兰草词序》,施蛰存《词籍序跋萃编》,中国社会科学出版社,1994年,第505页。
⑤ [清]王士禛:《花草蒙拾》,唐圭璋主编《词话丛编》,中华书局,1986年,第682页。
⑥ [清]王士禛:《花草蒙拾》,唐圭璋主编《词话丛编》,中华书局,1986年,第685—686页。

派取径过窄,反映了王士禛不囿于时代的词学观。

王士禛对词的正变亦有所阐发,他以婉丽自然的晚唐五代词为正体,以北宋以后豪放雄逸的苏轼、辛弃疾、陆游等一脉为变体,在《倚声初集序》中明确表达了这种观点：

> 诗余者,古诗之苗裔也。语其正,则南唐二主为之祖,至漱玉、淮海而极盛,高、史其嗣响也;语其变,则眉山导其源,至稼轩、放翁而尽变,陈、刘其余波也。有诗人之词,唐、蜀、五代诸人是也;有文人之词,晏、欧、秦、李诸君子是也;有词人之词,柳永、周美成、康与之之属是也;有英雄之词,苏、陆、辛、刘是也。至是,声音之道乃臻极致,而诗之为功,虽百变而不穷。[①]

王士禛对于正、变二体的源流与发展有清晰的认识,提出"诗人之词""文人之词""词人之词""英雄之词",且"声音之道"已臻极致,从创作主体出发,对"诗人""文人""词人""英雄"都给予了肯定。王士禛在《花草蒙拾》中也表达了类似的观点："弇州谓苏、黄、稼轩为词之变体,是也。谓温、韦为词之变体,非也。夫温、韦视晏、李、秦、周,譬赋有《高唐》《神女》,而后有《长门》《洛神》。诗有《古诗》《录别》,而后有建安、黄初、三唐也。谓之正始则可,谓之变体则不可。"[②]他在词的审美主张上虽受云间词派影响,崇尚自然婉丽的晚唐五代词,但并不以正变分优劣,"词如少游、易安固是本色当行,而东坡、稼轩直以太史公笔力为词,可谓振奇矣"[③],王士禛对苏、辛的豪放雄阔亦十分欣赏,认为坡词豪放、辛词磊落,不逊于少游、易安。从词的风格上来说,自张綎分"婉约""豪放"以后,词坛便有二者优劣的讨论,明人作词《花》《草》为宗,明清之际云间词派贬抑南宋,皆崇尚婉约,在这种背景下,王士禛对苏、辛词的肯定有进步意义,他说："词家绮丽、豪放二派,往往分左右袒。予谓第当分正变,不当分优劣。"[④]

王士禛论词与论诗有着相同的理论内核,他以"神韵"论诗,追求清远冲淡、含蓄蕴藉,论词也强调自然神韵,要眇宜修。他评价卓珂月《词统》一

---

① [清]王士禛：《倚声初集序》,邹祗谟、王士禛《倚声初集》,《续修四库全书》第1729册,上海古籍出版社,2002年,第164页。
② [清]王士禛：《花草蒙拾》,唐圭璋主编《词话丛编》,中华书局,1986年,第673页。
③ [清]王士禛：《古夫于亭杂录》卷四,袁世硕主编《王士禛全集》,齐鲁书社,2007年,第4899页。
④ [清]王士禛：《香祖笔记》卷九,袁世硕主编《王士禛全集》,齐鲁书社,2007年,第4651页。

书"蒐采鉴别,大有廓清之力",然卓氏在自己的创作中"去宋人门庑尚远,神韵兴象,都未梦见"[1],明确以"神韵兴象"为词的创作标准。在具体的创作中,王士禛以咏物词为例,强调对于"度"的把握,他对张炎"体认稍真,则拘而不畅,摹写差远,则晦而不明"[2]的观点十分认同,咏物词的创作中如果过分注重对物的描摹刻画,则失于呆板,了无意趣,而若过于含蓄则会陷于晦涩,不知所云。基于这样的认识,王士禛进一步引入友人邹祗谟"咏物不取形而取神,不用事而用意"的观点,强调"神""意"的重要性,并对邹祗谟、彭孙遹等人咏蝶、咏草、咏美人蕉、咏白鹦鹉、咏萤、咏莲诸作非常赞赏,"不独传神写照,殆欲追魂摄魄矣。于此道中,具有哪吒手段"[3]。王士禛在创作技巧上也强调自然流露,"前辈谓史梅溪之句法,吴梦窗之字面,固是确论。尤须雕组而不失天然"[4],史达祖、吴文英皆在句法和字面上下功夫,重炼字炼句,一以平妥精粹著称,一以字面华丽著称,然而过于重视字斟句酌则会雕饰过甚,因此,王士禛提出"雕组而不失天然",做到不露痕迹,自然天成。

王士禛还针对诗、词、曲的辨体以及词与音乐的关系表达了自己的看法。他认为诗与词在气格上有所区别。明人杨慎认为欧阳修"平芜尽处是春山,行人更在春山外"与石曼卿"水尽天不尽,人在天尽头"有相同之处,二人为文字友,或为相互借鉴所得,王士禛却以为两句工拙悬殊,欧词"入词为本色,入诗即失古雅",欧词的哀婉悠远正适应了词体的特征,而如入诗体,则气格较弱,失古雅之气。在对词的源流认识上,王士禛与其祖父王象晋观点相似,认为词与乐府同源,"王美陂初作北曲,自谓极工,徐召一老乐工问之,殊不见许。于是爽然自失,北面执弟子礼,以伶为师。久遂以曲擅天下。词曲虽不同,要亦不可尽作文字观,此词与乐府所以同源也"[5],他也是从音乐性的角度来说明词与乐府一样,都是合乐而歌的文体。对于诗和词的区别,王士禛主要从气格出发,"唐无词,所歌皆诗也。宋无曲,所歌皆词也。宋诸名家,要皆妙解丝肉,精于抑扬抗坠之间,故能意在笔先,声协字表。今人不解音律,勿论不能创调,即按谱征词,亦格格有心手不相赴之病,欲与古人较工拙毫厘,难矣"[6]。词体从产生、发展都与音乐有密切的联系,唐宋词合乎乐曲声韵,音调和谐,

---

[1] [清]王士禛:《花草蒙拾》,唐圭璋主编《词话丛编》,中华书局,1986年,第685页。
[2] [宋]张炎:《词源》卷下,中华书局,1991年,第54页。
[3] [清]王士禛:《花草蒙拾》,唐圭璋主编《词话丛编》,中华书局,1986年,第683页。
[4] [清]王士禛:《花草蒙拾》,唐圭璋主编《词话丛编》,中华书局,1986年,第683页。
[5] [清]王士禛:《花草蒙拾》,唐圭璋主编《词话丛编》,中华书局,1986年,第684页。
[6] [清]王士禛:《花草蒙拾》,唐圭璋主编《词话丛编》,中华书局,1986年,第684页。

宋以后随着词乐的散佚,词逐渐脱离了音乐,明代词学进入衰微,为补救音乐的缺失,明人以《诗余图谱》《啸余图谱》等词谱考订词律,以规范词的格律,清人振兴词体也在词律方面做了大量的工作,这对于词的发展有积极的作用。同时,由于音乐的缺失,词的创作也失去了"意在笔先,声协字表"的先天优势,而出现"心手不相赴之病",王士禛正是从词的音乐特性出发,指出了这个词体发展中的重要问题。

王士禛开放、包容的词学观念对清初词坛产生了影响。扬州五年,王士禛昼了公事,夜接词人,实为词坛总持,他对云间词派的修正,对南宋词的肯定被邹祗谟、彭孙遹、陈维崧、朱彝尊等词人引为同调,导清词复兴之绪。沈曾植云:"渔洋《花草蒙拾》,偶然涉笔,殊有通识。"[①]王士禛于词学虽较诗学理论建树少,但发论精辟,见解独到,不可忽视。

新城王氏在词学观念上与时代风气相一致,受到明代风行的《花间》《草堂》词风及云间词派影响,同时以王士禛为代表,体现出明清之际词学振兴之初对于固有观念的反拨与调整。而在词的创作上,王氏亦步追《花间》《草堂》之风,形成较为一致的家族词风。

第三节 王氏的笔记创作思想

从王氏家族的整体著述来看,虽然笔记的数量可观,但从创作思想上来说,王氏成员对于笔记的看法仍然受到传统观念的影响,以余力为之,以"小道"待之,但同时他们又出于"立言"的需要,努力提高笔记的格调与价值,形成了自己的笔记观。

一、王氏的笔记创作动因

笔记执笔记录,随意而为,上至国家朝典,下至街谈巷议,皆可记录。笔记又与小说联系紧密,往往被归于小说中,中国古代对于"小说"的概念与现代小说的概念不同,自班固在《汉书·艺文志》中著录"小说家"之后,小

[①] [清]沈曾植:《菌阁琐谈》,唐圭璋主编《词话丛编》,中华书局,1986年,第3607页。

说被认为是"街谈巷语,道听途书之所造"的一类作品,且班固引孔子"虽小道,必有可观者焉,致远恐泥,是以君子不为也"的说法,也就此确定了小说"小道"的地位,而笔记在小说类中,故而笔记也就成为"小道"的一类,换言之,文人并不将笔记当作正统的、经典的著作,而是一种具有很大随意性的,展现个人兴趣、见闻的文类或文体。

笔记既为"小道",也就与曹丕所言"经国之大业,不朽之盛事"的"文章"拉开了距离,文人传统的文章、论著,本于经典,态度严肃,而笔记则为余事,是在闲暇之时消磨岁月的途径,消遣也就成为笔记创作的一种普遍动因。

新城王氏家族的笔记创作一个重要的动因就是出于消遣,同时也是家族成员的一种爱好。王之垣的《历仕录》是其致仕里居之后对一生为官经历的回顾,王象晋的《清寤斋心赏编》《剪桐载笔》《普渡慈航》等也是创作于闲暇之时。《清寤斋心赏编题词》云:

> 余性迂,一切技巧玩好既不解契嗜;余性钝,一切篇章藻翰又无能撰结。时把一编藉以遣日,而性又善忘,才抛卷,便如隔世,异日偶尔遭值,恋不忍释,如久游乍归,遇亲戚故旧话生平契心事,依依不忍舍去,则心之欣艳在是,而因以寄焉。[1]

王象晋的这段话言生性迂钝,不能完成"篇章藻翰"之类的文章大业,迂钝善忘,读书过程中有所触动、启发过后即忘,为便于记忆,闲暇时随笔记录,而其爱好也正在于此。王之垣也有类似的表达:"往哲格言懿行载诸简编,若珠海玉山,纷错焜耀。予披对记忆,不能委置未安,暇中采华挹润当意者,手录成编。"[2]可见他们创作笔记既是由于对前人书中精彩篇章的喜爱,也是消磨时间的一种方式。

王士禛一生创作了大量的笔记杂著,创作的动因也与消遣岁月有关,其纪程类笔记记录一次游历或出使的见闻,以余力为之,如《蜀道驿程记》创作于康熙十一年(1672)典试四川期间,与之同时完成的还有诗歌三百多首,刻为《蜀道集》,后汇入《渔洋文集》,多有刻本,而《蜀道驿程记》的手稿存于箧中,二十年以后才进行刊刻。这既体现了王士禛对于笔记"小道"的认知,也说明笔记是他有余力、有闲暇时才会进行的一类创作。又如《池北

---

[1] [明]王象晋:《清寤斋心赏编》,《四库全书存目丛书·子部》第139册,齐鲁书社,1997年,第499页。
[2] [明]王之垣:《炳烛编》,香港天马图书有限公司,1999年,序第1页。

偶谈》的创作,是一个长期积累的过程。王士禛自序述里居期间,闲暇时与友人坐石帆亭中,相与谈论文章、经史、典故、历史、言行、神异等,儿辈从旁记录,日积月累,加之其在京师为官二十年所记闻见,汇为一编。这样长时间的创作过程,固然是王士禛有意为之,但创作态度显然与其诗文不同。王士禛的其他笔记也都出于类似的创作动因,如《浯溪考》是在退食之暇杂考旧志旧著所作。《香祖笔记》是偶有见闻,笔之简策。《古夫于亭杂录》作于罢归以后,身体精神大不如前,但"遣闷送日,非书不可",偶有所得,即作记录。《分甘余话》作于归田后读书之暇,弄孙为乐之余。王士骊的《庚寅漫录》也是在夏日酷暑中读书以遣闷而完成的。

可以看出,消遣时光是王氏成员笔记创作的一个重要动因,同时,能在闲暇时间执笔记录,也说明笔记创作是王氏成员的一种爱好,而王氏笔记创作更深层次的动因则是为"立言"。

中国古代文人士大夫立身处世首先追求"立德",其次"立功",再次"立言"。建功立业,实现人生价值是他们的主要目标,然而,并非每个文人都能做到立德立功。当人生理想不能实现时,"立言"便成为文人士大夫普遍的选择,而笔记的随意性、庞杂性、消遣性,可以不拘体例,自由创作,因而成为文人士大夫在传统经史、诗文之外"退而求其次"的选择。

勤于著述是新城王氏家族的文化传统,明清众多家族成员都有著述,涉及经、史、子、集,范围广泛,这本身体现了王氏重"立言"的特点。在笔记的创作上,"立言"更是深层的动力。王象晋就曾经表达过"立言"的焦虑:

> 夫士自燥发业儒,俯首朝夕,潄神千古,上之歆藻润皇猷,黻黼帝治,泽溉地轴,声敞天壤;次凭三寸柔翰,创千秋大业,藏之名山洞府,自成不磨。下即稗官野乘,片语单言,聊足劝惩,亦快心目,岂其浮生浪死,泯泯莫莫,与草木同朽已哉!

> 不佞通籍以来,乘使槎、耽家食者逾四之三,中间侍交戟、逐京尘不满五稔。而又冗散栖身,优游卒岁,朝政国纪之大凡,后渠天禄之秋文,既无从窥窃,兼之赋材驽庸,学植陋劣,又不能网罗百氏,熔铸一家,心窃愧之。[①]

王象晋序中将文章分为三个层次:其一为润饰鸿业,歌咏太平,辅助帝

[①] [明]王象晋:《剪桐载笔》,《四库全书存目丛书·子部》第243册,齐鲁书社,1997年,第461—462页。

治;其二著书立说,藏之名山,成不朽之功业,实际上就是"立言",这里的"立言"指的是传统的经史文章;其三为借稗官野乘,片语单言,劝惩人心,寓意教化。第三个层次就是笔记。王象晋又述其入仕以后浮沉宦海、优游岁月,不能上窥朝政国纪,兼之才性学问不够深厚,无所作为,对此深感焦虑和愧疚。正是在这种"立言"的焦虑之下,王象晋执笔而录,完成了《剪桐载笔》《清寤斋心赏编》。

王氏家族中,王象晋的这种"立言"的焦虑并不是个例,清代的王士骊也有类似的表述:

> 余庚寅生,今年周花甲,虽未笃劳,而头颅如许,潦倒弥甚,切思幼而失学,长而无述。既不能隐居以乐其志,又不能寻绎以求其道,进退两无所底,静夜思之,良用惭叹。①

王士骊回顾自己幼而失学,长而无述,年近花甲,愈觉无所成就,进退失据,颇为惭愧,故而创作了《庚寅漫录》,详论读书之道,实际上也深受"立言"传统的影响。

二、王氏的笔记功能观

笔记的创作一方面出于消遣,另一方面却为"立言",似乎二者之间是矛盾的,但正因为笔记既可以消遣岁月,又是"立言"的最简单便捷的途径,故而成为王氏创作的选择。同时,从王氏家族成员的笔记创作来看,他们力图赋予笔记以传统经、史、诗、文同等的功能,而在审美取向上也崇雅驯、重实录,使笔记这种"立言"的方式具有更大的价值。

对于笔记的认识和笔记的功能,王氏家族成员首先认为笔记是对传统的史的补充。王士禛追溯、辨别说部、笔记的源流,认为笔记是属于史部的,他在《居易录》中从目录的角度追溯说部的源流,云:

> 古书目录,经史子集外厥有说部,盖子之属也。《庄》《列》诸书为《洞冥》《搜神》之祖,亦史之属也。《左传》《史》《汉》所纪述,识小者钩纂剪截,其足以广异闻者亦多矣。刘歆《西京杂记》二万许言,葛稚

---
① [清]王士骊:《庚寅漫录》,国家图书馆藏稿本。

川以为《汉书》所不取,故知说者史之别也。唐四库书乙部史之类十三有故事杂传记,丙部子之类十七有小说家,此例之较然者也。六朝已来代有之,尤莫盛于唐宋。唐人好为浮诞艳异之说,宋人则详于朝章国故、前言往行,史家往往取裁焉,如王明清《挥尘三录》、李心传《建炎以来朝野杂记》之属是也。[1]

王士禛通过追溯《洞冥记》《搜神记》《西京杂记》等笔记的源流,来说明笔记属于史部。《庄子·逍遥游》中有言:"齐谐者,志怪者也。谐之之言曰:'鹏之徙于南冥也,水击三千里,抟扶摇而上者九万里,去以六月息者也。'"[2]后人由此认为齐谐即记怪异之事的作品,加上《庄子》《列子》奇特怪异、跌宕恣肆的风格,王士禛认为《庄子》《列子》就是志怪小说之祖;葛洪《西京杂记跋》云刘歆本欲撰《汉书》但未完成而亡,故只存杂记,故而王士禛说"说者史之别也"。而唐代故事杂记、小说家归属于史部也显然从《西京杂记》例。唐宋以后笔记出现了新的变化,即浮诞艳异之说与朝章国故、前言往行之类。显然,王士禛在这里把笔记分为了志怪、稗史、艳异小说、典章、言行等,而在这些类别中,王士禛最为推崇的就是宋代以后有补于史的笔记,他在《蓉槎蠡说序》中明确地说:"说部之书,盖子史之流别,必有关于朝章、国故、前言、往行,若宋王氏《挥尘》三录、邵氏《前后闻见录》之属,始足为史家所取衷"[3],又谈及自己的《池北偶谈》《香祖笔记》《古夫于亭杂录》等笔记,认为虽与《挥尘三录》《前后闻见录》相比未知如何,但也可备掌故、资考据,于世不为无补。

正是基于笔记"备史""补史"的认识,王士禛在其笔记中将自己所见闻的清初典章制度、朝野政事、街谈巷议,乃至于神怪故事都事无巨细地记录下来。故韩菼序其《皇华纪闻》,认为"读《渔洋集》而知诗,读是集而知史"[4],王源也以为"上可正往事之讹,下可备史氏采择,大可以阐幽,小可以资博物"[5]。

---

[1] [清]王士禛:《居易录自序》,《居易录》,袁世硕主编《王士禛全集》,齐鲁书社,2007年,第3673页。
[2] [战国]庄周著,王先谦集解:《庄子》,上海古籍出版社,2009年,第1页。
[3] [清]王士禛:《蓉槎蠡说序》,《蚕尾续文集》卷一,袁世硕主编《王士禛全集》,齐鲁书社,2007年,第1997页。
[4] [清]韩菼:《皇华纪闻序》,王士禛《皇华纪闻》,袁世硕主编《王士禛全集》,齐鲁书社,2007年,第2657页。
[5] [清]韩菼:《皇华纪闻序》,王士禛《皇华纪闻》,袁世硕主编《王士禛全集》,齐鲁书社,2007年,第2658页。

除了"备史""补史",王氏家族对笔记功能的另一个认识是寓意教化、劝惩人心。这里的教化既是面向社会的普遍价值观,也是为了教育子孙,而教化的内容主要有三个方面:一是身心性命之学,二是阐明因果报应,教人向善,三是家族建设、家族教育。

王氏家族颇为重视身心性命之学,他们既追求生理上的健康长寿,也追求精神世界的丰富完善。王氏成员中,王象晋、王士禧颇通医学,王象晋著有医学著作《保安堂三补简便验方》,在医学方面有重要贡献,王士禛也受到其家族的影响,在其《居易录》《香祖笔记》等笔记中记录了一些验方。在笔记著作中,身心性命之说是一个重要的内容,王之垣的《摄生编》就专论养生。他认为人本来有精元气,而在后天的成长过程中被各种欲望所消耗,故人不能长寿久存,而"摄生"就是要使人与生俱来的元气与游魂重新聚集,以返未生之初。其上编论摄生之理,以调息养气为主,下编则从儒、释、庄、老述古人摄生之训。《炳烛编》论"修己""摄生"也与身心性命有关,并强调精神上的修养。王象晋的《清寤斋心赏编》"葆生要览"论养生,"淑身懿训"重在修心,"佚老成说"专论老年以后的身心修养,"书室清供""林泉乐事"专论居所、环境,实际上也与身心修养有关。

劝惩人心、寓意教化是王氏家族笔记中一个重要方面,这方面的内容往往以小说故事的形式出现,也可以说是笔记小说。《炳烛编》中的故事是为阐明观点服务的,如"阴德"与"报应"两部分,非常明确地表明恶有恶报,善有善报,劝人向善。王象晋的《剪桐载笔》中所记录的也主要是这类故事,其自序云:"其有荒唐不根、劝戒无裨者,置勿论。虽蝉噪蛙鸣,无当钟吕之奏,而褒善戒恶,聊以备谕俗之资耳。不贤识小博,奕犹贤,盖亦窃附于孔氏家法云。"[①]王象晋的《普渡慈航》《救荒成法》核心是为劝善,反映了他悲天悯人的思想。王士禛的笔记中也有大量的有关因果报应、表彰节烈的故事。他重视笔记"畜德"的功能,前言、往行能够引人向上,助人畜德,而因果报应、表彰节烈则可以从正反两方面说明问题。王士禛的笔记中,不论是纪程类还是杂记类,几乎每一种里都有相关的记录。

王氏家族的笔记另一个重要的功用是家族建设与教育,反映出其家族文化。在笔记中,王氏成员从读书、科举、为官、处世等各个方面论为人处世与读书之理。王之垣的《历仕录》中对自己为官期间面对官场请托、贿

---

① [明]王象晋:《剪桐载笔》,《四库全书存目丛书·子部》第243册,齐鲁书社,1997年,第462页。

赂、纠纷等种种事件的记载,最直接的目的和功用就是警示子孙。王之垣是王氏家族建设中的重要人物,《历仕录》以亲身经历为子孙示范,教育王氏后代子孙在政治生活中能够正色立朝。同时,其中也传授了一些行走官场的经验,如他反复提到自己做官时与赵贤(汝泉)、徐学谟(少室)等人相契,并得友人之助益居多,实际上是指明在官场的待人接物之道。又如记其两次宦游途中遇大风雪、强人的经历,特为"行路之戒",而这也成为王氏子孙不敢忘记的训示。王士禛后来在写给其子启汸的《手镜录》中嘱托夏季出门也要带足衣物,以防风雨骤寒,并云"此少闻于方伯赠司徒公者,四五十年守之不敢忘"①。王士骊的《庚寅漫录》讲读书之法,同时也讲为人处世、家族观念,如勤俭治家、兄弟友爱、忍让之道等等,其功能也是在于教育子孙。

此外,笔记也可以增广见闻。王士禛以为笔记"大之可以畜德,小亦可以多识,贤乎博弈,昔闻诸圣人之言矣"②。前言、往行也是"大可供畜德之助,细亦可佐多识之功,时时有广老人耳目所不逮者"③。

三、王氏家族的笔记审美观

王氏家族成员虽然对于笔记的评价较少,但从他们的创作来看,在审美上崇尚雅驯,注重实录。

笔记虽然内容庞杂,无所不包,但从创作者来说,它也是"立言"的一种方式,故而要追求"雅驯"。王氏家族中,王士禛的笔记就体现出这一特点。在笔记的功能认知上,王氏认为可以"备史""补史",这无疑是提高了笔记的品格,把它与一般的街谈巷议区别开来。就内容而言,王士禛记录朝廷典章制度、历史遗闻,对前人、今人诗文进行艺术品评,都体现出他崇尚雅驯的观念。他在《蓉槎蠡说序》中认为天地之道变化日新,发挥旁通,取之不尽用之不竭,而穿凿附会者不轨于正,为支离流荡之词,有害于人心风俗,尤不可以训。"支离流荡之词"是脱离正途,不雅驯的,所以是不足取的。即便是记录奇闻逸事,王士禛也是表彰节烈,思想正统,充满儒家情怀。

---

① [清]王士禛:《手镜录》,袁世硕主编《王士禛全集》,齐鲁书社,2007年,第3648页。
② [清]王士禛:《池北偶谈自序》,《池北偶谈》,袁世硕主编《王士禛全集》,齐鲁书社,2007年,第2817页。
③ [清]王士禛:《蓉槎蠡说序》,《蚕尾续文集》卷一,袁世硕主编《王士禛全集》,齐鲁书社,2007年,第1998页。

王士禛的笔记创作也体现出了崇尚雅驯的特点。韩菼评价《皇华纪闻》"直书即目,简而足信,质而不俚,兴寄于云烟杳霭之间,而托附于谨严尔雅之义,真有叙事之才"①。王源也认为《皇华纪闻》文笔"雅炼洁朴,不在《闻见》《挥尘》二录下"②。宋荦在《香祖笔记序》中为"雅驯"划定了三个标准:人品高,师法古,兴会佳,"兼是三者,其立言必雅驯,足以信今而传后。他若稗史野乘,撅拾浮诞不经之言,用以夸示三家村农及五都市儿已耳,大雅捧腹,吾无取焉"③。而王士禛为"今世之古人",其笔记贯穿经史、表彰文献,正符合雅驯的标准。

由于重视笔记的补史功能,王氏家族的笔记创作都秉持着史家"实录"的精神,不仅对于朝章典制、风俗习惯、历史遗闻等据实以录,而且将一些神怪故事也看作信史。王象晋《剪桐载笔》中的故事得自友朋传闻,在叙述时,通过自己的亲历、见闻来证明事件的真实性。如《王京卿义妾传》中言主人公王京卿,"予在都门得交,公磊落光明,绝无世俗依阿态"④。《王孺人再生传》开篇即说明王孺人为其岳母,被鬼差逮入阴府,又死而复生,而此事是其岳父张奇谟所述,最后又评曰:"世人谓阴曹最幽,在恍惚有无间,今视孺人事,何明白较著也"⑤,认为阴曹地府之事也是真实的存在。

王士禛的笔记也重实录,他的纪程类笔记多为日记体,详细记录行程中的点滴,是一种真实记录,《蜀道驿程记》自序云:

> 盖蜀自献贼之乱,城郭为墟,井邑非故,自李王、孟明以来,割据代有,而文物扫地极于今日,虽以圣朝休养生聚迄五十年,而未能复其故也。陆氏之记,记其盛;予之记,记其衰,后有揽者参互考之,可以观世变云。⑥

---

① [清]韩菼:《皇华纪闻序》,王士禛《皇华纪闻》,袁世硕主编《王士禛全集》,齐鲁书社,2007年,第2657页。
② [清]王源:《皇华纪闻序》,王士禛《皇华纪闻》,袁世硕主编《王士禛全集》,齐鲁书社,2007年,第2658页。
③ [清]宋荦:《香祖笔记序》,王士禛《香祖笔记》,袁世硕主编《王士禛全集》,齐鲁书社,2007年,第4457页。
④ [明]王象晋:《剪桐载笔》,《四库全书存目丛书·子部》第243册,齐鲁书社,1997年,第472页。
⑤ [明]王象晋:《剪桐载笔》,《四库全书存目丛书·子部》第243册,齐鲁书社,1997年,第474页。
⑥ [清]王士禛:《蜀道驿程记序》,《蚕尾文集》卷一,袁世硕主编《王士禛全集》,齐鲁书社,2007年,第1801页。

王士禛有意将入蜀的经历、见闻记于笔端,以真实反映清立朝五十年来蜀地之衰,这是一种史家意识,需要以实录的态度去完成。王士禛的笔记中记录了大量的奇闻逸事,涉及神怪异能,在这些题材的笔记中,他往往要说明某事为某人为其说,或其曾亲见某事、某人,或某事发生于何时,给予一个确凿的证据,以强调真实性,这个特点将在后文详细探讨,兹不赘述。

　　王氏家族崇雅驯、重实录的审美观,与笔记"立言"的创作动因,备史、补史的功能皆有联系,共同构成了王氏家族的笔记观。

小　结

　　新城王氏从明嘉靖至清康熙的二百来年里,经历了家族的崛起、繁荣、凋零、振兴,纵观其家族发展,晚明第六代"象"字辈和清初第八代"士"字辈时期是王氏震耀海内的时期。然而这两个繁荣阶段性质有所不同,晚明第六代成员虽然已经涉足文学,并有一定的成就,但家族文学传统尚处于形成初期,其家族的繁荣更大程度上来源于科举、仕宦的成功。而清初的第八代成员在科举、仕宦上与第六代相比差距甚大,但文学成就享誉海内,真正实现了文学、文化意义上的繁荣。

　　新城王氏家族发展的过程伴随着明中期至清初政治、社会、文化的急剧变革,从政治与社会层面来说,王氏经历了晚明党争、明清易代、清朝政权建立及其政治高压,王象乾、王象晋、王象春等与东林党争,王象春与吴桥兵变,王氏家族易代过程中的三次劫难,都反映了王氏与当时政治、社会千丝万缕的联系。从思想文化层面来说,王氏经历了王阳明"心学"向经世致用的实学思潮的转变,王之垣杖杀何心隐,王之都、王象春等人与东林学者的交往,表明了王氏家族对儒家正统、经世思想的恪守与奉行,明清时期的时代环境既影响了王氏家族的发展历史,也影响了王氏家族文学传统的形成。

　　科举上的成功使新城王氏有着较高的政治、社会地位,同时也有着广阔的交游。王氏家族的交游在明、清两代有不同的侧重。明代王氏科甲鼎盛,号称"王半朝",交游以社会交往、政治交往为主,这一点在王象乾、王象蒙辑录的《忠勤录》中集中反映出来,彰显了明代王氏社会交往的层次和显著的地位。清代王氏文化振兴,家族交往更突出地体现出文学交往的特性。王氏在山左地区以姻娅关系为纽带,与众多文学家族紧密联系,同时,家族成员在仕宦、游历过程中展开交游、倡和活动,与海内文人广泛地互动,扩大了王氏家族的文学影响。王氏家族与山左家族的文学交往集中在临朐冯氏,临邑邢氏、淄川高氏、毕氏、博山孙氏、赵氏、新城徐氏、长山刘氏等家族上。从明中期至清初,王氏先是在临朐冯氏、临邑邢氏等的引导下开启了自身的诗学传统,又在鼎革之初受到博山孙氏、赵氏等的推助,完成了王氏文学传统的建构,并以神韵诗学引领山左乃至海内诗坛,构成了明清山左地域文学发展的一条线索。清初王士禄与王士禛的诗坛、词坛倡和活动是王氏振兴家族文学的积极努力，不论是在山左地域文学还是清初文学中都具有代表性，凸显了王氏的文学成就。

新城王氏著述丰富，从第四代王重光到第八代王士禛等人，王氏有留存、著录的著述三百余种，其中仅王士禛一人就有二百余种，涉及经、史、子、集各个方面，著述、藏书宏富，有"江北青箱"之称，反映了王氏深厚的文化传统。以藏书、著述为基础，新城王氏有丰富的家学内容，其家学以读书、科举为本，确保了科举上的成功，又重视成员个人素质的培养，广泛涉猎文学、经学、史学、书法、绘画、小学等，并在各个领域取得一定的成就，在家族内部形成了浓厚的文化氛围。文学上，王氏以诗学、词学、笔记小说为主，并形成其家族传统。诗学上，王氏追慕复古、雅好山水；词学上步追《花间》《草堂》，积极参与词坛倡和活动；笔记与笔记小说融合儒、释、道三家，并具有浓厚的文学性。王氏文学传统的形成，既受到明清时期环境和山左地域文学等外部因素的影响，又受到王氏崇尚自然、热爱山水的家族性格、家族文化等内部因素的影响。从外部因素而言，明末清初的时代环境影响了王氏对待政治的态度，使其从明代的积极参与到清初的若即若离，与政治中心保持一定距离，雅好山水的家族文学传统再次发扬，成为王氏文学振兴的契机。而文化思潮从王学左派到实学思潮的转变使清初王士禄、王士禛兄弟既能根植于现实的土壤，回归儒家诗教，又能自写性情，完成对家族文学传统的总结。从内部因素而言，王氏在家族文化方面出入佛、道，重修身养性，超越世俗，淡泊名利，这种思想由日常生活渗入王氏的文学创作中，形成了崇尚自然、远离世俗的审美情趣。同时，新城优美的自然、人文环境激发了王氏文学、艺术方面的创作灵感，王氏精心构筑的家族园林也是他们丰富文化生活的重要场所，也被赋予了文化意味，使王氏的日常生活具有文化气息，体现出雅好山水的家族性格。

需要注意的是，王氏诗学上的追慕复古与雅好山水并非截然不同的两个方面，二者实际上有交融之处。从复古诗学来说，明代前后七子的复古运动对唐诗的学习实际上就包含了两种倾向：一是重体格声调，崇尚高古大雅之美；二是重兴象风神，崇尚神韵自然之美。其中，前者是明代复古诗学的主流，从山左诗坛来说，由于李攀龙对山左诗坛的贡献，其诗雄浑高华、高古大雅，影响尤其深刻，王氏家族中部分成员如王之猷、王象春等人的创作就属于重体格声调一脉，王氏诗学传统中的"追慕复古"也特指这种倾向。而雅好山水则是王氏特有的家族性格和家族文化，这也正与复古诗学中重兴象风神的一脉不谋而合，在明代王象艮、王象晋等人的创作中得以体现，成为王氏诗学传统中另一个重要方面，并在清初被王士禄、王士禛发扬，影响了海内诗坛。有关王氏家族成员中这两个诗学传统的脉络，将在下编的个案研究中进行具体分析。

新城王氏在明清时期具有显赫的政治、社会地位和深厚的文化传统，其文学上的成就彰显了家族影响力，从明中期至清初，王氏众多成员都有文学创作，如王之猷、王象春、王象艮、王象明、王士禄、王士禛、王士祜、王士禧等人。其在家族文学发展的过程中受到文学思潮、个人学养与偏好的影响，呈现出不同的创作风貌。

下编（分论）

第六章

王象春、王象明及王与玟诗歌研究

王象春、王象明、王与玫在诗学上取径与趣味较为一致，代表了明代王氏诗学中受主流复古诗学影响较深的一脉。王象春与其父王之猷诗学发脉于后七子，推崇李攀龙。王象春倡导"齐风""齐气"，在晚明山左诗坛独树一帜。王象明"欲驰骤从之"，然才不及象春。王与玫为王象春嗣子，入问山之堂奥，继承了王象春的诗学，三人都有向中晚唐险怪诗派学习的痕迹，是晚明王氏继承与反思复古诗学的结果。

第一节　王象春的诗歌创作

　　王象春是明代新城王氏在诗学上的代表人物，他的个性和创作都有鲜明的特色，在创作上深受复古诗学影响，同时又力求创新。其诗学观念和创作风格的形成也与其父王之猷有关，在进入王象春诗歌研究前，有必要对王之猷的诗歌创作进行一番讨论。

一、王之猷与《柏峰集》

　　王之猷，字尔嘉，号柏峰，王重光子，行七，隆庆四年（1570）举人，万历五年（1577）进士，任平阳府推官，后官淮阳兵备道，以便民之政、治河之功获赐帑金，擢按察使，仍镇守淮阳，其间惩奸除暴，节义所关，奋不顾身，有烈丈夫之风。万历二十八年（1600）以勤劳王事，卒于赴官途中。
　　王之猷为王氏"之"字辈成员中诗歌创作成就较高者，明代王氏成员作品经鼎革劫难大多散佚，王之猷的作品亦未能幸免。今存《柏峰集》不分卷，为清代写本，有从曾孙王士禛康熙二十五年（1686）序、外曾孙徐夜跋，收入各体诗六十余首。其中，卷首第一组诗《闾里歌德》十首，前有小引，叙桓台县令钱公自上任以来堪河议赈,政绩惠民,其离官之际,"余兄弟子侄各赋近体一章,壮公行色",十首诗下各署有"见峰""会峰""柏峰""霁宇""心宇""翼吾""豪宇""立宇"等,十首分别为王之垣、王之城、王之猷、王象乾、王象恒等作。故《柏峰集》实收王之猷诗五十余首。

王士禛《柏峰集序》云:

> 吾邑前辈以诗名者,自国子司业澄川沈先生始。曾叔祖柏峰与沈公生同时,其诗派亦略相似,大抵步趋济南,不爽尺寸。至曾祖季木公,始一变而雄肆凌厉,虽家庭风气,不相沿袭。此集传为考功手书,有东(痴)隐君题赞,劫灰之后,故迹仅存,古色苍然,有鼎彝之气,贻西其珍藏之。

> 康熙二十五年仲秋上浣从曾孙士禛稽首谨书[①]

此序篇幅不长,简述了王之猷诗歌创作的宗法源流与《柏峰集》在明末清初的流传,据序中所言,此集为王象春手抄,贻西收藏。贻西为王士骊字,王与阶子,王士禛从弟,此集为王氏家藏本,流传至清代,未刊刻。

序文中的澄川沈先生,为明代新城诗人沈渊。沈渊字子静,号澄川,嘉靖四十四年(1565)进士,官至国子监司业,有《沈太史集》,其诗清微淡远,萧疏闲散,言有尽而意无穷。沈渊与王之猷都是新城籍诗人,他们活动的时间一前一后,在嘉靖、隆庆、万历三朝,而这一时期的诗坛,正是前后七子复古运动的高潮时期,山左诗坛济南诗派兴起,边贡、李攀龙为核心人物,影响甚大。嘉、隆间,在济南形成了以李攀龙为中心的诗人群体,济南诗派的影响遍及山左,王之猷也追随七子,步趋济南,其诗歌宗法源流大致如此。

《柏峰集》所收王之猷作品数量少,题材也较为单一,多为送别、酬赠诗,间有感怀之作。体裁以七言律绝为主,诗歌风格明显反映出其个性气质。王之猷为人性格亢直,秉持节义,有烈丈夫之风,反映到诗歌里是气势豪宕,笔力雄肆。

王之猷的赠别诗,在情感上并不感伤,而以飞腾的意象和联翩的想象,营造阔大的意境,充满雄直豪迈之气。如《送恒儿应试北上》四首:

[①] [明]王之猷:《柏峰集》,上海图书馆藏稿本。

书剑光寒匹马嘶,郊门绻恋日横西。齐云千里燕山月,须记星霜听晓鸡。

长安紫陌春犹寒,游子千金重自看,闾里燕关频入梦,征鸿先寄一书还。

三九年华掌上珠,喜今衮马入皇都。文场试吐云霞色,十里看花首唱胪。

文彩翩翩一凤毛,扶摇须上五云高。雁行已直龙图阁,金马联镳跨玉桥。[1]

这四首诗为王之猷送其子王象恒入京应会试所作。王象恒,字微贞,号立宇,王之猷长子,生于隆庆二年(1568),万历十六年(1588)举人,万历二十三年(1595)进士,结合诗中"三九年华",可知以上四首诗当作于万历二十三年(1595)。第一首写送行郊外,殷殷叮嘱。第二首遥想游子入京,千里报书。第三首写下场应试,高中进士。第四首写文采翩翩,一举成名。除第一首为实写外,后三首均为虚写,想象王象恒入京以后应试及第,春风得意,荣耀门楣的场景,表达了父亲的谆谆教诲和殷切希望。四首诗气概豪迈,可见其人之飞扬神采。

王之猷的这类送别诗充满昂扬向上的精神,气魄宏大,《送长山马明府入觐》一首云:

雄才献赋起东都,明月沧州照佩符。一自飞凫来岳麓,顿令制锦漾云湖。幨帷百里巡桑陌,镇钥重关壮帝图。望里双旌朝魏阙,汉家宴劳泻春壶。

赞扬马明府文采斐然,功绩卓著,东都、沧州、岳麓、云湖等意象,加以"起""照""来""漾""巡""壮""泻"等词,造成雄浑阔大的境界。

再如《代人送瀛洲客》:

琼楼十二月华高,玉女乘风下碧霄。千仞蹁跹争比翼,万竿翡翠引吹箫。新声漫奏宫中调,妙舞轻玄掌上娇。金露春浓曾待宴,几因醉杀五陵豪。

---

[1] 下文所引王之猷诗,皆出自《柏峰集》,上海图书馆藏稿本。

这首诗写琼楼玉女,新声漫奏,气韵高华,充满浪漫主义色彩。

王之猷的酬赠诗也体现出跌宕起伏、气势豪隽的特点,《青州道中柬张见尧丈》:

> 六月驱车青社游,潇潇风雨壮悲愁。云门睥睨千山合,浔水济澎万壑流。马度蹊田迷鸟道,客迟灯火问渔舟。递袍挽辔开清宴,夜半敲棋话未休。

写旅途中的寂寞忧愁,以悲壮雄浑之语造境。诸如此类还有"鸿鹄回翔华不注,鹓鹣乘翅广陵涛"(《代太寰丈送钱明府》),"倚歌鹢舫雄风动,怅望燕关紫气浮"(《和东鹿卢斗丈韵》),"万家绕住苍龙窟,千亩翻成白鹭洲"(《高苑道中》),等等。

总体来说,王之猷善于用时间、空间上的跨越造成视觉、心理上的距离,又以富有变化的动词造成节奏上的流动变化,意象飞动,充满豪迈之气,富有浪漫色彩。

王之猷长于七言,五言亦有佳作,如《秋夜渡淮》,严整工巧,气象巍峨:

> 潇潇风雨夜,鼓棹渡淮流。叠嶂烟云合,层涛雪浪浮。涂山千古迹,涡水万家楼。早起拂征旆,惊团白露秋。

其感怀诗则抒发寂寥之感,《立春有感》云:

> 箫鼓喧传闾里春,白云高卧暗消魂。尘埃多少春游客,不到柴桑处士门。

春日箫鼓喧闹与高卧寂寞形成对比,"不到柴桑处士门"含蓄地透露出作者不甘于寂寞的心绪。

如前文所述,王之猷诗歌受到明七子影响,尤其是去李攀龙时代不远,为其雄浑高古的诗风所笼罩,故而诗歌创作亦追随李攀龙气高体正的格调一脉,追求宏大的境界。王之猷诗中往往以"千山""万壑""百年""万家"等词营造雄壮之势,与李攀龙如出一辙。然而,一味追求气格的高浑,束缚了真情实感的抒发,这是复古派的弊病。王士禛审视明七子复古运动,指出:"吾盖疾夫世之依附盛唐者,但知学为'九天阊阖'、'万国衣冠'之语,而自命高华,自矜为壮丽,按之其中,毫无生气。"[1]在追求体势格局高浑境界的过程中,忽视个人情感的抒发,也正是王之猷诗歌的欠缺之处。

王之猷的个性气质及其诗歌的豪宕之风,都对王象春有重要的影响,王象春外孙徐夜跋《柏峰集》云:

> 盖尝展公遗像,而不知涕之何从也。读家传志公行事,而后知公之明德远矣,宜其人文之蔚起未艾也。兹观外祖公手书遗诗一帙,妙迹宛然,德音不远,而后盖知外祖公所以拓丈之者,流长波老,由于公亭荐之深,故其格力之振绝一时,而难为驾也。[2]

徐夜追溯王氏人文之源流,知其外祖王象春格力振绝一时,乃得于家学门庭。从个性来讲,王象春刚肠嫉恶,跌宕使气,颇有其父之风。父子俩的个性气质都投射到了各自的创作中,形成雄浑豪迈、蹈险经奇的诗歌风格。而从大环境来看,他们的诗风都是明七子复古运动影响的结果。

二、王象春行迹与交游考

(一)王象春行迹述略

王象春,初名象巽,字季木,小字梦奇,号文水,生于万历六年(1578),卒于崇祯五年(1632),王之猷季子,行十七,是明代王氏家族中文学成就最高的成员,在晚明山左诗坛也是独树一帜的诗人。王象春雅负性气,刚肠嫉恶,在政治上抗论士大夫邪正,卷入党争,使王氏家法为之一变;在文学上自辟门庭,不循时习。不论是在新城王氏家族中,还是在晚明山左诗坛,都是一位个性鲜明的人物。

王象春自幼颖异,三岁能诵唐诗,九岁读《离骚》《左传》《国语》,十六岁为诸生,每试必居首,肆力于学问,凡天文、地理、风鸟、壬遁之术,无所不通晓,而性格刚直傲兀,常引镜自照,云:"此人不为名士,必当做贼。"[3]万历三十二年(1604)中举,"自其为举子,已隐然名动天下矣。"[4]万历三十八年

---

[1] [清]王士禛述,何世璂录:《然灯记闻》,丁福保辑《清诗话》,上海古籍出版社,1978年,第122页。
[2] [明]王之猷:《柏峰集》,上海图书馆藏稿本。
[3] [清]王士禛:《池北偶谈》卷十六,袁世硕主编《王士禛全集》,齐鲁书社,2007年,第3220页。
[4] [清]钱谦益:《王季木墓表》,《牧斋初学集》卷六十六,文海出版社,1986年,第1527页。

（1610），王象春中进士，是年参加会试的有钱谦益、钟惺、袁中道、文翔凤等人，群英会聚，因此此科被称为"龙虎榜"。王象春在会试中初拟为第一，然而，分校官汤宾尹越房搜卷，强推学生韩敬为第一，榜发后引起朝野震动，物议沸腾，更引发了万历三十九年(1611)大计东林党与齐、楚、浙、宣、昆诸党的斗争。这时的王象春"意气太盛，肝肠太热"，对于舞弊之事十分不满，每每叹诧："奈何复有人压我？"①而廷对时又直陈时弊，被置于末甲，王象春"则又不能无噱，众口嘈喳，竟成水火"②。庚戌科场案对王象春的打击很大，他在晚年自述道："存一生科名，屈于赝鼎，仕路塞于媚臣，屡出屡蹶，益穷益坚。"③初入仕途所遭遇的不公和打击让王象春耿耿于心。

万历四十年(1612)，王象春分考顺天，因邹之鳞舞弊案受到牵连，被御史弹劾受贿，经刑部勘定，降调闲散。这次科场案使王象春在政治立场上更加向东林党靠拢。万历四十二年(1614)至万历四十五年(1617)，王象春寓居济南，诗歌创作进入高峰时期。万历四十三年(1615)，山东大旱，王象春为生计所迫，从家乡新城辗转游历临沂、徐州、兖州，后至济南，购得李攀龙故居白雪楼，建"问山亭"，读书其中，并有《嵱居诗》《齐音》等。吕维祺序《嵱居诗》云："乙卯之岁跨寒经月，观吴练，抚枯桐，涉淮问海，泛滕阳、吕孟诸湖，遍披群脉，一时名士相与倾倒。已乃僦嵱湖一片地居焉，此季木之所以侨嵱也。"④王象春寓居济南，王象云、王象咸、公鼐、吕维祺等亲友往来其间，以诗歌相倡和。他遍咏历山、华不注、趵突泉、大明湖等风物及李清照、辛弃疾、边贡、李攀龙等历史人物，云："此邦信美，又吾土也，往来问绎有感辄书，大抵慷慨萧骚之致，而其声发则一归于廉直无肉好也，以齐咏齐，易舌不易性，易性不易舌，因名之曰《齐音》。"⑤

万历四十五年(1617)，王象春离开济南，北上京师，他的《北发书斋壁》《北发留题舍壁》《北上别张嶰麟年丈》《入都门》等诗都作于此时，"窗竹自

---

① [清]钱谦益：《王季木墓表》，《牧斋初学集》卷六十六，文海出版社，1986年，第1527页。
② [明]文震孟：《南吏部考功郎王季墓志铭》，蔡士顺编《同时尚论录》卷十五，《四库全书存目丛书·集部》第374册，齐鲁书社，1997年，第815页。
③ [明]王象春：《辨明孤贞疏》，蔡士顺编《同时尚论录》卷五，《四库全书存目丛书·集部》第374册，齐鲁书社，1997年，第525页。
④ [明]王象春：《问山亭诗》，《山东文献集成》第二辑第28册，山东大学出版社，2007年，第634页。
⑤ [明]王象春：《齐音引》，张昆河、张健之注《齐音》，济南出版社，1993年，第1页。

怜明月影,湖莲休似去年娇"①,"不甘长饿又营营,判水离山亦契情。骨相自知输彼贵,冠绅几见有斯伧",表达了对济南的不舍和对前途既期待又迷茫的复杂心情。王象春入京后补上林苑典簿,与丘志充、公鼐、袁中道、李若讷、冯珣、文翔凤等人交往倡和。万历四十五年(1617)至四十七年(1619),王象春一直在京师做官,其间曾奉使至陕西,过覃怀(其父王之猷备兵之地)、函谷关、汉唐诸王陵,访文翔凤,皆有诗。泰昌元年(1620),王象春任大理寺评事。天启三年(1623)调为南职方司郎中、吏部考功司郎中,直至天启五年(1625)坐东林党削籍。王象春在南京五年,与东林党人过从甚密,"当是时,党论已成,凡海内所指目为东林者,季木皆与声气应和,侃侃以裁量贤佞,别白是非为己任"②。东林闻人邹元标与王象春父王之猷为同年兼理学至契,王象春从邹氏讲学,事邹甚谨,曾为其文集作序,多讥刺时弊之语。天启四年(1624),杨涟上疏弹劾魏忠贤二十四条大罪,被魏党构陷入狱,疏传至南京,王象春门人何允泓捐资刻印,王象春为之题赞作跋,周顺昌批点,引起魏党的忌恨,攻击其为门户中人,列入"东林党人榜",因此削籍。

天启五年(1625),王象春被削籍罢官后,回到新城。是时魏党势焰熏天,党羽遍布天下,致使家家自危,人人股栗,且魏党"必欲杀春而后为快也",王象春家居期间"塞门泥首,兀坐斗室,不敢一窥户外,逆党分布伺察,遍于天下,而春乡更甚,风声所迫,神鬼不宁,妻孥兄弟,时时料理生离死别之事,春自分必逮,必死无疑矣"③。因此,罢官乡居对于王象春来说也并未避开政治上的漩涡,反而时刻承受着巨大的精神压力。崇祯初,魏忠贤被诛,魏党事败,多数东林党人重返朝堂,山东废籍官员中唯独遗漏王象春未能起复。为求平反复官,王象春上《辨明孤贞疏》,自述"生无媚骨,胸有忠肝",而一生科名先为媚臣所阻,后为逆党所陷,至魏党事败,仍不得平反,"夫行杀媚者罪固重矣,而今之巧锢正人为党孽护法者,罪更浮于杀媚"④,疏上后并未引起重视,王象春最终也未能起复。

---

① 下文所引王象春诗皆出自其《问山亭诗》,《山东文献集成》第二辑第28册,山东大学出版社,2007年。
② [清]钱谦益:《王季木墓表》,《牧斋初学集》卷六十六,文海出版社,1986年,第1527—1528页。
③ [明]王象春:《辨明孤贞疏》,蔡士顺编《同时尚论录》卷五,《四库全书存目丛书·集部》第374册,齐鲁书社,1997年,第525页。
④ [明]王象春:《辨明孤贞疏》,蔡士顺编《同时尚论录》卷五,《四库全书存目丛书·集部》第374册,齐鲁书社,1997年,第525页。

王象春的晚年在新城度过,人生的最后阶段,他过得并不轻松,先经历了削籍后的精神高压,忧谗畏讥,后遭遇兵祸,忧时伤世。这一时期的政治、社会乱象横生,辽东战局不利,农民起义四处爆发。崇祯四年(1631)孔有德吴桥兵变,王象春刚直的气性激化了矛盾,使王氏家族遭受"辛未之难",深刻地影响了王氏家族乃至辽东战局,也给王象春造成了沉重的精神打击。他在乱离后用诗歌记录了自己痛苦、愤懑的心情:"老来病废遭颠苦,身世茫茫问彼旻。"(《辛未岁暮》),"弟兄折尽病夫在,禋祀凋零野祭余。"(《辛未岁除》)崇祯五年(1632)十二月,王象春在忧病郁卒中去世。

王象春在晚明山左诗坛诗名卓著,他一生创作诗歌一千余首,有《问山亭诗》《齐音》《李杜诗评》,其中《问山亭诗》十八卷较为全面地收录了他的作品,今有清康熙间树音堂钞本,包括《问山亭诗》未刻草九卷、《崛居诗》《小草草》《酉戌草》《辛亥草》《壬子草》《癸丑草》《甲寅草》《北湖游记》《北湖别诗》。创作时间从万历三十七年(1609)至崇祯五年(1632),展现了王象春诗歌创作的发展变化。

(二)王象春交游考

王象春活跃于晚明诗坛,与钱谦益、钟惺、文翔凤等诗人交游论诗,在山左与公鼐、李若讷承接山左三家,并驱一时,他的诗坛交游比较广泛,与不同阵营的诗人切磋诗艺,展开以诗歌为中心的交游,考之如下。

1.钱谦益

钱谦益,字受之,号牧斋,江苏常熟人,万历三十八年(1610)进士,明亡后降清,官礼部侍郎,因政治上的贰臣身份为后世所非议,然明末清初为诗坛盟主,对明清学风、诗风的转变有深远影响。钱谦益与新城王氏有通家之谊,顺治间在与王士禛的书信往来中自述:"仆与君家文水(王象春号)为同年同志之友,而司马中丞(王象乾)暨令祖(王象晋),皆以年家稚弟爱我、勖我,草木臭味,不但孔、李通家也。"[1]与王象春在政治上和文学上都有较为密切的联系。

钱谦益与王象春为同年进士,二人入仕之初同卷入庚戌科场案。如前所述,万历三十八年(1610)会试因汤宾尹越房搜卷物议沸腾,演变成为党争的口实。钱谦益和王象春都遭到了不公平的对待:钱谦益本应为状元,

---

[1] [清]钱谦益:《与王贻上》,《钱牧斋尺牍》,《近代中国史料丛刊》391,台湾文海出版社,1966年,第70页。

却被置为探花,王象春会试本拟第一,发榜后被置于第二。从政治立场来说,钱谦益为主考官王图门生,东林党人,王象春在此次科场案后也向东林党靠拢,二人在遭际与立场上都有相似性,遂有同病相怜之感。有学者指出,王象春个性耿直,不平而鸣,每惊诧"奈何复有人压我"这种直接的指斥也实际上反映了钱谦益的不服①。这一点是符合逻辑的。钱谦益后来在《列朝诗集小传》《王季木墓表》中两次引用王象春此语,实有借王之口道其心声之意。

钱谦益与王象春仕途上也有相似性,都在党争中一再遭受打击。王象春在政治斗争中不掩锋芒,个性鲜明。钱氏对于王象春为人评价甚高,他认为,"季木奇伟有大志,时发愤闷于歌诗,似苏子美。遇事无难易,勇于敢为,似尹师鲁。指切当世,贤愚善恶,无所讳忌,似石守道",称赞王象春为"豪杰之士"。王象春"意气太盛,肺肠太热"的个性特质使他无论在科场案还是东林党争中都发人所不敢发,言人所不敢言,作为同道、诗友,钱谦益对他颇为赞赏,认为"此其所以为季木也"②。

万历三十八年(1610)钱谦益中进士后,丁父忧回乡,直至泰昌元年(1620)入京复职,守制十年。其间,王象春先在壬子科场案中降调闲散,游山东、江苏,借居济南,万历四十五年(1617)入京补上林苑典簿,后授南京大理寺评事,二人在仕途行迹上几无交集,然书信交流并未停止。王象春寓居大明湖时,有《寄答钱受之太史》,云:

> 隔年才得过江书,风雨萧萧慰问余。老矣青山存兔柴,何哉白手勒狼胥。新亭举目人谁在,精卫填波鸟亦愚。兰枻棠舟重载酒,可从春水醉王余。③

从"新亭举目""精卫填波"二句能看到庚戌科场案给二人造成的影响,他们在赠诗寄答中相互慰藉,这也是他们之间友情的基础。钱谦益与王象春在诗歌上的交流也正集中在这一时期,周亮工的《尺度新钞》收入王象春寄钱谦益尺牍二则,王象春在其中曾与钱谦益就南、北声气、风格进行过辩论。

---

① 张永刚:《明末清初党争视阈下的钱谦益文学研究》,中国社会科学出版社,2009年,第162页;丁功谊:《汤显祖与钱谦益丛考》,邓ội国、丁功谊主编《庐陵文化与古代文学研究》,江西人民出版社,2012年,第272页,以上都认为王象春的不服,实际上是钱谦益对韩敬的不服。
② [清]钱谦益:《王季木墓表》,《牧斋初学集》卷六十六,文海出版社,1986年,第1528页。
③ [明]王象春:《问山亭诗》,《山东文献集成》第二辑第28册,山东大学出版社,2007年,第646页。

钱谦益在诗学上与王象春有所分歧,《列朝诗集小传》中记载了万历四十七年(1619)钱谦益与王象春、文翔凤论诗之事,钱氏极论近代诗文之流弊,规劝二人:

> 二兄读古人之书,而学今人之学,胸中安身立命,毕竟以今人为本根,以古人为枝叶,窠臼一成,藏识日固,并所读古人之书胥化为今人之俗学而已矣。譬之堪舆家,寻龙捉穴,必有发脉处。二兄之论诗文,从古人何者发脉乎?抑亦但从空同、元美发脉乎?①

钱谦益这段议论实际上是关于"师古"与"师今"的讨论。王象春与文翔凤深受前、后七子影响,在创作上也未免规摹七子,而钱谦益出于对七子模拟、蹈袭之弊的批判,认为要从古人发脉,以古人为根底,今人为枝叶。从王象春的诗学观念来看,他后来对七子派复古诗学是有所反思的,这一点上或多或少有钱氏影响。另一方面,对于钱氏的规劝,王象春"挢然不应",有所保留。由于诗学观念上的分歧,钱氏对王象春诗也有所贬斥,以为王象春"才气奔轶,时有齐气,抑扬抗坠,未中声律",其诗"如西域婆罗门教,邪师外道,自有门庭,终难皈依正法"②,虽肯定其才气,但"未中声律",为"邪师外道"。

钱谦益与王象春的交游也影响到了王士禛。作为明末清初诗坛盟主,钱谦益奖掖后进,王士禛为其中之一。顺治年间,王士禛司理扬州,与钱谦益书函往来,钱氏许以"代兴",二人的交往与联系,蒋寅、孙之梅等都有详尽的考述③。钱谦益对王士禛的影响在清初诗坛有着更为深远的意义,而他们诗学联系的起点则在于王象春。

2.文翔凤

文翔凤,字天瑞,号太青,陕西三水人,万历三十八年(1610)进士,除莱阳知县,迁南京吏部主事,官至光禄寺少卿。文翔凤与王象春是诗友,志趣相投。清人董芸咏《问山亭》云:"人道先生是岁星,悲歌新筑问山亭。《齐音》一卷谁能和?独有关西文太青。"④王象春于诗文亦"傲睨辈流,无所推逊,

---

① [清]钱谦益:《列朝诗集小传》,上海古籍出版社,2008年,第653页。
② [清]钱谦益:《列朝诗集小传》,上海古籍出版社,2008年,第654页。
③ 见蒋寅《王渔洋与康熙诗坛》,中国社会科学出版社,2001年;孙之梅《钱谦益与明末清初文学》,山东大学出版社,2010年。
④ [清]董芸:《广齐音》,《清代诗文集汇编》第433册,上海古籍出版社,2010年,第805页。

独心折于文天瑞"①,二人订交当在万历三十八年(1610)京城会试、殿试后。万历三十九年(1611)王象春因韩敬行贿舞弊、殿试居三甲之事抑郁不得志,将归新城,文翔凤、王宇送于卢沟桥,王象春有《赋得卢沟桥别王永启、文太青二年丈》:"嗟君送我别桥头,共倚桥栏狮子愁。马嘶欲扑山碧去,子牵我袖留我住。欲别不别淹日暮,鹭鸶如满称边树。但畏鹭鸶乱夜听,那畏冰霜满前路?"对时事和自我遭遇有所影射。

同年,文翔凤除莱阳知县,在山东与王象春诗书往来,万历三十九年(1611)至四十年(1612),文翔凤在山东期间曾至新城访王象春,诸王咸集,有《王季木告鲁仲连坟,所因谑之》《新城别季木二百四十字》《跋季木所藏屠长卿赠卷》等诗,并为王象春《辛亥草》作序。王象春亦有《和文太青秋海乘槎之韵》《寄莱阳令文太青年丈》等作。

万历四十年(1612)王象春入京,分考顺天,以分校场挂吏议,焦虑苦闷之时,文翔凤亦入京师,与王象春倡和,为其排解郁卒,王象春有《挫之摧之,七尺若减其半,更加颠越,才数寸耳,太青子忽以觐至,拉去词坛论文话旧,舌纵横焉,犹然七尺我也,因赋四章志感》,叙述了其因科场案"逻者蹲巷间,传说御史怒"的境遇,唯文翔凤与之"稍稍解语禁","和歌独惆怅"。其间,王象春作《文仲子圣瑞至京省其兄太青》《同天瑞、圣瑞阅天坛》《昼睡太青画帐中》《题文太青梅花帐》等诗,文翔凤《癸丑二寺诗十二首》中,有六首是与王象春倡和之作,序云:"予自东海入燕,落莫不为韵语,每投逆旅,冬夜辄据笔驰大字至二百幅。入燕,道益不合于时,绝笔吟讴。独从王季木往还,季木辄得句拈示,遂为染指,仅十二篇。初栖广慧寺,得伊命遂栖崇福寺。"②《与季木》云:

> 自出昌阳不咢诗,枯毫涸研只幽思。每遭文水辄长叙,翻恨问山多雅词。宦况我今亦论左,交情尔独偏相宜。尔无羽翼方罹网,我即归来忘尔为。③

在文学上,文翔凤长于文,王象春长于诗,都受到了前后七子复古思潮的影响,"两人学问皆以近代为宗,天瑞赠诗曰:元美吾兼爱,空同尔独师"④。

---

① [清]钱谦益:《列朝诗集小传》,上海古籍出版社,2008年,第653页。
② [明]文翔凤:《皇极篇》卷一,《四库禁毁书丛刊·集部》第49册,北京出版社,1999年,第244页。
③ 下文所引文翔凤诗皆出自《皇极篇》,《四库禁毁书丛刊·集部》第49册,北京出版社,1999年。
④ [清]钱谦益:《列朝诗集小传》,上海古籍出版社,2008年,第653页。

文翔凤于万历四十一年(1613)离京,游河洛、山西。万历四十二年(1614),王象春告病归乡,此后几年二人亦时有倡和。万历四十六年(1618),王象春奉使长安,访文翔凤,有"几禁离别人成老,屡订江湖梦已迟"之句。王象春与文翔凤的倡和中都体现出地域色彩。王象春《文仲子圣瑞至京省其兄太青》云:"太青诗卷当名山,我日披临一破颜。正拟秦声追大夏,又闻阿仲出函关。春寒共被连清梦,客与提壶坐碧湾。二妙莫嗤伧父赋,三都也不自人间。"指出了文翔凤兄弟诗文追配秦声的特点。而文翔凤为王象春《酉戌诗》作序亦明确了二人的地域特点:

余之将游大东,自月窟探日域,固不敢以上林之巨丽小彼客之成山、之罘、青丘、海外,然所谓一变至道者,何说也?季木必不自后于邹鲁之士,言必称先王者,无从安于偶傥生,而纵观周人未黍离之前,则其酉戌诗与余之酉戌诗汔不比于秦声齐讴也?①

钱谦益论王、文之诗云:"天瑞如魔波旬,具诸天相,能与帝释战斗,遇佛出世,不免愁宫殿震坏。季木则如西域波罗门教邪师外道,自有门庭,终难皈依正法"②,将二人划入邪魔一派,难归正道,虽未免失之偏颇,但指出了二人在诗歌追求方面的共同之处。他们一个蹈险经奇,一个离奇矗兀,自有相互影响的因素。实际上,他们在对对方诗歌的评价赞誉中也指出了角奇斗险、纵横放驰的特点,王象春评文翔凤诗:

二华戟天门,黄河浴星斗。阴风日荡黄,老蛟夜昂首。檐溜视渭泾,清浊何分剖。日观无古松,玉井无长藕。苍茫周穆云,纵横十万亩。太青朝帝回,注以青铜酒。(《文太青诗》)

文翔凤亦评王象春"下笔分明快剪刀,王郎气岸似观涛","眼界星悬天阁道,词波风送海灵槎"(《读羽明所挟季木〈问山诗〉二首》)。

3.钟惺

钟惺,字伯敬,号退谷,湖北竟陵(今天门)人,万历三十八年(1610)进士,授行人,改工部主事,官福建提学金事,与谭元春创"竟陵"诗派,主幽深孤峭,在晚明风行一时。

---

① [明]王象春:《问山亭集》,《山东文献集成》第二辑第28册,山东大学出版社,2007年,第718页。
② [清]钱谦益:《列朝诗集小传》,上海古籍出版社,2008年,第654页。

王象春与钟惺的订交在万历三十八(1610)年春闱。是年二人同为进士,钟惺授行人。第二年使蜀,归楚。万历四十年(1612)冬返京。是年王象春在京,因壬子科场案挂吏议,在京中相与交游的唯文翔凤、钟惺、公鼐等,王象春《壬子草》有《喜伯敬、金铭、耳伯诸社丈一时俱至》:

闭门兼闭口,二苦久相仍。何意迎新岁,翩然集旧朋。谈该吴楚胜,诗里岫云层。此夜欣无寐,烹茶屡凿冰。

王象春与钟惺的交游集中在万历四十年(1612)至四十一年(1613)。二人在京的这段时间,王象春出入于钟惺京中僦月轩,"僦轩贮床席,僦月为诗窟",在诗歌方面进行切磋,"主客既相安,朝暮无唐突"(《壬子草·伯敬至京有僦月轩以"僦月"名者,因同仲良颜之》),往来频繁。

万历四十一年(1613)钟惺使南京,王象春有别诗云:"此时岂可送君行,从此喉暗目似盲。月际花朝浑未醉,天涯草色已牵情。舟经清济吾乡水,歌听商侬潮楚□。恨别无言堪再嘱,殷勤只问小谭生(友夏)。"(《送钟伯敬使衡藩》)可见王象春与竟陵诗人谭元春也有交往。

钟惺曾为王象春《问山亭诗》作序,评其"奇情孤诣,绝才异骨,所为诗有蹈险经奇,似温、李一脉者。乃读其全集,飞矗蕴藉,顿挫沉著,出没幻化,非复一致,要以自成其为季木而已"[①],指出"季木居石公时,不肯为石公;则居于鳞时,亦必不肯为于鳞",不为前后七子和公安派所牢笼,独辟门庭,自成一是的诗歌道路,评价颇为中肯。反观钟惺于公安派之外自辟门径,创竟陵派,在诗歌宗尚和取向上,与王象春亦有相通之处,他们都处在对复古派和反复古派的继承和反思阶段,无论是王象春的"蹈险经奇",还是竟陵派的"幽深孤峭",都有晚唐诗歌的影响。

4.公鼐

公鼐,字敬与,号浮来,万历二十五年(1597)举人,官工部主事。公鼐出身于蒙阴"馆阁世家"公氏,为山左望族,公鼐"博学工书,以经济自负,困于公车,晚年待诏金门,目击国家多难,伤心国事日非,往往于诗文发之"[②]。

公鼐年长王象春九岁,晚明时期与王象春主盟山左诗坛。二人皆少负

---

① [明]王象春:《问山亭诗》,《山东文献集成》第二辑第28册,山东大学出版社,2007年,第717页。
② [清]沈毓清修,陈尚仕纂:(宣统)《蒙阴县志》,《中国地方志集成·山东府县志辑》57,凤凰出版社,2004年,第428页。

才名,而仕途坎坷,《问山亭诗集》与《浮来先生小东园诗集》中有不少寄答倡和之作,表达仕途坎坷和羁旅之思,"薄宦鸡霓游子辙,穷交忍绝故人书"①(公鼐《用韵答王季木》),"对景自怜身病后,论交不在世名中"(王象春《同浮来子寅夜坐》)。

从王象春与公鼐的诗作来看,他们倡和的主要内容是针对诗歌而发,而少应酬之作。万历四十一年(1613),王象春与公鼐同在京师,引公鼐为知己:"蒙东诗叟差怜我,海上岩居久定盟"(《除夕柬浮来丈》),《公浮来社长》云:

> 何须细叩与周旋,相对移时便洒然。见尔侧身扪太华,令予搔首问青天。几宵亲梦云中犬(浮来梦得"问稼亲将犬入云"之句),从古休奇木作鸢。只恨诗无纱帽气,一层禅意一层仙。

评公鼐诗无馆阁文人的芜靡之气,而有"禅意""仙气",流露出王象春以"禅"论诗的倾向。而公鼐与王象春谈诗,亦"喜君侠骨共禅韵,就我谈空兼客虚。鬼斧神斤诗斗径,竹风松月坐观鱼"(《雨中同季木七多斋畅谈分得"书"字》),对王象春驱除格套,有"侠骨"和"禅韵"颇为认同。

万历四十二年(1614),公鼐至金陵,王象春送别,有"尔不到江南,英怪吼空膜","尔当搦管时,谢庾纷踊跃"之句。(《甲寅草·送公浮来使金陵》)二人诗书相和,公鼐有《寄王季木》:

> 尔今旅食在何方,我走江南江路长。胜地有诗惭谢朓,怀人无处梦王昌。蟏蛸网户灯花暗,络纬鸣阶秋雨凉。满日相思难住着,大东峰顶立苍苍。

王象春答云:"判风断雨水之方,病里怀人觉夜长。闻向江南参白足,可曾台上忆归昌。歌传吴趋从多态,露到山村几倍凉。愧尔有书寻旧约,伤心一抹色葱苍。"(《甲寅草·答公浮来回自金陵寄韵》)

万历四十三年(1615)至四十四年(1616),王象春居济南大明湖,与公鼐遥相倡和,有《公浮来北上枉过》。公鼐用韵相和,有"肯将踪迹同凡鸟,更有诗篇附鲤鱼"之句。其间王象春以陆游"何处桃源可避秦"为起句,作

---

① 下文所引公鼐诗皆出自《浮来先生诗集》,《四库禁毁书丛刊·集部》第160册,北京出版社,1999年。

诗六首,公鼐和之。公鼐评《崦居诗》云:

> 向言尔诗似长吉,如今秀与青莲匹。无论天才及鬼才,思来都使风云失。华山船藕哀家梨,冷比雪霜甘比蜜。吾侪得尔如巨灵,世界新从斧头出。歌傲舞笑时人,终日槃膜礼火毕。余才既老行复尽,掩卷垂头屈如蛣。犹有生平狎主心,邋姑绰约萦吾笔。(《读王季木〈崦居诗〉》)

谓王象春诗似李贺,而《崦居诗》描绘济南风物,又与李白相似。公鼐在另一首《周子寅坐中赠王季木》中对王象春有相似的评价:

> 寒夜清尊共一浮,雄谈犀利比吴钩。斗边御气通仙掌,月里清砧散帝州。老眼向来无世界,真才从此压名流。千秋献吉同长吉,见而何能不点头?

二人论诗受复古思潮影响。作为挚友的公鼐,对王象春诗法李贺、前后七子的评价颇为中肯,而他本人亦引王象春为同调。

万历四十五年(1617),王象春入京城,官上林苑典簿,与公鼐、袁中道、李若讷倡和于孙珰园,有《同公浮来、袁小修、李季重集孙珰园》:"乍离云岫来炎地,片石孤松也系情。即使此园无韵主,尚怜今会为寻盟。西山小雨开新面,石籁迎秋试晚鸣。帝星凭高恣指点,夜来清梦已先成。"是年王象春评公鼐诗:"深山藏古今,龙蛇护灵秘。是名为鬼史,夜走风云气。柱颐抉含珠,赤文而绿字。雄虺与魃堆,伏谒供文事。世人诧惊魂,羌独恬而睡。崄叠古石花,泉香透三昧。"(《小草草·公浮来诗》)公鼐诗出没幻化,波谲云诡的风格正与王象春诗旨趣相投。

天启六年(1626),公鼐卒后,王象春作《哭公浮来》:"明月之宵我梦君,吞声别去竟何云。东园旧筑狐啼树,名岳新诗飖冷云。海外万金求片纸,异时十使购逸文。郑虔沦落卑官死,杜老哀诗带血焚。"公鼐与王象春才名相并,惺惺相惜,二人交谊,可比郑虔与杜甫。

5.李若讷

李若讷,字季重,山东临邑人,万历三十二年(1604)进士,与王象春从兄王象晋同年,官太平知府、四川右参政,魏忠贤专权时,谢政乡归。李若讷与王象春、公鼐齐名,有《四品稿》《五品稿》。

李若讷与王象春皆仕途蹭蹬,二人的诗文往来往往同病相怜,相与砥砺。万历三十八年(1610),王象春因韩敬舞弊,举进士为第二人,而殿试复置三甲,郁郁不得志。按例归乡省觐,过临邑,访李若讷,李为之作《辨遇论送王季木》一篇,云"季木之文章经济,当有更为大遇者,勿自伤矣",论辩遇与不遇,以释其郁卒,"季木雅人而侠气,诚不以遇芥蒂。然不免皓皎自好,恐遇且窥人,而人与遇斗,夫风之与土不可云非遇,彼且有芥蒂乎"[①]? 万历四十年(1612),王象春作《简李季重于承恩寺》:"文章每与穷为邻,文到惊神便穷死。西家作官玉已垂,东家做官金复累。子独蹭蹬十年间,人心不平已久矣。我愿冲寒走问天,子扯虮肩曰止止。"李若讷文章之"穷"与宦途之"穷",正与王象春相似。

万历四十一年(1613),王象春因科场案挂吏议,愁闷不已,有《怀李季重》:"豺狼塞道书南寄,风雪怀人岁又除",控诉科场一事令其自由受限,书信难通。是年李若讷入京觐见,王象春喜其至京,有"忽道故人官易绶,喜同春草梦生池"(《癸丑草·喜李季重内召》)之句。

万历四十六年(1618),王象春奉使长安,李若讷作《送别王季木使关中还济上》十首,为其送行。王象春归来后便道省亲,与李若讷书信往来。李在京中颇思故里,欲追随象春于北湖之上(万历四十二年,王象春在新城有北湖之游,撰《北湖游记》),并为王象春刊刻诗集。

万历四十六年(1618),王象春转南京大理寺评事,因党争又有浮言四起,李若讷以诗讯之,云:"冷眼谁看尔热心,绝弦久乏世知音。只怜兰草重遭刈,依旧清芬满素襟。"[②](《王季木甫转南评再被浮言,方冬遣讯慰以数章》),二人引为知音。在书信中两人不仅相互慰问,王象春致李若讷书信中还言及辽东兵事,借唐天宝进兵以为今鉴。

宦途上的相互慰藉之外,王象春与李若谈诗论艺,倡和应答,相互切磋,二人在对诗歌的取法宗尚上相互影响。

万历四十三年(1615)至四十四年(1616),王象春卜居济南大明湖,修葺李攀龙白雪楼,作《嗒居诗》一卷,李若讷作序,将王象春与李攀龙作比,谓"于鳞如白雪,孤高峻绝,直难和耳;季木如绛雪,奇情巧肖,将使鬼可为

---

① [明]李若讷:《五品稿》,山东省图书馆藏清抄本。
② 下文所引李若讷诗皆出自《四品稿》,《四库禁毁书丛刊·集部》第10册,北京出版社,1999年。

人,鸡可入云,乃和之,而益见其难"①。

　　同时,他们都对前后七子的摹拟进行了反思。李若讷在王象春《甲寅稿》序论云:"甲寅春,友人王季木过余里,挑灯竟夜,大半谈诗。其指括之于峭、于紧、于瘦,克峭以砭乏,紧以砭缓,今日返摹古之滥觞,当为第一义",所论王象春的诗学观念指向峭刻瘦硬,并明言"余以季木殆类李长吉,季木抑自梦为长吉",然"古而不摹,自我作古矣"②,指出王象春虽宗李贺,然诗不摹古而自为古。李若讷反对晚明人云亦云的蹈袭之风,他在《彭伯兄杨花诗序》中说:"曩余少时濡首七子摹古之说,余谓诗必唐。既而快心今日不摹古之说,余又谓诗不必唐。楚中李本宁先生慨然于前为邯郸之步,后为犁丘之鬼,真知言者。余不晰诗而无恒操,余且犁丘之鬼不若哉!"③对自己早年学步七子,后又改换门庭颇为后悔。所以对王象春诗之峭刻新奇很是赞赏:"扇头诗新奇刻峭,一变近日蹈袭声吻,哀然名家,袁中郎未是俊物。"④是时公安派崛起,已然为文坛所宗,然李若讷认为王象春诗得新奇刻峭胜于袁中郎,对王象春的评价来自其对蹈袭风气的不认同。实际上,王象春诗的新奇刻峭,确有大历诗风的痕迹。而王象春对李若讷诗的评价也有相似之处。万历四十五年(1617),李若讷《五品稿》成,王象春评曰:"犹能杂出西昆体,下驷还当大历前"(《李季重〈五品稿〉》),谓李若讷诗有大历、西昆之风。

　　王象春与李若讷都深受前后七子影响,尤其是边贡、李攀龙、谢榛三位山左诗人。同时,经过于慎行、冯琦、公鼐等人对复古摹拟的反思,至王象春、李若讷、公鼐在反对摹拟的基础上更进一步,形成新的诗歌风格。

　　以上诸人在诗歌思想上各有所持,在与王象春的交往中对他的诗学观念或多或少产生了作用,除了他们,王象春的师友还有吕维祺、冯珣、徐日升等人。

　　冯珣,字季韫,一字璞庵,冯惟讷孙,以选贡任陕西长武知县,官兴安州知州,汉中同知,颇有政绩。冯珣出自临朐冯氏,"幼博综群籍,季父子履、

---

① [明]李若讷:《王季木嵝居诗序》,《四品稿》卷五,《四库禁毁书丛刊·集部》第10册,北京出版社,1999年,第196页。
② [明]李若讷:《甲寅稿序》,王象春《问山亭诗》,《山东文献集成》第二辑第28册,山东大学出版社,2007年,第774页。
③ [明]李若讷:《五品稿》,山东省图书馆藏清抄本。
④ [明]李若讷:《答王季木进士》,《五品稿》,山东省图书馆藏清抄本。

从兄琦(冯琦)深器赏之,与从兄瑗等一门群从,交相砥砺,知名于时"①,有《韫璞斋稿》。王象春和冯珣承接了冯琦等人对"齐风""齐气"的倡导,交往密切。万历四十五年(1617)王象春有《柬冯季韫》诗云:"忆昔秋杪庚之岁,古寺烹茶坐夜寒。雁去菊开何恍惚,宦情诗况总阑珊。秦关鸟度君怀古,汉苑鸦栖我寄安。楚楚风尘嗟渐老,云山可更别离看。"

徐日升,字孟明,山东长山人,万历四十年(1612)解元,与王象晋为道义之交,曾同王象春、王象明等人结社,有《卷石草堂文集》。王象春《问山亭诗》卷五有《交孟明三十年矣,童稚相看,忽漫屆老,鸡黍道故,灯下欷歔,嗟功名之画饼,更日月之隙驹,语剧感生,辄有赋焉》一首,二人订交在少年时期,诗中有"眉阁睛存稚子欢,风尘草草悮儒冠"之句,慨叹二人年岁既高,失意辛酸,同病相怜。王象春与徐日升、周志皋(字子寅,山东即墨人)皆以制艺闻名于时,明人黄汝亨云:"三君俱齐士,所落笔俱洞筋擢髓,不屑为时人语。子寅骨俊,孟明起瞻,而季木之思按之弥深,其力又时如万石之弩,应手而赴。"②《喜孟明过舍》《送徐孟明之清源兼讯熙明兄三章》《喜孟明至自历下》《怀孟明》《九日同孟明登南城》等诗皆为王象春与徐日升交往倡和所作。

吕维祺,字介孺,号豫石,河南新安人。万历四十一年(1613)进士,授兖州推官,擢吏部主事,天启初,任考功、文选员外郎,崇祯间任尚宝卿,转太常少卿,官至南京兵部尚书。崇祯十四年(1641),李自成兵破洛阳,吕维祺被俘,于周公庙引颈就死。吕维祺忠义直谏、耿直不阿,魏党当道时,各地纷纷建祠,吕维祺拒不同流合污,为魏党不容,辞归。吕维祺精于儒学,曾立芝泉讲会,祀伊洛七贤,说《经》于河洛之间。王象春有《和吕豫石雪梅诗》十首、《和吕豫石后雪梅诗》十首、《仲春晦日同吕豫石公祖、刘公严司徒泛大明湖》《和吕豫石明湖见忆之作》《吕豫石书至答之》等,皆为其与吕氏倡和赠答之作。

丘志充,字介子,又字美甫,号六区,山东诸城人,万历四十一年(1613)进士,任工部郎中,汝宁知府,以山西怀来道平蜀叛,论功第一,为魏忠贤所嫉,构陷入狱而死,有《浩然亭集》。

丘志充的诗、文今不见存,从《问山亭集》中可看到他与王象春有较多

---

① [清]姚延福、邓嘉缉等:(光绪)《临朐县志》卷十四,《中国地方志集成·山东府县志辑》36,凤凰出版社,2004年,第158页。
② [明]黄汝亨:《寓林集》卷七,《四库禁毁书丛刊·集部》第42册,北京出版社,1999年,第180页。

的交往,无论是在济南还是在京城,都往来密切,王象春的《辛亥草》有《答丘六区年丈》,《峭居诗》有《寄怀丘六区》,《小草草》有《丘六区于丙辰夏访余于济不遇,至丁巳夏乃先后入都,话昔志喜》《同邹臣虎、叶玉壶、丘六区、陈海庚饮刘玄受寓即事》。丘志充被魏党构陷入狱之后,王象春作诗为之鸣不平:"尔之为灵兮,托羽未央。何不鸣向圣人兮,声彻彼苍。鸣哲人之无罪兮,南冠而首蓬。"(《乌夜啼为刘范董、丘六区而作也》),其《拘幽操为王葱、丘六区赋》指斥魏党"谣诼善谀,噬人如狼"。

赵秉忠,字季卿,号(岐)阳,山东益都人(青州),万历二十六年(1598)状元,授翰林院修撰,天启三年(1623)致仕,官至礼部尚书。天启间魏党打击东林党人,造册颁示天下,赵秉忠在列。他与王象春都是山东人,政治立场一致,曾为王象春《小草草》作序,谓其诗"雄博奇伟"[①]。

刘亮采,字公严,山东历城人,刘天民孙。万历二十年(1592)进士,历官河南鹿邑、兰阳知县,户部主事。刘亮采多才多艺,诗、书、画俱佳,万历四十三年(1615)至四十五年(1617),王象春寓居济南时,与其往来倡和。《齐音》中有诗咏刘亮采画云:"烟霞供养此癯翁,怪道生绡有化工。不法临淄兼北苑,但凭济水望秋空。"并跋曰:"秋雨初霁,竞秀争流,与刘司徒公严北极台瞻眺。余不禁叫绝,几欲乘风八极。谓公严曰:'尔画跨轶古人,久秘的稿,只以录本示人。吾今乘高纵目,乃尽得翻阅真谱,独恨难袖取耳!'"[②]对刘亮采的画赞不绝口,以为得尽自然之真。

四、王象春的诗歌内容与诗风演变

王象春《问山亭诗》一千余首记录了他从万历三十八年(1610)中进士、入仕途,到崇祯五年(1632)去世之前的人生经历。他在诗中关注民生,酬赠友人,发怀古、闲居之幽思,所经历的科场案、东林党祸、新城辛未之难等事件都有所反映,展现了其心路历程和诗风变化。

---

① [明]赵秉忠:《问山亭诗叙》,王象春《问山亭诗》,《山东文献集成》第二辑第28册,山东大学出版社,2007年,第647页。
② [明]王象春著,张昆河、张健之注:《齐音》,济南出版社,1993年,第156页。

(一)王象春诗歌的内容

1.忧时伤世

王象春一生都抱着报国济民的政治理想,他的诗中充满对民生疾苦和社会政治的关心。万历三十八年(1610)到三十九年(1611),新城先后遭遇旱灾、洪涝,民不聊生,王象春行于道中,目睹灾民困苦之状,十分忧心,"小清孝妇两河攻,数万居民野水中。抚字有方惟县吏,逃亡无力补司农"(《高苑道中》)。这场灾害在王象艮的笔下也有记载:"庚戌、辛亥连岁大旱,继以淫雨伤禾,邑民漂泊水上,日采水草而食,旋有种草木之毒者。"[①]王象春在悲悯民生之困的同时,也抨击朝廷政策的失误,在诗中针砭朝廷的赋税政策。万历首辅张居正实行的"一条鞭法"虽然在税制改革上取得了一定的成效,但是到了万历末,弊端尽显,百姓的负担有增无减,王象春在《一条鞭法》中直接抨击了这种赋税政策带给百姓的沉重负担:

> 一条鞭,茧丝织。鞭成条,缫未息。当时织女幻天工,谁料于今杼柚空。六马之御鞭常缓,颜阖贪鞭马力穷。吁嗟祝融鞭火龙,大火西流炎已灭。何况祖龙鞭,石成桥,桥不裂。

以"一条鞭"的形成影射批判"一条鞭法"给百姓造成杼柚皆空的困境。万历四十三年(1615)至四十四年(1616),直隶、山东、河南、苏北等地大旱,灾情严重,王象春也为生计所迫,易产出走,过临沂、徐州、兖州,回到济南,卜居大明湖边。这段灾年出走的经历让王象春目睹了山东、苏北一带百姓的悲惨境地,写下了《忧旱诗》十八首,描述了饿殍满地、十室九空的惨状:"隧道饥民声似鬼,出门一望哽诗喉","官衙民舍总萧萧,城似荒村人寂寥","闻道城壕有弃儿,鸟鸢陵厉已多时",而在这样的境况下,官府苛政猛于虎,仍在催逼钱粮:

> 数口同餐一掬糟,何人博虎请开棠。风吹敲朴声如沸,更道齐催隔岁粮。(《忧旱诗·其四》)

---

① [明]王象艮:《迂园诗》,北京大学图书馆藏明崇祯间刻本。

>书说饥肠火欲焚,万人洒泪诉黄云。羽书十道飞来急,不是蠲文是限文。(《忧旱诗·其五》)

王象春抨击朝廷在连年大灾的情况下不体恤民情、免除赋税,反而变本加厉,使百姓处于水深火热之中。他抱着悲天悯人的情怀,揭露官与民生活的强烈反差:"只见名园花似锦,那知官道树无皮。"而自己的境况也并不如意:"往岁茶瓜留客事,庭前总瘦一株榴。"王象春本人也深刻体会到了在天灾面前的无奈和痛苦。他因生活困窘,易产出走,游历山东、苏北的经历也并不轻松,"田庐困旱蝗,骨肉罹饥馑",他的家乡田禾枯萎,颗粒无收,骨肉亲人忍饥挨饿,自己则漂泊在外,又疾病缠身,生活困顿:

>凶岁无常生,就熟走异土。升斗较数钱,十口累资斧。纵博一饱余,不敌风尘苦。客子致曲恭,土人视囚虏。稚女及案长,思家泪相睹。病疴日支离,寒邸困风雨。(《病重感怀·其二》)

这是王象春对自己在外贫窘生活的描述,漂泊在外的贫穷、饥饿、疲惫、病痛、乡思等等都加深了他对民生疾苦与自我身世的体会。

王象春关心国事,他所处的晚明社会统治日益腐朽,从万历到崇祯,朝廷内有党争,外有边患,国是日非,积重难返。王象春常在诗中针对时局发表议论,万历四十五年(1617)冬,他在京城作《长安杂诗》十八首,讥刺奸佞,忧时伤世:"阴阴署柏云空锁,奕奕官狐晚跳梁"(其二),"江浮群鼠犹疑诞,野斗双龙亦大狂"(其六),又感叹天灾人祸,国运不昌,"苍璧如沙酬旱魃,春莺无语哭黄埃。龙蛇厄数连年剧,庚癸呼声九塞来"(其五)。

晚明农民起义频发,辽东后金逐渐强大,边患严峻,时有战事,王象春关注战局,针砭时弊,"官兵劫掠过于贼,杀降报功惨狼虎"(《送王坦山归汶上》),揭露官兵杀良冒功的劣迹,"袖手无能烹国狗,题诗聊且詈天狼"(《秋愤》),对于朝廷的不作为愤懑不已。

王象春对于时局的关注是新城王氏家族传统影响的结果,其父王之猷曾备兵淮阳,节义所关,奋不顾身,而他这一辈的兄弟如王象乾、王象恒等人或出守边庭,或巡抚一方,都具有敏锐的政治眼光,在政坛上有一定的影响。王象春世受国恩,幼承庭训,有报效朝廷,实现自我价值的雄心,但政治的黑暗和他傲兀不羁的个性造成了他在仕途中的不得志,这些也都在他的诗中反映出来。

2.刚肠嫉恶

万历四十年(1612)至四十一年(1613),王象春因顺天乡试邹之麟受贿舞弊案受到牵连,困守京城,等待刑部勘定,其间他受到严密监视,形势恶劣,他用诗歌记述了这一时期自己的处境和心态,《壬子草》有诗云:

> 自我伏城隅,冬初复春初。幸省租马钱,实稀长者车。呵冰砚冻裂,拥枕翻残书。怒风欺破窗,稚女泣穷厨。僮仆怖于鼠,逻者蹲巷间。传说御史怒,尚然鹰视雏。(《挫之摧之,七尺若减其半,更加颠越,才数寸耳,太青子忽以觐至,拉去词坛,论文话旧,舌纵横焉,犹然七尺我也,因赋四章志感·其一》)

王象春在这首诗里描述了自己长日闭门不出,为番役所监视,生活困窘、精神饱受摧残的处境,不仅如此,他的言论也受到限制,"除彼常饮食,如瓶守我口","不敢呼风问,孤臣罪未明"(《闲居》),在这种情况下,与友人的诗书往来也成了一种奢望。他在《怀李季重》中写道:"豺狼塞道书难寄,风雪怀人岁又除。一榻一灯嗟老矣,何时何地可归欤?"困守牢笼的日子使他产生了归隐之思。万历四十二年(1614)除夕前,他作诗感叹自己"一步一迍邅",世路艰辛,岁月蹉跎,前途渺茫,再次萌发了强烈的退隐之心:"井桃晚含情,岸柳早输意。铺张盼我归,三年未能至。"(《癸丑除前》)

万历四十二年(1614),王象春壬子科场案定,被降调闲散,出京回乡。"欣然别旧友,只稍恋西山。鸟乍开笼去,云嗟不雨还。"(《东归》)充满了冲出牢笼的欣喜。另一方面,他也感慨三年在京的身世遭遇,心绪复杂,"纵是风波地,三年已自亲,宁无歧路泪,洒向障天尘"(《出京》)。王象春回乡后与王象艮等兄弟诗酒倡和,"兄弟尊前消垒块,风霜影里惜容颜"(《又简伯石兄》),消解仕途、人生的失落。

壬子科场案中一同被黜的还有张世伟。张世伟,字异度,江苏苏州人,以文行著称,为江南闻人,壬子科顺天乡试被王象春录取。邹之麟舞弊案发,引起党争,御史李奇珍参张世伟贿通王象春,请下法司会问,王象春因此挂吏议,降调闲散,张世伟坐罚三科,士林皆为鸣不平,后累试不第,未能入仕。王象春与张世伟既为师生,又是忘年之交,壬子科场案后,王象春再遇张世伟,二人怆然感伤,同病相怜,王象春赠诗曰:

空山谁问薜萝秋,驴背题诗委道周。灯下言怀廿一史,眼前悔错十三州。饥肠吐语光如贝,浊世谋生拙似鸠。白发黄金何日变,真同轻梦醒浮沤。(《张异度过草亭怆然赋赠》)

二人同处浊世,同受构陷,虽满腹经纶,却人生途穷,世路艰辛,事后再遇,仿佛大梦初醒,更增感慨。

对王象春仕途、人生影响最大的事件,是发生在天启四年(1624)至五年(1625)的东林党祸。在东林党与魏党的斗争中,由于天启皇帝的昏聩、不作为和魏忠贤的专权,魏党势成,对东林党进行了残酷的打压。王象春众多志同道合的友人在这个过程中罹祸,而他本人也被魏党所忌,被指"穷凶极恶,党邪害正",削籍回乡。王象春性格嫉恶如仇,面对这样的状况在诗中为自己的师友鸣不平,写下了《将归操》《漪兰操》《拘幽操》《平陵东》《乌夜啼》等诗,表达内心的愤懑不平。他的师友如邹元标、张慎言、王洽、丘志充、顾大章、刘策等人皆被魏忠贤所忌,或自行求去,或被构陷入狱。王象春用古乐府歌咏他们高洁的品质,讥刺世道污浊,奸佞横行。邹元标等人高风亮节,如岱之峨峨,河之弥弥,"阳煦露湛,为国之瑞",然而"有鬼有鬼,立天楣兮"(《将归操》),"匪伊杂之,弃于污渠",魏党"倒参弄箕",陷害忠良,使良材弃于污渠,不见天日。

王象春在诗中毫不避讳地指斥奸佞,坦白直露。他痛斥世道污浊,朝堂黑暗:"上天默默兮,漠漠苍苍。但见彼谗人,大车洋洋。左拥嬖童,右抱妖娼。谣诼善谀,噬人如狼。"(《拘幽操为王葱岳、丘六区赋》)把魏党奸佞比作贼鬼、天狗、豺狼虎豹,猎猎噬人。天启四年(1624),东林党人杨涟上疏劾魏忠贤二十四条大罪,得到朝中左光斗、顾大章等七十余人的响应,但熹宗不纳,魏忠贤反诬杨涟等人入狱。杨涟、左光斗、袁化中、魏大中、周朝瑞、顾大章六人在狱中殉难,被称为"东林六君子"。顾大章在狱中自缢而死,王象春作《平陵东》哭之,云:"平陵东,松柏桐。谁人讨贼惟义公。仗云旗兮驰龙马,龙马蹶兮天狗下。贼交钱兮百万多,挂北斗兮填天河。但有钱多,义公奈何。劫送幽宫,终不见天。呼天王兮可见怜,拍天门兮遮云烟。"他钦佩顾大章直言敢谏的精神,对他忠而被谤、信而见疑十分愤慨。

王象春在这场党人之祸中也未能幸免,他被削籍罢官。崇祯初年,魏忠贤被诛后东林党祸得到平反,而王象春却未能复官,"珰党张枟芳《题覆废籍疏》中,独遗春一人之名,举朝共为骇异,海内共抱不平,蔑旨欺君,莫此为甚"①。魏党余孽未消,阻断仕途,王象春比之于奸臣伯噽,"尔龟之庞兮,蔽此曦阳。群物以阴,不得煦其芳",他希望"帝或寤焉,命彼豫且兮,铁网举之,剔尔之骨兮,荐尔肉"(《龟山操》),对魏党可谓恨之入骨。他上疏自陈其冤,并未得到回应,在《贞女操》序中云:

> 余拙于宦,通籍二十年,屡试屡蹶。前摧折于逆珰,今永锢于逆亹,动而得咎,不合时宜。或有劝余改志以从,可坐得美官,余叹曰:"世岂有韶年守贞,而白发再醮者?"嗟乎!吾宁硁硁老此空山可耳。②

王象春在诗中塑造了一个孤独高洁的贞女形象:"朝采葛兮夕登杼,出无与侣兮,如无与语。终岁终年兮,嗟余静姝。"他讥讽鄙视朝食夕宿的"邻女","东家饱兮,西家处,谣诼善淫兮,噂喧谖讆",面对"邻女"对她不通于时的嘲笑,她"掩耳不忍兮,趋而避之",表达了"尔爱尔秽粪之金堂兮,余宁老兰芳之冷隩"的坚定决心。

在经历希望和等待之后,王象春也渐渐接受了仕途无望的现实,他在《有感》中写道:

> 个个于今号忤珰,去年亲献紫霞觞。龙舁跪祝九千岁,翠葆廷陈十二双。杀气上腾干北斗,媚涎下沥倒西江。谁知海宴天清日,犹自孤臣泣一方。

诗中回忆了东林党祸发展的全过程,从魏党造册,缇骑四出,到杨涟上疏,朝廷万马齐喑,各地纷建生祠,直至崇祯铲除魏党,这些事件对于王象春来说犹历历在目,而今可谓"海宴天清",然唯独自己不得平反,暗自神伤,由国事时局到个人命运,感慨颇深。

王象春晚年遭遇王氏"辛未之难",对时局十分关注。崇祯五年(1632),王象春去世前写下了《莱州久围不救,诗以伤之》《掩败为功酿成此乱,诗以恨之》《此事岂有和理,中外朦胧作抚局,贼果寒盟羁我命官,诗以愤之》《多官众兵不能办贼,诗以惜之》《老病贫苦,更值兵事漫然,诗以悯之》

---

① [明]王象春:《辨明孤贞疏》,蔡士顺编《同时尚论录》卷五,《四库全书存目丛书·集部》第374册,齐鲁书社,1997年,第525页。
② [明]王象春:《问山亭诗》,《山东文献集成》第二辑第28册,山东大学出版社,2007年,第655页。

等诗,记载了登、莱之乱中一系列事件,包括朝廷的招抚政策,官兵的怠战,百姓的惨状和自己老病贫苦、忧心国事的复杂心理。他尤其批判官兵的不作为,任叛军盘踞登、莱,坐大一方,且饱食终日,贪功贪赏,"狼子野心方跳踉,庸奴误国且徜徉","捷报黄旗邀蟒玉,覆军白骨饱鸢鸥","投鞭不断白狼水,饱食遨游绿雨峰",而对于他自己来说,有如"覆巢之鸠无定居",家园被毁,居无定所,贫病交加,心中愤恨苦不堪言。

王象春在诗中对自己所经历的科场案、东林党祸、辛未之难等重大事件的记述,展现了他一生的仕途轨迹和心路历程。他的身世遭遇与晚明的政局有着紧密的联系,因此,从更广泛的角度来说,他的这些诗歌有以诗存史的意义。

王象春诗歌的题材是丰富多样的,除了忧时伤世,抒身世之感,还有登临怀古、赠别友人、闲居感怀等,全面反映了他的文学交往和精神面貌。

(二)王象春诗风的演变

关于王象春的诗学宗尚和诗歌风格,明清时期的学者、诗人都进行过评论和总结,其中以钱谦益、钟惺、朱彝尊的评价最具有代表性。钱氏指其"如西域婆罗门教,邪师外道,自有门庭,终难皈依正法"[①];钟惺评其诗"飞騫蕴藉,顿挫沉著,出没幻化,非复一致,要以自成其为季木而已"[②];朱彝尊云:"季木自辟门庭,不循时习,虽引关中文天瑞为同调,然天瑞太支离,未免斜径害田矣。未若季木之无戾群雅也。"[③]三人对王象春褒贬不一,但都一致地指出他在诗歌创作上的独创性:不循时习,自辟门庭。

无论是师法七子,还是自辟门庭,在王象春的诗歌理论和诗歌创作中都有迹可循,他对李攀龙的追慕,和对禅诗、侠诗的倡导,以及"重开诗世界"的提出,都印证了时人及后人对他的评价。如果从作品出发来考察王象春的诗歌宗尚,可以发现他在取法上是复杂多变的。《问山亭诗》十八卷收录了王象春万历三十七年(1609)至崇祯五年(1632)的诗歌,其中《西戌草》《辛亥草》《壬子草》《癸丑草》《甲寅草》《嵖居诗》《小草草》在时间上较为清晰,收录了万历三十七年(1609)至万历四十六年(1618)的作品。这一时

---

① [清]钱谦益:《列朝诗集小传》,上海古籍出版社,2008年,第654页。
② [明]王象春:《辨明孤贞疏》,蔡士顺编《同时尚论录》卷五,《四库全书存目丛书·集部》第374册,齐鲁书社,1997年,第525页。
③ [清]朱彝尊:《静志居诗话》卷十七,人民文学出版社,2006年,第504页。

期是王象春在仕途上经历坎坷,人生阅历逐渐丰富,宗法七子,同时反思复古运动,并探索自己诗歌道路的阶段。

1. 从初盛唐到中晚唐

以时间为线索考察王象春的诗歌,壬子科场案是一个分水岭,作于此前的《酉戌草》和《辛亥草》和作于此后的《壬子草》《癸丑草》等在内容、风格及所表露的心态上都有不同。《酉戌草》《辛亥草》作于万历三十七年(1609)至万历三十九年(1611),王象春在参加会试前后。从内容上而言,庚戌科场案在这两部诗集中并没有多少笔墨,而多酬赠友人、登临游览之作,在心态和风格上也较为平和。

这一时期王象春多写山水园林之趣,无论是与友人倡和,还是自己的闲居生活,都体现出山水之兴,如《山中赠许春石十二题》《桓岭得"古"字》《同刘顷阳诸公游长白山得"小"字》《望长白》等诗或超逸峻拔,或清新淡远:

> 不为生计即闲生,矮帽无风驴背驯。雪树千寻时度鸟,山行终日不逢人。(《山行·其一》)
>
> 此乡春事自年年,石底新开百脉泉。鸡犬相闻村落静,家家童子剥榆钱。(《凤凰山下》)

两首诗描绘了宁静悠闲的山水、田园,王象春的心态也是十分平和的。他写自己悠然自在的斋居生活:"身闲堪对客,云至恰钩帘"(《斋坐》),"避客藏深树,听蝉过远沙"。写与诸兄弟对景赋诗的情景:"竞将险韵临池咏,忍负新篁冒雨裁"(《小园》),"袖中诗草满,细句向水边"(《便过伯石兄园》),都表现出一种安闲自适的状态,即便心有所忧,也是一种淡淡的孤独和怅然,如《不寐》:

> 不寐听偏远,无怀夜更凉。雁声忽南度,月影渐东墙。旧友书来少,新诗句厌长。立秋遂五日,消暑且徜徉。

秋夜不寐,起而徘徊,心中充满惆怅幽思,这与王象春"雅负性气",傲物不羁的一贯形象相差较远。再如《自叹》:"事事堪长叹,之人亦太痴。欹床消暑尽,谢客与情宜",名为"自叹"而实写自己的自在悠情。

这种安闲自适是王象春的生活状态和精神状态,他的一些写景之作超逸峻拔、境界雄阔,如"晕霞返照三千丈,拂拭齐州九点烟"(《望长白》)、"云门壁立古青州,十二齐封拥上游"(《青州》)、"凭虚直能窥帝座,扶摇而上星阙遥"(《同刘顷阳诸公游长白山得小字》)等。开阔雄伟的笔法在王象春诗歌中是一以贯之的。

万历四十年(1612)壬子科场案之后,王象春的诗风开始发生变化。这一时期他困守京城,心态上不复之前平和,逐渐转向不平则鸣,诗歌风格愈加凌厉,出现了取法中晚唐的趋势,集中体现在《壬子草》《癸丑草》《甲寅草》三部诗集中。

公鼐、曾楚卿、李若讷分别为《壬子草》《癸丑草》《甲寅草》作序,指出了王象春的诗风之"巉刻""奇达"。公鼐言《壬子草》"巉刻削老吏之牍,古言近事,驱架毫端"[①]。曾楚卿谓王象春诗"大都损已陈眉黛,具一种奇达之气"[②],故而不步趋李、杜,自为其本色。李若讷对王象春诗的评论更为直接,认为其诗歌所表达的情怀和风格近于李贺,而学习李贺也是向古人学习,但又"古而不摹,自我作古矣"[③],虽有学习李贺的倾向,但学古而不摹古,这正是他的独特之处。

公鼐、曾楚卿、李若讷三人对王象春"巉刻""奇达""殆类李长吉"的评价,在诗歌宗法和风格上都指向了晚唐的险怪一派,王象春的创作中也体现出取法晚唐的倾向。他在意象上倾向于险怪、冷硬,如"山鬼""蛇蜕""脑髓""骷髅""怒风"等,运用"剥""叫""喧""划"等冷硬的动词,往往在诗中营造出一种幽冷的情调,如"邻鸦带暝寒依树,晚菊含霜不媚人"(《过陆君启》)、"岁晚鸦团树,阴寒鬼掠人"(《城隅诗·其一》)、"鸡声挟雨来寒塞,烛影摇风对老妻"(《夜坐》)。他渲染浓郁强烈的色彩,追求动态的美感,如"火云低逗榴花红,苦遮暖帐十二重。山渴仰首呼浆水,树无栉沐发乱蓬。"(《苦执束曹在鲁》)等。

王象春对晚唐险怪诗派的师法与他的诗友有一定的关系。他在京城的三年中,与公鼐、李若讷、钟惺等人来往最为密切。他与钟惺"谈该吴楚胜,诗里岫云层",钟惺所倡导的"幽深孤峭"的晚唐之风对他有所影响。李

---

① [明]王象春《问山亭诗》,《山东文献集成》第二辑第28册,山东大学出版社,2007年,第752页。
② [明]王象春《问山亭诗》,《山东文献集成》第二辑第28册,山东大学出版社,2007年,第764页。
③ [明]王象春《问山亭诗》,《山东文献集成》第二辑第28册,山东大学出版社,2007年,第774页。

若讷与王象春为至交,在诗歌观念上也十分相近,他在《甲寅草序》中已经阐明王象春的诗学倾向,而王象春与李若讷之间的倡和也具有晚唐之风,如《简李季重于承恩寺》:

> 滕六手划潺溲水,云压西山如重纸。法龙僵伏作蛰虫,野鬼乘阴独跳喜。李郎短褐睡不温,诗成无火空画指。一宵十起抚寒松,敲钟狂叫睡参寥子。文章每与穷为邻,文到惊神便穷死。西家作官玉已垂,东家作官金复累。子独蹭蹬十年间,人心不平以久矣。我愿冲寒走问天,子枞虬肩曰正正,紫薇冻合勾陈徙。

这首诗是对好友怀才不遇、仕途蹭蹬、困顿萧寺的境遇的描绘,营造了阴森幽冷的环境,意象险怪,飞跃跳动,"文章每与穷为邻,文到惊神便穷死"既是对李若讷身世境遇的反映,也透露出效法晚唐孟郊、贾岛等苦吟诗人的迹象。

王象春有一些诗歌师法晚唐并不成功,而显得奇诡艰涩,如《赠张任甫》:

> 双睛火毫射云铃,风洞却从踝骨鸣。耳孔榴叠铁蛇青,猿公越女竹枝轻。拳毛狮子镫旋明,奴驱剧孟隶田横。血颊呼天问不平,茱萸烟暖罢吹笙,手焚开元玉女屏。吊古袖拭金狄泪,缅眼日买渔阳醉。施全掷头岂无谓,唐珏冬青心□碎。丝绣孔融铸刘毅,鼻吐绛烟成心字。

这首诗想象奇特,意象怪异,但过多的用事和意象的堆砌导致艰涩险怪,佶屈聱牙。

如果结合王象春整体的诗学思想来看,他虽然并未完全摆脱七子的影响,但从初盛唐向中晚唐险怪一派的转变,是其反思复古诗学的尝试,通过尝试和探索,他形成了自己独特的诗歌思想。

(三)自辟门庭

王象春在天启间的《公浮来小东园诗序》中提出:"重开诗世界,一洗俗肝肠",指出"诗固有世界,其世界中备四大宗,曰禅,曰道,曰儒,而益之曰侠,禅神道趣,儒痴而侠厉,禅为上,侠次之,道又次之,儒反居最下"[1],将"禅诗""侠诗"列于"儒诗"之前,是对"温柔敦厚"的传统诗学的颠覆,对"禅诗""侠诗"的提倡是王象春受复古诗学、晚唐险怪诗风以及地域风气影响的结果。

王象春在诗学上受到前后七子的影响,同时又对复古思想进行了反思,他所接纳的是复古诗学中高古大雅的精神。在反思复古、探索自己的诗学道路过程中,王象春拓宽了诗学路径,他不再局限于汉魏盛唐,而是将视线转向中晚唐,并且还有向宋元拓展的倾向。李若讷曾将王象春与李攀龙相比较,指出李攀龙诗中绝佳者,"惟其时好,自唐以下,不顾盼宋、元",而王象春绝佳之句,"抉唐精华,并抉宋、元精华"[2],王象春取法上的转向与晚明末世悲凉激荡的社会环境相适应。在此基础上,王象春提出了"重开诗世界",倡导"禅诗""侠诗"。他举杜诗阐述了"禅诗""侠诗"的特点:"'花覆千官淑景移,绝塞愁时早闭门',皆水月观,而'玉山高并两峰寒',有道体无远神矣","禅诗"要在朦胧空灵,有"远神";"'指挥若定失萧曹''海内终当借寇恂''诸君何以答昇平',此考功簿子,而'城尖径仄旌旆愁'则要离跳越矣"。侠诗不宜平铺直叙,而强调发扬蹈厉的精神气韵。

从创作上来看,王象春在寓居济南时就已经有了"禅""侠"之气,他的《问山亭》诗云:

> 问山亭子拱如笠,屹立湖中阅古今。箕踞悲歌王季木,时敲石几激清音。[3]

形容自己为人、为诗皆高蹈于世,奇警兀傲。王象春为人的刚直傲兀和诗歌才华上的才气奔轶,使他在创作中更多地体现出"侠诗"的特点,他的《再书庙壁》构思奇特:

> 三章既沛秦川雨,入关更燃阿房炬。汉王真龙项王虎,玉玦三提王不语。鼎上杯羹弃翁姆,项王真龙汉王鼠。垓下美人泣楚歌,定陶美人泣楚舞,真龙亦鼠虎亦鼠。

---

[1] [明]王象春:《公浮来小东园诗序》,公鼐《浮来先生诗集》,《四库禁毁书丛刊·集部》第160册,北京出版社,1999年,第504—505页。

[2] [明]李若讷:《王季木峀居诗序》,《四品稿》卷五,《四库禁毁书丛刊·集部》第10册,北京出版社,1999年,第196页。

[3] [明]王象春著,张昆河、张健之注:《齐音》,济南出版社,1993年,第159页。

此诗议论新颖,发前人所未发,在对刘邦、项羽的褒贬中推进,跌宕起伏,显示出王象春非凡的诗歌才华。他的另一首怀古之作也颇为奇警:

> 秦皇何事仇儒者,白骨森森弃原野。咫尺山头帝子陵,可能相见黄泉下。

王象春诗被评为"奇诡",从两首怀古之作可以看出其诗之"奇"。他的诗中有一种放纵不羁、雄肆宕逸之气,体现出"侠诗"的特点。

除了"侠诗"的放纵雄肆,王象春的一些诗歌意境悠远,有"禅诗"之趣,如《闲居》:

> 孤云生远水,细雨酿新秋。居野无人问,翻书得地幽。诗同寒竹夜,琴向蓼花洲。久念深藏寺,残碑未及搜。

又如《石城月》:

> 金陵王气未曾消,水泊秦淮江上潮。月到石头城下好,碧云红树听吹箫。

两首诗所描写的是幽静、清远、远离世俗的生活和环境,表现出淡泊宁静、悠思远寄的心态。

王象春的"禅诗""侠诗"是他在晚明诗坛诗说竞出的背景下提出的,符合山左诗坛发展的轨迹。从新城王氏家族诗歌的发展看,他的个性和对复古诗学的继承受到了其父王之猷的影响,而同辈中王象艮、王象明等人的创作形成的家族风气也对他有所熏陶。他诗中山水之思、禅意禅趣正是新城王氏雅好山水的文学倾向的体现,并且,他在这方面的理论和成就也对清代王士禄、王士禛兄弟产生了影响。

第二节　王象明与《聊聊草》

一、王象明生平与《聊聊草》考

王象明,初名象履,字用晦,又字合甫,号雨萝,王之垣第四子,王象艮季弟,生卒年不详,《王氏世谱》载其卒于顺治间,享年七十一岁。王象明是万历四十三年(1615)贡生,任大宁知县,为人性格孤洁,一介不苟,早擅诗名,尤工书法,有《鹤隐集》《雨萝集》《山居集》等,皆不存,所存者唯《聊聊草》。

《聊聊草》一卷,崇祯间刻本,藏北京大学图书馆,半页八行,行十八字,白口,四周单边,上单鱼尾,版心镌"兜玄集",王象明门人单民功、傅中华校,社友徐日升作序,并有王象明《兜玄集自序》。徐日升序云:"壬申春,辽贼之乱,余与合甫君游地阳丘之南。"①壬申为崇祯五年(1632),王氏于前一年遭受"辛未之难",避难于长白山。徐日升,字孟明,山东长山人,与王氏有姻亲之谊,交谊甚笃,序中所言"辽贼之乱",即"辛未之难",因孔有德部多为辽东人,故称"辽贼"。《聊聊草》为崇祯五年(1632)王象明避难长白山别墅时所作。其中《济事》其六又跋云:

> 孔贼昔年叛逆,据登攻莱,靡金钱者数十万。不即殄灭,诸将官受贿卖之而逃,今乃携虏内犯,南下千里,曾无一兵阻之,竟破济南,血流漂杵。②

崇祯四年(1631)至六年(1633)的辽兵叛乱,以孔有德率部海上降清结束,不久后引清军频频南下。崇祯十二年(1639),清军侵犯济南,屠戮百万,王象明跋文中所指即此事。故《聊聊草》所收诗作始于崇祯五年(1632),最晚至崇祯十一年(1638)。

《聊聊草》收入诗作75首,皆为七言律诗。"聊聊"有聊以自娱、姑且听之之意,王象明自序云:

---

① [明]徐日升:《山居吟叙》,王象明《聊聊草》,北京大学图书馆藏明崇祯间刻本。
② [明]王象明:《聊聊草》,北京大学图书馆藏明崇祯间刻本。

天有籁,地人亦有籁;雷有声,瓦缶亦有声;八音有奏,虫音鸟语亦有奏;《骚》《辨》有歌,《邪浒》《欸乃》亦有歌,吾惧夫世之耳恶其乱之也,山谷所以信目不信耳。予作既无雕章,又乏缛采,恐世人掩聪塞窍,若龙之耳、儋之耳,嘈嘈罔闻,曾壶簧蛙鼓之不如也。初焉任其逸去,继而存之,存之不已,一再灾梨为《聊聊草》云。①

自言其诗作非骚雅之音,"予之诗不足歌,不足咏,入耳而秽",恐污世听,故名其集为"聊聊草"。

《聊聊草》的主要内容是闲居之兴,山林四时景物变换,与友人的赠答,对战事的关注和反映。徐日升云"辟境离奇,俊削灵庾,畅所欲言,极所不能言",②基本上反映出《聊聊草》的风格特点。

二、《聊聊草》内容与风格

(一)多病多愁,清冷幽峭

徐日升序述闲居长白山时,"昼日清寂,山鸟闲鸣,但行人北来,信稍平静,辄私祝太平可期,举酒问月,穿洞漱泉,挥老樵而求蹬级,若不知辽贼之驱,而纳诸此也"③。众友人相伴,饮酒赠答,登临游览,兴致所感则挥毫作诗,幽静清闲的山林生活是《聊聊草》所表现的主体。但是,这种消闲的山林的生活却是在晚明压抑、黑暗的社会状况与山东地区战事纷乱的背景下展开的,加上王象明此时病体支离,故这些作品渗入了孤清、峭寒的意味。

《聊聊草》中大部分诗歌作于王象明退居山林时期,对长白山四时景物、阴晴变换表现细致,如《春山》《夏山》《秋山》《冬山》《春雨》《夏雨》《秋雨》《冬雨》《闲坐》等诗。春日万物复苏,生机勃勃,"野鸟飞飞上下去,山樵聒聒低昂幽"④(《春山》)。夏季大雨滂沱,云气弥漫,"雷声忽送雨千峰,覆瓮翻盆云气浓"(《夏雨》)。秋季萧飒苍凉,雨打梧桐,"秋来冉冉野云生,蕉叶桐枝滴水晶"(《秋雨》)。冬日白雪过后碧空如洗,"饥鼠窥天番碧瓦,道人和雪煮青泥"(《冬山》)。展

---

① [明]王象明:《兜玄集自叙》,《聊聊草》,北京大学图书馆藏明崇祯间刻本。
② [明]徐日升:《山居吟叙》,王象明《聊聊草》,北京大学图书馆藏明崇祯间刻本。
③ [明]徐日升:《山居吟叙》,王象明《聊聊草》,北京大学图书馆藏明崇祯间刻本。
④ 此处及下文所引王象明诗皆出自《聊聊草》,北京大学图书馆藏明崇祯间刻本。

现了长白山四季或和煦,或萧飒,或凄寒的风光和境界。这些诗作在写景上有生动优美之处,但缺乏饱满的感情,如《夏山》:

历落山花不识名,新雏初试羽流声。千岩万岩日澹宕,东峰西峰云乱生。水传溅珠拂怪石,风来戛玉鸣枯瘦。扯攀百丈鸡脐蔓,直蹑崚嶒削壁砰。

前三句写山花烂漫,雏鸟试声,岩壑澹宕,云生峰头,水声、风声相和的山中景观,最后一句加入了作者攀岩登临的行动,整首诗景物生动,身处胜景之中登临游览的兴致、热情却稍嫌不足。

《聊聊草》卷首王象明有一段小引,介绍了其创作背景:"疠既遁去,病亦不死,怜此春新,彳亍强步,间一闲咏,消此病魔,虽不善推敲,稍近自然矣,姑存之。"王象明山居期间多病多愁,身体上的病态支离对其诗歌创作有较大的影响,诗中多见"病""愁",以及由此衍生出的对功名、生命状态的思考。《新春雪霁》一诗表现出看淡名利、世事的心态:

新来柔草绿融融,白发留之伴病翁。鹪鹩有声欢日母,琅玕时飒堕春虫。倩藜行水看云处,试茗烹云待月中。利焰名锋俱贴伏,因而世事等苓通。

写新春万物复苏,虽病体支离,但在山中行水看云,烹茶待月,自在惬意,世事变幻与名利之争皆因此消释,表达了怡情适性、宁静致远的心境。但是病痛给予王象明更多的是生命脆弱、时光易逝的体验,他的诗中往往病、愁相伴,"病里对之如胜友,愁来喝下一枯僧"(《盆梅》),"久病耽愁与闷萦,闲云静锁绿窗生"(《不寐》),"江天日暮惜支离,病里忧怀百不宜"(《吊王补之》),"总似颠当闭户居,病中怜汝汝怜予"(《病中袁聚五过舍》)。王象明在《不寐》中对病中的状态、病痛的体验进行了真实的描写:

十指风麻万缕缠,愁肠反侧不成眠。血枯渐似霜前草,筋缩犹如月上弦。白发萧骚调鹤息,青山简点卧牛篇。玉炉香爇漏壶永,风送寒声雁唳天。(《不寐》其二)

前两句是对十指风麻、血枯筋缩的病中身体状态的描写,后两句是对自己孤寂萧骚的精神状态的描写,营造出冷寂凄清、孤独愁闷的氛围,由身体之痛延伸到精神上的苦闷。王象明在诗中还写生命的渺小、空幻,"身如焦螟意如嘘,遮莫缘中是我谁"(《无题》),"繁华不入蝴蝶梦,幻妄偏劳虾蟆更"(《不寐》其一),"浮生病发宁有几,春色何能朱镜颜"(《山居》)。这种病痛的体验使王象明的写景、抒怀之作有了清冷、幽峭的色彩:"露湿秋衫添海鹤,日霞丹壑冷江枫"(《秋山》),"露筋庙古湖光冷,漂母祠阴鹤唳闻"(《淮上张紫霞远寄扇诗答谢》)。

王士禛《渔洋诗话》中引王象明诗歌"足传"者,有"日日轻雷送雨声,小窗历乱竹枝横。水痕时落还时涨,枕上看山秋欲生","细雨新晴百草菲,含桃初染杏初肥。奚童竞扑柳花落,娇鸟时衔榆荚飞。水净欲浮蝌蚪字,苔深争进箨龙衣。阑珊春色归何遽,帘外轻寒蜡屐稀"[①]。这些诗句均未见于《聊聊草》,而《聊聊草》中写景之作纯写自然山水灵秀幽峭的景致,偶尔流露出安逸闲适的情绪,但大部分时间受自身的病痛所影响,表现生命渺小、时光易逝的体验,在风格上没有《渔洋诗话》中所引诗句的明快流丽,这既反映了王象明自身身体、心境,也受到外部战事未休、纷乱黑暗的时局背景影响。

(二)跌宕纵横,造境离奇

王士禛曾评王象明云:"十八叔晦甫(象明)著《鹤隐》《雨萝》诸集,才不逮考功(象春),而欲驰骤从之,故时有衔橛之患,未能成家。"[②]将王象明与王象春进行比较。王象春才气奔轶,时有齐气,诗歌笔势纵横、跌宕多姿。王象明诗亦体现出跌宕纵横的气势,这与二人所面对的社会政治环境和个人性格有关。王象春为人傲兀不羁、刚肠嫉恶,在万历以后党争激烈的政治环境下箕踞悲歌。王象明性格孤介,两次遭逢战乱,激起对时局、战事的关注与不平,在《聊聊草》中慷慨发论,同时在与友人赠答、抒发情怀时亦体现出造境奇特、纵横不羁的特点。

王象明有《济事》六首,写崇祯十一年(1638)清军侵入济南一事。清军长驱直入,如入无人之境,戮掠济南,血流漂杵,写战事之惨烈如:

兵燹弥天似蚁临,血魂磷火夜阴阴。海鸿寒戢哀于野,梁燕春归

[①] [清]王士禛:《渔洋诗话》卷上,袁世硕主编《王士禛全集》,齐鲁书社,2007年,第4760页。
[②] [清]王士禛:《居易录》卷十四,袁世硕主编《王士禛全集》,齐鲁书社,2007年,第3947页。

巢在林。胡马直倾威虎豹，将军深避按辰参。长安望断甘泉信，不谓丸封竟陆沉。(《其三》)

清军入侵济南后哀鸿遍野，疮痍满目，而将军避走，朝廷不施救援，任其陆沉，"尸横狼藉鸥鸢饱，鬼哭魂游怨未平"(《其五》)，战后尸横遍野的惨烈场景触目惊心。王象明痛斥将官临阵退缩，致使百姓陷入水深火热中，昔日军容整齐，威势赫赫，而一旦面临危难则藏头缩尾，"十万军容云外影，狗韬读罢缩头藏"(《其四》)，对引清军入济南的孔有德部痛恨不已：

逆贼买窜反降夷，又赂三军顿六师。笳剧倒戈狐架虎，恩斯反噬母哺鹀。材官若个通三步，御史谁人号四其。扫荡无人亦已矣，咆哮士马更堪悲。

孔有德部崇祯四年(1631)发动"吴桥兵变"，反攻新城、登州、莱州。崇祯十一年(1638)又引清军南下，屠戮济南，两次战事，山东地区均遭受重创。王象明猛烈抨击其不报国恩，反降清军，助其气焰。又论诸将领"复受参貂，听其跳梁，不负朝廷豢养之恩，蟒玉之荣乎？欺君卖国，流毒中夏，而官兵滔惨，更甚天下，事尚可言哉"，在位者收受贿赂，任清军横行，欺君卖国，流毒更甚。这是王象明对明末黑暗的政治现实和即将崩溃的国家、社会的认识和反思，悲叹世道没落而又无可奈何。

王象明关心战局，关心家国命运，病重时有《病中预辞世作》，写"虏攻""虏警""虏遁"三个战事状态，表达自己欲上阵杀敌的志向，虽病痛缠身，不改忠心，"志在擒胡奈病何，震邻胡马渡清河。时劳肢脚多沉痼，世矢忠心未尽磨"，清军退去后，一吐心中郁结不平之气：

兵气销为清晏风，菟裘今得老其中。纵然秦国七朝哭，不及天山一箭功(魏生同玄一箭而虏遁)。发变每从愁病扰，春深反觉乱离融。处堂燕雀添杯酒，诗就镂雕小技重。(虏遁)

王象明写时事、战局的诗作激愤痛切，笔法纵横，情感跌宕起伏。这是王象明面对战事惨烈、时局混乱的现实而发出的激越之音，其纵横跌宕的气势不仅表现在以上诗作中，在友人赠答、感怀抒情等作品中也有体现。

徐日升所言"畅所欲言,极所不能言"①,就是指王象明诗的这种气势宏大、纵横跌宕的风格。他写景的诗从大处着眼,"空山落叶风凄凄,云暗云开水咽溪"(《冬山》),"天根泻汉龟宫倒,山岫翔龙蚁穴封"(《夏雨》),写书斋生活、友人赠答亦以阔大纵横之势展开:"风生霞绮麈毛柄,雨沐天花狮子床"(《再怀元明》),"武库月函千万卷,婆罗云斗七重楼"(《沈雨若寄我秋心草裁报为谢》),"煮石之方将海煮,量天有步可江量"(《赠李冶乡》),皆有跌宕纵横的气势。

王象明有意创造斑驳陆离的境界,《山居》云:

> 芒动天狼照此间,胡奴饮马燕然山。画身已置石岩里,纪氏应从海鸟班。阊阖门前仍皎月,昆仑顶上耸烟鬟。浮生病废宁有几,春色何能朱镜子颜。

这首诗写山居生活而想象丰富奇特,代表了王象明这类诗歌的特点。《秋雨》又云:

> 秋来冉冉野云生,蕉叶桐枝滴水晶。菡萏欲残黄雀泪,芙蓉催老鲤鱼声。山迷不度潇湘雁,雷动惊飞汉武鲸。怪尔志和招不得,青蓑绿笠一舟轻。

这首诗领联想象奇特,颈联境界阔大,气势飞动,营造出奇妙开阔的境界。王士禛摘引王象明"老松带露滴巾角,乱石欹风迎马前"之句,与明快流丽的写景之作不同,《聊聊草》中王象明用"怪石""枯瘿""擎鳌""琴川""龙吟""风涛"等意象与离奇的境界相结合,形成"俊削灵庾"的风格,呈现出怪奇的特点。

---

① [明]徐日升:《山居吟叙》,王象明《聊聊草》,北京大学图书馆藏明崇祯间刻本。

第三节 王与玟与《笼鹅馆集》

一、王与玟生平、著述与交游考

(一)生平简考

王与玟,字文玉,选贡生,王象丰子,王之猷孙,行六。《王氏世谱》载其于崇祯壬午(十五年,1642)殉难,年三十七岁[1],则其生年在万历三十四年(1606)。王与玟少年颖慧,幼时过继为王象春子,从之游宦邸,深受王象春喜爱,对其期许甚高,以诗世其家学。《明王文玉墓志铭》载:"文玉初名与焕,六、七岁时,季木携见宋先之,先之时亦有小儿在侧,向季木乞名。季木蹶然曰:'畴夜吾尝梦神人以奇篆视余者,裹以五色云,其文曰"玟",夫"玟"为文玉,两儿可同名字也。'于是文玉始更称与玟云。"[2]宋先之指宋继登,出自莱阳宋氏,官至南京鸿胪寺正卿,与王与玟同名者为宋玟[3],"玟"与"玫"字形相近,容易混淆,王与玟亦常误作"王与玫"[4],据《王氏世谱》与《笼鹅馆集》,应为"王与玟"。从《济南府志》的记载来看,王与玟与宋玟二人自幼都为长辈所看重。宋玟后科举仕途通达,王与玟则一生困于场屋,科举不利。天启七年(1627)乡试,颇得考官灵寿耿公赏识,欲置为解元,因其策语多指斥魏党而被监者黜落。此后意颇寥落,购奇书纵猎自喜,旁及古法书、名画、敦彝、印章、酒枪、茶具之属,尤工行草,书法入李邕之室,尺牍有苏、黄之风。崇祯十五年(1642)清兵南下至新城,王与玟入慰老母,出倡族党,拒战城东,被执后慷慨殉难。

王与玟生而慧颖,年少有才,林棠谓其"名理则平叔避席,博物则公孙

---

[1] [清]王兆弘等:《新城王氏世谱》,《山东文献集成》第二辑第14册,山东大学出版社,2008年,第94页。
[2] [清]王赠芳、王镇修,成瓘、冷烜等纂:(道光)《济南府志》,《中国地方志集成·山东府县志辑》1,凤凰出版社,2004年,第577页。
[3] 参见王小舒:《宋玟及莱阳宋氏作家佚诗考》,《文献》,2004年第3期,第175—184页。
[4] 《山东通志·人物志》(孙葆田等撰,华文书局股份有限公司,1969年版)、王利民《王士禛诗歌研究》(中华书局,2007年版)皆以"王与玟"为"王与玫"。

胶齿,谈经则匡鼎五鹿,解颐折角。至其笔端更饶临淄之棒,麻姑之爪"[1],其性善谐谑,"乐游繁华之地,甘老温柔之乡",名噪一时,诗笔才名颇为时人所称。

(二)《笼鹅馆集》考

王与玫有《笼鹅馆集》,《王氏世谱》《新城县志》《济南府志》等均著录为四卷,当有刻本,目前留存两种,皆为二卷,抄本,且其中一种最末附有益都王漈所撰《墓志铭》,为刻本式样,与前文抄本不同,疑为原刻本中所录,故可推测明刻本已散佚。现存两种抄本皆藏于国家图书馆,第一种九行二十二字,有林棠、高珩、徐夜、荣实颖序,诸人序后有编目,有古近体诗、诗余、杂文、题跋、评书、笔记、尺牍等。正文首页题有"济南王文玉遗稿,同学荣实颖华淑编辑,甥元善长公鉴定,男王士骥杜称录刊",旁批"侄王士禛重订",书中有大量王士禛旁注、批点及增删痕迹,可称为"批点本";第二种九行二十六字,封面题有"己未得于津门,重装于乐寿官廨,亿年",亿年为新城王氏后人,王士禧八世孙,扉页亦有其墨识云:"王与玫,号文玉,天启七年(1627)恩贡,有《笼鹅馆集》四卷,《桓台遗事》,此未刻本原稿",王亿年认为此本为未刻本原稿,然根据书中所录诗文及批点,前一种中王士禛旁批欲删减的诗作在此本中皆已删去,字句亦据前一种批点改动,当为前一种修订后的版本,其中有王士禛、王祖昌批点,可称为"重订本"。两种抄本皆有林棠、高珩、徐夜、荣实颖序,收入诗、词、杂文等。诸人序后又编目,分为古近体诗、诗余、杂文、题跋、评书、笔记、尺牍。收入古近体诗一百零四首,词十首,杂文包括铭、赞、启、词引等八篇,题跋二篇,评书五则,诗话五则、笔记三则、与徐夜尺牍十六通,内容丰富,具有较高的文献价值。

王与玫生平创作较多,但经过兵火,所存不多,《笼鹅馆集》亦赖其挚友荣实颖得以保存,荣氏在序中追述了其在易代兵火中寻访保存此集的过程:

> 崇祯壬午秋,文玉操瑟齐门,悉叱抵里,每夕就余谈笑,率以三漏。十一月望后,拉宿西楼,看压新醅,酩酊欢噱,谆以《笼鹅馆集》属余。余咄询之时,狼烽怒烈,城埤备守,欢噪终夜。诘朝,余趋归侨居,文玉驰使复挽来,凭埤拈髭,谓余曰:"倘不获已,定不误此须眉,

---

[1] [清]林棠:《笼鹅馆集序》,王与玫《笼鹅馆集》,国家图书馆藏稿本。

弟生平醉吟醒哦，一笺一翰，宁保无散逸，笔砚好友，征在今日。"拍歔易水，声度喋壕，凄惋者移时。噩耗突至，余策蹇别去，月朔，城溃，文玉竟赉志以死。六日，走哭于谟觞室，所谓《笼鹅馆》者，半为烟燎。明年癸未二月，撼稿于黄庄别业，望迹即收，未暇析辨，际范军屠掠，旋以稿匿复壁中。至五、六月间始得遍搜遗作，而片羽寸腋，十落八九。至检之，霖浸蜗涎之余，及败楮残缣，又钩觅数草，届冬斋居，火壁赤砾间，声迹阒然，而窗外魂叫时隐跃耳畔，人不堪其械落。余勉为诠集，缉编成一帙，又录副本，贮一小瓦罐中，瘗地以防兵火。甲申三月乃发，露气蒸煴，已如蚨蚀，字几磨灭，乃商之文玉弟，以此编付剞劂。盖文玉著作虽漫渎，此即不尽其生平，亦聊志其须眉耳。①

从荣序可知《笼鹅馆集》为崇祯十四年(1641)壬午之难前王与玟交托于荣实颖，王与玟嘱托之时似已有赴死之志，《笼鹅馆集》为其生平所作，故希望留存以见其人其迹。不久后王与玟果然殉节死难，荣实颖于崇祯十五年(1642)二月至黄庄别业搜集遗稿，战火纷飞之际藏稿于复壁中，五、六月间始搜集残编，崇祯十六年(1643)与王与阶诠次刊刻。

现存《笼鹅馆集》收入王与玟诗歌一百余首，另有词、铭、赞、诗话、帖等，其中与外甥徐夜诸帖有重要的文献价值。王与玟生平创作不止于此集所收，高珩云其"平生绮语尚多，随手散逸，辄尽十一之存，又经兵燹，兹之残编短简，不隳长吉溷劫者"②。与王氏"与"字辈大多数成员一样，王与玟其人没于易代战火，其作亦在战火中焚毁几尽。目前所见《笼鹅馆集》为"与"字辈成员中除王与胤《陇首集》外唯一保存的诗文集，故有较高的文献价值，展现了王与玟文学创作的面貌。

(三)交游简考

王与玟处于易代之际，英年早逝，又因著作毁于兵火，其一生行迹难以考察，从《笼鹅馆集》来看，他一生活动的地方大致在京城、济南和家乡新城。其入京当有求官之意，"敝裘琐尾走京尘，幸际同舟在比邻"，"嗟我兀然萧寺里，仗君一为指迷津"③(《长安步张季筏韵》)，他在京中与李姬有过

---

① [清]荣实颖：《笼鹅馆集序》，王与玟《笼鹅馆集》，国家图书馆藏稿本。
② [清]高珩：《笼鹅馆集序》，王与玟《笼鹅馆集》，国家图书馆藏稿本。
③ 此处及下文所引王与玟诗皆出自《笼鹅馆集》，国家图书馆藏稿本。

一段感情经历,并欲迎娶,归乡后,生活贫窘又遇荒年,不得已忍情而止,李姬亦因病去世,王与玟为其作《悼亡诗》以寄哀痛。

王与玟一生科场失意,大部分时间在家乡新城度过,与从兄王与璧、王与胤,弟王与阶、王与试,从甥徐夜等论诗倡和。王与璧,字琅环,号玄石。行五,王象恒第三子,王与玟从兄,贡生,博学能文,工书法,诗宗晚唐,壬午殉难。王与胤,字百斯,王象晋次子,崇祯元年(1628)进士,选翰林院庶吉士,授湖广道监察御史,巡按河南盐政、陕西茶马,崇祯十年(1637),奉命督学应天,将行,以抗言直疏,迁光禄寺署正,告归。甲申之变,闻京师陷落,携妻于氏、子士和自缢殉国,有《陇首集》。王与阶,字陟公,号菉澳,行七,王象丰第三子。贡生,性慷慨,重交游,鼎革以后,请复忠义祠祀典,时邑中老成凋谢,王与阶为邑柱石者十余年。王与试,字寿胥,王象益长子,幼英敏,读书之外兼善绘画、书法,解琴弈,颇有名士风流,壬午死难。《笼鹅馆集》中《题百斯兄东园》《侍御兄惠园梅》《过寿胥弟园》《为寿胥弟纳湖女为侍儿诗》《鸲鸣第一曲和徐长公》《鹧鸪天·和菉澳弟寄毕仲友》等诗、词皆为王与玟与诸兄弟亲友肩随跬步,朝夕相与而作。为王与玟搜集、刊刻《笼鹅馆集》的荣实颖亦为新城人,字华淑,邑庠生,以孝友闻于乡,有《五噫集》。

王与玟与徐夜交谊最深,徐夜三岁以后长期居外祖王象春家,王与玟年长徐夜八岁,差距不大,舅甥之间常一起游览、论诗、倡和。二人同出王象春之堂奥,在诗歌创作上彼此欣赏。徐夜有《九月八日文玉舅斋看菊,随同过琅环舅菊圃》《闰正月十五日再集文玉舅斋》等,可以看出他们交往密切。《王文玉六舅傍夕来露坐纵谈,是时始暑,因次其语成句》云:

> 问山亭已颓,替人犹未起。竖子尽英雄,欲变楚汉垒。吾辈守樊篱,斗间支柱耳。以舅为高轩,李贺仍未死。近时邢董画千缣,后生摹肖失其真。江都学拙会稽绝,君家斯事盖有神。称诗之道亦如此,贵能凿骨开鲜新。我将火尽万蠹纸,重磨碑碣锄荆榛。等闲照见古人面,当前手口难重申。文章孽作世路劫,流离涂炭良有因。笔补造化吾岂敢,致君尧舜人所嗔。生前身后数行事,谈来两者何津津。凉风动地月流屋,恨无斗酒相浇陈,肠中隐块如车轮。因风问月呼古人,颜公杜老真忠臣。①

---

① [清]徐夜撰,武润婷、徐承诩校注:《徐夜诗集校注》,山东大学出版社,1997年,第195页。

这是徐夜与王与玟谈诗而作,首先表达了对外祖王象春的敬仰,问山以后,无人为继,六舅王与玟有李贺之高才,继入问山之室,这是对王与玟诗歌方面的评价。又谓王与玟工李北海书法,能自成一格,比之于诗道,亦当如此,学古而不为古人所牢笼,要在脱其形迹,自成一体。在晚明末世学风空疏之际,提倡"笔补造化""致君尧舜"。徐夜以王与玟诗歌和书法两方面的造诣论述了他对王象春的继承,显示出救诗坛之弊的意识。

王与玟聪慧过人,才思敏捷,徐夜回忆幼时王与玟、王与阶相聚谈诗,王与玟诗成最捷,"至一韵得十数联,人方刻意求思,舅(王与玟)已投笔拍案"①,舅甥常联床夜话,率然戏语,相为笑乐。《笼鹅馆集》中有王与玟与徐夜尺牍十六通,谈古论今,尤多论诗之语,二人往来谈笑,随意戏谑从中可见。其中一帖云:"《问山亭诗》,今日始得一较,愚以为不必去取,留其权与选者耳,子柔意亦如是。"②子柔为王象春门人姜一蛟,曾校王象春《齐音》。王与玟与徐夜、姜一蛟曾同校《问山亭诗》,并保存其原貌,未作删减。徐夜有《春词》,王与玟谓"声调轻软,煞是当行,使如铁崖者见之,当深讶此伧不殊与寒山石对语矣"③,他们切磋诗艺,相互启发。王与玟云:"时事形于梦想,梦想发为声歌,乃理之固然者。向未曾经历,妄驳唐诗中初、盛、晚,不过谬为剖别,以日前之事证之,始信古人立说,胸中定有酌见。"④在与徐夜论诗之帖中透露出自己的创作观和早期对唐诗的认识。王与玟颇看重徐夜的诗歌才华,尝有"对甥形秽之叹",谓其出自"问山正派",引徐夜为知音,对其诗心折不已:

> 护前吾不敢,心折是君诗。清溜初寻涧,新桐欲引枝。遥怀违俗指,吟梦是佳思。羡有知音在,钟期意更悲。(《过长公甥书其诗帙》)

王与玟与徐夜在诗歌方面观念相投,在个人命运上,都有怀才不遇的感叹,对明末纷乱的社会政治都表现出深深的忧虑,他们都有着姜桂之性,节义不屈。明清易代,王与玟殉国难,徐夜入清后则坚志不仕。从个人性格、气质到诗歌观念,都是新城王氏家族氛围濡染的结果,尤其是受超逸不群、博学兀傲的家族前辈王象春影响最深。

---

① [清]徐夜:《笼鹅馆集序》,王与玟《笼鹅馆集》,国家图书馆藏稿本。
② [明]王与玟:《笼鹅馆集》,国家图书馆藏稿本。
③ [明]王与玟:《笼鹅馆集》,国家图书馆藏稿本。
④ [明]王与玟:《笼鹅馆集》,国家图书馆藏稿本。

《笼鹅馆集》收入王与玟诗歌、词、杂文、笔记、尺牍等各种文体,除了诗歌外,其余因数量较少,较为零散,今不一一探讨,唯诗歌数量最多,最能展现其宗法源流、创作面貌,故下文将对其诗歌风格进行集中的考察。

关于王与玟的诗歌宗法源流,徐夜有一段较为深入的阐述:

> 予外祖季木先生(象春)后于鳞继起济南,风雅一变,忠爱包裹,足迹骚人,谈诗者类能言之,恨时无七子相与后先其间,十年以往,致使风烈寝衰,遂无复有能为问山之业者。自琅环、文玉两舅起,而耀其余辉,修其堂坫,而世之不能言者,以两舅之所言言之,所为为之,瞻陵知岳,望海先澜,今且梯航于山坳水涯矣。①

指出王象春对李攀龙在诗歌上的继承,象春之后,王氏成员又有王与璧、王与玟继问山之业,二人都受到伯父王象春的影响。又评王与玟诗歌宗法:

> 其选旨大要,以凄激为宗,归极流艳,故其诗亦多肖之。其合处可蓦入问山之室,而失者或病其柔曼,未必尽然矣。②

这是对王与玟诗歌风格特点较为准确的揭示,"凄激为宗,归极流艳"实为两种风格,在《笼鹅馆集》中有明显的体现,前者凄冷诡激,有晚唐李贺一派之风,后者凄艳缠绵,近于李商隐。所谓"合者"即其所学李贺之风,在这一点上继承了王象春,其失于柔曼之处则指爱情之作的柔婉纤靡。然而对于这一点,徐夜认为"未必尽然",透露出对其绮艳的爱情之作在成就上的肯定。

王与玟善于吟诗,酒后歌唐人明快流丽之作,引声亢朗,听者忘倦。强调诗歌的音乐特点,谓:"诗取于音,而音则取于谐。唐人乐府正如宋人填曲,须衬字歌之,乃得其意。旗亭女子岂必拘二十八字,效老儒咕哗哉!"③从诗歌协于音律,合于音乐而可进行歌唱的角度,强调诗歌音节的协调。

徐夜序中记载了他年少时同王与玟论诗的情景:

---

① [清]徐夜:《笼鹅馆集序》,王与玟《笼鹅馆集》,国家图书馆藏稿本。
② [清]徐夜:《笼鹅馆集序》,王与玟《笼鹅馆集》,国家图书馆藏稿本。
③ [清]徐夜:《笼鹅馆集序》,王与玟《笼鹅馆集》,国家图书馆藏稿本。

予尝戏谓舅："诗本色当家,足以名世。若律以大雅,汤惠休不免淫靡,晏叔原得非罪人乎?漫叟有云:'歌儿舞女,动相喜爱,系之风雅,谁道是耶?'"舅笑举蔚宗所谓"吾于音乐恨不精雅声,至于一绝处,亦复何异?"讵知此谑即为后世口实耶?①

徐夜提出的是诗歌雅与俗的问题,如果以大雅为规范,则汤惠休、晏几道作品淫靡纤弱。"歌儿舞女,动相喜爱"指诗歌入乐歌唱的通俗性,与风雅亦不相合。王与玟答以范晔《狱中与诸甥侄书》对雅乐、俗乐的阐述,表明了自己对诗歌雅俗的态度,本色当行,自然抒写,达到诗歌最好的境界,雅与俗并无不同,并不将雅与俗完全对立。反映到其诗歌创作则凄婉哀艳,与晏几道风格类似。

晚明诗坛雅俗混融,公安派反拨前后七子复古之"雅",倡导抒写性情,崇尚浅俗之趣,竟陵派以幽情单绪返归雅趣,以救公安派之浅薄,雅俗之争是晚明诗坛的一个重要议题。而竟陵派的幽深孤峭是处于颓世的社会环境的反映,王与玟对雅俗的看法,可以说一定程度上受到晚明诗坛风气的影响。

二、王与玟诗歌内容与风格

(一)咏古讽今,失意忧伤

关于王与玟诗歌创作的风格,荣实颖云其搜集王与玟著作,终以未能获其全帙为憾,故《笼鹅馆集》所展示的并不是王与玟诗歌的全貌。荣实颖曰:"他如《援汴》《逍遥》《河上》之什,慷慨激烈,几同秦庭之血雨;《中秋》《海棠》《村夜》《听雨》诸诗、《影赞》《响匏头铭》《花影铭》,皆藻迥魏晋,艳俪梁陈。"②呈现出多种风格。

林棠、高珩、徐夜序都透露出时人对王与玟其人其作的看法,即好为艳体,英雄气短,儿女情长,三人在序中都对此进行了辩驳。林棠云与玟困于场屋,会之不逢,动而多忤,故寄寓于诗:

---

① [清]徐夜:《笼鹅馆集序》,王与玟《笼鹅馆集》,国家图书馆藏稿本。
② [清]荣实颖:《笼鹅馆集序》,王与玟《笼鹅馆集》,国家图书馆藏稿本。

自是高楼怀怨,结眉哀色;长门下泣,破粉成痕。寄牢骚不平于声律中,世见以为安仁之伤逝,浚冲之钟情。余以为渐离之击筑,处仲之碎碎壶耳。言其心所欲言,皆人所不能言,实人意中言也,宁必如秀铁面,非法不言乎?①

认为王与玟诗实为渐离击筑,悲歌慷慨,处仲碎壶,壮心不已。从个人节义出发,又谓"以文玉之奇,不用以运筹折冲,取笏画地,甫磨盾作檄,辄赍志结缨,谁谓儿女情长,英雄气短哉"②! 王与玟坚守志气,在家国危难时从容赴死,更是烈丈夫所为。

王与玟处于易代之际,英年早逝,虽然他未入仕途,大部分时间居于新城,然而身处末世,明末社会政治的危机使他产生深重的忧虑。崇祯四年(1631)至崇祯六年(1633)登莱之乱,新城遭受重创,屠戮一空,王氏作为地方大族,受到的损失更大,王象复、王与夔父子、王象随等守城被俘,不屈而死,为王氏"辛未之难"。

处于明末战火的危机下,王与玟忧时伤世,孔有德围攻登莱时,消息传来,王与玟甚为担忧,"久雨悬知蛙产鼃,重围焉有鬼输粮",遭遇围城,又遇天灾,莱州形势可见危急。"乞救纷纷羽檄忙,何人媚寇正当阳",城中人心不齐,有人有出降之意,天时、地利、人和已失其二,形势不容乐观。王与玟直欲前往为解围,"欲请尚方嗟未得,愿从侠客借鱼肠"(《家继父因莱久围不解,作〈忧莱诗〉,敬步原韵》)。

莱州之围持续四月之久,其间明政府有援军相继而至,"铁骑宵征甲士忙,旌旗生色胜河阳。元凶计日将涂鼓,朝食何烦更裹粮"(《闻王师继至,陈帅渡河,庸督不敢主抚矣,仍用前韵志喜》),颇为振奋。登莱之乱最终以孔有德攻陷二城,又弃城投清结束。这场战乱持续两年,登莱之乱有复杂的政治原因,乱后王与玟反思:"书生白面妄谈兵,叱咤风云议论轻。角觝纸牌成底事,清言夷甫误苍生。"谓书生误国,纸上谈兵,当有所指。

王与玟诗中有对时局的反映,有对战事的反思,《辽督》一诗云:"文字偶然存正议,督师竟尔负深冤。更无一个真豪士,慷慨排阍为一言。"针对袁崇焕被明政府治罪处死一事,对朝堂上万马齐喑,无人敢为出一言,既愤懑又无奈。

---

① [清]林棠:《笼鹅馆遗集序》,王与玟《笼鹅馆集》,国家图书馆藏稿本。
② [清]林棠:《笼鹅馆遗集序》,王与玟《笼鹅馆集》,国家图书馆藏稿本。

王与玟的咏古之诗亦针对时事而作,如以下二首:

> 祸水盈盈入苑墙,远条馆里斗新妆。当时射鸟今何处,隔院争歌赤凤凰。(《赵飞燕》)
>
> 妄意求仙笑武皇,温柔乡胜白云乡。归风送远愁仙去,自起缨裾唤侍郎。(《汉成帝》)

所咏二人为后妃和皇帝,谓赵飞燕红颜祸水,汉成帝一意求仙,深陷温柔乡,咏古讽今,尖锐而辛辣。

王与玟少年早慧,又科举受挫,诗中多流露出怀才不遇的感叹,在古体诗中表现得很明显。他的古体诗学习汉魏六朝,集中表达的是时光易逝、壮志难酬的感慨。

王与玟有汉魏建安时人昂扬向上的人生理想,有建功立业的欲望,"今古称贤达,乃是卿与相",然而"志士急荣名,壮年倍惆怅",人至壮年,功名未成,惆怅不已。其《感怀诗十五韵》是对自己从少年至壮年心态的展示:

> 忆昔年少时,意气何翩翩。走马垂杨陌,呼传酒楼前。文弱安足道,短裆控劲弦。傲睨碣石宫,吐论惊四筵。襟次喜旷达,妄意凌云烟。每谓致身早,不乞贵人怜。岂图人事乖,笔墨相纠缠。章句苦不解,兀兀翻旧编。胡然发牢骚,翘首触青天。胡然而琐委,铢铢类米盐。自怜豪兴灰,对酒时复然。今夕临皓月,因之叹流年。壮志轩轩举,欲结浊世缘。假呆寄悲愤,菀腹讵能宣。

此诗前后两部分在心态和情绪上有强烈的对比,前部分充满青春昂扬的气息,可以说是王与玟年少时期的真实写照,出身名门,少年聪慧,意气翩翩,襟怀旷达,壮志凌云,颇有游侠儿情怀,面对未来有无限憧憬和希望。然而人事乖蹇,命途多舛,不解章句,困顿科场,只能借酒消愁,感叹时光流逝,壮志难酬。王与玟从意气凌云到壮志难酬的心路历程浓缩在这首五言古诗里。

从科场失意到人生感悟,王与玟进一步表达对生命的体验,时光易逝,生命短暂:

> 城上锣,昏鸣晓倏绝。晓昏计不周,梦梦伏城阙。凝苏诧发冠,莽污新冢血。荒原已久忆,乌容嗤掘阅。几家喧笑杂哽咽,鸣锣声里相差迭。(《城上锣》)

苍凉萧索,感伤生死之速,而功业未就。面对岁月流逝,王与玟转而借酒浇愁,及时行乐:"劝尽杯中酒,飞箭几度催。及今不乐胡为哉!"(《将进酒》)

正是这样的失意感悟,使得王与玟诗歌中时常流露出感伤的情绪。他描写村居生活的诗歌并未表现出田园之趣、悠然之乐,而是隐隐透露出压抑的心绪:

> 晒麦场边南陌头,热肠消尽到平畴。暂来一卧陈蕃榻,眺远时登王粲楼。鸿鹄漫怜千里志,触蛮休酿半生愁。挂书牛角斜阳里,点点青山醒倦眸。(《村游》)

诗歌呈现出的是村居生活"热肠消尽",心绪慵懒的状态,又如《村居杂感》:

> 情系游丝枉苦辛,年随逝水叹沉沦。潜窥后辈应相笑,虚诵陈言未致身。胜会犹耽花底艳,何人为拜马头尘。闲居热眼今方悟,梦幻浮荣恰是真。

这是对自己村居生活的感悟,因"未致身",故无士大夫的闲逸之情,所感受到的是年华随流水而逝,功名浮荣如梦幻般遥不可及。在这样的感悟下,王与玟时而转向佛禅,"耽他胜概聊舒傲,偶尔忘机亦觉闲"(《闲居步房海客先生韵》),时而看尽荣华,"蚁争蝇笑总繇他,村隐山居计亦差。自信人生行乐耳,谁云吾道果非耶"(《痴龙馆》)。

面对科举失意、壮志难酬,王与玟的感悟是复杂的,总体上有孤独悲郁的意味。因此,他热衷于书法、金石之学,又沉醉于儿女情长,《自题谟觞书室》可以说是他个人生活、性情的写照:

> 自窥青缃赤文还,便醉红妆翠袖间。通德每宵谈秘事,清娱随处品名山。抽编亲发琅嬛笈,供馔时调玉女鬟。僻信方回仙诀好,痴缘慧业恰相关。

王与玟生逢末世,明末政局的动荡,社会的纷乱,经历兵火的洗劫,这样的大环境无疑在他的心里投下巨大的阴影。从个人角度来说,作为年少而又负才望的望族公子,王与玟对自己在科举功名上有一番期待,因其在乡试中亢直抒写,直指魏党,自此科举不利,难酬志向。明末社会环境和王与玫个人命运的双重挤压,加上王象春的影响,他的诗歌呈现出晚唐诗歌凄冷诡激与哀感浓艳的风格。

(二)凄艳诡激,深挚哀婉

王与玫诗宗晚唐,从情感到意境风格,从怀才不遇的感叹与诗歌的诡激凄艳都与晚唐诗人李贺相合,"其合处可驀入问山之室"[①]。王象春诗蹈险经奇,"似温、李一脉者"[②],其好友李若讷谓殆类李贺,李白为天仙,李贺为鬼仙,而王象春能仙能鬼,可见王象春诗亦有李贺之风。所谓"入问山之室",即王与玫与王象春学习李贺的相似之处。同时,王与玫诗在意境方面又有晚唐孟郊、贾岛等人的幽冷凄寒。

王与玫在诗中表达了强烈的怀才不遇的个人情感:

> 购来龙种世惊看,摇曳金羁耸玉鞍。曹霸五花图未肖,周王八骏比应难。喷风乱下櫩山叶,曳练俄翻瀚海澜。何事朝朝驱紫陌,不知天上客骖鸾。(《幽州马客歌》)

诗中所写骏马神气昂然,直过曹霸之五花,周王之八骏,当为天上鸾鸟齐驱,却日日被驱使于紫陌,埋没尘世。骏马是王与玫的自我象征,是对自我的写照,他渴望一番事业,以华丽的藻饰,雄阔的描写来衬托自己的不凡,在精神气质上的确与李贺相似。

王与玫诗在意象方面有明显的摹拟李贺的痕迹,"青蛇凝绿簇双桐,照日艳生花朵红"(《过寿胥弟园》),"渺望苍苍烟莽稠,红殷翠凝藏娇愁。饥鸦杂杂叫啾啾,金姑声寂鬼姑游"(《六月雾》),"浮云障日重阍暗,冤鬼号风万井悲"(《再步〈忧莱诗〉后韵》),"饥鸦""鬼姑""冤鬼"等意象营造的是凄冷阴森的氛围,而"青蛇""绿簇""红殷""翠凝"等意象则形成冷艳的诗歌色彩。更为典型的例子是《送琴客羽遐归洞庭》:

> 寒潮夜荡筝篴浦,灵弦幽吹音激楚。浔阳琵琶诉凄苦,怨云停岫悲今古。繁杂乌轧阛阓语,昵昵俚奏眉双聚。重以落度愁穷旅,京尘荡天助虐暑。厌逢呵殿色消沮,挹君仙骨清如许。凉飔飒来月丽午,

---

① [清]徐夜:《笼鹅馆集序》,王与玫《笼鹅馆集》,国家图书馆藏稿本。
② [明]钟惺:《题问山亭诗》,王象春《问山亭诗》,《山东文献集成》第二辑第28册,山东大学出版社,2007年,第717页。

未弄青番呵白纻。指外霏霏灵气吐,新声翻尽广陵谱。河边鬼咽滋苔雨,君归龙藏前问禹。灵宝五符恣探取,商飚啸魅君莫鼓。金徽解变黑蛟舞,蜀丝峰卉囊重贮,风雷破壁将飞举。

这首诗写琴师羽遐琴技的高超,在想象、构思等方面与《李凭箜篌引》很相似。羽遐所奏激楚之音,引起作者羁旅之思、落拓之慨。从"指外霏霏灵气吐,新声翻尽广陵谱"开始,则是天马行空的想象,"鬼咽""龙藏""啸魅""黑蛟"等意象形成惊风动雨、神幻诡谲的陆离世界。

王与玟虽在个人情怀与诗歌意境上与李贺相似,但他摹拟李贺仅抓住意象上的离奇怪异,有时一味追求怪诞而堕入艰涩。在情感上缺乏李贺郁激不平的强烈的身世之感,故不能得其神。

王与玟诗固然有凄激诡谲一面,而时人多评其儿女情长,其再从孙王士禛亦云:"再从伯与玟好为艳体,少时有《悼亡诗》句云:'二十五年将就木,一千里路不通书。'"[①]王士禛对王与玟的记载和评论仅为"好为艳体"一条,虽然忽视了与玟诗的其他方面,但是指出了其主要特征。王士禛所引《悼亡诗》,是王与玟为其爱姬李姬所写,《笼鹅馆集》中的"艳体诗"实际上都是为李姬而作,而这些作品寄寓了王与玟深挚的爱恋之情,并无对女性的赏玩心态,因而称之为"爱情诗"更为恰当。

据王漾所撰《墓志铭》,王与玟在京城时纳李姬。李姬为大家女,工笔札,读书通大义,王与玟原本约定待春初迎娶,然而王与玟因生活陷入困窘,又遇到丁艰之岁,生计艰难,不得已传信李姬,使其另择良人,而李姬卧病已久,境况凄惨,加之痛失爱子,不久病死。《笼鹅馆集》中王与玟为李姬写的二十余首诗,展现了他与李姬在京城相恋、分离、死别的过程。其中大多写别离之后王与玟的思念与李姬死后的悼亡苦痛。《忆长安李姬》云:

分钗执手袂问何如?浅画峨眉耐静居。二十五年将就木,一千里路不通书。晓花簪髻娇容远,夜月倾杯饮兴疏。梦向画桥东畔去,依稀曲巷认门闾。

写自己年华易逝,而与李姬音信不通,思念之情深挚哀婉,王士禛评"用古至此,可谓入化"。王与玟不仅写分离的思念、痛苦,还有悔恨、愧疚甚至怨恨的情感体验。《生别离诗序》记载:

---

① [清]王士禛:《居易录》卷十四,袁世硕主编《王士禛全集》,齐鲁书社,2007年,第3947页。

比使至,(李姬)则已卧病涉旬,钗钏衣裙尽付药肆,传语敬谢来命,但病势狼狈不堪,恐无人需此病妇也。及余仆见之,则拥衾侧卧,无复旧时容色矣。仆悯其意,探余囊数缗馈焉。归来具述愁惨之状,余为之泪湿襟裾。楚骚有言"悲莫悲兮生别离",嗟乎! 余独非人也哉! 乃以贫窘遘兹仳离,惜白璧之暗投投,叹红颜之薄命。

客观来说,这是一个始乱终弃的故事。李姬"敬谢来命,但病势狼狈不堪,恐无人需此病妇也",未必不有怨恨之意,王与玟亦歉疚悔恨,谓"余独非人也哉"! 他想到李姬"冷余榻畔双鸳枕,典尽箱中簌蝶裙"(其二)的凄凉处境,在诗中强烈地表达了自己的悔恨:"悔不纵情花下死,匆匆何事竟东归"(其一),"糊口悲尔抛紫玉,负心我愧过黄衫"(其五),又云"玉环珍重休轻弃,川使曾期再世缘"(其六)。希望与李姬再续前缘。

李姬去世后,王与玟为作《悼亡诗》,云:

多情多恨向谁论? 百想芳容百不存。余息顾花犹一笑,深悲握手总无言。遗珠失艳深藏箧,空榻对尘久闭门。徒倚楼头人不见,哀蝉凄咽又黄昏。(《悼亡诗》其三)
黄泉碧落两茫茫,何处寻伊说断肠? 欲倩小儿求梦草,定呼妙子到稠桑。环来再世知何日,袖藉幽冥泪几行。袜鞓金钿消息杳,白杨红粉总堪伤。(《悼亡诗》其五)

前一首写伊人已逝,芳容不再,从李姬日常生活的闺阁庭院、遗珠空榻写起,表达思念与沉痛。后一首用想象构筑了一个恍惚忧伤的情境,表达铭心之痛。王与玟与李姬先是生离,后又死别,悼亡诗中有悲伤、凄楚、悔恨、愧疚等各种情绪的体现,"已矣旧欢皆是梦,从前何事不成悲"(《雨村灯坐偶忆所怀之作》),这种哀伤某种程度上升到了对生命的哀叹。

王与玟的悼亡诗在情感上真挚而复杂,艺术成就上也较其他题材高,这也是时人评价其"好为艳体"的原因。从他的这些诗的内容和情感来看,都并不香艳,他抛开了艳体诗对女性姿态、动作等消遣、娱乐性的描写,而专注于情,表达自己在爱情中种种复杂的情感,因而显得深挚哀婉,在艺术上取得了较高的成就。

第七章

王象艮、王象晋及王与胤诗歌研究

王象艮、王象晋及王与胤在诗学成就上不及王象春,因而不被重视,但事实上,他们代表了明代王氏诗学中兴象风神的一脉,是清初王士禄、王士禛诗学的家族渊源。王象艮诗写山水风物,风华秀绝,有韦应物、白居易之风。王象晋亦好山水田园,冲淡平和。王与胤诗写边塞行役,融入佛禅之思,都反映了王氏雅好山水的诗学传统。

第一节　王象艮与《迂园诗》

一、王象艮行迹、师友考

(一)王象艮生平、行迹考

　　王象艮,字伯石,小字澄瀛,号定宇,行八,选贡,生于嘉靖四十四年(1565)乙丑,卒于崇祯十五年(1642)壬午。王象艮少时与从兄王象晋、王象斗、王象节、王象恒一同读书家塾,才名相颉颃,后王象晋、王象斗、王象节皆成进士,而王象艮独以明经终,历官南国子监典簿,颍上、雒南知县,姚安府同知。

　　王象艮有《迂园诗》十二卷,为王象春、王象明校,友人汪逸阅,有李维桢、董其昌、邵可立、施邦曜、公鼐、王衮、王象春七人序,各卷不以卷次顺序命名,而以唐王维"桃红复含宿雨,柳绿更带朝烟"命名十二卷诗,并分体编次,桃集为五、七言古诗,红集、复集、含集为五言律诗,宿集、雨集、柳集、绿集为七言律诗,更集为七言绝句,带集为五言绝句,朝集为咏物体诗,烟集为杂著,共收入各体诗歌九百七十余首,杂著包括记、序、赞、词,完备地收录了王象艮的作品,也是目前唯一留存的王象艮作品集。《迂园诗》所收诗歌创作时间可考者,最晚作于崇祯七年(1634)甲戌,故其刊刻时间当在崇祯间。刻成后流传不广,为王氏家藏,清康熙间朱彝尊选《明诗综》,王士禛致书并附录象艮《迂园诗》十二卷,以备采择,《明诗综》最终选入二首。乾隆间宋弼辑《山左明诗钞》时,"仅得其'雨''柳'二集,皆七律"[1],可见其时已多散佚。

王象艮一生沉沦下僚,生平事迹不详,从《迂园诗》的部分作品中可以大致勾勒出其生平行迹。《迂园诗》中时间可考者,最早的作于万历三十九年(1611),最晚则作于崇祯七年(1634),在此期间,王象艮的经历可分为游历济南、求官京师和外放为官三个时期。

万历三十八年(1610)至万历四十七年(1619)近十年的时间,是王象艮游历济南的时期。这段时间里,他曾几次寓居济南,游崌湖、白雪楼,"寄居崌桥下,大明湖水隈。独眠风雨夜,寒向客边来"[2](《壬子寓崌湖》),其间与购得李攀龙故居白雪楼的王象春倡和最多。王象艮往来于济南,与王象春同游,有《怀季木十七弟卜居济南崌华桥》:"欲求逃暑地,暂住崌桥东。歌舫凌新绿,秋林待晚红。浮云难取态,长咏未知穷。奇绝华峰笔,高天入雨蒙。"对明湖景色十分留恋。王象艮在济南也寓居于白雪楼,与王象春一样,王象艮对乡贤李攀龙有着敬仰之情,一再吟咏其故居白雪楼,"拘成草阁崌桥边,犹见先生字宛然。几易主人桑海变,诗名白雪自年年"(《白雪楼有感》),"历下有楼书岁月,华泉无裔遂躬耕"(《己未仲冬同邢会泉住历下白雪楼》),对李攀龙、边贡两位诗人身后的沧桑之变十分感慨。

万历四十七年(1619)至崇祯三年(1630)是王象艮在京城求官、为官时期。万历四十七年(1619),王象艮入京以贡生参加廷试,《迂园诗》中有他对廷试、观礼、朝见、游览西山、与京城文人交游倡和的记述。在廷试中,王象艮踌躇满志,"中天雷动抡佳士,庙算应知向野求"(《庚申庭试,至午大雷震天》),《观礼大内,游鸳鸯亭湖上,雨中望北台》《六月六日朝见,因仰瞻寿皇殿》等诗皆作于此时。廷试毕,王象艮在京候选,与京中文人交游倡和,从《庚申廷试久留都门,夏日同张履桥、诸冲阳观画,偶见西山出云之奇》《癸亥立秋三日,饮苗稷初寅丈湖上园亭,同谢恒初、葛振寰、梁照有、顾崇

---

[1] [清]宋弼:《山左明诗钞》卷三十一,《四库全书存目丛书·集部》第412册,齐鲁书社,1997年,第314页。
[2] 此处及下文所引王象艮诗皆出自《迂园诗》,北京大学图书馆藏明崇祯间刻本。

观、张岱舆、蒋对寰、戴春寰、陈明庵、党慎宇、鲍日葵、刘云从诸寅丈》《和云从刘寅丈〈雨后望西山〉韵》《雨后看西山和刘太微首句韵》《都中喜遇公浮来》等诗可以看出,王象艮在京城的交游比较广泛。王象艮在京城期间,从弟王象明、王象晋、王象奎、王象恒、王象曾等先后至京,或做官,或求官,或读书,或游历,兄弟相聚、倡和、别离等情境在《迁园诗》中都有反映。

王象艮后来在京官国子监典簿,这是他仕宦生涯的开始,他在《领得俸米志感》一诗中写道:

> 门对寒松雪满台,西山秀色扑人来。传经博士沾微禄,食粟明时愧不才。披帙未慵常积案,煮茶多暇自倾杯。最难日月消清福,又见春风绽古梅。

诗中描述了自己领得俸米后喜悦、悠然的心情。国子监典簿虽然品秩低微,但也标志着王象艮的仕途理想的实现。然而,王象艮在京城的大多数时间是困顿的,他自幼与诸兄弟读书家园,才名相颉颃,而年届不惑,仕途之路坎坷,在京中被病痛折磨,"功名自觉浮生苦,寒馁无如客况多。一岁抱愁仍抱病,百年如梦复如波"(《困顿都门,瘴几一月,七兄自楚中以诗见忆,感极而悲,谨和来韵》),又备尝世态炎凉、人情冷暖,"营营朝与暮,谁可谓真交。薄俗从人弃,浮名感自嘲"(《都中即事》其二),在这样的处境下,对功名、宦途产生失望。

崇祯三年(1630)以后,王象艮外放为官,先后历颍上、雒南知县,温州府同知,在安徽、陕西、浙江为官。这一时期,王象艮游历山水,在山西、陕西过雁门关、上谷,游蓝田、商山、华阴、鸿沟、雁塔、华山、终南山、秦岭等地,在浙江游江心寺、西湖,徐州燕子楼、瓜步等处,吟咏甚多。

(二)王象艮师友考

王象艮一生交游广泛,他虽长期沉沦下僚,名位不著,所交往的多数人生平事迹不可考,但新城王氏作为海内望族的影响力和王象艮自身的诗歌才华,提高了他社会交往的层次。《迁园诗》卷前有《师友姓氏》,著录了王象艮师友二十人,可考者如下:

李维桢,字本宁,自号大泌山人,京山人。隆庆二年(1568)进士,选翰林院庶吉士,后授编修。万历三年(1575)出为陇西右参议,历官陕西副使、江西右参政、四川左参政、浙江按察使,浮湛外僚近三十年。天启初,以布政使家居,朝廷几次登用,力辞不就。天启四年(1624),受太常卿董其昌荐,召为礼部右侍郎,为尚书,不久以年衰辞归,卒于家。李维桢弱冠登朝,才华出众,博闻强记,声誉甚隆,文章弘肆而有才气,在诗学上追随前后七子,王世贞许为"末五子"之首。李维桢为人平易旷达,一生交游广泛,不囿于士人身份,从文坛圭臬到布衣商人都有交往。他与王象乾、王象晋、王象艮为好友,为王象晋《二如亭群芳谱》、王象艮《迂园诗》作序。其《迂园诗序》云:"伯兄司马先生复以属不佞评,若何伦父安足与言诗?"①伯兄"司马"当指王象乾,《迂园诗序》是王象乾请李维桢为王象艮所作。王象艮一生功名不显,仕途蹭蹬,寄情于山水,在人生经历和个人性情方面与李维桢有相似和相投之处。

董其昌,字玄宰,号思白、香光居士,松江华亭人,万历十七年(1589)进士,选翰林院庶吉士,授编修。万历二十二年(1594),任东宫讲官,以"失执政意"被贬为湖广提学副使,辞归,乡居二十余年。天启二年(1622),出为《泰昌实录》纂修官,后擢为礼部寺卿侍读学士、南京礼部尚书,因魏党专权,再次辞归。崇祯四年(1631)以原官起复,掌詹事府事,修撰《熹庙实录》,两年后致仕。董其昌是明代书画家,与山东临邑的邢侗并称"北邢南董"。董氏与王氏同为海内望族,董其昌与新城王氏第六代王象乾、王象晋、王象春等人都有交谊,在万历到崇祯这一段党争复杂的历史时期,政治立场一致,曾为王氏题"四世宫保"牌坊。从《迂园诗》来看,董其昌与王象艮是诗友,他为王象艮作序云:"济南王思止忽以《迂园集》示予见,谓予可与言诗者,受而读之,风华秀绝,骨力沉雄,错出于大历、长庆之间"②,对王象艮诗评价很高。王象艮在京师曾题董其昌《鹊山秋色图》云:"苍翠难分岫与峦,林园幽绕涧流寒。长安时起思乡念,只向先生画里看。"

蔡毅中,字宏甫,号中山,河南光山人,万历二十九年(1601)进士,改庶吉士,授检讨。时矿税害民,蔡毅中取《祖训》《会典》诸书中禁矿税者集为二卷,并作注释呈上,为首辅沈一贯所忌,遭降职,后称疾归。天启初复起,迁国子祭酒,擢礼部右侍郎。魏党专权时,杨涟疏劾魏忠贤,反被严旨切责,蔡毅中抗疏继之,言魏党之害,激怒魏忠贤,被魏党弹劾,罢职归。王象艮有《中山先生学约》云:"斯文在天地,大道在人心。道与人不远,奈何自

---

① [明]李维桢:《王思止迂园诗序》,王象艮《迂园诗》,北京大学图书馆藏明崇祯间刻本。
② [明]董其昌:《王思止迂园诗序》,王象艮《迂园诗》,北京大学图书馆藏明崇祯间刻本。

沉沦。淑人起汝海,伊洛脉不湮。家学得真派,先觉出寰尘。金针度千古,狂澜障一身。明月万川映,良知闻见新。鸢鱼飞跃趣,自得见天真。出世原无两,明德即亲民。片言成经传,约人垂诸绅。嗟哉同吾志,日日坐阳春。勿欺仍勿间,希圣即希神。嗟嗟为学先,何必问迷津。"对蔡毅中的学识、品行十分敬仰。

马之骐,字时良,号康庄,河南新野人,回族,万历三十八年(1610)榜眼,授翰林编修,与王象春为同榜进士。万历四十六年(1618),充起居注馆纂修,经筵进讲,以治国之道开导帝王。天启间升尚宝司卿、国子监司业、国子监祭酒。魏党专权时能秉笔直书,独标忠清。王象艮在京城时与马之骐有往来,《送陈子凖社兄南还,和马宗伯康庄先生韵》《寒夜康庄宗伯招集署斋,同陈子凖、子成、王倩鲁、汪遗民、马季、田云孙、黄像之,得"松"字》等诗就是他在京城与马之骐倡和之作。

邵可立,字三立,号泰宇,陕西商州人,万历二十六年(1598)进士,官山海关兵部主事,以廉直著称,在山海关减赋税,修镇楼,兴文教,建文昌书院,购买古今遗书以教化士民。后以山西布政使致仕家居,天启间魏党崔呈秀招起,托疾不赴,年七十而终。邵可立序《迂园诗》有云:"思止王公尚未青云步武,人亦时为扼腕,公不云乎'青荧书舍火,缥缈竹林烟',此可以想风致也。"①

施邦曜,字尔韬,号四明,浙江余姚人,万历四十一年(1613)进士,历任顺天武学教授、国子博士、工部营缮主事,进员外郎。天启中不附魏党,迁漳州知府、四川按察使,以政绩卓著,后升为福建左布政使。崇祯十六年(1643),升左副都御史。崇祯十七年(1644),李自成起义军攻入京城时自杀殉节。施邦曜为人严正,高风亮节,好阳明之学,有《施忠愍公遗集》。《迂园诗》有施邦曜序,云:"偶从长安官邸中遇济南王思止先生,先生称海内第一世家,五世蝉联,青紫伯仲,雁行鹓鹭。思止独以明经起家,吾呷欠伸,靡非诗态,间授余读之,若爱居之騄大吕,索笔于予,将无蒙诟,佛顶独异。"②王象艮在京中与施邦曜订交,并请为作序,施邦曜称赞其"沉心雅韵,矢口金石,品在右丞、苏州之间"③。

王漾,字带如,号愚谷,山东益都人,天才逸发,擅草书,万历三十八年

---

① [明]邵可立:《思止王公迂园诗叙》,王象艮《迂园诗》,北京大学图书馆藏明崇祯间刻本。
② [明]施邦曜:《迂园诗叙》,王象艮《迂园诗》,北京大学图书馆藏明崇祯间刻本。
③ [明]施邦曜:《迂园诗叙》,王象艮《迂园诗》,北京大学图书馆藏明崇祯间刻本。

(1610)进士,授大理寺评事,历户部员外郎、太原知府、福建督学副使,以太仆少卿致仕。王象艮有《丙寅都门九日同王带如、康宇七兄酌承恩寺》《别王愚谷于护国寺归而忆之》等作。

王衮,字补之,山东益都人,王漾之弟,生平不详,才学与王漾齐名。王衮常往来于新城,与王象艮兄弟泛舟游湖,以诗歌相倡和,《迂园诗》中有《暮秋同王补之、十六弟、十八弟泛舟锦秋湖》《同王补之、鸿渚、用晦二弟秋月泛湖,宿华沟水庄六首》《王舍道中和王补之壁间韵》等都是王象艮与王衮交游酬倡之作。

公鼐,字孝与,山东蒙阴人,万历二十九年(1601)进士,选庶吉士,授翰林院编修,泰昌时召为国子监祭酒,天启间官礼部右侍郎,充实录副总裁。魏忠贤乱政,公鼐引疾辞归。公鼐博学好闻,磊落有识,有《问次斋稿》,万历以后受到复古思潮影响,文学思想上追随七子,同时对复古的弊端进行了反思,与冯琦、于慎行为万历间"山左三家"。公鼐与新城王氏关系密切,对王象艮、王象春兄弟十分推重,万历四十四年(1616),公鼐为王象艮《迂园诗》作序,认为山左诗坛自李攀龙去世后,诗道渐废,"今始得一季木(象春)","复得一思止(象艮)",谓王象艮"春容淹雅,不大声色,白真韦淡,贺怪籍恬,都来几字,富有日新"①,与王象春并驱中原,继承李攀龙诗道,对王象艮赞誉有加。

公鼒,字敬与,号浮来先生,公鼐弟,万历二十五年(1597)举人,官中书舍人,迁工部主事,提督浙杭关务,有《小东园诗集》十二卷。公鼐、公鼒兄弟与王象艮、王象春兄弟在晚明山左诗坛有相近的诗学观念,声名并著。王象艮用诗歌记载了他与公鼒在京城相遇、交往、别离的情形:"神交三十载,投分在今年,意气忘形外,才名大历前"(《都门喜遇公浮来》),"今日长安别,相思为尔真。途长家愈远,客久仆相亲"(《都门别公浮来》),二人还常有书信往来,"偶得心知讯,开函喜复惊。半年余别绪,五字述交情"(《喜公敬与见讯》)。公鼒回乡后,王象艮曾至蒙阴拜访,有《夜过浮来小东园二首》《登东蒙山》。别后,又有《东蒙道中忆公浮来》。公鼒去世后,王象艮再入京师,过其旧宅,心中恻然,作诗哭之曰:"我已无心歌说鬼,谁能具眼识听钟。亭中草暗杨雄去,天上文成李贺逢。"

汪逸,字遗民,安徽歙县人,生平不详,有《汪遗民诗》一卷,皆为与马时

---

① [明]公鼐:《王思止迂园诗叙》,王象艮《迂园诗》,北京大学图书馆藏明崇祯间刻本。

良、马仲良兄弟的倡和之作。从《迂园诗》来看，汪逸与王象艮交往密切，《迂园诗》即为汪逸较，王象艮有《初雪新晴留子凖、遗民、子延小集，得"寒"字》《访汪遗民社兄却赠》《晤遗民于长安佛寺，未几别而之秦，且恋恋难为别也》《江上怀汪遗民》《和汪遗民社兄〈西寺客怀〉韵》《同遗民社长游沐坟看红叶和韵》等作。

方应选，字众甫，号明斋，直隶华亭人，万历十一年（1583）进士，官汝州知州，累至卢龙兵备副使，有《亲甫集》十四卷。

除了以上诸人外，还有姚元台，字子云，慈溪人。刘三顾，字云从，海丰人。陈九鼎，字子凖，光州人。王象艮有《送姚子云还慈溪》《九月一日大雨不止，子云冒雨过访留饮而别》《喜姚子云放生》《赠刘云从将军》《同刘云从水关小憩》《送云从刘寅丈守北通州》《和云从刘寅丈〈雨后望西山〉韵》《赠陈子凖锦绣峰》《别陈子凖》《同陈子凖、子成、汪遗民、山民登报国寺二阁》等诗，都反映出与这些友人的交往情况。

二、王象艮诗歌内容

（一）迂园之"迂"

王象艮早年大部分时间在家乡新城与兄弟读书、赋诗，自得其乐。《新城县志·人物志》载：

> 象艮嗜为诗，与弟训导象益、知县象明、从弟吏部象晋相倡和，辟迂园于南郭，有绿雨楼、卷石亭、石甲馆、镜潭诸胜，又得湖滨鲁连陂居之，作祠以祀，题曰"鲁连遗清"，其风流好事如此。①

山水之美、田园之乐，是王象艮一生最为自得之事，迂园与鲁连陂是王象艮一生中两个重要的活动场所，也是他的精神家园。王象艮的文学生活，除了外出游历、为官，基本上围绕迂园和锦秋湖展开。

王象艮在新城独辟迂园，"园周数亩，幅裷如圭，株科蓊郁，有苕无藿。垣不蔽额，门不并肩，小塘不涸，竹蒲足以藏鹭，入径环曲，水湄如衣钩，邻

---

① [清]崔懋：(康熙)《山东新城县志》卷十，《中国方志丛书》，成文出版社，1976年，第372页。

叟巷稚咸得恣游其中"①。王象艮与王象春、王象明、王象益等兄弟饮酒品茗、赋诗倡和,并以"迂园"名其诗集,《迂园诗》中着墨最多的也是迂园。他有两首《迂园》诗,一为七律,一为六绝,均表达了对迂园优雅生活环境的喜爱和自己悠然的心态,诗云:

> 负郭穿云取径长,闲门流水集幽香。因听竹奏常停屐,每爱禽鸣自举觞。屋外山容青不断,城头树影绿生凉。同游几辈皆心契,率意忘机任我狂。
>
> 园迂半花半竹,亭小宜卧宜觞。槐径曲通鸥渚,柴关小类蜂房。

王象艮还有《迂园十咏》,分咏绿雨楼、绿漪轩、卷石亭、青桐轩、妙香亭、爱菊轩、镜潭、钟葵轩、松涛阁、蕉雨斋十处园亭景致。"一楼春雨绿,水木洗波澄"(《绿雨楼》),"水径环竹径,亭敞绿漪多"(《绿漪轩》),"莲花香冉冉,荷叶露田田"(《妙香亭》),"阁上俯长松,松阴翠欲染"(《松涛阁》),字里行间充满了对迂园深深的喜爱之情。

王象艮对迂园的幽雅环境和自己清闲的书斋生活有详细的描述,他反复吟咏迂园的四时景物和阴晴变化,《春日园居》四首、《冬日斋居》八首、《秋日园居》四首、《夏日雨中》四首、《春日》八首、《初夏》三首、《春日石甲馆》六首、《秋日斋居》三首,这些诗歌都以组诗的形式出现,描写的都是迂园的景物。迂园春日的"花落添诗料,莺啼布酒条"(《春日园居》其三),"春山娇欲滴,晓雨细犹寒"(《春日》其二);夏日的"云暗山喷墨,溪喧浪拍沙"(《夏日雨中》其三),"鸟栖花欲堕,人过竹仍迷"(《初夏》其二);秋日的"露浥桐阴薄,风梳竹影欹"(《秋日斋居》其二),"恶风凌砌菊,霪雨打窗棂"(《秋日园居》其二);冬日的"青荧茅店火,飘渺竹林烟"(《冬日斋居》其二),"鸦鸣灯火暗,风急雪花明"(《冬日斋居》其三)。四时花草繁茂凋谢,雨雪风霜、花鸟虫鱼等等都进入了王象艮的诗中,他细细捕捉着迂园的景物变换,体味书斋生活的悠闲自得和清冷寂寞。

迂园也是王象艮的精神家园,他的诗中常常描写自己书斋生活中的各种活动,如"呼童收早雨,乞火试新茶"(《春日园居》其二)、"客至茶初沸,诗成日未西"(其四)、"抱膝南窗下,谈诗共友生"(《冬日斋居》其三)、"说鬼仍留客,听钟忽唱鸡"(《冬日斋居》其四)、"雅谈听不倦,清梦趣偏长"(《冬日

---

① [明]王象春:《王思止迂园诗叙》,王象艮《迂园诗》,北京大学图书馆藏明崇祯间刻本。

斋居》其八)、"酒尽寒犹厉,桥危水漫过"(《雨中迂园》)、"书满床头几,杯空橐里钱"(《夏日雨中》其二)、"茶烹先避鹤,琴奏恰归鸿"(《春日》其六)、"积案诗新旧,丹铅好自删"(《春日石甲馆》其二)等等,这些是王象艮书斋生活的主要内容,他在这里进行的会友、品茗、饮酒、弹琴、作诗、静悟等活动,是他消解仕途失意的困顿和长期独居的寂寞的重要途径。

迂园的环境清幽秀丽,王象艮常邀兄弟子侄至此,消暑、品茗、谈诗,他与从兄弟王象益、王象明、王象晋、王象春等的倡和,构成了新城王氏家族内部联珠谈艺的一道人文景观。王象春的《迂园诗序》记载了他与王象艮在迂园中避暑谈诗的情形:

> 余每当盛夏,与思止裸僵石上,汲泉煮柏,听百鸟语,已而洒然诗成,相视大笑。即城柝已催,犹可戴星而入。余邑自此外求一尺地可著脚不得,然思止坐此,耽玩岁月,壮怀俱消。①

每到盛夏,兄弟二人裸卧于石上避暑消夏,洒脱不羁,在迂园中汲泉煮茗,听百鸟细语,以诗歌相和,足以让人壮怀俱消。王象春对王象艮以迂园为居十分羡慕,同时,作为兄弟和诗友,王象春也十分了解王象艮辟园自居,并以"迂"命名的深意,他在《王思止迂园诗叙》中云:

> 人每以迂思止,思止亦以自迂,又以迂其园、迂其诗。余谓之曰:迂诚有之,乐亦存焉,得失盖半耳,何也? 天有清福,世有闲人,事有冷业,三者人方弃不愿取,天且吝不肯与,是以委顿狼藉,散而不收。彼何人斯又以大酒肥肉,滥施黔劓,坐使灵山韵水、快风慧月,总成顽蠢。天见暴殄如此,于是又怆然若不忍,择其人之资根相近,与夫中情乐此者,畀之以闲人之职,使之消清福而修冷业。又视夫人之器量酌取,如饮酒然,用物既宏,因而有酣然厌余,得趣不传者矣。此编之迂,亦犹之乎元之漫、柳之愚哉。②

所谓"天有清福,世有闲人,事有冷业"是对王象艮寄情山水、自得其乐的生活的总结。王象艮科举、仕途不顺,以灵山韵水、快风慧月为伴,静心

---

① [明]王象春:《王思止迂园诗叙》,王象艮《迂园诗》,北京大学图书馆藏明崇祯间刻本。
② [明]王象春:《王思止迂园诗叙》,王象艮《迂园诗》,北京大学图书馆藏明崇祯间刻本。

独修"冷业",以"迁"名园,与柳宗元以"愚"名溪的情怀相类似。

王象春虽然羡慕"天有清福,世有闲人",但更加理解王象艮以山水娱情背后的寂寞与不甘。柳宗元命名"愚溪",是他遭贬谪后心态的体现,有远离尘俗的愿望,有被贬斥后的不甘。王象艮的"迁园"是在他科举失利、出世理想难以达成的情况下,转而寻求的一种精神寄托,与柳宗元被贬谪后的心态有相近之处。因此,在吟咏迁园秀美幽静的景致的同时,王象艮往往发出时光易逝,年华老去,而功名未著,壮志消磨的感慨,如"壮志消磨尽,孤怀与俗妨"(《冬日斋居》其六)、"岁月波无住,功名日易西"(《秋日园居》其三)、"世事愁逾淡,雄心老自休"(《夏日雨中》其四),正如王象春所言"耽玩岁月,壮怀俱消"。

(二)锦秋之乐

王象艮热爱山水园林,在他漫长的乡居时间里,除了迁园,新城的锦秋湖也是他的消遣之地,如果说迁园代表了王象艮的书斋生活,那么锦秋湖则是他走出书斋,走向自然,游冶山水的主要场所,反映了他乐游山水的精神向往。

锦秋湖是战国名贤鲁仲连的隐居之处,湖滨有"鲁连陂",王象艮卜筑其上,题为"鲁连遗清"。他在《迁园诗》中描摹了锦秋湖的美丽风景,在《锦秋湖十二咏》中描写了"晴湖""霜湖""雨湖""风湖""月湖""雪湖""露湖""星湖""烟湖""虹湖""电湖""雷湖"等锦秋湖四序六时的不同形态。在《锦秋湖十景》中分咏赵公闸、金刚堰、鲁陂、颜厮居、庞家泊、锦秋亭、华沟烟水、鹅鸭城、诸葛庙、青冢十处人文、自然景观。王象艮以"迁"名园,也以"迁"名湖,他将锦秋湖名为"迁湖",赋予锦秋湖自己的精神特质,锦秋湖在他的笔下变幻出千姿百态的美。《迁湖十咏》描写了"湖天春晓""细雨归蓬""澄水晴波""秋庐听雨""鹅横秋空""雁落沙滩""对鸥消暑""雪蓑孤钓""月照澄陂""采莲晚归"十种湖滨美景,涵盖了锦秋湖的四季景物。他的《鲁陂水居》一首可以说是对湖滨生活的概括:

> 疏竹成篱水满渠,长河高柳带幽居。稻畦南北如云委,荷荡参差望月舒。好句时从闲里得,俗情应自淡中除。一湖渔艇歌声晚,楼上新晴翠染裾。

锦秋湖稻畦星布,清水满渠,菱荷菱芡,鱼肥鸟翔,身处这样的环境中,王象艮以诗歌自娱,俗情渐消。

与迂园书斋生活的安闲寂寞不同,王象艮在描写锦秋湖时,往往以愉悦的笔触,表达乐游山水的情怀。"当春冰初解,或荷芡散盛时,偕二三兄弟轻舟上下,南视长白、花铁等山,隐隐浮水面"①,王象艮与兄弟群从泛舟锦秋湖,赏荷食莼,吟啸游乐,《迂园诗》中有很多写出游的作品,如《暮秋同王补之、十六弟、十八弟泛舟锦秋湖》二首、《立秋日大司马长兄携诸弟、李起吾、李纯予泛舟陈庄》、《同王补之、鸿渚、用晦二弟秋月泛湖,宿华沟水庄》六首、《同鸿渚、季木、用晦诸弟泛舟锦秋湖,时宿雨新晴,河水骤溢流入湖》八首、《住华沟鲁连遗清处同鸿渚、季木、用晦诸弟,时宿雨新晴》五首、《宿湾头秋水亭同季木弟、李子泛舟》四首、《秋日同李起吾泛舟锦秋湖》四首等。他感叹锦秋湖水草肥美,"黄云丰岁兆,红藕暗香浮""傍岸老莲堪摘子,上钩鲜鲤旋为羹",抒发悠居田园且有兄弟知己相伴的惬意:"不速弟昆皆老友,相迎鸥鹭即新诗""身世浮云惟钓叟,徜徉此处兴常新"。面对锦秋湖,王象艮抛却了仕途人生的不如意,展现出冲淡平和的心态。他在《锦秋庄记》中写道:

> 予生于斯,因卜筑于斯,有船可游,有稻可耕,有莲可采,有鱼可食,不求人世,而此湖饶焉。至若鸟语花香,山青水白,则又四时之清福也,予何幸得而领略厌饫于其中。嗟嗟!予命最蹇,予行最拙,万事坎坷,步步拂抑,独于此湖若有夙缘,而为吾之菟裘,想亦上天怜我劳人,而优之也。②

王象艮所耿耿于怀的是他仕途、人生的不得志,锦秋湖之富饶美丽可使人荡涤烦忧,忘却尘俗,因此即便后来王象艮外出做官,仍对锦秋湖念念不忘,在《雒南中秋忆锦秋湖》中写道:"去年病里过中秋,今日中秋在陇头。一片锦秋湖上月,清光千里共悠悠。"

王象艮喜爱锦秋湖,不仅仅因为这里景致优美,锦秋湖对于他来说更是一种精神文化的象征。悠久的历史赋予锦秋湖以文化底蕴,鲁连陂、诸葛庄、锦秋亭等地经过时间的沉淀,已经成为一个个文化符号,给王象艮以

---

① [明]王象艮:《锦秋庄记》,《迂园诗》,北京大学图书馆藏明崇祯间刻本。
② [明]王象艮:《迂园诗》,北京大学图书馆藏明崇祯间刻本。

精神洗礼。他歌咏这里的古代贤达,如鲁仲连、诸葛亮、苏东坡,"狄城避世人何在?千古烟波说鲁陂"(《鲁陂》)、"三分事业谁为主?日落荒祠野水边"(《诸葛庄》)、"江南烟景差相似,想像苏堤跨六桥"(《锦秋亭》),自云:

> 鲁仲连、诸葛孔明、苏子瞻俱曾徜徉于吾里湖上,至今有鲁陂、诸葛庄、锦秋亭在焉。予既慕三贤之高标,尤幸近三贤之胜迹也,于是建祠鲁陂旧址,以表仰止之私,且以志此湖之胜云。①

王象艮追慕鲁仲连、诸葛亮、苏东坡三位贤达,他们都曾在锦秋湖畔留下足迹,或隐居,或流连,足见锦秋湖的独特魅力。王象艮对鲁仲连尤其景仰,他在鲁陂为其建祠,并卜居其旁,以表高山仰止之情。鲁仲连是战国高士的代表,古人建功立业,功成身退的人生理想在鲁仲连身上达到了统一,其高风亮节是古代士大夫的理想人格,"吾慕鲁仲连,谈笑却秦军。当世贵不羁,遭难能解纷"(《咏史》其三),"却秦振英声,后世仰末照。意轻千金赠,顾向平原笑"(《古风》其十),左思、李白等诗人都渴望能像鲁仲连一样,完成自我人生建树。作为一个文人,王象艮对自己的人生也有同样的期待,然而,科举、仕途的坎坷使他不得不转而面向山水,向古代贤达寻求精神上的慰藉。他欣赏鲁仲连的气节和飘然而去的潇洒:

> 宁忍蹈东海,谁思强帝秦。孤城一飞矢,六国有心人。侠气海山冷,孤坟湖水新。宁论五伯业,那减掷轻尘。(《过鲁仲连墓在湖上》)

鲁仲连不受封赏,甘于寂寞的精神高标也是王象艮所追求的人生境界,"不受封邑爵赏,甘心烟水穷漠。迟他几帝几王,留得一丘一壑"(《鲁陂》),身在江湖而胸有丘壑,王象艮在缅思古代贤达的同时,不断追求与他们在精神上的契合。

(三)羁旅行役

王象艮中年以后外出游历、求官、做官,先后至济南、京城、安徽、陕西、浙江,在济南与王象春倡和于历下,在京城寓居慈恩寺、成均署中,与往来于京城的王象明、王象晋、王象恒等兄弟及京城文人交往,崇祯以后外放做官,至颍上、雉南、温州,都有大量的诗歌创作。这些经历使王象艮走出书

---

① [明]王象艮:《迂园诗》,北京大学图书馆藏明崇祯间刻本。

斋,走出新城,丰富了人生阅历,也使他的诗除了山水田园之乐,增加了更为丰富和深厚的人生体验。他奔波于宦途,遍尝世态炎凉、人情冷暖,在长期的行旅生涯中产生了愈加浓厚、迫切的归隐之心。从京城求官、为官到外放,王象艮都用诗歌记录了自己种种复杂的心态。

万历四十七年(1619),王象艮在京城参加廷试,这时的他虽已届中年,但对于仕途、未来仍充满希望,他记录了廷试的情形:"题挥御墨淋漓下,香绕彤庭飘渺收。对策书生无忌讳,临轩圣主有深忧。"(《庚申廷试至午大雷震天》)在京城待选期间与京中文人交游倡和,有"莫道长安为逆旅,迟贤原自出君恩"之句,对于长期困顿科场的王象艮来说,参加廷试之后对仕途有种迫切的期待。王象艮后官国子监典簿,对于这样的官职他还是颇为满意的,"传经博士沾微禄,食粟明时愧不才。披帙未慵常积案,煮茶多暇自倾杯"(《领得俸米志感》)。他时与友人游览西山,以诗倡和,"长安无地不飞尘,惟有西山最可人,几树鸟声娇细雨,一帘花影暗晴春"(《雨后看西山和刘太微首句韵》),在京城为官也有安闲自在之时。

然而,从整体上来看王象艮作于京城的诗歌色彩情调是晦暗消沉的。他客居京城,在孤独寂寥的生活中体会到人情冷暖,诗中也往往渗透着一股冷意,如《都中即事》二首:

两月身为客,寥寥旅伴孤。风沙愁入眼,霜露欲侵肤。箧句吟常满,囊钱笑久无。最怜天又雪,庭砌玉平铺。(《都中即事》其一)
营营朝与暮,谁可谓真交。薄俗从人弃,浮名感自嘲。一湖菱待摘,三径藓虞胶。鼓腹村居乐,何须羡大庖。(《都中即事》其二)

客居京城在经济上的困窘、精神上的寂寥,以及为功名利禄汲汲营营的疲惫,都使王象艮产生了对迂园生活的怀念。在王象艮笔下,京城的雨天是凄冷的:"怀人秋色淡,对雨晚凉生"(《都中对雨》)、"空房凉雨使心遥,柳色含情送寂寥"(《都门雨中纪梦》);京城的秋日是萧索的:"秋从连日老,寒比故乡多"(《都中看霜菊》)、"露冷风微秋气清,寥寥寒署酒杯倾"(《成均公署中秋写怀》)。虽然有王象明、王象恒、王象春等兄弟同在京城,但都奔忙于宦途,在短暂的相聚之后又是别离,"如何命驾轻千里,不待新秋共我还"(《都门煤市桥送十六弟东还》)、"长途雪愈纷,马瘦迷归路。今夜寒滋甚,问兄止何处?"(《雪中别季木弟》)、"门外天涯是,苍烟四野飞"(《别立宇

十一弟》)。王象艮在一次次的送别中体味到宦途的无奈、人生的苦涩,他在《都中大风与立宇、恤宇弟夜坐话别》中写道:

> 别离人最苦,孤影渡桑乾。白云凝装重,青山讯路难。客愁胡问酒,童解劝加餐。古道寒林暮,空悲立马看。

极言别离之痛苦,旅途之艰辛,"古道寒林暮,空悲立马看"更是充满了悲凉的意味,令人感慨。

王象艮外出做官,赴颍上、雒南、温州时,别离之痛更大程度上被羁旅之思、行役之苦所取代,在旅途中他对于人生、仕途的种种艰辛都有了深刻的体会。"人情幻似藏蕉鹿,宦况真同咽露蝉"(《过青城大清河有感》)、"熟知世事聊缄口,识透炎凉但敛襟"(《除夜》),宦途险恶,世事难言,王象艮感触颇深,他在京城曾以促织比喻世态人情:

> 物性熙熙趣偶同,瓦盆相角看争雄。空斋不少闲情绪,莫笑童心属老翁。(《丁卯病都中养促织以自遣》)

天下熙熙,皆为利来;天下攘攘,皆为利往。王象艮对于人生、物性看得透彻,他一方面力图超脱人世间的争名逐利,忘却尘俗;另一方面,又有着建功立业、自我树立的渴望,只能无奈地奔波于仕途。

王象艮在诗中记述了行旅途中孤单、寒冷、疲倦、失望、迷茫等种种复杂感受,"骨傲难知己,途穷好赋归"(《雪中宿长店》)、"倦游兼兴尽,前路尚茫茫"(《晓行新城道中》)、"人向长途老,家同万里艰"(《长安道中》其八)、"乍寒趋古道,多累笑微官"(《夜行》其一)、"孤蓬寂寞长河雨,滴沥连宵直到明"(《泊舟东光阻风雨》),他无奈于自己沉沦下僚、人微言轻的仕途,奔波于宦海,一生壮志傲骨消磨几尽,在《莱芜道中》发出了这样的感慨:

> 傲骨牢骚真愧我,闲心漂泊近如僧,半生踪迹难回首,惆怅寒枝岭自凭。

羁旅行役的疲劳使王象艮产生了回归家园的向往,而迁园、迁湖则始终是他超然物外的精神家园,正因为如此,他在奔波于仕途的同时,总是不断地表达着归隐的愿望。

回归乡园是王象晋的一种情结,在他的诗中,与"乡"相对应的是"客",无论是在京城还是在雒南、颍上、温州,抑或是在路途中,王象晋总是不自觉地以"客居"的心态去观照外物,他的许多诗句中都呈现出"客居——故乡"的模式,如:

> 长夜更初静,乡思动客情。(《过雁门关》)
> 客途那忍听,凄切动乡思。(《夜雨闻雁》)
> 客程看去雁,乡思复如何。(《长安道中》其六)
> 乡思成寂寞,客况岁将除。(《淮南》其五)
> 淮海严冬客,乡园腊日思。(《淮南》其六)
> 那堪冬作客,无奈夜思乡。(《徐州》)
> 渡头虞浪阔,客里望乡频。(《忆天津侯次斋》)

这些诗歌都写于旅途中,由作客他乡而引起对乡园的思念。回归家园,萧然物外,成为王象晋的一种情结,当他宦游在外时,这种归隐的愿望就变得愈加强烈。除了客居思乡之外,他还在诗中不断地点明"回归"的主题:"归欤方自慨,饥鸟复仓皇"(《雪中忆家》)、"天暗归程急,灯残客思阑"(《雪中别杨印潭》)、"逢人讯歧路,久客引归情"(《长安道中》)。

"回归"既是指由奔波宦途归向悠游乡园,也指向个体精神家园的回归,"迁园松菊应无恙,好待归来话草堂"(《都门煤市桥送十六弟东还》),对于王象晋来说,迁园与锦秋湖就是他的精神圣地,那里既足以自给自足,又能获得身心自由与愉悦,更诠释了王象晋的精神向往和志趣所在。

三、王象晋诗歌宗尚与风格

王象晋是新城王氏第六代成员中诗歌创作较多的成员,他与王象春在诗坛上的活动都主要集中在万历后期至崇祯年间,这时的诗坛,后七子的复古运动已然落潮,而公安、竟陵相继而起,方兴未艾。前后七子的文学复古一方面处在被非议、否定的阶段,另一方面仍具有一定的影响力,山左诗坛也处在继承并反思复古的过程中。作为山左诗人,王象晋与王象春一样,对乡贤李攀龙十分敬仰,并在诗学上也浸染了复古之风,同时也在有意识地反思和创新。

王象艮在诗歌创作上受到复古思潮的影响,也开始偏离复古派的诗学轨道,从初、盛唐向着中、晚唐转移,李维桢、董其昌、施邦曜、公鼐、王象春序《迂园诗》时,都表达了相似的观点。他们评价王象艮诗多从李攀龙、王象春说起,前者是后七子的领袖人物,后者继承复古,又自辟门庭,都与王象艮的诗歌创作有千丝万缕的联系。公鼐对王象艮、王象春赞赏有加,《王思止迂园诗叙》云:

> 吾乡自于鳞先生没,诗道之废者,垂四十年,今始得一季木,季木新城人,固济南支邑也已。复得一思止,思止又季木从兄也。华山片石,明湖掬水,何代生于鳞若此?因思于鳞以旷世轶才,语非古人,不以上口,当时庚桑,几遍海内。近有里儿号嘎,炊无米之甑,以过屠门;饤委巷之音,以当韶镬,散带千金,殊不自见。季木称诗此时,不以心兢,不以舌争,运陡健之笔,发情至之文。思止日与唱和,而并驱中原,春容淹雅,不大声色,白真韦淡,贺怪籍恬,都来几字,富有日新,不可谓之补剿于鳞,亦庶几乎今日嚆矢矣。①

公鼐在诗学上深受后七子影响,对李攀龙尤其推崇,认为李攀龙为"旷世轶才",其没后四十余年诗道不兴,序中所谓"里儿号嘎""过屠门;饤委巷之音",则是针对公安、竟陵的柔靡、俚俗之风而发。"于鳞之后,而有二子,二子之后,且复为于鳞",公鼐认为二人继承了李攀龙诗道,对王象春的"陡健之笔,情至之文",和王象艮的"春容淹雅,不大声色"都十分欣赏。

董其昌、施邦曜也从后七子复古运动之后诗坛尽相摹拟而不得其要领的状况出发,认为王象艮能自为一家。董其昌云"近代于鳞集行,而世无弗为于鳞者已,又无弗能为于鳞者","最征事于鳞者,以情不以貌耳"②,对于步趋人后的诗坛现状十分不满,认为时人学习七子缺乏个人的情感实质,而王象艮诗"风华秀绝,骨力沉雄,错出于大历、长庆之间,以自为一家"③。施邦曜亦云"自于鳞集行,而海内诗家靡不为于鳞,然卒未能有为于鳞者,其似则优盖之抵掌,不则邯郸之失步耳"④,而王象艮"沉心雅韵,矢口金石,

---

① [明]公鼐:《王思止迂园诗叙》,王象艮《迂园诗》,北京大学图书馆藏明崇祯间刻本。
② [明]董其昌:《王思止迂园诗序》,王象艮《迂园诗》,北京大学图书馆藏明崇祯间刻本。
③ [明]董其昌:《王思止迂园诗序》,王象艮《迂园诗》,北京大学图书馆藏明崇祯间刻本。
④ [明]施邦曜:《迂园诗叙》,王象艮《迂园诗》,北京大学图书馆藏明崇祯间刻本。

公鼐、董其昌等人在《迁园诗》序中都对王象艮大为赞赏,多溢美之词,施邦曜甚至将王象艮与李攀龙相提并论,谓"试与《白雪楼集》并读之,海内又当诧两济南矣"②,这样的评价虽然过誉,但也都指出了王象艮的诗学发脉。王象艮对于李攀龙显然是十分推崇的,他与王象春倡和于历下,都寓居在白雪楼。他歌咏白雪楼,缅怀先贤,"构成草阁嵰桥边,犹见先生字宛然。几易主人桑海变,诗名白雪自年年"(《白雪楼有感》),"十年三上于鳞楼,绿荫柴扉多景幽。千载名高阳雪句,孤坟草没昏烟愁。门迎鹊水白相向,槛倚鲍山青欲流。生前身后几知己,心交屈指惟弇州"(《登白雪楼》),对李攀龙的诗歌成就十分心折,他自己也是"人来共领黄花趣,语次频歌白雪诗"(《九日客居》),深受李攀龙复古诗学的影响。

对于王象艮的诗学路径,诸人较为一致地指出其宗法中唐,学习韦应物、白居易等高雅闲淡一派的倾向,董其昌所谓"错出大历、长庆之间"③,公鼐所谓"白真韦淡,贺怪籍恬"④,及王象春"洒然物外,野鹤不群,则大类韦苏州、白香山韵响"⑤的评价都对王象艮的诗歌宗法做出了较为中肯而准确的判断。

王象艮的诗歌无论在内容还是艺术上,都与大历诗人十分相近。他的诗歌中的山水之美、田园之乐、羁愁旅思和对于乡园的留恋,对于个人仕途、人生的困惑、迷茫,对于独居迁园内心孤独寂寞的抒写和模山范水、忘却尘俗的归隐情结等内容,都体现出与大历诗人相近的情怀。他的诗歌虽然大都描摹山水之美,追求冲淡自然之致,但是总体上带有冷落黯淡的色调,如以下三首:

> 昨饮长安市,今宵雪满堤。萧条两岸柳,惆怅五更鸡。劳久行还止,途长去欲迷。敲门寻旧主,马对暮云嘶。(《长安道中·其二》)
> 时行岁已尽,雨雪更凄然。枝冷惊栖鸟,人归暗远天。青茭茅舍火,缥缈竹林烟。不用山重买,于兹卧尽便。(《冬日斋居·其二》)

---

① [明]施邦曜:《迁园诗叙》,王象艮《迁园诗》,北京大学图书馆藏明崇祯间刻本。
② [明]施邦曜:《迁园诗叙》,王象艮《迁园诗》,北京大学图书馆藏明崇祯间刻本。
③ [明]施邦曜:《迁园诗叙》,王象艮《迁园诗》,北京大学图书馆藏明崇祯间刻本。
④ [明]公鼐:《王思止迁园诗叙》,王象艮《迁园诗》,北京大学图书馆藏明崇祯间刻本。
⑤ [明]王象春:《王思止迁园诗叙》,王象艮《迁园诗》,北京大学图书馆藏明崇祯间刻本。

百草辞寒尽,登楼景未舒。鱼潜芦底窟,雪压竹间庐。漠漠枯林远,萧萧晚气疏。阳和将应律,及早治春蔬。(《冬日斋居·其五》)

无论是行旅还是斋居,都营造出幽冷、萧条的氛围,"萧条两岸柳,惆怅五更鸡""青荧茅舍火,缥缈竹林烟"两句被王士禛称为"中唐之选"[①],写出了冷落凄清的意境。

王象艮描写最多的是湖光山色,水月松竹,但是这些自然风物在他的笔下呈现出的并非雄奇飞腾和生机勃发,而是娴雅清丽、恬淡幽远。如《秋雨湖上》其二:

郭北看无际,秋湖水自漫。鹭来窥细芷,鱼戏上平滩。香稻黄云老,江芦白雪寒。扁舟乘兴往,斜雨一横竿。

这是对秋季锦秋湖的描写,鹭窥细芷,鱼戏平滩,湖畔香稻芦苇随风摇曳,一派恬淡,而"老""寒"二字则使整首诗有了清冷的意味,最后一句"斜雨一横竿"更增添了孤独之感。这一类直接描写山水风物的诗歌在《迂园诗》中以五言为主,而七言诗则主要记录同亲友泛舟出游、登临望远的所见所感,或抒悠然之兴,或抒迟暮之感,如"今古烟霞成独笑,江湖风雨有闲人""青山遥望浑移渚,画舸轻摇自狎流""映水芙蕖相向语,牵风杨柳不关愁""年华逝矣谁黄发,兄弟依然一素心"等,在游览登临中也不自觉地透露出萧索之感:

荡雨牵风过小桥,村庄三月尚萧条。门前湖水平如掌,一任渔舟欸欸摇。(《雨中游水庄》)

王象艮诗中的幽远清冷在意境上与大历诗风相近,他对自然山水和田园风光的偏爱则是对韦应物、白居易一派的继承,他描写迂园和锦秋湖的诗歌集中反映了闲居生活,以清新的笔调观照自然,表现出超然物外、闲逸悠然的情调,如:

小桥同曲径,郭外远尘嚣。花落添诗料,莺啼布酒条。雨余耕正急,日永睡能消。分竹明朝事,泉声隔岸遥。(《春日园居·其三》)

---

① [清]王士禛:《渔洋诗话》卷上,袁世硕主编《王士禛全集》,齐鲁书社,2007年,第4760页。

王象艮师法中唐,继承大历诗风,是复古与反思复古的双重作用下产生的结果,他一方面受复古思潮影响,学习唐诗,"谨守唐人矩蒦,不失尺寸",另一方面,在后七子复古运动受到质疑和批判的环境下,由初、盛唐转向中唐。而王象艮沉沦下僚、仕途不顺和中年后奔走宦途的人生经历,也容易使他对大历诗人产生共鸣,王象艮精神世界中的羁愁旅思、壮志消磨和寄情山水,无不与大历诗人的精神状态相似,这也是他宗法大历的一个原因。但是,严格来说,他师法中唐也只是学习韦应物、白居易等人高雅闲淡的一派,而撇开了对广阔社会的关注。晚明已经处于大厦将倾的境地,但王象艮的诗中没有像韦应物、戴叔伦、李益等诗人对社会现实敏感的体会和认识,虽然他也有"三农胼胝征轮急,才过严冬望麦黄"(《悯农》)、"四野田禾付水沮,老农守定扫帚哭"的感叹,但更多的是"老农放新水,稚子摘闲花"的悠然,这与他不愁生计且优裕的生活条件有关。

　　王士禛评价王象艮"诗名远出考功下,然谨守唐人矩蒦,不失尺寸"[①],既道出了王象艮诗歌的优长之处,也指明了其单一的诗学路径。明代前后七子复古运动的摹拟弊病也在王象艮诗中体现出来,他师法中唐,同时也承袭了大历诗人在艺术上的软熟雷同,诗中频繁地出现青山、浮云、沙鸥、烟雨、霜林等意象,在反复用这些意象渲染意境、表达感情的同时,造成了雷同,他的诗中有一些句子在表达语意上极为相似,如:

　　　　此时犹作客,无夕不思乡。(《淮南》其七)
　　　　那堪冬作客,无奈夜思乡。(《徐州》)

　　这显然是直接的重复雷同,语意相近者如《长安中秋卧病枕上口吟》中的两首:

　　　　东望乡关旅思惊,长安月色更添明。(《长安中秋卧病枕上口吟》其一)
　　　　乡园寄得相思字,一段清光两处明。(《长安中秋卧病枕上口吟》其四)

[①] [清]王士禛:《居易录》卷十四,袁世硕主编《王士禛全集》,齐鲁书社,2007年,第3946—3947页。

还有"云"的意象的运用,如:

忘机应已久,伫看野云归。(《春日园居》其一)
空庭风日好,支枕看云还。(《秋日斋居》其一)
花飘惊鸟过,帘卷看云生。(《夏日》其一)
闲随流水坐,兴逐野云来。(《春日》其五)
草阁初晴际,溪云自起时。(《秋日》其三)

这些诗句都有摹拟王维"行到水穷处,坐看云起时"的痕迹,而在语意和句式上也都类似。这样的例子还有很多,摹拟和雷同都是复古学唐所带来的弊病,加上王象艮缺乏广阔的社会体验和丰富深厚的人生阅历,因此,他的诗歌无论在思想内容还是审美趣味上都呈现出单一性,而不够深厚,未能取得更高的成就。

第二节 王象晋的诗歌创作

一、王象晋生平、著述概论

王象晋,字康侯,又字荩臣,号康宇,王之垣第三子,王士禛祖父。生于嘉靖四十年(1561),万历三十二年(1604)中进士,因其父王之垣去世,丁外艰,请归,后授中书舍人。万历四十一年(1613)以秘书郎调为礼部仪制司主事。不久,闻继母病重,请归,服阕补礼部员外郎。天启七年(1627)扈从惠王至荆州就藩。崇祯元年(1628)还京报命,升按察司副使,备兵淮、扬。崇祯二年(1629),通州叛乱,聚众数千人,烧杀劫掠,王象晋自泰州赶赴,擒戮其首领数人,平定叛乱,"下车摘伏如神,十城惮其风采"①,后又以参政督苏、松、常、镇粮储,法令井然。崇祯七年(1634)升河南按察使,廉洁自持,所部谳决称平。崇祯八年(1635),迁浙江右布政使。崇祯十年(1637)王象晋辞官归里,优游林下二十余年,读书不辍,潜心著述,以祖宗家法教育子

---

① [清]王士禛:《渔洋山人自撰年谱》,袁世硕主编《王士禛全集》,齐鲁书社,2007年,第5052页。

孙。明清易代后,自号"明农隐士",闭门谢客,隐居不出,顺治十年(1653)去世,年九十三岁。

王象晋一生历嘉靖、隆庆、万历、天启、崇祯,直至清初顺治,经历明末社会政治的激荡与明清易代的战火,是新城王氏举足轻重的人物。其为人平和宽厚,急人之难,不趋利避害。晚明时期卷入党争,坚守正道,不因权位而屈从。明清易代,王氏家族遭到重创,作为明朝旧臣,王象晋保持气节,不再出仕。作为家族长辈,他专心教导子孙,敦促王士禄、王士禛兄弟读书、科举,并教之以声律之学,为清初王氏家族的再次振兴作出了重要的贡献。

王象晋勤于著述,出仕、隐居皆有著作,其奉使荆州途中有《郢封里吟》《剪桐载笔》,记载行程见闻;督理苏、松、常、镇四府粮储,巡视漕河时,有《董漕副墨》,叙其政务;晚年退居林下,笔耕不辍,有《举业津梁》教导子孙应试之法;入清后,有《救荒成法》,论救荒应对之策,心怀慈悲,以期救世。他学识渊博,长于农学、医学、佛学等,著述亦丰。万历四十五年(1617)罢官归乡后,王象晋历十余年著《二如亭群芳谱》,分十四大类对各种植物进行了记载,集古代农学之大成。还于医学上颇有造诣,历时三十余年著《保安堂三补简便验方》,记录了其医学理论,在医学方面贡献卓著。他精通医理,注重养生,有《清寤斋心赏编》,论养生长寿之术。他还笃信佛教,研习佛学,有《金刚经直解》《普渡慈航》等,阐发佛义,劝人向善。

王象晋在文学上亦有创作,有诗文《赐闲堂集》四卷存世,词学方面,辑北宋秦观《少游诗余》与明代张绖《南湖诗余》为《秦张两先生诗余合璧》。《赐闲堂集》四卷收入王象晋诗、赋、文。王象晋自序云:"今九十有三矣,生平偶有挥洒,皆巴人下里之谈,讵堪灾木,儿孙辈请付梓。"[①]王与敕跋又云其父著述日富,有《墨沈》数十余卷,尚未刊刻,毁于兵火,"从蠹简获一、二残编,合以近岁所作,请命而付之剞之"[②]。此集为清顺治十年(1653)王象晋去世之前其子王与敕刊刻。

《赐闲堂集》中有古近体诗歌一百六十余首,诸体皆有,而以七言律绝为多。主要收入王象晋中、晚年时的作品,大致以其奉使荆州、备兵淮扬、优游林下三个时期为主,而在内容上有酬赠、即事、登临、怀古、时事、感怀等,反映出王象晋的精神性格及其诗歌特点。

---

① [明]王象晋:《赐闲堂集题词》,《赐闲堂集》,《山东文献集成》第三辑第24册,山东大学出版社,2009年,第679页。

② [明]王与敕:《赐闲堂集后序》,王象晋《赐闲堂集》,《山东文献集成》第三辑第24册,山东大学出版社,2009年,第789页。

二、山水之行

王象晋的登临游览之作，以五律和七律为主，主要描写的是金陵的历史风物。其《金陵像游序》云：

> 今岁丁卯，以使事道出金陵，恭谒高皇帝陵寝，仰瞻钟山郁霱景象，不觉欢呼踊跃。……惟是游览未畅，不无怅望。偶少司马益轩吕公以《金陵图咏》见贶，亟披之，知辑自兰隅朱公景，初以八，继以十六，至广为四十，自兰隅公始，且绘之以像，标之以说，韵之以声诗，洋洋乎大观也哉！而又辑诸公之篇什，以资吟咏，搜名人之图说，以便考据，文献足征，巨细毕举。遂使金陵形胜历历如在目前，披咏玩味，不啻登眺，而沉酣其中。古称卧游，今且像遇矣，诚生平一大快事也。暇日随其意兴所及，间一搁管。言不计烦简，调不论工拙，聊以抒其沾沾庆幸之衷焉。①

天启七年（1627），王象晋以公事至金陵，谒明高祖陵寝，游金陵诸胜，多有吟咏，然未尽兴而归，友人吕益轩以朱之蕃《金陵图咏》相示，王象晋沉酣其中，意兴所至，间有题咏，所作诗歌集为《金陵像游集》，今不存。序中所言《金陵图咏》为明代画家朱之蕃所作，描绘金陵名胜。《赐闲堂集》中有五、七言律诗三十余首，所写皆为金陵名胜古迹，如《天印樵歌》《秦淮渔唱》《白鹭春潮》《平堤湖水》《石城霁雪》《杏村问酒》《乌衣晚照》《雨花闲眺》《凭虚听雨》《长干春游》等诗，与朱之蕃《金陵图咏》所绘胜景皆相符，因此这三十余首登临怀古之作，当出于《金陵像游集》。

这些诗歌是对金陵胜景的歌咏，三十余首诗前皆有小序，或述景观之奇险，或述名胜之历史典故，写雄壮、幽静之景色，发怀古之幽思，展现了金陵历史风物。

王象晋写景贴合所写之处，抓住景物的独有特点，五言律诗整体上以表现幽静的山水和恬淡心绪为主，工整古朴，《花岩星槎》云：

> 共说花岩胜，其如登陟艰。高僧何处觅，花鸟此时闲。云暗千山

---

① [明]王象晋：《赐闲堂集》卷三，《山东文献集成》第三辑第24册，山东大学出版社，2009年，第745—746页。

暝,枫秋绝巘殷。无主含密谛,何日一跻攀。①

描写山中幽暗静谧的环境和自己的游览之兴。王象晋写自然山水如"平芜苔藓合,远岫薜萝苍"(《嘉善石壁》)、"松声疑唤雨,涛响似殷雷"(《清凉环翠》)、"千盘余鸟道,万壑响晴雷"(《牛首烟峦》),动静结合,气象万千。

王象晋写金陵山水之作以七言律诗为多,共二十四首,在风格上以雄阔健雅为主,如:

> 虎据孙郎意自豪,石城扼要插江皋。掀天雪浪排银甲,夹岸雄兵尽宝刀。烈烈壮怀吞瀚海,稜稜盛气渺刘曹。一从景运归明主,天堑于今险更高。(《石城霁雪》)

石城为三国时期孙权临长江险要之处所凿,历经千余年,此处居民繁盛,王象晋感慨沧桑,颈联写雪景直如当年孙权排兵列阵,气势万千。其他如《天印樵歌》《白鹭春潮》《幕府仙台》《狮岭雄观》《灵谷深松》《弘济江流》《宿岩灵石》等,磅礴酣畅,笔力劲健。这种豪健的风格与所写的自然景观、名胜古迹有关,天印山、石城、狮岭、弘济寺等处都有险奇之处,这些自然山水的壮美使作者运笔淋漓酣畅。王象晋也好构造宏大的境界,如"群山环峙如屏障,众水潆洄共拱朝"(《天印樵歌》)、"万里舳舻归禹贡,千帆络绎尽尧天"(《白鹿春潮》)、"十里长松迷眺望,千头野鹿任逍遥"(《灵谷深松》)、"浩荡长江来万里,玲珑峭壁倚长空"(《弘济江流》),皆境界壮阔,气势雄浑。

阔大的诗歌意境,还包括诗歌气势的宏壮,王象晋或在诗歌开头即展现这些山水景观地势的险要奇峻,"淮水西来势正漻,储灵天印毓岩峣"(《天印樵歌》)、"虎据孙郎意自豪,石城扼要插江皋"(《石城霁雪》),或在颈联、颔联中集中强调,"中分二水芳徽远,势控诸山胜概偏"(《白鹿春潮》)、"毛披翠色松方穉,趾踞高墉势转狞"(《狮岭雄观》)、"响彻玲珑疑地肺,势冯巀嶪与天侔"(《宿岩灵石》)。在意象方面,"龙池""雪浪""瀚海""彩鸾""龙鳞""虎豹""雷霆""神骏"等意象,以虚写实,意境宏大。

王象晋在山水诗中也寄托了感慨兴亡、怀古之思。金陵幕府山为东晋大将军王导建幕府之处,晋元帝定都江左,然裹足不前,偏安一隅,王象晋

---

① 此处及下文所引王象晋诗皆出自《赐闲堂集》,《山东文献集成》第三辑第24册,山东大学出版社,2009年。

《幕府仙台》诗云：

> 五马南来帝业更,经营慷慨赖支撑。名贤折节鸿谋远,戎幕高张武略宏。地画长江崇保障,人联群策总干城。可怜满志偏安业,盼杀中原不举兵。

首联、颈联、颔联写晋元帝定都金陵,占据长江天险,又开幕府,招贤达,可谓踌躇满志,然而结尾却突然转折,嘲讽其君臣志向只在偏安江左,而不顾中原陆沉。王象晋山水诗亦有婉丽闲逸之处,如《平堤湖水》中"香魂浥露红蕖润,翠带摇风绿柳芳"、《长干春游》云:"参差台榭云霞错,浓澹烟岚林麓幽"、《雨花闲眺》云"凭仗清樽消日月,寻常世事等尘埃"等。

总体来说,王象晋的山水诗风格雄阔劲健,这是就其诗歌所体现出的境界而言的,由于这些山水诗皆为题画之作,缺乏身临其境的切身感受,描写山水胜景有雄浑之境,而较少自我情感的表达,因而在情感方面较为淡薄,未能达到情景交融的境界。

三、田园之乐

王象晋抒发人生感悟和个人志向的诗歌,成就较山水诗高。他为官三十余年,晚明党争、明清易代,政治仕途的波折和人生的得意失意都经历过,然而生性淡泊,不与人争,心态平和,至九十三岁高龄,对人生是有自己深刻的感悟的。

王象晋热爱园艺,精研农学,万历间在受到权贵排挤罢官回乡后,在门外园亭中植杂草野花,集十余年之功,撰为《群芳谱》,他在序中回忆彼时的田园生活:

> 每花明柳媚,日丽风和,携斗酒,摘畦蔬,偕一二老友,话十余年前陈事。醉则偃仰于花茵莎榻、浅红浓绿间,听松涛、酬鸟语,一切升沉宠辱,直付之花开花落。[①]

[①] [明]王象晋:《赐闲堂集》卷三,《山东文献集成》第三辑第24册,山东大学出版社,2009年,第744页。

仕途、人生的种种挫折烦闷皆在此间消去,与知交好友悠游园间,闲逸自在,这种悠然自得的田园之趣、归隐之志,在王象晋诗歌中也表现得十分明显。

《赐闲堂集》中王象晋的感怀之作大都创作于其晚年退居林下时期,他在五古《言志》诗序中回忆了自己一生行迹,表达了归隐田园的志向:

> 不佞策名三十载,中间为同乡权贵摈斥者居三之一。三承使命,两值家艰,其奉朝请修职业者亦仅三之一。自顾鹿鹿庸庸,漫无建竖,蠹鱼公廪,实惭厥心。其欲栖迹长林,侣渔樵而友麋鹿,为念久矣。①

回顾为官三十余年,国事、家事,碌碌终生,而早有回归田园之心,王象晋感叹"富贵如浮云,百岁犹顷刻。世途多险戏,反复无终",人生途中富贵、险阻反复无常,犹如寒暑交替,阴晴变化,"谁享无疆寿,谁免荒郊弃","扬扬固可嗤,戚戚亦足愧",得意时洋洋自喜固然惹人耻笑,失意时一味忧伤亦为可悲,生老病死为人生常态,豁达之人以平常心视之,"达人有大观,常变惟一视",不以物喜,不以己悲。

王象晋性格平和淡泊,向往田园之乐,在与诸兄弟、好友酬赠的诗中多次表达了自己的归隐之志,"凭谁寄谢诸知己,我欲扁舟理钓纶"(《次通津诸年长》)、"烟波一望心先冷,欲向东山藉薜萝"(《怀定宇弟待补国学》)、"何当归隐桓台上,把酒敲棋坐绿茵"(《怀贞吾弟待补句胪》)。崇祯十一年(1638)以后,王象晋退居林下,悠游田园,晚年聪明不衰,亲教诸孙,颇得田园之乐,《夏日小酌戏题》云:

> 九十衰龄启寿筵,高歌酖饮百花前。花开花落同飞电,人是人非等曙烟。好把青樽延暮景,莫将炎态恼心田。漫思竹下风流客,携手狂呼恍醉仙。

写自己年事已高,回想一生,时光电转,暮年不为世态炎凉挂心,平和自适,这是王象晋对自己心态的剖析和揭示。正因为如此,王象晋眼中的

---

① [明]王象晋:《赐闲堂集》卷一,《山东文献集成》第三辑第24册,山东大学出版社,2009年,第684页。

田园生活阳光明媚,无拘无束,他写田园并无时光流逝、伤春悲秋的感慨,如写秋天:

> 壮士常悲秋序催,我怜秋景更徘徊。清风静扫炎凉态,明月喜教天地开。禾黍满场堆玉粒,橘柚美色挂金罍。况当紫蟹初肥日,敢惮浊醪罃作杯。(《杂兴》其三)

在悠然自得的乡居生活里,王象晋抛开了时光流逝的忧郁和感慨,村酒野蔬,足以为乐。这一类感兴之作都展现了他平和自适的心态,风格明快,清新婉丽,如"桃李含情呈笑靥,柳榆献媚缀晴螺。鸟传翠柳簧调舌,鱼跃澄泉玉掷梭"(《杂兴》其二)、"翠浪翻池荷盖绿,黄云布陇麦痕新。榴花焰焰红喷火,葵叶翩翩影应辰"(《杂兴》其三),这些诗作画面生动活泼,情思跳跃,鲜活明媚的风景描写背后充满作者的喜爱之情。

王象晋秉持着任性自适的人生哲学,同时注重活在当下,迎接并享受人生每个阶段的悲与喜、苦与乐。他对生老病死有自己的认识,注重养生,但不求于服食丹药,友人候晋阳问他驻颜养生之道,他戏答云:"问予何事容颜好,曾受高人秘法传。打叠寸心无一事,饥来吃饭倦来眠。"(《戏答候晋阳大参》)这种顺其自然的态度与他淡泊的性格有关,却并不意味着王象晋的人生态度是消极的,相反,他面对生活是积极而从容的,"人生事事皆堪赏,何用烹炉炼大还?"(《考槃自适》)。

随着年岁的增长,王象晋精神疲惫,不如从前,也有苦恼和烦闷,"劳生九十精神惫,双目如曚日益昏。尘世万缘皆可谢,无端蠹简苦迷人"(《阅书》)。年至九十,笔耕不辍,随着身体的衰老,世间万事皆可抛却,唯独读书一事不愿轻掷。他于人生世态平淡相对,"世态炎凉莫认真,升沉聚散总浮云。门前清净殊堪喜,来客何须问几人"(《世情》)。《独坐赠影》云:

> 才瞻曦驭倏来临,又映寒檠不暂分。谁道年来多寂寞,喜君朝暮倍相亲。

与影子相伴,甘于寂寞,自得其乐,蕴含着深厚而值得细细品味的人生体验。王象晋的感怀诗所表达的是自己一生经历升沉变幻、人情世态后的体验,他将平和自适的人生态度,乐归田园的人生志向,都融进了诗中。无论是丰富而复杂的人生感悟还是田园生活中的闲情逸趣,都注入思索和情致,在艺术上也取得了一定的成就。

王象晋经历了明清易代,社会动荡,家族罹三次兵祸,损失惨重。易代的社会历史在他的诗中亦有呈现。崇祯四年(1631)登莱之乱,新城遭兵乱,屠戮一空,王象晋时在苏州督理粮储,听闻家乡被难,焦急而无奈:

> 忽报兵焚惨,无家可奈何。路遥千虑少,世变一身多。且漫询儿女,宁遑问薜萝。故乡祠墓在,何日一经过。(《悼兵变》)

遭逢世变而远在他乡,王象晋产生无家可归的漂泊之感。登莱之乱,山东境内生灵涂炭,"虎狼久聚终吞噬,何事无端又即戎。十日焚燎六县尽,百年生聚一朝空"(《恨登抚》),新城王氏"辛未之难",家族成员殉难者亦多,王象晋从弟王象复及其子王与夔被执而死,沉痛万分,《哭完初弟》云:

> 追忆共论文,惟君性更纯。抗党昭劲节,敷政总慈仁。有子能绳武,乘城俱殒身。棣萼遗恨在,一忆一沾襟。

王象复,小字应春,号完初,王之猷第二子,贡生,由河南归德府通判升直隶保定府同知。其官保定同知时,魏党专权,夜呼城门不为开,不拜党祠,铁骨凛然,以此罢官。辛未之难,王象复与其子王与夔率众守城,城破被执,不屈而死。王象晋回忆少年时期与象复谈诗论文,象复秉性纯直,又负才华,然父子俱亡,才隽凋零,令人痛心。

王象晋一生虽出入佛道,但并不逃于佛禅,作为一个经历宦途沉浮的士大夫,他有着自己的使命感和责任感,面对明末晦暗、迷乱的世道,有激愤,有悲慨,与友人谈论时事,对政局仍然抱有一丝希望:"多难从来启圣明,无端小丑扰升平。何时得探支机石,立挽天河洗甲兵。"(《七夕同客夜坐谈及时事漫赋》)希望有人能够力挽狂澜,重造清明世界,而这种愿望在行将崩溃的王朝面前是不可能实现的。明清易代以后,王象晋归隐不出,自号"明农隐士",表明了一个士大夫的立场。

第三节 王与胤与《陇首集》

一、王与胤生平与《陇首集》结集

王与胤,字百斯,一字永锡,王象晋次子,王象贲嗣子。崇祯元年(1628)进士,选翰林院庶吉士,授湖广道监察御史。巡按河东盐政,盐课羡银数万两,尽却之。视茶马陕西,奉命督应天学政,将行,上疏弹劾总兵邓玘纵兵淫掠,请斩之,以正国法,辅臣与邓玘有私,疏上忤辅臣意,降其为光禄寺署丞,遂归不出。

王与胤罢归后乡居九年,治小东园,叠石为小山,穿渠引水,有若天然。春秋佳日,奉王象晋篮舆出游,又潜心于佛学,精舍数椽,左右列竺乾珠藏之文,面壁终日。崇祯十七年(1644)甲申,李自成起义军攻入北京,崇祯帝自缢于煤山,王与胤闻变,泣涕不食,欲浮于海,至利津以海道阻塞而止,投水、服冰片,屡次求死不得,舍舟归里。四月,伺家人防护稍息,与妻于氏、子士和自缢殉国。王与胤殉节前自撰圹志,述家世科第及殉节之志,并命葬从薄、从速。五月,葬于新城东郑潢河,士大夫重其节义,冠盖云集,送者数千人,知县贾三俊为李自成大顺政权所立,亦来吊唁,众人瓦石击之,策马而逃。

明清易代新城王氏死难殉国者甚众,王与胤忠孝节烈尤为后人所称。汪琬论其节义云:"封疆之臣,则死封疆;社稷之臣,则死社稷。若夫官已谪矣,身已退矣,夫固无封疆、社稷之责矣。当其时,虽入山蹈海,为世之逸民遗老,无不可者。而顾泣血饮恨,忼慨杀身,何其壮也!"[1]纪映钟亦曰:"死国难也,家而死国尤难也。"[2]从王与胤的生平经历、仕途、人生的选择来看,他也奉行古代士大夫"独善其身""兼济天下"的人生信条,在仕途耿直敢

---

[1] [清]汪琬:《侍御王公传》,王与胤《陇首集》,《四库全书存目丛书·集部》第193册,齐鲁书社,1997年,第164页。

[2] [清]纪映钟:《侍御王公诗跋》,王与胤《陇首集》,《四库全书存目丛书·集部》第193册,齐鲁书社,1997年,第168页。

言,罢归后则"养亲教子,闭门读书,怡怡自乐,谓可以终天年"[1],甲申之变打破了王与胤这种"独善"与"兼济"的平衡,他虽皈心白业,但对儒家的忠孝观有着忠诚的信仰,虽已远离庙堂,仍以身殉国,以表其志,这也是王与胤为后人所称赞的原因。

王与胤有《陇首集》一卷存世,为王士禛编刻,收入遗诗四十一首、《自撰圹志》及汪琬、朱彝尊、王士禛、杜濬、纪映钟所撰传、墓表、跋文等,并附《收人心明纪律疏》,有陈允衡的《侍御王公遗诗序》、钱谦益的《王侍御遗诗赞》。陈序为其康熙元年(1662)编刻《诗慰》所作,云:"壬寅秋,从公(王与胤)从子士禄、士禛乞公全书,则以兵火散轶,仅存《陇首集》一卷。"[2]陈允衡合《陇首集》与孙传庭、袁继咸、黄端伯诗为四家,皆为明末殉节者。钱谦益云:"从子士禛刻其遗诗四十余章,皆奉使关陇之作。"[3]钱氏之赞作于康熙二年癸卯(1663),而《陇首集》一卷在康熙元年(1662)已结集,但并未付刻。

清世祖顺治曾特为明末范景文等北京死节之臣二十三人赠官赠谥,王与胤以左降家居,不得与议,王士禛恐世父之事湮没无传,"既乞能言者为志、表、传、赞,自礼部尚书钱公谦益而下凡若干人,载之家乘"[4]。朱彝尊《文林郎湖广道监察御史王公墓表》云:"公(王与胤)从子,今翰林侍读士禛,刻公遗诗以行,公之大节渐闻当世,又虑传之不远也,乃伐石为表,命其友朱彝尊为文。"[5]王士禛官翰林院侍读在康熙十七年(1678)至康熙十九年(1680),康熙十八年(1679)博学鸿词科,朱彝尊、汪琬、施闰章诸人皆在京应征,朱彝尊赞作于此时。王士禛撰《世父侍御公逸事状》时为"经筵讲官刑部尚书前都察院掌院事左都御史",则其刻《陇首集》至少在康熙三十九年(1700)以后。王士禛对王与胤忠孝殉国之事十分敬仰,用四十余年之心力为存其遗事,彰其节义。

王与胤子王士和,字允协,县学生,博综经史,书法精绝。甲申王与胤

---

[1] [明]王与胤:《自撰圹志》,王与胤《陇首集》,《四库全书存目丛书·集部》第193册,齐鲁书社,1997年,第162页。

[2] [清]陈允衡:《侍御王公遗诗序》,王与胤《陇首集》,《四库全书存目丛书·集部》第193册,齐鲁书社,1997年,第157页。

[3] [清]钱谦益:《王侍御遗诗赞》,王与胤《陇首集》,《四库全书存目丛书·集部》第193册,齐鲁书社,1997年,第158页。

[4] [清]王士禛:《世父侍御公逸事状》,王与胤《陇首集》,《四库全书存目丛书·集部》第193册,齐鲁书社,1997年,第167页。

[5] [清]朱彝尊:《文材郎湖广道监察御史王公墓表》,王与胤《陇首集》,《四库全书存目丛书·集部》第193册,齐鲁书社,1997年,第166页。

殉节,王士和泣曰:"父死,母又死,儿何心独生?"遂自经于父母旁,其《绝命词》曰:"痛余生之不辰兮,天灭我之立王。予父母闻之兮,涕滂沱以彷徨。以身殉国兮,维千古之臣纲。嗟反面而事仇兮,方臣妾之未遑。嗟世界之秽浊兮,羞四维之不张。大地无容身之隙兮,愿从吾亲兮归于帝乡。"[①]

二、边塞生活与羁旅之思

《陇首集》所收王与胤四十一首古近体诗,皆为其奉使关陇途中所作,时间上较为集中,内容也较单一,为途中见闻,羁旅之思,漫笔所得。其中写关陇边陲景色风物、征战西羌生活的诗作最有特点,如《边城向夕》:

> 孤城沙碛里,落照近危墉。短景催长路,高风急暮钟。严霜凄塞草,深夜动边烽。一片仇池石,谁铭跳荡功?[②]

诗写陇上孤城在夕阳下的苍凉、萧肃,引起作者对古仇池历史兴亡的遥想与感慨。关陇塞外风沙猛烈,严寒侵袭,《伏羌道中遇雪》写风雪来时古松欲折、黄鹄泣血的场景:"四株五株松欲折,黄鹄坐枝口流血。吞声啮雪不能啼,行人俯身探禹穴。"形象地写出人与物在猛烈的风霜下的情态。《硖石》一首写边塞百姓为盗贼所扰的艰难生活:

> 千山攒硖石,不见参与昴。二陵相对峙,峰峦斗工巧。可怜巨盗横,居民常扰扰。田荒五月旱,无时得一饱。畏寒拾山蒿,救饥采涧茆。肌肤如枯木,焉得颜色好。我来日已曛,我去未及卯。风雨杂鸡声,潇潇还胶胶。远游多苦辛,百端集怀抱。

此诗由写硖石的高耸陡峭转而写此处居民生存之苦,末又转为自己途经此地,远游苦辛,百端交集的心态,在转接上不甚自然,但其中对关陇民生疾苦的描写却颇为写实,展现了西北百姓的生存状态。

《西羌杂诗十三首》是一组边塞诗歌,吟咏汉族与西羌千百年来的战

---

① [清]崔懋:(康熙)《山东新城县志》卷十,《中国方志丛书》,成文出版社,1976年,第361—362页。
② 此处及下文所引王与胤诗皆出自《陇首集》,《四库全书存目丛书·集部》第193册,齐鲁书社,1997年。

事、历史,展现边塞战将征战西羌的军旅生活。从魏晋"司马筹边几扣阍,甫能转饷过关门"(其二)的积极应对,到唐代"香火曾通颉利盟,茗芽市骏尽输诚"(其三),互市互利,再到宋代"跃冶真堪号不祥,遂教番势太郎当"(其四)被动防守的状态,展现了汉族与西北少数民族千百年来的纷争。王与胤对被动防御、屈膝求和表达了自己的看法:

  细缕盘涡雪样银,半千锭子马蹄匀。诸番得此浑无用,戍妇深闺甑已尘。(《西羌杂诗十三首》其六)

番邦游牧为生,供之以金银锦帛,而征战在外的将士,家中却贫窘无炊,形成强烈的反差。他写边塞军旅生活,将士上阵杀敌如"衔镳声嘶班马道,移军月照水犀营"(其七),"血驷踏残回纥帐,佛狼摧倒贺兰山"(其九),注入了天马行空的想象。其八云:

  纥干山下少人过,大将行师按突何。袖里尚余三尺练,归来生系角斯啰。(《西羌杂诗十三首》其八)

诗中塑造了一位勇敢的大将,他在人迹罕至的边陲平定西羌,生擒其首领,勇猛无畏。在歌颂这些勇武将士的同时,王与胤也揭示了高层将官腐败的现实:

  羌人岁岁议添巴,不似通官欲太奢。攫取军需三两万,半供抚请半熬茶。((《西羌杂诗十三首》其十一)

揭露了通官攫取军需,贪污腐败的现状。王与胤对边塞风物、边塞军旅生活的描写出自其所见、所闻、所感,抒发了自己内心的感受,较为真实生动。

此外,王与胤也抒发了自己的羁旅之思,《忆乡》云:

  天涯羁客盼秋装,秋到何堪露满裳。凉夜喜听秦地雨,惊心闻说故乡蝗。闲云莫恋华峰好,菊药应闻涑水香。日日愁心归梦急,懒从箧内饵玄霜。

出使途中充满风霜之苦,又听闻家乡遭逢蝗灾,乡愁更浓。王与胤感怀、写景常流露出羁旅之思,"羁心积岁暮,霰雪落苔衣","良辰入客怀,愁焉如周饥"(《咏怀》其十)。写瓶中梅花,亦勾起思乡之情,"乡思那可禁,况复逢驿使。念我欲归时,已结垂垂子"(《瓶梅》其四),至其终于从陕西启程回乡,"僮仆眉宇开,质衣谋一醉"(《发陕》),喜悦之情溢于言表。

王与胤皈心佛教,其感怀之作往往渗入佛家思想,阐发佛义:

> 空里浮花空里人,空空不尽尚微尘。如今业已空相许,默证空空无相身。(《漫成·其二》)

这首感怀之作,充满佛家空性、空相的哲理思考。王与胤又云"提起放来皆是幻,从无声处乃真无"(《数珠》),"性圆弹指冰成水,业重浮根空是花"(《读楞严》),深受空幻思想的影响,诗中写景抒情有了淡远深邃的禅意,"快意在无相,莫令心如驰。长啸激清风,此意谁当知?"(《咏怀》其七)、"啜泉冰苔洁,气静憩深林。林壑起清响,淡坐忘烦襟"(《咏怀》其八),展现了带有禅机的感悟。

王与胤诗稿多因兵火散佚,《陇首集》为其诗歌创作的一部分,皆为关陇塞上之作,钱谦益以为"今天下之诗盛矣,联翩丽藻,皆归于骈花斗草,留连光景,而诗人之针药无闻焉",而王与胤诗"其词约以则,其志哀以思",为"夸人纤儿、浮漂嘈囋者之针药也"[1],王士禛亦谓其"多忧天悯人之言"[2],即指《陇首集》中对边塞风物、军旅生活、民生疾苦的真实反映。其感怀、悟禅之作则又与王氏家族文学传统有着内在的联系。

---

[1] [清]钱谦益:《王侍御遗诗赞》,王与胤《陇首集》,《四库全书存目丛书·集部》第193册,齐鲁书社,1997年,第158页。
[2] [清]王士禛:《世父侍御公逸事状》,王与胤《陇首集》,《四库全书存目丛书·集部》第193册,齐鲁书社,1997年,第167页。

第八章
王士禄、王士禧、王士祜诗歌研究

清初王氏在文学上的振兴以王士禄四兄弟为代表,王士禛以神韵诗学主持康熙诗坛,影响最大,其余三人也在清初诗坛颇具声名。王士禄作为长兄,在诗学上对王士禛等有引导之功,少时与王士禛合编的《琅琊二子近诗合选》在继承明代复古诗学的基础上,体现出较为广泛的诗学取径。其诗歌宗尚杜甫的老成雄健与孟浩然的冲淡闲远,并在不同的人生阶段有所变化。王士禧、王士祜在创作上亦神韵清远,颇有唐人风调,体现出王氏家族诗学上的一致性。

第一节 《琅琊二子近诗合选》与王士禄早期诗歌取径

《琅琊二子近诗合选》是王士禄与王士禛少时诗歌的合编,反映了他们最初的诗歌面貌,其中所录王士禄诗歌受到复古诗学的影响,对汉魏,齐梁、初、盛、中、晚唐皆有师法,体现出诗歌探索阶段博综众长的诗学取径,在王氏兄弟中具有典型性和代表性。

一、王士禄生平与《琅琊二子近诗合选》的编定

(一)王士禄生平概述

新城王氏在清初的振兴,以王士禄、王士禛兄弟为代表,他们同登进士,走入新朝,重振家声,同时在文学上取得了高于家族前辈的成就,扩大了新城王氏文学在海内的影响。王士禄与王士禛并称"二王",同为"海内八大家"之一,在清初诗坛有相当影响。

王士禄,字子底,一字伯受,号西樵山人,又号负苓子、更生,王象晋孙,

王与敕长子。他少工文章,清介有守,顺治九年(1652)中进士,顺治十二年(1655)殿试及第,投牒改莱州府学教授。顺治十六年(1659)迁国子助教,擢吏部主事。康熙二年(1663)迁稽勋员外郎,典河南乡试,以磨勘下狱,久之得雪,后以原官起用,复遭罢免。康熙十二年(1673)以母丧哀毁而卒,《清史稿》《清史列传》均有传。

王士禄一生坎坷,仕途蹭蹬。他出生于明末,经历了明清易代惨痛的家族劫难,作为家中长子,入清后承担起振兴家声的家族使命。从顺治二年(1645)到顺治六年(1649),王士禄频繁地参加科举。顺治三年(1646)参加乡试落第。顺治四年(1647)岁试拔为第一,被聘入幕,以咯血辞归。顺治五年(1648)两应省试,以文奇见斥。顺治六年(1649)赴礼部会试,再次落第。这样屡败屡战的科举经历反映出在人才凋零、家族式微的危机下,王氏对于再次跻身仕宦的迫切要求。顺治九年(1652),王士禄举礼部,受知于胡统虞、成克巩、乔映伍,大学士范文程等弹劾"会试中式第一名举人程可则文理荒谬,首篇尤悖戾经注,士子不服,通国骇异,请敕部议处"①,清廷立案审查,降主考官胡统虞三级,程可则被革退,王士禄、蒋中和等二十余人被停一科。王士禄初中举即受到科场磨勘的牵连,未能参加当年的殿试。顺治十二年(1655),王士禄殿试及第,以其才学,入馆阁为意料中事,但因此前磨勘一案,被置于末甲,未能进入翰林院。遂投牒吏部,乞改教职,顺治十三年(1656)赴任莱州府教授。

王士禄人生、仕途中最大的一次挫折是"甲辰之狱"。康熙二年(1663),王士禄迁稽勋员外郎,出使河南,典乡试。他厌恶程文研习模仿之陋习,对试文中沿袭模仿、软熟雷同者摒弃不取,所取者皆为好奇服古之士,并录文章优异者为《豫文洁》。康熙三年(1664)三月,礼部以河南乡试试文语句有疵,按例考官夺俸三月,因时令加峻,王士禄被拘于官署,五月移至刑部大牢受讯,至十一月事白出狱,"会增定科场条例,法司虽不能有所传致,然犹免官"②,此即"甲辰之狱"。

"甲辰之狱"也是一次以磨勘而起的科场案,磨勘是清政府为防止考官在场后修改试卷及阅卷中的疏漏,对乡试、会试中已阅试卷进行复核,"磨勘首严弊幸,次检瑕疵。字句偶疵者贷之。字句可疑,文体不正,举人除

---

① 《清世祖实录》卷六十三,顺治九年三月己卯。
② [清]王士禛:《王考功年谱》,王士禛撰,孙言诚点校《王士禛年谱》,中华书局,1992年,第78页。

名。若干卷以上,考官及同考革职或逮问;不及若干卷,夺俸或降调"①,《王考功年谱》中也记载,礼部磨勘"试文语句指为有疵,例夺俸三月",可见河南乡试磨勘结果并不严重,然王士禄却因此入狱八月,这与清初的政治环境有密切关系。"甲辰之狱"在时间上距顺治间一系列大案如"科场""通海""奏销"等不远,而顺治十四年(1657)丁酉科场案余波仍在,北闱顺天、南闱江南"科场案"相继发生后,科场案迅速蔓延至河南、山西、山东等省。从顺治十五年(1658)至顺治十七年(1660),大大小小的科场案不断,其中不乏以科场案为由相互倾轧,乘机兴狱渔利者,"以参劾试官为最趋风气之一事,于是台谏中思有所表现者,无不欲毛举一二细致,以合时尚"②,"甲辰之狱"发生在康熙初,形势虽不及顺治十四年(1657)严峻,但科场案余威尚在,且河南乡试恰又有"磨勘"的传统,加上其时功令加峻,"时有宵小待赂不至,谬为捃指,合得微谴。会因而置狱"③,有人借此事索贿不得,王士禄因此入狱。

　　"甲辰之狱"对王士禄的打击很大,从康熙三年(1664)至康熙九年(1670),他先南游吴越,后回乡潜心著述,绝意仕进。康熙九年(1670),"甲辰之狱"中获罪的同僚上疏自理,多获起复,王士禄在母亲孙太夫人的催促下入京起复,补吏部考功司员外郎。康熙十一年(1672),以遵旨一并详察议奏事,经都察院议连降三级,时人都认为过于严苛,为其惋惜。是时王士禄母亲病重,他整装归乡,率诸弟倚庐共处,食必粗粝,夜不解带,哀痛过度而致病重,于康熙十二年(1673)哀毁而卒,年仅四十八岁。

　　王士禄与季弟王士禛在清初诗坛并称"二王",诗歌成就卓著,有《表余堂集》《十笏草堂诗选》《辛甲集》《上浮集》等,存诗二千余首。王士禄自谓其"意取澄澹遥缓,不逐世好,自成一家之体。闽人林铁崖目以雄杰谐畅,山人亦心喜,以为文外之赏也"④。他在诗学上继承了新城王氏家学。清人朱鹤龄云:"西樵先生生于于鳞之乡,而又承季木公之家学。其为诗也,抗坠抑扬,含情悱恻,盖深有得于骚人之旨。若其澹而多风,怨而不激,艳而能雅,咀百氏之英华,而汰其庇颣。"⑤王士禄与王士禛并驰艺苑,颇具影响,

---

① [清]赵尔巽等:《清史稿》卷一百零八,中华书局,1976年,第3162—3163页。
② 孟森:《心史丛刊》一集,中华书局,2006年,第75页。
③ [清]王士禛:《王考功年谱》,王士禛撰,孙言诚点校《王士禛年谱》,中华书局,1992年,第82页。
④ [清]王士禛:《王考功年谱》,王士禛撰,孙言诚点校《王士禛年谱》,中华书局,1992年,第83页。
⑤ [清]朱鹤龄:《王西樵诗选题辞》,王士禄撰,顾有孝辑《王西樵诗选》,国家图书馆藏清康熙十一年刻本。

对于他在清初诗坛的地位，邓之诚以为："士禛高位耆年，为一世所宗，主诗坛者五十年。士禄修洁不及士禛，而笔力劲健过之。若谓士禛大家，则士禄当为名家。"[1]王士禄在诗歌方面为清初名家，在词坛上也有重要影响，有《炊闻词》二卷，受到明代《花间》《草堂》词风和明末清初云间词派的影响，表现艳情，柔婉缠绵。他发起并参与了"江村倡和""广陵倡和""秋水轩倡和"，与海内众多词人有密切的交往倡和，在广陵词坛有较高的声望，推进了清初词风的嬗变。

　　王士禄与王士禛在诗歌方面有相近的旨趣，在学术方面却呈现出不同的方向。王士禛一生重在诗歌创作、诗学建构。王士禄在诗歌之外，好奇服古，博综经史，受到父辈的影响，"尤探求六书之学，工古篆、分隶，正书入欧阳率更之室"，并覃思古学，少时"私取《左氏》《公》《穀》《国语》《战国策》诸书洛诵之"[2]。这种偏好也体现在他的科举考试和为官经历中。顺治二年（1645）出就有司试，其试文峭古，"多先秦语"，对古文的偏爱和对时文骩骸之习的厌弃也影响到了他对科举制艺之文的看法。顺治五年（1648）他两应省试，以文奇见斥。康熙二年（1663）典河南乡试，又思振古学，取好奇服古之士。王士禄重视经史之学，有在学术上转向经史的迹象，任国子助教时，研究经史，"恒以《廿一史》与《十三经》相表里，而实多舛谬"[3]。康熙十二年（1673）居庐期间，读书不辍，更体会到了经史之学的重要性，语叔弟王士祜云："吾每自憾读书不从经学入，今居忧多暇，长夏无事，当与子计日课功。《十三经注疏》皆须洛诵深思，有疑义必互析之，期于疏通然后已。三史亦限日读几页，庶几昔人炳烛之意乎。"[4]王士禄在病逝前重视经史，重视著述，辨《诗传》《诗说》为伪书。他绅绎生平见闻为《皈瓻》一书，每日与诸弟晏坐，商较经史，名理粲然。与王士禛共读《旧唐书》，为说新、旧二唐书之异同优劣。时有便邮入京师者，王士禄犹遣信向孙北海借欧阳子《诗本义》及宋、元人经学书籍数种，好学不倦。《清史列传》云："其于诸书能综择折衷，独成义例。辨《子贡诗传》、《申公诗说》皆伪书，尤有功于经学。"[5]王士禄病逝前对经史之学的重视与研究可以看出他从诗学转向经学的迹象，

---

[1] 邓之诚：《清诗纪事初编》卷六，明文书局，1985年，第675页。
[2] [清]王士禛：《王考功年谱》，王士禛撰，孙言诚点校《王士禛年谱》，中华书局，1992年，第67页。
[3] [清]王士禛：《王考功年谱》，王士禛撰，孙言诚点校《王士禛年谱》，中华书局，1992年，第74页。
[4] [清]王士禛：《王考功年谱》，王士禛撰，孙言诚点校《王士禛年谱》，中华书局，1992年，第90页。
[5] 王钟翰点校：《清史列传》卷七十，中华书局，1987年，第5722页。

他与诸弟商较经史,希望将这种学术传统在王氏成员中延续下去,然而由于王士禄英年早逝,他的这种学术愿望未能达成,他的经史之学也未能引起王氏第九代成员的重视和继承。

王士禄有著述二十余种,涉及文学、经学、史学、金石等方面。他对经史的偏好与研究,使他具有"史"的眼光,有集大成的意识。他官莱州府教授时,操持选政,选明清掖县诗人诗作为《涛音集》,总结一地诗史;从顺治六年(1649)开始搜集、编订历代妇女诗文为《燃脂集》,"为《序例》一卷,《宫闺氏籍艺文考略》九卷,目录十八卷,《风雅》五卷,《赋部》八卷,诗部八十七卷,文部五十二卷,说部五十卷,《传奇》五卷,凡二百三十五卷"[1],历经二十余年,直至其病逝前仍有改订,体系严密,规模宏大,在古代妇女著作的保存与总结方面有很大贡献。此外他还撰历代妇女遗事为《朱鸟逸史》十余卷,《闺阁语林》一卷,对于研究古代妇女创作有重要价值,但多散佚,现无法窥其全貌。

王士禄在诗学方面对王士禛神韵说有着指引之功,在经史方面也体现出具有前瞻性的眼光,惜其一生坎坷,天不假年,未能在这两方面取得进一步的成就,尽管如此,他的文学成就也不可忽视,"殆非渔洋所能掩"[2]。

(二)《琅琊二子近诗合选》的编定背景

王士禄生于明末,鼎革之际十九岁,遭遇战乱,与家人离家在长白山避难,入清以后专意于科举,至二十七岁中进士,他的青少年时期在战乱的环境和科举的压力下度过,诗歌创作较少。顺治十六年(1659)王士禄、王士禛少作合编《琅琊二子近诗合选》刊刻,其中王士禄诗选自他青少年时期的诗稿《表余堂诗》,这些诗歌创作于顺治十六年(1659)之前,是时二人初中进士、初入仕途、初登诗坛,还在探索各自的诗歌道路,诗歌创作上仍然处于紧密联系、相互影响的状态,考察王士禄的诗学路径,要从《琅琊二子近诗合选》入手。

《琅琊二子近诗合选》又名"表余落笺合选初集",是王士禄、王士禛青少年时期诗作的合选,共十一卷,分体编次,高珩、吴伟业、姚佺、周圣穰作序、跋,王士禧、王士祜、周南、顾豹文、彭珑、王揆、宋德宜、徐夜、万泰、周

---

[1] [清]王士禛:《王考功年谱》,王士禛撰,孙言诚点校《王士禛年谱》,中华书局,1992年,第69—70页。
[2] 徐世昌:《晚晴簃诗汇》卷二十六,中国书店,1988年版第1册,第310页。

果、丁弘诲、邹衹谟、汪琬、计东、傅峘、丘石常、于觉世等人选评,"二王"同撰《凡例》第五条云:"当代钜公,斯道尊宿,如高念东、吴梅村、胡其章、张坦公、赵韫退、赵锦帆诸先生皆常亲聆音旨,辱被推许,以斯编所列选评姓氏,皆少同笔研,及声气相通,素以斯道相往复者,诸先生未敢概列,恐邻于僭也。"①可见参选参评者均为"二王"声气相通的诗友,而吴伟业、高珩、赵进美等诗坛前辈当时对"二王"也是指导奖掖,推许有加。

《琅琊二子近诗合选》是王士禄和王士禛初登诗坛正式刊刻的第一部诗集,以"二王"的身份出现,并被当时的诗坛尊宿、友人所推重,对于二人来说意义重大。"琅琊二子"既是对王士禄、王士禛身份的揭示,也暗示了二人在诗歌创作上有所关联。王士禄自幼跟随祖父王象晋,深受其影响,崇祯间在常熟入小学,从太仓周逸休游,王象晋致仕归里后,王士禄读书家塾,由王象晋督导,在科举应试之学外,王象晋曾"亲教诸孙,颇及声律之学"②。王士禄与诸弟一起读书,青少年时期的诗歌主要在兄弟间的倡和中完成,他们的诗作在当时一定范围内有所流传。

王士禄在《凡例》中云:"少与礼吉、子侧同笔砚,颇相切磋,顷二子亦有《抱山》《汲堂》两刻,近留心帖括,篇咏甚鲜,故兹编不及具载。"③从王士禄的这段表述中可以看出,王氏兄弟少时的诗歌创作是较为丰富的,王士禧、王士祜已经分别有诗集刊刻,而王士禄、王士禛二人的诗歌也是数量可观,"余两人新旧作不下数千,兹编初出,未及备载,尚存箧笥,以俟二集。至贻上《和月泉吟社》六十篇,另为专集,不复编入"④,王士禛《和月泉吟社》诗今不见存。《琅琊二子近诗合选》为王士禄、王士禛合选之初集,在此之后,二人当有合选二集的计划,在刊刻《琅琊二子近诗合选》时,诗歌在数量上已经不下千首,在初集中二人各选诗二百余首,尚有一半的诗作存于箧笥,未加刊行,数量上已经十分可观。同时,他们的诗歌也在与同辈诗友的切磋、倡和及前辈尊宿的推许中流传益广。姚佺《琅琊二子近诗合选序》云:"齐城昆季之诗诸凡屡变,每变必自青徐、江淮,以达于吴下,而翕然从之,而诗道大振,而吾皆得与闻焉。"⑤姚佺,字仙期,号辱庵,浙江秀水人,明末复社成员,入清后隐居不出,与娄东周逸休为世交,而周逸休"先后论交王氏,先

---
① [清]王士禄、王士禛:《琅琊二子近诗合选》,国家图书馆藏顺治十六年刻本。
② [清]王士禛:《渔洋山人自撰年谱》,袁世硕主编《王士禛全集》,齐鲁书社,2007年,第5055页。
③ [清]王士禄、王士禛:《琅琊二子近诗合选》,国家图书馆藏顺治十六年刻本。
④ [清]王士禄、王士禛:《琅琊二子近诗合选》,国家图书馆藏顺治十六年刻本。
⑤ [清]王士禄、王士禛:《琅琊二子近诗合选》,国家图书馆藏顺治十六年刻本。

以康宇王公为师,而后以子底为弟,贻上为友"①,王象晋在明末以参政督苏、松、常、镇粮储,在江南有一定的影响。王士禄与王士禛出身山左望族,他们的诗歌经过有世交之谊的周氏传播,在江南一带多有流传。

顺治九年(1652)、顺治十二年(1655),王士禄、王士禛两次同上公车,在途中相与倡和,书于旗亭驿壁,一时流传甚广。吴伟业序云:"予在京师,辱与贻上交,从其所并识子底,两人姿貌修伟,言论风发。比归,而道出青、齐邮亭墙壁间,往往得其埙箎唱和至作,流连扪摸,倾写甚至。里居以后,间阔者久之,二君复邮示新篇,心喜其才情之进益。"②吴伟业在序中讲述了他与"二王"的交往情况,可以看出王士禄与王士禛青年时期对于取得认同,扬扢风雅的追求。

顺治十三年(1656),高珩为《琅琊二子近诗合选序》作序,评"二王"之诗云:"二子生风雅衰熄之后,顾能发明古诗之遗,以求合于四始六义之大旨。今观诸制,义兼正变,体备文质,乐而不淫,怨而不激,发越震荡之气,而一归于敦厚和平。"③指出"二王"诗温柔敦厚,合于雅驯之旨。王士禄在创作上转益多师,并不局限于一派一家,虽然从家学渊源来说,其祖辈、父辈受明代前后七子复古思潮影响甚深,但这种影响在王士禄身上体现得并不明显,他尚处于探索自我诗歌道路的过程中,对明代以来的诗坛风气有所反思和总结,创作上也体现出自己的特点。

王士禄和王士禛对于明代以来的诗坛风气有所认识,他们在《凡例》中第一条就指出:

> 迩日诗道靡曼,或乾疆秃黝,号为性情。或泛衍浮夸,侈言声格,有心者伤之。予辈才不及古人,窃愿学焉,未敢亦步亦趋媚时好也。④

他们对公安、竟陵和前后七子都有所反思,创作中也不亦步亦趋,注意避开前人在复古或倡言性情中所产生的弊病,吴伟业也指出了这一点:

> 曩者嘉靖之季,济南李先生与吾乡琅琊公并树旗鼓,隆兴初盛,

---

① [清]王士禄、王士禛:《琅琊二子近诗合选》,国家图书馆藏顺治十六年刻本。
② [清]王士禄、王士禛:《琅琊二子近诗合选》,国家图书馆藏顺治十六年刻本。
③ [清]王士禄、王士禛:《琅琊二子近诗合选》,国家图书馆藏顺治十六年刻本。
④ [清]王士禄、王士禛:《琅琊二子近诗合选》,国家图书馆藏顺治十六年刻本。

而近世尊宿或颇非其摹拟刻画少自然,此固君之乡帙,其亦可得而折衷乎。居其地不狃其迹闻,他日尊奉一家言,同于驷马拱璧,吾知不于他人之作,而于子底、贻上也。①

认为"二王"虽出自山左,却不受后七子影响,不因袭摹拟,他日必有所成。

王士禄对复古诗学有所反思,在创作上不拘泥于初盛唐,博综众长,他早年的诗歌风格多元,对汉魏,齐梁、初、盛、中、晚唐皆有师法,在诗歌取法上处于探索的阶段,呈现出多样的创作面貌。

二、博综众长的诗歌取径

(一)汉魏、六朝古调

王士禄的五言古体诗格调古朴苍凉,师法汉魏六朝,在题材上描写人生的苦闷、别离,抒发功业未成的感叹。如《人生不得意》:

> 人生不得意,旅食良足悲。久客长安中,羸马日须骑。风尘损红颜,白衣日就缁。裹回九衢间,兀兀奚所为。道逢达官来,驱从多光仪。驱马避道左,俯首不敢窥。孟郊出门言,谅哉不我欺。丈夫具意气,所贵伸双眉。踽踽辕绥下,麋性何堪羁。余本落落人,蹙蹙非所持。忆昨春王月,驱车沸河湄。好友三四人,意气皆骖䯅。酒酣野中步,霜清河汉垂。遥闻怒涛声,訇如万马驰。尔时揽八荒,破浪安足奇。茫茫天地意,事势竟难知。劲翮一以挫,青冥迹已歧。月明视乌鹊,哑哑空南飞。羽毛虽步华,枳棘良难栖。我家长白曲,一峰当户楣。逶迤带澄湖,菰蒋翳钓矶。清秋霁雨间,游眺皆所宜。屈指朱明谢,行已及斯期。况复好兄弟,日望游子归。行将策杖去,佳时慎莫违。②

此诗当作于王士禄入京赴考、旅居京城期间,诗歌开头就写客游京城

---

① [清]王士禄、王士禛:《琅琊二子近诗合选》,国家图书馆藏顺治十六年刻本。
② 本节所引王士禄诗皆出自《琅琊二子近诗合选》,国家图书馆藏顺治十六年刻本。

的悲凉,表现自己在繁华的京城孤独徘徊,转而回忆往昔与好友的意气风发,而如今功业未成,无良木可栖,欲策杖归去,寄情田园。情感上由悲凉到高昂,再到迷茫徘徊,最后转为归于田园的期待,一波三折,"道逢达官来,驱从多光仪"对功名的渴望,"丈夫具意气,所贵伸双眉"对自我风神的描写,"尔时揽八荒,破浪安足奇"对壮志的抒发,和"屈指朱明谢,行已及斯期"对时光流逝的惋惜,在所描写的情境、表达的情感和语言的风格上,都有学习汉魏六朝的痕迹。

周南评王士禄五言古诗"或雍容甚都,或磊砢自喜,笼罩群体,耻规一家,而皆属可传"①,指出其并不拘泥于一家,而笼罩群体,风格多变。王士禄在诗中既表现志高才雄的磊落胸怀,"少年慕豪侠,肺肠映冰雪"(《侠客》)、"魄磊不须浇,沉冥自豪举"(《酒徒》),也抒发与友人的别离之苦和自己的落落寡合,"感彼坡公言,二十无友朋"(《岁暮感怀赠云客,时云客将北征》)、"顾盼寡所合,孤踪良踽踽"(《送陶仲二兄东还,兼寄仲弟礼吉、季弟贻上,时子侧同余客都门》)。在情怀上,王士禄更倾向于陶渊明与谢灵运。他在《赠包惕三山人》中对包惕三诗进行了一番评述:"曹刘雅可蹑,关马何足蹴。以此蜚英声,蹻要如缩毂。而君有远心,惟取媚幽独。绮龄振清藻,雅志甘林麓。"谓曹、刘古调虽可蜚声艺苑,包惕三却独抱远心,甘栖林麓。王士禄也表达了自己的志向:"我亦耽疏放,夙昔鄙驰逐。讵能役一身,折腰希寸禄。山行饶蜡屐,林卧足茅屋。一挹高尚踪,决策栖岩谷。"不为物役,不肯折腰。悠游山林,憩息田园的情怀正与陶渊明、谢灵运相合。

王士禄的七言古诗气势磅礴,大开大阖,周逸休认为"如未央结构,有千门万户之奇,又如吴道子画鬼神,天宫寺盘薄淋漓,奇绝今古"②。《胶西行》一诗反映出七言古诗雄浑豪宕的特点,开头以"秋尽繁忧不可扫,夜视太白光皓皓。海气遥昏石臼阴,兵氛昼暗黔陬道",营造出萧索肃杀的氛围,接着塑造了胶西将军少年英雄的形象:"胶西将军幽并子,少年几入渐离市。落魄曾无国士称,侠游徒袖夫人匕。"这位游侠承恩遇殊,龙堰受符,一时间意气风发,展现他的大略雄才:"积渐因循气转骄,桓东击剑竞雄豪。那见军中能超距,但闻河上日逍遥。帝咨丞相厉师武,经略南交定湘楚。旄钺还将天子灵,羽书遍下诸藩府。"然而如此英雄却被奸人所害,"胶西入幕典签儿,反侧狙狯何所为。一时煽众呼庚癸,将军俯首听推移。旦日群

---

① [清]王士禄、王士禛:《琅琊二子近诗合选》卷一,国家图书馆藏顺治十六年刻本。
② [清]王士禄、王士禛:《琅琊二子近诗合选》卷一,国家图书馆藏顺治十六年刻本。

公邀相见,奸谋卒就谁能辨。不识壁中已著人,忽看阶前群拥剑。辕门白日镯镂寒,喋血孤城忽鼎翻。鸣钟堂上纷横刃,列戟门前乱揭竿",一代英雄胶西将军最终喋血辕门,为奸人所害。王士禄感慨不已,云:"盛世何当复有此,将懦兵骄理应尔。古来几事戒履霜,此事坚冰已久矣。"在元、白歌行叙事的基础上加以高、岑的纵横跌宕,气质深雄的境界。

王士禄的七言古诗还有清新婉丽的一面,顾豹文以为其"婉丽本卢、骆,遒整似维、颀,故名章迥句,往往警绝"①。卢、骆歌行辞藻华美,有齐梁富丽之风,又铺张扬厉,在结构上跳跃纵横,不甚严整,而王维、李颀的七言歌行跌宕多姿,流丽自然。王士禄对李都阃闺人的描写:"画阁氤氲棐几凉,春衫半浣墨花香。养笺定蓄芙蓉粉,架笔应须翡翠床。芙蓉翡翠纷相对,那知一旦琉璃碎。对酒空歌独酌谣,洒泪还看双玉珮。"颇有卢、骆歌行的浓艳和精美。卢、骆歌行本由齐梁发展而来,受齐梁文风影响,王士禄既学卢、骆,也受到六朝民歌和齐梁文风的影响,如《古意》:

  两两鸂鶒眠浦沙,昨夜阿郎归妾家。灭烛入门戴星去,看郎一似菖蒲花。

既有六朝民歌的清新可喜,又有齐梁的绮艳之风。他的五言绝句《古意》《襄阳曲》《小长干曲》《卫艳词》等,清新婉丽,既有南朝风韵,又颇类李白之风,得其神韵,如《襄陽曲》二首:

  春草大堤齐,高栖汉水西。谁家少年子,日日唱铜鞮。

  盈盈大堤女,春来不肯出。日暮朱楼中,含情理瑶瑟。

塑造了一个"少年子"和一个"大堤女"的形象,一个闲逸,一个羞涩,下语平淡自然,却令人回味。

(二)崇尚唐音

王士禄推崇兴象风骨兼备的初、盛唐诗,题材不局限于山水田园之作。《琅琊二子近诗合选》中有很多拟唐之作,如《拟唐人塞下曲》《拟唐人出塞》《拟唐人边庭送客》等,这一类作品多为边塞诗,由于缺乏实际的生活阅历,

---

① [清]王士禄、王士禛:《琅琊二子近诗合选》,国家图书馆藏顺治十六年刻本。

摹拟的痕迹比较明显,如"红毡裹背马班班,西尽龙堆路几湾。莫惜千杯添酒力,夜来雪满琵琶山"(《拟唐人边庭送客》),在构思和用语上都模仿盛唐边塞诗。王士禄还摘取唐人诗句为诗,如《赋得月出夜方浅》《赋得丹凤城南秋夜长》《赋得蝉鸣秋城夕》等,以清词丽句出之,自然流畅,如《赋得丹凤城南秋夜长》:

丹凤城南秋夜长,关河寒近落微霜。不须锦字论长恨,自有清砧教断肠。破衲沙头鸿欲去,拂云堆上草初黄。伤心却羡城边月,犹照深闺玳瑁梁。

这首诗诗题取自沈佺期之诗《古意呈补阙乔知之》。沈诗云:"卢家少妇郁金堂,海燕双栖玳瑁梁。九月寒砧催木叶,十年征戍忆辽阳。白狼河北音书断,丹凤城南秋夜长。谁为含愁独不见,更教明月照流黄。"[①]写思妇秋夜孤独愁苦的心绪,王士禄用其诗意,也写思妇之愁,化用沈诗原句,营造了秋夜萧索寒冷的氛围,衬托思妇忧愁的心情,情景交融,在时空交错中抒发了闺情。

在唐诗中,王士禄崇尚王、孟一派冲淡自然的风格,这种倾向在他少年时期已经体现出来,他曾取刘顷阳《唐诗宿》中王维、孟浩然、常建、王昌龄、刘眘虚、韦应物、柳宗元数家诗使王士禛手抄,对王士禛的诗学路径有重要的指导意义,同时也反映了王士禄的审美取向,在早年的创作中也呈现出师法王、孟一派的面貌。如《新柳同贻上》其一:

东风吹杨柳,袅袅发柔条。不尽三春色,居然万里桥。汉南烟尚浅,渭曲雨初消。讵似江潭树,凄凄向晚凋。

以新柳写离思,清新可咏。又如《八月十五夜》:

小聚命俦侣,清光遍薜萝。芙蓉秋水寂,丛桂小山多。一雁归湘楚,繁星点绛河。虚堂弦索静,独和越人歌。

王士禄对王、孟一派的师法主要集中在五言律绝中,时人评其诗也往往指出这一点。王揆评王士禄五言律诗"往作如瑶环瑜珥,兰茁其芽。近

[①] [唐]沈佺期、宋之问撰,陶敏、易淑琼校注:《沈佺期宋之问集校注》,中华书局,2001年,第18页。

作如霁晓孤吹,高秋晚眺。大历而下未见其伦"①,总结了他从"往作"的便娟秀美到"近作"的明朗疏阔的变化。周令树评其五言绝句"不必学李白,而有其逸。不必学崔国辅,而有其隽"②。王士禄的五言绝句清新隽永,如《夏日见萤》其一:

> 向夜烦暑退,露下浸我席。揭来一粒光,照我须眉碧。

写夏夜暑热退去,清凉幽静的环境下作者悠然自得的心境,以动衬静,诗味隽永。

(三)师法杜甫

王士禄在早年的诗歌创作中体现出学杜的倾向。彭珑云:"子底五言近体神韵气骨本之摩诘、高、岑。近潦倒自放,专意杜陵,格益高,气益老,色益苍郁,青藤山人所云'吾晚年作画,如登州海市,时而有,时而无'也,子底近作之谓欤。"③彭氏所言王士禄近王维、高适、岑参的诗歌就是指他的一些拟唐边塞之作和近于王、孟一派冲淡自然之作,而"近潦倒自放,专意杜陵",说明王士禄早年的创作由王、孟转向师法杜甫,并且追求杜诗的格高气苍。王士禄在《怀万大来》一诗中云:"含吐谢与陶,遒质仍清新。长句宗杜陵,奇语思惊人。撅心入谽谺,拓笔生嶙峋。"对万大来宗法杜陵,拓笔嶙峋十分敬佩,而他自己在创作中也学习杜诗,如《道中》云:

> 开年苦奔走,来往共殷勤。孤树撑歧路,残碑拆古坟。夕阳寒映雪,远岫淡疑云。十载杨朱泪,萧条洒向君。

反映了自己失路的穷愁,情感沉郁,气格高古。王士禄化用杜甫诗句,如"郑虔冷落襟期在"(《小草》)化用自杜诗"时赴郑老同襟期","残灯金粟尺"(《裁衣曲》)化用自杜诗"越罗蜀锦金粟尺"等。

王士禄七律创作较五律多,且更得杜甫之神,周逸休云:"子底诸体,七律尤为独绝,浑脱浏漓,沉郁顿挫,如春雷奋蛰,奇鬼抟人,极才分之所至,

---

① [清]王士禄、王士禛:《琅琊二子近诗合选》,国家图书馆藏顺治十六年刻本。
② [清]王士禄、王士禛:《琅琊二子近诗合选》卷九,国家图书馆藏顺治十六年刻本。
③ [清]王士禄、王士禛:《琅琊二子近诗合选》,国家图书馆藏顺治十六年刻本。

而不颓格,不伤气,浣花老人而下未见其俦也。"①"浣花老人"即指杜甫。周果亦云:"子底七言近体神合少陵,时涉笔高、岑、温、李诸家,皆其寄迹耳。"②二周都指出王士禄七律神似杜甫,尤其强调其气格与杜诗相近,王士禄诗友万泰宗法杜陵,对王士禄学杜评价甚高:

> 予在京师与子底往复甚久,每伤今之学杜者,失其淋漓盘礴之气,而袭为颓唐老放之形,漫曰杜耳。杜果若是易易哉!子底诸篇真能追杜陵之魄,觉空同尚未脱色相,舍筏登岸,其在斯乎!③

万泰批评明清之际诗坛学杜一味追求颓唐之气之弊,实际上在侧面强调高古的气格,王士禄七律在气格上得杜之神,同时有杜诗老成之境,如《食生菜》:

> 泱泱暮雨草堂寒,瓦缶翛然晚进餐。新甲几时开雪圃,细茎已见袅春盘。山中此物宜蝉腹,世路何人竞马肝。便欲荷锄学圃去,断壶剪韭未应难。

这首诗由生活中的一个场景、细节生发开去,由食生菜联想到人生、世路,表达了一种旷达、悠闲的心态,表现一种自足的人生状态,在情感表达上混融连贯,气格音节顿挫,与杜甫入蜀寓居草堂之后描写自我生活细节的诗作相近。王士禄坎坷的科举经历使他产生一种奔波于世路的迷茫而充满忧患的心态,《之莱漫咏》其一:

> 未歌行路已沾巾,为念浮云旅迹新。几日凄其悲雨雪,经时偃蹇向风尘。少游车马堪谁策,彭泽妻孥好共贫。献岁高堂婪尾酒,应怜游子隔芳春。

这首诗写于赴任莱州府学教授的途中,既写行路之难,又写世路之难,融入了杜甫的"贫""老"之叹,表现自己的穷愁潦倒。

王士禄早期学杜仍然处于探索的阶段,还没有达到纯熟的境界,因此,

---

① [清]王士禄、王士禛:《琅琊二子近诗合选》卷九,国家图书馆藏顺治十六年刻本。
② [清]王士禄、王士禛:《琅琊二子近诗合选》,国家图书馆藏顺治十六年刻本。
③ [清]王士禄、王士禛:《琅琊二子近诗合选》,国家图书馆藏顺治十六年刻本。

一些诗歌流露出模仿的痕迹,如《秋感》:

> 萧瑟还如殷仲文,一逢摇落意无垠。凉飔碧草高天静,清露玄蝉旅感纷。杜老羁旅心回鸟道,鲍家诗思满秋坟。弟兄预作登高计,应指茱萸愁暮云。

这诗在感情基调上有很浓的悲秋之情,秋之"摇落"是典型的杜甫悲秋的意境,诗歌开头就营造了秋天萧瑟的氛围,颔联境界高阔,点出羁旅之思,颈联继续深入传达羁旅行役之苦,用杜甫"翩翩入鸟道,庶脱蹉跌厄",和"秋坟鬼唱鲍家诗"的典故,由羁旅之思最后表达思乡之情,完成了诗歌的情感表达。这首诗在对仗、用典和诗歌境界上都学习杜甫,但模仿雕琢的痕迹还是较为明显。

(四)好为香奁

王士禄早年好为艳体,与王士禛以香奁诗倡和,这是王士禄早年诗歌创作中的一个特殊的部分。顺治九年(1652)至顺治十三年(1656),王士禄作《香奁诗》三十五首,《琅琊二子近诗合选》中收入三十三首。

"香奁诗"得名自晚唐韩偓《香奁集》,描写女性姿态、生活场景,表现女性的闺情愁思,是晚唐绮艳之风的产物。严羽《沧浪诗话·诗体》云"香奁体,韩偓之诗,皆裙裾脂粉之语"[①],概括了香奁诗的特征。晚唐诗人李商隐、温庭筠、李贺、韩偓等人写男女爱情生活,风格绮丽,李商隐的《无题》诗也被后人解读为香奁诗,王士禄与王士禛的香奁诗创作中就体现出他们这样的认知,王士禛顺治九年(1652)与王士禄以"香奁诗"倡和,顺治十六年(1659)在京城又与彭孙遹以《无题诗》倡和,在内容风格上都属香奁一体。王士禄除了《香奁诗》三十三首,还创作了近二十首无题诗,都属绮艳一派。

王士禄的香奁诗情思缱绻,辞藻华丽,歌咏男女爱情生活中的别离、相思、愁闷、思慕等。男女情怨往往因两处分离、不得相聚而产生,女性的种种心绪和情态都在这样的背景下出现。王士禄首先描写两处相隔的惆怅与相思,以时空距离体现幽怨怅惘,如"迢递芷兰湘水暮,碧城有路总参差"(其四)、"夜月竹枝临峡怨,春波桃叶渡江徐"(其六)、"小院梦回尚道路,重城人去隔闉阇"(其二十一)。因为时空阻隔,情侣之间互寄音书,表达相思

---

① [宋]严羽:《沧浪诗话校释》,郭绍虞校释,人民文学出版社,1961年,第69页。

之苦,"文巾珍重青虫赠,锦带迢遥素鲤书"(其六)、"骊唱歌时愁匼匝,燕书来处望琶琶"(其十)、"红杜惊时题短句,玉苔含怨写长笺"(其十六)、"望去芳菲怜上苑,书来踪迹滞三湘"(其二十二)。王士禄写女性独居庭院的生活情态和种种微妙的心理活动,"后堂帘寂雨霏霏,见面虽稀梦未稀"(其五)、"寂寞床边看烛泪,锦衾无梦罢宵熏"(其十二)、"庭边莺燕还栖宿,屏上潇湘亦渺漫"(其十二),以寂静的环境衬托女性内心的孤独,暗示女性的情态和心理。其十三曰:

> 屈指相逢在上元,解怜幽意满华轩。别来芳草生南浦,春去繁梅落后园。烟入湘中皆碧色,月来松下作黄昏。臂痕留取樱桃滴,为记情人旧姓樊。

这首诗写女子夜晚独自回忆往昔、思念情人的情形。他们在上元日相遇相爱,欢聚过后便是别离,"烟入湘中皆碧色,月来松下作黄昏",隐约透露出空间上的距离感,暗示女子孤独的心理,"臂痕留取樱桃滴"表达女子刻骨铭心的爱恋。

王士禄的《香奁诗》也有一些对女性体态的描写,如:"夜烛殢情衾簟涩,春风回梦髻鬟松"(其二)、"应嫌小婢心情黠,低语微嗔似哢莺"(其二十三)。有一些诗句甚为香艳,如"何日横陈亲说与,为侬取次试腰身"(其十一)、"他日雨云曾荐枕,近来花月罢藏钩"(其二十六)。这种香艳的风格在王士禄诗中数量并不多,他的香奁诗多数情思婉转,细腻含蓄,饱含深情,在风格上近于李商隐。李商隐的无题诗和韩偓的香奁诗虽然都写男女爱情,但还是有一定的不同,清人梁绍壬云:"无题诗与香奁诗,界若鸿沟。李义山之诗,无题诗也;韩冬郎之诗,香奁诗也。盖无题之什,不必尽写情怀,而香奁之篇,则竟专作腻语,至闲情风怀,则指实事矣。"[1]无题诗旨义隐约,既可写爱情,也可写政治、身世等,且情感深挚哀婉,香奁诗写闺人怨情易流于轻靡。黎岳岩评王士禄《香奁诗》云:"情思柔细,如劈迷迭之丝,而析春蚕之股,不意徐、庾、温、李近在一家。"[2]香奁诗本就受南朝宫体、玉台体、宫词影响,徐、庾、温、李各具特点,而王士禄在情思、意象上都近于李商隐,他选取的意象如"凤城""双鸾""孤凤""玉奴""云母""王母""玉儿""蓬山""麻

---

[1] [清]梁绍壬著:《两般秋雨庵随笔》卷五,庄葳校点,上海古籍出版社,2012年,第203页。
[2] [清]王士禄、王士禛:《琅琊二子近诗合选》卷七,国家图书馆藏顺治十六年刻本。

姑""湘女""青琐""玉京"等等,多为神仙一类的意象,构成了词约义丰的意象群,在语言上精巧工整,深受李商隐无题诗的影响。

王士禄在顺治十三年(1656)追和《香奁诗》之后,再未进行以"香奁"为题的创作,而"无题诗"的创作还在继续,《十笏草堂诗选》中有《无题诗效李义山》六首、《无题诗效李义山》《无题效义山体》二首、《无题》二首,皆为和李商隐无题诗之作,有五律、七律、七绝,作于顺治十四年(1657)以后,风格依然缠绵婉转,但在爱情之外逐渐融入了个人身世之感,扩大了表现的内容,如:

> 乌龙声寂已更阑,桦烛霞收独上关。作客辞家长鹿鹿,怀人听漏只鳏鳏。风琴自和孤吟苦,月蟾如滋别泪斑。虚幌夜来供不寐,玉轮何计映刀环。(《无题效义山体》其二)

在思人的同时表达离家在外的辛酸与孤独。同时,王士禄的无题诗也逐渐去除雕饰,灵秀清婉,如《无题》:

> 丁香风傍夜阶阴,别后离思未有涯。何处知君情最切,一窗春雨落灯花。

香奁诗是王士禄与王士禛早年喜好的一种诗体,对于"二王"的香奁诗创作,他们当时的诗友评价不一。章在兹认为王士禄兼有李陵《鸳鸯辞》之缠绵巧妙、班婕妤"霜雪"句之发越清回[1];周逸休云,"香寻古字,巧剪兰心,情事所绝,令人循咀徘徊,房皇追赏"[2];陈允衡赞赏其"心灵固秀,不假雕饰",都对王士禄的香奁诗十分肯定。另一方面,香奁诗中的儿女情长也长期为人所轻视,"二王"的香奁诗创作也遭到友人的非议。刘体仁曾致书汪琬,问询王士禄曰:"王六不致堕韩冬郎云雾否?此虽慧业,然并此不作可也。"[3]《琅琊二子近诗合选》传至江南一带,"青徐、江淮、吴下之人举惟香奁之客,曰:'是何最后变而为纤靡之音也?'"[4]对"二王"的香奁诗不甚认同。

---

[1] [清]王士禄、王士禛:《琅琊二子近诗合选》卷七,国家图书馆藏顺治十六年刻本。
[2] [清]王士禄、王士禛:《琅琊二子近诗合选》,国家图书馆藏顺治十六年刻本。
[3] [清]王士禛:《渔洋山人自撰年谱》,袁世硕主编《王士禛全集》,齐鲁书社,2007年,第5063页。
[4] [清]姚佺:《琅琊二子近诗合选序》,王士禄、王士禛《琅琊二子近诗合选》,国家图书馆藏康熙十六年刻本。

王士禄本人对于香奁诗是喜爱和肯定的,他在《香奁诗序》中说:

> 虽情至之语,风雅扫地,然一往而深,辄欲令伯舆唤奈何,雅不使大雅扶轮,小山承盖也。夫桃根桃叶,不过于宣尼片虎俎豆无分耳。迂哉才伯,何至以"笑拥如花"之好句,自遁于"欲尽理还",得勿令义山、致光揶揄地下乎?①

认为雅俗之间,不可偏废,对于香奁诗之"情"十分看重,这是受到明清之际重情思想影响的结果。康熙以后,随着王士禄人生经历的变化和诗坛交游的扩大,他逐渐放弃了"香奁""无题"诗的创作,即便偶有绮艳之作,也以应酬为主,这也反映了王士禄诗学思想的转变。

《琅琊二子近诗合选》是王士禄早年诗歌创作的探索阶段。这一阶段他的诗歌取径较宽,对汉魏古调、初盛唐的兴象玲珑、杜诗的雄浑老成、香奁诗的缠绵悱恻都进行了学习。顺治十三年(1656)王士禄入仕之后,在莱州选明清掖县人诗为《涛音集》,进一步明确自己的诗学路径,而其诗学宗尚与嬗变主要体现在《十笏草堂诗选》《辛甲集》《上浮集》等诗集中。

第二节　王士禄的诗学宗尚与嬗变

王士禄有《十笏草堂诗选》《辛甲集》《上浮集》,作于顺治十三年(1656)至康熙六年(1667),最能体现其诗歌风格、取法、宗尚。程轶的硕士学位论文《清初诗人王士禄》在"诗歌创作论"中将王士禄的艺术风格分为"清远闲淡"与"劲健雄放"两种,并对其进行过详细的分析,故本书不再论述。王士禄处在清初反思、总结明诗,开创新朝诗风的时期,明代前后七子的复古运动已经消歇,公安派、竟陵派也被钱谦益等诗坛尊宿声讨,结束了风靡一时的局面。经过明清易代,无论是遗民、贰臣,还是国朝新贵,在创作上都出现了变化,在继承前人的基础上努力探索新的诗歌道路。王士禄就是在这样的时代下探索自己的诗学路径,并取得了较高的成就。他早年取径较

---

① [清]王士禄:《十笏草堂诗选》卷五,《清代诗文集汇编》第98册,上海古籍出版社,2010年,第563—564页。

宽,汉魏,六朝,齐梁,初唐、盛唐、晚唐皆有师法,莱州时期在诗学旨趣上进一步明晰,崇尚杜甫之老成与唐人之"妙境",而在《十笏草堂诗选》《辛甲集》《上浮集》中他由师法杜甫而至孟浩然,最终形成了自己的风格。

关于王士禄诗歌的取法与宗尚,其诗友有不同的看法,陈维崧云:"读先生之诗亦如读浣花、坡公二集。"[1]孙枝蔚认为其诗之音节风格"大概取法少陵,稍出入于谢灵运、苏子瞻之间"[2],杜濬比较"二王"诗,认为"长公似陶,少公似谢。在唐人中,少公精致似摩诘,长公闲远似浩然"[3],从诸人的评判中可以总结出王士禄诗歌的两种倾向:一是对杜甫、苏轼雄浑豪宕之风的取法,一是对陶、谢、王、孟一派神韵天然的推崇。这两方面共同构成了王士禄的诗歌宗尚,在不同的时期,侧重也有所不同。

一、杜陵词人宗,词场纵高步

如果以时间顺序考察王士禄的诗歌创作,可以发现他是以学杜入手的,早年在《琅琊二子近诗合选》中就体现出对杜诗的推崇和模仿;顺治十三年(1656)至顺治十六年(1659)为官莱州时期品评明清掖县诗人诗歌诗,愈加看重杜诗,强调"老成";顺治十七年(1660)至康熙三年(1664)出使山右、河南,登临游览,拓宽了视野,在境界上更近杜诗;康熙三年(1664)以后游历江南,倡和京师,在广泛的交游中受到众多诗友的影响,诗法更加纯熟,在学杜的同时熔铸了自己的风格。取法杜甫可以说贯穿了王士禄的诗歌创作生涯,在学杜之外,他还对杜诗有过评点,被后人广为征用,可见取法杜甫是王士禄诗歌取径的重要部分。

王士禄曾批点过杜诗,其言论被张甑陶《杜诗详注集成》、杨伦《杜诗镜铨》、卢坤五家评本《杜工部集》、刘濬《杜诗集评》等收录,在清人评杜中较有影响。然而,王士禄评杜内容并没有专门刊刻,清人也是根据其手抄本进行收录,在转录的过程中与王士禛言论相混淆。因此,王士禛门人翁方纲曾

---

[1] [清]陈维崧:《辛甲集序》,王士禄《辛甲集》,《四库全书存目丛书补编·集部》第79册,齐鲁书社,2001年,第64页。
[2] [清]孙枝蔚:《上浮集序》,王士禄《辛甲集》,《四库全书存目丛书补编·集部》第79册,齐鲁书社,2001年,第125页。
[3] [清]杜濬:《上浮集序》,王士禄《辛甲集》,《四库全书存目丛书补编·集部》第79册,齐鲁书社,2001年,第124页。

在《石洲诗话》中专门进行分辨核实，并对王士禄评杜有所批驳。王士禄对杜诗的评点见于杨伦、刘濬等人所辑的评本中，多对个别诗作、字句进行气格、情感、章法等方面的评论，如评《哀江头》"乱离事只叙得两句，清湄以下纯以唱叹出之，笔力高不可及"①；评《送远》"感慨悲壮，不减萧萧易水之句"②；评《洗兵马》"气势如齐潮三折，排山倒海"③；评《酬郭十五判官》"轻便，开南宋以后诗派"④；评《房兵曹胡马》"落笔有一瞬千里之势"⑤等，虽然比较零散，但可以看出他在杜诗气势豪壮、情感沉郁、章法严谨等方面都有深刻的体会。

王士禄还与黄大宗合著《杜诗分韵》，惜已散佚，毛奇龄《杜诗分韵序》云：

> 辑诗家有分时、分体、分类、分韵四则，杜诗本分时者。近有刻分体，名《杜诗通》。而至于分类、分韵，逮今无之，此西樵《分韵》之所为作也。古文无尽韵者，有之，《易》是也；诗无尽韵者，有之，《颂》之《桓台》与《般》是也。是故汉以前文，间杂韵句，而东方先生作《据地歌》，后汉灵帝中平中，京都谣辞即诗，而反无韵焉。自魏李左校始著《声类》，齐中郎周颙作《四声韵谱》，而其后沈约、陆法言、孙愐辈各起为韵学，而诗准于韵。故三唐用韵，较昔尤备，况甫精声律，其为押合尤为三唐前后所观而模之者乎！西樵，沈、陆之良者也，其书法工擅一时，凡六书四体，已极根柢，而韵则起收呼噏，变化通转，辄能析豪系而定幼眇。故与其及门黄大宗者，判甫集而声区之。⑥

毛奇龄追溯了诗歌韵律的发展历史，指出杜诗尤精于声律，王士禄著《杜诗分韵》是在声韵方面对杜诗的评判与研究。王士禄辨析用韵，对杜诗的用韵提出了一些自己的见解和疑问，如今韵中"佳"与"麻"是不同的韵，唐刘禹锡《送蕲州李郎中赴任》以"佳"间"麻"，公乘亿《赋得秋菊有佳色》以

---

① [唐]杜甫：《杜诗镜铨》卷三，杨伦笺注，上海古籍出版社，1980年，第123页。
② [唐]杜甫：《杜诗镜铨》卷六，杨伦笺注，上海古籍出版社，1980年，第265页。
③ [唐]杜甫：《杜诗镜铨》卷五，杨伦笺注，上海古籍出版社，1980年，第216页。
④ [唐]杜甫：《杜诗镜铨》卷十九，杨伦笺注，上海古籍出版社，1980年，，第976页。
⑤ [唐]杜甫：《杜诗集评》卷七，[清]刘濬编，大通书局，1974年，第579页。
⑥ [清]毛奇龄：《西河文集·序七》，王云五主编《万有文库》第二集700种，商务印书馆，1937年，第344页。

"佳"倡而"麻"随之于后,杜甫《柴门》押"佳""麻"者五组,王士禄据此提出疑问,是"佳"即同"嘉",抑或唐韵与今韵不同,"佳""麻"相通[①]？诸如此类的问题很多,《杜诗分韵》就是针对杜诗押韵而撰写的。王士禄评杜韵云:"韵本严也,而甫能以博为严;韵本肆也,而甫能以拘为肆"[②],推崇杜诗用韵的宽严有度,收放自如。

莱州时期也是王士禄师法杜甫的重要时期,此期选编《涛音集》时已经表现出对杜诗老成境界的推崇。顺治十三年(1656),王士禄官莱州府学教授,与莱人赵士完、赵士冕游处最善,赵士完、赵士冕出于莱州掖县赵氏家族,始祖赵守义明洪武年间驻防金州卫,官指挥佥事,遂占籍莱州,六世祖赵焕官至吏部尚书。有明一代,赵氏科甲相继,闻人辈出。明清易代之际,第八代赵士完、赵士亮、赵士喆等隐居不出,与顾炎武交,倡山左大社,与复社相呼应。在创作上,经历家国之难后,杜甫忧国忧民的情怀和沉郁顿挫的诗风引起他们的共鸣,因此有学杜的倾向。赵士喆有《集杜诗》一卷,赵士亮、赵士冕等人也都有拟杜之作。在《涛音集》中,王士禄就选入赵士亮的拟《秋兴》诗,认为寄慨深远,发调警绝。赵士喆去世后,王士禄作《挽赵伯濬隐君》诗云:"诗中悲愤杜陵人,取谱新愁字字真。除却西江文信国,许谁更识此酸辛。"[③]王士禄这一时期对杜诗的重视与赵氏兄弟的影响有一定关系。

顺治十四年(1657),王士禄作《读杜集竟怃然有作,得百九十字,书之卷尾》一诗:

> 杜陵诗人宗,词场纵高步。健笔挞天藻,高山复楠具。早年齐赵游,裘马散高趣。携友登吹台,风云发指顾。应诏咸京来,闶音奏诏护。诀荡排天阊,高衢见抵牾。突兀延恩匦,匌匝《三礼赋》。率府寄逍遥,未协同时慕。辋矣渔阳尘,艰哉凤翔赴。甫升鸳鹭班,旋背雕鹗路。玉女虽可寻,朱凤岂堪铰。浪迹入西南,浩歌荡情愫。间关青羌坂,差池下牢戍。故人纷旌麾,一老飒飘寓。扁舟乱衡湘,苍茫向

[①] [清]毛奇龄:《西河文集·序七》,王云五主编《万有文库》第二集700种,商务印书馆,1937年,第344页。
[②] [清]毛奇龄:《西河文集·序七》,王云五主编《万有文库》第二集700种,商务印书馆,1937年,第344页。
[③] 本节所引王士禄诗皆出自《十笏草堂诗选》《辛甲集》《上浮集》,《清代诗文集汇编》第98册,上海古籍出版社,2010年。

迟暮。错杂《离骚》词,隐约《咏怀》句(公诗纪时事者语多隐约,夔府以还更多错杂,故以屈、阮为比)。万古祝融峰,鸾龙隐烟雾。萧条稷卨期,支离楚蜀遇。独余草堂碑,千秋启遐晤。

这是王士禄在通读杜诗之后对杜甫身世遭遇的感慨,从早年游历齐、赵,风发指顾,到应诏长安,突遭国变,再到浪迹西南,迟暮漂泊,展现了杜甫曲折的一生,"故人纷旌麾,一老飒飘寓。扁舟乱衡湘,苍茫向迟暮",意境苍茫,情感沉郁,既是对杜甫身世的感慨,也寄托了自己的身世之感。王士禄在《寓堂醉歌》中曾以杜陵自比,云:"栖栖恰似杜陵人,白盐赤甲经年住。"这种身世漂泊之感使他在读杜诗时产生共鸣。王士禄感慨杜甫的身世遭遇,敬仰其人格,更推崇其诗之雄深劲健,这些都是他师法杜甫的原因。

顺治十六年(1659),王士禄迁国子助教,在京与程可则、刘体仁、杨继经、汪琬、曹尔堪、叶方蔼、梁熙、董文骥为文章之友,在创作上延续了莱州时期的传统。他在《遣兴》诗中写道:"几头杜陵诗,兴至吟数行。感此千载人,逢时何不臧。漂泊楚蜀间,身世一荒唐。"杜诗仍是他品鉴的对象。他在京期间作《忆莱杂诗》二十首,"论者谓老杜《秦州诗》无以过也"①。顺治十八年(1661),王士禄奉使颁诏山西,途中登临怀古,作长歌《普安堂吴道子水陆画轴歌》《飞龙宫行》《疑冢歌》等,气势磅礴,雄浑高古,其间用杜韵作《九日高平府楼登高次杜公〈九日〉韵》《九日高平楼再用杜公〈阆州东楼〉韵成诗》等诗,在游历中得江山之助,拓宽了心胸和视野,在学杜的方面更进一步。

王士禄仕途、人生的重大转折出现在康熙三年(1664)。这一年他以科场案入狱八月,事白出狱后南游扬州。是时季弟王士禛为扬州推官,其父母皆就养随行,王士禄至扬省亲,同时展开了他的江南倡和活动。扬州为南北水陆要冲,顺康之际四方文士云集于此,以诗、词相倡和,使这里成为江南诗坛的中心。康熙三年(1664)至六年(1667),王士禄在扬州、杭州等地进行了一系列的文学活动,结识了一大批诗坛耆旧与俊彦,这些人中不乏宗杜者,如著有《杜诗编年》的李长祥;著有《杜工部诗集辑注》的朱鹤龄,是清人注杜中之名家;杜濬师法少陵,"身际沧桑,与杜陵遭天宝之乱略同。故其音沉痛悲壮,读之令人酸楚"②;吴嘉纪得杜之意,有"诗史"之精神。王

---

① [清]王士禛:《王考功年谱》,王士撰,孙言诚点校《王士禛年谱》,中华书局,1992年,第73页。
② [清]陈田:《明诗纪事》卷十五上,上海古籍出版社,1993年,第3149页。

士禄与他们进行倡和切磋,难免受到影响,而他学杜的诗作也得到了诗友的肯定。陈允衡赞赏他《普安堂吴道子水陆画轴》一诗的豪宕之气,近于杜甫题画诸篇。这一时期王士禄也有和杜之作,如《人日作用,杜公〈和裴廸登蜀州东亭〉韵》《楼夜和杜公〈秋笛〉》《和杜公〈捣衣〉》等。他对自己的写照也是"高饰颇稀邴曼容,长句稍师杜子美"(《用坡公〈过新息示乡人任师中〉韵》)。

王士禄的诗歌创作师法杜甫,有些诗在立意、情感、章法、字句等方面都神似杜诗,如七古《当去矣行》:

> 君不见,转粪蜣。竞秽逐臭常奔忙。又不见,摩云鹄。青天碧海无拘束。丈夫意气不可删,讵向鼠子工容颜。白鸥春水亦浩荡,薄姑城南堪往还。

这首诗与杜甫的《去矣行》颇为相似:

> 君不见鞴上鹰,一饱即飞掣。焉能作堂上燕,衔泥附炎热?野人旷荡无觍颜,岂可久在王侯间?未试囊中餐玉法,明朝且入蓝田山。①

杜诗大概作于杜甫任右率府胄曹参军之后,王士禄诗作于顺治十四年(1657)他的友人莱州太守万开来迁江宁道副使,离开莱州之时。两首诗歌都表达了对官场的厌倦失望和归去的愿望。王士禄学习了杜甫比喻的手法,用"转粪蜣"比喻官场中的营营碌碌,与杜诗中的"堂上燕"用法一致,在诗歌最后都表达了对脱离牢笼、回归恬静自然的向往。林古度认为"西樵集中,《当去矣行》一篇尤见雅志"②,此诗无论在运用的手法还是表达的情志上,都是一首学杜的佳作。

王士禄在诗歌境界和炼字、炼句上向杜甫学习,气势磅礴,境界雄阔,语言上也进行了精心的锤炼。他的《偶忆莱子旧游,因成杂诗二十首,需便寄彼中朋旧》作于顺治十七年(1660)在京师期间。其诗友将此二十首与杜甫《秦州杂诗》相比。这二十首诗在内容上写莱州风物人情,与杜甫《秦州杂诗》所

---

① [唐]杜甫:《杜诗详注》卷三,仇兆鳌注,中华书局,1979年,第245页。
② [清]卢见曾:《国朝山左诗钞》卷十一,《山东文献集成》第一辑第41册,山东大学出版社,2007年,第145页。

表达的种种复杂的心态不尽相同,但在艺术上与杜诗十分接近,如其二:

  时复登春郭,眼光纵目宽。山姿浓大泽,潮势汨三韩。小立抛藤杖,微吟侧鹢冠。一樽石冻碧,未厌海风寒。

这首诗写登郭远眺的情境,颔联"山姿浓大泽,潮势汨三韩"境界壮阔,气势恢宏,有杜诗"吴楚东南坼,乾坤日夜浮"之风神。汪琬云:"王西樵作《忆莱杂诗》,有'潮势汨三韩'之句,形容颇极雄阔。或疑汨字无来历,予应之曰:亦子美'吴楚东南坼'之类耳。汨字、坼字,皆以独造见奇。"①王士禄还创作了一些拗体。拗体是杜诗中一个特有的现象,杜甫的一些诗打破了严密规整的格律标准,创造出骨格嶙峋的拗体诗,是他在对格律熟练运用后的尝试。宋代江西诗派学杜就大量地进行了拗体的创作。王士禄的拗体创作也是受到杜诗的影响,《大雪偶为拗体二首》《赵星垣招泛红桥得拗体一首》,在形式上模仿杜诗。

王士禄在扬州时期的和杜之作熔铸了自己的情感和风格,成就较高,如《楼夜和杜公〈秋笛〉》:

  漠漠天垂槛,飂飂风动衣。谁家遥奏笛?孤客正思归。陇坂寒波咽,关山片月微。那堪凄断里,霜雁一行飞。

"孤客"独立于天幕之下,秋风动衣,忽然听到幽远的笛声,激起愁绪,关山片月、霜雁一行,在冷清而开阔的氛围中结束全诗,而愁绪却绵绵不绝。杜甫《秋笛》一诗作于秦州,以秋笛写征人不得归,表达忧国忧民的情怀。王士禄和杜诗,写孤客思归之情,一样凄切的笛声,引发不同的哀怨,在诗歌境界上更加空灵,已走出之前模仿的步调,融入了自己的特点。

王士禄康熙三年(1664)经历了"甲辰之狱"后,寓居扬州三年,康熙六年(1667)回乡后,营筑"十笏草堂",在家中读书、创作,潜心于经史研究。这时候他已经走出人生磨难的阴影,追求一种达观超俗的人生态度,因而在学杜方面,消去了之前的沉郁之气,表现出一种练达老成,《十笏草堂成有作》云:

---

① [清]王士禛:《王考功年谱》,王士禛撰,孙言诚点校《王士禛年谱》,中华书局,1992年,第73页。

几载堂传十笏名,把茅今日计才成。徐看竹石随心置,已觉轩窗泼眼明。江海回头余汗漫,图书垂老许纵横。差应不愧维摩室,妙喜真须一首擎。

这首诗在对仗、节奏上继承了杜诗的工丽严整、抑扬顿挫,在情感上则表达数载心愿达成的喜悦,心情沉静内敛,而没有对数年以来身世遭遇的感慨,体现出自己的精神面貌。

二、一从时世矜高唱,谁识襄阳孟浩然

清初诗人施闰章在为王士禄所作的墓志铭中总结其诗之宗尚,云:"君于诗独爱孟襄阳,尝吟曰:'自从举世矜高调,谁识襄阳孟浩然。'"[1]施闰章所引诗句出自王士禄《读孟襄阳诗有作》,诗云:

鱼鸟云沙见楚天,清诗句句果堪传。一从时世矜高唱,谁识襄阳孟浩然?

自明七子复古以来,诗坛往往标榜格高调古,而孟浩然冲淡闲远之风被忽视,王士禄在此诗中表达了对孟浩然清新自然诗风的肯定和推崇,实际上是对孟浩然诗风的提倡。如果单以此诗就断定王士禄只是师法孟浩然,未免狭隘,事实上,孟浩然代表了陶、谢、王、孟、韦等神韵天然的一脉。王士禄诗歌取法诸家,他在《西樵山人传》中也表明了自己博采众长的态度:"山人少攻诗,意取澄澹遥缓,不逐世好,自成一家之体。"[2]

师法王、孟是一条贯穿王士禄一生的诗学线索,他少时学诗就接受了王、孟诗风的熏陶,与诸弟读书家塾时,兄弟倡和,肩随跬步,王士禛记载了这段充满温情与乐趣的读书岁月:

余兄弟少读书东堂,堂之外青桐三,白丁香一,竹十余头而已。他无所有,人迹罕至,苔藓被阶,纸窗竹屋,灯火相映,咿唔之声相闻,如是者盖十年。长兄考功先生嗜为诗,故余兄弟皆好为诗,尝岁莫大

---

[1] [清]施闰章:《吏部考功司员外郎王君墓碑》,施闰章著,何庆善、杨应芹点校《施愚山集》卷十九,黄山书社,1992年,第396页。
[2] [清]王士禛:《王考功年谱》,王士禛撰,孙言诚点校《王士禛年谱》,中华书局,1992年,第83页。

雪,夜集堂中置酒。酒半,出王、裴《辋川集》,约共和之,每一诗成,辄互赏激弹射,诗成酒尽,而雪不止。①

在王氏兄弟苦攻科举之业时,诗歌创作是他们的一种精神调剂,在相互倡和切磋中增进感情,也影响着彼此在诗歌方面的认识。王士禄作为长兄,以王、裴《辋川集》与诸弟相和,在诗学上对他们有引导之功,也反映出王士禄少年时期的诗学偏好。王士禄少时宗法王、孟的另一个例证,就是前文所说的使王士禛手抄唐诗一事,对于王士禛神韵说的形成起到重要的作用。王士禄没有专门针对王、孟一派的诗歌理论,只在《涛音集》中品评掖人诗歌时透露出对于唐人"妙境"的推崇。这种"妙境"兴象玲珑、神韵天然,正是对王、孟诗风的概括。

王士禄将王、孟的冲淡闲远更多地融入诗歌创作中,他将自己的这种风格总结为"澄澹遥缓"。以此为标准来考察王士禄的山水田园之作,可以发现康熙三年(1664)是一个分水岭。康熙三年之前,他的山水田园诗多骨力劲健,境界雄阔;康熙三年之后冲和淡泊,发要眇之思,更近于"澄澹遥缓"。从诗歌取法来说,王士禄的山水田园诗前期步追陶、谢,间以杜诗之雄浑之境;后期师法王、孟,澄澹悠远。

王士禄康熙三年(1664)前的诗作主要收于《琅琊二子近诗合选》与《十笏草堂诗选》中,其中的山水田园诗境界雄阔,风格劲健,多为五、七言古体,如《忆九青诗》《满家亭子寻奇石作》《晨游南海寺》《游道士谷谒先天观》《西山碧云寺》《香山寺》《虎头崖观奇石歌》《游云峰山歌》《洪光寺侧磴道》等。这些作品都是王士禄游览山水后所作,受陶渊明、谢灵运影响较深,在评亲友之作时,对他们学陶、谢清新之风颇为赞赏,如他说万大来"含吐陶与谢,遒质乃清新"②(《怀万大来》),赞扬王士禛"左拍青莲右谢公,高揖右丞恣火攻"③(《咄咄篇赠季弟贻上》),与友人倡和"一樽陶谢在,吟思倍能新"(《早秋雨中过赤霞水云山房同琨石集饮》)、"不为相携陶、谢在,徒然潦倒对秋丛"(《九日黑窑厂登高,同顾庵、玉虬、玄林赋》),他自己在游览中也往往发陶、谢之思,"遥识名山胜,因思谢客才"(《入九青道中作》)。王士禄

---

① [清]王士禛:《刻抱山诗选序》,王士禧《抱山集选》,《四库全书存目丛书·集部》第227册,齐鲁书社,1997年,第420页。
② [清]王士禄、王士禛:《琅琊二子近诗合选》,国家图书馆藏顺治十六年刻本。
③ [清]王士禄、王士禛:《琅琊二子近诗合选》,国家图书馆藏顺治十六年刻本。

前期的山水之作学习谢灵运,往往写自己游览的经过,描写山水胜景,抒发感慨,如《香山寺》:

> 信宿碧云寺,幽意良已适。遥遥望香山,树杪见檐楠。丹楼涌绝壑,缥缈架虹霓。晨兴命展望,杉桧露犹滴。微风翼凉襟,石路净如涤。山泉环寺门,逶迤间松枥。来青最轩豁,凭眺意凌轹。却顾山下径,曲折见所历。中楹四榜书,再拜获恭觌。群山拱几席,空翠照瓴甓。静境绝众嚣,天籁自吹激。深林伐木声,砉然发空寂。回思车马劳,恍矣中心戚。何当谢尘鞅,长兹卧云壁。

诗写自己由碧云寺出发游香山寺的所见,抒发归卧山林的愿望,通篇读来像是一篇游记,与谢灵运山水诗在结构上十分相似。这一类诗在王士禄的前期创作中有很多,《西山碧云寺》《满家亭子寻奇石作》《西屏山歌》《天宫寺》等诗都是如此。

王士禄在描摹山水时融入了杜甫的雄浑高古,使他的山水在澄澹幽静之外,又有雄阔之境,如《发井陉次故关作》:

> 凌晨发山郭,渡溪指山隧。稍稍历原隰,忽忽入幽邃。天阴岚气重,草树弥蓊荟。石路多蜿蜒,悬崖递亏蔽。山横望若绝,崖转径仍遂。略无十步直,大抵两壁对。行行近关侧,岩巘尤奇怪。撑者或如拒,掠者或如坠。庞疑蛮象伏,怒俨虓虎奰。千折势不穷,各各殊状类。睥睨界其上,高与青冥会。谓此信天险,飞鸟讵得越。他时戎马蹴,何无一丸闭。俯仰意慷慨,指顾伤扼塞。安得凌绝顶,一览八荒外。

写故关之险,气势磅礴,境界雄阔,清人选集如《国雅初集》《诗风初集》《皇清诗选》等频频选入此诗,陈允衡评"凌厉中原,俯仰古今,良是不朽之作"[①],这样的写景之作在王士禄前期诗作中比比皆是,如"石磴郁岩峣,莲宫启闶阆"(《西山碧云寺》)、"苍茫大海决眦入,夕阳半壁波涛白"(《游云峰山歌》)、"杂光摇岛屿,一黛划天根"(《蠡勺亭观海同贻上四首》其一)、"突兀重关对,萦纡万岭迷"(《冷泉关道中》其二)、"径仄猿声苦,林深虎气浓"(《东乌岭》)等。王士禄多用五、七言古体写山水,笔力劲健,以律、绝写山水数量较少,且风格与

---

① [清]陈允衡:《国雅初集》,《四库全书存目丛书·集部》第399册,齐鲁书社,1997年,第135页。

古体诗相近,境界开阔,飘逸飞动,如《观音岩夕眺》:

> 柴栅阴阴带夕晖,下方钟磬远微微。凭高俯瞰一千仞,山鹊凌风松顶飞。

夕阳余晖下在观音岩眺望远方,钟磬声微,山鹊凌风而飞,前两句所描绘的是一幅闲静悠远的画面,而后两句猛然间拉开空间距离,以山风凌厉,鸟鹊翻飞打破了静谧,使得整首诗境界开阔。

王士禄康熙三年(1664)之前的山水诗在学习陶、谢的基础上,融入了杜诗的高浑之气,境界雄浑,笔力劲健。他的山水诗取法、风格在康熙三年(1664)以后发生了变化。康熙三年(1664),王士禄因科场案入狱八月,罢官南游,这是王士禄人生中最大的挫折,对他的诗歌创作产生了重要的影响,主要表现在三方面。一是创作数量的增多,康熙三年冬,王士禄南下扬州之后,纵情山水,诗歌收于《上浮集》中,作于康熙三年至康熙五年,他寓居广陵,登三山,望大江,访鹤林寺,探八公洞、招隐寺,历姑苏、钱塘,吊苏小小,放舟西湖,每游一地,必有所作,因此山水诗作数量大增。二是经历了牢狱之灾的王士禄在创作心态上发生了改变,虽在《王考功年谱》的记载中王士禄旷达乐观,但实际上"甲辰之狱"给王士禄带来了很大的心灵震颤,他在狱中感慨甚多,"敢将颠倒问天公,岸狱胡为到此翁"(《偶作》其一),"身世悠游同野马,心魂虩虩怯荒鸡"(《用坡公〈狱中寄子由诗〉韵寄礼吉、贻上,兼示子侧》其二),出狱后他抱着一种忧谗畏讥的心态游冶倡和,以达到远离尘俗,忘却烦忧的目的。在这个过程中,苏轼的旷达给予了他很大的精神慰藉,他遍和东坡乌台诗案及《狱中寄子由》诸诗,学习东坡旷达的心胸,并将这种旷达转化为诗歌创作的内在动力,追求超然物外的境界。因此,山水诗中杜甫的雄浑刚健逐渐退去,而代之以澄澹悠远。三是"禅"的介入,林古度评王士禄诗"或逃于贝叶,或逃于绮语"。"甲辰之狱"中,王士禄向佛家寻求心灵的宁静,在系所每日写诸品经,楷法精好,数万字无一脱误。他还作《长斋诗》,请戴苍作《长斋绣佛图》,出狱之后,在扬州与灵隐僧人硕揆禅师相和。施闰章说他"身幽请室,如鱼在渊。心手洋洋,委运逃禅"[①],王士禄自己也说"逃禅绣佛长斋里,避世佳人锦瑟旁",受到佛禅的影响,王士禄感悟自然,向往平静,正与王、孟相合。

---

① [清]王士禛:《王考功年谱》,王士禛撰,孙言诚点校《王士禛年谱》,中华书局,1992年,第77页。

"甲辰之狱"加深了王士禄对于人生、自然的体悟,他将这些体悟融入诗歌创作中,以模山范水发要眇骀荡之思。康熙四年(1665)他在杭州作《西湖竹枝词》,序中有云:"夫画美人者,或写侧影,或写半身;画龙者,或于烟雾窅杳中写其首尾爪甲、夭矫灭没之状,神理所寓,不必全身也。读者得是意,试即其所及,以思其所未及。"①以作画比作诗,强调言有尽而意无穷,在诗学上与王士禛的神韵说极为相近。

王士禄在诗中表达远离世俗、超然物外的心境,一些描写山水的诗作极似王、孟。《山游杂诗用三诏洞壁间旧韵》:

> 自爱山情幽,那辞山路永。笑他陶柴桑,结庐在人境。(其一)
> 春江壮波涛,天风送奇响。山阁坐披襟,自顾青霞上。(其三)
> 千林无静柯,飒沓似山雨。相对寂无言,涛声乱人语。(其四)

第一首抒发自己的幽情,陶渊明"结庐在人境"也不及归卧山林,后两首所描绘的环境清幽,动静结合,意境深邃,颇有王维诗的特点。在体裁上,山水诗创作中五、七言律绝增多,意境清远,语言省净,如:

> 落日石门路,语溪明夕波。女墙才几尺,一半入藤萝。(《石门县》)
> 斜栈破山碧,相携坐翠微。夕阳共江影,历乱上人衣。(《由栈道岩至观音阁看落照》)

两首诗都营造恬静的意境,用常见的意象勾勒出画一般的图景,即景会心,有超妙之趣。汪琬曾向王士禛询王士禄新诗,王士禛援笔书五言数联,如"关路垂鞭暮,山城到雁稀""鹳下松巢暝,人归沙路低""清沙骑马路,微雨过桥人""玄鹤有时至,沧波忽渺然""秋水苕溪碧,春山顾渚清",语俱澹隽,皆在天宝、大历间。

王维、孟浩然一派的山水田园、自然之风是王士禄诗歌取径的一个重要方面,也是新城王氏家学文风中的重要内容。王士禄祖辈、父辈的诗歌创作中就体现出了对自然山水的独特爱好,如王象艮《迁园诗》中"品在右丞、苏州间"。王象晋淡泊平易,好为登临山水之作,乐游山水是王氏家族的一种群体性格,王士禄、王士禛兄弟也延续了家族的这种风气。

---

① [清]王士禄:《上浮集》卷二,《清代诗文集汇编》第98册,上海古籍出版社,2010年,第694页。

从王士禄的经历和诗作来看,他有一种避世归隐的情结,在这种情结下,产生了一种"远"的态度。他的诗中不断地表达着逃离官场、逃离世俗、回归自然的愿望,有陶渊明一般的归隐情怀,如"出门羡白鸟,撇捩高空翻"(《晨游南海寺》)、"何当五斗累,徒抱一丘心"(《寄季弟》)、"自嗤不及青城隐,解与妻孥共入林"(《放怀》)、"徒有归来意,吾庐秋水西"(《愁》)等。他读谢灵运《拟邺中诗集》,对徐干一篇小序中所言"少无宦情,有箕颍之心"颇为认同,写下《偶次谢康乐拟徐伟长诗韵》一诗:

> 夙龄齐台下,玄心契萧瑟。每苦近市嚣,未厌长林密。持此事琴咏,良愿谓永毕。中间历艰虞,身世滋凛慄。束躬玷缨绥,黾勉乖素质。骑马怀十洲,挂笏跂二室。揆迹虽已缅,秉尚良若一。牵丝屡弥载,返服会有日。倘策尘外驾,宁乏山中匹。迟莫忽以乘,早计讵当失。

这首诗作于顺治十八年(1661),王士禄在京官国子助教,此时他除了在参加科举时受到过牵连外,仕途上还没有出现大的波折,诗中却有着久为尘俗所困的疲倦,"中间历艰虞,身世滋凛栗"是他产生逃世之心的原因之一。现实如同一张大网束缚着王士禄,使他身心俱疲,不得自由,于是王士禄借游览山水来逃避现实人生带来的烦恼。

顺治元年(1644),王士禄十九岁,遭逢明清易代,随同祖、父离家避战乱,至长白山,居于柳庵,"庵居大谷胜处,与醴泉林麓相接,风气清美。先生乐之,漱流枕石,或日晏忘返。暇日即就佛阁写书,动盈卷轴,有终焉之意"[1]。是时"东方大乱",战火频仍,长白山如世外桃源,为王士禄提供了一个栖息的家园,他在风景优美的山林里忘却了现实的残酷,并产生了"终焉之意"。山水自然陶冶了王士禄萧疏淡泊的性情,在他日后走上仕途之后,仍然表现出对自然山水的热爱。他在莱州时游龙溪、蠡勺亭、大泽山、虎头岩等处;在京师游西山碧云寺、红光寺等地;奉使山西,历上党、太行、龙门、熊耳,过故关、井陉、太原等地,登临游览;而在"甲辰之狱"后,更是寄情山水,在游历中表现出超然物外的态度。

王士禄的山水之兴反映了他远离现实、远离世俗的愿望,他的诗与现实保持着一定的距离,虽然他也有如《和咏虫》这样讥刺丑恶的诗歌,但这

---

[1] [清]王士禛:《王考功年谱》,王士禛撰,孙言诚点校《王士禛年谱》,中华书局,1992年,第68页。

样的作品在他的诗集中是不多见的。无论是登临怀古还是赠答酬倡,王士禄都谨慎地与现实保持着距离,表现出"远"的态度,这种态度融入诗中就造成了冲淡闲远的风格,这也是他师法王、孟的动因之一。

取法杜甫与取法王、孟是王士禄诗歌宗尚中两个重要的方面,这两个方面贯穿了王士禄一生的创作,然而,在不同的时期,王士禄有不同的侧重。从时间上来说,以康熙三年(1664)为界,康熙三年以前,杜甫的高古气格和雄浑老成的境界对王士禄影响很大,渗透到其各种题材的诗作中;康熙三年以后,随着人生境遇的改变和生活阅历的增加,他的诗作追求超然物外,趋于淡泊悠远。由杜甫到王、孟,王士禄形成了独特的诗学道路。

第三节 王士祜、王士禧诗歌简论

一、王士祜与《古钵集选》

(一)生平概述

王士祜,字叔子,一字子侧,号东亭,王与敕第三子,王士禛叔兄,崇祯五年(1632)生于王象晋常熟官舍,故小名虞山。幼与兄弟读书家塾,沉默而寡言笑,好深湛之思,为文章刻深窈杳,不取悦于时。王士祜少年英敏,博学强记,十岁时有客问焦竑字"弱候"所出何处,王士祜从末座对曰:"此出《考工记》轮人竑其幅广以为之弱者"[①],满座皆惊其夙慧。王士祜苦心于科举,然不及王士禄、王士禛早达,"兄于文尤精制举业,远自震川、莱峰、具区、石篑诸先生,近逮正希、维节、大士、蕴生之文,皆沉酣其中,伐毛洗髓,以是屡困场屋"[②]。他十五岁为诸生,顺治十一年(1654)拔贡入太学,康熙二年(1663)举山东乡试,康熙九年(1670)中进士,久未受官职,于康熙二十年(1681)卒于京师,一生奔走,风雨如晦。卒后,王士禛请尤侗、邵长蘅为其作传,徐乾学作墓志铭。

---

① [清]李桓辑:《国朝耆献类征》18册,江苏广陵古籍刻印社,1990年,第191页。
② [清]王士禛:《赐进士出身先兄东亭行述》,《渔洋文集》卷十一,袁世硕主编《王士禛全集》,齐鲁书社,2007年,第1689页。

王士祜功业未就而早亡,"盖君掉鞅名场逾三十年,而未尝一日立朝,有用其才略,故无尺寸功业表见当世,其不得志为甚矣"①!

王士祜天性孝友,事父母柔声婉容,不离左右,顺治十七年(1660),王士禛分校江南乡试,于闱中得疾,王士祜兼程至扬州为治药理,三月不离左右。康熙三年(1664),王士禄以河南乡试"磨堪"入狱,王士祜留在京师,经络橐饘,奔走营救,日则一食,夜则共眠请室中,王士禄出狱之日,兄弟抱头痛哭,感动路人。康熙十二年(1673)王士禄殁后,王士祜鸡骨支床,哀痛不已,彷徨追慕八年之久。

王氏兄弟情感深厚,诗名也并著于时,王士祜少时四兄弟雪夜集于东堂,同和《辋川集》,有"日落空山中,但闻发樵响"之句,为王士禄所激赏。顺治十二年(1655),王士祜以太学生廷试入京,与一同入京参加会试的王士禄、王士禛在京与海内闻人缟纻论交,时号"三王"。顺治十四年(1657),与王士禛在济南举秋柳诗社,赋诗倡和,声名益播。吴江计东论曰:"'三王'并著诗名,西樵、阮亭早达,故声誉易起,若东亭之才,讵肯做蜂腰哉!"②顺治十八年(1661)、康熙八年(1669)、康熙十八年(1679)王士祜三次南游吴越,与江南文人同游山水,酬赠倡和,又常往来于京师参加会试,与王士禄、王士禛读书赋诗,故而有名于康熙诗坛,尤侗评其诗"几欲左把《上浮》,右拍《渔洋》"③,然而从才地上来说,王士祜实逊于王士禄与王士禛。

王士祜一生诗歌创作的数量不及其他三兄弟多,且诗稿散佚,卒后十余年,王士禛选其诗为《古钵集选》,收入诗作六十篇,并序云:"山人年二十二贡入太学,逾壮乃得第,中间以帖括废诗不为者十数年。庚戌后稍复为之,多幽忧侘傺之语,亦削稿不录,故存者什一耳。"④王士祜还有《京口游诗》一卷,为顺治十八年(1661)游京口三山之作,陈允衡刻之,附于王士禛《金陵游记》之后,今不见传。

(二)诗坛倡和考

王士祜诗歌的留存虽不多,却在清初颇具诗名,这与他的诗坛活动有

---

① [清]李桓辑:《国朝耆献类征》卷四二六,江苏广陵古籍刻印社,1990年,第192页。
② [清]王士禛:《刻古钵遗集序》,王士祜《古钵集选》,《四库全书存目丛书·集部》,第245册,齐鲁书社,1997年,第383—384页。
③ [清]崔懋:(康熙)《山东新城县志》卷八,《中国方志丛书》,成文出版社,1976年,第378页。
④ [清]王士禛:《刻古钵遗集序》,王士祜《古钵集选》,《四库全书存目丛书·集部》,第245册,齐鲁书社,1997年,第383—384页。

关。王氏兄弟喜交海内友人,诗友众多,王士禄、王士禛在江南和京师皆有相当影响,王士祜虽不及"二王",但也足迹遍江南,交往广泛。从王士禛、徐乾学等人所写的传记及王士祜诗友的诗文集中,可以钩索出其倡和活动,即忆洞庭倡和、道场山倡和、和艺圃十二咏倡和。

忆洞庭倡和是顺治十八年(1661)至康熙二年(1663)王士禛主导的一次倡和,其友人李敬顺治九年(1652)曾奉使荆楚,作《读〈水经注〉思洞庭有述》诗,顺治十八年(1661)李敬归田,路过扬州,王士禛与其论诗,其后作《奉和李侍郎〈读水经注忆洞庭〉之作》,扬州文人孙枝蔚、陈允衡、黄云、盛符升、崔华、叶方蔼等人相继应和,是时王士祜以奉养双亲,在王士禛扬州官署,也参与了这倡和。关于忆洞庭倡和本书上编第二章已有较为详细的考证,兹不赘述。王士祜在这次倡和中有《同舍弟和李退庵侍郎读〈水经注〉忆洞庭之作》,收入《忆洞庭诗倡和集》,后此诗后又选入《古钵集选》,诗云:

> 相思何处折芳馨,望断黄陵旧日亭。秋水依稀闻落叶,楚天仿佛见扬灵。洲边子戍三春绿,楼外君山一带青。太息云中君在否,不堪重问道元经。[1]

王士祜和作写景灵动,情韵悠长,时空广阔,与王士禛和诗"曾临南极浮湘浦,坐对西风忆洞庭。斑竹想从春后长,《落梅》犹向笛中听"[2],同样空灵悠远,有神韵诗风。

道场山倡和是康熙八年(1669)王士祜游吴兴,与宋琬、严熊、叶舒崇等人进行的一次倡和,宋琬在《道场山倡和题词》中记载了这次倡和的经过:

> 余慕苕中山水久矣,今年秋杪,便道赴吴门,因而至焉。将抵郡城数里,望见山上浮图,掩映于白云红叶之间,舟师指以告余曰:"此道场山也。"余闻而跃然,欲约二三同志者一造其巅,兼访太白山人之墓,酹酒赋诗以吊之。居亡何,有犬马之疾,药囊为伍者累旬日,比稍稍有瘥,而枫林尽脱,向之丹红黛绿者,裸而髡矣。
>
> 仲冬五日,扁舟往游,是日微雪初下,出郭门日已高舂,舍舟遵

---
[1] 此处及下文所引王士祜诗皆出自《古钵集选》,《四库全书存目丛书·集部》,第245册,齐鲁书社,1997年。
[2] [清]王士禛:《渔洋精华录集注》卷二,惠栋、金荣注,齐鲁书社,1992年,第215页。

麓,未及半,而暝钟作焉,寒风飒飒,动人心魄。归乎舟中,客有悔其迟出者。有曰:"惜未携襆被信宿山间者。"余笑而慰之曰:"杜少陵不云乎:佳处领其要。推之,凡事莫不皆然,而况乎今日之游乎。"诸君喜饮酒,尽五石而散。同游者十有三人,各赋诗一篇,具如左。①

道场山倡和起于宋琬倡导的一次游览活动,在诸人游览、饮酒、赋诗后,宋琬作五言古诗《同诸君子游道场山,是日稍晏,及半而返,赋诗志憾,兼订后游》一首,众诗友和之。王士禛《古钵集选》序云:"(王士祜)游吴兴,与宋荔裳、严武伯、叶元礼诸名流共赋五言诗成,诸公阁笔,以为孟襄阳'微云河汉'之比。"②严熊,字武伯,号白云,江苏常熟人,有《严白云诗集》,其中有《久客吴兴,旅怀作恶,宋荔裳观察雪霁挐舟邀游道场山,同王子侧、叶元礼分赋》一诗,系于"戊申"③,故倡和时间在康熙八年(1669)。除宋琬、王士祜、严熊、叶舒崇外,其余各人则见于王昊和诗题目中,题名"园次使君招同宋荔裳观察、顾樵水、黄庭表、孙坦夫、介夫、越辰六、家仲昭、子侧游道场山"④,可见还有王昊、孙金砺、王嗣槐等人。

王士祜在道场山倡和中有和诗《冬仲宋荔裳招游道场山,即席分赋》一首,为五言古诗,云:

良晨一以出,乘流恣遐思。时序方沍寒,山川亦幽邃。俯玩乐清漪,旷望见苍翠。次第来群峰,参差多远致。言寻道场迹,聊洒尘坌累。杳杳桑柘径,历历原田隧。蹑屐凌层级,振衣临无地。积雪缅远岑,岚光转明媚。修竹连崇鼎,遥树丛荟萃。白日下崦嵫,幽探殊不匮。林际浮炊烟,归鸟疾如驶。维余本倦□,栖讬于焉是。缅怀卓锡人,邈然发长喟。

此作记录了游览道场山的经过与感触,写道场山风景的幽静苍翠、邓汉仪评此诗"全用静气抒写烟岚",参与倡和的诗友对此作颇为欣赏,叹其清绝,比为孟浩然"微云淡河汉,疏雨滴梧桐"。

和艺圃十二咏倡和发生在康熙十六年(1677)至十七年(1678),王士祜

---

① [清]宋琬著,辛鸿义、赵家斌点校:《宋琬全集》,齐鲁书社,2003年,第631页。
② [清]王士祜:《古钵集选》,《四库全书存目丛书·集部》,第245册,齐鲁书社,1997年,第383页。
③ [清]严熊:《严白云诗集》卷四,《四库未收书辑刊》七辑21册,北京出版社,2000年,第42页。
④ [清]王昊:《硕园诗稿》卷二十六,《四库未收书辑刊》九辑16册,北京出版社,2000年,第532页。

与王士禛为续和者。"艺圃"是吴中的一处园林,孙枝蔚《艺圃十二咏序》云:"姜贞毅如农先生流寓江南,得吴中文文肃公别业,将以老圃终焉,因名之曰'艺圃'。今其仲子学在居之,汪民部苕文为作《艺圃记》,继以短咏十二章,其词斐然盛矣。"①姜埰,字如农,山东莱阳人,崇祯四年(1631)进士,官至礼科给事中,以言事获罪,入清后与弟姜垓流寓苏州,姜实节为其仲子,字学在,工诗、画,终身隐居不仕,艺圃是姜氏父子所居之处,汪琬为作《姜氏艺圃记》,且题咏甚多。康熙十六年(1677),吴绮游艺圃,连作四十首赋其景致,姜实节刻为《艺圃诗为姜仲子赋》一卷。其后孙枝蔚、施闰章、陈维崧、王士禛等人皆以艺圃景致为题进行了倡和。

王士祜和王士禛的和诗作于康熙十七年(1678),王士禛《和艺圃十二咏序》云:

> 戊午秋,尧峰僧来,得钝翁书,寓所为《艺圃记》及圃中杂咏十二章,予方卧疾,读之洒然良已,已而慨然。念文肃、贞毅二公之流风余韵庶几于此圃见之,古所云"廉让之间"者,非欤?钝翁要予继作,因属和如其数,适家兄东亭来京师,见之,亦欣然有作。②

康熙十七年(1678)王士禛在京官翰林院侍读,秋八月,王士祜入京,二人聚首三月,其间各倡和十二首,结集并刻为《和艺圃十二咏》一卷。此集藏于国家图书馆,附于吴绮《艺圃诗为姜仲子赋》之后,收入王士祜与王士禛的和诗二十四首。二人所咏之景致、题目皆一致,为《南村》《鹤柴》《红鹅馆》《乳鱼亭》《香草居》《朝爽台》《浴鸥池》《度香桥》《响月廊》《垂云峰》《六松轩》《绣佛阁》。王士禛和诗后收入《带经堂集》,王士祜和诗后收入《古钵集选》。

王士祜和艺圃诗皆为五言六句,所写皆为园林景致,清幽秀丽,有唐人风采,如:

> 村路向丛薄,萧然成独往。逶迤苔径幽,窈窕春阴敞。不见荷锄人,孤怀结遥想。(《南村》)

> 月明许馆静,松籁时相激。清露警遥情,寒宵共岑寂。何当纵高步,相将理轻策。(《鹤柴》)

---

① [清]孙枝蔚:《溉堂续集》卷六,上海古籍出版社,1979年。
② [清]王士禛、王士祜:《和艺圃十二咏》,国家图书馆藏清康熙间刻本。

幽人惜良夜,河汉殊清浅。皓魄临广除,回廊趣屡缅。天宇何寥寥,微云自舒卷。(《响月廊》)

这些作品都营造出空旷清幽的环境,以映照艺圃主人的恬淡心境和高雅之趣。

(三)神韵清远之趣

从《古钵集选》来看,王士祜在诗学取径和审美趣味上与王士禄、王士禛相近,杜甫、王维、孟浩然等盛唐诗人都是他师法的对象。王士禛论其诗,曾云"初学李长吉,后悔之不复作"[①],可见王士祜的诗歌取径也有一个变化的过程,晚唐李贺诗奇警峭拔,王士祜从叔祖王象春、从叔王与玟皆曾师法李贺,所以王士祜"初学李长吉"也是得自家学渊源。他后来与王士禛在大明湖举"秋柳"诗社,又在王士禛司理扬州期间游历京口三山,与江南文人交游,在诗歌创作上也崇尚神韵清远,向王维、孟浩然等人学习。

实际上,王、孟一派的冲淡闲远对王氏兄弟的影响都十分深刻,这源于幼时长兄王士禄对于诸弟在诗学趣味上的引导。王士祜少年时期"云落空山中,但闻发樵响"便是他和王、裴《辋川集》的佳句,受到王士禄赞赏。中年与宋琬等人在道场山倡和,又被比为孟浩然,可见王、孟一派是他贯穿始终的诗学旨趣,《古钵集选》中也不乏这样的作品,如《赋得扬州早雁》:

隋堤烟柳尚参差,目送寒芜见雁时。浦树惊秋零暮雨,江楼横笛起凉飔。为辞霜雪轻千里,此去潇湘近九嶷。回首故人经岁别,楚天摇落重相思。

这是王士禛在扬州考较士子的诗题,王士祜用"隋堤""潇湘""故人""楚天"等意象观照历史与时空,造就了一种空旷渺远的境界,又以"暮雨""横笛""霜雪""摇落"渲染凄清的气氛,情韵悠长,王士禛评此诗"秀绝人区,神韵在文句之外"。又如《鹤林寺》:

缅邈寻丘壑,殷勤访鹤林。萧然古寺院,朝日翠微深。奇石媚幽赏,清泉流至今。米颠复千载,高望寄长吟。

---

① [清]王士禛:《赐进士出身先兄东亭行述》,《渔洋文集》卷十一,袁世硕主编《王士禛全集》,齐鲁书社,2007年,第1689页。

王士禛评曰:"《二十四品》中所谓'神出古异,淡不可收者。"①这是对"清奇"一品的阐释,王士祜写鹤林寺的翠微幽深,清泉自流,清幽而静谧,远离尘嚣,冲淡脱俗,这与王士禛所追求的神韵清远是一致的。王士祜还有一首《早过奔牛》,为选家所赏:

> 枫叶萧萧露气清,菰蒲猎猎早潮生。扁舟跂脚闻风水,便有长江万里情。

这首七绝前两句写清晨奔牛的风景,枫叶萧萧而动,露气清薄,早潮渐升,岸边菰蒲在风中猎猎摇动。后两句写作者的感受,乘坐扁舟,跂脚闻风、水之声,悠然生出行于长江万里之中的豪情。这首诗为诗坛所称颂,王士禛评其"想见胸情所寄,一往萧远"②。

不论是"神韵在文句之外",还是"清奇""萧远",王士祜的诗都得"神韵"之意,《古钵集选》中多数诗作都是如此,《为宗梅岑题李河滨画八首》"得王、裴之趣"③;《赠法雨上人》"羚羊挂角,其妙难言"④;《早发》"音节似张、王"⑤;《送王元式假归昆山》"机杼出于太白,不减昌谷"⑥,无论是情韵、音节、构思,都与王、孟一派的恬淡闲远在审美趣味上相契合。

王士祜长于描写山水,他的山水诗除了冲淡闲远以外,也有雄阔劲健的一面,如他早年游京口三山所作的两首诗:

> 江天极目何寥阔,拳岛浮来自玉京。鼍窟潮翻孤屿动,龙门波撼暮钟鸣。萧萧枫叶无边落,点点渔舟取次生。怀古更探留滞处,高台月色至今明。(《登金山》)
>
> 顾盼金焦如拱揖,凭凌海气更萧森。西津落日午帆影,北固高楼六代阴。晚笛凄清传极浦,渔灯依约没寒林。孙刘已事频搔首,怅望江城起乱砧。(《登北固山甘露寺多景楼》)

---

① [清]王士祜:《古钵集选》,《四库全书存目丛书·集部》,第245册,齐鲁书社,1997年,第385页。
② [清]王士祜:《古钵集选》,《四库全书存目丛书·集部》,第245册,齐鲁书社,1997年,第386页。
③ [清]王士祜:《古钵集选》,《四库全书存目丛书·集部》,第245册,齐鲁书社,1997年,第385页。
④ [清]王士祜:《古钵集选》,《四库全书存目丛书·集部》,第245册,齐鲁书社,1997年,第387页。
⑤ [清]王士祜:《古钵集选》,《四库全书存目丛书·集部》,第245册,齐鲁书社,1997年,第388页。
⑥ [清]王士祜:《古钵集选》,《四库全书存目丛书·集部》,第245册,齐鲁书社,1997年,第389页。

《登金山》写在金山极目所见,江天寥廓,拳岛浮动,落叶萧萧而下,渔舟点缀江面,由此生发怀古之情,其中"龙门波撼暮钟鸣""萧萧枫叶无边落"化自孟浩然"波撼岳阳城"与杜甫"无边落木萧萧下",都写浩渺阔大的自然景观。《登北固山甘露寺多景楼》也是登临眺望,写海气萧森,帆影点点,渔灯隐约,以"笛声"渗入凄清之感,引出怀古幽情。

　　王士祜一生为功名奔走,虽中进士却未能入仕,对于人生际遇有所感怀。王士禛所撰《行述》载,康熙十八年(1679),王士祜再游吴越,至杭州探望友人,归家后,屡次寓书王士禛,幽忧侘傺,有忧生之嗟。王士禛且疑且惧,次年亟请其入京,兄弟相依,除忧祛疾,为其纾解怀抱,然而一年以后王士祜还是郁郁病逝。王士禛为王士祜诗作序,言其晚年多"幽忧侘傺之语",在选时将这些诗作删削不录,故《古钵集选》中较少感怀身世之作。虽然如此,在一些闲咏漫兴的作品里,隐隐流露出侘傺之感,如"百五日过空涕泪,廿三年事太迍邅"(《广陵清明感怀》)、"坐对芳菲枝,心知枯瘁条"(《漫兴》)、"宦游不得意,羡尔遂初衣"(《送王元式假归昆山》其三)等。

　　最能反映王士祜晚年心境的是《秋怀八首示弟阮亭,次张司业〈秋居〉韵》,这八首诗作于康熙二十年(1681)王士祜去世之前,是其绝笔。原为十首,选入《古钵集选》时删去两首,王士禛说十首诗"词旨和平,无悽戾之音,窃意其怀抱少舒"①,从八首诗来看,确无激越悲凉之感,但也流露出一些感触和心绪。王士祜在诗中写对家乡的思念、年华老去的感叹和归隐的愿望,"心劳方外侣,颜强世间人""潦倒悲秋客,行吟强自豪""坐送年华去,愁看斗柄高",年届五十,仍不得志,且疾病缠身,一生所求功名未成,强颜欢笑。王士禛最能理解叔兄的这种困顿,在《行述》中云:"虽生于世族,而穷约连蹇,纡郁结轖,有贫士之所不堪者,卒以是死。"②这种焦灼与烦忧大概正是他早卒的原因。

---

① [清]王士禛:《赐进士出身先兄东亭行述》,《渔洋文集》卷十一,袁世硕主编《王士禛全集》,齐鲁书社,2007年,第1688页。
② [清]王士禛:《赐进士出身先兄东亭行述》,《渔洋文集》卷十一,袁世硕主编《王士禛全集》,齐鲁书社,2007年,第1689—1690页。

二、王士禧诗歌简论

(一)生平概述

王士禧,字礼吉,一字仲受,号汉厘,王与敕第二子,王士禄仲弟,生于天启七年(1627),幼从方伯公王象晋宦游吴下,性格跌宕简易而重孝友,与长兄王士禄师从娄东周逸休,并称颖异。顺治元年(1644),李自成攻陷京城,东方大乱,王士禧随父母兄弟避地长白山。顺治二年(1645)乱稍定,归自山中,开始参加科考,并承接了家族风气,与王士禄约邑中诸名士结因社、晓社。顺治四年(1647),学使吴蕃较士济南,拔王士禄为冠军,王士禧为第三,二人文才相颉颃。王士禧少负才名,然科举不顺,"自乙酉迄丙午,凡九踏省门,卒艰一遇,而兄意亦倦矣"①,遂弃科考,以明经终。

王士禧性孝友,四兄弟王士禄、王士禛于顺治间先后考中入仕,王士祜亦于康熙间成进士,唯王士禧家食以老,侍奉双亲。康熙九年(1670)至十一年(1672),王士禄、王士祜在京师,王士禛奉命典四川乡试,王士禧归里侍养父母,温清唯谨,其母孙太夫人染痰疾病逝,王士禧侍奉在侧,擗踊含敛。自康熙十二年(1673)至康熙二十四年(1685),十余年间,"兄无一日不侍司徒公侧。每侍饮,司徒公不命退,虽漏尽参横,不敢退也"②。王士禧晚年究心于岐黄,著验方,尤精痘症,以医术行善于乡,"乡人襁负而至者,踵相接也。兄一一视之无倦色,其贫者更予良药,岁所全活无算"③,康熙三十六年(1697)卒于家中,年七十。

王士禧嗜为诗,幼时与兄弟读书东堂,"时长兄以诗倡于家,故兄弟皆嗜诗"④,顺治间王士禧曾为王士禄、王士禛辑评《琅琊二子近诗合选》,与王士禄选评莱州府掖县人诗《涛音集》。王士禧也有诗、词创作,有《抱山诗集》二卷、《函玉集》一卷、《抱山堂小草一卷函玉集一卷》等,其版本及源流见上编第四章,以上三种诗集王士禧生前未刻,康熙四十年(1701),王士禛归田,

---

① [清]王士禛:《仲兄礼吉墓志》,《蚕尾续文集》卷十七,袁世硕主编《王士禛全集》,齐鲁书社,2007年,第2257页。
② [清]王士禛:《仲兄礼吉墓志》,《蚕尾续文集》卷十七,袁世硕主编《王士禛全集》,齐鲁书社,2007年,第2258页。
③ [清]王士禛:《仲兄礼吉墓志》,《蚕尾续文集》卷十七,袁世硕主编《王士禛全集》,齐鲁书社,2007年,第2259页。
④ [清]王士禛:《仲兄礼吉墓志》,《蚕尾续文集》卷十七,袁世硕主编《王士禛全集》,齐鲁书社,2007年,第2259页。

王士禧子启溶、孙兆郯请为选刻，王士禛择其三之一刻之，与王士祜《古钵集选》同附于王士禄《考功集选》后。王士禧还有《和月泉吟社诗集》，有诗五十余章，多警策，未及锓梓，另《送怀草》《豫游草》，皆不见流传。

王士禧一生未入仕途，终老田园，诗酒为乐，因此交游不广，青少年时期与王士禄、王士祜、王士禛兄弟倡和，同时与家族中兄弟及邑中名士如王士鹄、王士騄、王士骊、徐夜等人交往较多。王士鹄，字志千，一字太液，王与龄次子，王象晋孙，壬午之难，其母孙孺人投井殉节，王士鹄入井自负而出，入清后有文名，然科举不利，绝意仕进，晚年倡族人修高祖忠勤祠，淳伦善俗，为宗族乡党所推重。王士騄，字宛西，王之猷曾孙，王与慧子，八岁解琴理，制举高妙绝人。鼎革之际奉母避乱山中，至孝，顺治间乡试以诖误置副车，不得于时，遂开门授徒，为齐鲁大师。王士骊，字虺西，号幔亭，王与阶子，好为诗文而不示人，为王士禛所赏。王士禧《邀张师圣、于文河、家志千、宛西、赓虞诸昆弟饮二如亭观菊》《志千兄以美人蕉见遗》《三月三日上巳和嵇庵韵》《九月八日同徐东痴、于道子、家太液、宛西、东亭、怀西、幔亭诸兄弟集小隐园和东痴韵》等诗皆为其与诸亲友倡和之作。

（二）唐人风调

在诗歌的取法上，王士禧与王士禄、王士祜、王士禛自幼一起读书、倡和，有相同的家族环境浸润，四兄弟诗歌都以唐代王、孟一派为取法对象。四人少时读书东堂，岁末大雪，共和王、裴《辋川集》。长兄王士禄对于诸弟的影响十分深刻，对他们在诗歌方面的涉猎与取法都有所引导。王士禄、王士祜、王士禛后皆成进士，并在诗坛有"三王"之称，唯王士禧功名未成，声名不显，诗歌才华和成就也不及"三王"，《四库全书总目提要》评其诗"绰有风调，而才地较弱"[1]。王士禧在人生经历上较其他兄弟简单，他中年放弃科考、绝意仕进以后，悠游林下，寄情山水田园，所以王、孟一派对他的影响贯穿始终。

王士禧虽家食以老，但也曾外出游历，少年时期和王士禄、王士禛、王士祜同游济南，作《饮趵突泉分韵，同子底、子侧、贻上》《与家西樵兄、叔子、贻上两弟夜坐崿华桥》等诗。是时四人初具才名，倜傥不羁，互磋诗艺，"睥睨白眼望青天，醒后狂歌醉后眠""啜茗谈诗人淡漠，青蒲碧柳月朦胧"[2]，现

---

[1] [清]永瑢、纪昀等：《四库全书总目提要》，中华书局，1965年，第1647页。
[2] [清]王士禧：《函玉集》，国家图书馆藏稿本。

实生活和未来人生都是美好而令人向往的。后来他又游历河南,登临游览,酬赠寄远,作《故潞府假山晚眺即事》《将发卫辉复雨感赋》《晚望修武》《清明过新乡》《登望京楼》《清化道中》等诗,羁旅行役、怀古感今、思乡怀人等感悟融入其中,"幽鸟窥林下,驯鸥傍客过。缅怀清啸侣,望古意如何?"(《百泉怀古》)、"山川如旧人非旧,城郭曾更代亦更"(《大梁有感》)、"客情增脉脉,鸡唱转潇潇。亦复谁能遣,虚窗倍寂寥"[①](《将发卫辉复雨感赋》),这些幽微复杂的情绪使诗歌的情感更加丰富和深厚。

王士禧在科举上未能获得成功,学而优则仕的理想未能实现,因而他的诗包含着功名未成的遗憾,"感彼灵均言,千里驹昂昂。逢时既不遂,隐晦以自藏"(《漫兴八首追和徐淮韵》),他安慰好友"升沉知是蕉中梦,好放襟怀选胜行"(《慰毫侯》),用旷达的心态面对人生的升沉变幻,不负山水胜景。他自己也将山水田园作为寄托人生志趣的重要载体,"俯仰以自娱,知我乐群稀",面对自然山水,王士禧"朝往涧石坐,晚乘凉风归"(《漫兴八首追和徐淮韵》),这种写意的生活在精神层面上与王维达到了一致。

王士禧的一些山水之作在景物描写和情志表达上都向王维学习,如《柳庵雨后同西樵兄赋》:

> 晓霁绀园静,尘心聊一清。溪回泉响乱,雨歇石滩明。沙鸟争群浴,孤蝉迥自鸣。徘徊不觉久,凉月远山生。

这首诗从题目来看,应是王士禧早年的作品。柳庵是长白山的一处胜景,风景清美,顺治初年王士禄、王士禧曾随同父母在此处避兵祸,王士禄曾在诗、词中多次歌咏柳庵。王士禧这首诗也是对柳庵景致的描绘,他写柳庵雨后一天之内的风景,首联写清晨雨霁,尘心一清,颔联、颈联写泉水、溪流、石滩、沙鸟、孤蝉,都是为了衬托柳庵的清静,尾联"凉月远山生"更带出兴不尽、意不穷的意味,人与自然融为一体,幽静清美的山水和闲适恬淡的心境与王维山水诗神似。另一首《赋得鸟鸣山更幽》也是如此:

> 谷深不觉暑,山木作凉阴。响出溪边树,风移石上琴。清流方戛激,天籁复萧森。茌苒斜阳暮,幽花落涧浔。

[①] 本节所引王士禧诗除特别注明,皆出自《抱山集选》,《四库全书存目丛书·集部》第227册,齐鲁书社,1997年。

这首诗的领联和颈联在构思和意象上与前一首十分相似,都有从王维"明月松间照,清泉石上流"化出的痕迹,手法上也是以动衬静,"幽花落涧浔"也营造出幽静恬美、物我一体的境界。

王士禧诗歌的优长之处在五言绝句,徐世昌《晚晴簃诗汇》选入其诗十首,九首为五绝,并评曰:

> 五言小绝,导源盛唐,摹形者病,神合者难。顺康之间,犹沿古制,琅邪群从,特标雅音。观渔洋选仲氏诗,斯体为工,殆"微雨过青山""萧条秋雨夕"诸篇同一得髓也。①

王氏兄弟中,王士禄长于七律,王士禛尤长于七绝,王士祜长于五律,王士禧则工五绝。五言绝句是古典诗歌中最短小的体裁,在最小的容量下承载诗人的情思韵致是五绝难于其他诸体之处,清人潘德舆有"捆管半生,望之生畏"②之叹。王士禧五绝或明快清丽,或含蓄蕴藉,颇有唐人风调。他的五绝偏爱写"月",如"徘徊明月中,如见鸾鹤躅"(《中秋》)、"竹影含青翠,月光澄碧烟"(《月下看竹》)、"新月曲如钩,娟娟映小楼"(《新月》)。"月"是一个幽静的意象,所以写"月"也蕴含着隽永的情思,如《初秋月夜》:

> 秋至晚凉生,虚阁致幽敞。徘徊碧桐阴,披衣看月上。

秋夜宁静,独自徘徊于桐阴,披衣望月,为何夜不成眠?为何徘徊望月?这些都能引起读者遐思,意味深远。王士禧用五绝咏古感今,如:

> 遥望苏门山,隐磷多幽致。青林间白云,晚照含苍翠。(《苏门山》)
> 长啸人已邈,余音振林麓。世事笑莫谈,嵇阮有高躅。(《啸台》)

前一首先抒情,后写景,意境清幽,后一首纯为议论,发思古幽情,都表达了隐逸的思致。

---

① 徐世昌:《晚晴簃诗汇》卷二十六,中国书店,1988年版第1册,第312页。
② [清]潘德舆:《养一斋诗话》卷二,郭绍虞编《清诗话续编》,上海古籍出版社,1983年,第2030页。

(三)香奁体与咏物诗

王士禧悠游林下、寄情田园的生活确实带给他的诗歌清新自然的唐人风调,同时也限制了他的视野,缺乏广阔而深远的人生阅历。他的诗歌有香奁、咏物、纪游酬赠等,是对他简单生活的反映。

"香奁体"是王氏兄弟青少年时期创作中的一个共同题材。王士禄、王士禛好为香奁,早年二人有《香奁诗》《续香奁》的倡和,写男女爱情相思,绮艳华丽。顺治间"二王"倡和时,王士禧也有香奁诗相和,《抱山集选》中收入两首:

> 春来陌上花已然,南浦伤心草似绵。欲倩文鳞将尺素,无端锦瑟惜华年。流波比恨朝难息,膏火为愁夜自煎。留得玉台香粉迹,宵来惆怅不曾眠。

> 苎萝溪上浣纱晨,龙婉鸿惊首似蓁。未驾云车同织女,只余珠泪比鲛人。心伤遇旧蘼芜弄,魂断将离芍药春。空赋锦鞋难寄恨,花前留取待香尘。

这两首香奁诗选自王士禧《函玉集》,原题名"拟香奁体同兄西樵、弟贻上",王士禧作四首,王士禛从中选出以上两首。两首所用的意象如"南浦""锦瑟""玉台""苎萝""云车""鲛人"等都和王士禄、王士禛的香奁诗相近,并且在选入《抱山集选》后,个别语句经过了调整修改,如前一首颔联"欲倩文鳞将尺素,无端锦瑟惜华年"在《函玉集》中原为"微笑萦怀牵远别,韶光入眼惜华年",后一句颔联"云车"原为"辎车",原句在情思、意象上都不及改后含蓄委婉。

王士禧除了和王士禄、王士禛香奁诗外,还创作了较多的爱情诗,集中收在《函玉集》中。王士禧的爱情诗有一些是代他人赠妓之作,如《次毫候兄赠妓韵》《代志千赋祖别诗》等,或写真挚的相思,如"秋水遥看思倚玉,周行引迈可留金",或写女性的娇态,如"眼底含娇学媚客,挑灯羞自掩窗纱",这些诗作有时流于应酬和轻浮,也不是他的爱情诗的主要部分。

王士禧的爱情诗与王士禄、王士禛的香奁诗最大的不同之处在于他有个人感情的叙事性表达,他的诗中有相恋、思念的对象,这一点王士禧与其从叔王与玟相同。他的诗中有一个女性形象的存在,名叫"非烟",王士禧大多数的爱情诗都是为她而写,如《赠非烟》《听非烟琴,时伊将有盈丘之行》《红叶诗为非烟赋》《步非烟韵》等。"非烟"从身份上来说应是一名歌姬,且解琴善诗,多才多艺。王士禧也写她的容貌体态"靓妆初罢灿朝霞,纤体盈盈貌似花"(《赠非烟》),但主要表达的是别离之恨,如《步非烟韵·其一》:

> 多愁多病叹飘零,此后相逢未可订。两地关山悲莫越,空怀当日照三星。①

诗中以"非烟"的角度表达身世飘零、关山阻隔、相逢未有期的茫然与悲哀。王士禧写给"非烟"的这些爱情诗在情感上不及王与玟哀婉深挚,成就也不及王与玟。但是,"情"对于王士禧的影响还是深刻的,他甚至在体味佛禅的时候也离不开对"情"的纠缠,"已矣旧欢皆幻梦,从前何事不忧煎。翻经未可消离恨,礼佛专求绪爱缘"②(《病中翻经有感》)。佛家的空幻虚无并不能消解内心对于"情"的渴求,"情深来世重逢约,魂断今生未了缘"③(《病中再赋前韵》),翻经礼佛反是为了能再续情缘。

王士禧的乐府组诗《自君之出矣》以女性的角度写闺怨,表达对远方爱人的思念:

> 自君之出矣,无眠坐春昼。思君如落花,处处沾怀袖。
> 自君之出矣,花事日阑珊。枝头梅子信,惊见已含酸。
> 自君之出矣,三春今已还。相思比人柳,三起复三眠。
> 自君之出矣,长眉不复描。对影疑君至,时向镜中招。

"自君之出矣"最早出现在建安诗人徐幹的五言古诗《室思》中,其最后四句云:"自君出之矣,明镜暗不治。思君如流水,何有穷已时。"晋、宋以后的诗人截取这四句进行模仿和再创作,逐渐形成了以"自君之出矣"为题的乐府歌辞,这也是抒写闺怨的一个重要载体。王士禧的《自君之出矣》多达十首,皆写思妇怨情,以上所引第一首在形式上沿用了以"自君之出矣"开头,以"思君如"的形式承接,且情致婉约,王士禛赞其为"《玉台》之妙句"④,其余三首也是

---

① [清]王士禧:《函玉集》,国家图书馆藏稿本。
② [清]王士禧:《函玉集》,国家图书馆藏稿本。
③ [清]王士禧:《函玉集》,国家图书馆藏稿本。
④ [清]王士禧:《抱山集选》,《四库全书存目丛书·集部》第227册,齐鲁书社,1997年,第425页。

前两句实写思妇的情态,后两句用比喻表达无尽的情思,含蓄委婉。

王士禧的《函玉集》将近一半的诗作都是写情,而王士禛在选《抱山集选》时,仅选入《香奁诗》两首、《自君之出矣》四首,及《赠人》三首,这与王士禛的诗学观念有关。《抱山集选》选于康熙四十年(1701),王士禛早已确立了神韵诗观,早年兄弟间倡和的香奁体诗已然不符合他冲淡、闲远的审美情趣,所以在为王士禧选诗时有所取舍。

王士禧善作咏物诗,长期的田园生活使他将目光投向日常生活,他的诗作在题材上虽不及"三王"广阔,却也颇具特色。他的咏物诗吟咏对象有蜡梅、白兰、椒、绛桃、松、白樱桃、水仙、美人蕉、木芙蓉等,都是生活中一些美好的事物,寄托自己的情志。如《山中椒》赞美椒的姜桂之性,表明了自己的高洁之趣:"幽柯抱清烈,独生山谷里。姜桂性孰存,惟应我与尔。"又如《松》:

> 老干化虬龙,赏心惟胜友。年来鬓须班,宜伴支离叟。

写老松的支离之态,融入了自己年老以松为伴的孤洁,赋予松人格化的特点。王士禧的咏物诗能够既抓住物的特点,又不拘泥于所咏之物,以拟人、比喻等手法将物写活,如《美人蕉》:

> 红袖垂垂翠黛清,好花不负美人名。秋来愁绪如蕉卷,又听潇潇夜雨声。

首句用"红袖""翠黛"描摹美人蕉的形态色泽,接着点出"美人"之名。后两句从美人蕉开放的时节着手,将美人蕉比作一个秋夜中愁听秋雨的美人,塑造出一个生动的美人形象,与所咏之美人蕉相对应,写出了它的神韵。

第九章
王士禛与家族、地域诗学

新城王氏家族科举、仕宦的鼎盛在第六代"象"字辈实现,其文学的真正崛起则由清顺治、康熙年间第八代成员王士禛完成。王士禛顺治间与王士禄扬扢风雅,驰声艺苑,康熙以后以神韵说总持诗坛,为一代正宗,将新城王氏诗学发扬光大,闻名海内,在诗坛产生深远影响,后人往往称其为"新城先生"。

　　王士禛诗学的内容以神韵说为代表,取得了巨大的成绩,也成为后人研究的焦点。他曾总结自己一生诗学的历程,凡经三变:"少年初筮仕时,惟务博综该洽,以求兼长,文章江左,烟月扬州,人海花场,比肩接迹。入吾室者,俱操唐音;韵胜于才,推为祭酒";中年以后越三唐而事两宋,"良由物情厌故,笔意喜生,耳目为之顿新,心思于焉避熟";晚年"太音稀声,药淫哇锢习,《唐贤三昧》之选,所谓乃造平淡时也,然境亦从兹老矣"[①],复又返归唐音。王士禛自述的诗学三变成为学者研究其神韵说的重要线索,王小舒先生以王士禛早年"典、远、谐、则"的提出、扬州时期《神韵集》《论诗绝句》的编选创作、晚年《唐贤三昧集》的编纂为神韵说形成发展的三个阶段[②],正是在"三变"之说基础上对神韵说的深入诠释。蒋寅在《清代诗学史》中也从王士禛神韵论的发轫、出唐入宋,再转向唐诗的诗学历程来考察的[③]。王士禛并没有专门的著作论述神韵说,而在《神韵集》《唐贤三昧集》《五七言古诗选》《唐人万首绝句选》等唐诗选本,和《论诗绝句》《池北偶谈》《古夫于亭杂录》《渔洋诗话》等诗论、杂著,以及对前代、当代诗人诗作的选评中阐发了自己的诗学观念,形成了一个神韵诗学体系。神韵说是王士禛诗学的核心内容,同时还在宋诗学、杜诗学、古诗声调等方面皆有创获。

　　王士禛诗学内涵丰富,既得益于他丰富的创作实践,也得自于王氏家族文学与明清山东地域文学。同时,王士禛在其一生的诗学实践中也对其家族、地域诗学进行了总结。

---

① [清]俞兆晟:《渔洋诗话序》,王士禛《渔洋诗话》,袁世硕主编《王士禛全集》齐鲁书社,2007年,第4749页。
② 王小舒:《神韵诗史》,山东人民出版社,2006年。
③ 蒋寅:《清代诗学史》第1卷,中国社会科学出版社,2012年。

第一节　王士禛与王氏家族诗学

新城王氏以诗学传家，经历了从明万历至清康熙这一历史时期的诗学演变，并形成了追慕复古与雅好山水的诗学传统。王氏诗学传统中的两个方面与明清诗学思潮有密切的联系，也为王士禛诗学的形成与发展打下了良好的基础。王士禛诗学是对明代七子派诗学的继承和超越，也是对王氏诗学的继承和总结。

一、家族文学的总结

王士禛对家族文化传统进行了总结，使新城王氏家族文化在清初得到振兴和发扬。总体来说包括以下几方面：

其一，家族历史的撰述。王士禛对家族发展史中的重大事件都进行了记述。首先是王氏家族的兴起与繁盛，王士禛在《池北偶谈》中特列《忠勤公黔志列传》记录高祖勤于王事的事迹，又在《先忠勤公家训》中记载了王重光的家训，以彰显其创王氏家风的功绩。王氏的繁盛在第五代与第六代，"（王重光）子六人：长赠布政使之翰；次户部左侍郎赠尚书讳之垣，即先曾祖也；次户部员外郎之辅；次淮安府同知之城；次浙江按察使之猷；次高阳知县之栋"[①]，六子皆有所成，忠勤公诸孙更是科甲蝉联，"四伯祖孝廉公象泰，癸酉亦第二人。其后叔祖户部公象斗、翰林公象节、中丞公象恒皆以戊子。先祖方伯公象晋以甲午、叔祖考功公象春（初名象巽）以癸卯，相继乡荐，皆成进士"[②]。其次是明代王氏与东林党争，这是王氏家族发展至鼎盛时期在晚明政治生活中的重要事件。王士禛云："吾家自明嘉靖中，先高祖太仆公以甲科起家，至隆万而极盛，代有闻人。当明中叶，门户纷纭之时，无一人濡足者，亦可见家法之恭谨矣。"[③]在党争进入白热化之后，王氏也被牵连其中，王象乾被列入《东林同志录》、王象晋力辞齐党而被中伤、王象春抗论士大夫邪正，家法始变，都反映出王氏秉持节义的态度和清肃严正的家风。最后是对明清易代中王氏家族创伤的记录。在这方面出于对

[①] [清]王士禛：《池北偶谈》卷五，袁世硕主编《王士禛全集》，齐鲁书社，2007年，第2933页。
[②] [清]王士禛：《池北偶谈》卷五，袁世硕主编《王士禛全集》，齐鲁书社，2007年，第2934页。
[③] [清]王士禛：《池北偶谈》卷五，袁世硕主编《王士禛全集》，齐鲁书社，2007年，第2965页。

清初特殊政治环境的考虑，王士禛主要记录了其伯父王与胤殉国的事迹：
"伯父侍御百斯公(与胤)，登崇祯元年戊辰进士，入翰林，改御史。甲申，公家食已八年矣。闻三月十九日之变，同妻子尽节。于几案间得手书一纸云：'京师卒破，圣主殉社稷。予闻之雪涕沾衣，不及攀龙髯而殉命，遂偕妻于氏、子士和并命寝室，命也奈何！葬从薄从速，随时也。'公清介忠信，言笑不苟，须眉若神。葬日，会者万人，莫不流涕。南城陈伯玑允衡论次公遗集，比之宋江文忠万里云。"[①]王士禛恐其事湮没无传，请汪琬、纪映钟等人作传，并亲自撰写了《世父侍御公逸事状》。王士禛对王与胤殉国事迹的记录出于存史的目的和对先人忠孝节义品质的彰显和发扬，对于明清易代中王氏家族所遭受的创伤，他采用了较为隐晦的写法将易代战火中王氏家族的情状和广阔的社会背景在家族成员的传记、墓志、行状中反映出来，如《从叔菉澳公墓志铭》云："早岁遇壬午之变，母张太淑人与兄弟二人，皆及于难。"[②]《文学太液三兄墓志》云："明年(崇祯十五年)冬，济南有警，新城陷，孙孺人投井死，兄(王士鹊)行求得之，号泣入井自负以出。"[③]而最令王士禛记忆深刻的是母亲孙太夫人之事。辛未之难中，孙太夫人与王士和之妻张氏自经于东阁，"初，先宜人与张对缢，先宜人绳绝不死，时夜中，喉咯咯有声，但言渴甚。士禛方八岁，无所得水，乃以手掬鱼盎冰进之，以书册覆体上。又明日，兵退，得无死，视张则久绝矣"[④]。王士禛记录了这些家族发展史中的惨痛记忆，真实地反映了王氏家族的兴衰变化。

其二，家族著述的记录、搜集、选刻。新城王氏以诗文传家，著述浩繁，有勤于立言的家族传统，至清初王士禛这一代已有相当的文化积淀和著述积累。王士禛在《分甘余话》中较为详细地记载了王氏家族著述，尤其重视祖父王象晋的《群芳谱》与长兄王士禄的《燃脂集》，这两部都是集大成之作。"《群芳谱》一书，先祖前浙江右布政使、今皇赠经筵讲官刑部尚书象晋所著。万历中，先祖官京师，为党人所忌，借丁巳京察谪官。家居十载，甘农圃以没齿。作为此书，名亭曰'二如'以见志。后刻于虞山毛氏汲古阁，流传已久。"入清后，康熙下旨命王灏等在《群芳谱》基础上进行增广，并赐名"佩文斋广群芳谱"，王士禛感荷圣恩并颇以为豪，"谨录御制，并述缘起，

---

① [清]王士禛：《池北偶谈》卷五，袁世硕主编《王士禛全集》，齐鲁书社，2007年，第2940页。
② [清]王士禛：《蚕尾续文集》卷十七，袁世硕主编《王士禛全集》，齐鲁书社，2007年，第2255页。
③ [清]王士禛：《蚕尾文集》卷六，袁世硕主编《王士禛全集》，齐鲁书社，2007年，第1890页。
④ [清]王士禛：《渔洋文集》卷六，袁世硕主编《王士禛全集》，齐鲁书社，2007年，第1612页。

以彰异数、备家乘"①。《燃脂集》是王士禄编纂的古代闺阁诗文总集,集古代妇女著作之大成,王士禛记录了其体制、内容,"先兄西樵先生撰古今闺阁诗文为《然脂集》,多至二百卷。诗部不必言,文部至五十余卷,自廿一史已下浏观采撷,可称宏博精核。而说部尤创获,为古人所未有"②。

  王士禛对家族长辈的诗文集进行了搜集选刻,并为之作序跋,以述其诗学源流。明代王氏成员著述多有刻本,且藏于家塾,供子弟观览,如王士禛所言"先曾祖大司徒公遗书,如《谏议疏稿》若干卷,公常自刻之。《基命录》《惺心楼三编》《念祖约言》三书,则先伯祖大司马、先方伯赠少司徒刻之,皆藏家塾"③。但王氏在明清易代中经历两次重大兵祸,家园被毁,著述也多毁于战火。入清以后,为了保存家族著述,王士禛对王氏成员的诗文集进行了筛选、重刻,如曾祖王之垣的《历仕录》一书,未及刊刻,"兵燹之余,副墨仅存"④。王士禄藏于箧中数十年,于康熙四十一年(1702)校订后刻于京师。王与胤于甲申之变后自缢殉国,所作诗歌因兵火散佚,仅存《陇首集》一卷,王士禛请钱谦益、朱彝尊、杜濬、汪琬等人为之作赞、作传,与《陇首集》合为一卷刊行。王之猷《柏峰集》稿本为"劫灰之后,故迹仅存",为王士骊所收藏,康熙二十五年(1686)王士禛见此稿本,手书序言于其上,述其曾叔祖"步趋济南,不爽尺寸"⑤的诗学源流。为了总结祖辈的创作成绩,王士禛还选王象艮、王象明、王象春三人之诗,合为《琅琊三公集》。王士禛对明代王氏成员诗文集的选刻主要为保存家族文献,而对清代王氏成员诗文集的选刻则更多地带有艺术评判。王士禄的《考功集选》、王士禧的《抱山集选》、王士祜的《古钵集选》都是王士禛选评、刊刻,三种选集在数量上远少于三人诗歌创作的实际数量,显然有所取舍,其中对王士禄诗的选择最为精审,《考功集选》"择先生诗什之二三","取诸公品藻之语,略为序述,以俟论定",并评以苏东坡所言"出新意于法度之中,寄妙理于豪放之外"⑥。

---

① [清]王士禛:《分甘余话》卷一,袁世硕主编《王士禛全集》,齐鲁书社,2007年,第4951页。
② [清]王士禛:《香祖笔记》卷八,袁世硕主编《王士禛全集》,齐鲁书社,2007年,第4643页。
③ [清]王士禛:《历仕录后序》,王之垣《历仕录》,《四库全书存目丛书·史部》第127册,齐鲁书社,1997年,第757页。
④ [清]王士禛:《历仕录后序》,王之垣《历仕录》,《四库全书存目丛书·史部》第127册,齐鲁书社,1997年,第757页。
⑤ [明]王之猷:《柏峰集》,上海图书馆藏稿本。
⑥ [清]王士禛:《刻考功集选序》,王士禄《考功集选》,《丛书集成三编》第43册,新文丰出版公司,1999年,第107页。

《抱山集选》择三之一，《古钵集选》取自零简败楮，附刻于《考功集选》之后，并皆有王士禛批点，反映了三人的创作面貌。王氏长于诗文的成员甚多，但部分成员的诗文未结集刊行，或已散佚，以致湮没无闻，王士禛也搜集了他们的零章散句，如其三伯祖王象蒙，为万历八年(1580)进士。官至光禄寺少卿，著述无存，王士禛经过搜集，见其手书诗草一卷，并录其《凤音曲》《鹤鸣曲》《瑶琴曲》《暮雨曲》四篇，以存其梗概。王士禛十叔祖王象节少有诗名，然诗稿无传，王士禛从郑简庵(独复)《新城旧事》中摘得其"古寺人来花作供，孤城春尽草如烟"诗句。[①] 王士禛从兄王士纯长于诗书，弱冠殉崇祯壬午之难，王士禛载其《新月诗》："乍见一帘水，回头月抱肩。黄如浮醉酒，瘦比压琴弦。"[②]

  其三，对家族成员创作实绩的评价。王士禛对家族中在诗歌方面有所创获的成员在风格、得失方面进行了总结评价，并带有自己的审美偏好。他对家族长辈诗歌在风格上有所区分，他评王象春引用钱谦益《列朝诗集小传》之论："公与文光禄太青友善，诗亦齐名。钱牧斋尚书云：'文天瑞如魔波旬，具诸天相，能与帝释战斗，遇佛出世，不免愁宫殿震坏。王季木如西域婆罗门，邪师外道，自有门庭，终难皈依正法，然其警策处，要自不可磨灭。'"[③] 评王象明"才不逮考功(象春)，而欲驰骤从之，故时有衔蹶之患，未能成家"[④]，将二人在创作风格上划为一类。他们的诗歌纵横恣肆，跌宕奇逸，王士禛一方面肯定了"警策之处，要自不可磨灭"，另一方面也认同钱谦益所言"终难皈依正法"。王士禛对另一位"象"字辈的长辈则给予了较多肯定："八叔祖伯石(象艮)仕姚安府同知，著《迂园诗集》，诗名远出考功下，然谨守唐人矩矱，不失尺寸。"[⑤] 王象艮所谨守的"唐人矩矱"实为王、孟、韦、柳一派的风华秀绝，王士禛所肯定的正是这一点，反映了他的诗歌审美风格的偏好，这种偏好在对同辈兄弟诗歌的评价中表现得更为明显。他在《渔洋诗话》中引王士禧少时《和唐祖咏望终南山残雪诗》"微风打窗纸，冻雀鸣檐端。起看松竹色，萧萧增薄寒"，"将雪无雪色，色在浮云端。煨芋对新雪，骨与梅花寒"，"远山直西牖，高高出林端。朝来望新霁，四顾清光

[①] [清]王士禛：《分甘余话》卷一，袁世硕主编《王士禛全集》，齐鲁书社，2007年，第4955页。
[②] [清]王士禛：《渔洋诗话》卷上，袁世硕主编《王士禛全集》，齐鲁书社，2007年，第4764页。
[③] [清]王士禛：《池北偶谈》卷十六，袁世硕主编《王士禛全集》，齐鲁书社，2007年，第3221页。
[④] [清]王士禛：《居易录》卷十四，袁世硕主编《王士禛全集》，齐鲁书社，2007年，第3947页。
[⑤] [清]王士禛：《居易录》卷十四，袁世硕主编《王士禛全集》，齐鲁书社，2007年，第3946页。

寒",认为三首为佳作①,还颇为激赏王士骊"天际星河倒入池"之句②,他还十分敬佩长兄王士禄对待创作的态度。甲辰之狱后,王士禄南下扬州,王士禛逆舟迎于秦邮,相见而泣:"西樵都不及患难时事,直取一巨编,掷余前曰:'弟视吾诗,境地差进不?'"③王士禛后来在《王考功年谱》《渔洋诗话》中都记载了此事。王士禛对家族成员创作实绩的评价是对王氏诗歌家族创作氛围、创作整体风格的反映,王氏浓郁的创作氛围和深厚的文化底蕴都是王士禛诗学的源流。

王士禛通过对家族历史的撰述、家族著述的记录、家族成员诗文集的选刻及诗歌创作实绩的评价,完成了对家族诗学的总结。而王氏家族深厚的诗学传统也在潜移默化中深刻地影响了王士禛。

二、王氏诗学的浸染

新城王氏在诗学上受明代七子派影响深刻,从王之猷到王象春、王象晋、王象艮、王象明,再到王与玟、王与胤,乃至与王氏联系密切的徐夜,都有七子派复古诗学的痕迹。此外,明代王氏诗学兴起之际也是七子派复古运动后期影响渐弱,为公安、竟陵所攻击、取代的时期,山左诗坛虽仍然处于复古诗学的笼罩之下,但也在对前后七子进行反思,新城王氏也在其列,因此,概而言之,王氏诗学的发展是对七子派复古诗学继承和反拨的过程,王氏诗学最终在王士禛这里得到了升华、发扬,完成了对明代诗学的总结和超越。

新城王氏诗学传统中有两个方面,一为追慕复古,二为雅好山水,这两方面一为时代诗学思潮影响使然,一为家族性格使然,同时又都统摄在七子派诗学之下。王氏成员在创作中既受七子派诗学影响,又对七子派进行了修正、反拨,在家族内部形成了两条线索:其一,在诗歌取径上突破七子派独尊汉魏、盛唐的复古传统,转向中、晚唐,以王象春、王与玟、王象明为代表;其二,在诗歌风格上由雄浑高华向兴象风神、清远之音转变,以王象艮、王象晋为代表,这两方面对王士禛诗学的形成、发展都产生了影响。

新城王氏诗学在明代以王象春为代表。王象春肯定前后七子复古运

---

① [清]王士禛:《渔洋诗话》卷下,袁世硕主编《王士禛全集》,齐鲁书社,2007年,第4810—4811页。
② [清]王士禛:《渔洋诗话》卷上,袁世硕主编《王士禛全集》,齐鲁书社,2007年,第4766—4767页。
③ [清]王士禛:《渔洋诗话》卷上,袁世硕主编《王士禛全集》,齐鲁书社,2007年,第4764页。

动的功绩,对乡贤边贡、李攀龙有高度认同,推崇他们高古大雅的诗歌精神,反驳公安、竟陵对七子派的排挤,同时也反思复古诗学,力图修正七子派模拟、格套的弊病,自辟门庭,倡导禅诗、侠诗,"重开诗世界",在晚明山左诗坛独树一帜。王象春对七子派修正的一个重要方面,就是在取径上的拓宽,他不独师法汉魏、盛唐,而下及中、晚唐,乃至宋、元,"使七子当日错铸百代,取大历以下及宋、元,国初诸君子尽为表章,各悉其才所至,情所之,勿徒以一手愚天下耳目,则诗之取道尚宽"①。与诗歌思想相对应的是在创作中的蹈险经奇,巉刻奇达,呈现出师法中晚唐韩愈、李贺等险怪派诗人的倾向。王象春向中晚唐诗的延伸是对七子派的突破,影响到了王与玟、王与璧,"自琅环、文玉两舅起,而耀其余辉,修其堂坫,而世之不能言者,以两舅之所言言之,所为为之,瞻陵知岳,望海先澜,今且梯航于山坳水涯矣"②。二人皆宗法晚唐,王与璧未有诗作留存,不作细论,王与玟少时养于王象春处,诗歌"以凄激为宗,归极流艳","其合处可驀入问山之室"③,在诗歌创作上与王象春相合之处正在"以凄激为宗",有晚唐风貌,此外,他"归极流艳",好作艳体,深挚哀婉,近于温、李,更是突破了七子派的审美观念,比王象春走得更远。

  王象春、王与玟的诗歌观念和创作倾向对王士禛有所影响。王士禛初登诗坛时,前辈诗人论次其集,往往认为其承季木王象春家学,渊源有自,如闽人林古度、虞山钱谦益,他们都是王象春的友人,又与王士禛交游,故有此说。王士禛对于这位家族长辈也十分尊敬,在《池北偶谈》中记述了王象春的精神风貌:"从叔祖季木考功(象春),跌宕使气,常引镜自照曰:'此人不为名士,必当作贼。'尝奉使长安,饮于曲江,赋诗云:'韦曲杜陵文物尽,眼中多少可儿坟。'其傲兀如此。"④他肯定王象春的创作实绩,尤其欣赏《题项王庙》一诗,并且对于钱谦益《列朝诗集》中仅选入王象春三首诗不甚满意,认为所录三首非佳作,不能代表其诗歌的成就。如林古度、钱谦益所言,王士禛受到季木家学熏陶,至于王士禛在哪些方面继承了季木家学,清人王应奎以为"阮亭为季木从孙,而季木之诗宗法王、李,阮亭入手,原不离

---

① [明]王象春:《昭代选屑序》,李本纬纂《昭代选屑》,日本文政三年(1820)刻本。
② [清]徐夜:《笼鹅馆集序》,王与玟《笼鹅馆集》,国家图书馆藏清抄本。
③ [清]徐夜:《笼鹅馆集序》,王与玟《笼鹅馆集》,国家图书馆藏清抄本。
④ [清]王士禛:《池北偶谈》卷十六,袁世硕主编《王士禛全集》,齐鲁书社,2007年,第3220页。

此一派,林古度所谓'家学门风,渊源有自'也"①,在大方向上准确地指出了二人诗学上的联系。但是,相较于对七子派的继承,二人在突破七子派藩篱方面有更多的一致性。王象春对七子派"举趾太高,标榜过情"的弊病的认识,和对中晚唐以后诗的取法,都为王士禛提供了借鉴。王士禛早年《论诗绝句》中不废宋、元,中岁越三唐而事两宋,都是在不断纠正复古诗学弊病的基础上进行的,王象春所奠定的反思、突破复古诗学的家族诗学传统无疑在王士禛身上得到了继承和超越。王与玫对王士禛的影响是在艳体诗的创作上,王士禛论家族前辈诗歌,也以艳体为王与玫诗歌的主要成就,"从伯文玉(与玫)工艳体诗,所著有《笼鹅馆集》。《无题》云:'二十五年将就木,一千里路不通书。''荧荧白兔东西顾,恰恰黄鹂四五声。''通德每宵谈秘事,清娱随处品名山。'皆工"②。王士禛所引诗句皆为王与玫艳体诗中的佳句,王与玫艳体诗抒写男女爱情,深挚哀婉、辞藻华美之处学习李商隐,为王士禛早年诗歌创作提供了一个有别于七子派的师法范围。王士禛还重订了王与玫的《笼鹅馆集》,对王与玫的诗歌进行了删定和批点。王士禛早年先与王士禄以《香奁诗》倡和,后与彭孙遹以《无题》诗倡和,从家学渊源来说,正源于王与玫的影响。

　　明代王氏成员中的王象艮、王象晋也长于诗歌,在诗学上与王象春一样,同为七子派复古诗学所笼罩,但是在创作风格上却与王象春异趣,不同于王象春的蹈险经奇、巉刻奇达,王象艮、王象晋诗歌崇尚澄澹悠远、清远之音。王象艮"白真韦淡,贺怪籍恬,都来几字"③,"风华秀绝,骨力沉雄,错出于大历、长庆之间"④,也偏离了七子派独尊汉魏、盛唐的主流诗学轨道,向中、晚唐学习,在个人情怀和诗歌风格上与大历诗人相近,以山水田园写高雅闲淡、萧然自远的情趣。王象晋好登临山水,向往田园之乐,诗歌也以表达平和自适、闲情逸趣的感悟之作为主。他们创作上的这种倾向实际上也来源于七子派。七子派复古诗学在风格上有雄浑高华与澄澹清远两个方面,如胡应麟所云:"作诗大要不过二端,体格声调,兴象风神而已。"⑤七子派重体格声调,兴象风神为格调所掩,但并不代表七子派中无兴象风神

---

① [清]王应奎:《柳南续笔》卷三,周光培编《清代笔记小说》第35册,河北教育出版社,1996年,第416页。
② [清]王士禛:《渔洋诗话》卷中,袁世硕主编《王士禛全集》,齐鲁书社,2007年,第4777页。
③ [明]公鼐:《王思止迂园诗叙》,王象艮《迂园诗》,北京大学图书馆藏明崇祯间刻本。
④ [明]董其昌:《王思止迂园诗序》,王象艮《迂园诗》,北京大学图书馆藏明崇祯间刻本。
⑤ [明]胡应麟:《诗薮·内编》卷五,上海古籍出版社,1979年,第100页。

之音,王士禛就看到了这一点,指出"明诗本有古澹一派,如徐昌国、高苏门、杨梦山、华鸿山辈。自王、李专言格调,清音中绝"①。王士禛将七子派中重兴象风神的一派称为"古澹派",以此衡量,王象艮、王象晋正属古澹一派,他们对山水清音的偏爱除了来源于王氏家族雅好山水的家族性格,还来源于复古诗学中"古澹派"的影响。王象艮、王象晋对崇尚兴象风神、清远之音的古澹一派的追随对王士禛神韵说的形成有直接的启发。

王氏诗学中对中、晚唐诗的取法,对古澹派的追随,拓宽了诗歌的取径范围,突破了七子派的审美观念,为王士禛诗学的发展打下了较为宽广、通达的基础。王士禛早年博综该洽,以求兼长,"自《十九首》,下逮建安,阮、陆、陶、谢诸家无不涉笔,妙得神韵"②,在创作上受到长兄王士禄的直接影响。王士禄与王士禛受到了相同的家族诗学传统熏陶,因王士禄年长,又对王士禛有直接的引导,最为人所熟知的是他少年时期取刘一相所编《唐诗宿》中王、孟、常建等数家诗使王士禛手抄之事,使王士禛先入为主地形成了对王、孟、韦、柳一派澄澹清远诗风的崇尚,并在日后不断地强化。王士禛在为诸兄撰写诗序、墓志时,多次强调王士禄在诗歌上对他们的引导,如序《古钵集选》云:"(王士祜)初与其弟士禛同学诗于兄考功氏。"③序《抱山集选》云:"长兄考功先生嗜为诗,故余兄弟皆好为诗。"④《仲兄礼吉墓志》又云:"时长兄以诗倡于家,故兄弟皆嗜诗。"⑤可见王士禛、王士祜、王士禧三兄弟少时即学诗于长兄王士禄。王士禄教诸弟诗推崇王、孟一派,尝于大雪夜与诸弟集东堂,以王、裴《辋川集》相和,叔弟王士祜有"日落空山中,但闻发樵响"之句,王士禄大为激赏。王士禄所营造的这种学诗氛围和取法偏好对王士禛神韵说的形成有重要影响。

王士禄对王士禛的影响不仅仅在神韵诗学观的形成上,他早年诗有学习杜甫的一面,并在官莱州府教授时期选明清掖县人诗为《涛音集》,在其中以杜诗为评判标准,这种倾向直接影响了一同参选的王士禛,使他也在评点中表现出对杜甫雄浑高古、浏漓顿挫风格的推崇。

王士禛诗学是对王氏家族诗学的继承,王氏诗学中无论是对中晚唐诗

---

① [清]王士禛:《池北偶谈》卷十二,袁世硕主编《王士禛全集》,齐鲁书社,2007年,第3108页。
② [清]王士禄、王士祜:《琅琊二子近诗合选》卷一,国家图书馆藏顺治十六年刻本,第14页。
③ [清]王士祜:《古钵集选》,《四库全书存目丛书·集部》,第245册,齐鲁书社,1997年,第384页。
④ [清]王士禧:《抱山集选》,《四库全书存目丛书·集部》第227册,齐鲁书社,1997年,第420页。
⑤ [清]王士禛:《蚕尾续文集》卷十七,袁世硕主编《王士禛全集》,齐鲁书社,2007年,第2259页。

歌的取法还是对兴象风神、清远之音的崇尚,都可与王士禛的诗学相互印证,而王士禄的引导则更为王士禛诗学的发展助力,使他完成了对王氏诗学的总结和超越。

第二节　王士禛与明清山左诗学

明清诗歌若从地域而论,自明弘治、正德间前七子崛起之后,诗歌风气出现了由南而北逐渐转移的迹象。山东地区因边贡、李攀龙的倡导,借助复古诗学引领风气,形成了历下诗派,山左诗人以群体的力量出现,使山左成为诗坛重镇。边、李以后,又有公鼐、冯琦、于慎行、王象春等人接续风雅,明末清初山东的遗民诗人、贰臣诗人、馆阁诗人传承明代山左诗学余绪,在清初特殊的政治环境下取得了令人瞩目的成绩。山左诗学在众多山东诗人的努力下得风气之先,王士禛作为康熙朝一代诗宗,更是奠定了山左诗学的地位。

从明清诗学的发展来说,山左地区的诗学传统在明代就已经形成,明中期以后山左诗坛的崛起与前后七子复古运动有直接关联。七子派复古诗学深刻影响了山左诗坛,即便是万历以后复古运动落潮,七子派为公安、竟陵所排挤之时,山左诗人也没有放弃对边、李的尊崇。山左诗人在继承七子派诗学的同时,也在不断审视、反思七子派诗学,以救弊补偏,王士禛诗学就是在此基础上形成的。从王士禛对山左诗坛的记述与评价来看,他对明清山左诗歌发展历史有宏观的认识。从明中期至清初,山左诗坛出现过两次繁荣,第一次繁荣在明弘、正、嘉、隆时期,这一时期的诗坛有两个中心:一为济南,"吾乡风雅盛于明弘、正、嘉、隆之世,前有边尚书华泉,后有李观察沧溟"[1],"历下诗派,始盛于弘、正四杰之边尚书华泉,再盛于嘉、隆七子之李观察沧溟。二公后皆式微"[2];一为青州,"吾乡六郡,青州冠盖最盛。明嘉靖、万历间,官至尚书者八九人。而世宗时,林下诸老卫海岱诗社,倡和尤盛"[3]。济南诗坛以边贡、李攀龙为中心,形成了一个以复古诗学

---

[1] [清]王士禛:《香祖笔记》卷二,袁世硕主编《王士禛全集》,齐鲁书社,2007年,第4498页。
[2] [清]王士禛:《渔洋诗话》卷上,袁世硕主编《王士禛全集》,齐鲁书社,2007年,第4765页。
[3] [清]王士禛:《渔洋诗话》卷下,袁世硕主编《王士禛全集》,齐鲁书社,2007年,第4926—4927页。

为核心的诗人群体；青州诗坛以海岱诗社冯裕、石存礼、陈经、黄卿、杨应奎、刘澄甫、刘渊甫、蓝田为代表，风貌独特。明清山左诗坛的第二次繁荣在明末清初之际，"吾乡风雅，明季最盛，如益都王遵坦太平、长山刘孔和节之，尤非寻常所及。王，巡抚漾子。刘，相国鸿训子也。余为作合传。他如益都王若之湘客，诸城丁耀亢野鹤、丘石常海石，掖县赵士喆伯浯、士亮丹泽，莱阳姜垓如农、弟埰如须、宋玫文玉、弟琬玉叔、董樵樵谷，淄川高珩葱佩，益都孙廷铨道相、赵进美韫退，章丘张光启元明，新城徐夜东痴辈，皆自成家"①。王士禛所列的这些诗人中有抗清义士，如王遵坦、刘孔和；有遗民诗人，如丁耀亢、赵士喆、赵士亮、姜埰、姜垓、董樵、徐夜等；有贰臣诗人，如高珩、孙廷铨、赵进美，他们或在朝堂，或处江湖，盛有诗名，为清初山左诗学的繁荣壮大了声势。明清山左诗坛的这两次繁荣一次得益于七子派的崛起，一次受明清易代特殊政治社会环境的影响，亦与七子派复古诗学有千丝万缕的联系。王士禛在诗学上继承了明清山左诗学的复古传统，以神韵说奠定了山左诗学在清初诗坛的领导地位，还不遗余力地奖掖山左后进，发扬山左诗学，贡献巨大。

一、对山左前贤的审视与接受

王士禛成长于深受七子派诗学熏染的诗书世家，对明清山左诗学有深刻而全面的了解。明代七子派中的边贡、李攀龙在山左诗人中有着崇高的地位，作为山左诗人，王士禛也非常敬仰二人导平先路、确立山左诗歌传统的功绩，他发展自己的诗学理论也是在复古的基础上进行的。但是，从边、李到王士禛，中间经历的二百余年，既是一个继承复古诗学的过程，也是一个反思、修正复古诗学的过程，王士禛在接受复古诗学的同时，也对边、李等山左前贤的诗学进行了审视和评判。

王士禛对边贡、李攀龙在接受上有所差异，总体来说，他给予边贡更多的肯定，而对李攀龙则有所保留。他在《论诗绝句》中论唐代乐府："草堂乐府擅惊奇，杜老哀时托兴微。元白张王皆古意，不曾辛苦学妃晞。"②赞赏杜甫、元稹、白居易、张籍、王建诸家乐府皆有古意，而近人则"辛苦学妃晞"，

---

① [清]王士禛：《渔洋诗话》卷下，袁世硕主编《王士禛全集》，齐鲁书社，2007年，第4890—4891页。
② [清]王士禛：《渔洋精华录集注》卷二，惠栋、金荣注，齐鲁书社，1992年，第242页。

机械刻板地在形式上因袭古乐府,这实际上是针对七子派的弊病而发的。王士禛还编纂《唐贤三昧集》有意纠七子派弊端,"吾盖疾夫世之依附盛唐者,但知学'九天阊阖''万国衣冠'之语,而自命高华,自矜为壮丽,按之其中,毫无生气。故有《三昧集》之选。要在剔出盛唐真面目与世人看,以见盛唐之诗,原非空壳子,大帽子话"①,王士禛的以上言论是针对七子派复古诗学的弊病而发,虽非专指李攀龙,但这些问题在李攀龙的创作中确实存在,他崇尚格高气正,倡雄浑高古之大雅,但在创作中陷入摹拟。他的诗歌追求境界壮阔,往往好用雄壮、阔大的意象,而导致了意象的类型化,正如王士禛所云"九天阊阖""万国衣冠"之语,故而施闰章有王士禛论诗"于其乡不尸祝于鳞"②的论断。王士禛对李攀龙诗歌有所保留的另一个重要原因,是李攀龙的雄浑高华并不符合神韵说的审美趣味,而边贡的清圆飘逸则更近于唐人兴象玲珑的诗境,因而王士禛对边贡颇为赞赏。

边贡位列"前七子",又为"弘正四杰"之一,他虽是山东人,却长期在江南为官,沾染风习,诗歌有清远飘逸之致,在创作风格上与李梦阳、李攀龙等人不同。明人就已经指出这一点:"世人独推何、李为当代第一。余以为空同关中人,气稍过劲,未免失之怒张。大复之后,俊节亮语出于天性,亦自难到,但工于言句而乏意外之趣。独边华泉兴象飘逸,而语尤清圆,故当共推此人。"③边贡的"兴象飘逸,而语尤清圆"正代表了七子派雄浑高华之外的另一派风格,即王士禛所说的"古澹派",正是看到了这一点,王士禛对边贡十分赞赏。他首先对边贡的地位作了评价,以为"四杰在弘、正,其建安之陈思,元嘉之康乐",而在山左诗坛,"吾济南诗派,大昌于华泉、沧溟二氏,而筚路蓝缕之功,又以边氏为首庸"④。出于乡邦情结和对边贡诗歌的高度认同,王士禛对边贡的诗集进行了全面的搜集,他在《香祖笔记》中记载了《华泉集》的版本源流:"《华泉集》一刻于胡中丞可泉,再刻于魏推官允孚;又逸稿六卷,刻于王方伯桃溪;又有李中麓太常选本,山西台察赵俟斋刻于太原。予所及见者前三本,而中麓选本独未之见,诸本亦渐就澌灭

---

① [清]王士禛述,何世璂录:《然灯纪闻》,丁福保辑《清诗话》,上海古籍出版社,1978年,第122页。
② [清]施闰章:《渔洋续诗集序》,王士禛《渔洋续诗集》,袁世硕主编《王士禛全集》,齐鲁书社,2007年,第685页。
③ [明]何良俊:《四友斋丛说38卷》卷二十六,中华书局,1959年,第234页。
④ [清]王士禛:《华泉先生诗选序》,《蚕尾续文集》卷一,袁世硕主编《王士禛全集》,齐鲁书社,2007年,第1984—1985页。

矣。"①王士禛在收藏三种《华泉集》之后,"暇日因参伍二刻,剃其繁芜,掇其精要"②,进行了细致的删选,康熙三十八年(1699)刻于京师。他还托门人王苹访求边贡后人,并请于当事,为边贡奉祀。边贡仲子边习,字仲学,亦善为诗,有诗集传世,"其佳句云:'野风欲落帽,林雨忽沾衣','薄暑不成雨,夕阳开晚晴',宛有家法"③。顺治十一年(1654),王士禛从徐夜处得见边习诗集,印象深刻,康熙二年(1663)在往如皋途中作《论诗绝句》,有"济南文献百年稀,白雪楼空宿草菲。不及尚书有边习,犹传林雨忽沾衣"一诗,谓边贡后继有人,诗风为其子边习所延续。康熙二十二年(1683),王士禛再次向徐夜借阅边习诗集,感慨岁月忽如旦暮,遂加点阅、抄录,欲刊行,并将元本与刊本并寄徐夜,徐夜却在此年殁于江西,是集也未付梨枣。康熙三十八年(1699),王士禛选刻《华泉集》四卷,将边习《睡足轩诗》也附刻于其后,完成了对边氏父子诗集的整理。

  明代山左诗人杨巍在诗歌风格上与边贡相似。杨巍,字伯谦,号梦山,出于海丰杨氏家族,亦为山左文献世家,与新城王氏有戚谊。他主要活动在嘉、隆、万年间,正值后七子复古运动高潮,也属复古派阵营,但是在诗歌创作上少有体格声调的限制,而发乎性情,有淡泊清远之风,因此也被王士禛所激赏。王士禛将杨巍列入"古澹派"④,从古澹清音这一点将杨巍与徐祯卿、高叔嗣等人并列,是对其诗坛地位的肯定。王士禛在《渔洋诗话》中对杨巍五言诗评价甚高,谓其五言"冲古淡泊,在高子业季孟间。如'远道令人愁,况近单于垒','秋风入雁门,羽书三日至','微微霁景流,天壤色俱素','乡心生塞草,世事入秋风','风雨楼烦国,关山李牧祠','闲将流水引,梦与古人居','雨响残秋地,城分不夜天','石古苔生遍,泉香麝过余',皆逼古作"⑤,又谓其五言"简古得陶体;五言近体,声希味淡,固是闲代清律。明作者自高苏门之外,未见其比"⑥。为了充分肯定杨巍诗歌的成就,王士禛还曾选刻《杨梦山诗选》三卷,并认为钱谦益《列朝诗集》所选杨巍之诗非其佳作,"杨梦山先生(巍,明吏部尚书)五言古诗,清真简远,陶、韦嫡

---

① [清]王士禛:《香祖笔记》卷二,袁世硕主编《王士禛全集》,齐鲁书社,2007年,第4498页。
② 王士禛:《华泉先生诗选序》,《蚕尾续文集》卷一,袁世硕主编《王士禛全集》,齐鲁书社,2007年,第1985页。
③ [清]王士禛:《渔洋诗话》卷下,袁世硕主编《王士禛全集》,齐鲁书社,2007年,第4814页。
④ [清]王士禛:《池北偶谈》卷十二,袁世硕主编《王士禛全集》,齐鲁书社,2007年,第3108页。
⑤ [清]王士禛:《渔洋诗话》卷上,袁世硕主编《王士禛全集》,齐鲁书社,2007年,第4773—4774页。
⑥ [清]王士禛:《渔洋诗话》卷中,袁世硕主编《王士禛全集》,齐鲁书社,2007年,第4780—4781页。

派也,五律尤高雅沉澹。予尝选评其集刻之。牧斋所取非其至者,而又云李中麓诸人咸推之。杨、李诗格,相去霄壤,顾反引李以为杨重耶?大抵牧斋录诗,意在庀史,诗之去取殊草草,不足为典要。读者当分别观之,勿为盛名所怵,乃善耳"[1]。王士禛对杨巍诗歌风格、成就进行了重新认定,也是因其淡泊简远的风韵与王士禛的审美趣味相近。

除了边贡、李攀龙、杨巍,王士禛还评价了刘天民、张光启等明代山左诗人,"余选《华泉集》刻成,又选刘吏部希尹集,得若干篇。希尹名天民,历城人,及与华泉相倡和,古选在华泉之上,五言近体,精深华妙远不逮边矣"[2]。"张光启,字元明,章丘人,世居白云湖上。少为诸生,有名,为梅长公、朱未孩二公所知。崇祯庚辰,年四十,遂弃诸生,辟一圃曰省园,以种树艺花自乐。乱后,足不履城市,年八十余卒。有《张仲集》,诗若干篇,余删存百余首,往往可传。尝有句云:'尽日闲看《高士传》,一生怕读早朝诗。'即其志可知也。"[3]王士禛对其他明代山左诗人的评价往往以七子派代表诗人为参照,反映了山左诗人的诗学传统,同时带有对诗人人品气节的评判和个人的审美偏好。

从王士禛对李攀龙、边贡、杨巍三位山左前贤的评价来看,他对边贡、杨巍兴象飘逸、淡泊简远的风格有较高的认同和接受,而对于李攀龙,在高度肯定他奠定山左诗学基础之功的同时,不满于摹拟之弊,且其雄浑高华的风格也与王士禛神韵之倡异趣,王士禛更多地接受了"古澹派",而边、杨则正代表了"古澹派"的风格。在这一点上,王士禛对山左前贤的接受正与他对王氏家族诗学传统的继承一致。在王氏家族诗学中,王象春、王象明的纵横跌宕、巉刻奇达受李攀龙所代表的尚雄浑高古的七子派诗歌影响,王象艮、王象晋雅好山水,偏于清远神韵,王士禛也更多地继承了后者,发展了其神韵说。地域与家族的诗学传统本有一致性,都为王士禛诗学提供了丰厚的资源。

二、乡邦文献的整理与点评

王士禛对明清山左诗坛的一个重要贡献是对山左诗人留存诗文的整

---

[1] [清]王士禛:《居易录》卷十二,袁世硕主编《王士禛全集》,齐鲁书社,2007年,第4084页。
[2] [清]王士禛:《渔洋诗话》卷下,袁世硕主编《王士禛全集》,齐鲁书社,2007年,第4814页。
[3] [清]王士禛:《居易录》卷十,袁世硕主编《王士禛全集》,齐鲁书社,2007年,第3860页。

理与点评,他广泛网罗搜集了明代山左诗人的诗文别集,又对当代山左诗人在诗歌上选拔奖掖,促进了明清山左诗学与诗坛的繁荣。

王士禛与王士禄曾有意搜集明代山左诗人诗集,选编明代山左诗歌总集,以总结山左明代诗学,但因二人各自奔波宦途,聚少离多,加上王士禄英年早逝,编纂地域总集的愿望没有达成。尽管如此,王士禛在其一生的读书、购书、藏书的活动中致力于明代山左诗人诗集的搜集整理。他搜集了边贡、边习、杨巍等人的诗集,并进行了删选,重新刊刻,搜集其他山左诗人诗文也不遗余力,称"余邑先辈文献无征,每以为恨,故于群书中遇邑人逸事遗文,辄掌录之"。康熙四十四年(1705),王士禛至安德,观府志,得邑中前辈徐准《卢龙塞》一首,云:"燕呼黑水作卢龙,塞北风沙泣断蓬。汉将已随羌笛老,秦人莫恨久从戎。"[1]徐准,字子式,号守吾,官至云南布政使,为徐夜曾祖。王士禛搜录毕亨、毕昭遗诗:"吾邑工部尚书毕公亨,字嘉会,成化进士,历仕弘、正朝为名臣,国史有传,求其遗集不可得矣。偶于《钓台集》见其五言一首录之,诗云:'气节扶炎祚,纶竿岂钓名。人心终不死,庙貌俨如生。木落长江迥,山高独树平。滩头明月在,照见古今情。'公之子山西巡抚昭,号蒙斋,有句云:'行过竹里如尘外,望入荷边似镜中',集亦不传于世。"[2]明中期青州诗坛海岱诗社倡和尤盛,有《海岱会集》十二卷,王士禛访得钞本,钞而藏之:"吾乡六郡,青州冠盖最盛。明嘉靖、万历间,官至尚书者八九人。而世宗时,林下诸老为海岱诗社,倡和尤盛。其人则冯闾山、黄海亭、石来山、刘山泉、范泉、杨滽谷、陈东渚,而即墨蓝北山亦以侨居与焉。倡和诗凡十二卷,无刊本。余近访得钞本,诗各体皆入格,非浪作者。闾山,名裕,即四冯之父。(惟健、惟敏、惟重、惟讷。)文敏琦之曾祖。山泉、范泉则文和珝之孙也。此集惜不行于世,乃钞而藏之。"[3]王士禛还搜集了东阿于慎思,临朐四冯,掖县赵士喆、赵士亮,长山刘孔和,益都王遵坦等人诗集,并对他们的创作成绩有所评价。

明代山左诗歌总集的编纂是王士禛未竟之业,他晚年仍对此有所挂怀。康熙四十四年(1705),王士禛收到嘉定门人陆廷灿新校刊本《梁园风雅》,思及明代山左文献尚未完成整理,感慨颇深:

---

[1] [清]王士禛:《香祖笔记》卷九,袁世硕主编《王士禛全集》,齐鲁书社,2007年,第4650页。
[2] [清]王士禛:《居易录》卷三十四,袁世硕主编《王士禛全集》,齐鲁书社,2007年,第4385—4386页。
[3] [清]王士禛:《古夫于亭杂录》卷五,袁世硕主编《王士禛全集》,齐鲁书社,2007年,第4926页。

《梁园风雅》，明雍丘赵彦复微生、临清汪元范明生所撰，自李献吉、何仲默、王子衡、高子业以下凡八人，义例严洁。予常劝宋中丞牧仲合刘钦谟《中州文表》刻之吴中，以备河南文献。乙酉六月，适寄到《风雅》新刻本，乃嘉定门人陆廷灿较刊者。予笑谓座客曰："吾为朋友谋则善矣，吾乡文献乃听其放失，可乎？"故尝欲辑海右六郡前辈作者遗集五十家，断自洪、永已来，如许襄敏彬、黄忠宣福、秦襄毅纮、马文简愉、刘文和珝、毛文简纪、王叔武宗文、靳两城学颜、蓝田玉夫、殷近夫云霄、穆文简孔晖、边尚书贡、刘希尹天民、许尚书成名、王文定道殷、文庄士儋、冯间山裕、子汝强惟健、汝行惟敏、汝言惟讷、李沧溟攀龙、李伯承先芳、苏侍郎祐、杨太宰巍、刘范东隅、吴太宰岳、戚少保继光、子子冲澹、龚方洲秉德、于文定慎行、兄庞眉生慎言、郭鲁川本、傅金沙光宅、于念东若瀛、李愚谷舜臣、李中麓开先、邢子愿侗、公文介鼐、弟举人浮来鼎、冯文敏琦、钟尚书羽正、谢茂秦榛、许殿卿邦才、从叔祖伯石象艮、季木象春、高孩之出、邹养浩颐贤、先伯父侍御府君与胤、卢德水世㴶、王湘客若之、刘节之孔和、张元明光启、徐东痴夜、董樵谷樵辈，撷其菁华，都为一集。守官京师四十余载，匆匆未暇。今归田矣，而髦及之，耳目神理非复故，吾不知斯志能终遂焉否也。聊志此以俟他日。[1]

康熙四十四年（1705）王士禛七十二岁，年已古稀，"耳目神理非复故"，力有不逮，"不知斯志能终遂否"，仍抱有希望，以待他日。王士禛最终虽未能完成明代山左诗歌总集的编纂，但其事业为卢见曾、宋弼所继承。乾隆年间，卢见曾将王士禛《选明代山左诗钞采访书目》与其自拟《渔洋拟选五十家外续开六郡采访明人书目》合刻，并作《征选山左明诗启》，云："前司寇曾及盟鸥五十有四人之菁华，白头有志。"而他"欲遂前功"，请海内文人"务望通书"[2]，以网络前辈遗编。卢见曾之后，宋弼承接此业，选编了《山左明诗钞》，李文藻《山左明诗钞序》云：

> 两淮盐运使卢君属先生选国朝山东人诗成六十卷，刻于戊寅、己卯间，因而遂征山东明人诗。先生（宋弼）时长深源书院，郡县之士来

---

[1] [清]王士禛：《香祖笔记》卷十，袁世硕主编《王士禛全集》，齐鲁书社，2007年，第4673—4674页。
[2] [清]卢见曾：《征选山左明诗启》，王士禛《选明代山左诗钞采访书目》，国家图书馆藏乾隆间刻本。

学者,使各搜讨其所知。而予所购得者盖数十种,后先生入京,逢人求索,有得即手自誊写,无寒暑游宴之闲。岁癸未,卢君致仕归里,先生以全稿畀卢。①

《山左明诗钞》刻于乾隆三十六年(1771),距离王士禛逝世六十年,明代山左诗歌总集最终完成,中间经历了三代山左诗人的努力,而王士禛对明代山左诗学的总结、诗学文献的搜集、整理为此打下坚实的基础,筚路蓝缕,功不可没。

王士禛揄扬山左前辈之外,乐于奖掖后进,自康熙五年(1666)由扬州迁官京师后,声望日隆,逐渐成为京师诗坛主盟,师友、门生遍天下,其中多数为山左诗人,以王士禛为中心的山左诗人群体成为清初诗坛的重要力量,引领风气。康熙十六年(1677),王士禛为宋荦、王又旦、曹贞吉、颜光敏、叶封、田雯、谢重辉、丁炜、曹禾、汪懋麟选定《十子诗略》,号称"金台十子",其中山左诗人占四家,即曹贞吉、颜光敏、田雯、谢重辉,反映了山左诗人的实力,也是王士禛弘扬山左诗学的一次实践。王士禛多次为山左诗友、门生评点、论定诗集,除了"金台十子"中四人,其余清初山左诗人还有二十多人,有徐夜、张实居、李雍熙、田霢、张笃庆、萧惟豫、唐梦赉、张贞、李涣、孙蕙、朱缃、朱纲、赵作肃、赵执端、赵执琯等,这些山左诗人中有他的同辈亲友,如徐夜、张实居、唐梦赉,也有后辈诗人,如田霢、赵执端、朱缃、朱纲等。除了以上所列诸人,王士禛还尤其欣赏王苹的诗歌才华。王苹,字秋史,号二十四泉居士,祖籍浙江仁和,后随父迁籍济南,少负逸才,性格狷介,长于诗歌,为王士禛所赏,尤爱其"乱泉声里谁通屐,黄叶林间自著书""黄叶下时牛背晚,青山缺处酒人行"②之清拔绝俗,王苹因此被称为"王黄叶",诗名远著。此外,王士禛还为冯廷樾《晴川集》、钟辕《蒙木集》作序。

王士禛神韵说风靡康熙诗坛之时,"凡刊刻诗集,无不称渔洋山人评点者,无不冠以渔洋山人序者,如《聊斋志异》之类,士禛偶批数语于行间,亦大书王阮亭先生鉴定一行,弁于卷首,刊诸梨枣以为荣"③。王士禛的评点在很大程度上成为一种对创作实绩的肯定,这种情况并不仅限于山左地

---

① [清]李文藻:《山左明诗钞序》,宋弼《山左明诗钞》,《四库全书存目丛书·集部》第412册,齐鲁书社,1997年,第1页。
② [清]王士禛:《池北偶谈》卷十九,袁世硕主编《王士禛全集》,齐鲁书社,2007年,第3308页。
③ [清]永瑢、纪昀等:《四库全书总目提要》卷一百七十三,中华书局,1965年。

区,但是,山左诗人也的确是王士禛揄扬、奖掖的重点。王士禛评点过的山左诗人,多数来自山左文学家族,他们以群体性的力量壮大了神韵诗派的队伍,使得山左诗人成为神韵诗派的中坚。同时,山左诗人在诗歌取法上虽也不尽相同,风格各异,非王士禛神韵说所牢笼,但王士禛选评诸人诗集,也不为自己的诗学主张所限,以诗坛正宗的身份和地位广泛品评山左诗歌、奖掖山左诗人,推动了清代山左诗学的发展。

第十章

新城王氏家族词学研究

词是新城王氏家族文学中的另一个重要体裁,王氏的词学在创作的数量、成就方面虽不及诗学,但也在其家族内部形成了传统,并在特定的时间和范围中产生一定影响。王氏的词学总体来说有两个主要特征:其一,整体创作风格上不脱明代《花间》《草堂》之风;其二,词的创作虽未获得很高的成就,却以词坛倡和活动推动了风气的转变。本章将主要考察王氏家族成员词的创作和词坛活动,以揭示词学在王氏家学中的地位,以及王氏词学在明清词学由衰转盛的发展过程中所起到的作用。

第一节 王氏成员词的创作与词风

一、王象春词简论

王象春在晚明以诗闻名,在山左诗坛占有重要位置,他也有词的创作,《问山亭诗》卷九收入其词作四十余首,内容风格和审美趣味上与其诗截然不同。

王象春的词以艳情为主,有一些作品极为香艳,如"凤燎瑞蔼,鸾衾香透,人魂早休。鸳鸯初度千金夜,春意楚云悠"[1](《眼儿媚·合卺夜》)。王象春的多数词作写闺阁相思与男女艳情,对女性的神态、体貌的描绘极为细致,他用"浣溪沙"调写《桃腮》:"带酒微潮,灯里含羞。轻递笑中娇。东风不减色夭夭。"写《波眼》:"婉转清胪玉泽深。含羞一笑落飞禽,鉴郎须发溅郎心。"最能体现王象春词的浓艳特点的是其《诉衷情·洞房冬夜八景》八首,写洞房冬夜中"晚妆伴读""释纽就衾""卧初未暖""话久渐惚""微醒低

---

[1] 此处及下文所引王象春词皆出自《问山亭集》,《山东文献集成》第二辑第28册,山东大学出版社,2007年。

语""困意重酣""鸡声怜夜""乌影求衣"八个细节,细致地描摹了女子种种微妙的心理,如:

> 郎冷否,拨火小蛾颦,檠侧觑人频。(《晚妆伴读》)
> 夜清冷,抚郎腕,渐喜□相形。(《释纽就衾》)
> 煦煦华茵寒不到,卧鸳鸯,身款动,惊堕小钗凉。(《困意重酣》)
> 促婢问晴阴,沉吟。清闲平旦心,意惜惜。(《鸡声怜夜》)

八首词都是从女性的角度出发,表现她的羞涩、喜悦、小心、慵懒等情态,风格绮艳。王象春描摹女性的心理除了对生活细节的把握,还以环境衬托。他好写冬日闺情,以冬日的寒冷凄清衬托人物的孤独,如《画堂春·冬夜》《浪淘沙·冬思》《长相思·冬思》《渔家傲·雪晨》《柳梢青·冬闺》等,且用"寒砧""寒更""枯茎""枯桑""残火""寒灯"等意象营造凄冷的环境。

除了闺门相思、男女艳情外,王象春也将笔触投放在山水田园,如《长相思·春日》:

> 柳色青,麦色青,花谢花开阴复晴。芳华客问程。　春水乱,小桥横,乳燕雏鸠相对鸣。云山此日情。

词中写春日花开柳青,春鸟争鸣,自然活泼。《浣溪沙·村宿》则表现另一种心境:

> 枯树几株烟几重,隔城十里不闻钟。下马欢逢。尘外契拂须松。　一点寒灯人不寐,数星残火共谈农。月淡棋秤慵。更着怯霜锋。

写宿于孤村,偏远寒冷,同时寄托着尘外之兴。

王象春词一个值得注意的特点是以曲入词,词曲相杂。首先表现在词的语俗意浅上,如《浪淘沙·无题》:

> 无计可如何,强自婆娑。怕闻风雁过藤萝,心上积愁眉积恨,只为情多。　有泪湿衫罗,事竟蹉跎。逢人羞唱念奴歌,当日眼珠看不转,记在心么。

整首词表达思念之情,直抒胸臆,语言浅显直白。

其次,王象春在词中加入衬字,突破了词的格律规范,其《黄莺儿》一调写《云》《水》《月》《湖朝》《湖暮》《春来》《春去》七题,多处加入衬字,举例如下:

《山》下阕:

夕阳过雨浮云弄,醉芙蓉,(他也不看)古今兴废,(只是)一抹色青青。

《云》下阕:

(引得那)天涯游子归心动,望遥空,(似这等)漫漫蔽日,须仗大王风。

《月》下阕:

嫦娥孤另何年嫁,望玉华,(也有那)清歌妙舞,恨不得常驻海云车。

《湖朝》上阕:

几处起渔讴,点残星,水面浮。(一霎时)柳梢熹微透。

《春去》下阕:

(恼得个)多情杜甫,只关门坐。

"以曲入词"是明人词创作中一个较为普遍的现象,如杨慎、王世贞等人作词都有词、曲相杂的情况,"用修小令,合者有五代人遗意,而时杂曲语,令读者短气"①。"以曲入词"首先破坏了词的音律规范,不能严守词的音律。词与曲又有雅俗之别,虽然词最初以民间口传文学的形式出现,但经过唐五代及两宋文人的创作实践,词体已经雅化、文人化,明人的词曲不分

---

① [清]陈廷焯:《白雨斋词话》卷三,唐圭章主编《词话丛编》,中华书局,1986年,第3824页。

使词再次回到俗的轨道,这是明代文学中尚俗趣味影响下产生的,也是明词衰敝的一个原因。词曲不分、声律不守,使明词离唐五代、宋词的含蓄蕴藉越来越远,走向粗浅卑俗。王象春在《黄莺儿》七首词中加入衬字,且以"引得那""似这等""恼得个"等口语化的词语打破格律,杂入俚俗,使词俗化,有肤浅粗率的弊端。

王象春词的浓艳与以曲入词都是在明代尚艳、尚俗风气下产生的。明人作词以《花间》《草堂》为效法对象,多涉男女之情、相思别怨,"《花间》以小语致巧,世说靡也。《草堂》以丽字取妍,六朝喻也。即词号称诗余,然而诗人不为也,何者? 其婉娈而近情,足以移情而夺嗜,其柔靡而近俗也,诗啴缓而就之,而不知其下也"①。《花间》《草堂》的婉约绮丽被明人视为词之正体,以"婉娈而近情""柔靡而近俗"为词之本质,故而词坛形成了尚艳、尚俗的风气,王象春词的浓艳、以曲入词就是在这种风气影响下形成的。

明代王氏有词作流传的还有王象艮与王与玟。王象艮《迂园诗》所收四首词皆为婉约细腻之作,从女性的角度出发,写闺情闺怨,如"耳边私语印胭脂。乍见相思,不见相思"②(《一剪梅·题唐伯虎〈美人图〉》),"红簇簇,绿簇簇,隔墙谁唱相思曲。愁人独自宿"(《长相思》),模拟女子独居闺中的心理情态。唯《花心动》一首寄托忧思,情感真挚:

> 残暑退去榴花卸,恰正新秋时节。独眠独起,乍凉乍热,无限凄清与谁共说? 东望乡关烟水阔,斜阳外,暮蝉鸣咽。梦回时,万种旧恨,都成新结。　　心事凭谁诉说。看满院流萤,向人明灭。银河渐转,砧声新起,共笛韵一弄凄绝。无奈功名身外物,思绕高堂千里切。难言处,小楼南畔纱窗月。

这首词写秋夜无眠,独坐庭院的所见、所思、所感,表达身在异乡,功名未就,而身心俱疲的感慨,王象艮一生虽负才名,却仕途不畅,他的诗中充满了徘徊于功名成就与归隐乡园之间的矛盾纠结,《花心动》一词也较为真实地反映了王象艮的心境。

王与玟为诗"凄激为宗,归极流艳",为词也哀艳凄婉,所存十首词皆为

---

① [明]王世贞:《艺苑卮言·附录一》,《景印文渊阁四库全书·集部》第1281册,台湾商务印书馆,1986年,第444—445页。
② 此处及下文所引王象艮词皆出自《迂园诗》,北京大学图书馆藏明崇祯间刻本。

小令,写男女情爱与相思别恨,有香艳之气,如"缱绻容多态,欢娱意似痴"①(《南柯子》),"蹑足谩相挑,尽把相付与"(《如梦令》),写男女情事绮丽香艳而流于轻浮。王与玟善于捕捉描摹女子的神态和心理,如"眉语,眉语,一霎情深几许"(《如梦令》),"斜溜秋波疑皱眉,指伊心许已多时。人前不语强支持"(《浣溪沙》),将女子动情、羞涩、无奈的心理表现出来。王与玟词中所写男女之情也有对自己真实情感经历的反映,如:

<blockquote>
宋玉多情漫赋秋,凄凉销尽旧风流。关山此际悲难越,风月当时肯暂愁。　　深夜语,醉时眸。几宵携手月当楼。渡河曾说经年约,一水盈盈望未休。(《鹧鸪天·和蒹澳弟寄毕仲友》)
</blockquote>

这首小令以时空转换表现了一对有情人的相思、悲苦。上阕从少年风流展开,述说如今的关山阻隔,风月消歇。下阕转入对往日相爱、携手的回忆,而今旧约难舍,仍殷殷企盼再续前缘。这正是王与玟与京城李姬恋情的写照,他的词中对于男女情事的描写以真实的经历为背景,《鹧鸪天》一词就融入了对风流年少、真挚恋情的追忆与感慨,真情流露,含蓄悠远。

清代王氏在词的创作上较明代数量多、成就高,但整体上也未能冲破《花间》《草堂》词风的笼罩。王士禄虽在"广陵倡和"中与扬州词人抒豪放磊落之气,鼓扬"稼轩风",呈现出由闺情别怨走向社会、人生的趋势,却未能完全完成向"稼轩风"的转变;王士禛虽在词学观念上对云间词派进行了修正和反拨,但在创作实践中也写闺情别怨,绮丽婉约,受《花间》《草堂》影响深刻。尤侗评二人之词,比于眉山二苏,"眉山二苏风流竞爽,独至填词,则丈六琵琶偏让老髯,而颍滨不得一语,以此定其为兄弟耳。琅琊二王即不然,向读阮亭《衍波词》,每出一语,落落如有香气,固当奴视七郎,婢视清照。今遇西樵于邗上,出《炊闻卮语》,读之静情艳致,撮《花》《草》之标,似未有放阮亭独步"②,认为二人才力相当,而皆有《花间》《草堂》之风。

二、王士禄与《炊闻词》

王士禄《炊闻词》作于康熙三年(1664)因"磨勘"系狱期间,其自序云:

---

① 此处及下文所引王与玟词皆出自《笼鹅馆集》,国家图书馆藏清抄本。
② [清]尤侗:《炊闻词序》,王士禄《炊闻词》,国家图书馆藏康熙间留松阁刻本。

"康熙甲辰三月,余以磨勘之狱入羁于司勋之署。于时捕檄四出,未即对簿,伏念日月旷邈,不有拈弄,其何以荡涤烦懑,支距幽忧。忆自髫齿,颇耽词调,虽未能研审其精妙,聊可藉彼抗坠,通此蕴结。因取《花间》《尊前》《草堂》诸体,稍规模为之,少即一二,多或六七。"①《炊闻词》是在清初高压的政治环境下产生的,王士禄两次受到科场案牵连,传统文人用以"言志"的诗歌在顺康之际"科场案""通海案"《明史》案"等一系列大案形成的紧张气氛下不能自由抒写,而被视为"小道""末技"的词则成为传达文人心绪的重要媒介。王士禄以科场案入狱,为"荡涤烦懑,支距幽忧",以《花间》《草堂》诸体为范本进行了《炊闻词》的创作。

《炊闻词》在题材内容上有闺情、纪游、怀古、咏物等,其中以描写闺中女子相思别离情思与抒发自我山水之思的内容为主。王士禄描写女性生活中微妙的思念、忧愁、离恨等,也有少数涉笔香艳,在意象、手法、意境等方面都有《花间》《草堂》之风。

《炊闻词》首先在词题上模仿《花间》《草堂》。《花间集》写女性生活,往往以四季节序为背景,描述春日、夏景,《草堂诗余》在编排上以春、夏、秋、冬分类。《炊闻词》的词题如"初夏""夏闺""春闺""闺情"等,皆有明显的追摹《花间》《草堂》的痕迹,而与"春"有关的意象出现频率很高,如春风、春浦、春色、春惰、春宵、春尾、春溪、春波、春心、春梦、春光、春愁、春酲、春魂、春昼、春深、春水、春草等。王士禄也描写女性的容貌、体态、服饰、居所,用红晕、倦眸、桃面、双蛾、弱鬟、蓬鬓、鬓烟、素手、眉弯、斜鬓、酥胸、玉肩、眼波、泪痕、枕臂、纤腰、横波等正面容貌、体态的描写,以及双蝉、金钗、钿蝉、宝袜、蝶裙、轻衫、纨扇、绣鞋、郁金油等服饰,枕屏、红烛、绿窗、灯花、绛纬、兰烬、玉簟、紫栈、银蜡、孤灯、瑞脑、帘钩、流苏、素筝、萝屋、红帘、银灯、合欢衾、双凤扇等居所环境的描写,以女性化的意象营造出静谧温馨的女性世界。

王士禄以"代言体"的手法表现女性的种种情绪,如《蕃女怨·次温飞卿韵》:

> 晓风吹梦春色遍,栖稳梁燕。合欢衾,双凤扇,厌他常见。枕屏帆影向人来,又重回。②

---

① [清]王士禄:《炊闻词》,国家图书馆藏康熙间留松阁刻本。
② 此处及下文所引王士禄词皆出自《炊闻词》,《四库全书存目丛书·集部》第422册,齐鲁书社,1997年。

这首词是次温庭筠之作,在艺术上也借鉴了温词,王士禄从闺中女性的视角,用"合欢衾""双凤扇""枕屏帆影"暗示女性孤独寂寞的情绪,王士禛以为"字字生动,《花间》之神"①,王士禄以闺中女性的角度来观察、感知周围的一切,带有强烈的感情色彩,并将这种感情投射到事物中去,使词更有感染力。

为了更好地表达女性的心理,王士禄重视意境的营造,《炊闻词》意象华美,着力于对精致器物、服饰的描绘,而有意避开对人物心理的正面描写,如《菩萨蛮·闺晓》:

> 春魂带梦扶难起。玉敧翠弱妆慵理。不用郁金油,鬟云腻欲流。 一双罗袜瘦,小凤娇红呋,著罢立盈盈,兰阶无限情。

写女子晨起后的状态,她独立阶前,不弄妆梳洗,而任由"鬟云腻欲流","著罢立盈盈,兰阶无限情"隐约透露出她的心绪。通过对女子妆容、体态的描写,含蓄表达了她的情思,细致入微。

王士禄的闲情词描写山水之美,将山水自然作为独立的个体进行观照,表达其悠然自得的闲情逸趣。如《如梦令·忆柳庵山寺》:

> 忆住柳庵山寺,幽兴随心无次,支枕敞晴窗,卧选万山紫翠,清吹,清吹,我爱砌松妩媚。

这是王士禄对其少年时期借居长白山生活的回忆。《王考功年谱》载,顺治元年(1644),"先生侍方伯公、礼部公、太夫人避地长白之柳庵。庵居大谷胜处,与醴泉林麓相接,风气清美。先生乐之,漱流枕石,或日晏忘返"②。《如梦令》所写的正是这段清静悠闲的生活,幽兴随心,卧对万山,与自然山水融为一体,呈现的是一种自由的人生状态。王士禄面对自然山水也有隐逸的思致,《渔歌子·锦湖四时渔歌》四首、《渔家傲·赵北口作》皆以悠然自足的"渔夫"形象寄托自己对悠闲质朴、远离尘嚣生活的向往。

《炊闻词》总体上在《花间》《草堂》词风的笼罩之下,康熙三年(1664)的"磨勘"之狱则促成了王士禄词的创作和风格的嬗变,使《炊闻词》中出现了

---

① [清]王士禄:《炊闻词》,国家图书馆藏清康熙留松阁刻本。
② [清]王士禛:《王考功年谱》,王士禛撰,孙言诚点校《王士禛年谱》,中华书局,1992年,第68页。

一些变调。康熙四年(1665)以后,王士禄在江南、京师词坛的倡和活动,及其与海内词人的交流、互动,更拓宽了词境,在内容风格上也出现了较大的变化,集中体现这种变化的是王士禄"江村倡和""广陵倡和""秋水轩倡和"中的作品。

"江村倡和"是王士禄与宋琬、曹尔堪在杭州的一次倡和。三人有着相似的经历,同病相怜,"至其悲天悯人、忧谗畏讥之意,尤三致怀焉而不能已"①。"江村倡和"中,王士禄有《满江红》八首,严迪昌先生认为"八章和词大抵均以湖光山色和笑傲烟霞的语调掩盖心底的波澜"②。他的八章和词多描绘山水田园,看雨听樵、睥睨烟霞,表达超然物外的心境,"褊性只宜栖物外,微名何必居人上"(《再柬顾庵》),"独酌好谋形影共,高眠也自羲皇上"(《满江红·再用前韵》),都展示了经历"磨勘"之狱后的一种达观心态。然而,在极力超脱、极力放达的背后,掺杂着巨大的心理创伤,湖光山色背后仍有内心的震颤:"林翠湿,提壶唱。向黄公垆畔,重沽新酿。漆后断纹仍可鼓,削余方竹还堪杖。问吾曹,补劓息黥心,谁能状?"(《满江红·湖楼坐雨,同顾庵用前韵,再柬荔裳》)在力求超然达观的表象下,隐藏着深深的颓伤。

康熙五年(1666),王士禄在扬州与陈维崧、宋琬、曹尔堪等人发起了"广陵倡和",影响巨大。在这次倡和中,他创作了《念奴娇》十二首,进一步尝试苏、辛的豪放雄阔。他在词中直抒胸中郁结,以阔大、流动的意象表达豪迈之情,如"穿云裂石,好将配入豪竹"③"朔风吹老茅屋""得失尘轻,升沉电幻,无事论臧榖""一别参差真似雨,那得云龙相逐",皆跌宕流动,气势宏伟。王士禄还运用古文的笔法句式,以文为词,"由来文字,是荒年之榖,丰年之玉""词场今日,问何人拔帜?""心识孙樵文采富,不止量珠以斛",都将文言助词、问句化入了词中。他还在词中直接表达了对苏、辛词风的推许,"直得苏家读史法,把酒灯前豪读""嵌崎历落,笑他周柳轻俗""黄九秦七虽能,那如坡老,豪气尤堪掬",对苏、辛的推许也正反映出王士禄脱离《花间》《草堂》词风的倾向。

"秋水轩倡和"是王士禄康熙十年(1671)在京城参与的一次倡和活动,

---

① [清]毛先舒:《题三先生词》,《潠书》卷二,《四库全书存目丛书》第210册,齐鲁书社,1997年,第639页。
② 严迪昌:《清词史》,江苏古籍出版社,1990年,第49页。
③ 此处及以下所引王士禄《念奴娇》词皆出于《广陵倡和词》,国家图书馆藏清康熙刻本。

影响更盛于"广陵倡和"。除了曹尔堪、宋琬，其余词人在人员构成上与前两次大不相同，王士禄也官复原职，心态与前两次不同。所作《贺新凉》六首写应酬、送别、感怀，心态较为平和，在风格上融合了《花间》《草堂》的婉约绮丽之风，如为汪懋麟写的《贺新凉·蛟门舍人纳姬》。同时，前两次倡和中豪放慷慨仍有影响，如"洞里痴龙收秘帙，绝胜刘安鸡犬"①(《用顾庵韵寿芝麓先生·其一》)，"只纵横、鸿文无范，烟驱云遣"、"银汉倒悬千尺影，更沧江、屈注流非浅"(《用顾庵韵寿芝麓先生》其二)，皆飞跃流动、跌宕起伏。

王士禄词的风格从康熙三年(1664)到康熙十一年(1672)有较为明显的变化，从《花间》《草堂》的婉约浓艳向豪放雄阔转变，主要体现在江村、广陵、秋水轩三次倡和中，而这三次倡和正是清初词风转变的重要契机。王士禄在三次倡和中都是核心人物，他是江村倡和、广陵倡和的主导者，秋水轩倡和的参与者。江村倡和中他与曹尔堪、宋琬同病相怜，以词抒写心中震颤与郁结，恰是清初特殊政治文化环境下文人普遍的心态写照，故而引起大江南北词人的应和。三人在倡和中清刚劲健的词风突破了《花间》《草堂》词风的笼罩，使"稼轩风"兴起于词坛。江村倡和之后，三人在康熙五年(1666)重聚扬州，主导广陵倡和，风流骀宕，兴寄甚高，对词风的进一步改变、词境的进一步扩大起到了重要作用。秋水轩倡和规模较前两次更为宏大，"是'稼轩风'从京师推向南北词坛的一次大波澜"②，王士禄作为参与者最后成六阙，以为之殿。王士禄的词风变化与他的倡和活动息息相关，而他的词坛倡和活动则促成了清初"稼轩风"的形成。

三、王士禛与《衍波词》

王士禛有两种词集流传，一为《阮亭诗余略》，一为《衍波词》，前者在创作时间上较早，因此大部分词作亦见于后者，《衍波词》收入词作一百二十七首，是王士禛完备的词集。关于两种词集的版本及关系，上编第五章已有详细考订，兹不赘述。以下对王士禛词的考察以《衍波词》为准。

王士禛词受到《花间》《草堂》风气影响。顺康之际，王士禛在扬州与邹祗谟共同选编了《倚声初集》，收入明万历至清康熙间四百六十余家词，王

---

① 此处及以下所引王士禄《贺新凉》词皆出于《秋水轩倡和词》，国家图书馆藏康熙十一年刻本。
② 严迪昌：《清词史》，江苏古籍出版社，1990年，第125页。

士禛序云:

> 《花庵》博而未核,《尊前》约而多疏。《词统》一编,稍摄诸家之胜,然亦详于隆、万,略于启、祯,邹子与予盖尝叹之。因网罗五十年来荐绅、隐逸、官闺之制,汇为一书,以续《花间》《草堂》之后,使夫声音之道不至湮没而无传,亦犹尼父歌弦之意也。[1]

《倚声初集》实承明代词选余绪,以继承《花间》《草堂》传统为宗旨,反映了清初词坛的风格宗尚和王士禛本人对于婉约纤丽词风的追慕。

王士禛的词也多写旖旎侧艳的男女之情,顺治十三年(1656),他遍和李清照名篇,如《浣溪沙》《如梦令》《点绛唇》《蝶恋花》《武陵春》《醉花阴》《声声慢》《一剪梅》《凤凰台上忆吹箫》等,均写闺情,如:

> 凉夜沉沉花漏冻。敧枕无眠,渐听荒鸡动。此际闲愁郎不共。月移窗罅春寒重。　忆共锦裯无半缝。郎似桐花,妾似桐花凤。往事迢迢徒入梦。银筝断绝连珠弄。(《蝶恋花·和漱玉词》)[2]

这首词写闺中女子的相思与愁绪,含蓄蕴藉,因其中"郎似桐花,妾似桐花凤"一句,王士禛被称为"王桐花"。王士禛的闺情词也有如"小鬟春睡倦,裙上苔花茜"(《菩萨蛮·私语》),"梦残鬓枣垂香枕,芙蓉髻坠蒲桃锦"(《菩萨蛮·和飞卿》)这样绮靡侧艳的词句,有《花间》遗风。

王士禛写闺中女性着力表现她们的生活,如《菩萨蛮》写乍遇、弈棋、私语、迷藏、弹琴、读书、潜窥、秘戏八种生活情态,《海棠春》写女子一日之内晓妆、午睡、晚浴、夜坐的活动,注意抓住生活中饶有趣味的片段,在表现女性心理时富有情节性,如《菩萨蛮·读书》:

> 帘衣半掩湘妃竹,洞房今夜摊书读。懊恼画屏人,铜壶青漏频。　潜藏郎背面,作剧桃枝扇。鹦鹉唤回头,低鬟笑不休。

以女子的角度和口吻写读书这个生活细节。女子气恼男子因为读书而忽略自己,故作戏弄,生动活泼。王士禛还注重表现人物的神韵,如"倚

---

[1] [清]王士禛:《倚声初集序》,《续修四库全书》第1729册,上海古籍出版社,2002年,第164页。
[2] 此处及下文所引王士禛词皆出自李少雍点校《衍波词》,广东人民出版社,1986年。

帘含笑窥,幽踪郎见惯"(《菩萨蛮·潜窥》)、"银蒜镇垂垂,含羞忍笑时"(《菩萨蛮·秘戏》)、"个人花底见,惊喜回团扇"(《菩萨蛮·咏〈清溪遗事画册〉同其年、程邮、羡门·乍遇》),种种瞬间的情态都抓住了人物的特点。

　　王士禛也喜好山水,《衍波词》中的山水之作以小令为主,表达对自然山水的喜爱。有对"林下棋逢橘叟,矶头钓共渔蛮"(《西江月·怀黄山东园》)隐逸生活的描写,但隐逸不是其山水之作的主体基调,他笔下的山水是灵动而明丽的,"何处情人名碧玉,谁家亭子号真珠","鱼子天晴初出水,鼠姑风细不钩帘"(《望江南》)。王士禛的词大部分创作于司理扬州期间,秀美的江南风光给予他的诗、词以丰富的题材。康熙元年(1662),王士禛在扬州与杜濬、袁于令、丘象随、张养重、陈允衡、陈维崧等人红桥倡和,作《浣溪沙》三首,广为传唱。"北郭清溪一带流,红桥风物眼中秋,绿杨城郭是扬州",在垂杨掩映、绿树横塘的扬州风物中,王士禛融入今夕之感和对世事的感叹,引起人们对于往昔、今朝的联想,意味深远。

　　王士禛的词表现出一种淡远的意境,如"烟消月出鹤飞还,人在画溪东岸"(《西江月·怀黄山东园》),"醉后方舟忘处所,凫鸥语,觉来已是烟深处"(《渔家傲·本意和漱玉词》),优美的景致与悠长的意味相结合,反映了他冲淡平和的心境。他关注外部世界的一草一木,关注时空、历史,重视环境的触发,由山水风物、花鸟虫鱼、历史遗迹生发开去,触物起兴,如《偷声木兰花·春情寄白下故人》:

　　　　绿杨阴里秋千索。乳燕学飞池上阁。水涨银塘,落絮浮萍又夕阳。　　方山亭下江南路,画桨凌波从此去。十四楼空,万叶千花泪眼中。

　　这首词以大量的笔墨写景,上阕夕阳西下,乳燕翻飞,一派宁静祥和,下阕以"十四楼空""泪眼"将人的情绪融入景物描写中,渲染出整首词的氛围。王士禛词的意象色彩较为明丽轻浅,喜用"绿"字,有"王三绿"之名。清人李调元云:"程村云:昔应子和以'蜡炬短烧红'、'风雨落花红'、'两岸夕阳红',名三红。今阮亭有'春水平帆绿'、'梦里江南绿'、'新妇矶头烟水绿',不将更称三绿耶。"《浣溪沙》中"绿杨城郭是扬州"一句更为李调元所推崇,以为"可敌一篇江都赋也"。[①]

[①] [清]李调元:《雨村词话》卷四,唐圭璋主编《词话丛编》,中华书局,1986年,第1435页。

王士禛词在手法上善用比喻,"沉香浦上花如雪,玉镜台边人似霞"(《东粤竹枝词》),"一线春流如碧玉"(《南乡子·送别》),"南湖西塞花如雾"(《渔家傲·本意和漱玉词》),皆以比喻让景物生动起来,他也重视语言的精雕细琢,又能做到不露斧凿痕迹而自然清丽。

王士禛仲兄王士禧也进行了词的创作,但数量较少。《抱山集选》中只收入六首,写时光流逝、春日不再的惆怅,风格清新隽永,如"三春花事好,三月莺花老"(《菩萨蛮·清明》其一),"拂槛花枝留醉客,隔林啼鸟唤归人,异地又逢春"(《望江南·惜春》其二),其中《菩萨蛮·过露筋祠》基调与其他不同:

女郎遗迹秦邮路。晚凉门外青枫树。石竹响空祠,萧萧三两枝。　可怜呜咽水,斜日西风里。那更感人情,估船吹笛声。

这首词为清初选家所赏,被选入《倚声初集》《瑶华集》,"青枫""空祠""斜日""笛声"营造出萧索凄凉的氛围,含而不露地表达了情感,意味深长。

王士禄、王士禛兄弟皆以诗闻,词名则为诗名所掩,他们的词创作都在青年时期。王士禄词的创作集中在康熙三年(1664)至六年(1667)游历江南时期,王士禛的词也大多数创作于司理扬州时期,二人在江南词坛的交游范围一致,都和当时的倡和活动有紧密联系。王士禛在扬州期间总领词坛,操持选政的一系列活动对清词的兴起起到重要作用。王士禄发起并参与了清初"江村""广陵""秋水轩"三次倡和,以一个参与者的身份见证了清初词的嬗变,虽然二人在倡和活动中没有实质性的交集,却都在康熙初年活跃于扬州词坛,产生了重要影响。

第二节　王士禛扬州词坛活动考

王士禛、王士禄的扬州词坛交游倡和活动在时间上一前一后,王士禛在顺治十八年(1661)至康熙四年(1665)为扬州词坛总持,王士禄于康熙三年(1664)至康熙五年(1666)在扬州扬扢风雅,兄弟二人实则串联起顺康之际江南词坛的一系列倡和。以二人为线索,可以还原并展现扬州词坛的文学生态,因此本节将以时间先后为序,考述他们的词坛活动。

一、《青溪遗事》倡和

《渔洋山人自撰年谱》载惠栋注：

> （顺治十八年）山人至金陵，馆于布衣丁继之家。丁故居秦淮，距邀笛不数弓，山人往来赋诗其间。丁年七十有八，为人少习声伎，与歙县潘景升、福清林茂之游最稔。数出入南曲中，及见马湘兰、沙宛在之属，因为山人缕述曲中遗事，娓娓不倦。山人辄抚掌称善，掇拾其语入《秦淮杂诗》中。诗益流丽陫恻，可咏可诵。又属好手画《青溪遗事》一册，阳羡陈其年（维崧）为题诗。山人复成小词八阕，摹画坊曲琐事，尽态极妍，诸名士和者甚众。[1]

顺治十八年（1661），王士禛有事于金陵，馆于布衣丁继之邀笛步水阁中，听丁继之述秦淮旧事，作《秦淮杂诗》二十首，并据丁继之所述，嘱好手画《青溪遗事》，陈维崧为之题诗，王士禛作《菩萨蛮》八阕，陈维崧、彭孙遹、邹祇谟、程康庄、董以宁以词相和。

王士禛《菩萨蛮》八首收入康熙三年（1664）孙默刻《衍波词》中，题为"咏《青溪遗事画册》同其年、程村、羡门"，八阕分别为"乍遇""弈棋""私语""迷藏""弹琴""读书""潜窥""秘戏"，其余诸人倡和词亦收入各人词集中，《全清词·顺康卷》收入诸人词，现辑出倡和词并列下表：

表5-1 《青溪遗事》倡和表

序号	作者	题目	数量	出处、页码
1	王士禛	《咏〈青溪遗事画册〉同其年、程村、羡门，乍遇》《弈棋》《私语》《迷藏》《弹琴》《读书》《潜窥》《秘戏》	8首	第11册 6550—6551页
2	陈维崧	《题〈青溪遗事画册〉，同邹程村、彭金粟、王阮亭、董文友赋八首，乍遇》《弈棋》《私语》《迷藏》《弹琴》《读书》《潜窥》《秘戏》	8首	第7册 3895—3896页
3	邹祇谟	《咏〈青溪遗事画册〉，和阮亭韵，乍遇》《弈棋》《私语》《迷藏》《弹琴》《读书》《潜窥》《秘戏》	8首	第5册 2992—2993页

---

[1] [清]王士禛：《渔洋山人自撰年谱》，袁世硕主编《王士禛全集》，齐鲁书社，2007年，第5066页。

续表

序号	作者	题目	数量	出处、页码
4	彭孙遹	《题〈青溪遗事画册〉，和阮亭韵，乍遇》《夜饮》《私语》《围棋》《迷藏》《弹琴》《窃听》《读书》《潜窥》《叶子》《情外》《秘戏》	12首	第10册 5903—5904页
5	程康庄	《乍遇，咏〈青溪遗事画册〉，和阮亭、程村作》《弈棋》《私语》《迷藏》《弹琴》《读书》《潜窥》《秘戏》	8首	第1册 242—244页
6	吴绮	《乍遇，咏〈青溪遗事画册〉，和程村韵》《弈棋》《私语》《迷藏》《弹琴》《读书》《潜窥》《秘戏》	8首	《补编》第1册 403—405页
7	彭桂	《咏〈青溪遗事〉次韵，乍遇》《弈棋》《私语》《迷藏》《弹琴》《读书》《潜窥》《秘戏》	8首	第10册 6029—6030页
8	罗文颉	《题〈青溪遗事画册〉次王阮亭、彭羡门，乍遇》《夜饮》《私语》《围棋》《弹琴》《窃听》《读书》《潜窥》《叶子》《迷藏》《秘戏》《情外》	12首	第18册 10744—10746页
9	陈祥裔	《乍遇，和司农王阮亭〈青溪遗事〉八首韵》《弈棋》《私语》《迷藏》《弹琴》《读书》《潜窥》《秘戏》	8首	第19册 11284—11285页
10	孙在中	《读书》《情外》《乍遇》	3首	第18册 10505页、10506页、10513页
11	董以宁	《百媚娘·为阮亭题〈青溪〉册页同程村、羡门作，乍遇》《弈棋》《私语》《迷藏》《弹琴》《读书》《偷窥》《秘戏》	8首	第9册 5203—5204页
12	董汉策	《百媚娘·和王阮亭题〈青溪〉册页之六，倚家文友原韵，乍遇》《弈棋》《私语》《迷藏》《弹琴》《读书》	6首	第6册 3610页

诸人以"菩萨蛮"调倡和，王士禛首倡，陈维崧、邹祇谟、彭孙遹等人次韵。从王士禛、陈维崧词题可知参与倡和者为王士禛、陈维崧、彭孙遹、邹祇谟、董以宁五人，其余诸人如程康庄、吴绮等人为续和。彭孙遹与罗文颉和词最多，均为十二首，可知《青溪遗事画册》不止八幅。董以宁以"百媚娘"调相和，董汉策和词步董以宁韵。

《青溪遗事》倡和中，诸人以词之婉丽含蓄题咏青年男女相识相知过程中的生活细节，写闺情之绮艳，这是受到明代《花间》《草堂》风气影响的结果。王士禛八首词写青年男女生活中的种种细节,含蓄蕴藉,如《读书》《弈棋》《弹琴》,揣摩女子的心态、口吻,表现女子情绪,喜悦、懊恼、娇嗔、捉弄等情态都生动活泼,富有情节性。陈维崧、彭孙遹、邹祗谟、董以宁等人亦善作绮艳之词,受到倡和词体裁与题材的规定和影响,他们的和词总体风格也与王士禛相近。陈维崧为《青溪遗事画册》题诗七首,内容也与诸人和词相近,如写弈棋:

  绿窗棋局一尘无,小妹娇憨博进输。不道南风全不竞,恚将红子打檀奴。

写迷藏:

  东风院落不知愁,小捉迷藏绣带柔。忽忆侬家崇让宅,十年前事到心头。

陈维崧七首题诗收入《湖海楼诗集》,系年于甲辰(康熙三年,1664),而《渔洋山人自撰年谱》惠栋注则在顺治十八年(1661)。考其余倡和作者,如吴绮,字薗次,晚号听翁,江苏扬州人,颇擅词名,有红豆词人之号,顺治十一年(1654)拔贡,授中书舍人,康熙二年(1663)擢工部郎中。顺治十八年(1661)王士禛在扬州以《青溪遗事画册》倡和时,吴绮在京师。孙在中、罗文颔小王士禛等一辈,故诸人和词并非作于一时一地,倡和延续时间也较长。

二、题余氏女子绣像倡和

  王士禛在扬州期间,有扬州女子余韫珠为其绣高唐神女、洛神、西施浣纱、杜兰香图,王士禛赋《题余氏女子绣浣纱、洛神图二首》,并作《浣溪沙》《解佩令》《望湘人》分咏西施、洛神、柳毅传书,邹祗谟、彭孙遹、陈维崧、董以宁等相和。

  王士禛《香祖笔记》载:"余在广陵时,有余氏女子名韫珠,刺绣工绝,为西樵作须菩提像,既又为先尚书府君作弥勒像,皆入神妙;又为余作神女、洛神、浣纱、杜兰香四图,妙入毫厘,盖与画家同一关捩。"[①]王士禛作《题余氏女子绣浣纱、洛神图二首》收入《渔洋诗集》,系于顺治十八年(1661),则此次倡和在是年。

---

① [清]王士禛:《香祖笔记》卷十一,袁世硕主编《王士禛全集》,齐鲁书社,2007年,第4708页。

460

余韫珠,扬州织绣名女,善绣仙佛人物,有"针神"之誉,邓之诚《骨董琐记》对其赞誉有加:"清代女子工绣者,广陵余氏女子韫珠,年甫笄,工仿宋绣,绣仙佛人物,曲尽其妙,不啻针神。曾为阮亭绣神女、洛神、浣纱诸图,又为王西樵作须菩提像,皆极工。"①

余韫珠为王士禛绣高唐神女、洛神、浣纱诸图,王士禛以《浣溪沙》《解佩令》《望湘人》词题咏,引起扬州诸多词人应和,据《全清词·顺康卷》,倡和作者、题目见下表:

表5-2 题余氏女子绣像倡和表

序号	作者	题目	数量	出处、页码
1	王士禛	《浣溪沙·题余氏女子绣浣纱图》 《解佩令·赋余氏女子绣洛神图》 《望湘人·赋余氏女子绣柳毅传书图》	3首	第11册6549页、6562页、6566页
2	邹祗谟	《西施·为阮亭赋余氏女子绣浣纱图》 《阳台路·为阮亭题余氏女子绣高唐神女图》 (《倚声初集》题下注:阮亭原唱《巫山一段云》) 《南浦·为阮亭题余氏女子绣洛神图》 《潇湘逢故人慢·为阮亭赋余氏女子绣柳毅传书图》	4首	第5册3004页、3008页、3014页、3016页
3	彭孙遹	《思越人·题余氏女子绣西子浣纱图,同程村、阮亭作》 《传言玉女·题余氏女子绣柳毅传书图,同程村、阮亭、文友分赋》 《高阳台·为阮亭题余氏女子绣高唐神女图》	4首	第10册5909页、5922页、5927页
4	陈维崧	《水调歌头·题余氏女子绣西施浣纱图,为阮亭赋》 《高阳台·题余氏女子绣高唐神女图,为阮亭赋》 《潇湘逢故人慢·题余氏女子绣柳毅传书图,为阮亭赋》 《多丽·题余氏女子绣陈思洛神图,为阮亭赋》	4首	第7册4050页、4132页、4163页、4276页

---

① [清]邓之诚:《骨董琐记全编新校本》卷五,人民出版社,2012年,第181页。

续表

序号	作者	题目	数量	出处、页码
5	董以宁	《烛影摇红·为王阮亭题余氏女子绣洛神图》《声声慢·为王阮亭题余氏女子绣高唐神女图》《庆清朝慢·为王阮亭题余氏女子绣西施浣纱图》《双双燕·为王阮亭题余氏女子绣柳毅为洞庭龙女传书图》	4首	第9册5213页、5214页
6	彭孙贻	《安公子·题余氏女子绣洛神图，和信弦弟，同程村、阮亭诸公》《潇湘逢故人慢·题余氏女子绣高唐神女图，遥和程村、阮亭诸公》《望海潮·题余氏女子绣龙女传书图，遥和程村、阮亭诸公》《白苎·题余氏女子绣西子浣纱图，遥和程村、阮亭诸公》	4首	第2册1089页、1093页、1095页、1101页
7	彭桂	《西施·题闺绣浣纱图》《阳台路·题闺绣高唐神女图》《南浦·题闺绣洛神图》《望湘人·题闺绣柳毅传书图》	4首	第10册6058页、6067页、6075页、6078页
8	周之道	《传言玉女·王阮亭赋余氏女子绣西施浣纱图，踵赋多人，余亦效颦》	1首	第12册6926页
9	陈玉璂	《传言玉女·题余氏女子绣柳毅传书图》	1首	第13册7790页

此次倡和作者九人，和词二十九首，除王士禛之外，当时参与者如陈维崧、邹祗谟、彭孙遹、彭孙贻、董以宁均和词四首。邹祗谟《阳台路·为阮亭题余氏女子绣高唐神女图》收入《倚声初集》，题下有注云："阮亭原唱《巫山一段云》"，对比王士禛和词题目，洛神、浣纱、柳毅传书三图均有词作，唯缺高唐神女一图。而从邹词题下所注可知，王士禛词原为四首，所赋高唐神女图词牌为"巫山一段云"，然唯此阕缺漏，不见于《衍波词》。彭孙贻、周之道、陈玉璂词当为追和之作。周之道，一名湜，字次修，浙江萧山人。陈玉璂，生卒年不详，江苏武进人。

这是一次比较特殊的倡和，王士禛题词四首，用四种词牌，应和诸人自选词牌，亦不次韵，唯所赋之事相同。所用词牌有浣溪沙、解佩令、望湘人、巫山一段云、西施、阳台路、南浦、潇湘逢故人慢、思越人、传言玉女、高阳台、水调歌头、烛影摇红、多丽、声声慢、庆清朝慢、双双燕、安公子、望海潮、白苎，多达二十种。其中王士禛、邹祗谟、彭孙遹、陈维崧词所选之词调皆与题目相合，这是他们有意识的选择。

邹祗谟《远志斋词衷》对词调与题名有一番论述，其"古词名多属本意"一则，引明代杨慎《词品》云："唐词多缘题所赋，《临江仙》则言水仙，《女冠子》则述道情，《河渎神》则缘祠庙，《巫山一段云》则状巫峡，《醉公子》则咏公子醉也。"又引胡应麟《艺林学山》云："诸词所咏，固即调名，然词家亦间如此，不尽泥也。《菩萨蛮》称唐世诸调之祖，昔人著作最众，乃无一曲与调名相合。余可类推。犹乐府然，题即词曲之名也，声调即词曲音节也。宋人填词绝唱，如'流水孤村''晓风残月'等篇，皆与调名了不关涉。而王晋卿《人月圆》、谢无逸《渔家傲》，殊碌碌无闻。则乐府所重在调，不在题明矣。"杨慎强调词调与所写内容的一致性，而胡应麟认为词家应不拘泥于词调才能有优秀之作。邹祗谟对二家之论皆不赞同，认为"古人由词而制调，故命名多属本意。后人因调而填词，故赋寄率离原辞"，词之工拙，原不在所写是否为本意。他以题余氏女子绣像倡和为例：

> 近阮亭、金粟，与仆题余氏女子诸绣，如《浣纱图》，则用《浣溪沙》《思越人》《西施》等名。《高唐神女图》，则用《巫山一段云》《高阳台》《阳台路》等名。《洛神图》，则用《解佩令》《伊川令》《南浦》等名。《柳毅传书图》，则用《望湘人》《传言玉女》《潇湘逢故人慢》等名。其他集中所载，亦居什一。偶尔引用，巧不累雅。藉是名工，所谓宝中窥日，未见全照耳。①

认为偶以本意作词，巧不累雅，于词之优劣无碍。

余韫珠绣像题词倡和是王士禛和扬州文人的佳话韵事，王士禛、邹祗谟、彭孙遹、陈维崧四人在倡和中缘题所赋，以事选调，重视题名，有意识地以词调与题目相合，而董以宁、彭孙贻等人的和词，则不拘泥于所咏之事，依调而作，所选词调无论是否为其事之本意，都是对词学观念、理论的一次实践。

---

① [清]邹祗谟：《远志斋词衷》，唐圭章编《词话丛编》，中华书局，1986年，第648—649页。

三、红桥倡和

康熙元年(1662),王士禛与袁于令、朱克生、陈维崧、邹祗谟等泛舟红桥,以《浣溪沙》倡和,诸人和词后集为《红桥倡和词》,是为"红桥倡和"。《红桥倡和词》一卷,今藏国家图书馆,有杜濬序,云:

> 扬州为自古名士游宦之地,而风流独著称,醉翁、东坡二公,皆有游平山堂小词。醉翁"江天渺渺没孤鸿",东坡"三过平山堂下"之句是也。今城外西北向,有红桥跨流水,五六月间芙蕖盛开,则酒旗歌板,游人竞集,为一郡之胜。过桥一水,不数里即走平山堂道。而二公词翰,直至今六百年,得阮亭王先生新词三阕,妙绝当时,始继其响,甚矣,才之难也!然二公圣于文,而诗稍逊。今阮翁诗格至高,所为小词复极旖旎之致,若出两手,各自专家,此乃尤奇耳。至若先生理扬,难于欧、苏时十倍,顾乃政成而诵声作,以其余间览方内之胜,诗词迭出,脍炙人口,则其风流又不可胜道者哉![1]

王士禛在扬州期间两次召名士于红桥倡和,时人将其比于欧阳修、苏轼,杜濬序中言王士禛于六百年后嗣欧、苏二公之遗响,而又才分极高,诗、词二道皆为圣手,对其尤为推重。序中又言王士禛司理扬州"难于欧、苏时十倍",除了指其公务之余览胜集社外,还有更深层的含义。扬州为江南文化中心,这里聚集了砺志守节的遗民和有着非凡造诣的学者文人,更微妙的是,顺治初年发生于江南的大规模屠杀使得这一带的文人学者对清廷有较强的抵触情绪。王士禛身为推官,初入仕途,又负诗才,无论在身份地位还是文学方面都有待于融入扬州文人的群体中,取得他们的认同,杜濬对他的评价正反映了遗民群体对他的接受过程。

红桥倡和是王士禛主持的一次重要集社活动,他在《红桥游记》中载其事云:"壬寅季夏之望,与箨庵、茶村、伯玑诸子偶然漾舟,酒阑兴极,援笔成小词二章,诸子倚而和之。箨庵继成一章,予亦属和。"[2] 其晚年忆及此事亦颇为自豪,多次提及此次倡和:

> 予尝与袁昭令、杜于皇诸名宿宴于红桥,予自为记,作词三首,所

---

[1] [清]王士禛等:《红桥倡和词》,国家图书馆藏清康熙间刻本。
[2] [清]王士禛等:《红桥倡和词》,国家图书馆藏清康熙间刻本。

谓"绿杨城郭是扬州"是也。昭令酒间作南曲,被之丝竹。①(《居易录》卷四)

昔袁荆州箨庵(于令)自金陵过予广陵,与诸名士泛舟红桥,予首赋三阕,所谓"绿杨城郭是扬州"者,诸君皆和,袁独制套曲,时年八十矣。②(《香祖笔记》卷十二)

王士禛自述红桥倡和,前后有出入,《红桥游记》载为王士禛首倡二首,袁于令继倡一首,而《居易录》《香祖笔记》则载为王士禛首赋三阕,其余诸人继和。《红桥倡和词》共录入倡和词三章,第一章先录士禛《红桥怀古》,其后收入袁于令、杜濬、陈允衡、邹祇谟、陈维崧、朱克生和词;第二章首为王士禛《红桥感旧》,其余各人和词收入顺序与第一章同;第三章则首录袁于令《红桥即事》,再依次录入杜濬、陈允衡、王士禛、陈维崧、朱克生和词。详见下表:

表5-3　康熙元年(1662)红桥倡和表

倡和题目	倡和作者	数量	出处
浣溪沙·红桥怀古	王士禛、袁于令、杜濬、陈允衡、邹祇谟、陈维崧、朱克生	7首	《红桥倡和词》
浣溪沙·红桥感旧	王士禛、袁于令、杜濬、陈允衡、邹祇谟、陈维崧、朱克生	7首	《红桥倡和词》
浣溪沙·红桥即事	袁于令、杜濬、陈允衡、王士禛、陈维崧、朱克生	6首	《红桥倡和词》

从《红桥倡和词》所收诸人和词之题目、顺序看,此次倡和的情况当以《红桥游记》所载为准。

《红桥倡和词》收入"幔亭歌叟"所制套曲,有小序云:"壬寅六月之望,阮亭先生招集红桥观荷,泛舟褰裳,率尔休畅,命填小词,聊陈里奏,祈付双鬟,比以丝竹。"③则此次倡和具体时间在康熙元年(1662)六月十五日。"幔亭歌叟"为袁于令自号。袁于令为明清著名曲家,诸人倡和之后,他作《八声甘州》,被之丝竹。陈允衡《浣溪沙·红桥怀古》后注:"是夕演《西楼记》,箨庵、茶村在座。"④可知倡和之后,诸人还曾观演袁于令之《西楼记》,故红

---

① [清]王士禛:《居易录》卷四,袁世硕主编《王士禛全集》,齐鲁书社,2007年,第3752页。
② [清]王士禛:《香祖笔记》卷十二,袁世硕主编《王士禛全集》,齐鲁书社,2007年,第4725页。
③ [清]王士禛等:《红桥倡和词》,国家图书馆藏清康熙间刻本。
④ [清]王士禛等:《红桥倡和词》,国家图书馆藏清康熙间刻本。

桥倡和至少包含了观荷、泛舟、填词、制曲、观剧等活动。

《红桥倡和词》收入王士禛、袁于令、杜濬、陈允衡、陈维崧、邹祗谟、朱克生七人和词二十首,而实际参与红桥修禊者则不止七人。《渔洋山人自撰年谱》载:"(康熙元年)其春,与袁于令籜庵诸名士(杜于皇濬、邱季贞象随、蒋釜山阶、朱秋厓克生、张山阳养重、刘玉少梁嵩、陈伯玑允衡、陈其年维崧)修禊红桥,有《红桥倡和集》。"①除了《红桥倡和词》所载七人外,参与修禊者还有张养重、丘象随、蒋阶、刘梁嵩,四人皆有和作,今收入《全清词·顺康卷》,张养重有《红桥即事,奉同阮亭作》一首(第4册2096页),丘象随有《红桥怀古,和阮亭韵》一首(第11册6107页),蒋阶有《红桥即事,奉同阮亭作》一首(第6册3496页),刘梁嵩有《红桥即事,奉同阮亭作》一首(第6册3225页)。

张养重,字斗瞻,号虞山,江苏山阳人。明崇祯诸生,入清后隐居林下,落籍为布衣,与同里结社倡和,为"望社"成员。《明诗纪事》言其"侠骨文心,早有令誉,晚年诗愈豪、品愈洁"②,以诗品、人品为人称道。《渔洋诗话》载:"淮阴张养重虞山,游浙东,过广陵谒余。揖甫罢,余亟问曰:凤爱足下'南楼楚雨三更远,春水吴江一夜生',平生如此好句,复有几?张退谓邱洗马季贞(象随)曰:'夙昔快意之作,不意阮亭一见,便能道出。'"③

丘象随,字季贞,号西轩,江苏山阳人,顺治十一年(1654)拔贡,康熙十八年(1679)荐试博学鸿词,授检讨,官至太子洗马。

蒋阶,生卒年不详,初名雯阶,一名平阶,字大鸿、釜山,江苏华亭人,明诸生,为云间派词人,"几社"成员,入清后积极反清,在闽事唐王,事败后漫游齐鲁、吴越。

刘梁嵩,生卒年不详,字玉少,江苏扬州人。顺治十七年(1660)举人,康熙三年(1664)进士,官江西崇义知县。

袁于令,原名晋、韫玉,字昭令,号籜庵、凫公,别署幔亭仙史,江苏吴县人。明末诸生,入清后官荆州知府,后免官,晚年侨居会稽,工音律,长于戏曲、小说,有《双莺传》《西楼记》《金锁记》《隋史遗文》等。

陈允衡,字伯玑,江西南昌人,易代之际避乱寓居芜江,杜门穷巷,以诗自娱,曾选魏裔介等五十余家诗为《国雅初集》,选明清布衣之诗为《诗慰》。

---

① [清]王士禛:《渔洋山人自撰年谱》,袁世硕主编《王士禛全集》,齐鲁书社,2007年,第5068页。
② [清]陈田:《明诗纪事》卷三十三,上海古籍出版社,1993年,第3611页。
③ [清]王士禛:《渔洋诗话》卷上,袁世硕主编《王士禛全集》,齐鲁书社,2007年,第4763页。

朱克生,字国桢,号秋厓,江苏宝应人,贡生,有《秋厓集》。

从倡和的人来看,杜濬、陈允衡、张养重、蒋阶、朱克生皆为遗民,其中蒋阶、张养重曾参与结社,反清立场坚定,影响大,威望高。袁于令、陈维崧、邹祗谟、丘象随、刘梁嵩虽或为贰臣,或为新贵,然都经历了易代的巨变,亦不免受到遗民诗人影响。从王士禛《红桥游记》《居易录》《香祖笔记》的记载,及《红桥倡和词》的编排看,红桥倡和的中心人物为王士禛与袁于令,陈维崧、邹祗谟皆为王士禛诗友,与其诗文往来,酬倡甚多。

红桥倡和诸名士共倡和三章,前两章为王士禛首倡,分别以《红桥怀古》《红桥感旧》为题:

> 北郭清溪一带流,红桥风物眼中秋。绿杨城郭是扬州。西望雷塘何处是,香魂零落使人愁,澹烟芳草旧迷楼。[①]
> 白鸟朱荷引画桡,垂杨影里见红桥,欲寻往事已魂销。遥指平山山外路,断鸿无数水迢迢,新愁分付广陵潮。

两阕词写面对红桥风物而引起的旧恨新愁,面对绿杨城郭、红桥风物,王士禛有意无意间将历史感怀带入倡和,奠定了基调,次和者袁于令将这种感伤的情绪放大:

> 无数红莲映碧流,柳荫深处似初秋,繁华追忆古邗州。净友逼生尘外想,清香吹醒客中愁,兴亡图画此迷楼。

追忆古扬州的繁华,感慨历史兴亡,不禁让人联想到明清易代的历史更迭。由此,遗民词人和作更普遍融入历史兴亡的感慨,杜濬之"更欲放船何处去,平山堂上古今愁,不如歌笑十三楼",陈允衡之"辇路凄迷入乱流,烟光犹带故宫秋,隋家不复有扬州",朱克生之"隋苑邗沟剩水流,繁华自古不禁秋,年光容易老扬州",蒋平阶之"隔江愁听《后庭花》",都充满故国情结和黍离之叹。这种基调与首倡者王士禛词中"澹烟芳草旧迷楼""欲寻往事已魂销"的怅惘情绪不无关系。

第三章为袁于令首倡,题为"红桥即事",诸人和词所写主题与基调与前两章不同,袁于令首倡之词云:

---

① 本小节所引诸人《浣溪沙》词,皆出自《红桥倡和集》,国家图书馆藏康熙间刻本。

郭外红桥半酒家,柳荫之下有停车,笙歌隐隐小窗纱。曲水已无黄篾舫,夕阳何处玉勾斜,绿荷开遍旧时花。

王士禛和词:

绿树横塘第几家,曲栏杆外卓金车,渠侬独浣越洗纱。浦口雨来虹断续,桥边人醉月横斜,棹歌声里采菱花。

杜濬和词:

缭绕旗亭五六家,桥头争看使君车,待留佳句亟笼纱。楚客坐欣风北至,吴翁狂到日西斜,醉归终不折荷花。

陈允衡和词:

一水盈盈是妾家,芳时无伴引香车,明妆独自映窗纱。尽说醉翁携妓处,垂杨还似舞腰斜,眼前解语且看花。

朱克生和词:

一曲红桥三两家,春蚕老尽响声车,碧杨深处纺吴纱。疏雨撩风偏细细,晴波受月故斜斜,隔溪人唱采莲花。

红桥倡和第三章诸名士和词一扫感伤情绪,描写扬州山水、人物风俗,正是王士禛《红桥游记》笔下"六七月间,菡萏作花,香闻数里,青帘白舫,络绎如织"的红桥盛景,表现出士大夫闲逸的情怀。

红桥倡和是一次影响深远的文学活动,如王士禛所言"山水清音,自成佳话",冶宴倡和,哀乐交织,引起清代诸多词人的应和。红桥倡和之后,又有众多词人以"浣溪沙"调进行了追和、续和,据《全清词·顺康卷》简列如下表:

表5-4 红桥倡和续和表

序号	作者	题目	数量	出处、页码
1	王又旦	《浣溪沙·红桥怀古,和阮亭韵》	1首	第6册3225页
2	余怀	《浣溪沙·芜城感旧次韵》《浣溪沙·五月五日红桥怀古次王阮亭韵》	2首	第2册1228页
3	曹贞吉	《浣溪沙·步阮亭红桥韵》	2首	第11册6471页
4	金镇	《浣溪沙·红桥,追和王阮亭韵》	3首	第6册3143页
5	丁炜	《浣溪沙·红桥怀古,用衍波词韵》	1首	第11册6198页
6	周在浚	《浣溪沙·红桥感旧,用阮亭韵》	3首	第14册7895页
7	纳兰成德	《浣溪沙·红桥怀古,和王阮亭韵》	1首	第16册9558页
8	阮士悦	《浣溪沙·红桥怀古,和王阮亭先生韵》	2首	第14册8320页

四、《海棠春·闺词》倡和

王士禛在扬州引起较大应和的词事活动还有《海棠春·闺词》倡和,这次倡和没有具体的事件引发,缺乏文献记载,仅从《全清词·顺康卷》中辑出倡和作者、题目等情况,列为下表:

表5-5 《海棠春·闺词》倡和表

序号	作者	题目	数量	出处、页码
1	王士禛	《海棠春·闺词,同程村、羡门,晓妆》《午睡》《晚浴》《夜坐》	4首	第11册第6554页
2	邹祗谟	《海棠春·闺词,和阮亭韵,晓妆》《午睡》《晚浴》《夜坐》	4首	第5册第2995页
3	陈维崧	《海棠春·闺词,和阮亭原韵四首,晓妆》《午睡》《晚浴》《夜坐》《闺词,再和阮亭韵四首》	8首	第7册第3911—3912页
4	董以宁	《海棠春·闺词,补和程村、阮亭韵,晓妆》《午睡》《晚浴》《夜坐》	4首	第9册第5189页
5	尤侗	《海棠春·晚妆,和阮亭韵》《午睡和韵》《晚浴和韵》《夜坐和韵》	4首	第3册第1521—1522

续表

序号	作者	题目	数量	出处、页码
6	吴绮	《海棠春·晓妆》《午睡》《晚浴》《夜坐》《海棠春·午睡》《晚浴》《夜坐》	7首	第3册第1712页、第1749—1750页。《补编》第1册第409页。
7	程康庄	《海棠春·闺词,晓妆同阮亭、程村作》《午睡》《晚浴》《夜坐》	4首	第1册第244—245页
8	董元恺	《海棠春·闺词,和王阮亭先生韵,晓妆》《午睡》《晚浴》《夜坐》	4首	第6册第3250页
9	彭桂	《海棠春·闺词和韵,晓妆》《午睡》《晚浴》《夜坐》	4首	第10册第6035页
10	陈玉璂	《海棠春·晚妆,和王阮亭韵》《午睡》《晚浴》《夜坐》	4首	第13册第7766页
11	周在浚	《海棠春·闺词,用王阮亭先生韵,晓妆》《午睡》《晚浴》《夜坐》	4首	第14册第7906页
12	罗文颉	《海棠春·晚妆,次王阮亭韵》《午睡》《晚浴》	3首	第18册第10744—10746页

《海棠春·闺词》倡和也是一次以王士禛为主导的、引起众多反响的倡和。倡和作者十二人,词五十四首。王士禛词题目为"同程村、羡门",最初倡和者为王士禛、邹祗谟、彭孙遹,三人均好作绮艳之词,故以闺词相和。王士禛四首词分别以"漾""遇""梗""语"为韵,诸人和词步其原韵。所写主题晓妆、午睡、晚浴、夜坐,为女子一日之中的活动和心态,描写女性体态,闺阁环境,风格绮靡。如王士禛"慵画小山眉,黛粟留张敞"(《海棠春·晓妆》)、"鸳枕冷冰蚕,檐外风铃语"(《海棠春·夜坐》),陈维崧"梳掠故欹斜,眼底横波漾"(《海棠春·晓妆》)、"人似柳三眠,翠鬟沾罗褥"(《海棠春·午睡》),邹祗谟"漫卷绣帘听,孤闷吹豪竹"(《海棠春·午睡》)、"蓦忆两凭肩,夜夜传私语"(《海棠春·夜坐》)等等,皆表现闺中女子细腻的情思。

《衍波词》刊于康熙三年(1664),《海棠春·闺词》四首收入其中,而不见于《阮亭诗余略》,故《海棠春·闺词》倡和发生在顺治十八年(1661)至康熙四年(1665)之间。

第三节　王士禄江南词坛活动考

康熙元年(1662)三月,王士禄迁吏部考功主事,康熙二年(1663),迁稽勋员外郎,典河南乡试。康熙三年(1664)三月,以河南乡试磨勘入狱,十月事白,十一月南下,至扬州。在时间上,王士禄较王士禛晚至扬州,康熙三年(1664)冬,王士禄至扬之时,王士禛已经以其政绩与频繁的文学活动为扬州文人所接纳和推重。然兄弟二人同在扬州不及一年,康熙四年(1665)七月王士禛即迁官京师,离开扬州,十月,士禛罢官,士禄至京城省视。康熙五年(1666)三月,王士禄再游扬州,至康熙六年(1667)十月方归新城。故王士禄客游扬州在康熙三年(1664)冬至康熙六年(1667)冬的三年时间。时间上虽不及士禛在扬州长,但他在王士禛离开扬州之后,继续在扬州展开诗、词倡和,产生了重要影响。

一、江村倡和

王士禄在江南的倡和活动以词为主,"江村倡和"与"广陵倡和"是其主导参与的两次重要词事活动。两次倡和中,前者对于后者有直接的影响。

康熙四年(1665),王士禄"磨勘"之狱事白,出狱后南下扬州,三月,与其父王与敕游杭州。初至杭州,宋琬作《喜王西樵至湖上》二首志喜,有云:"惊定收双泪,悲来著九歌"[①],"全身来北寺,留眼看西湖",表达友人劫后余生,尚能与之共游西湖的安慰与欣喜,并云"故人曹邺在,吟眺慰穷途"。友人曹尔堪亦在此处,三人可共吟眺,排解穷途之忧。王士禄答云:"忆尔怜幽系,时时破雀罗。何期问云水,复得共烟萝。宋玉元工赋,陈思许和歌。春泥干稍稍,双屐好频过。"(《荔裳有〈喜西樵至湖上〉之作,次韵奉答,并呈顾庵》)追忆自己在狱中时故友的关心和慰藉,初至湖上,得遇故友,正可诗酒酬倡,共看烟萝。

三位词人在杭州相遇,喜悦之情溢于言表,且三人经历宦途坎坷之后,更是同病相怜,是时,宋、曹二人亦经牢狱之难后客游吴越。宋琬顺治七年(1650)被仆人构陷入狱,顺治十八年(1661)为"于七起义"牵连再次入狱,

---

[①] 此处及下文所引宋琬词皆出自《二乡亭词》,《宋琬全集》,齐鲁书社,2003年。

康熙二年(1663)获释后流寓苏、杭。曹尔堪于顺治十八年(1661)受"奏销案"牵连,削级回乡,后又因童奴与县卒发生争执,触怒县尉入狱,坐谪关外,在朝中亲友帮助下获赎,游历四方。他们三人皆以当时名流而就逮系狱,在仕途、人生中遭遇重创,相似的经历是此次倡和展开的背景。三人在西湖以《满江红》词相倡和,结集为《三子倡和词》,引起南北词人应声相和,形成清初第一次影响较大的倡和活动。

王士禄"磨勘"之狱历时八月,在请室中寄心于佛禅,抄写佛经,数万字无一脱误,又和苏东坡《西台诗案》《狱中寄子由》诸诗,以作排解。出狱至扬州,王士禛迎于秦邮,兄弟相见,王士禄不言前事,取所作数百首诗云:"弟视吾境地差进不?"其达观如此,然而康熙四年(1665)的江村倡和则反映出他出狱后的迁客心态。

王士禄在杭州遇到故友曹尔堪,向其出示和作《满江红·江村》。《国朝名家诗余》中王士禄评点陈维崧《满江红》有云:"此顾庵《江村》旧韵,仆忧患中一再和之。客夏湖上出示顾庵,后同荔裳往复用韵,遂各得八首。"[①]王士禄点评《乌丝词》在康熙五年(1666),从王士禄所言"仆忧患中一再和之"可知其和曹尔堪《满江红·江村》在康熙三年(1664)京城狱中,《炊闻词》中收入《满江红》"漾"字韵,前两首的题目为"用曹顾庵《江村》韵""再用前韵",内容写归隐山水的意趣,两首词应作于王、曹二人湖上相遇之前,第三首题目为"湖上遇顾庵,见余和词,用韵见柬,复次奉答",且有"人指两狂生、多奇状"之句,可见从这首开始,王士禄与曹尔堪在西湖相遇并倡和。而宋琬的加入则在二人倡和之后,宋琬《满江红》第一首题为:"王西樵客游武林,曹顾庵赋词志喜,属予和之",说明了这一点。因此,江村倡和原倡者为曹尔堪,发起者则为王士禄。在这次倡和中,三人各作八首,结集为《三子倡和词》,由徐士俊作序,毛先舒题词,而三人实际的和词不止八首,"江村倡和"也没有因《三子倡和词》的结集而告一段落。

上海图书馆藏《国朝名家诗余》中有曹尔堪《南溪词》,收入"漾"字韵《满江红》十六首,前八首是他在西湖与王士禄、宋琬的和词,后八首则均与尤侗、宋实颖、沈荃同作。第十题为"沈绎堂、陆处实、宋既庭、御之同集尤悔庵看云草堂",题下注云:"乙巳五月初十日。"王士禄、曹尔堪、宋琬三人的"江村倡和"发生在康熙四年(1665)三月的西湖。而"看云草堂"则是

[①] [清]陈维崧:《乌丝词》,上海图书馆藏康熙间孙默《国朝名家诗余》本。

在尤侗苏州的旧宅处,从"乙巳五月初十日"可知,曹尔堪三月在杭州倡和之后,五月到苏州,与尤侗、宋实颖、沈荃等用"江村倡和"中的"漾"字韵进行了续和。宋实颖评曹尔堪《满江红·乙巳午日宋既庭见招泛蒲,同陆处实、姜西溟》有云"此顾庵吴门续和词也",正可以证实这一点。王士禄又云:"顾庵又与既庭、展成倡和于吴门,此外继和者不下数十家,长调和韵之盛,殆无出于此矣。"①随着曹尔堪与苏州词人的续和,"江村倡和"的影响逐渐扩大,引起了大江南北众多词人的应和。

王士禄、宋琬、曹尔堪的"江村倡和"并非完成于一时一地,《满江红》词也非一次雅集的结果,三人在西湖多次游览倡和,往复至数十首。毛先舒《题三先生词》云:"始莱阳宋夫子为浙臬,持宪平浙以治,未一岁,而无妄之狱起,既而新城西樵、吾乡曹子顾亦先后以事或谪或削,久之得雪。今年夏月,适相聚于西湖,子顾先倡《满江红》词一韵八章,二先生和之,俱极工思,高脱沉壮,至其悲天悯人、忧谗畏讥之意,尤三致怀焉而不能已。"②三人倡和抱着"悲天悯人、忧谗畏讥"的心态,相似的遭遇引起一致的迁客之思,这在江村倡和时观演《邯郸梦》传奇一事中得到明确的印证。

清人徐釚《词苑丛谈》中记载了王士禄、曹尔堪、林嗣环在宋琬处宴集并观演《邯郸梦》之事:

> 宋观察荔裳罢官游西湖,与铁崖、顾庵、西樵宴集,演《邯郸梦》传奇。观察曰:"殆为余辈写照也。"即席赋《满江红》云:"古陌邯郸,轮蹄路,红尘飞涨。恰半晌卢生醒矣,龟兹无恙。三岛神仙,游戏外,百年聊相氍毹上。叹人间、难熟是黄粱,谁能饷。 沧海曲,桃花漾;茅店内,黄鸡唱。阅今来古往,一杯新酿。蒲类海边征伐碣,云阳市上修罗杖。笑吴侪、半本未收场,如斯状。"词成,座客传观属和,为之欷歔罢酒。③

《邯郸梦》传奇本身充满人生的虚幻感,王、曹、宋三人则更因自身的仕途坎坷产生强烈的共鸣。王士禄作长歌《荔裳席上观演〈邯郸梦〉剧歌,同顾庵学士作》叙述自己三年来在仕途的遭遇:

---

① [清]陈维崧:《乌丝词》,上海图书馆藏康熙间孙默《国朝名家诗余》本。
② [清]毛先舒:《题三先生词》,《潠书》卷二,《四库全书存目丛书》第210册,齐鲁书社,1997年,第639页。
③ [清]徐釚:《词苑丛谈》卷九,中华书局,1985年,第180页。

前年拥传邯郸道,红旆青油心草草。风尘回首黄粱祠,已向烟霞嗟潦倒。去年请室披银铛,鬼门人鲊纷相望。只愁恶梦不得破,华亭鹤杳青天长。今年春风殊浩荡,青鞋布袜西湖上。还策卢生旧寒驴,故人相见欣无恙。于中曹、宋尤情亲,两公亦是支离人。人间崎岖重握手,间阔崎岖重握手,各道中情难具陈。

三年间,王士禄从吏部考功司员外郎转眼身陷图圄,又事白出狱,在杭州遇到同为"支离人"的宋琬和曹尔堪,人生、仕途变化莫测,正如卢生黄粱一梦,令人感慨。曹尔堪在给宋琬的书信中亦云:"邯郸傀儡,聚首达曙,吾辈百年间入梦出梦之境,一旦缩之银灯檀板中,可笑亦可涕也。"[①]三人皆以奇祸得免,现实、人生充满无常与幻灭,表现在作品中则是劫后余生、忧谗畏讥的惘然。王士禄《满江红》和词描绘山水田园风光,追求心灵的超脱,达到超然物外、开阔胸襟的境界,在云雨烟霞、柳碧莺啼的湖光山色的背后隐藏着对现实的厌倦与逃避,这是王士禄和词的总体基调。

"江村倡和"发生在顺康之际大案迭起、文化高压的特殊时期,王士禄、曹尔堪、宋琬三人的迁客心态引起众多词人的共鸣,对词坛词风产生了重大影响,杜濬云三人西湖倡和"国门已纸贵矣"[②]。一年以后的"广陵倡和"中,季公琦有"西泠桥畔。有三君健笔,风生云续。早岁金门皆大隐,臣朔才能射覆。砚匣才开,诗筒旋递。奔走疲银鹿。元和体出,牛童马走能读"[③]之词,反映了"江村倡和"广为流播的盛况。陈维崧评云:"西湖倡和词脍炙海内,得此妙句为三先生写照,固子云之桓谭也。"[④]

江村倡和在当时的词坛产生了强烈的反响,对广陵倡和有直接的启发和引导。康熙五年(1666)以后,王士禄在江南的活动集中在扬州,并在扬州词坛展开了更大范围的倡和。

二、红桥宴集考略

康熙四年(1665)七月,王士禛将官京师,王士禄从杭州至广陵,与王士

[①] [清]周亮工著,朱天曙整理:《周亮工全集》第11册,凤凰出版社,2008年,第929页。
[②] [清]孙默辑:《国朝名家诗余》,国家图书馆藏清康熙间孙氏留松阁刻本。
[③] [清]王士禄、宋琬、曹尔堪等:《广陵倡和词》,国家图书馆藏清康熙间刻本。
[④] [清]王士禄、宋琬、曹尔堪等:《广陵倡和词》,国家图书馆藏清康熙间刻本。

禛北归。十月王士禛在京有罢官之事,王士禄视之于京师。康熙五年(1666)二月,兄弟二人归济南。三月,王士禄再次南下至扬州,与故友孙默、王岩、雷伯吁、杜濬、孙枝蔚、程邃、陈世祥、宗元鼎、陈维崧、邓汉仪、王又旦、吴嘉纪、汪楫、孙金砺等往来倡和,至康熙六年(1667)十月归里。

从康熙五年(1666)三月到康熙六年(1667)十月的这段时间中,王士禄与往来扬州的文人进行了频繁的倡和活动,掀起了继王士禛红桥倡和之后又一次词坛倡和的高潮。邓汉仪为王士禄丙午诗作序,对其在康熙五年(1666)的文学活动有一番介绍:

> 先生之客游广陵也,僦居茅屋,萧然襆被,庭多竹木,时则倚而乐焉。同人沓至,则开樽畅饮,极论古今,不稍倦。客有置酒招先生者,先生亦辄往,为尽醉。间乘小艇往来红桥烟水间,吊隋家宫阙旧处,与夫鲍照、欧阳、髯苏之遗址,留连久之。夜深人静,则一灯荧荧,读书之声时彻户外,人不知为王吏部。①

王士禄在广陵卜居文选楼侧史氏园中,"广陵水陆要冲,四方豪杰鳞集,曹翰林顾庵、宋观察荔裳、汉阳李云田、慈溪孙介夫前后接踵"②,康熙五年(1666),王士禄与曹尔堪、宋琬重晤于广陵,与广陵诸人酬倡甚多,后曹尔堪、宋琬、李云田诸人次第散去,离开扬州,留于此地的孙金砺、陈世祥、杜濬、孙枝蔚往来于史氏园,"嘉言赠答,则传筒而贻,良朋宴会,则授简而赋,从夏以迄冬,阅历三时令节"③。王士禄在广陵期间,参与的倡和规模不一,有诗有词,与之倡和的人员亦不同。这些倡和从广义上来说都属于"广陵倡和",而王士禄主导并参与的活动有红桥宴集与康熙五年(1666)的广陵倡和。

红桥宴集是"广陵倡和"的一部分,"广陵倡和"从广泛的意义上来说,包括了从顺治十七年(1660年)到康熙五年(1666)广陵词坛上的多次倡和活动,其中影响较大的倡和都是以王士禛为中心展开的,如康熙元年(1662)的"红桥倡和"。为了和康熙五年的"广陵倡和"相区别,而习惯上称

---

① [清]邓汉仪:《上浮集序》,王士禄《上浮集》,《四库全书存目丛书补编·集部》第79册,齐鲁书社,2001年,第161页。
② [清]雷士俊:《上浮集序》,王士禄《上浮集》,《四库全书存目丛书补编·集部》第79册,齐鲁书社,2001年,第158页。
③ [清]王士禄、宋琬、曹尔堪等:《广陵倡和词》,国家图书馆藏清康熙间刻本。

王士禛领导的倡和为"红桥倡和"。"广陵倡和"在狭义上指的是康熙五年小春十月的红桥宴集,这次倡和活动参与人员多、展开时间长、影响范围广,尤其对清初词风嬗变意义重大,为学界所关注。然而,"广陵倡和"不仅仅是一次规模盛大的词事活动,聚集在扬州的文人还有多次的诗歌倡和,小春十月的红桥倡和亦只是他们多次雅集中的一次。康熙五年(1666)小春十月,王士禄、宋琬、曹尔堪、陈世祥、邓汉仪、范国禄、沈泌、谈允谦、季公琦、程邃、冒襄、孙枝蔚、李以笃、陈维崧、宗元鼎、孙金砺、汪楫等人在广陵红桥韩园宴集,以"屋"韵作《念奴娇》,这次倡和不是在一时一地完成,诸人以相同的词调次韵赠答,完成了这次范围广、时间长、影响大的倡和活动,后来孙金砺将这次倡和中诸人的词结集为《广陵倡和词》,故称为"广陵倡和"。孙金砺《广陵倡和词序》记述这次红桥宴集如下:

> 广陵红桥之集,得四十六人,可谓盛矣。已而之远者、还故乡者、往京畿者次第散去,四方之客滞留于此,止予与荔裳观察、顾庵学士、西樵司勋、长益、其年、云田、方邺八人而已。惟定九为土著,巢民、散木、孝威、汝受、希韩属广陵州县者也,豹人、穆倩、舟次则侨家广陵者也,犹得十七人,诗酒宴聚,交欢浃月。初集时分赋五言近体,复限"屋"字韵,赋《念奴娇》词,嗣是诸子踵华增美,倡予和汝,迭相酬赠,多至十余首,少者七八首。①

孙序中清晰地展示了这次宴集参与的成员与倡和的经过。这次倡和诸人先分赋五言近体,后以《念奴娇》填词。故此次雅集中,诸人倡和有诗有词,和作最后由孙金砺结集,诗歌为《红桥倡和第一集》一卷,词则为《广陵倡和词》七卷。

从孙金砺序中也可以看出,康熙五年(1666)的"广陵倡和"总体由两部分组成:从时间上来说,一部分为小春十月的红桥宴集,即席分赋,参与者四十六人,王士禄《小春宴集红桥园亭,即席分赋,得"陈"字"公"字》有小注云"同集为李研斋诸公,凡三十五人,主人为陈散木诸公,凡十人"②,在参与人数上与孙序互为印证。另一部分是红桥宴集之后,四方之客次第散去,滞留广陵十七人续宴集之韵,进行的酬倡、赠答。从倡和的载体来说,前一

---

① [清]王士禄、宋琬、曹尔堪等:《广陵倡和词》,国家图书馆藏清康熙间刻本。
② [清]王士禄:《上浮集》卷四,《清代诗文集汇编》第98册,上海古籍出版社,2010年,第733页。

部分的宴集活动以诗歌为载体,诸人先分赋五言近体,倡和后结集为《红桥倡和第一集》。红桥宴集结束后继续进行的酬赠,则以宴集当日的《念奴娇》词为载体,最后结集为《广陵倡和词》,由于后来四方文人陆续离开广陵,留于此地者为孙序中所及十七人,《念奴娇》词的倡和也主要由他们完成,故今《广陵倡和词》中有"广陵倡和词姓氏"亦只著录以上十七人。

《红桥倡和第一集》与《广陵倡和词》的结集,在时间上亦是一前一后。《红桥倡和第一集》一卷,今藏国家图书馆,附于《国朝名家诗余》之后,与《广陵倡和词》合刊,又名"红桥雅集诗",收入诸人宴集倡和之五言近体诗,卷首有龚鼎孳序,云:

> 今岁,余暂假南归,毕事还京,取道邗上……荔裳、顾庵、西樵诸君子寄余《红桥雅集诗》一帙,则固余别后,偕吴、越、楚、蜀、齐、秦诸同人,所劈轴濡毫,即事分韵而成之者也。①

龚鼎孳序作于"康熙丙午阳月既望",即康熙五年(1666)十月十六日,此前其告归还合肥,又擢大司马赴京,经过广陵,王士禄、曹尔堪、宋琬等人以《红桥雅集诗》请为作序。《广陵倡和词》卷前亦有龚鼎孳小引,作于"燕邸之春帆",是时龚鼎孳已至京师。《广陵倡和词》中陈维崧有《〈红桥倡和集〉成,索李研斋序、孙介夫记,作词奉柬,并示冒巢民,仍用顾庵韵》,季公琦有《读介夫〈红桥雅集记〉〈广陵倡和词序〉有赠》,可知诸人以《念奴娇》词倡和之际,《红桥雅集诗》已经结集,并由李以笃、孙金砺作序、作记,故诗与词两种倡和集时间上一先一后。

孙金砺在《红桥雅集记》中描述这次宴集活动的人员构成与倡和场面:

> 丙午冬孟,寻游维扬,夔州李公研斋、莱阳宋公荔裳、樵李曹公顾庵、新城王公西樵、黄冈王公雪洲在焉。远近名流,后先至兹,往来甚都。……于中旬之七日宴集群公于红桥,卿大夫凡四十余人,缁衣二人,女史一人。携樽馌,溯濠流,达槐子河。人限二字,赋唐人五言近体二首,鲛筹雨浃,镂管霜飞,玉山皆颓,珠鬘欲欹,风流宕跌,致足乐矣。②

---

① [清]龚鼎孳:《红桥倡和第一集序》,王士禄、宋琬、曹尔堪等《红桥倡和第一集》,国家图书馆藏康熙间刻本。
② [清]王士禄、宋琬、曹尔堪等:《红桥倡和第一集》,国家图书馆藏康熙间刻本。

此记中对红桥宴集人数的记载与其在《广陵倡和词序》中所载一致。小记中又云宴集的时间在康熙五年(1666)十月十七日,宋琬《安雅堂诗》中收入其倡和之作,题曰:"十月十七日,诸同人宴红桥,分得'舟''庵'二字",与孙金砺所言一致。四十余人在红桥园亭间低斟浅唱,觥筹交错,歌管楼台,击钵挥毫。王士禄赋诗云:

> 佳辰良宴会,轩槛对清津。高论纵横得,深杯取次陈。凉风捎晚桂,斜日洒霜蘋。一抹红霞色,如为逗小春。
>
> 莫怅芙蓉落,新红又早枫。余声仍白雁,昵响杂青虫。屐许随幽侣,诗应赋恼公。晚归扶薄醉,聊用慰飘蓬。①

诗中写佳辰良会中闲逸的兴致。"对黄叶以言愁,溯沧波而永望。名园曲榭,宜贮佳人;废苑荒台,每来词客",如龚鼎孳所言,红桥宴集中王士禄与诸同人题咏山水古迹,寄托逸兴,聊表身世坎壈之情,尽笔墨之欢,"洵江山之盛事,而骚雅之极观哉"②!

红桥宴集的另一个重要内容是诸人限"屋"字韵赋《念奴娇》词。《念奴娇》词倡和较五言律诗倡和延续时间长,影响范围广。红桥宴集时,王士禄等人即席填词,《广陵倡和词》收入诸家和作,第一首题目皆为"小春红桥宴集,同限一'屋'韵",为宴集时即席之作。红桥宴集之后,留在扬州的王士禄等人继续以"屋"字韵赠答酬倡,在词坛产生了重大影响,孙金砺后将诸家词辑为《广陵倡和词》,故称为"广陵倡和"。

三、广陵倡和考略

康熙五年(1666)小春十月的红桥宴集活动,在更深程度、更大意义上来说,是一次盛大的词事活动。红桥宴集之后,诸多词人还乡、进京、云游,次第散去,留在扬州的词人有属广陵州县者,如宗元鼎、邓汉仪、冒襄、陈世祥、季公琦等;有流寓广陵者,如王士禄、宋琬、程邃、孙枝蔚、汪楫等。他们迭相酬倡,风流跌宕,是对此前红桥倡和、江村倡和等词事活动的继承和发扬。

---

① [清]王士禄、宋琬、曹尔堪等:《红桥倡和第一集》,国家图书馆藏康熙间刻本。
② [清]龚鼎孳:《红桥倡和第一集序》,王士禄、宋琬、曹尔堪等《红桥倡和第一集》,国家图书馆藏康熙间刻本。

"广陵倡和"一方面是扬州词坛众多倡和活动的一部分,受到前次倡和的影响;另一方面,在扬州词坛领袖王士禛离开的情况下,这次倡和的发生、发展与"江村倡和"三人有密切联系。龚鼎孳《广陵倡和词小引》云:

> 向读荔裳、顾庵、西樵三公湖上倡和《满江红》词,人各八阕,缠绵温丽,极才人之致,叹为温、韦以来所未有也。今年三公复泊邗上,偕四方诸同人刻烛倚韵,更人得《念奴娇》词各十二首,猗与盛矣!①

龚鼎孳指出王士禄、曹尔堪、宋琬三人在"江村倡和"中已经"极才人之致",颇具影响力,康熙五年(1666)"复泊邗上",与四方词人倡和,很大程度上成为"广陵倡和"的主导力量。"广陵倡和"在用韵方式上也受到"江村倡和"的影响,王士禄在《广陵倡和词》后记云:

> 是集人各十二章,并限"屋"韵,其所同也。至于押韵,顾庵次韵者一,其十一皆自用韵也,仆自用韵者一,其十一皆次韵也。此外,诸公次韵与自用韵者盖各半,唯梅岑宴集之次日即返东原,词并遥赓,无同人篇章往复,以故十二阕皆自为次韵,较若画一,如予向与荔裳、顾庵湖上倡和例,此用韵之异同,而梅岑则独为其难者,因拈出,附识牍尾。②

"广陵倡和"沿用了"江村倡和"的旧例,且诸位词人的和作非一时一地完成,《广陵倡和词》中所收七人皆有"小春红桥宴集,同限一'屋'韵",是红桥宴集最初发起时的和作,其余作品都是在宴集之后不同地点、不同情境下完成的,人数上多则三五,少则一二,倡和的原因,宴集、赠答、送别、品评等,不一而足。

"广陵倡和"是由小春十月的红桥宴集开始的,宴集之后,词人们在不同的地点、不同的时间,以不同的事件为缘由,用相同的词调"念奴娇"进行了倡和,从《广陵倡和词》中诸人的和作,可以勾勒出王士禄参与倡和活动的线索。除了红桥宴集王士禄即席赋《念奴娇·小春红桥宴集,同限一"屋"韵,时有鱼校书在座》外,宴集之后,有送宋琬北上、送朱近修还海昌、吴西崖往山阴、送沈泌还宣城、戏王士禄拥艳、送陈维崧归阳羡、送李以笃还汉

---

① [清]王士禄、宋琬、曹尔堪等:《广陵倡和词》,国家图书馆藏清康熙间刻本。
② [清]王士禄、宋琬、曹尔堪等:《广陵倡和词》,国家图书馆藏清康熙间刻本。

阳等,一系列的送别、酬赠、倡和都是广陵倡和的重要组成部分。

王士禄在"广陵倡和"中的作用不仅在于其前次倡和的影响力。康熙五年(1666),扬州词坛倡和活动接近尾声,此前从四面八方聚集在这里的文人次第离去,"送别"成为倡和的主题,孙金砺《广陵倡和词序》中列出了诸多词人离开扬州的"时间线":

> 比观察北上,长益南旋,其年还阳羡,巢民返雉皋,云田游晋陵,定九避迹东原,舟次访旧白下,希韩继往,相对止数人,意亦不复减,岁聿云暮,顾庵归槜李,方邺归宣城,孝威归吴陵,汝受归崇川。客居止予与西樵、散木三人,不禁聚散离合之感矣。①

孙金砺这篇序作于"康熙丁未正月上日",即康熙六年(1667)正月,"广陵倡和"两月之后,序中记述了除夕他与陈世祥在王士禄寓园叙话,"元旦早起,承司勋命,作倡和词序,因及此,以志一时之兴会云"②,客居于扬州的词人已经陆续离开,尤其是在"江村""广陵"两次倡和中的重要领导力量曹尔堪、宋琬离开之后,最后留于此处的王士禄促成了《广陵倡和词》的结集。

龚鼎孳云:"诸子之作风流骀宕,兴寄甚高。"③"兴寄"是"广陵倡和"中众多词人词风改变、词境扩大的重要原因。他们的和作都表现出一种豪放的情怀,创作的内容已经离开男女情思、离愁别绪,转向诗酒倡和、送别怀人、田园之乐等,从闺阁走向广阔的社会、人生,王士禄在"广陵倡和"中也呈现出逐渐脱离《花间》《草堂》的痕迹,向着豪放的词风转变。

---

① [清]王士禄、宋琬、曹尔堪等:《广陵倡和词》,国家图书馆藏清康熙间刻本。
② [清]王士禄、宋琬、曹尔堪等:《广陵倡和词》,国家图书馆藏清康熙间刻本。
③ [清]龚鼎孳:《广陵倡和词小引》,王士禄、宋琬、曹尔堪等《广陵倡和词》,国家图书馆藏清康熙间刻本。

第十一章
新城王氏笔记小说研究

王氏家族的笔记小说指的是收录在笔记中的志人、志怪故事，或以笔记的形式创作的小说故事。这些故事篇幅短小，记人记事，情节曲折离奇，寓意教化，是王氏笔记中最具有文学性的一类。王氏的笔记著作中，几乎每一种都有故事，但王之垣的《炳烛编》，王象晋的《救荒成法》《普渡慈航》等笔记中的故事述因果报应之事，是为阐明观点服务的，思想保守单一，叙述简略，文学性不强。具有文学性的笔记体小说创作者主要是王象晋与王士禛。王象晋的《剪桐载笔》中除了赋、解，其余皆为小说，另外，《赐闲堂集》中"琐谈"部分实际上也是小说故事。王士禛的《皇华纪闻》《陇蜀余闻》《池北偶谈》《香祖笔记》《分甘余话》《古夫于亭杂录》等笔记中都有小说故事，历来受到关注。这里主要探讨王象晋与王士禛的笔记小说，以展示其家族笔记体小说的创作面貌。

第一节　王象晋笔记小说研究

明代王氏成员的笔记小说创作以王象晋为代表，成就较高，题材多为敷衍官场、市井传闻，寓意教化，反映了晚明世风，呈现出世俗化的思想特点，在小说创作范式上借鉴史传文学与唐传奇，审美上尚奇、尚俗，是晚明时代思潮下的产物。

一、寓意教化，反映世风

王象晋的笔记小说受到儒、释、道三家思想的影响，有浓厚的宗教意味，将儒家的仁善之心，佛家的因果报应，道家的服食导引、长生不老等思想融于一体，重视小说的教化功能。寓意教化的同时，反映了晚明时期的世俗风气,从而也具有社会学和历史学的意义。

以因果报应故事劝惩人心是王象晋笔记小说的一大主旨,《赐闲堂集》"琐谈"有云:"以下数段原无足纪,每见世人贪财货、恣情欲,冀幸所难得,汲汲皇皇,如恐不及,往往福未获而祸先之,因绎旧闻劝之册末。"[①]"琐谈"中的故事都非常简短,用寥寥数语简述见闻,如《逞势遗殃》《嗜赌倾家》《纳妓渎伦》《采补伤生》《蓄戏招祸》《侈费败家》等,以某大司马、名家子、缙绅为主角,写社会上欺人、赌博、纳妓、采补、奢侈等恶行所带来的严重后果,警诫世人。如《逞势遗殃》:

> 邻境某多史自恃权势,结党行私,诸不附己者立行摈逐,后以贪败。一子恃父势,每欲居一世人上,后双足齐折,乞食都门,此上苍明示报应,以警凶顽,后之要人亦可少戢其鸱獍之心矣。[②]

这一则故事写汲营于权力者恃势行凶,怙恶不悛,不得善报,以警示身居高位之人勿行恶事,实际上反映了晚明激烈党争下的政治生态。王象晋深受党争之害,曾因拒绝齐党亓诗教、韩浚的拉拢而被构陷,联系其自身遭遇,此则故事似有所指,可见党争之祸对王象晋的影响之深。另如《嗜赌倾家》:

> 邻县一富民,家甚裕而心贪,里有好田土,设计侵渔之,有好妇女,多方诱致之。有富室子,招妓设酒诱之与赌,不倾所携,不令出门,以是家益富。后为仇家所发,遣戍辽阳,家产瓜分,妻孥流散,穷饿以死。[③]

富民为富不仁,侵人财产,霸占妇女,并设赌以掠夺财物,终被仇家告发而倾家荡产,妻离子散,简短地记载了富民的一生,前后境遇悬殊,对比鲜明,发人深省。

"琐谈"中的这些故事以因果报应的思想为基础,这种因果并非佛教的

---

① [明]王象晋:《赐闲堂集》卷四,《山东文献集成》第三辑第24册,山东大学出版社,2010年,第783页。
② [明]王象晋:《赐闲堂集》卷四,《山东文献集成》第三辑第24册,山东大学出版社,2010年,第786页。
③ [明]王象晋:《赐闲堂集》卷四,《山东文献集成》第三辑第24册,山东大学出版社,2010年,第786—787页。

因果轮回,而源于儒家传统的因果观。孔子解《易经》,有"积善之家,必有余庆,积不善之家,必有余殃"的认识,积善的主体落在"家"上,也就是说,因果的形成不仅局限在个人身上,而会延及子孙后代,与佛家前生、后世的个人轮回不同,它重在宗族的传承和延续。王象晋的这些笔记小说以儒家的因果观写恶有恶报,更大程度上是以家族教育为出发点。

《剪桐载笔》中的小说也以因果报应教化人心,如《阳邹生孝感传》《楚春元隐德传》《王宫詹侠仆传》等篇,从正面表达种善因得善果的观念。《楚春元隐德传》写万历间楚中一春元赴试途中,宿直隶清丰镇中,半夜对门起火,见一年及笄女子赤身前来,遂请其入房中躲避,而春元立于门外。是年春元落第,归途中听闻此女已嫁人。三年后春元再次赴考,闱中邻号一少年将其污卷赠予春元,春元由此考中。发榜后二人谈及旧事,发现少年即女子之夫,并为少年解开其妻赤身避火之心结。这个故事涉及女子名节,且楚春元与女子丈夫机缘巧合的相遇与恩报,都为说明楚春元思无邪、救人于危难,冥冥中自有福报。王象晋评论云:"甚哉! 名节之所重也,楚士救一人,无妄念,可不谓隐德乎? 以博一第,亦天理报应之常。"[1]《王宫詹侠仆传》写重庆人王非熊天启初年回乡为其祖父母祝寿,遇奢寅造反占据重庆,仆从三人从乱中救出其祖父母的故事。王象晋认为两位老者能得救,固然是三个仆人之功,但根本上还是由于王非熊的孝感动天的缘故,"予闻公长者居家孝友,事两尊人无遽色,无疾言,事每先意以承孝浃庭闱,神鉴之矣。"[2]此外,阳邹生能感动鬼差,延其母之寿数,也是因为孝顺。

王象晋的这些小说都以因果报应的观念宣扬教化,劝人向善,警醒世人,实际上反映了在世风败坏的晚明社会,试图用小说承担拯救世道人心的任务,与"三言""二拍"有相同的创作目的。

王象晋的笔记小说对晚明官场的黑暗、世风的淫靡有较为深刻的描绘,对官场的请托、贪污、构陷、舞弊、沽名钓誉,市井中的诈骗、纵欲、淫乐、物欲横流都有所反映。他自万历三十二年(1604)中进士至崇祯十一年(1638)致仕,官至浙江右布政使,为官三十余年,经历了晚明党争最激烈的时段,对于官场的种种恶习、"潜规则",了解甚深,自己也深受其害,在《甲寅异梦记》中以梦的形式呈现了其被排挤的险恶环境:

---

[1] [明]王象晋:《剪桐载笔》,《四库全书存目丛书·子部》第243册,齐鲁书社,1997年,第467页。
[2] [明]王象晋:《剪桐载笔》,《四库全书存目丛书·子部》第243册,齐鲁书社,1997年,第471页。

忽梦独游一所,四顾寥旷,迤北新房三楹,木已缔矣。土工未施,竹刀铁刀皆长尺余,利如霜,交缚屋脊,刃皆上刺,每近尺,辄缚一丛,竟三楹如一,予赤体蹑其上,自东而西,遇刃处双手撑拄而过,过既竟不伤毫毛。旋从西南一楹而下,既至地,不知何以遂着衣冠,在予善人祖手植大槐树下,举目见关圣顶将巾,着绿袍,面北立。予趋至其右,肃恭一揖,关圣以手披予起,北诣一房,亦三楹,中置一几,上列肴酒,关圣南向坐,微近东,予北向坐,偏西南隅,相共饮食,忽而寤。夫此时诸要人大肆毒螫,很不剸刃予腹,刀刀如霜,神固明示之象,乃关圣独扶掖予,饮食予,倘亦鉴予之无辜,而默示保佑耶?①

其时,王象晋因拒绝齐党拉拢被构陷排挤而被羁押于邸中,梦中房屋皆竖以铁刀竹刀,尖利如霜,暗示了他所处的环境不容乐观,然与关帝相与饮食,又暗示了事情最终有惊无险。王象晋对于官场的险恶深有感触,因而,在笔记小说中,尽管有些篇目的创作目的并不是针砭时弊,却在客观上反映出官场的黑暗。如《王廷尉平反传》讲述王廷尉平反冤案的故事。王廷尉任陕西阳城县令时,政务慈祥,从不冤人入罪。某日大风,大道边井中发现一具无名尸体,王廷尉下令缉拿凶手。县中有一无赖,当日午后在其姐家休息,甚为疲惫,面色有异,且距离杀人之处不远。凶案发生后,人们就怀疑凶手是他,即便是他的姐姐也不能不有所怀疑,于是衙役将他捉拿归案。王廷尉再三研究此案,证据确甚,就此结案,但心中始终不能释怀。一日审讯一囚犯时,囚犯自招曾杀人投尸井中,问其时间,正是大风晦暗之日。王廷尉恍然大悟,想要平反此案,胥吏再三劝他,认为一旦平反,会于官声不利,令上司见疑。王廷尉曰:"吾期使邑无冤民足矣,遑为己之一官计耶?即缘此而罢归田里,心甘之矣。"②并为被冤之人昭雪,因此声誉日隆。这个故事赞扬王廷尉不为一己之私,而坚持替人昭雪的品行,但其中胥吏劝王廷尉时所言恰恰反映了官场的一些"潜规则":即便有冤情,但为自己名声、利益,也不予平反。王象晋对这种现象颇为不满,认为官场中暴虐自私、视人命如草芥者自不必说,有一类人"足已好胜,自雄己断,或作意

---

① [明]王象晋:《赐闲堂集》卷二,《山东文献集成》第三辑第24册,山东大学出版社,2010年,第714页。
② [明]王象晋:《剪桐载笔》,《四库全书存目丛书·子部》第243册,齐鲁社,1997年,第468页。

低昂,矫矫为名,高贤不肖,则有间矣"①,不论是刚愎自用者还是沽名钓誉者,皆当自省。

王象晋小说还以阴间之事影射现实,《王孺人再生传》与《阳邹生孝感传》都写阴间之事,反映的是现实问题。《王孺人再生传》讲述作者岳母死而复生的故事,言王孺人因生子病亡,旋死而复生,自述被逮至阴曹地府,见阴司中皆为幼子,一同被逮的也皆为妇女,阴司夫人逮她们来为这些幼子哺乳,王孺人因无乳而被遣送还阳。王象晋记录此事是秉持着实录的精神,认为阴曹幽冥为确有之事,而父母子女之缘分早有天定,不能强求,有宿命观。但反映的却是阴司夫人为一己之私摄人魂魄、取人性命,有现实社会的影子。《阳邹生孝感传》讲述阳邹生以孝行延长母命之事:

> 阳邹诸生某事亲孝,母年八十余,病垂危,忽晕,几不可救。生具矮桌凳,置门后幽暗处,列酒肴,贸佳纸为钱,焚于篱,望空遥祝,愿少延母旦夕命。已而,母果苏,语儿曰:"吾尚有数日住,勿悲也。"子问故,曰:"适鬼使见逮,已将行矣,汝焚纸钱后,鬼使大喜,谓予曰:'今一批所逮共五人,媪在逮,数不可逃,吾感汝子意,既饮食我,又毕我好钱,我令先逮彼四人,事竣,过媪偕行,媪与子尚可聚首数日,慰彼孝思也。'"越三日,忽谓子曰:"可备后事,鬼使来,吾行矣。"遂卒。②

这个故事是为了表彰阳邹生纯孝之心,但鬼使因阳邹生列酒肴、烧纸钱而延其母数日之命,颇具讽刺意味。王象晋评曰:"尝谓贪贿舞文,独世间胥吏辈,乃鬼使之感生,亦以钱好故,岂阿堵中物固无间幽明者耶?"不论是阴间还是阳间,不论是鬼使还是胥吏,都因钱行事,实际上也是对世风的讽刺。

《二士谒选传》揭露科场请托、舞弊,讽刺辛辣。言万历中有二文士困于场屋,遂应选贡,同投入吏部某公门下。临考选时,某公将二人之事托于一主政公,约定以二人平日字迹为符号取中,结果出榜后皆仅得州佐之位。二人颇有怨词,某公也不得其解,遂询问经过。原来其中一人平日字迹不端正,考试时特意书写工整,考官阅卷恰有一人字迹不端,与之平日类似,遂将其拟为县令。另一人已经考取了县令末名,登榜之前,州佐的首名为

---

① [明]王象晋:《剪桐载笔》,《四库全书存目丛书·子部》第243册,齐鲁书社,1997年,第469页。
② [明]王象晋:《剪桐载笔》,《四库全书存目丛书·子部》第243册,齐鲁书社,1997年,第468页。

司务的亲戚,司务再三向选君请求要将其选为县令,惹怒选君,遂将县令末名置作州佐第一,而将原来的州佐首名压为第二,由此,三位贡生在科场的请托、舞弊中前途命运被随意更改。王象晋在最后评论云:"二生负凤抱,纵无引援,以博一令何难?乃一则自改其字,一则侥得而俺失之,即秉铨者无能为力,且卑卑一散秩,何关利害?然亦不能强也。"①显然,科场的请托、作弊是屡见不鲜之事,弊端可见一斑。

除了官场的黑暗,王象晋的笔记小说中还反映了社会风气。明代中期以后,随着王学左派对人的自然本性的张扬,提倡"日用百姓之道",个性解放成为时代潮流,张扬个性,追求享乐,肯定人欲,对社会风气有深刻的影响,而商品经济的繁荣也刺激着人的欲望。"人欲"的主要体现,一为物欲,一为情欲,前者追求财货与物质享受,崇尚奢靡,后者追求感官声色之娱,放纵欲望,及时行乐,社会风气也因此日渐颓废。晚明的世风日下在这一时期的文学中有多重呈现,小说中《金瓶梅》《型世言》和"三言""二拍"等,都对晚明商业社会、市井生活中的物欲横流、人心不古有深刻的描绘。王象晋的笔记小说也呈现了那个时代的风气,并且,由于宗教因素的影响,他关注佛、道二家,在小说中多写僧人、尼姑、道士,从这些特殊人群可以窥得晚明社会的一角。

王象晋对于佛家、道家的思想经义有较深入的体悟和认同,王氏家族佛、道文化的形成也很大程度上与他有关。佛家的因果报应思想、道家的修身养性之说都是王象晋所欣赏和认同的。但是,他对于现实中的佛家与道家却十分不满,在其笔记小说中,僧人与道人恰恰都是破坏佛、道精神的负面形象,他们行骗、行凶、淫乱,所做之事与其身份完全背道而驰。《清客谈玄》《羽流望气》《丹客记》皆写道士利用人们求长生、贪财的心理行骗。《清客谈玄》中的方士借所谓长生之术住在楚人家中,暗中与楚人妻妾私通,并欲携之私奔;《羽流望气》中的道士谎称某家地里藏金万亿并宝剑三口,骗主人在某日以金质盘盏器具备好神席,将其家产、金器洗劫一空;《丹客记》中的道士更是骗术高超,利用缙绅好炼金的心理,两次行骗成功。《燕僧记》《邹民避役记》《游僧兰若记》皆写僧人、尼姑的淫靡生活。《燕僧记》中写到两个僧人,一个恐吓书生,使留下所携妓女供其淫乐,另一个更为大胆放纵,在闹市奸淫妇女,不避行人,令人瞠目结舌;《邹民避役记》中邹平成

---

① [明]王象晋:《剪桐载笔》,《四库全书存目丛书·子部》第243册,齐鲁书社,1997年,第475页。

某为避徭役外出，先后投宿到寺庙、尼庵，皆遇僧人、尼姑淫乱之事；《游僧兰若记》中某乡绅好佛，在城东建一庵，招四方游僧居其中，一日因撞破僧人囚禁妇女，险些被灭口。这些僧人、尼姑借佛家的名号而行淫乐之实，全无佛门中人的戒守。这些道士、僧尼的负面形象与晚明时期文学作品的这类人物形象观感一致。晚明的小说、戏曲中，僧尼、道士往往扮演传言递简，暗中勾通男女、败坏风俗的角色，几乎成为"淫"与"恶"的代表。王象晋在小说中也表达了对于当时社会中这一类群体的看法：

> 予见世人溺于因果，一遇僧，布施恐后，不知此辈亦有真伪善恶，未必人人福田也。至于髡尼，为害尤甚，因缘媪妪，蛊惑妇女，甚至有不可言者数事，皆凿凿有据，因笔而附诸帙末，倘阅者因而有悟，于世道未必无小补云。①

王象晋根据自己的见闻阅历撰写了这些僧尼、道士的故事，他们的行为已经超越了传统的道德底线，令人侧目，而王象晋也意在警示世人：方外之士恰有可能是行恶之首，一定程度上代表了当时人们对这类人群的普遍看法，是对晚明世风的反映。

王象晋小说中也写到一些底层人物，如《王京卿义妾记》，王京卿无子，娶二妾，不久被罢官，贫不能自给，于是遣散二妾，其一长号而去，其一不愿离开，但被其母所留。妾苦求其母无果，欲以死相谢，最终回到王京卿身边。作者盛赞王京卿妾的从一而终，以为"彼巾帼笄珈之伦，犹然曙大义、秉贞心，等一死于鸿毛，每一披卷，令人凛凛起敬"②。《王宫詹侠仆传》中，三个仆人勇入乱城中救王宫詹两尊人，颇有侠义之风。王象晋赞曰："彼三人者，素平平无奇，及犯大难，成大功，从容指顾，动合机宜。出入虎穴，如履平地，视赵厮养卒、庾吴郡老兵何以异？"③义妾、侠仆是现实世界普通民众坚韧、勇敢、智慧的代表，也层次丰富地表达了作者的观念。

---

① [明]王象晋：《剪桐载笔》，《四库全书存目丛书·子部》第243册，齐鲁书社，1997年，第485页。
② [明]王象晋：《剪桐载笔》，《四库全书存目丛书·子部》第243册，齐鲁书社，1997年，第473页。
③ [明]王象晋：《剪桐载笔》，《四库全书存目丛书·子部》第243册，齐鲁书社，1997年，第471页。

二、尚俗尚奇，敷演细致

王象晋的笔记小说受到晚明时代风气的影响，在审美上尚奇、尚俗，而在创作范式上借鉴了史传文学、六朝小说和唐传奇，在王氏家族的笔记小说中独具特色。

晚明时期在王学左派个性解放思潮的影响下，"尚奇"成为文学艺术创作中一股新的潮流。文学创作追求张扬个性，标新立异，关注奇人、奇事，崇尚新奇的审美，这种潮流依托于繁荣的商品经济，深入到世俗生活中，并在心学的"日用百姓之道"中找到了依据，使得"奇"与"俗"紧密结合起来，在文学作品中表现日常生活之奇，呈现出尚奇、尚俗的特点。汤显祖、袁宏道、冯梦龙、凌濛初、李渔等的诗歌、小说、戏曲都有这样的特质。可以说，尚奇与尚俗的审美观念深入地渗透到了晚明文学中的方方面面。王象晋的笔记小说也受到了这种时代潮流的影响，记录奇人、奇事，情节巧合、曲折，表现世俗生活和世俗观念。

王象晋的笔记小说以"奇"为主要特点，追求故事的新奇，在题材选取上以奇人、奇事为主，情节上巧合、离奇，以达到令人惊奇的效果。小说中所记录的奇人或身负异禀，或性格迥异，或为方外之士，或出自草莽。《异术记》中记述了一位深谙星命之术的奇人王生，能预知人的前途命运，丝毫不差。小说中写了王生的两件事：一是言中王怀荆科考、宦途升迁；二是预言蒲坂韩相云科举高中。王怀荆赴京赶考，借住僧舍，贫病交加，前途未卜，遇到王生后，王生预言其来年必定联第，必得京官，最后能官至总督，后来王怀荆的经历果然一一应验。王生初遇韩相云即言其必然高中，并与其太翁约定来年来饮喜酒。次年报榜之时却无韩相云之名，太翁诘问王生，王生曰："岂惟中，定不出五名，当是报榜人误耳，吾言必不谬。"后果然为报榜人失误，韩相云得中经魁。王生之奇在于身负异能，能相面以预知人之前途，并且分毫不差。此外，王宫詹的三位仆人平日平平无奇，不被人看重，但在危急时刻，足智多谋，侠肝义胆，能救人于危难。张襄宪公因有《清明上河图》临摹佳本而深有远虑，嘱咐子孙若有人索要切勿吝惜，其身后果然有某高官上门索取，其子与之，避免了家门祸患。《燕妇奇妒说》中的妇人性奇妒，听闻邻居娶如夫人即气闷而死。王生的神秘、仆人的侠义、张襄宪公的智慧、燕妇的奇妒，都是世俗生活中的奇人，有奇人才有奇事，发生在他们身上的故事才显得不同寻常。世俗生活之奇不仅来源于奇人，也往往来自事件的超出常理。阳邹生以酒肴纸钱贿赂鬼差,延其母之寿命,王孺人死而复生,能述阴间所见所闻,皆为人间奇事,因为它们超出了人们日常生活的闻见道理,而具有神秘的宗教意味。

王象晋的笔记小说好以巧合缔造情节,巧合也是构成故事新奇的重要因素,他的很多小说都写因缘际会、意外巧合,反映人生际遇之奇、日常生活之奇。楚春元际遇离奇,赴试途中救一女子,三年后再次参加会试又遇女子的丈夫,并因其得中;王廷尉平反冤案是因为恰巧抓到一犯人,自供其曾于风雨晦暗之日杀人投井。《二士谒选传》中的两位贡生一个因字迹落选县令,一个因考官请托,随意更改名次而落选,皆阴差阳错而双双失意;《铨史奇遇说》中记述了官场三件因缘际会之事:其一,孙月峰掌选司,考绩之时,令史江某向其索贿,后来江某选为山东滨州佐,数年后孙月峰开府山东,将其驱逐;其二,某甲科进士谒选时,顾某曾向之索贿,后甲科公授山东节推,而顾某谒选得官,正在其属县,遂弃去不敢赴任;其三,王怀荆丁丑会试曾见一小吏为难一孝廉,遂为孝廉解围,王怀荆做官后两次遇到小吏,此人皆惊恐不已,且境遇越来越艰难。三件事意在写官场向人索贿、倚势凌人的恶习,并阐明官场沉浮,荣辱不定,必有后报的道理。但以官场之大、人生际遇之广,孙月峰与江某、甲科公与顾某、王怀荆与小吏仍能多次相遇,官秩、地位互换,也正是人生的奇遇与巧合。王象晋云:"夫江史以五金之索,受报于十年之后,顾史之报则又速矣,辱孝廉者遇王公至再,倘所谓天道好还,非耶?不然宇宙宽矣,何相遇之奇乃尔。"[①]他们的际遇充满了巧合而显得新奇,而这种巧合也恰恰来源于普通的生活,反映出日常之奇。

与"尚奇"相联系的是"尚俗"。"俗"是对日常、世俗生活的关注,反映世俗观念、风尚、伦理价值等,王象晋的笔记小说总体来说涉及两类人群:一类是他所熟悉的官场中人,如张襄宪公、王怀荆、王宫詹,以及文人举子如楚春元、阳邹生等;另一类是市井平民,乡村缙绅,这一类人的故事反映出普通而日常的世俗生活。如《羽流望气》《清客谈玄》《丹客记》写世俗之人对富贵、长生的追求,《嗜赌倾家》《蓄戏招祸》写殷实之家耽于享乐、巧取豪夺,《燕僧记》《邹民避役记》《游僧兰若记》写赤裸裸的人性与欲望。《王京卿义妾传》《燕妇奇妒说》写市井女子不同的婚姻观念:王京卿两个妾室,将遣散时一个长号而去,一个从一而终,不惜以死证明其心。燕妇奇妒,见不得

[①] [明]王象晋:《剪桐载笔》,《四库全书存目丛书·子部》第243册,齐鲁书社,1997年,第482页。

男子纳妾,竟气闷而死。这些故事是对晚明社会豪奢、淫靡、追求物欲、享受的市井生活、世俗百态的描绘。而贯穿其中的还有思想观念层面的民间信仰、鬼神崇拜等,既反映了世俗观念,又凸显了小说之"奇"。

王象晋笔记小说中有对鬼神世界的描绘,渗透着他的宿命观。鬼神世界的描写从六朝志怪小说开始已经成为小说的一个重要题材,反映着各个时代人们的意识形态。王象晋的《阳邹生孝感传》和《王孺人再生传》在征奇录异的同时,以鬼神世界影射现实世界,鬼使的贪贿舞文、阴府夫人的以权谋私都有现实生活的影子。还有一些作品写命定、感梦、占卜等,体现了王象晋的天命感应思想。《赐闲堂集》中《甲寅异梦记》《丁卯异梦记》《乙亥异梦记》记录了他的三次感梦经历,一次是万历四十二年(1614)王象晋因党争被排挤诬陷之时,梦到于霜刀如林之处遇关圣,并相共饮食,预示其有惊无险;一次是天启七年(1627)以仪郎送惠王就藩途中听张襄宪公孙辈大司马震宇、观湄讲述张襄宪所记玄帝事迹,夜梦玄帝与张襄宪二人教诲其修身养性之法;一次是崇祯八年(1635)在河南时外出遇雨受寒,病不能起,夜梦观音九八难之图,醒后病渐痊愈,以为神贶。王象晋对这些鬼神之事的记载态度十分严肃,将之视为真切的感应与提示,在《异梦记序》中云:"予生平自试童子及登仕籍,往往有梦,亦往往有验,即怪诞不经,及澹漠迂远不近事情者,后一返照之,恍若筮蔡,告而符契合。"并以命定之说解释自己的经历,"人之得丧升沉,定之于命,而灵明觉照统之于神命"[1],显然有浓厚的宿命观的影响。《异术记》中的王生有占相之术,能预知前途,实际上也是命定之说的体现,另外还有《县尹梦瓜》亦讲述感梦之事:

> 中州一大尹,夜梦西瓜九枚,形甚巨,有跳跃状,内一瓜尚带花,颇艳,醒而思之,不得其解。翼日偶出西门,见游僧数人,适符瓜数,内一僧年少而美,心颇讶之。归衙,命一能干隶往招之,云欲修斋,又嘱曰:"少一僧,汝难逃责。"隶往招,诸僧曰:"吾辈行脚,誓不入城市。"隶曰:"县主之严,汝辈谅亦闻知,一人不往,吾何敢报命?"强之。行至邑堂,少僧趋向案前曰:"吾非僧,邻省民女也。居廓外,父喜斋僧,一日午后,此数僧至父斋,故延迟不行,近暮求宿,欲俟明早行,至夜,杀予父母,髡予,驱之以行,今日得见青天,是予报仇之日也。"讯

---

[1] [明]王象晋:《赐闲堂集》卷三,《山东文献集成》第三辑第24册,山东大学出版社,2010年,第736页。

诸僧,嗫无以应,遂驱毙于通衢,女谢大尹,触石死。①

这则故事讲述县尹感梦而破案的故事。梦中西瓜九枚对应游僧九人,而其中带花且颇艳者对应游僧中被胁迫的民女,案件因感梦而起,因感梦而结,如有神助。感梦、占相自古以来都是民间的神鬼崇拜与天人感应思想等融合而形成的民间信仰的一部分,是人们解释自然、生活现象的方式,并且深入地融入普通人的生活、思想中,成为普遍的意识形态。王象晋笔记小说中的鬼神崇拜、宿命观、感梦、占相等正是对这种普世观念的反映。

王象晋的笔记小说在创作范式上借鉴、融合了史传文学与唐传奇,篇幅较长,情节曲折,人物、细节敷演细致,运用了较多的小说笔法。

史传文学是影响王象晋笔记小说的最重要因素,他的小说大多是以"传""记"为名的,往往以人物为中心,记录人物的行迹、遭遇等。《剪桐载笔》中的大部分作品如《楚春元隐德传》《王孺人再生传》《阳邹生孝感传》《张襄宪公远虑传》等,在顺治年间王象晋刻《赐闲堂集》时,被收入传、记之类中。另外还有一些作品如《异术说》《铨史奇遇说》《二士谒选说》等被收入说类中。显然,王象晋在笔记小说的类属问题上界限并不清晰,但从他的主观创作意图来说,是以严肃的文章创作来对待这些笔记小说的,且更多地将它们看作史部之属。他的笔记小说强调实录,其中的人物往往有名有姓,或为当世名公,或为其亲友,或为其同僚。如《张襄宪公远虑传》中的张襄宪公指张佳胤,官至兵部尚书、太子太保;《王孺人再生传》是王象晋岳母的故事,由其岳父张奇谟讲述;《王京卿义妾传》中的王京卿是王象晋在京为官时的同僚,这些都增强了故事的可信度。此外,王象晋的笔记体小说也好为议论,这一点也借鉴了史传文学的传统。他在每则故事最后往往要加上"王生曰",加以评论,如《王廷尉平反传》表达自己为官以仁为本、无愧于心的理念,"语云'吾求其生而不可得,则死者于我亦无憾也',仁哉斯语,吾愿持三尺者三复之也"②;又如《楚春元阴德传》中认为楚春元与少年的闱中相遇为天所定,楚春元"困之于三年之后,又假手燕士而后第,且燕士者号胡以比邻?卷胡以点污?胡以信其必中?如观大文胡以授之?果售如探囊,机缘巧合,不爽毫怨,皆天也"③,而假如楚春

---

① [明]王象晋:《赐闲堂集》卷三,《山东文献集成》第三辑第24册,山东大学出版社,2010年,第783页。
② [明]王象晋:《剪桐载笔》,《四库全书存目丛书·子部》第243册,齐鲁书社,1997年,第469页。
③ [明]王象晋:《剪桐载笔》,《四库全书存目丛书·子部》第243册,齐鲁书社,1997年,第467页。

元三年前即及第,之前所救女子清白不能分明,抱丑终身,因而也是天定。其余如《阳邹生孝感传》中对鬼使爱财的议论,《王孺人再生传》对于父母子女缘分的观点,《王京卿义妾传》对王京卿与其妾品行的评价,都是作者在借小说故事阐发观念。这与司马迁"太史公曰"的功能是相同的,都是为了从事件中阐述个人的观点、情志与理想,就此而言,笔记小说也承担了同传统诗文一样的言志的功能。

王象晋笔记小说在创作手法上受唐传奇影响较深,在王氏家族的笔记小说中,他的小说与一般的粗陈梗概不同,往往篇幅较长,对情节、人物细加描摹,有较强的文学性。

王象晋构造情节受到尚奇的审美影响,追求故事的曲折离奇,善于设置悬念。如《丹客记》写道士几次故作高深,引诱缙绅,先是飘然而去,而后缙绅遍索城中,得之于城隍庙,邀请至家中留宿,又被拒绝。第二日为炼铸金银,又故作神秘,不以示人。获得缙绅的信任后,再提出进一步要求,在后园亭中安炉设鼎,与缙绅相谈甚欢,某日出游后携三百金再不见踪迹。故事到此似乎就结束了,缙绅知道上当受骗,受到了教训,侧炉碎鼎,毁其亭作马厩。但是转而又来一少年,携其母亲与仆人求见,至此处悬念又起:此少年是谁?与之前的道士有无关系?事情将会如何发展?作者娓娓道来,少年言其父已亡,而自己官司缠身,被遣戍。缙绅怜其身世,遂留住家中,少年以纪念亡父为名,主动要求住在旧亭中,数日后消失不见,唯留铜香箸一双,帖一缄,但谢昨岁相待之厚。原来当日道士并未将三百金带走,而是埋在亭中,少年能冒充故人之子也是缙绅之前与道士谈话泄露的信息,而少年之仆从实出身乐户,"母亲"实为妓女所扮。至此真相大白,缙绅终于自此再不谈炉火事。这个故事讲述缙绅两次受道士欺骗,多设悬念,使情节一波三折,曲折婉转。《王宫詹侠仆传》写三个仆人入城救人的情节也跌宕起伏,如写三人进城时,"见城中出者皆垂髻,不冠巾,白纸点数墨迹为髻缠",于是效仿其装扮入城。待救得两尊人,但不能出城,"三人微闻某姓者与贼通,乃假为某氏仆,具词贼寅,谓庄有票数千斛,两老人者,庄头也。须共往验明献为军,贼寅大喜,给照令往,翁与媪始得出城。"[1]《异术记》先述王怀荆参加会试的窘迫境遇:初场考完,大雨中跋涉回来,仆人病虐不能相助,冷锅冷灶不能自给。恰在此时遇到王生,王生言其必考中,且预言

---

[1] [明]王象晋:《剪桐载笔》,《四库全书存目丛书·子部》第243册,齐鲁书社,1997年,第471页。

其官至总督,王怀荆因事事不如意而心灰意冷,全然不信。现实与预言的截然相反令人不禁想要知道王生所言能否应验,王生与王怀荆际遇如何,王生的神秘形象也在这个过程中塑造完成。《楚春元隐德传》中,楚春元赴试途中救下因失火裸身的少女,其后对少女的交代只有一句"闻是女已适人矣"。三年后楚春元再次赴考,遇到了一个少年,且因其考中进士,两个不同的人,两件不同的事,二者之间有何联系?少女后来境遇到底如何?作者在最后揭晓答案,原来少年正是楚春元所救女子的丈夫,他们在科场的相遇恰恰既解开了少年的心结,又在冥冥之中使少年报答了救妻之恩。可以看出,王象晋在叙述这些故事时追求情节的曲折起伏,故事的离奇动人,从而形成了较好的叙事效果。

  王象晋笔记小说还有一个特点是摹写细致,表现在人物与细节描写上。他抓住人物的形象特点,用简短的文字描写人物,使其形象生动起来。如《清客谈玄》中的方士,"修眉长髯,意态飘逸,与谈长生,津津有味"[①],《燕僧记》中的游僧"躯干魁伟,面目狞恶,饶膂力,持铁杖沿街觅化"[②]。同时,王象晋也用人物的语言、动作、神态等勾勒人物形象。如《王京卿义妾传》中对小妾的描写,先写其"从一而终,妇之分也"的言论,形成初步的印象,而后小妾归家恳请其母答应其跟随王京卿离开京城,对王京卿许诺:"倘母意不回,当以死谢君,必不忍偷视息人间,抱琵琶过别船也,今与君诀,见君止此耳。"而后"伏案大恸,泪如雨,周案头下浃于地"。翌日王京卿遣仆往探,"妾闻仆至,欣然出,问:'公夜来安乎?念我乎?亟归语公,吾旋至矣。'"小妾与其母再来,"入门向公失声恸曰:'几不得见君,此一行何异再世?'"在请求其母未得应允后,"妾膏沐易新衣,衿带间缝纫百结,遥向公再拜已,又潜向母拜,盖欲于是夕自缢也"[③]。通过小妾的言语、行动、神态等,充分地表现了她对王京卿的深情与坚贞,人物形象跃然纸上。《丹客记》中对道士的描写更是细致入微:

    一日午后,见一道士持银一珠,与对门卖饼家,飘然去,呼询之,云道士自昧爽坐门外,闭目不语,某心异之。至午乞斋,馈以茶饼,食

[①] [明]王象晋:《赐闲堂集》卷四,《山东文献集成》第三辑第24册,山东大学出版社,2010年,第784页。
[②] [明]王象晋:《剪桐载笔》,《四库全书存目丛书·子部》第243册,齐鲁书社,1997年,第484页。
[③] [明]王象晋:《剪桐载笔》,《四库全书存目丛书·子部》第243册,齐鲁书社,1997年,第472页。

尽,命取水银一钱及炭火来,与之,道士于衣下取杏核一枚,壳空,入水银,加药少许,投火内,须臾成一银珠,取相付,遂去。索观之,色甚佳,心为动,令仆遍索,得于城隍庙暗室中,面壁坐,缙绅立其后,良久始起与揖。邀之书室,具酒肴甚虔,言及炉火,辄云不知,案上铜香箸一双,道士取以爇香,时玩弄之。食毕,求去,留之宿,约翼早。次早延之,又约近午,至期果来,缙绅执礼益恭,求益恳,道士云:"此事非可轻易,公必欲观,当为小试。"令取炭一筐,水一盂,火一炉,悉屏诸人,于室内掘一坎,取铜箸秤之,拭以囊中药筯,白如雪,置坎内,加炭,因言:"此等术造化所忌,不可不虔,公宜一拜天地。"拜罢,火已炽,箸与火一色,取称之,依然故物,而质则银,镕之纹银也。①

这一段对道士炼金的细节描绘得十分详细,如在眼前,通过道士的炼金经过的描写,刻画了道士的故作神秘,欲擒故纵,引人入彀:先是自坐卖饼家门外,闭目不语,引起缙绅的注意,午饭之后当场炼金付钱,展示技艺。而后在城隍庙暗室中面壁而坐,接待缙绅时一面拒绝,一面又玩弄炼金之具,最后在缙绅的再三请求下向其展示炼金之术,一步步将缙绅引入自己的圈套之中,并使之深信不疑,成功地塑造了骗术高超的道士形象。

王象晋还用对比塑造人物形象,如《燕妇奇妒说》:

某家女,嫁某人,舍比邻耳,今日少暄,坐屋檐下,偕婢子暨仆妇辈笑语,甚适也,呼茶,婢捧至,方入手,闻街头鼓声喧,令仆妇往侦之,回报某家娶如夫人也,言未既,茶杯堕地,齿噤,手握,两目瞑,涎出颐颔间,首倾侧不可俯仰。②

以燕妇听闻邻居纳妾的前后意态作比较,从闲适愉悦到愤懑欲绝只在一瞬间,以此刻画燕妇的奇妒,令人印象深刻。此外,王象晋小说中的一些场景描写也颇为生动,如《王孺人再生传》写王孺人在阴府所见:

至后堂,随众跪阶下,见稚子满丹墀。有周年者,有数月者,甚且有初生者。或男或女,或坐或卧,或行或匍匐。妍者丑者,笑者怒者,

---

① [明]王象晋:《剪桐载笔》,《四库全书存目丛书·子部》第243册,齐鲁书社,1997年,第487页。
② [明]王象晋:《剪桐载笔》,《四库全书存目丛书·子部》第243册,齐鲁书社,1997年,第480页。

> 骂詈者,啼叫者,交相殴者,独自坐卧不言语者,任其杂沓,无一人为料理。①

这一段描写阴府中众多小儿的情态,如在眼前。细节的铺陈描写既是为增强故事的可信度,也使得王象晋的笔记体小说更加文学化,与一般笔记的简略记述区别开来。

第二节 王士禛笔记小说的家族传承与新变

王士禛的笔记小说分散在《皇华纪闻》《陇蜀余闻》《池北偶谈》《居易录》《香祖笔记》《古夫于亭杂录》《分甘余话》中,内容丰富,数量颇多,在清代笔记小说中也占据重要位置。王士禛笔记小说的研究专著有文珍的《王士禛笔记小说研究》,对于王士禛笔记小说的观念、内容、艺术等有详细的探讨。对于王士禛笔记小说的取法、创作特点等,目前也形成了较为一致的认识,如其体例内容借鉴宋人笔记,其创作恪守笔记小说的传统等②,因此,王士禛笔记小说的内容、艺术、体例等,这里不再赘述。王士禛笔记小说既是王氏家族笔记中的一部分,本节将从王氏文化与王氏笔记等方面进行解读。

一、王士禛笔记小说的家族传承

王士禛的笔记小说在创作心理、创作态度、创作内涵、题材内容等方面都继承了家族风气,受到了家族文化的影响。从创作心理来说,笔记小说对于奇闻逸事的记录一定程度上都有一种猎奇的心理。王氏家族的笔记小说也不例外,王象晋的笔记小说绝大部分内容都是对奇闻逸事的记录,

---

① [明]王象晋:《剪桐载笔》,《四库全书存目丛书·子部》第243册,齐鲁书社,1997年,第473页。
② 如《王士禛志》认为王士禛的笔记小说"是纪昀等恪遵笔记体的'著书者之笔'的先声"。侯忠义、刘世林《中国文言小说史稿(下)》(北京大学出版社,1993年)专论《池北偶谈》谈异部分,认为王士禛过于拘泥于传统志怪小说的写法,而不及其他作家的小说更富小说的情味。苗壮《笔记小说史》(浙江古籍出版社,1998年)也认为在艺术上仍然延续了传统笔记小说的路子。

王士禛也是如此。与此同时,在创作态度上,王氏家族据实而录,他们把那些奇闻逸事当作真实发生的事件来记录,恪守着笔记创作的传统。从笔记小说的内涵来说,王士禛的笔记小说受到家族文化的影响,以儒家思想为根本,表彰节烈、寓意教化,同时兼取佛道。与此相关,在题材内容上因果报应、嘉言懿行也就成为王士禛笔记小说的主要内容。

王士禛的笔记小说受到家族文化的影响的同时,与其祖父王象晋笔记小说相比,也出现了一些新的变化,主要表现在宗教态度、现实态度的转变与小说的诗化方面,这些变化既与王士禛本人的身份、学养有关,也与其所处的时代环境有关。

(一)思想内蕴

王士禛笔记小说在思想上的立足点是儒家思想,这与其家族文化中以儒家为核心一致,王氏的家族文化首先以道义立身,家族文化体系中重视孝悌、敦睦、忠孝、勤俭、恭让、廉洁、慎独等伦理道德,这些在王氏的笔记小说中都有所体现。王象晋笔记小说中对孝义、公正、节烈等行为的记述就是以儒家伦理道德为基础的,王士禛的笔记小说也是如此。

王士禛笔记小说中有关忠孝、节烈、信义、孝行等的故事占据了较多的部分,这是一种有意识的记录。如他在《薛佩玉》一则中说"予年来访求殉节者,谨书之"[1],这种自觉的访求与记录一方面出于对这些忠孝节义之人的钦敬,认为他们当留名青史,反映他的补史意识,另一方面,对嘉言懿行的表彰,体现了他的儒家情怀。《皇华纪闻》中记录了大量明清易代战乱中忠义殉节之人,如《潜山忠孝》《太湖忠义》《九江忠义》《陈在中》《王子美》《郭裕》等,对这些易代之际坚贞不屈的人的记载在深层次上也寄寓着王士禛自己的家族情怀。明清易代,新城王氏三次遭受战乱,家族中众多成员坚守城池,以身殉难,这既是一种家族创伤,也是一种时代创伤,王士禛笔记小说中对忠义人物的记录,未尝不是出于对家族创伤的补偿心理。《薛佩玉》记述的是康熙年间三藩之乱时期的事。薛佩玉为贵州都匀知县,为人孤介质直,临事不苟,康熙十三年(1674)吴三桂叛军至都匀,都匀戍将及兵士数千人反叛,胁迫薛佩玉接受伪印,薛坚决不受,登楼自缢殉节。薛佩玉殉节之事,是王士禛从吴雯行状中所得,这种记录本身代表着其儒家价值取向。王士禛不仅写人的忠义,还写物的忠义,如《义犬》《义虎》《义嬴》等。

---

[1] [清]王士禛:《池北偶谈》卷六,袁世硕主编《王士禛全集》,齐鲁书社,2007年,第2968页。

《义赢》记当时的一件奇事：

> 同年张鹤洲行人（吾瑾），尝乘一赢，甚爱之。康熙甲辰，鹤洲以科场事下刑部，饘粥不继，乃以赢抵逋于人。一日过市，酸嘶悲鸣，堕其新主，而逸归张邸。稍近之，辄蹄啮不已。家兄考功为赋《义赢行》。呜呼！此胜华歆、贾充、褚渊、六臣之徒多矣。①

赢与华歆、贾充、褚渊等人的对比，高下立见，包含着对不义之人的讽刺和对忠义品行的追求。

王士禛笔记小说中还有对孝行、信义、清正等品行的记述，如植孝子事母至孝，每食必跪献，赵孝子为母求药，何孝子励志为父报仇，蔡蕙冒死为父伸冤等，表彰孝行。又如刘约重信义，坚守婚约娶盲女，王东皋廉洁自持，久在铨曹，一介不取。另外还有大量节烈女子的形象，如《梁指妹》《王烈女》《节义》《抱松女》《双烈》《丁贞女》《山中烈妇》《李道甫妾》《张氏》《烈妇》等，都记述女性的气节操守。这一类故事不同于其他忠孝节义故事之处，是往往会加上一些超乎常理、颇为神异的情节，如抱松女为救婆母，以身相代，又不愿受辱被害，死后三日犹抱松不仆；黄梅节妇植双柘于夫墓，牛啮左树五寸，节妇抚柘痛哭，柘一夕而生；民家女夫死守节，母家要其再嫁，自缝新衣，跃山溪而死，死后其衣结不可解。这些超现实的情节增加了故事的神秘色彩，同时也加深了对女性节烈的印象。

王士禛笔记小说中忠孝节义故事都是以儒家伦理道德为基础的，反映出其正统保守的价值取向。这种取向固然是受到千古以来儒家思想影响，同时也有王氏家族文化的影子。但是，与王象晋笔记小说相比，王士禛笔记小说中所包含的儒家思想又有所不同。王象晋的笔记小说里对于官场恶习、科举舞弊、社会黑暗等都有所反映，尽管王象晋不是直接抨击，但也体现出儒家干预现实、干预政治的精神，王士禛的笔记小说里也有儒家情怀，却与现实政治拉开了距离，所关注的主要是意在教化人心的儒家伦理道德。

新城王氏的家族文化以儒家为立身基础，同时出入于佛、道，家族成员有笃信佛教者，也有对佛家、道家经义颇为熟稔者。出入佛、道的文化也在笔记中体现出来，有关佛、道的故事也进入了王氏的笔记小说创作中。王士禛笔记小说中有很多的因果报应的故事，体现着佛家六道轮回、前世今生等思想，

---

① [清]王士禛：《池北偶谈》卷二十，袁世硕主编《王士禛全集》，齐鲁书社，2007年，第3331页。

如《张巡妾》写张巡杀妾作军粮,十三世以后转世为会稽徐蔼,二十五岁腹部长肿块,将死之时才知是小妾报仇所为。《卢昭容》写古月头陀两膝忽患疮,痛入骨髓,百余人不能医,某日疮突然自言其为梁时卢昭容,前世被古月头陀所害,今来报复,医不能治,对佛忏悔尚可。宝坻诸生王敬祖年十七失明,常诵白衣观音咒,某夜梦中一淡妆妇人为其医好左目。洵阳州王翁无子,夫妇常年奉佛,年五十生女,十五岁时变为男子;西充马金梦中知其前生为善,捐金修桥,今生仍能寻到前世修桥处。这类故事在内涵、观念上受到佛教因果报应观念的深刻影响,而因果报应的观念也正是王氏家族笔记中的重要内容,王之垣、王象晋等人皆曾论及,王士禛小说中显然也有家族观念遗传。此外,道家的长生求仙的宗教精神也融入了王士禛的笔记小说中,他记录了多条修仙羽化的故事。黄元吉年十二即入玉隆万寿宫修行,后师从刘玉真,某日忽谓其徒将返玉真之墟,后果然羽化而去;熊仙人为某公家塾童蒙师,某日忽言其修真有年,即将得道,随即端坐化去;叶氏女生而知书,明丽若神,某日入室阖户,向西趺坐,手结三昧印,举体香如芳兰而化去。小说中也充满了对神仙人物、神仙世界的想象,如《洞庭神》:

  道出洞庭,风日晴明,呼风而渡。忽雷雨骤至,云气昼晦,舟中人共见一神人,美须髯,戴乌纱巾,骑异兽,行水上。兽身半在波涛中,仅露头角。后一人形貌怪伟,衔兽尾而行,其速如飞。去船里许,人兽皆渐腾上,云雨晦冥,遂不复见。①

  写洞庭神从出现到消失的过程和形象,以环境的渲染烘托人物,再到洞庭神形象、坐骑的正面描写,洞庭神的形象跃然纸上。又如写木工入龙宫:"舟初入洋,倏有夜叉四辈掣其四角入水,至一处,宫阙巍焕,如王者之居",木工在龙宫的经历也颇奇异,"遂至工所,各使饮酒一瓯,即不饥渴。如是八年不思饮食,而工作不辍"②。描绘出奇幻的神仙世界。

  王士禛的笔记小说在思想内蕴方面以儒家思想为根柢,兼融佛家与道家,与王氏家族文化中的三教融合一脉相承,也体现着王氏家族笔记崇尚雅驯的审美观。

---

① [清]王士禛:《池北偶谈》卷二十二,袁世硕主编《王士禛全集》,齐鲁书社,2007年,第3375页。
② [清]王士禛:《古夫于亭杂录》卷一,袁世硕主编《王士禛全集》,齐鲁书社,2007年,第4829页。

(二)实录原则

王氏家族的笔记创作从主观的角度来说,都秉持着实录精神,不管是朝廷典章、历史琐闻,还是神异鬼怪,都是据实而录,笔记小说也是如此。王象晋笔记小说对阴德报应、死而复生等事深信不疑,以为信史。王士禛的笔记小说也强调真实性,他说"稗官小说,不尽凿空,必有所本"①,"小说演义亦各有所据"②,认为《水浒传》《平妖传》等确有所据,确有其事。他的笔记小说中有大量写其家族及明清时期山左地区的故事,记人事、谚语、异兆等,以为信史,如关于王氏家族始祖初夫人的传说,王士禛在《池北偶谈》中专门进行了说明:

> 先始祖妣初夫人,诸城人,年始笄,一日,忽为大风吹至新城之曹村。时始祖琅琊公,方为某大姓佣作,未婚,遂作合焉。三世至颍川公,而读书仕官。四世至太仆公,始大其门。二百年来,科甲蝉连不绝,皆祖妣所出也。万历中,吴门伍袁萃著《林居漫录》记其事。后嘉兴贺灿然作《漫录驳正》于此条下云:"王氏之兴,必有阴德,此类语怪。"云云。不知此事乃实录也。③

初夫人为诸城人,及笄时为大风吹至新城曹村,嫁与王氏先祖琅琊公,万历间吴门伍袁萃《林居漫录》记录此事,说明初夫人之事在明代流传颇广。而后嘉兴贺灿然《漫录驳正》以为此为语怪,不足为信,王士禛显然对此不满,特在此处强调"此事乃实录"。王士禛对其家族中的神异之事津津乐道,如高祖王重光之妻刘太夫人九十大寿之日,王之垣命工匠镕巡抚楚地时所得二铜瓜,"忽成峰峦洞壑之状,及南极老人、西王母、八仙之形,无不酷肖"④。其叔祖王象节元配毕孺人节烈殉夫,葬后双鹤翔于墓所,伍袁萃《弹园杂志》亦有记载;康熙二十一年(1682)新城遇水灾,王氏高祖忠勤祠水已及阶,将淹入堂室,司香火者张应祥晨往视水,见一神人朝冠朱衣,南面而立,水遂不入。其兄王士禄卒后口鼻中作栴檀、莲华、兰蕙种种异香。这些神异之事是天人感应思想下的产物,带有对衣冠望族的荣显历史

---

① [清]王士禛:《居易录》卷七,袁世硕主编《王士禛全集》,齐鲁书社,2007年,第3801页。
② [清]王士禛:《香祖笔记》卷十,袁世硕主编《王士禛全集》,齐鲁书社,2007年,第4674页。
③ [清]王士禛:《香祖笔记》卷十,袁世硕主编《王士禛全集》,齐鲁书社,2007年,第3048页。
④ [清]王士禛:《香祖笔记》卷十,袁世硕主编《王士禛全集》,齐鲁书社,2007年,第3049页。

的自豪之感,在王士禛看来,都是真实而毋庸置疑的。他还记述了邢侗、左懋第、孙廷铨等山左闻人,以及傅山、蒋超、施闰章、刘体仁等诗友的轶事,对乡邦前贤、诗坛友人事迹的记录,也是真实性的一种体现。

王士禛在《古夫于亭杂录》中还对王象晋的小说《张襄宪公远虑传》本事进行了考证:

> 先大父尚书府君,明天启中,以仪制郎扈惠王之国,著《剪桐载笔》一卷,载铜梁张襄宪公肖甫家藏《清明上河图》第二本,后病中戒子孙曰:"此图有名于世,初本为豪贵胁取贾祸,他日有求者,便可与之。"公殁后几年,中丞某宦于蜀,以三百金檄铜梁令往求之,公之子某如其所戒而返其直。中丞得之,喜甚。再使铜梁令将命,终辞其直不受。令乃大张供具伎乐,召公诸子姓宴饮,尽欢而罢。按:张择端《上河图》曾入严分宜家,所云"豪贵"者,谓世蕃也。肖甫之见,过李卫公远矣。①

认为《清明上河图》初本招祸事中的"豪贵"即为严世蕃,增强了这个故事的可信度。

王士禛的笔记小说叙述奇闻逸事,往往要说明此事听某人说,或曾亲见某人,亲身经历,以证明所记非虚。如《陈玉筒》一则,记陈玉筒被杨生花殴打、剜目,伤重濒死,被三位神人救回,且双目复原,最后官至户部主事,王士禛特言"予在京师见之"②;《荆州镜冤》讲述荆州某子昧下女鬼的古镜,遭到报复的故事,最后点明"郑礼部次公(日奎)在成都说"③;《魏舍人妾》写魏麟征前生欠姑苏女子五十金,今世女子来索偿,事毕离去,文后注明"此康熙辛亥春正月事也"④;张巡妾之事也是"庚申在京师,其(徐蔼)门人范思敬说"⑤。刘焘与友人遇蓑衣老父之事,对比了《列朝诗集》与宋荦《筠廊偶笔》中对此事的记载,认为其门人刘元章所述本自《家乘》,当为实录;宁海州木工数十人浮海至大洋而舟覆,家人皆以为已遇难,八年后木工全部归

---

① [清]王士禛:《古夫于亭杂录》卷三,袁世硕主编《王士禛全集》,齐鲁书社,2007年,第4879—4880页。
② [清]王士禛:《池北偶谈》卷二十,袁世硕主编《王士禛全集》,齐鲁书社,2007年,第3323页。
③ [清]王士禛:《香祖笔记》卷十,袁世硕主编《王士禛全集》,齐鲁书社,2007年,第3340页。
④ [清]王士禛:《香祖笔记》卷十,袁世硕主编《王士禛全集》,齐鲁书社,2007年,第3330页。
⑤ [清]王士禛:《池北偶谈》卷二十四,袁世硕主编《王士禛全集》,齐鲁书社,2007年,第3447页。

来,自述在龙宫营造宫殿,并得到了龙王的报酬,而舟主杨维乔为顺治己亥进士,以御史外迁口北道参议。这些都是对故事的补充说明,目的是表明事有所据。

实录既是王士禛笔记小说撰述的核心原则,也是王氏家族笔记审美观的一种体现,实录的原则与审美影响了王士禛笔记小说的创作思想与叙事方式。为了追求真实,王士禛的笔记小说篇幅短小,不同于其祖父王象晋的铺排议论,而以凝练的语言简述梗概,情节简单,截取人物或事件的核心片段加以精准描绘,不作演绎、夸张、虚构,以超自然的神异现象为信史,形成了自己的创作特点。

(三)传奇笔法

王士禛的笔记小说恪守传统笔记的撰述方式,以简短记录为主,但也有一些作品精心结撰,情节曲折,跌宕起伏,描写细致,为传奇笔法,与其祖父王象晋的笔记小说一样,受到唐传奇的影响,即陈文新先生所言"跨越了文体畛域"[①]的一类作品。这类小说在王士禛笔记小说中最引人关注,以《梨花渔人》《濮州女子》《剑侠》《女侠》《宋道人传》《林四娘》《荆州镜冤》等为代表。

《梨花渔人》与《濮州女子》都写爱情。《梨花渔人》中的女鬼"依缟而姿首甚丽",与渔人相伴一年,将离开时,又为渔人与里中某氏女牵合,为渔人带来温馨与快乐,而渔人也不负其情,誓不负心,在女鬼离开后不数月而卒。濮州女子因与周猱头有夙缘而结为夫妇,不仅事周母孝谨,还能预知大乱,也是一个给普通人带来幸运的女性形象。

《林四娘》中对人物形象的描绘颇为细致。陈宝钥初见林四娘,"年可十四五,姿首甚美,搴帘靸,腰佩双剑",一个英姿飒爽的女子形象就这样勾勒出来了。而这种美丽与人物的深切感伤又构成了林四娘的完整形象,王士禛通过林四娘抒发了对世事变幻的感伤。林四娘本是明衡王宫嫔,宠绝伦辈,但不幸早死,葬于宫中,数年后明朝灭亡,其魂魄犹恋故墟,而衡王宫殿已然荒芜,故而借陈宝钥亭馆宴客。即便是宴会的欢声笑语,也无法抹去林四娘的感伤,"酒酣,四娘叙宫中旧事,悲不自胜,引节而歌,声甚哀怨,举座沾衣罢酒"。林四娘的身份来历与她的悲伤感怀共同构成了这个故事的凄美风格。从叙事来说,全篇以陈宝钥的视角展开叙述,先通过陈宝钥写林四娘的容貌、来历,再写陈宝钥所见、所闻:"每张宴,初不见有宾客,但

---

① 陈文新:《文言小说审美发展史》,武汉大学出版社,2002年,第548页。

闻笑语酬酢"①,而后,陈宝铨也被邀请参加宴会,由此才对林四娘酒酣悲歌有了详尽的描写。最后,林四娘与陈宝铨告别而去。整篇故事让读者跟随陈宝铨与林四娘交流,使人物如在眼前。

《宋道人传》收录于《居易录》,本无篇名,后被收入《虞初新志》,讲述宋道人遇仙学道的故事,颇为曲折。宋道人初遇山中老僧是因为丢失羊群,老僧中秋为其送回羊群后,故事本已告一段落,但因卖羊所得金银分配不均,宋道人被王姓者诬陷,于是再入深山寻找老僧,开始了他的学道之路。老僧令其看壁上所画五大夫,宋道人有所领悟,后学成医术,能治骨伤,应手而愈。此篇写宋道人最后进深山中寻找老僧的经历跌宕起伏:

> 越七日,僧归,谓宋曰:"山中檀越家邀我诵经,汝当随往。"比行及半途,又谓曰:"汝且止此,闻木鱼声乃来迎我。"遂径去。宋候移晷,饥甚,辄躐踪往,道阻一河。河上有翁妪视二童子汲者。叩师所往,曰:"此处无人居,安得延僧诵经者?"不得已,渡河而前。峭壁插天,更无蹊径。倏闻木鱼声在北山上,驰赴之,又闻在南山。顾视日已晡,有虎百十余,咆哮而至。急趋投翁妪所,木栅石屋,亦有鸡犬。翁出叱之,群虎皆弭耳去。招宋留宿,啖以燕麦粥,昧爽睡觉,则身卧磐石上,屋栅皆不见。惊愕久之,遵旧路欲返庵中,道逢妇人井汲而络其臂。问之,则跌伤折骨。宋审其穴脉,试按摩之,应手而愈。②

宋道人在山中循声寻找老僧先遇老夫妇,后又有百余只虎咆哮而至,留宿老者家中,次日又发现身卧磐石上,经历惊险,也渲染出老僧法术高强,行踪神秘,引人入胜。

《女侠》与《剑侠》写侠义之人,都具有神秘、传奇色彩,王士禛在塑造这两个人物时,都做了很多铺垫,让他们最后出场,女侠与剑侠的形象是随着故事的发展逐渐完善的。先是有县役押解官银,被人盗走,而后随店主人去求女尼,女侠才正式亮相,爽朗一笑表现她的自信,随后"牵一黑卫出,取剑臂之,跨卫向南山径去,其行如飞,倏忽不见"。一连串的动作表现女侠的本领高强,神乎其技。不久便持盗者人头而返,驴背负数千金,不见苦

---

① [清]王士禛:《池北偶谈》卷二十一,袁世硕主编《王士禛全集》,齐鲁书社,2007年,第3364页。
② [清]王士禛:《居易录》卷五,袁世硕主编《王士禛全集》,齐鲁书社,2007年,第3770—3771页。

累。至此，女侠的个性、本领都展现出来，作者在最后再荡一笔，写女侠的容貌："高髻盛妆，衣锦绮，行缠罗袜，年十八九，好女子也。"①于是一个英姿飒爽、行侠仗义的女侠形象便呈现在读者面前。剑侠的塑造也是如此，某中丞派小吏押送三千金至京师，途中失窃，归告中丞，中丞以小吏妻、子为要挟，让小吏追回金子。小吏在一位老叟的引导下，进入深山，"行不知几百里，无复村疃。至三日，逾亭午抵一大市镇"，"比入市，则肩摩毂击，万瓦鳞次"，小吏所经深山、市镇皆为渲染剑侠的神秘。及至见到剑侠，"堂中惟设一榻，有伟男子科跣坐其上，发长及骭，童子数人执扇拂左右侍"②，剑侠终于出现，然而事情又有了新的转折，男子并未将失金归还给小吏，而只给一纸书。中丞见书色变，释放了小吏的家人，并免其赔偿，这里又设一悬念。作者最后才给予解答，原来剑侠在书信中斥责中丞贪纵，并早已以中丞夫人的头发作出警告。整篇故事悬念迭出，扑朔迷离，对于剑侠，作者着墨不多，但通过铺垫、渲染，使这个人物形象跃然纸上。

从王象晋到王士禛，王氏笔记小说跨越了晚明、清初两个时期，在唐传奇的笔法与时代风气的影响下，尚奇的审美特征一以贯之，但细究各自小说中的"奇"，又有所差异。王象晋笔记小说中的"奇"，是一种俗世之奇，尽管有些小说描写了阴间幽冥之事，但整体而言，多写现实日常生活中的奇事，更加关注世俗社会，如清官断冤、义仆救主、方士行骗、僧人淫乱等等，都是着眼于现实生活中的奇人奇事。王士禛笔记小说中的奇，则更多地融入了奇幻色彩，女鬼、老僧、道人等等，具有超现实的神秘能力，通过他独特的叙事方式呈现出来，形成了不同的韵味。

综上，从笔记小说的思想内蕴与创作态度来看，王士禛受到王氏家族文化与笔记创作传统的影响，秉持实录的史家传统，立足于儒家，表彰忠义节烈，又兼取佛、道，述因果报应，记僧、道异能。但与明代王象晋相比，王士禛对于儒、释、道思想在取舍之中形成了自己的特点。王士禛的笔记小说也体现出了他的"文人之笔"，《林四娘》《剑侠》《女侠》等小说精心构造，用小说笔法，获得了较大的成功。

---

① [清]王士禛：《池北偶谈》卷二十六，袁世硕主编《王士禛全集》，齐鲁书社，2007年，第3489页。
② [清]王士禛：《池北偶谈》卷二十一，袁世硕主编《王士禛全集》，齐鲁书社，2007年，第3421—3422页。

二、王士禛笔记小说的新变

王士禛的笔记小说创作继承了家族传统的同时,在数量和成就上都超越了其家族先辈,受到时代环境和个人际遇的影响,呈现出与其家族先辈不同的特点,主要体现在对社会现实、宗教的态度及小说的诗化等方面。

(一)社会态度

王士禛出生于明末,成长于鼎革之际,并在清初新旧交替、高压与怀柔并举的特殊的政治环境中入仕。这一时期的社会、政治环境风云激荡,对于文人而言,或心怀故明,或忧谗畏讥,或痛陈民生之苦,或述个人忧苦,不同程度地反映着现实,而王士禛的神韵诗则以"清远"的审美与现实拉开距离。这种"远"不仅体现在他的诗学中,其笔记小说也表现出相似的态度。与其祖父王象晋相比,王象晋笔记小说中对于官场恶习、科举舞弊、社会黑暗等都有所针砭,如《王孺人再生传》《阳邹生孝感传》《王廷尉平反传》《二士谒选说》等,影射现实,针砭时弊,体现出儒家干预现实的精神。而王士禛的笔记小说在反映社会的层面出现了较为明显的转变,他敏感地避开了对社会现实的直接描写,并保持着一定的距离。

王士禛的笔记小说中写了大量的人物,大多数是与其有交往的文人、达官,也有寒士、侠客、村夫、商贩等。写文人、官员重在诗文、个性、节操的品评,写官场人物,往往是正面评价,而绝少涉及官场阴暗,如王东皋的为官清正、戴京兆的清方孤峭、姚文然的好生之念、孙廷铨的清廉慎独、杜立德的气量宏大、杨守礼的谦逊古道、王庭的廉介不苟、范文程的家法谨严等,都是对当时名公大臣品行的褒扬。与之形成对比的,是对前朝人物的品评,褒贬不一,如评价明隆庆时期的内阁首辅高拱:

> 新郑高文襄(拱)为相,恣横已甚,至以赐恤大礼大狱,建言赠杨忠愍诸臣官,起用葛端肃、赵文肃诸公,指为徐文贞之罪。其疏有曰:"皇上,先帝之亲子也。议事者,先帝之臣遗诸皇上者也。而乃敢于悖君臣之义,伤皇上父子之恩,非所以训天下也。"云云。此与章惇一辈小人,倡为绍述之论者何异?[1]

---

[1] [清]王士禛:《池北偶谈》卷八,袁世硕主编《王士禛全集》,齐鲁书社,2007年,第3015页。

高拱为首辅时与徐阶反目,相互攻讦,王士禛认为高拱专横恣意,借政事排除异己,与北宋章惇借绍述新法打击异己、扫清障碍没有分别。王士禛对前朝人物的品评态度显然与对本朝人物的态度不同,甚少顾忌。其笔记小说中的其他人物也多以儒家传统道德加以衡量,武林女子王倩玉有诗才,已有婚约而与其表兄沈生相悦而越礼。王士禛一方面欣赏其才华,另一方面认为其淫奔失行;高要梁指妹因未婚夫病卒,素衣而哭,晨昏不辍,后自缢相殉,肯定其守节之行;卢沆遇宣宗谦恭而受知擢第,贾岛、温庭筠因微行傲忽致遭贬谪,是为轻薄之戒。诸如此类,都是站在正统道德的立场进行记录和评判。明清易代在当时的环境下是敏感的话题,王士禛笔记小说里也涉及不少相关的人和事,这类小说极少触及清兵入关之事,而往往以张献忠、李自成为反面对象,表彰将领、平民、妇女的节义,《皇华纪闻》中《潜山忠孝》《太湖忠义》《九江忠义》《王子美》《郭裕》等记录的都是明清易代战争过程中因抵抗李自成、张献忠等农民起义而殉节的人物。另外还有一些文人,王士禛记录他们逃禅、隐居等特殊的行为方式和生活状态,如无可和尚方以智曾为"明末四公子"之一,鼎革之后遁入佛门,"衣坏色破衲衣,行缠束腰,居然苦行头陀也"①。商丘张昉甲申后"居一土室,不入城市。时为五言诗学陶靖节,书学颜平原。守令欲一见不可得"②。南海邝露"负才不羁,常敝衣跣履,行歌市上,旁若无人。顺治初,王师入粤,生抱其所宝古琴,不食死"③。新城徐夜为王士禛表兄,入清后弃诸生,隐居郑潢河上,"掘门土室,绝迹城市,有朱桃椎、杜子春之风"④。金陵遗民张瑶星居栖霞一小庵,数十年不入城市。这些文人的行为、状态异于常人,实际上体现出的是家国沦丧的心理创伤和不与新朝合作的态度,王士禛以客观真实的态度记录,不对其行为作评价,展现了文人心史,但仍无涉于时局大事。《周将军》一则较为特殊,直接写到清兵入关的战争:

> 前明崇祯十五年,本朝大兵入畿辅、山东,次年始北归。封疆大帅无敢一矢加遗。周将军遇吉,时调防天津。大兵至,巡抚冯元飏令出战,周以五百骑伏杨柳青,大兵至,邀击之,自辰鏖战及酉,其夜大兵徙营北去。闻满洲诸公言:"壬癸入关之役,往来数千里,如入无人

---

① [清]王士禛:《池北偶谈》卷二十一,袁世硕主编《王士禛全集》,齐鲁书社,2007年,第3350页。
② [清]王士禛:《池北偶谈》卷九,袁世硕主编《王士禛全集》,齐鲁书社,2007年,第3023页。
③ [清]王士禛:《池北偶谈》卷二十一,袁世硕主编《王士禛全集》,齐鲁书社,2007年,第3087页。
④ [清]王士禛:《池北偶谈》卷六,袁世硕主编《王士禛全集》,齐鲁书社,2007年,第2950页。

之境,惟见此一战耳。"周后与其夫人御闯寇,死偏关,最烈。①

这则故事写到了崇祯十五年(1642)清兵入关之事,似乎触及了明清易代的敏感事件,但实际上关注点在于周遇吉将军的勇武与节烈,而这种勇武也恰是被清廷所认可和欣赏的,这样在叙事角度和立场上与官方价值并不相悖,也就避开了对社会现实的正面描写。另两则写明清易代时期神异之事的《蜀府鬼》和《地藏出泪》也是如此:

> 献贼据成都,以蜀王府为宫,所居人鬼相触。一日,闻后殿有歌吹声,自往视之,见有数十人,手持乐器,而皆不见其首,大惊仆地,乃移居北城楼,不敢入宫。②
>
> 黄州府黄梅县南,孔龙镇小江上,有地藏菩萨像。崇祯壬午十一月,像忽出泪,拭之复出。是月二十三日,献贼陷城。至顺治二年,泪出如前。甫一月,左良玉兵至。③

蜀王府鬼歌吹,地藏菩萨出泪,都是令人惊异、恐怖的事件,而这些事件的背景都是易代残酷的战火。战争带来的生灵涂炭都被隐藏在这些简短记录的神异事件背后,与惨烈的现实隔开一层,这就是王士禛笔记小说对社会现实的处理方式与态度。

此外,王士禛写神异、超自然之人事,或客观记录,或阐明因果报应,如能治病救人、预知福祸的黄衣人;在陆地仪仗森然,行驶如飞的官船;能使死人起死回生的老神仙,乃至于其兄长王士禄去世后体散异香等;又如刘龙山梦中受神人指点,多行善事,赈济灾民,后其孙、曾孙分别探花、状元及第;乔仲伦乐善好施,其妻年四十九生子;刘约不因未婚妻失明悔婚,后登进士,生四子皆为名臣;古月头陀两膝生疮,宛如人面,乃因梁时所害卢昭容索报等,这些内容都与社会现实关涉不大。

所以,总体来说王士禛笔记小说中对待社会现实的态度与其家族先辈相比,很大程度上规避了对社会现实的直接反映,呈现出更为保守、正统的态度。这与王士禛本人的经历及清初较为特殊的政治环境有关。清初对文人有较为严密的文网和思想控制,王士禛一生仕途顺利,身居高位,思想

---

① [清]王士禛:《池北偶谈》卷七,袁世硕主编《王士禛全集》,齐鲁书社,2007年,第2982—2983页。
② [清]王士禛:《池北偶谈》卷二十一,袁世硕主编《王士禛全集》,齐鲁书社,2007年,第3351页。
③ [清]王士禛:《皇华纪闻》卷一,袁世硕主编《王士禛全集》,齐鲁书社,2007年,第2681页。

较为正统保守,笔记中也多次记录康熙皇帝对他的恩遇,其笔记小说体现出的思想倾向也与其身份地位相一致。

(二)宗教态度

王士禛笔记小说不仅在社会态度方面发生了变化,在宗教态度上也有了变化。王氏的家族文化中渗透着浓厚的佛、道因素,佛家与道家对王氏文学有深刻的影响,王氏文学作品中反映佛、道思想的内容颇为丰富,具体到笔记小说中,由于方外之人在行事经历上不同于普通人,容易引起人们的好奇,从而满足猎奇的心理。僧人、道士往往又身怀异能,满足了人们对于神仙、异境的想象。王象晋、王士禛的笔记小说都受到佛、道文化的影响,他们对于佛、道的看法较为复杂,也有所取舍。王象晋对于佛家、道家的思想经义有较深入的体悟和认同,王氏家族佛、道文化的形成也很大程度上与王象晋有关,佛家的因果报应思想、道家的修身养性之说都是王象晋所欣赏和认同的。但是,他对于现实中的佛家与道家却十分不满,在其笔记小说中,僧人与道人恰恰都是破坏佛、道精神的负面形象,反映了晚明时期的世风,王象晋对此表现出一种明确的深恶痛绝的态度。

王士禛也写到一些僧人生活豪奢,横行不法,如山东诸城的金和尚,仗旗人金中丞之势力,常住在诸城九仙山古刹中,占腴田,起甲第,居别墅,鲜衣怒马,歌儿舞女,豪家士族所不及,以势力横行不法三十年,死后财产被其僧徒、假子所瓜分。又如吴人张某因偶然间言中许彤状元及第,遂以相术招摇撞骗,后被识破。金和尚、张某的故事反映了清初僧人、方士不法、行骗的社会现象,与王象晋小说中僧、道故事有相似之处,但这类故事在王士禛的笔记体小说中是极少数,绝大多数的僧人、道人都是身负异能的世外之人,王士禛对他们不加褒贬,也并不排斥,本着客观的态度记录他们的奇技与神秘。小说中的道士长生不老,神乎其技,如张大悲好仙术,能画地为限,牛不能出,以泥丸为食,坐卧处往往有云气;何公冕少遇异人授符箓,能役鬼神,手巾沥水以灌溉町畦;戚无何为方外士,能拔摇头捕巨鱼;张谷山能瞬间往来两千余里为其兄嫂传书递信;老神仙能使死者复生;何老庵修道独居,每夜有蛇虎相伴;浦回子跟随罗山道士修道,容色如少年;静宁州道士卖药于市,以小瓢贮丹,任人自取而瓢不空;崂山道士百里送牛;颍州道士以数十斤铁锤为少年击头面驱邪,诸如此类,所关注的都是道人不同于常人的神奇技能。

王士禛笔记小说中的僧人形象较道人、方士更为正面,甚至抱着一种欣赏的态度进行描写,如明清易代时期的大竹破山和尚为阻止李鹞子杀人,破戒食肉,全活无算,是一位慈悲为怀、济世救人的高僧形象。他笔下绝大多数僧人能预知生死,通晓涅槃解脱之道,碧禅师隐居辽东山中,顺治皇帝闻其名,累召不至,遂遣索鼎公召之。碧禅师曰:"吾先行矣。"遂坐脱。雪峤禅师将涅槃时,召集大众升座说法,完后呼茶,笑谓众人:"吃一杯茶,坐脱去也。"置茶碗而寂。新城城隍庙主持明还性朴诚,不与人交,虔奉香火,乙亥四月某日命其徒具浴,敷而坐化。益都孙廷铨香火院善庆庵主持老僧,年八十余,一日早起,索浴罢,嘱侍者云:"好语主人,吾去矣。"遂升座而寂。这些僧人参透生死,达观知命,既代表着佛禅的境界,也代表了古代文人所追求的人生境界。还有一些故事描述僧人的独特个性,如以下三则:

> 颠和尚者,长安人,踪迹诡异。蜀臬某迎之成都,礼拜甚恭。而往往面斥之,言无忌惮。尝食犬肉,帽檐插花一枝,引群丐游行市中。入昭觉,见丈雪禅师,诙嘲不屑,禅师颇敬惮焉。一旦,骑马出城数里,语厮役曰:"吾归矣。"径舍骑徒步去。臬追赆,不受。往来秦、蜀栈中,所至,辄画达摩相施人。归,至长安,数日,遂坐化。人言是初祖游戏震旦耳。①

> 僧天花者,山东人,不持戒律,酗酒亡赖,人皆恶之。游方至河西务居焉,而饮酒食肉如故。久之,人颇厌苦。天花一日大市牛酒,召邻里毕集,酒酣,谂众曰:"吾行脚至此,久渎诸檀越,今将行矣,聊此言别。"轰饮至夜半,起曰:"吾明早乃行,居士辈留此勿归。须送我乃返耳。"众疑其所为,去留各半。比天晓,索汤沐浴,拜佛竟,呼众曰:"居士珍重,吾行矣。"入室敷坐而化。②

> 无学和尚,庐陵人。常饮酒肆,醉辄詈人,人以为狂僧。然工诗善书,尝题邹南皋先生画像曰:"烈著朝廷,名满天下。世人见之,谓是仗节死义之臣;无学视之,仍是水田老者。"水田,南皋所居也。尝

---

① [清]王士禛:《陇蜀余闻》,袁世硕主编《王士禛全集》,齐鲁书社,2007年,第3618页。
② [清]王士禛:《居易录》卷二十一,袁世硕主编《王士禛全集》,齐鲁书社,2007年,第4102页。

注《楞伽经》，多妙义。后示寂九江，火其骨，投之江。忽风雷大作，涌沙石成洲，今号无学洲云。[①]

颠和尚、僧天花、无学和尚实际上都代表了晚明时期狂禅的特点，颠和尚蔑视高官，食肉簪花，天花僧不持戒律，饮酒食肉，无学和尚醉酒詈人，蔑视权威，行为方式放诞不羁，与传统僧人不同，也不同于王象晋笔记小说中那些杀人行骗的僧人、道士，而带有一种独特的意象化的性质。王士禛还写到尼涵光，本姓邹，江西宜黄人，嫁谭纶之孙，其夫椎鲁不知书，涵光弃去，鼎革以后出家为尼，尼涵光的形象也不同于一般的封建女性，具有独立的人格。

王士禛不仅深受佛家因果报应、道家修身养性等思想的影响，对现实生活中的僧人、道士也总体上以平和的态度进行描摹。笔记小说中的僧人、道士较少负面形象，而通过对他们行为方式、神奇技艺的记录较大程度增强了他们的神秘性，这与他本人的经历有关。王士禛一生交游广泛，不乏佛门中人，并与他们有诗文往来，康熙四年（1665）王士禛在扬州与禅智寺硕揆禅师释元志倡和，引起众多文人应和，为一时盛事。王士禛入京为官之后还与硕揆禅师以书信往还倡和。王士禛还与盘山诗僧智朴交往密切，曾为其评定《清沟偈语》，认为其诗有极似唐代诗僧寒山者，并在《居易录》中摘录其佳句。智朴曾以所著《电光》《云鹤》诸集请王士禛为其作序，二人诗文往来颇为频繁。王士禛的这种交游经历一定程度上影响着他对僧、道的态度，笔记小说中的僧、道形象也就摆脱了日常、世俗生活中的负面印象，而显得超凡脱俗。

（三）小说的诗化

受神韵诗学的影响，王士禛笔记小说体现出诗化的倾向，其叙事、表达方式也呈现出与神韵诗相似的含蓄蕴藉、善造意境的特征。这一点也与其家族笔记小说传统有区别。王象晋的笔记小说叙述详尽，描摹细致，借鉴了史传文学的传统，加以议论，将个人观念、情志等都表露无遗，如《阳邹生孝感传》中对鬼使爱财的议论，《王孺人再生传》中对于父母子女缘分的观点，《王京卿义姜传》中对王京卿与其姜品行的评价，都是在借小说故事阐发观念。与王象晋相比，王士禛将自己的意向隐藏在故事中，与作品拉开距离，进行客观记述，不加评论，留给读者体味，如以下三则：

[①] [清]王士禛：《皇华纪闻》卷二，袁世硕主编《王士禛全集》，齐鲁书社，2007年，第2712页。

王文正,桐城人,七岁得道书,能役鬼神。后祷雨皖城,有道人亦祷雨池口。池口云起,文正招云过皖。道人曰:"皖有异人。"即椑片席渡江访之。文正亦浮磨江中迎之。咨论竟日。临别,道人以三指拊文正背。有顷背痛,则有三铜钉入骨。文正急用瓮自覆,围火炼之,戒家人曰:"七日勿启可活。"至五日,家人不能待,试启之,钉已出三寸许。文正叹曰:"命也。"遂死。(《王文正》)[1]

郭文毅(正域)贵盛时,与汉阳老孝廉刘某者为姻。一日,刘之女眷至郭氏,郭殊不加礼。归而诉之孝廉,郁郁以殁,既数十年矣。明末献贼屠武昌城市,人民稀少,有人入城,过城隍庙,见悬一牌云:"郭正域刘某一案候审。"时正白昼,朱墨如新。汉阳宗侄孟毂(榖)说。(《郭文毅》)[2]

沔阳州王翁者,夫妇皆奉佛,里称善士。年五十无子,始举一女,甚明慧,授以书,辄能强记。翁媪晨夕礼佛,女辄膜拜于后。年十五,一夕就寝,梦寐中若有众捧持之以手抚摩者,晨起如厕,则变为男子矣。[3]

第一则讲述王文正被道人所害,以道法自救,无奈家人不听诫告,提前两日启瓮,王文正因此命绝。后两则都讲因果报应,郭正域嫌贫爱富,轻慢婚约,死后在城隍受审;沔阳王翁虔诚奉佛,所生女儿十五变为男子。作者不加议论,只是客观叙述前因后果,而留给读者细加体味的余地,王文正之死的遗憾,郭正域阴间受审的暗示,王翁种善因得善果的结局,作者的思想倾向实际上隐藏在客观的叙述背后,这样的写法与其神韵诗含蓄蕴藉的审美倾向异曲同工。

《林四娘》中林四娘形象的刻画,也是采用作者隐身的叙述方式,从陈宝钥的视角出发,勾勒出一个英姿飒爽而又充满感伤的女性形象,并通过林四娘抒发世事变幻的感慨。林四娘本是明衡王宫嫔,宠绝伦辈,但不幸早死,葬于宫中,数年后明朝灭亡,其魂魄犹恋故墟,而衡王宫殿已然荒芜,

---

[1] [清]王士禛:《皇华纪闻》卷一,袁世硕主编《王士禛全集》,齐鲁书社,2007年,第2673页。
[2] [清]王士禛:《池北偶谈》卷二十四,袁世硕主编《王士禛全集》,齐鲁书社,2007年,第3431页。
[3] [清]王士禛:《居易录》卷二十三,袁世硕主编《王士禛全集》,齐鲁书社,2007年,第4137页。

故而借陈宝钤亭馆宴客。即便是宴会的欢声笑语,也无法抹去林四娘的感伤,"酒酣,四娘叙宫中旧事,悲不自胜,引节而歌,声甚哀怨,举座沾衣罢酒"①。林四娘的身份来历与她的悲伤感怀共同构成了这个故事的凄美风格,营造出诗一般的意境,颇具神韵诗的美感。

王士禛的大部分笔记小说都非常简短,用凝练的语言进行叙述,有的故事不以情节取胜,而重在描摹人物,并营造优美的境界,余味悠长,如德州赵进士仲启月夜露坐,"仰见一女子,妆饰甚丽,如乘鸾鹤,一人持宫扇卫之,逡巡入月而没"②。文登毕梦求九岁时,嬉戏于庭,正当中午时分,天宇澄霁无云,"见空中一妇人,乘白马,华袿素裙,一小奴牵马络,自北而南,行甚于徐,渐远乃不见"。王士禛从姊亦曾见晴昼天空中一少女,"美而艳妆,朱衣素裙,手摇团扇,自南而北,久之始没"③。这些故事所记录的都是超自然的异象,没有复杂的情节,只是简单地描绘了所见,留给读者广阔的想象空间,令人回味。

王士禛将诗歌融入小说中,或推动情节发展,或塑造人物形象,或渲染环境氛围,成为小说的一部分,也使得小说增加了诗意。《皇华纪闻》中《刘焘》一则的诗歌运用对于人物塑造起到了重要的作用:

> 刘焘,字尚载,桐城人。成化间举人,官至长沙知府。为诸生时,与友人同赴省应选贡。途中风雨骤至,因解装暂憩野亭,共赋送春诗云云。忽一老父衣蓑荷笠至,闻吟诗,亦请笔砚,顷刻诗成。诗云:"怨风怨雨总皆非,风雨不来春亦归。蜀魄啼残花影瘦,吴蚕吃尽柘阴稀。枝头绿软梅初熟,口角黄乾燕学飞。我亦欲归归未得,担头犹挂旧蓑衣。"二人诵之大惊。老父曰:"山居只尺,能枉过乎?"袖出枣二枚啖之,因与同行数里。天渐暝,前阻一溪,溪有竹筏,老父招二人登焉,二人不可,谢归。老父登筏长啸而去。比归则稻已登场,距去时半载矣。④

小说中的蓑衣老父是一个神仙人物,作者通过其一系列的行为来刻画人物:赋诗、啖枣、邀客、登筏长啸,其中的送春之诗是作为重要的情节来展

---

① [清]王士禛:《池北偶谈》卷二十一,袁世硕主编《王士禛全集》,齐鲁书社,2007年,第3364页。
② [清]王士禛:《池北偶谈》卷二十六,袁世硕主编《王士禛全集》,齐鲁书社,2007年,第3494页。
③ [清]王士禛:《池北偶谈》卷二十六,袁世硕主编《王士禛全集》,齐鲁书社,2007年,第3480页。
④ [清]王士禛:《皇华纪闻》卷一,袁世硕主编《王士禛全集》,齐鲁书社,2007年,第2674页。

开的,诗歌中是蓑衣老父初次出场的画像,看似貌不惊人,实则才情满腹,勾勒出一个高士的形象,为后文的形象塑造奠定了基调。"我亦欲归归未得,担头犹挂旧蓑衣"是老父情志的表达,也是其身份的暗示。《周休休》一则中周休休题道观壁上之诗也是如此:"陌上红尘扑面飞,近来觉得世情微。白云深处招黄鹤,不识人间有是非。"①诗中表达对红尘俗世的厌倦,有逃离尘世之意,后来果然观主以逋粮系狱,周休休出药如黍粒,点金济之,绝迹于世。

还有一些笔记小说将现实与审美理想结合在一起,写的是现实生活中的人物,其行为、情感等都被赋予审美的意味,从而形成一种诗化的境界,《居易录》和《香祖笔记》中分别记录了两个诗意的人物:

> 阮潘,字季子,怀宁人,筑草堂于龙山,冬夏惟披一衲,因以自号。性嗜酒,工画。时携襆被、酒垆、画具,命一僮肩之,游散山水间,遇胜处辄流连忘返。谓其友刘鸿仪曰:"死即葬我草堂之侧,磨片石题曰'酒人阮一衲之墓'。"未几卒。刘及同志葬之如约。颜所居曰"一衲庵"。每岁晏刘必携酒浇其墓,有诗吊之曰:"酹君君岂知,去去复回顾。一片纸钱灰,飞上梅花树。"潘诗多寒瘦,画格清绝。入本朝乃卒,亦高士云。②

> 史痴翁,金陵人,佯狂玩世,工诗画乐府。妻号乐清道人;姬人何,号白云,善画,工篆书,通音律琵琶,得两京国工张禄之传。翁每制一曲,即命白云被之弦索。尝访沈石田于吴中,不值,见堂中幞绢素尚未渲染,辄濡墨纵笔作山水,不题姓名而去。石田归见之,曰:"吾吴中无如此人,必金陵史痴也。"亟追邀之,相见一笑,留石田家三月而后返。③

阮潘和史痴翁是两个诗化的人物,前者才华横溢,个性不羁,行事率性恣意,过着传统文人所向往的自由随性的隐居生活。后者个性突出一个"痴"字,痴于书画音律,佯狂玩世,实际上也是一种自由人格的体现。阮潘

---

① [清]王士禛:《皇华纪闻》卷二,袁世硕主编《王士禛全集》,齐鲁书社,2007年,第2692页。
② [清]王士禛:《居易录》卷二十,袁世硕主编《王士禛全集》,齐鲁书社,2007年,第4077页。
③ [清]王士禛:《香祖笔记》卷七,袁世硕主编《王士禛全集》,齐鲁书社,2007年,第4621页。

通达超脱,面对死亡安之若素,嘱刘鸿仪葬其于草堂之侧,是对自由灵魂的极致追求,而刘鸿仪守约葬友,每岁以酒相祭,是人间美好友情的诗化表达。史痴翁访友不遇,见堂中绢素尚未渲染,即濡墨纵笔,作画于上,不题姓名而去,超出世俗,而沈石田见画而知其人,亟追相邀,以知己之情作为回应,将现实生活中的情感上升到一种审美的情志。诗化的人物,诗化的行为方式,形成了小说浓厚的诗味。

将王士禛笔记小说放在家族传统中考察,能够明确地发现他的新变,不论是对僧、道故事的客观记录,面对社会现实的正统立场,还是小说的诗化,根本来说,反映的是王士禛美学思想中对"清远"的追求。这种"清远",既是在清初特殊的政治文化环境下与现实保持的一种"远"的距离,也是他的创作中追求的一种不即不离而又引人回味的境界。与其祖辈相比,清初仕途顺利、身居高位的王士禛所处的社会环境已经与晚明时期的世风日下、危机四伏不可同日而语。他对宗教、社会现实的态度,既是大环境的影响,也是其身世际遇的自然产物。而在这种大环境下形成的神韵诗说,显然不仅体现在他的诗学中,也渗透到了其笔记小说的创作中,形成了自己的特点,在清初的笔记小说中具有一定的代表性。

小　结

　　新城王氏的家族文学以诗学、词学、笔记小说为主,以王象春、王士禄、王士禛为代表,具有相当大的影响力。三人之外,王之猷、王象艮、王象明、王与玫、王与胤、王士禧、王士祜等人也各具面貌,在王氏家族文学中有重要位置,他们的创作共同构成了新城王氏家族文学的内容。

　　王氏在诗歌方面深受明代复古诗学的影响,第五代王之猷去后七子不远,步趋济南,其《柏峰集》跌宕使气、追求体格,豪宕之处为其季子王象春所继承。王象春活跃于万历后期,此时后七子复古运动已经落潮,诗坛派别林立,各立门户。王象春接续冯琦、公鼐、于慎行等人,与公鼒、李若讷等既推崇李攀龙高古大雅的复古精神,也力求创新,提出"重开诗世界",倡导"齐风",在创作上以壬子科场案为界,经历了承接复古、取法晚唐、反思复古、自辟门庭的过程,在晚明山左诗坛独树一帜。王象明虽"才不逮考功(象春),而欲驰骤从之",其《聊聊草》以长白山四时景物为主,辟境离奇,俊削灵庚,跌宕之处稍近于王象春。王象春取法晚唐的诗学宗尚对王与玫产生影响,作为嗣子,王与玫在精神气韵和诗歌创作上皆入问山之室,选旨大要以凄激为宗,归极流艳,近于李贺、李商隐,爱情诗深挚哀婉,成就较高。王与玫与从甥徐夜年岁相近,交往深厚,二人在诗歌观念上也相互影响。所以,从王之猷到王象春,再到王与玫、徐夜,实则形成一条家族诗学传承的线索。

　　明代王氏有诗歌创作的成员还有王象艮、王象晋等人,他们与王象春等人一样,同属复古阵营,但创作倾向则有所差异。王象艮一生仕途不顺,沉沦下僚,寄情山水,在新城自辟迁园,自得其乐。《迁园诗》多写山水田园之乐和羁旅行役之感,有韦、白遗韵,大历余风,集中体现出对山水自然的热爱。王象晋为人宽厚平和,经历明清易代,《赐闲堂集》有家园之痛与身世之感,亦多登临游览、闲情逸趣之作。王象艮、王象晋等人亦受复古诗学影响,但更多地体现出王氏家族雅好山水的家族性格与文学传统,形成王氏家族诗学的另一条线索。

　　清代王士禄、王士禛兄弟继承、总结了明代复古诗学,二人早期不拘泥于初、盛唐,博采众长,师法汉魏,齐梁,初唐、盛唐、中唐、晚唐,风格多元,尤其推崇杜甫的雄浑高古与唐人兴到神会之境。王士禄作为长兄对王士禛的诗学观念有直接的影响，王士禛的神韵诗学和杜诗学，都与早年王士禄的引导有密切联系。王士禄在诗歌创作上以康熙三年(1664)"甲辰之狱"为界，由学习杜甫而至取法王、孟；王士禛以神韵说总持康熙诗坛，在杜诗学、宋诗学、声律学等方面都有所创获，并总结家族诗学和明清山左诗学，乐于奖掖后进，对清初山左诗学的发展做出了重要贡献。王士禧、王士祜在诗歌成就上不及"二王"，但受到相同家族环境的熏陶，亦与"二王"有相近的神韵清远的唐人旨趣。

新城王氏的词学成就不及诗学，但也是其家族文学中的重要内容。明清时期王氏治词者甚鲜，王象乾、王象晋曾刻词谱、选词集，但不见作品流传，唯王象艮、王与玟有词作存世。入清后王士禄、王士禧、王士祜、王士禛皆有词作，王士禄、王士禛词学成就在家族中最高。总体而言，王氏在词学观念、创作上深受明代以来《花间》《草堂》风气影响，整体创作成就不高，但王士禄、王士禛在江南领导、参与的词坛倡和活动，如"红桥倡和""江村倡和""广陵倡和"等，对清初词风的嬗变有重要影响，从这一方面来说，王氏在词学上的成就也不容忽视。

除了诗学与词学，笔记小说也是王氏家族文学中的一部分，与前两者相比，笔记与笔记小说对于王氏成员来说是以余力为之，但也形成了自己的特点。王象晋的笔记小说在教化的同时反映了晚明的世风，在审美方面尚俗尚奇，用传奇笔法，情节曲折，描摹细致。王士禛的笔记小说受到王氏家族文化的影响，在思想内蕴和创作态度上既有所继承，也为了适应他的身份和清初的政治文化环境而有所变化，他的笔记小说恪守笔记创作的传统，同时也有部分小说以铺陈描摹的传奇笔法为之，在清代笔记小说中占据一席之地。

结语

明清时期的山左望族,大都首先在科举、仕宦上占据优势,而后形成各自的家族传统,代代传承,这些家族也各有所长,或在仕宦,或在文学,在山左政治、经济、文化生活中占有重要位置。新城王氏作为久负盛名的山左名门,无论在仕宦还是在文学上都影响深远。"往昔士族惟王氏(东晋琅琊王氏)为盛,或以文学,或以事功,或同一宗族,若今新城,岂惟富于科名,复笃实辉光,殆余齐鲁中所称躬行君子者也。"[①]从仕宦而言,明中期至清初,王氏科甲蝉联、簪缨不绝,父子尚书,兄弟督抚,"海内称新城王氏,不啻琅琊之于永嘉,三槐之在宋室"[②]。从文学而言,王氏以诗书传家,勤于著述,广泛涉及经、史、金石、书法、绘画等领域,各类有著录、留存的著述达三百余种,并以诗歌为家学主流,形成了浓郁而深厚的家族文化传统和较为庞大的家族文学群体。新城王氏在仕宦、文学上都取得了较大的成功,在明清时期的山左地区有相当大的影响力,尤其是在清初王士禛诗坛领袖地位确立的情况下,山左地区形成以王氏为中心的文学圈,影响巨大。通过对王氏政治生活、文学交游、著述情况、文学传统等的考察,可以形成以下几点认识:

　　一、从家族发展史来看,新城王氏经历了由科举、官僚家族向文学家族转变的过程,这种转变与明清时期的政治、社会、文化环境的变化息息相关。王氏自第四代王重光跻身仕宦至第六代"象"字辈,人才济济,入仕为官者甚众,以王象乾、王象蒙为代表,位高而权重。这个家族从兴起到鼎盛的时期伴随着晚明政治、社会的黑暗与迷乱,在政治生活中尤以党争牵连最广。王氏作为海内名族,政治实力雄厚,成为各方势力拉拢或打压的对象,王象春、王象乾、王象晋、王象复等人皆与东林党人关系密切,并牵涉党争之中。王氏在党争中立场与东林党人相近,虽在政治力量角逐中部分成员遭受排挤,但家族的整体实力并未被削弱,来自诸党的打击反而在一定程度上助增家族声望,为士林所推重。明清易代,王氏坚守了一贯的节义立场,在"辛未""壬午""甲申"三次劫难中始终表现出坚决抵抗的态度。这种面对新旧王朝更替的不合作态度导致第七代成员折损大半,遭受重创,

---

[①] [明]杨巍《合葬墓志铭》,王象乾、王象蒙辑《忠勤录》,国家图书馆藏万历间刻本。
[②] [明]江东之《王太仆传》,王象乾、王象蒙辑《忠勤录》,国家图书馆藏万历间刻本。

明末清初王氏一度进入人才凋零、家族式微的局面。清初,满、汉民族矛盾仍然尖锐,社会尚未完全稳定,政治空气紧张,王氏既承受着明清易代所带来的家国创伤,又迫于家族生存、发展的压力,调整了处世态度。从家族发展而言,科举、仕宦的成功无疑是最紧迫的任务,王象晋、王与敕等家族长辈秉持不事二主的忠节之义,隐居不出,而专心于教育第八代"士"字辈子孙,敦促他们重振家声,王士禄、王士禛等人不负厚望,在顺治间先后成进士,并享誉诗坛、政坛。

明清易代是新城王氏由科举、官僚家族向文学家族转变的节点。虽然易代之前王象春、王象艮、王象晋、王象明等人已经涉足文学,有了向文学世家转变的趋势,但总体而言,更能代表其家族的是政治实力,尤其是第五代、第六代成员入仕为官者三十余人,王之垣、王象乾、王象蒙、王象晋等人更是颇具政治影响。然而,明清易代打断了王氏科举、仕宦上的连续性,第七代多数成员以及部分第八代成员在易代中殉节、罹难,使王氏在科举、仕宦上由盛转衰。入清以后,王士禄、王士禛等人也科举入仕,但整体来说,清代王氏在科举、仕宦上都不及明代辉煌。而在文学上,明代王氏在家族文化传统构建上的努力和王氏成员对文学、艺术等的广泛涉猎,已经为家族文学的繁荣做好了准备。明清易代虽然使王氏在科举、仕宦上一度断层,文学脉络却一以贯之,家国创伤和清初高压的政治环境又强化了王氏对自然山水的精神向往。反映在文学中,是王士禄、王士禛兄弟崇尚神韵自然的诗歌观念的凸显,在顺康之际以词表达心曲,并在笔记与笔记小说中呈现出对传统的恪守。清初王氏以王士禛四兄弟为代表,实现了家族振兴,这种"振兴"是文化、文学意义上的振兴,也完成了王氏由科举、官僚家族向文学家族的转变。

二、新城王氏在明清时期有广泛的文学交往,通过以姻娅关系为主的家族交往、结社、倡和活动及成员的个人文学交游,王氏与明清外部文学环境发生了广泛的联系。王氏与山左文学家族如临朐冯氏,临邑邢氏,淄川高氏、毕氏,博山孙氏、赵氏,新城徐氏,长山刘氏等的交往,使这些家族之间在文学上相互影响,且在不同时期发挥着各自的作用。从冯琦、邢侗到王象春、王象艮,从高珩、孙廷铨、冯溥、赵进美到王士禄、王士禛,再从王士禛到赵执信,这些文学家族的发展形成了一条明清山左文学发展的线索,而新城王氏在其中的作用日益凸显。同时,随着明清易代王氏在科举、仕宦上的力量的削弱,王氏在政治上的影响也日益收缩。清初王士禄、王士禛以诗歌闻名海内，他们早年通达，在仕途上获得成功之初就展开了文学上的交游，并突破山东范围，在京城、扬州两个文学中心展露文学才华，更多地获取文化上的认同和文学成绩上的认可，他们的文学交游也获得了成功。在清初特殊的政治环境下，文学上的才华与声望甚至对于政治、仕途大有助益，王士禛即因此得到康熙赏识，成为诗坛一代正宗，并获得崇高的政治地位。

三、新城王氏重视科举，又重视人文情怀的培养，在家族内部形成了浓厚的文化氛围。家学内容丰富，凡文学、经学、史学、农学、医学、小学、金石无不涉猎，对书法、绘画等艺术的热爱，使他们濡染了博雅的人文气质。王氏著述丰富，又好藏书，被称为"江北青箱"。本书对王氏三百余种著述进行了全面的考订，发现了一些以往研究中未曾被学界重视的文献，如王士禛早年的单刻小集，保存了其创作的原始面目，有重要的文献价值。另外一些文献如明代王之献、王象艮、王象明、王与玟等人现存孤本别集则影响着我们对王氏家族文学整体的认识。通过对这些文献的考证与研究，补充、揭示王氏家族文学创作的全貌，形成对王氏家族文学传统的完整认识。

四、新城王氏以诗学见长，在明代形成了追慕复古与雅好山水的诗学传统，这种传统的形成既有明清政治、文化环境、山左复古诗学等外部因素的影响，也与王氏家族崇尚自然、热爱山水的家族文化、家族性格等内部因素有关。经过明清易代，清初王氏将复古诗学与自身文学传统相结合，在清初特殊的政治环境下完成了对明代诗学的总结，以神韵诗学为代表，使山左诗学成为清初诗坛的主流。

王氏诗学与山左诗坛的发展步调一致。复古与反复古是明代诗学中的一条重要线索。自弘、正以后李梦阳、何景明等"前七子"倡言复古，一扫台阁习气之后，复古诗学成为诗坛主流，山左诗坛在复古思潮影响下逐渐崛起，嘉、隆间形成以李攀龙为中心的历下诗坛和以林下诸老为中心的青州诗坛。李攀龙作为"后七子"领袖受到山左诗人推崇，使历下诗坛成为复古重镇。新城王氏兴起于此时，渐染风气，王之献步趋济南，不爽尺寸。万历以后，复古运动落潮，公安、竟陵非议复古，批判七子，诗坛门户林立，山左诗坛在接受复古诗学的同时，求新求变，王象春与公鼐、李若讷等人倡导"齐风""齐气"，自辟门庭。王氏受到复古诗学影响的同时也有自己的文化传统。王氏出于孔孟之乡，儒家思想在家族文化中占有主导位置，追求修齐治平的理想，因此重视读书、科举、著书立说，在学术思想上也崇尚经世致用的实学。王氏又出入于佛、道,重视修身养性,崇尚自然,呈现出超越世俗、淡泊名利的名士风范,而新城优美的自然环境和悠久的历史人文造就了王氏热爱山水自然的家族性格。儒、释、道融合的家族文化和对自然山水的热爱渗透到王氏的诗学中,形成了雅好山水的诗学传统。

从明代王氏家族成员的诗歌创作来看,明代王氏家族内部形成了两条诗学脉络:一为追慕复古,重视体格声调;一为雅好山水,追求自然风神。这两条脉络实际上都属于前后七子复古诗学的范围,只是风格侧重有所不同,王氏诗学中的这两个方面正与复古诗学相合,也与明代山左诗坛的发展相呼应。复古诗学在明代山左诗学中占据绝对的主导地位,尤其是李攀龙作为诗坛盟主,为山左诗人所推崇,他倡导雄浑高华,重视规摹前人的体格声调,是前后七子复古的一条重要途径,因而广泛地被山左诗人所接受,是明代山左诗学的主流。具体到新城王氏,从王之猷的跌宕使气、追求体格,到王象春对复古诗学的继承、反思和突破,再到王与玟、徐夜,正是在明代山左重体格声调的主流诗学影响下的诗学脉络。在明代山左诗坛追求体格声调的主流之外,前七子之一边贡"兴象飘逸而语尤清圆"(胡应麟语),重意会、神似、言外之旨,与之相近者有其子边习、海丰杨巍、历城刘天民等人,后来王士禛将他们归入"古澹"一派,也正指出了他们的诗学旨趣。从新城王氏来说,王象艮的韦、白遗韵,洒然物外,王象晋的宽易平和、闲情逸趣,既是王氏雅好山水的家族性格使然,也与"古澹"一派影响有关。

清初,在经历易代的深创剧痛后,王氏面对现实,虽仍然积极参加科举,争取入仕,但在高压的政治环境下消弭了政治热情,王士禄、王士禛兄弟都体现出一种"远"的态度,反映在诗学观念中,就是在继承家学的基础上,将山水自然、兴象风神提到了核心位置,完成了对家族诗学的总结。当然,王士禄、王士禛的诗学成就并不仅仅来自家族诗学的遗传,更得益于清初反思明代诗学、构建清代诗学的大环境的熏染。王氏诗学、山左诗学与明清诗学发展的一致性也正是王士禛神韵诗学获得康熙诗坛普遍认同,并成为诗坛主流的原因。

王氏成员在创作上虽然与山左风气有一致性,但由于社会环境、个性气质、成长经历的不同,也显示出不同的风貌。王之猷、王象春父子性格亢直刚烈,在创作上豪宕凌厉。王与玟受王象春影响,身处末世,以凄激为宗,又因特殊的情感经历,好为艳体。王象艮自幼身负才名,但仕途不顺,一生奔走宦途,沉沦下僚,独辟迂园,以山水寄托情怀。王士禄早年学杜,以杜甫之老成抒磊落之气,中年遭遇"甲辰之狱",转学王、孟,寄萧远之思。王士禛在对杜诗的评价和神韵说的形成上都深受长兄影响,以博学善诗为康熙所赏识,为诗坛正宗,又奖掖后进,促成了清初山左诗坛的繁荣。

五、新城王氏诗学成就斐然,在词学方面也值得注意。与诗歌相比,王氏治词者甚鲜,总体创作上成绩不高,呈现出两方面的特点:其一,在词学观念和词的创作上深受明代以来《花间》《草堂》风气的影响,多写相思别怨,风格绮艳,在清初的文化高压下,词的抒情功能得到扩大,词风始有嬗变的趋势。王士禄、王士禛的词在婉约绮艳之外融入身世、历史之感,呈现出初步的变化。其二,相较于创作,王氏的词坛倡和活动影响更大,尤其是王士禄的"江村倡和""广陵倡和""秋水轩倡和",王士禛在扬州以"红桥倡和"为中心的一系列倡和,以及他与邹祗谟选编《倚声初集》的活动,都对清初词风的嬗变、清词的复兴起到助推作用。

六、从王氏家族的三百多种著述来看,笔记的数量值得引起注意,事实上,笔记构成了王氏家族著述绝大部分的内容,虽然在成就上不能与诗、词比肩,但不可否认的是,笔记与笔记小说也是王氏家族文学的组成部分,而这一点在以往的相关研究中并未引起重视。王氏家族的笔记以内容划分,大致有纪程类、考辨类、杂记类三种。笔记的创作思想方面,王氏重视笔记"备史""补史"及教化的功能,崇尚雅驯、注重实录,在王氏家族的文化建设中起到了重要作用,具有史料价值和文学价值。王氏家族的笔记小说创作,从王象晋到王士禛,在思想内蕴和创作观念上有传承性,同时受到个人经历与时代环境的影响而有所变化,他们的创作,代表着王氏家族在叙事文学领域的成就。

王氏家族在诗学、词学、笔记与笔记小说等方面都形成了家族传统,有内部传承的稳定性,同时在家族经历、时代环境、个人际遇等因素的影响下,也体现出历时性的流变。这种流变正反映出王氏家族文学与明清文学演进之间的双向作用。从诗学来说,晚明至清初,王氏诗学的格局与影响逐步变大。王氏诗学的格局,指的是其取法源流,明中期王之猷步趋济南,为复古诗学所牢笼,实质上师法的是前后七子,王象春、王象艮突破了明七子的范围,取法中晚唐,但仍在复古诗学阵营,清初王士禄、王士禛则彻底打破了家族前辈的局限和唐宋诗的界限,从汉魏六朝到宋元之诗,都能兼取所长,形成了宽广的诗学视野,在这个过程中,王氏诗学的影响也逐步扩大,从晚明王象春、王象艮的地域性影响到清初王士禄、王士禛兄弟的海内影响,王氏诗学在各代成员的不断调整中确立了其独特地位。王氏诗学始终伴随着诗坛的变革,与明清诗学相互作用,其建构过程恰是晚明至清初诗学演进过程的反映。明中期的复古诗学是王氏诗学传统形成的基础,王之猷、王象春、王象艮等人都带有明显的明中期前后七子复古诗学的印记。晚明的反复古诗潮又促成了王氏诗学取法上的调整,王象春、王与玟不囿于初盛唐,对中晚唐诗的师法,是晚明诗坛反思和突破复古诗学的缩影,复古与反复古构成了明代王氏诗学的核心内容。清初王士禄、王士禛兄弟对诗教传统的回归、兼取唐宋、博综该洽的诗学取径则反映的是清人总结明诗、构建清代诗学的尝试,并且在这个过程中以王士禛的神韵诗学为代表,取得了成功,确立了诗坛的正宗地位,王氏诗学成为影响清代诗学的核心力量。从词学来说,王氏的词学经历了从崇尚婉约、追摹《花间》《草堂》向跌宕雄阔的豪放词风的转变。王象晋选刻词集,王象春、王与玟词的婉约浓艳,是明代词学衰落、词格卑弱及词坛好《花间》《草堂》之风影响的结果。清初王士禄、王士禛的词坛活动顺应了清词振兴的潮流,并且在倡和中突破了《花间》《草堂》风气的笼罩,呈现出清新疏朗、豪迈劲健的风格,也反映了明清时期词风嬗变的轨迹。从笔记小说来说,王氏在创作范式上有所变化。王象晋的笔记小说受史传文学影响深刻,并多以传奇笔法铺陈敷演。王士禛则回归笔记创作的传统,以简短梗概为主。在小说的社会态度、宗教态度方面,不同的时代环境与学养际遇背景下,王象晋笔记小说反映晚明世风,干预现实,而王士禛则以儒家正统的姿态出现,以"远"的态度进行客观的记录,也是王氏家族文学流变的一个侧面。

附录

附录一：新城王氏家族世系简表（一世至八世）

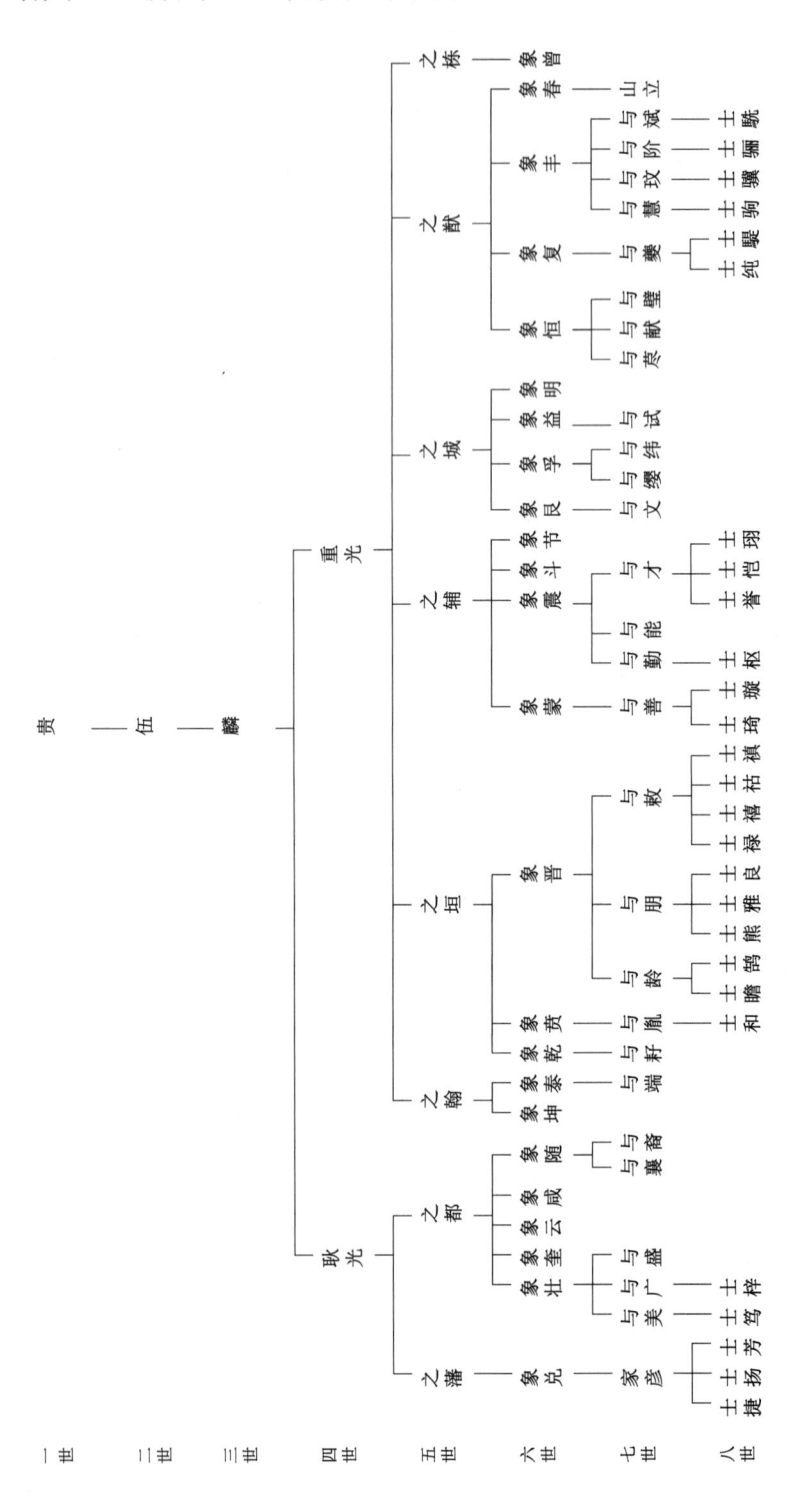

一世：贵

二世：伍

三世：麟

四世：重光、耿光

五世（重光支）：之栋、之猷、之城、之辅、之垣、之翰
五世（耿光支）：之都、之藩

六世及以下：
- 之栋—象晋
- 之猷—象春—山立；象丰—与斌/与阶/与玫/与慧—士珊/士骧/士驹/士驷；象复—与夔—士纯；象恒—与献/与壁—士宸
- 之城—象明—与试；象孚—与缵；象艮—与文
- 之辅—象节；象斗—与才；象震—与能/与勤—士誉/士恺/士闿/士枢/士璇/士琦；象蒙—与善
- 之垣—象晋—与救/与朋/与龄—士禄/士褆/士祐/士祺/士良/士雅/士熊/士鹄/士瞻/士和
- 之翰—象贲—与胤；象乾—与籽；象泰—与端/与商
- 之都—象随—与襄；象咸；象云；象奎/象壮—与广/与美—士盛/士笃/士梓/士芳
- 之藩—象兑—家彦—士扬/士捷

（一世、二世、三世、四世、五世、六世、七世、八世）

526

附录二：新城王氏家族大事年表

新城王氏始祖名王贵，青州诸城初家庄人，元末明初避白马军乱迁至济南新城县曹村，为人质朴，力本重农，子孙称"琅琊公"。二世祖讳伍，好施予，有善行，门前植槐一株，时施粥其下，人称善人公，称王氏"大槐王氏"。

明宪宗成化七年辛卯（1471）

王麟生，王伍长子。

《新城王氏世谱》（以下简作《世谱》）卷一："鳞，字舜祯，号静庵，生成化七年，岁贡生。家素贫，好读书，端方自持，不愧衾影。与人交，隐恶扬善，即佣保竖子亦推赤心置之。任永平训导，升鹿邑教谕，提躬造士，士争景附，详载两处邑乘。仕至颍川王府教授，累赠少师兼太子太师兵部尚书。"[1]

成化二十年甲辰（1484）

王麟补博士弟子员。

（道光）《济南府志·人物志》："王麟，伍之子，生而警颖，十四补博士弟子员。"[2]

弘治十二年己未（1499）

王耿光生，王麟长子。

《世谱》卷一："耿光，字廷觐，小字留存，号岱泉，生弘治己未年。居父丧，哀毁庐墓，会当贡荐，以某家贫亲老让之，学使嘉其行，旌曰'让德'。由岁贡任马湖府经历，莅任六月，致政归，诗酒陶情，不与外事。"

明孝宗弘治十五年壬戌（1502）

十月，王重光生，王麟次子。

《世谱》卷一："重光，字廷宣，小字二存，号泺川，行二，生弘治壬戌十月廿五日未时。"

明世宗嘉靖三年甲申（1524）

王之翰生，王重光长子。

《世谱》卷一："之翰，字尔宁，小字长志，号罗峰，行一。生嘉靖三年五月廿二日。邑庠生，后补国子生，以子象坤累封礼部郎中，赠河南按察司副使。"

---

[1] [清]王兆弘等：《新城王氏世谱》，《山东文献集成》第二辑第14册影印山东省图书馆藏清乾隆二十五年新城王氏家刻本，山东大学出版社，2007年。后文引用皆出于此版本。

[2] [清]王赠芳，王镇修，成瓘、冷烜等纂：《济南府志》卷五十一，《中国地方志集成·山东府县志辑》，凤凰出版社，2004年。

嘉靖六年丁亥(1527)

六月,王之垣生,王重光次子。

《世谱》卷一:"之垣,字尔式,小字承志,号见峰,行二。生嘉靖六年六月廿五日亥时。"

嘉靖九年庚寅(1530)

十二月,王之辅生,王重光第三子。

《世谱》卷一:"之辅,初名之干,字尔卫,小字满志,号锦峰。生于嘉靖庚寅十二月十八日亥时。"

嘉靖十三年甲午(1534)

王重光选贡,入太学。

《忠勤录》载侯钺《墓志铭》:"嘉靖甲午,选贡,入太学。"[1]

王锡爵生。

嘉靖十六年丁酉(1537)

王重光中举。

《世谱》卷一:"嘉靖丁酉举人。"《忠勤录》载王家屏《墓表》:"丁酉举乡试第十人。"

嘉靖十九年庚子(1540)

十二月,王之城生,王重光第六子。

《世谱》卷一:"之城,字尔守,小字春闱,号会峰。生嘉靖庚子十二月二十九日寅时。恩贡生,任知县,治最,升浙江温州府同知,以抗直忤上官降级,再补通州,改忻州,善政多端,详载州乘资钞,《明史》有传。入通州名宦祠,擢淮安府同知,致政归,特晋阶修正庶尹,三为县,二为州,二为郡,廉正持躬,视民如子,所居亲附,所去见思,居乡多厚德,有窃其名冒官钱者,事觉亡去,鬻田为偿,终身不言。"

嘉靖二十年辛丑(1541)

王重光成进士,授工部主事,分司徐洪。

《忠勤录》载王家屏《墓表》:"辛丑成进士,授工部主事,奉命治水徐洪。"

嘉靖二十一年壬寅(1542)

十二月,王之猷生,王重光第七子。

《世谱》卷一:"之猷,字尔嘉,小字选别,号柏峰,行七。生嘉靖壬寅年十二月初二日亥时。"

---

[1] [明]王象乾:《忠勤录》,王象蒙辑,国家图书馆藏万历间刻本。

嘉靖二十二年癸卯(1543)

王之垣娶妻于氏。

郭正域《户部左侍郎见峰王公墓志铭》:"辛丑太仆成进士,又二年为公娶于淑人。"①

十月二十四日,王麟卒。

《世谱》卷一:"卒嘉靖廿二年十月廿四日。"

嘉靖二十五年丙午(1546)

王重光丁忧毕,除服,补户部湖广司主事。

《忠勤录》载宋延年《行状》:"丙午服阙,除户部湖广司主事。"《忠勤录》载侯钺《墓志铭》:"服阙,除户部湖广司主事,管西新三太仓,捕获盗粮奸细,而积弊始除。丙午夏,公督修五十二卫仓场,工完,省费过半,岁终上会计录,朝廷有赐宴之恩。"

王之垣补邑诸生。

郭正域《户部左侍郎见峰王公墓志铭》:"辛丑太仆成进士,又二年为公娶于淑人,明年公从太仆于吕梁归,补邑诸生。"

王象坤生,王之翰长子。

《世谱》卷一:"象坤,字子厚,小字大库,号中宇,行二。生嘉靖丙午年。"

王象乾生,王之垣长子。

据《世谱》,王象乾"卒崇祯三年,享年八十五岁",当生于是年。

嘉靖二十七年戊申(1548)

王重光奉命榷税九江,颇有政绩,进阶承德郎,掌四川司印,升广西司员外郎,又转为大同佥事。

《忠勤录》载侯钺《墓志铭》:"戊申奉命监九江税,九江利窟,公矢不染,为文誓于江之急流,而后视事,正税之外不加毫末。政暇访先贤遗迹,如陶靖节、周濂溪,皆为新其祠宇,增其祭田,府县两学各为置全史书,其敦风化类如此。事竣,太守王公廷幹刻誓文于石,以贻后人,江人至今思之。……是年膺恩典进阶承德郎,掌四川司印,……顷升广西司员外郎,管银库出纳惟慎,清誉益光。大同缺佥事,冢宰夏公邦谟以西北重镇,非才猷老成者不可,乃推公往。"

---

① [明]郭正域:《合并黄离草》卷十七,《四库禁毁书丛刊·集部》第14册,北京出版社,2000年。

嘉靖二十八年己酉(1549)

王重光任大同佥事,仇鸾猫儿庄战争失利,委咎哨军,欲坐以重罪,王重光释之。

《忠勤录》载侯钺《墓志铭》:"戊申奉命监九江税……次年大将军仇咸宁出塞,声势赫然,封疆之臣惧罹毒手,公不为动。猫儿庄捣巢失利,仇委咎哨军,欲坐以重罪,公竟释之。"

嘉靖二十九年庚戌(1550)

王重光擢佥都御史,分巡大同,兼督学政。时大将军仇鸾为严嵩党徒,纵其部卒大肆劫掠,畏敌如虎,杀良冒功,权势滔天,王重光不阿附权要,平反无辜。

《忠勤录》载王家屏《墓表》:"庚戌,虏大寇云中,朝议以先生具文武材,擢佥宪,备兵云中,兼督学政。时大将军仇咸宁鸾新贵幸,气势熏灼,先生与处,务以理胜之。其部卒数十万聚众镇城内外,数攘夺酒食于市,占据民舍,迫辱人妇女。先生命逻卒逮至,重法绳之。……(仇鸾)袭虏失利,欲尽法堠卒自解,先生薄问叹曰:'冤哉!莫夜潜师出塞,堠卒安所施耳目乎?'则尽释之。"

嘉靖三十年辛亥(1551)

王象泰生,王之翰第二子。

《世谱》卷一:"象泰,字泰然,小字二库,号水濂,行四。生嘉靖辛亥。性廉直,一介不苟,好读书,尤精性理。"

嘉靖三十一年壬子(1552)

正月,王象蒙生,王之辅长子。

《世谱》卷一:"象蒙,字子正,小字钞,号养吾,行三。生嘉靖壬子正月十五日。"

嘉靖三十二年癸丑(1553)

王重光晋山西布政司参议,分守口北道。

《忠勤录》载侯钺《墓志铭》:"癸丑升山西布政司参议,奉敕分守口北道。"《忠勤录》载王家屏《墓表》:"癸丑晋少参,移守上谷,列机宜十二事,凿凿中窾,而以憨直忤中外当事者意。"

五月,王象震生,王之辅次子。

《世谱》卷一:"象震,字子起,小字大同,号省吾,行五。生嘉靖癸丑五月十四日。恩贡生,仕至颍川学正。"

嘉靖三十四年乙卯(1555)

王象贲生,王之垣第二子。

《世谱》卷一:"象贲,字子化,小字应魁,号心宇。生嘉靖乙卯年。荫生,仕至户部广西司员外郎。"

嘉靖三十五年丙辰(1556)

王重光由山西左参议迁贵州布政司参议。

《忠勤录》载杨巍《合葬墓志铭》:"丙辰调贵阳,时羿蛮叛,司徒公挺身抚平之。"

嘉靖三十六年丁巳(1557)

夏,京城三殿大火,王重光奉命采木,时赤水黑、白羿叛乱,王重光镇抚之。

《忠勤录》载郭正域《王少司徒传》:"丁巳肃皇新三殿求大木,取办贵竹,诸夷为梗,抚臣高公檄公以便宜往抚,公谓:'诸夷盘据出没,少出师不克,多出师无所佐军兴。'则以方略授诸将,分兵关隘,绝其援,而自领大众突入夷穴。诸夷仓皇不及格斗,解甲请命。公单骑驰夷垒,谕以祸福,诸夷匍匐罗拜,愿世奉款无它。是役也,不费斗粟,不折寸铁,而夷酋面缚,险阻敉宁。"

嘉靖三十七年戊午(1558)

八月,王重光卒,王之垣至京师请恤,因严嵩专权需用重贿而罢。

《世谱》卷一:"卒嘉靖戊午八月十五日。"侯钺《墓志铭》:"八月十五日归,谓其子曰:'吾为力疾弗懈者,冀报圣恩于万一耳。'遂卒,盖无一言及家事也。"申时行《少司徒王公传》:"(王之垣)嘉靖戊午举乡试,终宴不下箸,若甚戚者。无何而太仆公讣至,公与兄伯诣京师请恤,或谓公分宜子饕皷用事,非重贿不可,公曰:'贿而徼恩泽,非孝也,吾视吾力营葬事,益寻旧业,期不忝先人可矣。'遂归。"[1]

八月,王之垣中举人。

《世谱》卷一:"嘉靖戊午举人。"侯钺《(王重光)墓志铭》:"公卒之月,次子之垣中山东乡试第七名。"

冯琦、公鼐生。

---

[1] 申时行:《赐闲堂集》卷十八,《四库全书存目丛书·集部》第134册,齐鲁书社,1997年,第366页。

嘉靖三十八年己未(1559)

正月,王之翰等扶王重光灵柩自贵州回,道经东阿,侯钺吊而哭之,王之翰请为撰墓志。

《忠勤录》载侯钺《墓志铭》:"嘉靖己未新正,公灵輀归自贵州,道经敝邑,予吊而哭之恸。公子之翰等泣拜予曰:'先父幸辱公知,墓志敢藉重。'予与公同年兄弟,同官工曹,又同驰驱云朔间,愧弗文耳,义不可辞。"

九月,王之辅持宋延年所撰王重光《行状》至东阿请侯钺为撰墓志。

《忠勤录》载侯钺《墓志铭》:"九月,公子之干(王之辅原名)持宋公延年所具《行状》示予,曰:'葬期卜仲冬之晦,愿惠一言以垂永世。'予念其往来千里,姑述相知之实,以备采择。"

十二月二十一日,嘉靖帝遣山东布政司右参议李一瀚谕祭王重光。

《忠勤录》载《谕祭文》:"嘉靖三十八年岁次己未,十一月朔越二十日,皇帝遣山东布政司右参议李一瀚谕祭于朝议大夫贵州布政司左参议王重光,曰:'尔以明经,早登甲第,扬历滋久,晋参名藩。因时建事,率师平夷,会兴大工,职司采木,深山亲入,殚竭劳勤,触冒瘴烟,婴疾而逝。守臣来奏,良用悼伤,爰示渥恩,特颁谕祭,尔灵不昧,尚克歆承。'"李维桢《平蛮督木传》:"礼官言公砥节首公,死而后已,宜有赠恤,上诏答曰'王重光忠勤可悯,其予祭一坛。'"

叶向高生。杨慎、王慎中卒。

嘉靖四十年辛酉(1561)

王之辅中举。

《世谱》卷一:"辛酉举人,历官户部员外郎,俊伟端方,不设城府,内敦孝友,外行义让,笃行君子也。尽瘁王事,未尽厥施,人皆惜之。"(民国)《重修新城县志》:"嘉靖辛酉举于乡,谒选得山西隰州牧,不期年隰州称治,擢大名府同知,入为户部员外郎,分赈山西诸郡,灾民赖以全活无算,寻奉敕监漕江西,卒于官。"

六月初八,王象晋生,王之垣第三子。

《世谱》卷一:"象晋,字康侯,小字金魁,号康宇,又字荩臣。生嘉靖辛酉六月初八日巳时。"

嘉靖四十一年壬戌(1562)

王之垣中进士,与王锡爵为同年,授荆州府推官。

《济南府志·人物志》:"壬戌成进士,授荆州府推官。"王锡爵《户部左侍郎见峰王公神道碑》：“公辱与予同年进士，犹记比岁贻予书，自诧单车里下，褐衣粝饭之适，予方亦阴师其言，谋所以保岁寒，徼余福者。”①

王之辅家居，训诸子弟。

(康熙)《新城县志·人物志》：“嘉靖辛酉举于乡，明年司徒公第，出为吏，而之辅家居，训诸子弟。”②

是年紫禁城三殿告成，嘉靖帝诏追赠王重光太仆少卿，贵州永宁士民为建祠，配王文成侯阳明祀，号曰"二王"。

《忠勤录》载侯钺《墓志铭》：“皇极三殿成，上追念采木功，赠中议大夫太仆寺少卿。”李维桢《平蛮督木传》：“又三年，三殿成，大司空言贵州木甲诸路，而公功为冠，事竣加爵，有成命在，上赠公太仆少卿。贵州人为力祠，配文成侯祀，号曰'二王'。”申时行《神道碑》：“天子以公忠勤，诏礼官赐祭，已复追赠京朝官，而永宁之士民怀念公不已，守臣为建祠宇，以春秋奉祀。”

嘉靖四十三年甲子(1564)

按：王象坤任河南杞县县令在前一年，隆庆元年(1567)王之垣擢刑科给事中，故王之垣惩辽王不法事当在此年。

王象坤中乡试解元。

《世谱》卷一：“嘉靖甲子解元。”

五月二十七日，王象兑生，王之藩第二子。

《世谱》卷一：“象兑，字子悦，号怡吾。生嘉靖甲子五月廿七日寅时，岁贡生，任曹州训导，佐州守城守，白莲贼不能攻，曹赖以全。升米脂知县，立合同票，奸吏屏息。”

嘉靖四十四年乙丑(1565)

王象坤中进士，授河南杞县县令。

(道光)《济南府志·人物志》：“嘉靖乙丑成进士，仕河南杞县县令。”

王象艮生，王之城长子。

《世谱》卷一：“象艮，字介石，小字澄瀛，号定宇，行八。生嘉靖乙丑年。选贡生，历官姚安府同知，嗜为诗，辟迁园于南郭，日与诸弟倡和其中，后得湖滨鲁连陂居之，有《迁园集》十二卷，不减大历作者。”

王象斗生，王之辅第三子。

《世谱》卷一：“象斗，字子极，小字梦斗，号瞻吾，行九，生嘉靖乙丑年。”

---

① [明]王锡爵：《王文肃公文草》卷五，《四库全书存目丛书·集部》第136册，齐鲁书社，1997年。
② [清]崔懋：(康熙)《山东新城县志》卷十，《中国方志丛书》，成文出版社，1976年。

嘉靖四十五年丙寅(1566)

王之垣典湖广乡试,辽王暴逆不法,王之垣拘其属下法办。

郭正域《户部左侍郎见峰王公墓志铭》:"甲子预典湖广乡试得俊,时辽王暴逆,事多不法,御史下理官鞫之,公系械王左右奸人十四人,王躬至郡楼,怒曰:'尔意何居?'相凌谇也。公不得已,寓母、妻于杞县尹诸子象坤所避之,而身往永州勾当,回置奸人于法,后王不悛,竟以罪废国除。"

明穆宗隆庆元年丁卯(1567)

王之垣擢刑科给事中,疏安民固本四事,擢礼科给事中。

(道光)《济南府志·人物志》:"隆庆丁卯,征入为刑科给事中,疏陈安民固本四事。"郭正域《刘太淑人传》:"丁卯仲子擢刑科给事中,奉太淑人至都门,值穆皇覃恩,进封太恭人。"郭正域《户部左侍郎见峰王公墓志铭》:"丁卯授刑科给事中,穆皇帝初登极,疏安民固本四事,比虏陷石州东,危昌黎,诏廷臣陈边事,九卿集议,以公所陈为第一,著为令,寻擢礼科给事中。"

王象蒙中举。

《世谱》卷一:"隆庆丁卯亚元。"

张居正入内阁。

隆庆二年戊辰(1568)

王之垣娶妻路氏,擢兵科左给事中,寻转礼科都给事中。

郭正域《户部左侍郎见峰王公墓志铭》:"戊辰娶路淑人,擢兵科左给事中。册立东宫,导驾,赏银币,寻册封郑藩,擢礼科都给事中,屡疏朝政得失,忤旨夺俸二月。诚意伯恣肆,公暴其罪状,兴化公为之解,不从也。"

王象坤以政绩授户部主事。

(道光)《济南府志·人物志》:"嘉靖乙丑成进士,仕河南杞县县令。……三年,以卓异至京,授户部主事。"

王象节生,王之辅第四子。

《世谱》卷一:"象节,字子度,小字应梦,号翼吾,行十。生隆庆戊辰年。十岁能诗,兼工诸体书法。"

李开先卒,袁宏道生。

隆庆三年己巳(1569)

王象恒生,王之猷长子。

《世谱》卷一:"象恒,字微贞,小字应运,号立宇,行十一。生隆庆己巳年。"

隆庆四年庚午(1570)

王之猷中举。

(康熙)《新城县志·人物志》:"王之猷,字尔嘉,号柏峰。重光第七子,生伟姿仪,神情开美。父太仆公器重之,从官贵阳。太仆公以平蛮督木,卒于王事。奉太淑人扶丧,折节为学。隆庆庚午举于乡。"《世谱》:"庚午经魁。"

王象乾中举。

《世谱》卷一:"象乾,字子廓,小字登科,号霁宇,行一。隆庆庚午亚元。"

王耿光卒。由岁贡任马湖府经历,任六月致仕归,诗酒陶情,不与外事。

《世谱》卷一:"卒隆庆庚午,享年七十一岁,以子之都赠户部主事,崇祀乡贤。"

李攀龙卒,袁中道生。

隆庆五年辛未(1571)

王之垣擢太仆寺少卿,转鸿胪寺卿。

郭正域《户部左侍郎见峰王公墓志铭》:"辛未擢太仆寺少卿,三月,转鸿胪寺卿。"

王象乾中进士,授闻喜知县。

《济南府志·人物志》:"隆庆五年进士,授闻喜知县。"

《世谱》卷一:"辛未进士。"

十一月十六日,王象孚生,王之城第二子。

《世谱》卷一:"象孚,字子真,号涵宇,行十五。生隆庆辛未十一月十六日,太学生,醇谨孝友,正直不阿,好黄老清静之学。"

归有光卒。

隆庆六年壬申(1572)

王象坤晋祠祭司郎中,时张居正当权,象坤以奉先殿礼议与争,不惧其威势。

(道光)《济南府志·人物志》:"壬申晋祠祭司郎中,时江陵当事,颐指使人,象坤与议奉先殿礼,据例争辩,意大不合,无少懦。"

张居正任内阁首辅。

明神宗万历元年癸酉(1573)

王象泰中举。

《世谱》卷一:"万历癸酉亚元。"

万历二年甲戌(1574)

王之垣擢大理寺少卿。

(道光)《济南府志·人物志》:"甲戌,擢大理寺少卿。"申时行《少司徒王公传》:"甲戌擢大理寺右,寻转左。"

钟惺生。

万历三年乙亥(1575)

秋,王之垣慨王氏系牒之未章,修《王氏族谱》。

《世谱》王象晋《王氏族谱序》:"王氏之徙新城二百余年矣,琅琊公基之,植德公培之,颍川公始肇文脉,至我祖忠勤公,以匪躬大节,益阐扬而光大之。然而未有谱也,谱之作,始于乙亥之秋。盖我府君大司徒公慨系牒之未章,惧伦序之或紊,博延族属,详咨故老,立例析凡,诠伦纪系,而谱作焉。"

王象坤迁江西副使。

(道光)《济南府志·人物志》:"乙亥,迁江西副使。"

谢榛卒。

万历四年丙子(1576)

王之垣擢顺天府尹。

郭正域《户部左侍郎见峰王公墓志铭》:"丙子擢顺天府尹,严编审,裁冗滥,势豪不敢影射,修候气室,缮学宫,皆千金之役也。"

正月二十四日,王象丰生,王之猷第四子。

《世谱》卷一:"王象丰,字熙明,号淦阳,小字梦戈,行十四。生万历丙子年正月廿四日申时。中武科,初授直隶定州守备,升山东临清都司,昌平游击,后临清以都闻不能控制,朝议添设参将,因公任临清时安漕运、绥军民,特恩升授诰,授安远将军。"

万历五年丁丑(1577)

王之猷中进士,授平阳府推官。

(康熙)《新城县志·人物志》:"丁丑举进士,授平阳府推官。"《万历邸钞·丁丑卷》:"春二月,会试,以张四维、申时行为考试官,取冯梦祯等三百名。"①《明清进士题名碑录索引》载,王之猷中是年三甲第一百五十七名。②

王象益生,王之城第三子。

《世谱》卷一:"象益,字冲孺,小字梦射,号冲宇,行十六,生万历丁丑年。"

十二月,王之垣由顺天府尹升都察院右副都御史,巡抚湖广。

《明神宗实录》卷七十万历五年十二月:"升顺天府尹王之垣为都察院右副都御史,巡抚湖广。"③

王之垣以开府三品秩满,赠祖、父如己官,又加赠户部左侍郎,其母封淑人。

《忠勤录》载杨巍《合葬墓志铭》:"丁丑之垣以开府三品秩满,赠祖、父如己官,既又加赠户部左侍郎,故俱称司徒云,太淑人受今封。"

冬,王之垣便道过里,应邑中学士所请,为撰《重修儒学记》。

(民国)《重修新城县志》卷二十三《万历十三年重修儒学记碑》:"是役也,经始于万历丁丑春,越冬落成,工不逾年,费不殚公,劳不历农,而绪克就繁盛哉。时余奉命抚楚邦,便道过里,而邑博暨诸学士来请记,载之于石。"

是年九月,张居正闻父丧,诏夺情视事。

万历六年戊寅(1578)

二月,王象晋转官过里,与邑中缙绅张鸣梧、耿华平捐资重修新城四城门,王象晋作《重修四门记》,并刻为碑。

(民国)《重修新城县志》卷二十三载王象晋《万历六年重修四门记碑》:"吾邑地瘠民贫,旧城以土,岁久倾圮,先少师每抱覆隍之虑,戊寅转官过里,……今邑无司牧,帑藏罄悬,岁比不登,闾阎枢倚,上之不能取,必于官而下之,又不忍重困吾民,乃相与随意捐金,分土鸠匠,计图永久,材必精良。鸣梧董北门,华平东门,家弟象壮西门,而南门则以委之不佞象晋,工始于仲春,迄季春,不匝月告成功焉。"

四月,王之垣妻于氏以其子王象乾加赠为淑人,继室路氏加封淑人。

王之垣《恩命录》万历六年四月初十日制诰:"尔巡抚湖广都察院右副都御史王之垣妻,累赠恭人于氏,乃兵部武选清吏司主事象乾之母,……加

---

① 《万历邸钞》,江苏广陵古籍刻印社,1991年。
② 朱保炯、谢沛霖:《明清进士题名碑录索引》,上海古籍出版社,1990年。
③ 台湾"中央研究院"历史语言研究所校勘:《明神宗实录》,1962年。

赠尔为淑人。""尔巡抚湖广都察院右副都御史王之垣继室,累封恭人路氏,乃兵部武选清吏司主事象乾之继母,……加封尔为淑人。"①

九月,王之垣杖杀何心隐。

王之垣《历仕录》:"湖广有大奸何心隐,即何夫山,即何两川,即梁无忌,即梁纲一,即梁光益,的名梁汝元。原籍江西永丰县人,以侵欺皇木银两犯罪,拒捕,杀伤吴善五等六命。初拟绞罪,后末减,充贵州卫军,著伍,脱逃各省,及孝感县,倏往倏来,假以聚徒讲学为名,扰害地方,中间不法情罪甚多,各省历年访拿不获,俱有卷案。万历七年,新店把总朱心学于祁门县捉获,予发按察司侯廉使查卷,提干连人问理。本犯在监患病身故,该司将各省恶迹刊总册,仍出示以安余党,俾改图自新。事后数年,言官尚有为称冤具疏者。盖以假讲学之名,遂为所惑,不知其有各省访拿卷案也。予具疏请行勘,奉圣旨:'这有名凶犯,原应正法,不必行勘。'迄今,公论始明云。"②邹元标《梁夫山传》:"比江陵柄国,即首斥讲学,毁天下名贤书院,大索公,凡讲学受祸者不啻千计,即唐之清流、宋之朋党事也。公归,葬两尊人,遂庐墓焉。未逾期年,而南安把总朱心学缉之,获解楚。巡抚王夷陵惟知杀士媚权,立毙杖下。"③沈德符《万历野获编》:"时有江西永丰人梁汝元者,以讲学自名,鸠聚徒众,讥切时政。时江陵公夺情事起,彗出巨天,汝元因指切之,谓时相蔑伦擅权,实召天变,与其邻邑吉水人罗巽者同声倡和,云且入都持正议,逐江陵去位,一新时局。江陵恚怒,示意其地方官物色之。诸官方居为奇货。适曾光事起,遂窜入二人姓名,谓且从光反。汝元先逮至,拷死。罗巽亦毙于狱。光既久弗获,业已张大其事,不能中罢。楚中抚臣乃诡云已得获曾光,并罗、梁二人串成谳词,上之朝。江陵亦佯若不觉,下刑部定罪,俱从轻配遣,姑取粗饰耳目耳。"④耿定力《胡时中义田记》:"迨岁己卯心隐蒙难,衅由王夷陵,非江陵意也。夷陵南操江时,孝感程二蒲以维扬兵备,直言相忤。夷陵衔之,二蒲尝父事心隐,遂借心隐以中二蒲,而朝野舆论咸谓出江陵意,立毙杖下,竟践心隐当国杀我之言。夷陵实江陵罪人矣。李氏《焚书》谓由李应城意,则传者之误也。"⑤何心隐,原名梁

---

① [明]王之垣:《恩命录》,中国国家图书馆编《原国立北平图书馆甲库善本丛书》第233册,国家图书馆出版社,2013年。
② [明]王之垣:《历仕录》,《四库全书存目丛书·史部》第127册,齐鲁书社,1996年,第753—754页。
③ [明]何心隐著,容肇祖整理:《何心隐集》,中华书局,1960年,第121页。
④ [明]何心隐著,容肇祖整理:《何心隐集》,中华书局,1960年第137—138页。
⑤ [明]何心隐著,容肇祖整理:《何心隐集》,中华书局,1960年,第142页。

汝元,号夫山,江西吉安人,泰州学派代表人物,嘉靖间与徐阶弹劾严嵩,事泄,更名南下避祸,从事讲学,讥切时政。

王象春生,王之猷第五子。

《世谱》卷一:"象春,字季木,小字梦奇,号文水,行十七,生万历戊寅年。"

万历七年己卯(1579)

王之翰卒。邑庠生,补国子生,以长子王象坤累封礼部郎中,赠河南按察司副使。

《世谱》卷一:"卒万历己卯十一月廿一日。"

王之垣以开府三品秩满加授正议大夫,赠祖、父如其官,母、妻赠淑人,荫一子。

郭正域《户部左侍郎见峰王公墓志铭》:"己卯以满考加授正议大夫,祖、父俱赠如其官,大母沈、卢,母刘,妻于、路皆淑人,子象贲官生。"《忠勤录》载郭正域《刘太淑人传》:"万历己卯,仲子以开府三品秩满,赠祖父如其官,太淑人受今封。"

王象明生,王之城第四子。

《世谱》卷一:"象明,初名象履,字用晦,小字应铨,号雨萝,生万历己卯年。岁贡生,任大宁县知县。性孤洁,一介不苟,早擅诗名,尤工书法,所著有《鹤隐》《雨萝》《山居》诸集。"

是年张居正改天下书院为公廨,毁应天府书院等六十四处。

万历八年庚辰(1580)

王象蒙中进士,任河内令。

(康熙)《新城县志·人物志》:"王象蒙,字子正,号养吾。太仆重光孙,户部员外郎之辅长子也。年十四补邑诸生,学使每大课东士于齐鲁书院,辄居首。丁卯举乡荐第二,庚辰成进士,高第释褐,为河内令。"

王之垣在楚,招郭正域与王象晋读书署中。

郭正域《户部左侍郎见峰王公墓志铭》:"曩在庚辰时,大司徒王公镇楚之三年也,公召不佞正域与季子象晋同读书署中,以内萧然阒然,不似开府邸第;童仆缊袍芒履,奔命惟谨,不似显者家人;季子读书至漏下三鼓,鸡初唱又篝灯咿喔,予为披衣惊起,即三饭未尝不手一编也。与之语,讷讷不出口,不似贵介子弟,不佞窃叹,以为名家风味。"

八月，王之垣授为通议大夫，其祖父王麟赠通议大夫都察院右副都御史，祖母沈氏封淑人，继祖母卢氏封太淑人。父王重光加赠为通议大夫都察院右副都御史，母刘氏加封为太淑人。

王之垣《恩命录》载万历八年八月二十三日制诰：

"尔巡抚湖广等处地方赞理军务都察院右副都御史王之垣，学有渊源，才优经济，蚤司郡宪，著明允之声，晋长谏垣，厉忠贞之志，洊更卿寺，旋尹神臬，历试见其成功，佥言可当，……兹用授尔阶通议大夫，锡之诰命。"

"尔原任河南颍川王府教授，赠承德郎户部湖广清吏主事王麟，乃巡抚湖广等处地方赞理军务都察院右副都御史王之垣之祖父，孝友天植，俭素性成，两持铎于黉宫，载授经于藩邸，身端轨范，教笃义方，睹哲嗣之奋庸，启开孙以济美，是用赠尔为通议大夫都察院右副都御史，式慰未成之志。"

"尔赠安人沈氏乃巡抚湖广等处地方赞理军务都察院右副都御史王之垣之祖母，令范夙闲，高门作俪，一德有相，既开嗣子之贤，再世其昌，爰笃孝孙之祜，贻谋益显，苹问如存，是用赠尔为淑人，涣渥是膺，幽原永耀。"

"尔封安人卢氏，乃巡抚湖广等处地方赞理军务都察院右副都御史王之垣之继祖母，褆躬令淑，禀德静专，助子成名，不殊于己出，相夫蓄祉，益裕乎孙谋，既寿且康，式燕以誉，兹封尔为太淑人，只服荣章，益绥纯嘏。"

"尔原任贵州布政使司左参议赠中宪大夫鸿胪寺卿王重光，乃巡抚湖广等处地方赞理军务都察院右副都御史王之垣父，绍美庭闻，蜚英轩对，功望聿隆于郎署，声猷弥畅于臬藩。王事服勤，竟鞠躬而尽瘁，令谋垂裕，乃廸子以象贤，属此恩施，宜申愍恤，是用加赠尔为通议大夫都察院右副都御史。"

"尔累封太恭人刘氏，乃巡抚湖广等处地方赞理军务都察院右副都御史王之垣之母，卓为女师，克配君子，宣恭勤于温清，协誉问于肃雍。妇道从夫，凤佐在公之节，母贤视子，实基有羡之休，推恩当逮所生，论爵则从其贵，是用加封而为太淑人。"

十月，王之垣内迁户部右侍郎。

（康熙）《新城县志·人物志》："庚辰擢户部右侍郎，奉命摄理京营戎。"《明神宗实录》卷一○五万历八年十月："升巡抚湖广都察院右副都御史王之垣为户部右侍郎。"

冯惟敏卒。

万历九年辛巳(1581)

王之垣转户部左侍郎。

(康熙)《新城县志·人物志》:"庚辰擢户部右侍郎,……明年转左侍郎,总督仓场。"

万历十年壬午(1582)

王之垣奉命督理京营,加授正议大夫资治尹,祖、父如其官。

郭正域《户部左侍郎见峰王公墓志铭》:"壬午奉命督理京营戎政,加授正议大夫资治尹,祖、父俱如其官。"

王之都中举。

《世谱》卷一:"之都,字尔会,小字五常,号曙峰。聪颖绝伦,于书无所不读,万历壬午举人。"

万历十一年癸未(1583)

王之垣迁户部左侍郎,疏请休沐,归新城奉养刘太淑人。

郭正域《户部左侍郎见峰王公墓志铭》:"庚辰擢户部右侍郎……明年迁左,奉命总督仓场,疏乞归省,部议予限六月,故事,亚卿无虚位待者,盖异数也。"郭正域《司徒王见峰公七十寿序》:"今上之十一年,先生年始逾艾,少司徒秩将满,念太淑人春秋高,具疏请休沐,上以问所司,太宰谓司徒一门忠孝,其事陛下日长,且诸子诸孙咸服勤王事,太淑人左右独司徒一人,宜暂与告数月,视事如故。"

万历十二年甲申(1584)

王之垣称病不出。

郭正域《户部左侍郎见峰王公墓志铭》:"甲申称病不出,载予限三月,及期,吏部以请德旨王□在□调理,病痊起用,公竟念太夫人不出。"

王象泰卒。

《世谱》卷一:"卒甲申四月廿日申时。"

万历十四年丙戌(1586)

王象坤迁浙江右布政使。

(道光)《济南府志·人物志》:"丙戌,迁浙江右布政使。"

是年王之城、王之辅、王之猷、王象乾、王象坤、王象蒙皆归省。

《忠勤录》载杨巍《合葬墓志铭》:"丙戌,之城以晋宁令,象乾以保定守,象坤以江西廉宪,象蒙以阳城令入觐,之辅以内转户部郎,之猷以礼部郎奉使衡国,俱过家省太淑人。"

王之垣游新城马公山,作《登马公山记》。

(民国)《重修新城县志》:"余归省之明年春,厌城市之喧豗,寻乐处以

541

畅怀,邑之东南四十里许,有马公山……丙戌春,复续前游,则殿宇已非旧观,询之,乃乡人于祐等捐赀更新者。"①

万历十五年丁亥(1587)

王象坤迁山西布政使。

(道光)《济南府志·人物志》:"丁亥迁山西布政使,殚精竭神,事无巨细,靡不躬亲,而钱谷出纳,一如署浙之政。"

万历十六年戊子(1588)

王之辅卒。历官户部员外郎,俊伟端方,不设城府,尽瘁于王事。

《世谱》卷一:"卒万历戊子七月三十日,崇祀乡贤。"

王象坤卒。

《世谱》卷一:"卒万历十六年。"

王象节中举。

(康熙)《新城县志·人物志》:"王象节,字子度,号翼吾。之辅第四子,生有异质,十岁通诗律,兼工诸体书。大父太仆公善行颇众,父计部公常述以训诸子,独记其所闻,汇集成编,期绍先□。万历戊子举于乡,会计部公卒,痛禄养不逮,三年未尝释忧容。"

王之城任温州府同知。

(乾隆)《温州府志》卷十七:"王之成(城),新城人,恩贡,十六年在任。"②

是年王氏始建忠勤祠于新城。

《忠勤录》载王锡爵《忠勤祠记》:"世宗朝,贵州有勤事死职之臣,曰参议浉川王公,贵之人至今能道公平蛮督木事。而公之没也,有旨赐祭文,又赠公太仆少卿,又以士民公举,入布政司名宦祠。而公所专辖永宁,又特立祠,取所奉谕旨,表其额曰'忠勤',公之名万世不秩朽已。乃新城故为公起家地,而公仅以例再受其子少司徒赠,岁时尝酹,即飨于家,雅不称成功盛德。于是王氏子孙议别立祠于邑城东隅,仍用'忠勤',示不忘本,且彰君赐云。祠以万历戊子年经始。"

万历十七年己丑(1589)

王象乾晋右参政,分守口北。

(道光)《济南府志·人物志》:"万历十七年进右参政,分守口北道,驻宣府。"

---

① 《中国地方志集成·山东府县志辑》28,凤凰出版社,2004年。
② 《中国地方志集成·浙江府县志辑》58,上海书店,1993年。

忠勤祠落成,王之垣岁时奉刘太淑人瞻礼。

《忠勤录》载王锡爵《忠勤祠记》:"祠以万历戊子年经始,己丑年落成。"杨巍《合葬墓志铭》:"先是,司徒公任贵阳时,平蛮采木,功多费省,甚得民心,又卒于王事,土人思之,建祠永宁。之垣欲安慰太淑人,于县城南亦建祠祀之。岁时奉太淑人瞻礼,太淑人辄涕泣谓所从子与孙曰:'汝父汝祖自诸生时,尝以斯世斯民为念,欲树鸿业,以报朝廷,光史策今已矣。成其志者在汝曹,勿徒瞻礼肖像已耳。'语罢,复涕泣不已,一时闻者无不嗟叹,谓教其子若此,安得不登高第,跻显膴耶?"

王象艮以贡生入京参加廷试。

《迂园诗》有《庚申廷试至午大雷震天》:"宫漏沉沉淑气浮,趋跄万国觐龙楼。题挥御墨淋漓下,香绕彤庭缥缈收。对策书生无忌讳,临轩圣主有深忧。中天雷动抡佳士,庙算应知向野求。"另有《观礼大内,游鸳鸯亭,湖上雨中望北台》《六月六日朝见,因仰瞻寿皇殿》《庚申廷试久留都门,夏日同张履桥、诸冲阳观画,偶见西山出云之奇》等作,皆作于此时。

万历二十年壬辰(1592)

王象乾加布政使。

(康熙)《新城县志·人物志》:"二十年,加布政使,已擢右佥都御史,巡抚宣府。"

王象节中进士。

(康熙)《新城县志·人物志》:"万历戊子举于乡,……壬辰登进士第,改翰林院庶吉士,为第一人。"

万历二十一年癸巳(1593)

正月二十四日,王重光妻、王之垣母太淑人刘氏卒,享年九十一岁。

《忠勤录》载杨巍《合葬墓志铭》:"万历癸巳春正月念四日,王太淑人卒于正寝,卜于是年仲冬闰月念二之吉祔司徒公之兆。……太淑人姓刘氏,世为新城人,父讳泽,母李氏,伯父讳溥,为名御史,仕至二千石,弟孝友,崇礼让。母李氏有母仪,太淑人幼已习气家法矣。及笄归司徒公。……太淑人生于弘治癸亥四月初十日,享年九十一岁。"

十月初一,万历帝遣山东布政使司汪应蛟谕祭王重光及其妻太淑人刘氏。

《忠勤录》载《谕祭文》:"万历二十一年十月之朔,皇帝遣山东布政使司汪应蛟谕祭原任布政司左参议、赠户部右侍郎王重光,并妻封太淑人刘氏,曰：'惟尔起家廷对，历任藩参，筹运神机，单骑荡冯山之寇，林鸠天堑，三章格赤水之灵，以死勤官。得贤助内，深娴妇德，用保乂乎夫家凤善，母仪遂养成乎国器，风高万石，美济三槐，追由佑启之功，可靳恩恤之需，特颁并祭，尚克歆承。'"

徐渭卒。

万历二十二年甲午（1594）

刘太淑人与王重光合葬，万历皇帝遣臣谕祭，焦竑为撰《恭题两朝谕祭文后》。

焦竑《恭题两朝谕祭文后》："往营三殿采木之役，命藩臣王重光董之事，甫竣而卒于滇，肃皇帝闵其勤事而死，赠官同卿，赐以谕祭，至万历甲午，配刘淑人殁，将启重光赐墓而窆焉，今上复遣守臣谕祭于其家。……臣职在国史，当备述主上嘉与臣工，风历四海者，以诏来世。辄因象乾之请，恭书于下方，令观者耸然而作，如听属车之音，与瞻太微之光，以相与勉为忠孝，亦所以劝也。"①

王象晋中举。

《世谱》卷一："万历甲午举人。"

九月，王象乾由山西右布政使升巡抚宣府，右佥都御史。

《明神宗实录》卷二七七，万历二十二年九月："辛卯升山西右布政使王象乾为巡抚宣府，右佥都御史。"王鸿绪《明史稿·列传一百二十三》："二十二年，擢右佥都御史，代世扬巡抚宣府。累进右副都御史，加兵部右侍郎，兼右佥都御史，在事七年，边境无事。"

九月，王象节授翰林院检讨。

《明神宗实录》卷二七七，万历二十二年九月："丙子朔，以庶吉士杨继礼、陈懿典、韩煜授翰林院编修，王象节、沈淮、高克正、刘生中、李腾芳、傅新德授翰林院检讨。"冯琦《烈妇毕孺人传》："毕孺人者，故太史王公象节配也，父曰昌祖大司空亨，为成、弘间名臣。……太史以壬辰进士试庶吉士第一，声籍甚，孺人从于京师。居二年，诸吉士当授官，政府相与计士先器识，无如王生，即复以王生第一，授翰林检讨。"②

是年顾宪成被革职，回无锡，讲学于东林书院。

---

① 山东省桓台县政协、王士禛纪念馆编：《忠勤祠帖》，广陵书社，2003年。
② [明]冯琦：《宗伯集》，《四库禁毁书丛刊·集部》第15册，北京出版社，1997年。

万历二十三年乙未(1595)

王之都中进士。

《世谱》卷一:"乙未进士,历官平凉府知府,其《平赋》《檀政》《榷关》《计辽》《守雍》诸牍,言言经济。令沔池,祀邑人曹月川先生于其乡,文教大兴。知开封,拔薤锄梗,汴人德之,为立祠,祀于包孝肃公右。少食贫,僦居弦诵硁硁安义命,及居官,清节弥励,如在沔、在柏临行各余千金,榷关余七千金,皆以上闻,在汴入觐,库余三千金,封识宛然,以待福藩之国,诸经费易赍。遗令诸子茸父让德公祠,此外不道家事一语。"

王象斗中进士。

《世谱》卷一:"乙未进士,授户部四川清吏司主事。性孝友,与物廓然无柴棘,而服官精于其职,未竟厥用,人皆惜焉。"

王象恒赴京会试,王之猷有诗相送,象恒中进士,授祥符知县。

王之猷《柏峰集》《送恒儿应试北上》:"三九年华掌上珠,喜今裘马入皇都。文场试吐云霞色,十里看花首唱胪。"①(康熙)《新城县志·人物志》:"象恒举万历二十三年进士,授祥符知县。"

王象乾在上谷官署,刻《诗余图谱》成。

王象晋《重刻诗余图谱序》:"南湖张子创为《诗余图谱》三卷,图列于前,词缀于后,韵脚句法犁然井然,一披阅而调可守,韵可循,字推句敲,无事望洋,诚修词家南车已。万历甲午、乙未间,予兄霁宇刻之上谷署中。"②

王象节卒。

《世谱》卷一:"历官翰林院检讨,性淡泊,俭于自奉,遇窘之者倾囊济之,至称贷以自给。日手一编,寝食几废,文日益工,而精神日益销亡,卒万历乙未四月廿二日巳时,崇祀乡贤。"王士禛《池北偶谈》卷七《毕孺人》:"叔祖翰检公,讳象节,字子度。中万历壬辰进士,选庶吉士第一。元配毕孺人,年甚少,于邸中从容立嗣,告于柩前,自缢死。奉旨旌表,冯文敏公(琦)为传。比葬,有双鹤翔于墓所,良久而去。《弹园杂志》云:'万历乙未夏,翰林检讨王象节病危,妻毕氏皇迫自缢,家人觉之,救免。夫卒,竟闭户缢死。'"③冯琦《烈妇毕孺人传》:"(毕孺人)则谓其姒曰:'与嫂同归王氏十年,夫子不幸,无子息,病且笃,嫂肯以次子亮为夫子后,夫子死且不憾。'姒曰:'敬诺',则携亮至太史(王

---

① [明]王之猷:《柏峰集》,上海图书馆藏稿本。
② [明]王象晋:《赐闲堂集》,《山东文献集成》第三辑第24册,山东大学出版社,2009年。
③ [清]王士禛:《池北偶谈》,袁世硕主编《王士禛全集》,齐鲁书社,2007年。

象节)前曰:'无忧无子,今有子矣。'太史瞠目视之,已复语太史:'太孺人在千里外,独不能忍须臾耶?'伏而泣,仆不能起,盖孺人已不食数日矣。太史疾革属续,孺人不胜痛,则复谓姒曰:'伯与姒幸悯我,以子子我,我在也,则亮属我,我不在,宁复为我嗣耶?'姒曰:'为尔子,终属尔耳。'孺人哭且谢,潜入室,毕户自经,死时乙未四月廿五日辰刻也。顷之复苏,心蠕蠕动,吐血数升,毕以药,拒不内,医视之,息犹属也,肠已断矣。次日太史盖棺乃绝,距其生二十有三年矣。事闻诏其节烈,命所司谕祭,表其闾。"

万历二十四年丙申(1596)

六月二十五日,王之垣年七十,邢侗、郭正域等为撰寿序。

邢侗《寿新城王大司徒七帙序》:"我新城左司徒王公今年六月廿五日开七帙之期,不佞以肺附世讲谊,宜修酌者之言,乃今不他丐,而用不腆之辞进,要以自言近质明吾肺附世讲云耳。"①郭正域《司徒王见峰公七十寿序》:"于时伯子以文武全才,廷臣推毂,晋拜大中丞,建牙上谷,仲子由西台官冏寺,季子举于乡,诸宗人登进士、官中外者十有余人。明年先生登七秩,一时衣冠之盛,适与期会造物者……域为先生门下士,不能从蓝舆之末鞠跽称觞,属伯子自上谷为寿,谬替一言以代致词。"

万历二十七年己亥(1599)

王之猷卒。

《世谱》卷一:"以勤劳王事卒于中途,时万历己亥十二月初十日,享年五十八岁,赐祭葬。"

丁耀亢生。

万历二十八年庚子(1600)

王象斗卒。

《世谱》卷一:"性孝友,与物廓然无柴棘,而服官精于其职,未竟厥用,人皆惜焉。卒万历庚子正月初三日。"

十二月,王象乾加兵部右侍郎。

(康熙)《新城县志·人物志》:"二十八年,加兵部右侍郎。"《明神宗实录》卷三五四万历二十八年十二月:"晋巡抚宣府右副都御史王象乾为兵部右侍郎,加正二品服俸,以三年考绩也。"

王象贲卒。

《世谱》卷一:"荫生,仕至户部广西司员外郎。卒万历庚子。"

---

① [明]邢侗:《来禽馆集》卷九,《四库全书存目丛书·集部》第161册,齐鲁书社,1997年。

袁宗道卒。

万历二十九年辛丑(1601)

正月,王象乾总督川、湖、贵州军务,巡抚四川。

《明神宗实录》卷三五五,万历二十九年正月:"升巡抚宣府右副都御史王象乾为兵部右侍郎,兼右佥都御史,总督川、湖、贵州军务,巡抚四川。时播地初定,督臣李化龙有父丧,巡按崔景荣言开设郡邑,抚慰降人,非亟推新督臣不可,吏部以贾侍问及象乾上请,特用象乾云。"

万历三十年壬寅(1602)

王之城卒。恩贡生,任知县,升浙江温州府同知,以抗直忤上降级,再补通州,擢淮安府同知,致仕归。

《世谱》卷一:"卒万历壬寅正月十三日,崇祀乡贤。"

秋,王之垣在新城西郊重建忠勤祠。

王之垣《忠勤祠成奉安神主祭文》:"壬寅之秋,两梦椿萱示以祠地,受命以来,凤夜经营,殚竭心力,越历岁周,新祠奕奕。"①

万历三十一年癸卯(1603)

王象春中举。

《世谱》卷一:"万历癸卯经魁。"钱谦益《王季木墓表》:"自其为举子,已隐然名动天下矣。"

三月,王象蒙降为卫辉府推官。

《明神宗实录》卷三八二万历三十一年三月:"降原任御史王象蒙为卫辉府推官。"

忠勤祠新祠落成。

王之垣《忠勤祠成奉安神主祭文》:"壬寅之秋,两梦椿萱示以祠地,受命以来,凤夜经营,殚竭心力,越历岁周,新祠奕奕。仰瞻遗容,俨若生前,寸心既慰,国典聿沾,春秋秩祀,如在黔南。惟兹新祠,永妥尊神,永奉香火,号斯祝斯,百世不磨。泉台有灵,鉴我哀衷,绥我思成,张、王二帅,从事捐生,照黔南例,肖像配享,以旌厥功。"②

万历三十二年甲辰(1604)

王象晋中进士。

《世谱》卷一:"甲辰进士。"

---

① 山东省桓台县政协、王士禛纪念馆编:《忠勤祠帖》,广陵书社,2003年。
② 山东省桓台县政协、王士禛纪念馆编:《忠勤祠帖》,广陵书社,2003年。

四月初一日，王之垣撰文志忠勤祠碑，以存家训。

王之垣文："碑首载恤典，尊皇恩也；内阁九卿以下，贵官韦布，分年附勒志，感德也；触目谢衷，永孝思也。自古在昔，望羊碑而堕泪，咏《蓼莪》以痛心，惕惕凄怆，心有同然。凡我子孙，宁不动父祖万里勤王之思乎！诚思之家训四条，愿共勉焉，《诗》曰：'永言孝思，孝思维则'，又曰：'夙兴夜寐，无忝尔所生。'户部左侍郎男王之垣谨识。万历三十二年孟夏吉旦。"①

十一月，王之垣卒，邢侗为撰神道碑，王锡爵为撰诔文，叶向高为作赞，郭正域为作墓志。

《世谱》卷一："卒万历三十二年十一月十九日巳时，享年七十八岁。讣闻，赠户部尚书，赐祭葬，以子象乾累赠少师，兼太子太师、兵部尚书。"王锡爵《户部左侍郎见峰王公神道碑》："公年至八十薨，而总督君以疆事怵迫，久之不得代，其季进士君象贲及侍公饭含，又能为文状公，而总督君实介以来请铭，予又何敢辞。"②邢侗《新城大司徒王公诔》："先生得寿七十有八，平生所沾丐朝廷誉命恩，更仆不可数，讣闻，赠为户部尚书，礼、工二部所拟地上地下典，一切优于恒叙云。某厕在世牒，复连姻籍，而先生素与先侍御公讲德砥名，是称夙好，旒旗之谊，谁则任之？至人至心，至德至行，光光函夏，讵第重渤岱宗间。某因抒哀作诔，以广听观，言辞弗斐，非所计也。"郭正域《少司徒见峰王先生赞》："司徒公既没，海内咨嗟，悼失典刑，相与论述其事，以传于世，不佞不文，敬拜手而为之赞。"③郭正域《户部左侍郎见峰王公墓志铭》："于是司马公自蜀中走人来索不佞为言。"

王象乾丁忧，以宣府安边之功进右都御史兼兵部右侍郎。

王鸿绪《明史稿·列传一百二十三》："象乾亦丁父艰归，寻总叙宣府安边功，命进右都御史兼兵部右侍郎，服阙起用。"

万历三十三年乙巳（1605）

二月，王象乾乞罢，诏下，在任候代。

《明神宗实录》卷四〇六万历三十三年二月："总督陕西三边少傅兼太子太傅兵部尚书李汶、总督宣大山西太子太保兵部尚书杨时宁、总督蓟辽保定兵部尚书蹇达、总督两广兵部尚书戴耀、总督川湖贵州兵部左侍郎丁受、王象乾、总理河道少保兵部尚书丁受、李化龙、巡抚顺天兵部右侍郎刘

---

① 山东省桓台县政协、王士禛纪念馆编：《忠勤祠帖》，广陵书社，2003年。
② [明]王锡爵：《王文肃公文草》卷五，《四库全书存目丛书·集部》第136册，齐鲁书社，1997年。
③ [明]叶向高：《苍霞草》卷十六，《四库禁毁书丛刊·集部》第124册，北京出版社，1997年。

四科、巡抚保定右副都御史孙玮、巡抚江西兵部右侍郎夏良心、巡抚南赣汀韶兵部右侍郎李汝华、巡抚湖广右副都御史梁云龙、抚治郧阳右副都御史侯代、胡心得、巡抚山东右副都御史黄克缵、巡抚辽东右副都御史赵楫、甘肃右副都御史徐三畏、巡抚广西兵部右侍郎杨芳、巡抚云南右都御史兼兵部右侍郎陈用宾、巡抚贵州右副都御史郭子章，各以考察自陈乞罢，诏时宁致仕，象乾、化龙在任侯代，心得先奉旨改南，即与补用，余俱供职如故。"

万历三十六年戊申（1608）

九月，王象乾起为蓟辽、保定等处总督。

王鸿绪《明史稿·列传一百二十三》："三十六年，蓟、辽总督缺官，诏起，象乾任之。"《明神宗实录》卷四五〇万历三十六年九月："起原任都御史王象乾为都察院右都御史，兼兵部右侍郎，总督蓟辽、保定等处。"

于慎行卒。

万历三十七年己酉（1609）

正月，王象乾加右都御史兼兵部右侍郎。

《明神宗实录》卷四五四万历三十七年正月："庚戌加蓟辽总督王象乾以右都御史，兼兵部右侍郎。"

王象震卒。恩贡生，仕至颍州学正。

《世谱》卷一："卒万历己酉九月廿一日丑时。"

十月，王与敕生。

《世谱》卷四："生于万历己酉年十月十一日亥时。"

十二月，长定堡失事，王象乾以此罚停俸半年。

王鸿绪《明史稿·列传一百二十三》："三十七年十二月，长定堡失事，象乾坐停俸半年。"

吴伟业生。

万历三十八年庚戌（1610）

四月，辽东后金掠烂蒲河，王象乾遣兵击败。

王鸿绪《明史稿·列传一百二十三》："三十七年十二月，……明年四月入掠烂蒲河，象乾遣兵击败之。"

王象乾进《皇明开天玉律》，劝谏神宗勤政爱民。

《明神宗实录》卷四六六万历三十八年："蓟辽总督王象乾恭进《皇明开天玉律》书，其书辑太祖高皇帝训为一帙，分十三篇，曰事天，曰恤民，曰勤政，曰圣学，曰训储，曰用人，曰谕臣，曰求言，曰慎刑，曰理财，曰止移，曰弥天,曰保业,律承万事根本之意,书入报闻。"

王象春会试,初拟第一,分校官汤宾尹越房搜卷,强推韩敬为第一。廷试后为三甲第二百四十名。同科中进士者有钱谦益、马之骐、邹之麟、钟惺、文翔凤。

钱谦益《王季木墓表》:"万历庚戌举进士第二,季木每叹诧:'奈何复有人压我?'诸推毂季木者亦云。"[1]文震孟《南吏部考功郎王季木志铭》:"其成进士也,魁其经,科名亦峻矣,乃闱中既已甲而复乙之,则不能无嗛,素善楷书,谓廷对必当甲而更甚乙之,则又不能无嗛,众口嘈喧,竟成水火。"[2]《明通鉴》卷七十四:"是年,侍郎王图主庚戌会试,宾尹以庶子为分校官。举人韩敬,尝受业宾尹,及会试,敬卷为他考官所弃,宾尹越房搜得之,与各房互换闱卷凡十八人,强图录敬为第一;知贡举侍郎吴道南欲劾之,未果。至是宾尹已为祭酒,而图方掌翰林院,衔之,遂起明年京察之狱。"[3]

黄宗羲生。王锡爵、袁宏道、沈璟卒。

万历三十九年辛亥(1611)

八月,泰宁炒花等犯边,王象乾击败之。

王鸿绪《明史稿·列传一百二十三》:"三十七年十二月,……又,明年八月,泰宁炒花等犯镇安堡及清河,皆败去,他部以儿邓等代为乞款辽左,亦稍安。"

十月,王象乾二品三年满,进兵部尚书,其祖、父亦赠其秩,并录一子入太学,叶向高为撰《大司马王公考绩加恩序》。

《明神宗实录》卷四八八万历三十九年十月:"升王象乾为兵部尚书,兼都察院右副都御史,照旧总督,荫一子入监读书。给与应得诰命,其川贵功次着兵部即与议,覆以实历正二品俸,三年考满也。"叶向高《大司马王公考绩加恩序》:"御史大夫王公节制蓟辽满三载,奏绩天子,褒嘉其功,晋大司马,以新秩秩其祖父,录一子太学生。"

王象春将归新城,文翔凤、王宇送于卢沟桥。

《问山亭诗》《赋得卢沟桥别王永启、文太青二年丈》:"嗟君送我别桥头,共倚桥栏狮子愁。马嘶欲扑山碧去,子牵我袖留我住。欲别不别淹日暮,鹜枭如满称边树。但畏鹜枭乱夜听,那畏冰霜满前路?"

---

[1] [清]钱谦益:《牧斋初学集》,文海出版社,1986年。
[2] [明]蔡士顺:《同时尚论录》卷十五,《四库全书存目丛书·集部》第374册,齐鲁书社,1997年。
[3] [清]夏燮:《明通鉴》,中华书局,1980年。

万历四十年壬子(1612)

正月,王象乾被召为兵部尚书,加太子太保,世荫锦衣指挥佥事。

《明通鉴》卷七十四万历四十年春,正月,"召蓟辽总督王象乾为兵部尚书。"王鸿绪《明史稿·列传一百二十三》:"四十年正月,召理部事叙清播州地,及贵州苗功,加太子太保,世荫锦衣指挥佥事。"《明神宗实录》卷四九二万历四十年:"以川贵清疆善后平叛征苗功,加王象乾太子太保诰命,荫一子锦衣卫指挥佥事世袭,赏银五十两,大红纻丝蟒衣一袭。"

王象春任顺天乡试同考官,同考官邹之麟受韩敬请托,录本房傅皇谟、又越房搜卷,取童学贤为首荐卷,事发,科场之议起,御史凌汉翀、给事中李奇珍弹劾王象春受贿,法司会问,王象春降级归里。

《明史》卷二百三十六《孙振基传》:"韩敬者,归安人也,受业宣城汤宾尹。宾尹分校会试,敬卷为他考官所弃。宾尹搜得之,强总裁侍郎萧云举、王图录为第一。榜发,士论大哗。知贡举侍郎吴道南欲奏之,以云举、图资深,嫌挤排前辈,隐不发。及廷对,宾尹为敬夤缘得第一人。后宾尹以考察褫官,敬亦称病去,事三年矣。会进士邹之麟分校顺天乡试,所取童学贤有私,于是御史孙居相并宾尹事发之。"[1]文秉《定陵注略》:"庚戌会榜,宣城搜拔韩敬为第一,而第二为新城王象春。象春每叹曰:'奈何以宣城故,使苕溪压我!'诸推毂象春者亦云。而科场之议适起,敬党谓象春实助臂焉。壬子,象春分考顺天。敬党亦用科场事攻之。又,象春所取吴中张世伟名噪都下,而家实贫甚。先是,张名动江南,御史凌汉翀时为诸生,以文请正。张薄之,弗为礼。凌饮恨甚。至是嗾李劾张。张罚停科,而象春坐降调。"[2]钱谦益《王季木墓表》:"而科场之议适起,壬子分考顺天,言者亦用科场事挢季木。季木所取士,才而贫,且无雅故,所司具狱上,竟不能有所传致,然卒坐降级以归。"《明神宗实录》卷五〇三:"御史凌汉翀疏称……王廷鼎、乔之申等或三十金,或五百金贿买进士王象春,请敕下三法司会问。科臣李奇珍亦参顺天乡试四十七名举人张世伟贿通象春,幸中本房,礼部请并究处。"文震孟《南吏部考功郎王季木志铭》:"庚戌成进士……越二载,场事大发,公适分较京闱,乃更释憾于公师生间,龙战俱伤,玄黄之局,震动天下,此公始蹶之繇也。"

---

[1] [清]张廷玉:《明史》,中华书局,1974年。
[2] [明]文秉:《定陵注略》,《北京大学图书馆藏善本丛书》,北京大学出版社,1980年。

王与夔中举,王象复长子。

《世谱》卷四:"与夔,字凤虞,行二,万历壬子举人。"

十一月,王象乾子王与籽袭锦衣卫指挥佥事。

《明神宗实录》卷五〇二万历四十年:"辛酉荫兵部尚书王象乾男与籽授锦衣卫左所指挥佥事。"

是年新城饥荒,王与籽施钱米,全活甚众。

(民国)《重修新城县志》:"王与籽,字凤里,象乾子,荫锦衣卫指挥佥事,乐善好施,万历壬子岁大饥,与籽日施钱米,全活甚众。"

郭正域、邢侗卒。

万历四十一年癸丑(1613)

王象晋考选,同乡皆以为将入科道,象晋以兄象乾在六卿,调为礼部仪制司主事。

《渔洋山人自撰年谱》:"癸丑考选,同乡诸公皆欲以台省处之。适太师公方以蓟辽总督召为本兵,而故事:父兄官内阁及六卿者,子弟无得居言路;其见居职者,例改翰林官。故太师欲暂归为公地,即来而翰林可得也。公力争不可以私恩宿君命,遂平调礼部仪制司主事。"

顾炎武生。

万历四十二年甲寅(1614)

正月,王象乾以边军缺饷请令廷臣各抒所见,汇奏万历皇帝,不报,遂请借兵、工等部,筹措饷银。

王鸿绪《明史稿·列传一百二十三》:"四十二年正月,象乾以去岁边饷缺至一百八十三万,言近日脱巾之变,一见于遵化,再见于蓟门,三见于永平,九边效尤,祸乱巨测,请令廷臣各抒所见,汇奏御前,比奏上,而帝不报。象乾不得已,请借之兵工二部、太仆寺及南京户兵工三部,得一百十有四万,不足则取天下盐课,乃报可。"

王象晋官礼部主事,齐党亓诗教、韩浚以铨司之位拉拢,王象晋坚辞不受。

王象晋《赐闲堂集》卷二《甲寅异梦记》:"万历甲寅,予以秘书郎迁礼曹。时同乡二、三要人,势焰赫甚,三事六曹而下,莫不奉命惟谨,一时附丽之者,蝇营蛆竞,竞相奔走。予性迂拙,弗能知,即明示招来,又弗能悟。用是决计剪锄,而以其党某御史,先为排击,羁邸中者数月,诸知交皆为予危,予犹不悟,且不知悔。"

王象春以壬子科场案经刑部勘定,被降调闲散,归乡。

王象春《出京》:"纵是风波地,三年已自亲。宁无歧路泪,洒向障天尘。放浪从毛马,萧疏任角巾。不愁五湖水,不许有潜鳞。"①

七月,王象春与王象艮、王象益、王象明、王与亮、王与能等兄弟子侄同游新城北湖,作《北湖游记》。

王象春《北湖游记》:"是为甲寅之七月十三日,同游者,思止象艮、又损象益、二兄吉甫、象明弟、与亮、与能、与才诸侄。"②

八月,王象蒙卒。

《世谱》卷一:"卒万历甲寅八月廿一日。"

申时行卒,徐夜、宋琬生。

万历四十三年乙卯(1615)

山东大旱,王象春为生计所迫,易产出走,后寓居济南,购得李攀龙故居白雪楼,建"问山亭"。

吕维祺《嵋居诗序》:"乙卯之岁跨寒经月,观吴练,抚枯桐,涉淮问海,泛滕阳、吕孟诸湖,遍披群脉,一时名士相与倾倒。已乃僦嵋湖一片地居焉,此季木之所以侨嵋也。"

万历四十五年丁巳(1617)

王象春入京,补上林苑典簿,与公鼐、袁中道、李若讷等诗文往来。

钱谦益《王季木墓表》:"壬子分考顺天……居五年,补上林苑典簿。"《问山亭诗·同公浮来、袁小修、李季重集孙玙园》:"乍离云岫来炎地,片石孤松也系情。即使此园无韵主,尚怜今会为寻盟。西山小雨开新面,石籁迎秋试晚鸣。帝里凭高恣指点,夜来清梦已先成。"

丁巳京察,王象晋以齐党诸人中伤,去官回乡。

王士禛《池北偶谈》卷六:"亓诗教,莱芜人。韩浚,淄川人。赵忠毅著论所目为四凶也,皆同郡。会山东缺铨司,先方伯时官仪制主事,同乡前辈皆属意。亓、韩欲攘以为德,冀为之用,属张华东公(延登)通殷勤。时伯祖太师以蓟督召入中枢,公曰:'朝廷威柄,惟铨与枢,讵有兄在本兵,弟复为铨曹者。'力谢辞之。亓、韩怒不附己,遂以察典中伤。夏考功云:'丁巳之察,不平弥甚,竟无一人起而争之者,盖在朝清流驱逐尽矣。'谅哉。"

---

① [明]王象春:《问山亭诗·甲寅草》,《山东文献集成》第二辑第28册,山东大学出版社,2010年。
② [明]王象春:《问山亭诗》,《山东文献集成》第二辑第28册,山东大学出版社,2007年,第781页。

万历四十八年庚申，明光宗泰昌元年（1620）

七月，明神宗万历皇帝驾崩。王象春、钱谦益、文翔凤等以哭临集阙下，相与论诗。

钱谦益《列朝诗集小传》："岁庚申，以哭临集西阙门下，相与抵掌论文，余为极论近代诗文之流弊，因切规之曰：'二兄读古人之书，而学今人之学，胸中安身立命，毕竟以今人为本根，以古人为枝叶，窠臼一成，藏识日固，并所读古人之书胥化为今人之俗学而已矣。譬之堪舆家寻龙捉穴，必有所发脉处。二兄之论诗文，从古人何者发脉乎？抑或但从空同、元美发脉乎？'季木捺然不应。"①

王象春升南京大理寺评事。

王象春《辨明孤贞疏》："至庚申周嘉谟为吏部，始升南大理寺评事。"②

九月，明光宗驾崩，王象春在京，为言庆陵地吉，众为议定。

文震孟《南吏部考功郎王季木志铭》："神宗崩，公以进香入都，复值光宗晏驾，选择陵寝，莫所适从。公故精堪舆家言，为相庆陵地吉，众议乃定。"

明熹宗天启元年辛酉（1621）

正月，王象恒由太仆寺少卿升为右佥都御史，巡抚应天。

《明熹宗实录》卷五天启元年正月："升太仆寺少卿王象恒、大理寺寺丞房壮丽、陕西左布政使张之厚俱右佥都御史。象恒巡抚应天，壮丽巡抚江西，之厚巡抚延绥。"③《济南府志·人物志》："天启元年，擢右佥都御史，巡抚应天。"

辽阳破，边事紧急，天启帝遣官敕召王象乾至京任兵部尚书，象乾疏陈方略，帝大称奖，会蓟、辽总督文球罢，象乾以原官提督九边，总督蓟、辽，兼制宣、大等处。

王鸿绪《明史稿·列传一百二十三》："天启元年，辽阳破，廷臣请用象乾，帝特遣官赍敕召之至京，兵部尚书崔景荣谢事，即命象乾代，象乾以年老目瞆，不欲署部事，疏陈守御关外及招抚插汉诸部方略，帝大称奖。会蓟、辽总督文球罢，敕象乾兼右都御史代之。"《新城县志·人物志》："天启元年，以故官提督九边军务。三月复出总督蓟、辽，兼制宣、大等处。"

---

① [明]钱谦益：《列朝诗集小传》，上海古籍出版社，2008年。
② [明]蔡士顺：《同时尚论录》卷五，《四库全书存目丛书·集部》第374册，齐鲁书社，1997年。
③ 台湾"中央研究院"历史语言研究所校勘：《明熹宗实录》，上海书店，1982年。

王象晋在新城重修庙学,王象乾请叶向高为撰碑记。

(民国)《重修新城县志》卷二十三叶向高《天启四年重修庙学记碑》:"岁辛酉,当大比,士诸生邢逮等请益切,时家弟膳部,象晋里居,毅然以身任之。于是邑令学博暨阖邑绅士咸欣欣焉,共图饬新,工始于孟夏,浃岁告成。"

王象随中举。

《世谱》卷一:"王象随,字季良,行七。天启辛酉举人。崇祯四年兵变,守城抗贼,抚按朱公题请应纪录以需大用,九年特旨保举贤良方正。"

四月,王象孚卒。

《世谱》卷一:"卒天启元年四月十一日。"

天启二年壬戌(1622)

正月,广宁陷,军民入关数十万,王象乾闭关不纳三日,熊廷弼至,乃开。

王鸿绪《明史稿·列传一百二十三》:"二年正月,王化贞弃广宁逃,列城尽溃,军民男妇求入关者数十万,象乾闭不纳,哭声震山谷,阅三日,熊廷弼至,象乾乃开门纳军民,而与廷弼计兵事。"

五月,山东白莲教徐鸿儒起义郓城,连攻巨野、邹县、滕州、峄县等地,王象兑以坚守曹州,擢陕西米脂知县。

(道光)《济南府志·人物志》:"王象兑,字子悦,耿光孙,以明经为曹州训导。白莲贼徐鸿儒作乱于郓,攻破邹、滕、峄诸县,将犯曹州,象兑佐守严防,御缮兵甲,曹州赖以全,擢陕西米脂知县。"《明史纪事本末》:"熹宗天启二年夏五月,山东妖贼徐鸿儒倡乱。鸿儒,巨野人,迁郓城,万历末,以白莲教惑众,党数千人。"

辽东广宁陷,应天巡抚王象恒节省公费、选将才助边。白莲教徐鸿儒叛乱,王象恒积极抵御,并擒其魁。

(道光)《济南府志·人物志》:"天启元年,擢右佥都御史,巡抚应天。明年,闻广宁陷,因节省公费银凡二万两助边,并选将才二人,瘠致榆关。妖人徐鸿儒踏邹、滕,声言南下,力图御备于浦子口及安庆。长洲人朱士远辈为妖煽反,捕其魁四人正法,余悉不问。"

天启三年癸亥(1623)

王象恒以勤劳卒于官。

(道光)《济南府志·人物志》:"天启元年,擢右佥督御史,巡抚应天。明年闻广宁陷,……又明年,陈兵水滑,病作咯血,二十日卒于官,赠兵部右侍郎。"王鸿绪《明史稿·列传一百二十三》:"天启初,拜右佥都御史,巡抚应天。苏州织造中官李实劾罪松江府知府张宗衡,象恒力诋实,卒官。"按:《世谱》载王象恒"享年五十四岁",其生在隆庆二年(1568),卒年正在是年,《世谱》又云其卒时"万历壬戌十月",误。

王象春升南职方司郎中,调南吏部考功司郎中。

王象春《辨明孤贞疏》:"至庚申周嘉谟为吏部,始升南大理寺评事,又三年,赵南星为吏部,节升南职方司郎中,调南吏部考功司郎中。"

王士禛母孙宜人来归。

《渔洋文集·诰封宜人先妣孙太君行述》:"十七来归,时曾祖母一品路太夫人已卧疾。""母生于万历丁未八月二十四日未时。"①故孙氏于归在是年。孙宜人出自邹平孙氏,累世以儒术科名显,父孙栻官宁国府经历,与王象乾、王象晋相善,孙氏其第四女,生而凝重,贤明知礼。

魏忠贤提督东厂。

天启四年甲子(1624)

王象云中举。

《世谱》卷一:"王象云,号蓼葭,天启甲子顺天举人。"

王与苰中副榜,王象恒长子。

《世谱》卷四:"与苰,字华注,恩贡生,天启甲子副榜。"

王与玟乡试,因策论抨击权贵被落。

王潆《明王文玉墓志铭》:"丁卯主者灵寿耿公得其文,大击节。尉荐之解矣。监者覆阅,见所为策多侵中贵人甚痛,时党焰方猖,触立糜,大骇,亟掩卷,咄咄,主者:'误我!误我!场中借使尽无卷,何敢解狂生?'耿公抗争不获。"

秋,杨涟上疏劾魏忠贤二十四罪疏,传至南京,王象春门人何允泓捐资刊刻,王象春作赞作跋,周顺昌批点,魏党范得志遂指象春为门户中人。

王象春《辨明孤贞疏》:"至甲子秋,杨涟纠逆珰二十四罪疏,传至南都,春门人何永泓为之捐资刻本,春为之作赞作跋,周顺昌又为之批点,称其忠直,而缀春等诸名于后,时即有媚珰之范得志将刻本呈之于珰。而一时攻击东林之人,又恶春如仇雠,遂指为门户中人矣。"

---

① [清]王士禛:《渔洋文集》,袁世硕主编《王士禛全集》,齐鲁书社,2007年。

王象乾致书叶向高,请为撰重修新城庙学碑记。

(民国)《重修新城县志》卷二十三叶向高《天启四年重修庙学记碑》:"圣主新御大宝,惓怀旧臣,余自田间召还政地,少师大司马霁宇王公亦应急召还,总中枢,已而上允公请持节行边,出督蓟。一日走书贻余曰:不腆敝邑,济上弹丸耳,自肃皇帝以来,科第彬彬,为诸邑冠。迩年不无中落,说者谓殿宇倾摧,风雨凌震,非国家崇祀先师意。无论作人,愿谋之二十余年,竟未有肩其任者,……敢丕一言,以纪岁月。"

钟惺卒。尤侗生。

天启五年乙丑(1625)

王象云中进士。

(道光)《济南府志·人物志》:"王象云,初名象需,之都子。天启五年进士。"《世谱》:"乙丑进士,由知县行取云南道监察御史。"

王象春坐东林党削夺。

王象春《辨明孤贞疏》:"乙丑正月,正当逆珰势焰初张之日,方才屏逐大臣高攀龙等,此时媚珰诸臣,人人寻题目,人人思献功,必须参论东林一人,乃可为贽。而臣同乡有一极恶不肖之词林,遂嗾陈维新论臣,而逆珰辅魏广征遂票旨云:'王象春穷凶极恶,党邪害正,本当重处,姑从轻革了职为民当差,仍追夺诰命。'"

魏忠贤兴大狱,逮捕杨涟、左光斗、魏大中、周朝瑞、袁化中、顾大章六人,残害于狱中,颁示《东林党人榜》。

陈维崧生。

天启六年丙寅(1626)

三月二十五日,王士禄生。

王士禛《王考功年谱》:"故明天启六年丙寅三月二十五日丑时,先生生。"①

公䎐卒。

王象春《哭公浮来》:"明月之宵我梦君,吞声别去竟何云。东园旧筑狐啼树,名岳新诗飏冷云。海外万金求片纸,异时十使购逸文。郑虔沦落卑官死,杜老哀诗带血焚。"

---

① [清]王士禛:《王考功年谱》,王士禛撰,孙言诚点校《王士禛年谱》,中华书局,1992年。

天启七年丁卯(1627)

王与胤中举。

(康熙)《新城县志·人物志》:"王与胤,字百斯,浙江布政使象晋次子也。天启丁卯举人。"王与胤《自撰圹志》:"余中山东丁卯乡试十名。"

王象晋以公事至金陵,览金陵之胜,未尽兴而归,吕益轩以《金陵图咏》相示,王象晋因有《金陵像游集》。

王象晋《金陵像游序》:"今岁丁卯,以使事道出金陵,恭谒高皇帝陵寝,仰瞻钟山郁霭景象,不觉欢呼踊跃。……惟是游览未畅,不无觖望。偶少司马益轩吕公以《金陵图咏》见贶,亟披之,知辑自兰隅朱公景,初以八,继以十六,至广为四十,自兰隅公始,且绘之以像,标之以说,韵之以声诗,洋洋乎大观也哉!而又辑诸公之篇什,以资吟咏,搜名人之图说,以便考据,文献足征,巨细毕举。遂使金陵形胜历历如在目前,披咏玩味,不啻登眺,而沉酣其中。古称卧游,今且像遇矣。诚生平一大快事也。暇日随其意兴所及,间一搦管。言不计烦简,调不论工拙,聊以抒其沾沾庆幸之衷焉。"

王象晋扈从惠王就藩,有荆楚之役,途中著《剪桐载笔》。

王象晋《赐闲堂集·丁卯异梦记》:"惠藩之役,予以执事随诸使臣后。……时天启丁卯四月朔日也。"《佛光记》:"天启七年丁卯,予以仪郎供惠藩之役。"①《剪桐载笔序》:"荆州之役,自春迄秋,日月既赊,闲寂又甚,间操笔毛颖,用祛睡魔。乃举数年来耳目之所睹闻,友朋之所传说,撮而录之。"②

王士禧生。

《世谱》卷四:"生于天启七年十月初二日戌时。"

叶向高卒,魏忠贤自缢死。

明思宗崇祯元年戊辰(1628)

大同遭虎墩兔入侵,王象乾以原官起复。

王鸿绪《明史稿·列传一百二十三》:"崇祯元年,虎墩兔以部将入新平堡议事,被歼,怒大入大同,廷臣多请召象乾,帝从之,象乾已累加少师兼太子太师,命仍故官总督宣大山西军务,至京召见,慰劳甚至,时年八十三矣。"

王象乾与大同巡抚张宗衡争抚款战事,崇祯帝召大臣诘问,主象乾策。

---

① [明]王象晋:《赐闲堂集》,《山东文献集成》第三辑第24册,山东大学出版社,2010年。
② [明]王象晋:《剪桐载笔》,《四库全书存目丛书·子部》第243册,齐鲁书社,1995年。

张廷玉《明史》卷二五七《王洽传》:"宣大总督王象乾与大同巡抚张宗衡争抚汉款战事,帝召诸大臣平台,诘问良久,洽及诸执政并主象乾策,定款议。"

春,王象晋由荆州还京报命,升按察司副使,备兵淮、扬。

《渔洋山人自撰年谱》:"扈惠王之国荆州。戊辰春,报命,升按察司副使,备兵淮扬。"

王象复起复原官,为保定府同知。

王鸿绪《明史稿·列传一百二十三》:"崇祯元年,给事中仇维桢劾吏部郎中周良材,言象复一外吏耳,署新城县事,不肯拜忠贤祠,忠贤遣其侪夜半叩城门,不启,由此发怒,呼吏部尚书周应秋与良材文致其罪,象复遂削籍,以冢宰之尊特纠一外吏,有此法乎? 乞治良材罪,还象复官,从之,仍起佐保定。"

王与胤中进士,选翰林院庶吉士。

《世谱》卷四:"崇祯戊辰进士,由翰林改御史。"

崇祯二年己巳(1629)

冬,王象云以坚守永清授御史。

(道光)《济南府志·人物志》:"崇祯二年冬,永清被围,象云坚守,以功征授御史。"

朱彝尊生。

崇祯三年庚午(1630)

五月,王象乾卒。

(康熙)《新城县志·人物志》:"三年卒于家,年八十五,赠太师。"王鸿绪《明史稿·列传一百二十三》:"明年五月卒,赠太师。"

王与胤任湖广道监察御史。

高珩《侍御公墓志铭》:"庚午改湖广道监察御史。"[①]

张溥、张采成立复社。

崇祯四年辛未(1631)

春,王象云弹劾王永光推用巡抚之谬,劾周延儒、温体仁辅政不利。

(道光)《济南府志·人物志》:"(崇祯)四年春,疏劾王永光推用巡抚之谬,又劾周延儒、温体仁,谓二人辅政以来,天下有三满五尽之患。帝虽不用其言,亦不罪也。"

[①]《新城王氏家乘》,哥伦比亚大学东亚图书馆藏清刻本。

闰十一月,登州游击孔有德率部行至吴桥,兵卒强攫取王象春庄仆鸡犬以食,王象春子王与玫诉于孔有德,孔笞士卒以作惩罚,千总李应元之父李九成因挥霍市马之钱无法偿还,鼓动孔有德叛乱。孔有德率部返攻陵县、临邑、商河、青城、新城等地,在新城杀戮尤重,王氏避难长白山,王象复、王与夔父子守城殉难。

《明通鉴》卷八十二:"大凌围急,部檄元化发劲卒泛海趋耀州为声援,有德诡言风逆,改从陆赴宁远。十月晦,有德及九成子千总应元统千余人以行,经月抵吴桥,天大雨雪,众无所得食。新城邑绅王象春者,有庄在吴桥,有德兵屯其地,卒或攫鸡犬以食。王氏子怒,诉之有德,有德笞卒以徇,众大哗。九成先赍银市马塞上,用尽,无以偿,适至,闻众怨,遂与应元谋劫有德为乱,有德从之。还兵大掠,陷陵县、临邑、商河、残齐东,围德平。继而舍去,陷青城、新城,而新城受祸尤酷。知县秦三辅、训导王协中、举人王与夔、张俨然并死难。以衅由王氏,焚杀甚惨。"

(康熙)《新城县志·灾祥》:"崇祯辛未,春正月,大风。冬十一月,孔有德、李九成等叛,攻陷县城,知县秦三辅等死之。"

《世谱》卷二:"象复,小字应春,别号宛初,行十二,选贡生,由河南归德府通判升直隶保定府同知,却以之拜魏珰祠削职。崇祯初起废籍,再丞保定府,谢归。辛未溃兵之变,或劝公走匿,公方病,跃起曰:'吾家世受国恩谊,不可去,且先去以为民望令长,其谁与守?'子与夔从旁赞之。率众城守,毙其一将。城破,父子被执,不屈死之,尸相抱,不可解。事闻,赠光禄寺少卿,予祭一坛,荫一子。"

《世谱》卷四:"与夔,……辛未溃兵蹯新城,公方侍父疾,慷慨言曰:'必死守无二。'纠众城守,毙其一将,已而城破,与父俱遇害。事闻,赠宛平县知县。"

王与慧焚其居,以身蔽父柩,抚按旌表,荐孝行,予官不受。

《世谱》卷四:"与慧,字僧眼,号雪潭,行四(王象丰长子),恩贡生,早丧母,事继母以孝闻。辛未兵乱,火焚其居,以身蔽父柩,贼三及之不能伤,而柩亦无恙,抚按旌荐异孝行,予以官,不就。"

王象晋督饷吴门,闻新城之变作《悼兵变》《哭完初弟》诗。

王象晋《赐闲堂集》卷一《悼兵变》:"忽报兵焚惨,无家可奈何。路遥千虑少,世变一身多。且漫询儿女,宁遑问薜萝。故乡祠墓在,何日一经过。"《哭完初弟》:"追忆共论文,惟君性更纯。抗党昭劲节,敷政总慈仁。有子能绳武,乘城俱殒身。棣萼遗恨在,一忆一沾襟。"

王象晋在常熟,王与敕夫妇随侍,王士禄、王士禧入小学,师从太仓周逸休。

《王考功年谱》:"是岁先大父方伯公以参政督苏、松、常、镇粮储,驻常熟。礼部公与太夫人随侍官舍,先生与仲弟礼吉(士禧)始入小学。从太仓周逸休(祚)先生游,能日记千余言,不事嬉戏。"姚佺《琅琊二子近诗合选》序:"娄之东有周逸休者,先后论交王氏,先以康宇王公(象晋)为师,而后以子底为弟,贻上为友,曰:'吾生平定交舍王氏莫出矣。'"①

崇祯五年壬申(1632)

春,王象明避"辛未之难"于邹平长白山,有《山居吟》。

徐日升《山居吟序》:"壬申春辽贼之乱,余与合甫诸君避地阳丘之南,昼日清寂,山鸟闲鸣,但行人北来,信稍平静,辄私祝太平可期,举酒问月,穿洞漱泉,揖老樵而求登级,若不知辽贼之驱而纳诸此也。"

十二月,王象春卒。

钱谦益《王季木墓表》:"季木卒以崇祯五年十二月,年五十有五。"

十二月八日,王士祜生。

《世谱》卷四:"生于崇祯壬申年十二月八日。"王士禛《赐进士出身先兄东亭行述》:"兄讳士祜,字叔子,一字子侧,号东亭。先方伯公第十孙,家君祭酒公第三子也。先慈孙恭人,以崇祯壬申十二月八日生于常熟官署,时方伯公以参政督苏松四郡粮储,驻节此县,因小字虞山。"

崇祯七年甲戌(1634)

王象晋升河南按察使。

《渔洋山人自撰年谱》:"甲戌,升河南按察使。经年,所部谳决称平。"

七月十二日,王象兑卒。

《世谱》:"卒崇祯甲戌七月十二日未时,享年七十一岁。"

闰八月二十日,王士禛生于河南。

《渔洋山人自撰年谱》:"故明崇祯七年甲戌闰八月二十八日亥时,山人生。布政赠尚书公官河南按察使,尚书公及孙夫人随侍。山人生于官舍,故小字豫孙。"

---

① [清]王士禄、王士禛:《琅琊二子近诗合选》,国家图书馆藏顺治十六年刻本。

崇祯八年乙亥(1635)

七月六日,王象晋由河南按察使迁浙江右布政使。

王象晋《赐闲堂集·乙亥异梦记》:"岁乙亥,叨典豫臬,孟秋六日,蒙恩转两浙右辖。"《渔洋山人自撰年谱》:"乙亥,迁浙江右布政使。"

十月,王象晋据王象乾所刻《诗余图谱》旧本校雠,与毛晋重刻。

王象晋《赐闲堂集·重刻诗余图谱序》:"今书麓所存,日见寥寥,迟以岁月计,当无剩本已。海虞毛子晋,博雅好古,见余雠校此编,遂请归而付之剞人,使四十年前几案间物,顿还旧观,亦一段快心事也。"序作于崇祯乙亥小春月。

王与胤奉命督学应天,未行,上疏劾总兵邓玘玩寇,忤阁臣,罢归。

《渔洋文集·世父侍御公逸事状》:"寻视学南畿,拜命未行,上疏劾总兵邓玘纵兵殃民,请斩玘以谢豫、楚百姓。玘蜀人也,恃奥援纵恣,所过淫掠甚于贼。疏上,果大忤政府,罢归。"按,朱彝尊《文林郎湖光道监察御史王公墓表》云:"归九年,李自成陷京师,帝崩煤山。"

田雯、熊赐履生。

崇祯十年丁丑(1637)

王象晋致仕归里。

王象晋《赐闲堂集题词》:"余万历甲辰登第,季四十四岁,崇祯丁丑乞休奉旨,季七十七岁。"按:《渔洋山人自撰年谱》《济南府志·人物志》皆载曰:"七十致仕",当为概指。

王与龄卒于武林。

《渔洋文集·五节烈家传》:"崇祯丁丑,曲江公省方伯公,卒于武林。"《世谱》卷四:"与龄,字曲江,号瑞里,邑廪生,端方正直,生平无纨绔习气。"

邵长蘅、韩荚生。

崇祯十一年戊寅(1638)

冬,清兵自京畿南下,攻陷济南,屠戮百万,德王朱由枢被俘。游骑未至新城而去。

《渔洋文集·五节烈家传》:"戊寅,本朝大兵入关,自畿辅下山东,破济南,游骑东至长山,距新城十八里,不攻而去之。"

崇祯十三年庚辰(1640)

王士禛入小学。

《池北偶谈》卷十六:"予六七岁始入乡塾受《诗》,诵至《燕燕》《绿衣》等篇,便觉怅触欲涕,亦不自知其所以然。稍长,遂颇悟兴观群怨之旨。"

蒲松龄生。

崇祯十四年辛巳(1641)

王士禄补县学生员,娶妻张氏。

《王考功年谱》崇祯十四年:"出应童子试,补县学生员。十二月,娶夫人邹平张氏。"

王士禛读书家塾,学五七言诗。

《渔洋山人自撰年谱》:"山人幼有'圣童'之目,肄业之暇,即私取《文选》、唐诗洛诵之。久之,学为五七字韵语。时西樵为诸生,嗜为诗,见山人诗,甚喜,取刘顷阳(一相)所编《唐诗宿》中王、孟、常建、王昌龄、刘眘虚、韦应物、柳宗元数家诗,使手抄之。"

崇祯十五年壬午(1642)

十二月,清兵攻破济南,新城陷落,王象随、王家彦、王家俊、王与广、王与盛、王与端、王与玖、王与斌、王与朋、王与能、王与才、王与缨、王与试、王与荩、王与献、王与璧、王与玫、王与斌、王与满、王士庆、王士捷、王士扬、王士笃、王士瞻、王士熊、王士雅、王士琦、王士璇、王士植、王士恺、王士亨、王士纯、王士驹、王启淳等人殉难,妇孺自尽死节者甚众。

(康熙)《新城县志·灾祥》:"壬午十二月初一日,大兵自济南攻城入之。"

《世谱》卷一:"象随,字季良,……崇祯四年兵变,守城抗贼,抚按朱公题请应记录,以需大用,九年特旨保举贤良方正,卒殉壬午之难。"

《世谱》卷三:"家彦,字盘石,行一(王象兑长子),贡生,授鸿胪寺序班,秉心正直,以忍让训后人,壬午城破殉难。"

《世谱》卷三:"士捷,行二(王家彦子),庠生,配毕氏,壬午城破殉难。"

《世谱》卷三:"与广,字九野,行五,拔贡生,时破格用人,特以两场取士,将留为科道之选,公以第六名受知于裴如度,人皆以大受期之。己卯岁大祲,与叔侍御公烹粥施绵,全活甚众,筑西门瓮城为守城计。壬午城破,不屈死。"

《世谱》卷三:"与盛,字崧生,行十,庠生,美风神,工文章,尤善长啸,闻者如听苏门鸾凤之音,人皆称为神仙中人,壬午以身殉。"

《世谱》卷四:"与端,先嗣伯父方伯公,后本生父乏嗣归宗。字方函,上林院署丞,嗜学,工诗画,著《栩斋词曲》二十余种,壬午城破死。"

《世谱》卷四:"士瞻,字宗岩,号松轩,郡增生,行一(王与龄子),性孝友,居父丧,毁几灭性,事母百方,承志抚幼弟,严而有恩。卯辰岁大祲,赈济活数百人,壬午率族人城守,城破力战,死之。"

《世谱》卷四:"与朋,字寿三,行四(王象晋第三子),副榜贡,壬午城破被执,不屈,与子士熊死之。"

《世谱》卷四:"士熊,字渭滨,一字非熊,行四(王与朋子),崇祯壬午举人,荐边材,未及大用,城破殉难死。"

《世谱》卷四:"士雅,字大雅,行五(王与朋子),庠生,壬午城破随父兄以身殉。"

《世谱》卷四:"士琦,字又韩,廪生,事继母纯孝无间言,壬午城破死。"

《世谱》卷四:"士璇,行三,任守备,壬午与二子俱殉难死。"

《世谱》卷四:"与能,字仲良,行二(王象震第二子),廪监生,配耿氏,壬午城破,夫妇同时殉难。"

《世谱》卷四:"与才,字其三,行三(王象震第三子),庠生,辛巳煮粥食饿人,活者甚众。壬午城破,呼诸子与诀,嘱其善事祖母,竟以身殉。"

《世谱》卷四:"与缨,字沧浪,行二(王象孚第二子),早岁食饩,有声黉序中,壬午城破被执,不屈死。"

《世谱》卷四:"与纬,字天孙,行三(王象孚第三子),邑庠生,早孤,事母至孝,温厚和平,犯而不校,至义所当为,奋不顾身,堂侄女被掳,指三百金赎之;钟眉弟为小人所控,以身应之,几违于法。终身积学力行,无少疵,乡人推为祭酒,公举乡饮大宾,享年七十七岁。配毕氏,壬午十二月初一日城破不屈死。"

《世谱》卷四:"与试,字寿胥,行七(王象益子),增生,幼英敏,读书之外,兼善绘墨,解琴奕,颇有名士风流,壬午十二月初一日城破死。"

《世谱》卷四:"与荩,……壬午殉难,祀忠义祠。"

《世谱》卷四:"与献,字石林,行三(王象恒第二子),附监生,死壬午之难,祀忠义祠。"

《世谱》卷四:"与璧,字琅环,号玄石,行五(王象恒第三子),恩贡生,博学能文,工书法,诗宗晚唐,殉壬午之难,祀忠义祠。"

《世谱》卷四:"士纯,字元生,号孤绛,行一,荫生。丰神玉立,工李北海书法,诗超诣绝尘,壬午城破死,祀忠义祠。"

《世谱》卷四:"与斌,字全淑,号亭山,行九(王象丰第四子),邑庠生,工绘事,尤精琴理、李北海书法。与海内诸名士交,文章道义之外,未尝稍逾尺寸。岁饥,德平某以妻售,厚与之值,并收其夫妇养之,卒得保全。壬午捐金城守,城破,力战死,名列邑乘《忠义传》,崇祀忠义祠。"

《世谱》卷五:"与满,字弗盈(王象丰第五子),庠生,死壬午之难。"

王潆《明王文玉墓志铭》:"方虏荒桓城,引弦万骑,皆紫豪锐,虏四面呼噪,城中屋瓦皆振,哭声若沸埠者,咸无人色,独文玉不也。入慰母夫人,出倡族党,悉命拒战东隅,瑕虏肉袒蚁附,竞出文玉后,文玉犹巷战苦久,众死尽,乃被执。虏搜牢,将过家,见母夫人踞井上,文玉遥呼:'儿无状,祸吾母',母曰:'儿无多言,死耳,下见先将军甘如饴。'遽投井中,虏牵文玉去,同执者见文玉目光如炬,发尽树,大骂不绝口,遂与弟斌同被害。"

王象益殉节。

《世谱》卷一:"象益,岁贡生,官博兴训导,有《景先楼诗集》,配孙氏,壬午十二月初五日同殉节官舍。"

王与龄妻孙孺人殉节。

《渔洋文集·五节烈家传》:"孙孺人,世父曲江公元配也。邹平人,宁国府经历孙公栻长女,于先慈宜人为同生之姊,……新城陷之,孺人投井死,时崇祯十五年十二月初一日。二子士瞻、士鹔乘城,家人闻变,皆散走,惟小婢侍侧知状。越三日,军退,士瞻兵死,士鹔以婢言,号于井而出之,颜色如生,年五十八。"

王士禛母孙氏自缢未遂,王士和妻张氏自经死。

《渔洋文集·五节烈家传》:"张氏,新城人,生员炳然子,户部主事羽凤孙也。归从兄廪生士和,性质素有荆布之风。壬午十二月初一日,城陷,自经东阁中,以发覆面。初,先宜人与张对缢,先宜人绳绝不死,时夜中,喉咯咯有声,但言渴甚。士禛方八岁,无所得水,乃以手掬鱼盎冰进之,以书册覆体上。又明日,兵退,得无死,视张则久绝矣。"

徐夜母亲殉节。

(康熙)《新城县志·列女志》:"王氏,考功郎王象春女,茂才徐民和妻。生子元善,而民和病,烈妇日夜视药物、饮食罔懈。民和殁,烈妇年二十,期以必殉。父母谕以抚孤之义,俾能成立。壬午之变,元善尚在城头,乱兵突入其家,烈妇不辱死焉。"

王象艮卒。

《世谱》卷一:"卒崇祯十五年。"

崇祯十六年癸未(1643)

王氏前一年有"壬午之难",是年王象晋、王与敕一家避兵于长白山,王士禄始为诗,娶妻淄川王氏。

《渔洋山人自撰年谱》崇祯十六年:"避兵长白山之鲁泉。"《王考功年谱》:"是时济南郡县连被兵,邑城不守。先生侍方伯公、礼部公及太夫人,依外家邹平孙氏,避地长白山之鲁泉。始为诗。是岁□月,娶夫人淄川王氏。"

崇祯十七年甲申 清世祖顺治元年(1644)

三月,李自成攻陷北京,崇祯皇帝自缢于煤山,明朝灭亡。清军入关定鼎,改元顺治。四月,王与胤与妻于氏、子士和自缢殉国。

《渔洋文集·世父侍御公逸事状》:"甲申三月,闻流贼陷京师,泣涕不食。买舟利津之三汊,将浮于海。闻海道梗,夜起投水,为家人所持,不死。买冰片潜服之,又不死。乃舍舟归里,笑谓家人曰:'吾不死矣'。家人信之。伺少息,夜半登楼,与孺人于氏、子廪生士和同缢死,甲申四月二十六日也。留绝命词壁间,遗命薄葬,公死时年五十六,孺人少于公一岁,士和年二十八。"

王象晋、王与敕、王士禄等避地长白山。

王士禛《王考功年谱》:"三月,流贼陷京师,东方大乱。先生侍方伯公、礼部公、太夫人避地长白之柳庵。"

王象晋自号明农隐士,闭门谢客。

《渔洋山人自撰年谱》:"时方伯公以遗老居田间,自号明农隐士,阖门谢客。"

王象晋《保安堂三补简便验方》经三易其稿,是年刻成。

王象晋《保安堂三补简便验方序》:"此旧刻简便验方也,稿今三易矣。初梓于万历甲寅(1614),随所效于付枣梨,期于人人共之。再梓于崇祯己巳(1629),剖判论类,次第卷帙,庶几披阅为便。逮壬午(1642)季冬,物桓忽遭焚掠,旧版沦于灰烬,知交相求,愧无以应,于是穷搜旧本,类附新知,两阅岁华,始克就绪。"①

徐元善弃诸生,改名为夜,字东痴。

《明遗民录》:"明徐夜初名元善,慕嵇叔夜之为人,更名夜,字东痴,山东新城人。束发能诗,年二十九遭国难,母死,弃诸生。"②

---

① [明]王象晋:《保安堂三补简便验方》,崇祯十七年刻本。
② 孙静庵:《明遗民录》,浙江古籍出版社,1985年。

清世祖顺治二年乙酉(1645)

济南诸邑乱稍定,王士禄、王士禧等归自山中,士禄秋试下第,与士禧结为晓社。

《王考功年谱》:"济南诸州邑乱定,先生自山中归里。始出就有司试,试文階古,多先秦语。督学大兴房公澹庵(之麒)奇之。秋省试下第,与诸名士为晓社。"王士禛《仲兄礼吉墓志》:"甲申后,乱稍定,归山中,与长兄复理故业。会邑中诸名士修社事,分为二,曰因社,曰晓社。所谓晓社者,兄与长兄主之。二社之宿素英妙,各岳岳不相下。"

王与敕拔贡,廷对后不谒选,绝意仕进,奉养其父。

《世谱》卷四:"王与敕,字钦文,号匡庐,行十二,顺治乙酉拔贡。"《渔洋文集·诰封朝议大夫国子监祭酒先考匡庐府君行述》:"甲申世祖章皇帝定鼎,下诏郡国,拔真才贡入太学。提学房公之麟,首以府君应选。时中原初定,判铨者颇悬异格以待,而府君以方伯公年八十老矣,茂才、明经二公既前殁,侍御公又身殉国难,遂绝意仕进。一赴廷对,不谒选人即归。"

洪昇生。

顺治三年丙戌(1646)

王士祜补诸生,娶妻焦氏。

《渔洋文集·赐进士出身先兄东亭行述》:"顺治丙戌,年十五补诸生,娶焦孺人。"

冬,高苑农民谢迁起义,王象晋、王与敕、王士禄等依外家张氏,避地邹平。

《渔洋文集·贞烈韩孺人传》:"丙戌、丁亥间,高苑贼谢迁,聚众数千人,连破新城、长山诸县。"《王考功年谱》顺治三年:"冬,高苑贼谢迁作乱,邑复不守。先生侍方伯公、礼部公、太夫人避地邹平,依张氏。"

顺治四年丁亥(1647)

二月,王士禄子启演生。

《世谱》卷四:"启演,字佩远,号佛车,行七,增监生,生于顺治四年二月三日戌时。"

王士禄、王士禧岁试,督学蠡县吴蕃之拔士禄第一,士禧第三。

王士禛《王考功年谱》:"岁试,文益奇。督学蠡县吴公蕃之(臣辅)拔第一,聘入幕。以喀血辞归。"《仲兄礼吉墓志》:"丁亥,学使蠡吾吴先生蕃之较士济南,拔长兄冠军,而兄名第三,其文相颉颃,名益噪。"

陈子龙卒。

顺治五年戊子（1648）

王士禛出童子试,被落,有《落笺堂初稿》。

《渔洋山人自撰年谱》:"夏,出应童子试,被落。"惠栋注补:"山人自八岁吟诗,至是有诗一卷,曰《落笺堂初稿》。西樵序而刻之。"

七月,王士禄夫人王氏卒,士禄两应省试,以文奇见斥,秋,举于乡。

《王考功年谱》:"七月,夫人王氏卒。先生两应省试,以文奇见斥。时方伯公春秋高,督诸孙益力。先生更降志揣摩,以就程式。秋举于乡,受知给事桐城姚公龙怀（文然）、枢部邢台李公非熊（仲熊）、齐东令曲周李公方曼（倩）。"

十二月,王士禄次子启浣生。

《世谱》卷四:"启浣,字净名,行九,廪生,能文,工书法,生于顺治五年十二月二十日戌时。"

孔尚任生。

顺治六年己丑（1649）

王象晋刻《救荒成法》。

山东省图书馆藏《救荒成法》王象晋自序后注:"时年八十八岁。"[1]

王士禄赴礼部会试,下第,始纂《燃脂集》。

《王考功年谱》:"赴礼部会试,下第。是岁始纂《燃脂集》,为《序例》一卷,《宫闺氏籍艺文考略》九卷,目录十八卷,《风雅》五卷,《赋部》八卷,（赋六卷,骚二卷。）诗部八十七卷,（杂谣、语偈、颂、对句、诗余、词余并附。）《文部》五十二卷,（序引九卷,记一卷,传二卷,论一卷,说议问三体一卷、颂一卷、铭一卷、赞一卷、训诫一卷、连珠一卷、例评读三体一卷、题跋书后一卷、纪事一卷、文一卷、诏一卷、令二卷、制诰敕三体一卷、策玺书榜谕批五体一卷、书疏四卷、表一卷、笺启状檄四体一卷、书七卷、哀册哀词二体一卷、诔一卷、行状二卷、墓志铭墓碣二体一卷、祭文上梁文二体三卷、八股文四书论二体一卷、杂文一卷、附录一卷。）说部五十卷,《传奇》五卷,凡二百三十五卷。"

王象明卒。

《世谱》卷一:"贡生,任大宁县知县,性孤洁,一介不苟,早擅诗名,尤工书法,所著有《鹤隐》《雨萝》《山居》诸集,卒顺治□年,享年七十一岁。"

---

[1] [明]王象晋:《救荒成法》,山东省图书馆藏清刻本。

按:《世谱》未详载其卒年,据其生年万历七年己卯,享年七十一岁,故当卒于是年。

顺治七年庚寅(1650)

王士禛应童子试,郡、邑、提学皆第一。

《渔洋山人自撰年谱》:"再应童子试,郡邑提学三试皆第一。提学道钟公性朴,大兴人,明崇祯癸未进士,赏其文似《战国策》。"

八月,王士禛娶妻张氏。

《渔洋文集·诰封宜人先室张氏行述》:"宜人姓张氏,邹平人,曾祖讳一元,巡抚河南都御史。祖讳延登,都察院左都御史,谥忠定。父讳万钟,江南镇江府推官。……庚寅于归,年甫十四。"

王士骊生。

何世璂《王士骊墓表》:"先生生于顺治七年六月十三日。"[1]

顺治八年辛卯(1651)

王士禛举乡试。冬,与兄士禄同上公车。

《渔洋山人自撰年谱》:"应乡试举第六名。"惠栋注补:"是冬,山人与西樵同上公车,每停骖辍轭,辄相倡和。书之旗亭驿壁。"

王士誉中举。

《世谱》卷四:"士誉,字令子,号笔山,一号铁樵,行四。顺治辛卯举人,壬辰不第,为宵小所螫,益肆力为诗文,工书法,间作山水花鸟,日与农夫野老流连泉石,以终其身。所著有《笔山》《匆楚》《毛褐》《采篱》诸集。"

顺治九年壬辰(1652)

王士禄、王士禛兄弟同参加会试,士禛被落,士禄举礼部,因程可则科场一案停一科。

《王考功年谱》:"举礼部,受知学士武陵胡公此庵(统虞)、大名成公青坛(克巩)、官允阳城乔公白山(映伍)。会当轴修郤武陵,借磨勘以倾主司。会员程可则被黜,先生及蒋中和、咸藩等二十余人皆停一科。"

《渔洋山人自撰年谱》:"会试被落,伯兄举礼部。"

是年王士禛作《香奁诗》三十章、《续香奁》,约王士禄同作。

《十笏草堂诗选》卷五《香奁诗三十首·序》:"壬辰岁,贻上曾为《香奁诗》三十章,又为《续香奁》十章。约余同作,以懒故不获竟,仅五篇而止,今集中所存'深闺怨语传愁妾,乐府新词赋恼公'诸篇是也。"[2]

---

[1] [清]王士骊:《就园倡和诗》,山东省图书馆藏清抄本。
[2] [清]王士禄:《十笏草堂诗选》,《清代诗文集汇编》第339册,上海古籍出版社,2010年。

顺治十年癸巳(1653)

八月,王士禛长子启浭生。

《世谱》卷四:"启浭,字清远,一字春穀,别号石琴山人,行十二。……生于顺治十年八月二十二日。"

王与敕为父亲王象晋刻《赐闲堂集》。

王象晋《赐闲堂集题词》:"今九十有三矣,生平偶有挥洒,皆巴人下里之谈,讵堪灾木,儿孙辈请付梓。"王与敕《赐闲堂集后序》:"吾邑三经兵火,一切典籍咸付祖龙……窃思单语只字,皆心思所寄,间从蠹间获一、二残编,合以近岁所作,请命而付之剞之。"

十月,王象晋卒于家。

《世谱》:"卒顺治癸巳十月初五日,享年九十三岁。"《渔洋山人自撰年谱》:"十月,布政公考终于里第。"惠栋注补:"方伯公卒时年九十三,乡人私谥康节先生。"《池北偶谈》卷五:先祖方伯公年九十余,读书排纂不辍,虽盛夏,衣冠危坐,未尝见其科跣……癸巳岁,作自祭文,有云:"不敢丧心,不求满意,能甘澹泊,能忍闲气,九十年来,于心无愧,可偕众而同游,可含笑而长逝。盖实录云。"

顺治十一年甲午(1654)

王士祜入太学。

(康熙)《新城县志·人物志》:"顺治甲午,贡入太学。廷试时,兄士禄以殿试第,士禛以会试同在都,都人目曰'三王'。"《渔洋文集》卷十一《赐进士出身先兄东亭行述》:"甲午科试,督学戴公岵瞻击节其文,拔第一。是岁乡试后,有恩诏选诸生秀异者入国学,戴先生以兄名充赋。"

侯方域卒。纳兰性德生。

顺治十二年乙未(1655)

春,王士禄、王士祜、王士禛同赴京师,士禄殿试,因科场案被易置末甲,不与馆选,投牒吏部,乞改莱州府学。士祜以太学生廷试。士禛会试中式。

《王考功年谱》:"春,与弟士禛偕计赴京师。士禛举礼部,暂归省觐,而先生就殿试。先生既风神玉立,又夙工欧阳书,盛有文名于时。时谓非馆阁不足以辱先生。已而前政尚以武陵之故易置末甲,及馆选复不得与,遂投牒吏部,乞改教职。九月归里。十二月,赴莱州府学教授。"

《渔洋山人自撰年谱》惠栋注补:"山人北上至赵北口,有《竹枝词》十首。是年西樵以殿试,与山人同上公车。东亭亦以太学生廷试入都。始与海内闻人缟纻论交,时号'三王'。"

顺治十三年丙申(1656)

三月,王士禄携家赴莱州,与莱人赵士完、赵士冕兄弟游。

王士禛《王考功年谱》:"三月,携家赴莱。以主人有伯通之谊,名其寓居之堂曰皋堂。与莱人赵孝廉琨石(士完)、润州守赤霞(士冕)兄弟游处尤善。"

四月,王士禛赴莱州省兄,同游龙溪、蠡勺亭。

《渔洋山人自撰年谱》:"四月,省伯兄于东莱。观海于蠡勺亭。五日,游龙溪,游亚禄山林氏园,观窟室画松,皆有诗。"

五月,王士禛第二子启浑生。

《渔洋山人自撰年谱》:"五月,第二子启浑生。"

是年王士禛与徐夜同游长白山,有《长白游诗》,士禛诗集编年始于是年。

《渔洋山人自撰年谱》惠栋注补:"春,与邑高士徐(夜)东痴同游长白山,凡柳庵、上书堂、醴泉寺诸胜皆至焉。刻《长白游诗》一卷。东痴为季木先生外孙,顺治癸巳年山人始与定交。……诗集编年始此。"

陈贞慧卒。

顺治十四年丁酉(1657)

八月,王士禛与邱石常、柳崟、杨通久等于大明湖举秋柳诗社,赋《秋柳》四首,诗传四方,大江南北和者甚众。

《渔洋山人自撰年谱》:"八月游历下,集诸名士于明湖,举秋柳社。赋《秋柳》诗四章,诗传四方,和者数百人。"惠栋注补:"二东名士,如东武邱海石(石常)、清源柳公篷崟、任城杨圣宜(通久)兄弟、(圣喻通睿、圣企、通俊、圣美通俶)益都孙仲孺(宝侗)辈咸集。"《莱根堂诗集序》:"顺治丁酉秋,予客济南,时正秋赋,诸名士云集明湖。一日会饮水面亭,亭下杨柳十余株,披拂水际,绰约近人,叶始微黄,乍染秋色,若有摇落之态。予怅然有感,赋诗四章。"《渔洋诗集·秋柳诗四首序》:"昔江南王子,感落叶以兴悲;金城司马,攀长条而陨涕。仆本恨人,性多感慨,寄情杨柳,同《小雅》之仆夫;致托悲秋,望湘皋之远者。偶成四什,以示同人,为我和之。丁酉秋日,北渚亭书。"

王士禄、王士禧、王士祜、王士禛选明清掖县诗人诗为《涛音集》。

《王考功年谱》:"礼吉省先生至莱,撰莱人诗若干卷,为《涛音集》。"按:乾隆五十七年掖县儒学刻本《涛音集》卷前署为王士禄、王士禛同选,书中有王士禄、王士禧、王士祜、王士禛四人评语。

王士骥中举。

《世谱》卷四:"士骥,字陇西,号杜称,行三,顺治丁酉解元。"

王山立中武举,王象春子。

《世谱》卷四:"山立,原名与仁,字善长,号肃然。顺治丁酉科武举。"

王士梓中武举,王与广子。

《世谱》卷三:"士梓,字次杞,号敬亭,行一,顺治丁酉武举。"

南北科场案起,吴兆骞、方拱乾等被流放东北宁古塔。

顺治十五年戊戌(1658)

王士禛以殿试赴京师,居二甲,在京中与汪琬、程可则交游。

《渔洋山人自撰年谱》:"赴殿试,居二甲,馆选不得与。故事:进士二甲前列授部主事,是科以给事中言,改外任,二甲前十人为知州,余及三甲如干人以前为推官,余皆知县。庶吉士外无京职,自是科始。馆选罢,不得归,观政兵部,谒杨忠愍公(继盛)祠,有诗。夏秋与长洲汪琬苕文、南海程可则周量以诗相倡和。"

七月七日,王士禛为同乡傅宸《溃槻堂集唐》作序。

王士禛《槻堂集唐弁言》末题:"戊戌七夕日,同里年盟弟王士禛拜题于萧寺。"①

曹寅生。

顺治十六年己亥(1659)

王士禛谒选,得扬州推官,在京师与汪琬、程可则、刘体仁、梁熙、叶方蔼、彭孙遹等交游倡和。

《渔洋山人自撰年谱》:"谒选得江南扬州府推官。是年,居京师久,与汪、程洎颍川刘体仁公㦷、鄢陵梁熙曰缉、昆山叶方蔼子吉、海盐彭孙遹骏孙,倡和最多。"

八月,王士禄迁国子助教,十一月,同与士禧同上京师。

《王考功年谱》:"秋八月,迁国子助教,便道省觐于家。十一月,同礼吉赴京师。时士禛谒选人,得扬州府推官,共居处者月余。"

冬,王士禄在京与王士禛、彭孙遹以香奁体倡和。

《渔洋山人自撰年谱》惠栋注补:"是冬,山人与西樵及羡门倡和香奁体诗,刻《彭王倡和集》。"

---

① [清]傅宸:《槻堂集唐》,《四库未收书辑刊》第七辑第23册,北京出版社,2000年。

十二月,王士禛赴任扬州,王士禧偕行。

《王考功年谱》:"十二月,士禛将之扬州,礼吉复与偕行。先生送之天宁寺,赋诗云:'与君抵足临岐夜,铃铎偏能入客心。'"

王与襄中进士,王象随长子。

《世谱》卷三:"王与襄,字龙师,行一,顺治己亥进士。官司李,裁补广东长乐县知县,以卓异行取。未行,尚逆叛,不受伪职,不久死。"

是年,郑成功由崇明进长江,与张煌言会师,至丹徒、焦山,直捣瓜州,后兵败镇江,乘船至台湾。

顺治十七年庚子(1660)

王士禛赴任扬州府推官,父匡庐公就养偕行,太夫人送之涢上。

《渔洋山人自撰年谱》:"赴扬州,匡庐公就养偕行,三月到官。"惠栋注补:"山人赴广陵时,孙夫人送之涢上曰:'汝少年为法吏,吾惧之,然扬,故尔祖旧游地也。其务尽职守,以嗣前烈。'山人受教而行。"

八月,王士禛充江南乡试同考官,闱中得疾,王士祜至扬州看顾。

《渔洋山人自撰年谱》:"八月,充江南乡试同考试官。分较易二房,得盛符升、郭士琦、王立极、吴之颐、王朱玉、孙谦、朱廷献、谢廷爵、崔华、黄裳等九人。九月,病归扬州。"惠栋注补:"山人在闱中得疾,危甚。东亭闻之,兼程至扬州,为治药裹。三阅月始痊。"

冬,王士禛至常州,有《过江集》。

《渔洋山人自撰年谱》:"冬,至常州,登京口三山,有《过江集》。"

王与裔中举,王象随第二子。

《世谱》卷三:"与裔,字子余,行三,顺治庚子举人。幼失怙恃,育于兄嫂,乡荐捷音至,顿足恸号曰:'父母已矣,今谁见喜耶?'观者皆为流涕。"

王士騛中副榜,王象复第二子。

《世谱》卷四:"士騛,字超其,一字宛西,号宛亭,行二。科贡生,八岁解琴理,善属文,工真草书法。顺治庚子,闱卷为主司奇赏,已定元矣,后以微青置副榜第二名。"

顺治十八年辛丑(1661)

王山立中武进士。

《世谱》卷四:"辛丑武进士,为人排患难,赴急缓。以母老不愿仕,隐居长白山别墅,修渔佃树艺之事。奉母之暇,时治壶觞,延宾客,古物奇器咸能别识。"

王与梓中武进士。

《世谱》卷三:"辛丑科武进士,任湖广平溪卫守备,吴逆叛乱,不受伪职,屡奉部文查明,题署贵州掌印都使司,诰授怀远将军,又以子启烈敕封文林郎祁阳县知县。"

正月,王士禛赴苏州、无锡等地,赋诗六十篇,编为《入吴集》。

《渔洋山人自撰年谱》惠栋注补:"是春,以例往松江谒直指,次浒墅。闻邓尉梅花盛开,遂轻舟入太湖口,自光福玄墓,留圣恩寺四宜堂,信宿而返。舟泊枫桥,过寒山寺,夜已曛黑,风雨杂遝。山人摄衣著屐,列炬登岸,径上寺门,题诗二绝而去。一时以为狂。是役也,发朱方,次云阳,抵吴阊,归经伯鸾之溪,赋诗共六十余篇,为《入吴集》。"

三月,王士禛因公事赴金陵,居丁胤家,听其述曲中遗事,作《秦淮杂诗》,又嘱画师画《清溪遗事》一册,陈维崧为题诗,士禛亦有词八首,陈维崧、彭孙遹、邹祗谟、程康庄、董以宁以词相和。

《渔洋山人自撰年谱》惠栋注补:"山人至金陵,馆于布衣丁继之家。丁故居秦淮,距邀笛不数弓,山人往来赋诗其间。丁年七十有八,为人少习声伎,与歙县潘景升、福清林茂之游最稔。数出入南曲中,及见马湘兰、沙宛在之属,因为山人缕述曲中遗事,娓娓不倦。山人辄抚掌称善,掇拾其语入《秦淮杂诗》中。诗益流利悱侧,可咏可诵。又属好手画《清溪遗事》一册,阳羡陈其年(维崧)为题诗。山人复成小词八阕,摹画坊曲琐事,尽态极妍,诸名士和者甚众。"

五月,王士禄奉使颁诏山西,十月过里省觐。其间有诗,王士祜、王士禛选定为《西辕集》。

王士禛《辛丑诗原序》:"是岁夏五,伯氏奉诏使两河,所历上党、太行、龙门、熊耳之险,绛、汾、河津之塞;度故关,出井陉,税驾太原,周览中镇、韩赵、魏战争之迹;李左军、赵胜、晋鄙古英雄志士成败得失之形。或吊其遗墟,或询其故老,悲歌感激,涕下沾膺。"序末云:"集中微有取舍,则予与叔兄子侧所定云。"[1]

七月,王士禛选唐律绝句五七言若干卷为《神韵集》,是月有《銮江倡和集》。钱谦益赠士禛五言古诗,并为其诗集作序。

《渔洋山人自撰年谱》惠栋注补:"秋七月,泊舟海陵,取徐迪功、高苏门

---

[1] [清]王士禄:《十笏草堂辛甲集》,《四库全书存目丛书补编》第79册,齐鲁书社,2001年。

二集评次,录为一通,康熙已卯刻于京师。又尝摘取唐律、绝句、五七言若干卷,授嗣君清远兄弟读之,名为《神韵集》。是月,与全椒吴玉随客仪真,有《銮江倡和集》。""前礼部尚书常熟钱公牧斋赠五言古诗,有'勿以独角麟,俪彼万牛毛'之句。又序其《渔洋山人集》,有'与君代兴'之语。"

十二月,王士禛过淮安甓社湖,舟中作《岁暮怀人绝句》。

《居易录》卷四:"予尝于役淮阴,雪夜泊甓社湖,作《岁暮怀人绝句》六十首,纸尽,取公文牍尾杂书之,皆满,诗中所及大半布衣也。"①

是年,王士禛罢扬州迎春琼花宴。

《渔洋山人自撰年谱》惠栋注补:"旧例:府僚迎春琼花观,以妓骑而导舆,太守、节推各四人,同知已下二人,既竣事,归而宴饮,仍令歌以侑酒。府吏因缘为奸利。山人深恶之,语太守,一切罢去。扬人一时诵美之。"

正月,清世祖顺治驾崩。

是年"通海案"兴,王士禛力为保全良善。

《渔洋山人自撰年谱》惠栋注补:"先是,海寇犯江上宣城、金坛、仪真诸邑,有潜谋通贼者。朝命大臣谳其狱,辞所连及,系者甚众。监司以下承问,稍不称指,皆坐故纵抵罪。山人案狱,乃理其无明验者出之,而坐告讦者。大臣信其诚,不以为忤。全活无算。"

南明政权灭亡。金圣叹因"哭庙案"被腰斩。

"奏销案"起,吴伟业、徐乾学、汪琬等牵连在内。

清圣祖康熙元年壬寅(1662)

正月,王士禛第三子启汸生。

《渔洋山人自撰年谱》:"正月,第三子启汸生。"《世谱》卷四:"启汸,字思远,一字全道,别号昆仑山人,行十八,任唐山县知县,候补知州。"

王士禄自里中归京复命,三月迁吏部考功司主事。

《尘余集自序》:"壬寅上春,予奉使太原事竣,由里门还报阙下,是岁三月,量移考功。"②

五月,盛符升刊《渔洋山人诗集》,林古度、杜濬、冒襄、汪琬、施闰章、陈维崧、王士禄等二十七人作序。

《渔洋山人自撰年谱》惠栋注补:"是春,盛珍示侍御集丙申以来至辛丑纪年之作,锲之吴下。此山人专集之始也。"

---

① [清]王士禛《居易录》,袁世硕主编《王士禛全集》,齐鲁书社,2007年。
② [清]王士禄:《十笏草堂辛甲集》,《四库全书存目丛书补编》第79册,齐鲁书社,2001年。

六月，王士禛与袁于令、杜濬、丘象随、朱克生、张养重、刘梁嵩、陈允衡、陈维崧等修禊红桥，士禛赋《浣溪沙》三阕，与诸公所作合为《红桥倡和词》。

王士禛《红桥游记》："壬寅季夏之望，与箨庵、茶村、伯玑诸子偶然漾舟，酒阑兴极，援笔成小词二章，诸子倚而和之。箨庵继成一章，予亦属和。"①

六合李敬过扬州，王士禛和其《读〈水经注〉忆洞庭》，扬州文人孙枝蔚、陈允衡、刘梁嵩、宗观、黄云等应和，王士祜亦有和诗，诸人和诗后结集为《忆洞庭诗倡和集》。

《渔洋诗话》卷上："（李敬）辛丑归田，舟过广陵，犹与予论诗移晷。"②按：《忆洞庭诗倡和集》今藏国家图书馆，《〈忆洞庭〉诗倡和集》首录李敬原诗，继录士禛和诗，再录孙枝蔚、陈允衡、刘梁嵩、宗观、黄云、王士祜、盛符升、崔华、王仲儒、王喜儒、桑豸、蒋超、叶方蔼、叶奕苞和诗。王士禛《奉和李侍郎〈读水经注忆洞庭〉之作》编年在康熙元年。李敬，字圣一，号退庵，六合人。

是年陈允衡刻王与胤《陇首集》入《诗慰选》。

《渔洋山人自撰年谱》："南城陈伯玑允衡，刻世父侍御公讳与允（胤）《陇首集》于《诗慰选》中，合孙公传庭、袁公继咸、黄公端伯为四家，皆明末殉节者也。"

赵执信、王苹生。

庄廷龙《明史》案起，牵连者甚众。

康熙二年癸卯（1663）

七月，王士禄迁吏部稽勋员外郎，主考河南乡试。十月典校事毕，由汴取道扬州省双亲于王士禛扬州官舍，相聚一日，士禛奉命赴金陵任武举考官，士禄送至真州而别。

《十笏草堂辛甲集》载《尘余集自序》："癸卯七月，迁司勋员外郎，是日即受命校士，有中州之役。典校毕，取道省觐邗上。"《王考功年谱》："七月，迁稽勋员外郎。被命主河南乡试。先生居常厌近科程文沿袭摹仿之陋，思力振之。凡软熟雷同以为合有司尺度者，悉摈不收。得冉观祖等五十七人，皆好奇服古之士。先生录其文尤异者，为《豫文洁》，自序其意。相国沚亭孙公见之叹绝，以为场屋之文所未有也。……先生自汴取道扬州，省礼

---

① [清]王士禛等：《红桥倡和词》，国家图书馆藏清康熙间刻本。
② [清]王士禛：《渔洋诗话》，袁世硕主编《王士禛全集》，齐鲁书社，2007年。

部公、太夫人于士禛官舍。比至,甫一日而士禛以分较武闱,被檄赴江宁。先生怅然同舟,送至真州而别。"

秋,王士祜举山东乡试。

(康熙)《新城县志·人物志》:"康熙癸卯举于乡。"《王考功年谱》:"是秋,子侧举山东省试。"《渔洋文集》卷十一《赐进士出身先兄东亭行述》:"癸卯秋试,受知张给谏螺浮、张礼部受庵。兄有声场屋十余年,至是得隽,年三十二矣。"

王士禛有事赴如皋,途中作《论诗绝句》四十首,南昌陈弘绪为序。

《渔洋诗话》:"余往如皋,马上成《论诗绝句》四十首。犹子净名(启浣)作注,人谓不减向秀之注《庄》。"

十一月,王士禄返京复命。

《王考功年谱》:"十一月入京师,名其读书之室曰缓斋,其友汪钝庵为作《缓斋记》。"

是年,王与敕为王士禄、王士禧、王士祜、王士禛四兄弟析箸。

《王考功年谱》:"是岁,礼部公始为先生及诸弟析匕箸。先是先生兄弟既皆受室,礼部公屡以为言,先生辄曰:'兄弟同气,离析易也,合并难也。今幸父母年盛壮,儿辈差不忧饥寒,何忍及此?宋李文正公数世,至二百余口同居共爨,凡田园禄赐所入,悉与共之。寿张张氏以九世,浦江郑氏以十世,彼何人耶?'礼部公、太夫人感其言而止。至是,以诸子宦游南北,遂析箸。"

康熙三年甲辰(1664)

春,王士禛与林古度、孙枝蔚、程邃等人修禊红桥,士禛有《冶春绝句》。

《渔洋山人自撰年谱》:"春与林古度茂之、杜濬于皇、张纲孙祖望、孙枝蔚豹人诸名士修禊红桥,有《冶春诗》,诸君皆和。"

三月,礼部以河南乡试试文语句有疵,拘士禄于考功之署,五月移刑部。王士祜应会试下第,留京师侍候营救照顾。王士禛在扬州有诗书相慰。王士禄在狱中有《炊闻卮语》《拘幽集》。

《王考功年谱》:"三月,以礼部掊撼试文语句指为有疵,考官例夺俸三月,而是时功令加峻,遂下先生吏部。五月,移刑部。子侧既下第,留京师经络橐饘,日仅一食,夜则共被请室中。"《十笏草堂辛甲集》载《拘幽集自序》:"入秋,舍弟贻上书至,慰讯之余,因及坡公'堪笑睢阳老从事,为余投檄向江西'之句,有概于中,念予兄弟即具名位不逮两苏公,然其友爱同,其离索同,其不合时宜同,其辗轲困踬、为流俗所指弃又无不同。而坡公俊快,复善自宣写,乃稍取其集读之,读而且吟且叹,遂不自制,时复有作,辄使儿辈从旁录之,为《拘幽集》焉。其诗余自为一卷,曰《炊闻卮语》。"

十月,王士禄事白出狱,被免官,与王士祜南还,至祝阿,士祜东归,士禄南下扬州。

《王考功年谱》:"至十月三日太皇太后万寿节,事果得白。会增定科场条例,法司虽不能有所传致,然犹免官。先生喜得生还,与父母相见,自号更生,略无得丧之意。即日襆被出都门,……至祝阿,子侧以家人东归,而单车南下省觐。"《渔洋山人自撰年谱》:"(王士禄)省觐至扬,同卧起屦提阁中者弥月。"

王士禛内迁礼部主客司主事。

《渔洋山人自撰年谱》:"十月,山人内迁礼部主客司主事。"《听雨楼随笔》卷一:"阮亭成进士,为扬州推官。河道总督朱之锡荐于朝,擢礼部主事。"[1]

十一月,王士禄至扬州,王士禛迎于秦邮。是岁出狱后所作为《上浮甲集》。

《王考功年谱》:"十一月至扬州,士禛以舟逆于秦邮。既见而悲,先生摇手戒勿道前事,径取所赋诗数百篇令读之,曰:'弟视吾境地差进不?'"《十笏草堂辛甲集》载《拘幽集自序》又云:"出系后作迄于岁暮,又别为《上浮甲集》。"

是岁,王士禛有事江宁,公事之余访牛首、祖堂、栖霞诸山,观六朝松石,有《后白门集》。

《渔洋山人自撰年谱》:"是岁,有事于江宁。为伯兄燃灯长干寺浮图。公事了,辄与方文尔止,遍访牛首、祖堂、栖霞诸山,及城南诸古寺,观六朝松石,所得歌诗、游记如干篇,为《后白门集》,汪琬苕文作《白门前后集序》。"

王士骧中进士,授中书舍人。

(康熙)《新城县志·人物志》:"甲辰成进士,授内阁中书舍人。"

钱谦益卒。

康熙四年乙巳(1665)

二月,王士禄自广陵往京口,登三山,访鹤林寺,于焦山见严嵩旧藏古鼎,作《焦山古鼎考》,并长歌赋之,王士禛有和作。

《王考功年谱》:"二月,自广陵渡江往京口,登三山,访鹤林诸寺。欲遂往茅山,不果。焦山有古鼎,故京口荐绅家物,嘉靖中尝为分宜相所得。分

---

[1] [清]王培荀:《听雨楼随笔》,上海古籍出版社,1996年。

宜败,鼎归山中,自欧、刘、薛、赵以下诸公所集录金石文字,皆不见收。先生手自披剥,坐卧其下,数日辨其铭识,凡得七十八字,存疑八字,不可识者七字。乞新安程布衣穆倩(邃)摹绘为图,自赋长歌记之。"

三月,王士禄侍父匡庐公王与敕往杭州,赋《西湖竹枝词》三十首。遇宋琬、曹尔堪,于湖上相与倡和,各赋《满江红》词八阕,为《三子倡和词》。

《王考功年谱》:"三月,侍礼部公之武林,裴回第二泉,留湖上四阅月,赋《西湖竹枝》三十首。会故人宋观察荔裳(琬)、曹学士顾庵(尔堪)皆以蜚语染逮,甫结竟解。后湖上相与倡和《满江红》词,往复各至数十首。"按:王士禄、宋琬、曹尔堪的这次倡和被称为"江村倡和",因倡和地点在西湖,又名"湖上倡和",三人倡和的词数量不只八首,孙金砺《广陵倡和词序》云:"客岁司勋在西湖时,遇观察、学士,共赋《满江红》词,用'漾'字韵,亦人得十余首。"五月,曹尔堪至苏州又与尤侗、宋实颖倡和,扩大了其影响,王士禄评陈维崧《乌丝词》云:"孙金砺《广陵倡和词序》云:客岁司勋在西湖时,遇观察、学士,共赋《满江红》词,用'漾'字韵,亦人得十余首。"

三月,王士禛应冒襄约修禊如皋水绘园,分体赋诗,士禛得七言古体十章,诸公所作共三十八首,录为《水绘庵乙巳上巳修禊诗》,陈维崧作序。

《同人集》卷一陈维崧《水绘庵乙巳上巳修禊诗序》:《水绘园修禊诗》一卷,共八人:王阮亭士禛、邵潜夫潜、冒巢民襄、谷梁禾书、青若丹书、毛亦史师柱、许山涛嗣隆、陈其年维崧。诗则有五言古、七言古、五言律、七言律、五言绝、七言绝,为体有六,共诗三十有八首。"①

王士禄与尤侗订交。

尤侗《进士东亭王公传》:"今国子祭酒阮亭先生司理扬州,予于乙巳春访之,适西樵考功在署,相与缔交。"②

六月,王士禛迁主客郎,将赴京师,王士禄与父王与敕归广陵。七月,士禄、士禛偕父北归,陈维崧、方文、孙枝蔚等送于禅智寺硕揆上人房。八月,至临淄,王士禛拜别父兄,与王士祜北上,至京任提督两馆。

《渔洋山人自撰年谱》:"六月,匡庐公及伯兄归自杭。七月登舟北行,诸名士祖道于禅智寺,硕揆禅师方丈有《禅智倡和集》。""八月过临淄别墅,拜别两大人,偕叔兄上京师。到礼部,任提督两馆。"

王士禛将离扬州,嘱门人宗元鼎为禅智寺补缀苏东坡断碑,硕揆上人

---

① [清]冒襄:《同人集》,《四库全书存目丛书·集部》第385册,齐鲁书社,1997年。
② 《新城王氏家乘》,哥伦比亚大学东亚图书馆藏清刻本。

释元志与王士禄、王士禛倡和,孙枝蔚、冒襄、杜濬等名士响应,诸人和诗结为《蜀冈禅智寺倡和诗》。

《蜀冈禅智寺倡和诗》王士禛《答硕公》诗跋:"顺治辛丑,禛徒步往访,时寺荒落甚,碑亦零乱,颓楹坏壁间,摩挲慨叹,和诗一章。四年来时欲屏当补缀,俾还旧观,忽忽未遑。康熙甲辰冬,量移主客,行有日矣。念往事,耿耿于心,乙巳仲春,属宗子梅岑往营度,而灵隐硕公适飞锡于此,再辟初地,龙象巍然。闻宗子言,欣然以一偈垂示,辄同家兄各拈二绝为答,异日留镇山门,又增佳话矣。"①

十月,王士禛罢官,王士禄赴京师探视。

《王考功年谱》:"十月,士禛罢官,先生视之京师。"

是年,王士禄将游览京口三山时所作诗刻为《南徐游览集》,杜濬作序。

山东省图书馆藏《南徐游览集》一卷,版心下镌"乙巳春诗",其中所录诗作皆为游览京口、三山之作。杜濬序云:"京口三山名冠区宇,若金山之轩朗,焦山之闲邃,北固之葱蒨。其或水或陆,或近或远,造化之位置,皆若有意,而归于安雅,映带自然,求之当代,其人其诗与此山相似者,其惟西樵先生乎。"

李敬、邵潜卒。

康熙五年丙午(1666)

二月,王士禄与王士禛归里,三月,士禄复南下扬州,与孙默、王岩、杜濬、孙枝蔚等往来于平山堂、红桥之间。

《王考功年谱》:"二月,先生与士禛归济南。三月,复游扬州,与故人孙无言(默)、王筑夫(岩)、雷伯吁(士俊)、杜于皇(濬)、孙豹人(枝蔚)、程穆倩、陈散木(世祥)、宗梅岑(元鼎)、陈其年(维崧)、邓孝威(汉仪)、王幼华(又旦)、汪蛟门(懋麟)、吴野人(嘉纪)、汪舟次(楫)、孙介夫(金砺)辈,数数游宴平山、红桥间。"

五月,毕氏妹卒,岁末,信至扬州,王士禄赋诗哭之。

《十笏草堂上浮集》《哭毕氏妹》五首,题下注:"予第三妹,适淄川毕氏。"②

九月,王士禛复官,十月,自里中赴京师。

《王考功年谱》:"九月,士禛还官。"《香祖笔记》卷二:"因忆丙午自里中

---

① [清]王士禛:《蜀冈禅智寺倡和诗》,国家图书馆藏清康熙间刻本。
② [清]王士禄:《十笏草堂上浮集》,《四库全书存目丛书补编》第79册,齐鲁书社,2001年。

北上,戏题德州南曲律店壁一绝,云:'曲律店子黄河厓,朝来一雨清风霾。青松短鞚不能任,骑驴又踏长安街。'语虽诙嘲不足存,亦小有风趣。"[1]

小春十月,王士禄在扬州与曹尔堪、宋琬、陈维崧、邓汉仪、孙枝蔚等在红桥韩园宴集,以词倡和,赋《念奴娇》十二首,孙金砺集诸公词为《广陵倡和词》。

孙金砺《广陵倡和词序》:"广陵红桥之集,得四十六人,可谓盛矣。已而之远者、还故乡者、往京畿者,次第散去,四方之客滞留于此,止予与荔裳观察、顾庵学士、西樵司勋、长益、其年、云田、方邺八人而已。惟定九为土著,巢民、散木、孝威、汝受、希韩属广陵州县者也,豹人、穆倩、舟次则侨家广陵者也,犹得十七人,诗酒宴聚,交欢浃月。初集时分赋五言近体,复限"屋"字韵,赋《念奴娇》词,嗣是诸子踵华增美,倡予和汝,迭相酬赠,多至十余首,少者七八首。"[2]按:今国家图书馆藏康熙间刻《广陵倡和词》收入王士禄《念奴娇》十二首,为《炊闻词》所未收。

林古度卒。

康熙六年丁未(1667)

二月,孙默在扬州刻王士禄《炊闻词》,入《国朝名家诗余》。

《国朝名家诗余》孙金砺序:"康熙丁未花朝大蓬道者孙金砺介夫漫题于广陵客舍"。[3]

夏,王士禛门人集士禛壬寅以后诗作为《王礼部集》,计东、朱彝尊等作序。

《渔洋山人自撰年谱》:"夏,山人门人及凡从学为诗者,裒集壬寅以后诸作为《王礼部集》,计甫草、朱竹垞诸人序之。"

秋,王士禄将归山东,扬州诗友四十余人于北郭园集,各赋五言古诗一首送之,士禄有留别之作,诸人诗刻为《北归录别诗》。

雷士俊《北归录别诗序》:"西樵先生旅于扬州者十有五月,将告归,置酒城北之墅……于是取江文通之《别赋》三十四字,人各阄之,体五言古,限以十韵,遂酣醉尽欢而退。翼日群致其所为诗者,江南则王式之、白仲调、陈散木、吴野人、邓孝威、宗梅岑、程垢区、孙桴庵、查二瞻、李若金、卞云郭、华东园、许师六、汪夐岩、汪长玉、王仔园、汪叔定、汪蛟门、萧灵曦、吴西崖;浙江则李山颜、黄丽农、姜绮季、孙果庵、张祖能、姚梦峡、邵天自;江西则涂子山;湖广则许漱雪、杜茶村;福建则黄澹宜、高云客;陕西则王筑夫、雷伯

---

[1] [清]王士禛:《香祖笔记》,袁世硕主编《王士禛全集》,齐鲁书社,2007年。
[2] [清]王士禄、曹尔堪、宋琬等:《广陵倡和词》,国家图书馆藏清康熙间留松阁刻本。
[3] [清]孙默:《国朝名家诗余》,上海图书馆藏清康熙间刻本。

籁,而江南郭饮霞、高小邻又自为韵云,名曰'北归录别诗'。先生之留别,必以'来'字者,诸君之离合不常,冀其来以为深幸也。"王士禄附识:"又续赋者江南七人,浙江一人,四川二人,山东一人,在序成之后,故篇中不及,列姓字也。"《北归录别诗》首页有注"丁未",并云:"广陵秋日北郭园集,送王西樵司勋归山东,各赋五言古诗一章,以十韵成篇,以'秋露如珠,秋月如珪,明月白露,光阴往来,与子之别,思心裴回,是以别方不定,别理千名'三十四字为韵。"①《王考功年谱》:"先生客广陵,既乐与诸贤士游,与当路稀复交接。四方文士仓卒缓急,往往殚褚周给之,不以有无为解。居岁余,困顿不能俶装。会先生长女适邹平成氏者又死,先生悲之,自制哀辞,遂兴尽而返。十月抵里。"

是年,王士禛在京与汪琬、程可则、刘体仁、梁清标、董文骥、李天馥等为文社。

《渔洋山人自撰年谱》:"是年,与汪、程、刘、梁及董御史文骥玉虬、李翰林天馥湘北、陈翰林廷敬子端、程翰林邑翼苍辈,为文社。兵部尚书合肥龚公实为职志。"

康熙七年戊申(1668)

正月,王士禛迁仪制司员外郎。

王启涑《王阮亭行述》:"戊申迁仪制司员外郎,典礼服色,多所厘正。"②

是年,王士禄家居,始营"十笏草堂"。

《王考功年谱》:"家居。侍礼部公、太夫人子舍,无复仕进意。晨昏定省,燊悦饮食必躬亲焉。始营十笏草堂,自题诗云:'几载堂传十笏名,把茅今日计才成。徐看竹石随心置,已觉轩窗泼眼明。江海回头余汗漫,图书垂老许纵横。差应不愧维摩室,妙喜真能一手擎。'"

雷士俊卒。方苞生。

康熙八年己酉(1669)

三月,王士禛奉使淮安,榷清江浦关,至祝阿,与父王与敕、兄王士禄相见,一夕别去。

《王考功年谱》:"三月,士禛奉使淮安,先生侍礼部公视之祝阿,一夕别去。"《渔洋山人自撰年谱》:"榷清江浦关,专司船厂。造船有陋例,自总督、漕运都御史,下至道、府船政同知,皆以为利薮,而木商汤甲实操纵其间,都

---

① [清]王士禄等:《北归录别诗》,清康熙间刻本。
② [清]王启涑:《王阮亭行述》,国家图书馆藏康熙五十年蓝印本。

御史已下，皆供其颐指不暇。山人至，言于总漕帅颜保，尽革之。凡发银皆足秤足色，毫无扣除，旗丁感悦，船悉修舱坚固，可涉风涛，漕运颇赖以济。而山人终任，不名一钱矣。"

是岁，王士禄作《西樵山人传》。

《王考功年谱》载《西樵山人传》："西樵山人者，家于齐台之南。高曾以还，代有显者。山人少抱微尚，慕孟襄阳之为人，学不为仕。以门祚中替，外侮时蘖，祖父督譬，遂黾勉场屋，以甲科起家。性散慢，既婴世网，雅不欲为折腰吏。上书东曹，改教授，偃仰海郡者四五年。入为国子助教。又三年，擢拜考功。考功故称剧要，山人希心静懿，行其庭者如涉林壑。逾年，迁稽勋员外郎，寻主中州解试。山人既夙耽文业，又心鄙近今程式之陋，覃精考校，攘凡剔猥，所得皆嵩、洛间名士。旧例直省试毕，春曹率有磨勘。时有宵小待赂不至，谬为掊指，合得微谴。会因而置狱。山人内省不疚，啸歌自若也。曹讯日具三木，山人夷然。退而命酒赋诗，翌日诗传都下。有'纵跛尚如习凿齿，有肠终类佛图澄'之句。历八月，穷研无所坐，仅以免归。归则纵游吴越间，遇山水佳处，辄徘徊赋诗。解后，四方胜流多与赓唱。前后有诗数百篇，于徐淡宕，辞绝怨诽，涵迹作达，示不复有用世意。洎同事或欲自理，以书约山人，山人叹骇曰：'语云：兵事不问仁人，谅其素也。吾其有仕心之萌乎？何斯言之及也。'答以诗云：'载鬼张弧事已赊，共言喜见日重华。卧龙奈狎湘江水，懒向悬都问菜花。'游寓积三载，乃还辕齐台下，筑草堂，将读书栖遯，以竟其志。以穷厄日甚，耻乞觅自活，慷慨以死。死之日遗令儿子曰：书吾坟碣曰'西樵山人王君之墓'，毋他有书。既归章服朝廷，他书是冒也。"

王士禛取甲辰以前广陵所作、乙巳以后礼部所作，与《过江集》《入吴集》《白门》前后集为《渔洋诗集》，门人王我建刻于吴门。

《渔洋山人自撰年谱》惠栋注补："是年，山人自取甲辰以前广陵所作、乙巳以后礼部所作，共一千三百余首，删其什六，益以《过江》、《入吴》、《白门》前后诸集，都为一编，曰《渔洋集》，门生王我建刻之吴门。山人以一本付楚云师藏之南岳，一本付拙庵师藏之盘山。"

秋，王士祜游吴越，仲冬五日，与宋琬、严武、叶舒崇等人游道场山，赋诗倡和。

《渔洋文集》卷十一《赐进士出身先兄东亭行述》："戊申秋南游泛大江，至姑孰，揽青山白纻之胜，多所题咏。""游吴兴白雀寺，与莱阳宋荔裳、娄江王惟夏、虞山严武伯、吴江叶元礼分韵赋五言古诗,举座叹其清绝。"严熊《严白云诗集》有《久客吴兴,旅怀作恶,宋荔裳观察雪霁挈舟邀游道场山,同王子侧、叶元礼分赋》一诗,系于"戊申",宋琬《道场山倡和题词》:"仲冬五日,扁舟往游,是日微雪初下,出郭门日已高舂,舍舟遵麓,未及半,而暝钟作焉,寒风飒飒,动人心魄。归乎舟中,客有悔其迟出者。有曰:'惜未携襆被信宿山间者。'余笑而慰之曰:'杜少陵不云乎:佳处领其要。推之,凡事莫不皆然,而况乎今日之游乎。'诸君喜饮酒,尽五石而散。同游者十有三人,各赋诗一篇,具如左。王士禛《古钵集选》序云:"(王士祜)游吴兴,与宋荔裳、严武伯、叶元礼诸名流共赋五言诗成,诸公阁笔,以为孟襄阳'微云河汉'之比。"王士祜《冬仲宋荔裳招游道场山,即席分赋》:"良晨一以出,乘流恣遐思。时序方沍寒,山川亦幽邃。俯玩乐清漪,旷望见苍翠。次第来群峰,参差多远致。言寻道场迹,聊洒尘垢累。杳杳桑柘径,历历原田隧。蹑屐凌层级,振衣临无地。积雪缅远岑,岚光转明媚。修竹连崇鼎,遥树丛荟萃。白日下崦嵫,幽探殊不匮。林际浮炊烟,归鸟疾如驶。维余本倦□,栖托于焉是。缅怀卓锡人,邈然发长喟。"

丁耀亢、董以宁卒。

康熙九年庚戌(1670)

二月,王士祜中进士。

(康熙)《新城县志·人物志》:"庚戌成进士,援例得授京职,久之不除,其卒也。"

康熙亲政,改科场条例,前有冤者皆还官,四月,王士禄北上京师,六月还官。九月补吏部考功司员外郎。

《王考功年谱》:"是时主上方与天下更始,甲辰之狱,同事上疏自理,多获牵复。太夫人促先生北上,先生跪曰:'菽水之养,三公不易。况冤乃须自白耶?'太夫人曰:'母非以一官望儿者,然自儿罹此冤,母每食未尝忘,儿忍违慈母意乎?'先生不得已,四月遂行。六月还官。九月,补吏部考功司员外郎。"

十一月,王士禛携家由淮上至京师。

《渔洋山人自撰年谱》:"时同事满洲郎中交禅,以事罢归京师,而船厂部差议裁,故久无代者。迟数月,始得部文北归。时淮扬方潦,运河商船不得行,几至缺额。冬还京师。"

邹衹谟卒。

康熙十年辛亥(1671)

王士禛迁户部福建司郎中。

《渔洋山人自撰年谱》:"迁户部福建司郎中。时郝公惟讷敏公为尚书,程周量可则以员外郎为同舍,朝夕相倡和。而宋荔裳琬、曹顾庵尔堪、施愚山闰章、沈绎堂荃皆在京师,与山人兄弟为文酒之会,盛有倡和。"

是岁,吴之振选王士禄、王士禛诗入《八家诗选》。

《王考功年谱》:"石门吴孟举(之振)撰定先生及诸公诗,都为一集,盛传于代。"八家指宋琬、曹尔堪、施闰章、沈荃、王士禄、程可则、王士禛、陈廷敬。

十一月,孙太夫人病,王士禄、王士禛将请急归,王与敕书至,谓病良已,不果请。

《王考功年谱》:"十一月,闻太夫人病,谋与士禛请急归。而礼部公家书至,谓太夫人病良已,儿辈慎勿乞归,违两老人意,非孝也。竟不果请。"

方以智、冯班卒。

康熙十一年壬子(1672)

四月,王士禛第四子启汧生。五月,次子启浑卒。

《渔洋山人自撰年谱》:"四月,第四子启汧生。五月,次子启浑卒。"

六月,王士禛奉命典试四川,沿途作诗三百五十余篇,为《蜀道集》。又记行程见闻为《蜀道驿程记》。

《渔洋山人自撰年谱》:"六月,奉命典四川乡试,得杨兆龙等四十二人,副之者郑工部次公日奎,贵溪人,己亥庶吉士。是役也,得诗三百五十篇有奇,为《蜀道集》。又有《蜀道驿程记》二卷。"

闰七月,王士禄以遵旨一并详察议奏事,都察院议连降三级,时人皆以为过于严苛,为士禄惋惜。

《王考功年谱》:"闰七月,以遵旨一并详察议奏事,都察院议,吏部堂上官各降一级,罚俸一年,郎官分别调用。先生竟镌三级,时论咸以过薄,为先生惜。先生欣然,辄治装曰:'自太夫人病,方寸乱矣。今幸得以细故归,计旬日便可起居膝下,此乐虽三公不易也。'"

八月初一,王与敕妻孙宜人病卒。

《渔洋文集·诰封宜人先妣孙太君行述》:"壬子春夏,母眠食甚适。闰七月家君偶患泻痢,母犹视理医药。夫何家君甫痊,吾母继病,病三日,竟以不起,时八月初一日也,去客冬遘疾之日甫十阅月。呜呼,痛哉!当是时,长兄在京师,士禛奉使西蜀,士祜适他出未归。获永诀,视含敛者,惟士禧一人。"

九月,王士禄奔丧归里,哀痛异常,自此体不康健。

《王考功年谱》:"讣闻,先生擗踊投地,绝而复苏,勺水溢米不入于口者累日,杖然后起。亲知多为先生忧之。……九月,奔丧抵里。寝食不离苦次,中夜哀号,枕席血渍。朝夕上食,必躬亲,必尽哀。其先后《告母文》三篇,一字一泪,而先生自此病矣。"

十一月,王士禛自蜀归里。

《渔洋山人自撰年谱》:"归下三峡,次卫辉,闻太夫人讣,徒跣奔丧,十一月抵里。"惠栋注补"山人抵里后,寝处苫土,哀毁骨立,杖而后起。终三年丧,未尝一饮酒茹荤也。"

王士骍中副榜,王与慧子。

《世谱》卷四:"士骍,字勒西,行九,康熙壬子副榜,制举业,工书法。"

吴伟业、周亮工卒。黄叔琳生。

康熙十二年癸丑(1673)

二月京察,王士禄虽去位,仍居上考。

《王考功年谱》:"二月京察,先生虽去位,犹以勤敏称职列上考。"

三月,王与敕虑王士禄病,命移居太夫人昔居之厅西屋,士禄治垩室于太夫人几筵旁,哭奠之。

《王考功年谱》:"三月,礼部公虑先生且病,数慰喻之。始治垩室于太夫人几筵之旁,将以终祥禫焉。"

四月,王士禄以忧伤病重,值三女适长山王氏者死,病又剧,二十七日,以父命移居十笏草堂。

《王考功年谱》:"既而病嗽,病不寐,病自汗,而第三女适长山王氏者又死,先生病遂益不可支矣。礼部公命归所居,以便眠食药饵。先生迟回久之,重拂礼部公意,乃稍稍扫除所谓十笏草堂者,移居焉。"

五月,王士禄病稍有起色,手定《燃脂集》《风雅》等。

《王考功年谱》:"五六月间病少间,手定《燃脂集》、《风雅》五卷,著《论说》数篇,皆可羽翼注疏。"

七月二十日酉时,王士禄病卒。私谥节孝先生。

《王考功年谱》:"郑谷口者,名簠,金陵隐君子也。私谓先生形貌虽悴,而神气闲暇,可幸无恙。讵意七月初九日,病忽不斟,诸弟侍侧问所苦,但云头岑岑然，支离不可言。至十九夜，遂剧。家人以先生蔬食久，伤脾，舂稻和粥糜试进之，竟吐不肯食。先数日语士禛，《太夫人行状》可速脱稿，欲相商略，都无他语。至是，诸弟及张夫人两孤启演、启浣泣请遗嘱，已不能言，惟再四拊礼部公须，如不胜依恋而已。以二十二日酉时，终于正寝。呜呼，痛哉！易箦之际，口鼻皆作旃檀香。已而遍体作莲华、兰蕙种种异香，经三日夜不散。既殓，乃已。凡诸眷属，下逮臧获辈，莫不见闻。呜呼，异哉！先生平昔于大雄氏之法，未尝记莂参究，而示异如此，岂所谓'众香国中来，众香国中去'语，固真实不虚耶？先生之殁，未及太夫人小祥者八日。乡之士大夫以先生居丧动循古礼，死孝章章甚著，私谥曰'节孝先生'。"

王士禛始编诗友诗为《感旧集》。

《渔洋山人自撰年谱》："辑考功诗，因撰平生师友诗为《感旧集》若干卷。"惠栋注补："梅耦长《知我录》云：'新城先生著述甫脱稿，辄已流布。独《感旧集》一书，编成逾廿年不以示人，因别有微指。尝手疏其篇目见示，云：右康熙甲寅撰，故无新篇。尚有《屏风集》，伫近作入之。盖是集始于癸丑，成于甲寅也。'案《屏风集》，他处不载，盖未成书也。"

宋琬、姜垛、归庄、龚鼎孳、陈允衡、程可则卒。沈德潜生。

康熙十四年乙卯（1675）

王士禛为王士禄立碑，并请汪懋麟、陈维崧、尤侗、汪琬、曹禾等为作碑文、墓志铭、诔文等。

汪懋麟《考功司员外郎节孝王先生碑阴记》："西樵先生既殁之三年，将葬，母弟阮亭先生士禛为立隧道之碑，属江都汪懋麟书其阴。"[1]

尤侗《王考功诔并序》："越三年乙卯，阮亭寓先生年谱，命作诔词，予惟有以应，督之再三，而终不能忘也。"[2]

王士禛丁忧毕，以父命赴京，秋归里。

《渔洋山人自撰年谱》："服阕，夏，以父命赴京师。秋，需次归里。"

五月，王士禄次子启浣卒。

《世谱》卷四："卒于康熙十四年五月十三日午时。"

康熙十五年丙辰（1676）

三月初二，王与阶卒，王象丰第三子。

《世谱》卷四："与阶，字陛公，号菉澳，原名与新，行七。拔贡生，性慷

---

[1]《新城王氏家乘》，哥伦比亚大学东亚图书馆藏清刻本。
[2]《新城王氏家乘》，哥伦比亚大学东亚图书馆藏清刻本。

慨，重交游，疏财好义，归邑令殉难之丧，返亡友密寄之金，人艳称之。鼎革后愿请上宪复忠义祠祀典，时老成凋谢，邑中仰为柱石者十余年，事载邑志《善行传》，卒于康熙丙辰三月初二日，享年六十五岁。"

五月，王士禛补户部四川司郎中。

《渔洋山人自撰年谱》："正月，赴京师。五月，补户部四川司郎中。"

六月，王士禛为王撼《芦中集》作序。

王撼《芦中集》卷首王士禛序："康熙丙辰六月济南愚兄士禛序。"王撼，字虹友，号汲园，江苏太仓人，王时明子，王锡爵曾孙。

九月，王士禛妻张氏卒于家，士禛有《悼亡诗》，并请汪琬、陈维崧、盛符升、朱彝尊、汪懋麟、宗元鼎作墓志铭、墓表、碑记、传等。

《渔洋山人自撰年谱》："九月，张恭人卒于家。是岁有《漫兴》诗十首，《杂感》诗四首，皆感怀而作，有《挽殉节诸公》诗、《悼亡》诗。"

汪琬《诰封张宜人墓志并铭》："予既请告归，吾友王子贻上命予传其伯兄考功府君，越二年，又传其世父御史府君已，又以书来告曰：'某用文词累吾子者凡两世矣，今吾妻张宜人年甫四十而殁，某感悼不已，愿复以累吾子，吾子其亦怜我而惠之铭，以慰吾亡者而损吾悲乎？'"①

盛符升《王母张宜人碑阴记》："丙辰夏，我师阮亭先生再入京师，符升侍侧，时望颜色，辄黯然不乐，间有吟咏，多变徵之音，心窃异之。居无何，张宜人之讣至。"②

平南王尚可喜之子尚之信响应吴三桂叛乱，长乐知县王与襄不受伪职死。

《世谱》："王与襄……官司理，裁补广东长乐县知县，以卓异行取，未行，尚逆叛，不受伪职，不久死。"

康熙十六年丁巳(1677)

王士禛选宋荦、王又旦、曹贞吉、颜光敏、田雯等十人诗为《十子诗略》。

《渔洋山人自撰年谱》惠栋注补："是年，宋牧仲（荦）、王幼华（又旦）、曹升六（贞吉）、颜修来（光敏）、叶井叔（封）、田子纶（雯）、谢千仞（重辉）、丁雁水（炜）、曹颂嘉（禾）、汪季甪（懋麟），皆来谈艺。先生为定《十子诗略》，刻之。"

王士禛在新城忠勤祠侧再建忠孝祠，祀其父王与敕、其兄王士禄，并请陈僖作传、陈玉璂作记。

---

① 《新城王氏家乘》，哥伦比亚大学东亚图书馆藏清刻本。
② 《新城王氏家乘》，哥伦比亚大学东亚图书馆藏清刻本。

陈玉璂《王氏忠孝祠记》:"明故贵州左参议累赠兵部尚书忠勤王公以平蛮采木死王事,诏建特祠于其乡,春秋致祭。越我朝康熙十六年,其元孙户部郎中阮亭君士禛就公祠侧复为祠,合祀其世父侍御公、兄吏部公,而名之曰'忠孝祠',属毗陵陈玉璂为之记。"[1]

十月,王士禛娶继妻陈氏。

《蚕尾文集·亡室陈孺人行实》:"孺人姓陈氏,其先江南宿松人。始祖云,为燕王府护卫。子顺,以军功官龙虎卫指挥,世袭济宁卫指挥同知,遂隶籍为济宁人。子忠,历官山东都指挥使,其后袭卫指挥终明世。孺人祖贞仕,为凤阳留守都司,父允始,失职为州学生。母苑氏,有女三人,孺人居次。……岁丙辰九月,予妻张淑人卒于家,先司徒公谓予中馈不可无人,博求贤淑可以继吾妻者,闻孺人贤,乃聘之。丁巳十月孺人至京师,年十六矣。"

申涵光、刘体仁卒。

康熙十七年戊午(1678)

正月,王士禛奉旨召对懋勤殿,被授予翰林院侍讲,未任,改侍读。

《渔洋山人自撰年谱》:"正月,奉旨召对懋勤殿。明日谕内阁:'户部王士禛诗文兼优,著以翰林官用。'改侍讲,未任,转侍读。"

三月,康熙皇帝赐王士禛"存诚"大字、唐人张继《枫桥》绝句等。

《渔洋山人自撰年谱》惠栋注补:"三月,赐御书'存诚'大字、唐人张继《枫桥》绝句、又石刻'清慎勤'、'格物'大字二幅,共四幅。有《纪恩》诗。"

夏,王士禛入直南书房。

《渔洋山人自撰年谱》:"夏,同学士陈廷敬、侍读学士叶方蔼,直南书房。"

十月,士禛奉旨与韩菼典顺天乡试。

《渔洋山人自撰年谱》惠栋注补:"十月,奉旨偕侍讲韩慕庐(菼)典顺天乡试,得王泰来等一百八十六人。"

是年,王士禛编辑其祖父王象晋言行录,并请赵进美、卫既齐、黄与坚、姜宸英等为撰墓志铭、神道碑、行状等。

赵进美《中奉大夫浙江布政使司右布政使王公墓志并铭》:"公既葬二十余年,一日,阮亭侍读造予曰:'先大父之葬,有治命,戒勿丐显者之词,不敢违。然子若孙之心则未能已也,愿先生有述,以备家乘,可乎?'予谢不

---

[1]《新城王氏家乘》,哥伦比亚大学东亚图书馆藏清刻本。

敏,继而侍读之兄礼吉太学以礼部公书来固请,予与公为姻家子,昔获侍公謦欬,而礼吉,兄婿也,不可复辞也,乃再拜为之铭。"①

卫既齐《中奉大夫浙江布政使司右布政使王公神道碑》:"新城方伯王公……国朝顺治癸巳十月五日终于里第,尝生前作自祭文,并撰圹志,遗命不求贵人文字,今康熙戊午,既葬二十有二年矣,其孙翰林侍读士禛以公言行录示余,且属余表其墓。"②

黄与坚《中奉大夫浙江布政使司右布政使王公行状》:"康熙戊午翰林院侍读王君持其祖方伯公行实属余状。"③

孙默卒。

康熙十八年己未(1679)

王士禛在翰林,充《明史》纂修官。是岁康熙皇帝开博学鸿词科,召试天下人才,三月御试于体仁阁,得彭孙遹、施闰章、汪琬、朱彝尊等一百四十三人。

《渔洋山人自撰年谱》:"在翰林。充《明史》纂修官。是岁,以博学鸿儒征者,云集京师。三月,御试体仁阁下,入翰林者五十人,彭孙遹第一,施闰章、汪琬皆在焉。"

阎尔梅卒。成文昭生。

康熙十九年庚申(1680)

王士禛迁国子监祭酒。

《渔洋山人自撰年谱》:"迁国子监祭酒。"

王士骥卒。

《重修新城县志·人物志》:"庚申,年四十八以病卒。"

李渔、吴国对卒。

康熙二十年辛酉(1681)

九月,王士祜卒于京城。

徐乾学《墓志铭》:"(王士祜)庚戌举进士,当授京职,未补官,卒于京邸,为康熙二十年九月二日。"④《渔洋文集》卷十一《赐进士出身先兄东亭行述》:"兄以辛酉二月至京师,需次之暇,读书赋诗,或弈棋至夜分。近和张

---

① 《新城王氏家乘》,哥伦比亚大学东亚图书馆藏清刻本。
② 《新城王氏家乘》,哥伦比亚大学东亚图书馆藏清刻本。
③ 《新城王氏家乘》,哥伦比亚大学东亚图书馆藏清刻本。
④ [清]李桓辑:《国朝耆献类征》18册,江苏广陵古籍刻印社,1990年。

文昌《秋怀诗》十章示不肖,词旨和平,无悽戾之音,窃意其怀抱少舒,又讵谓遂成绝笔乎。八月廿八日不肖生日,兄对客谈笑竟日,廿九日晨会食忽气逆膈痛,目不见物,移晷稍间,而气滞如故。九月朔日延医诊视,谓肝火,投以凉剂。不肖疑不可用,兄不见听,是夜四鼓遂不救。"

十二月,王士禛覃恩封父王与敕封为朝议大夫、国子监祭酒,母孙氏、妻张氏赠恭人。

《渔洋山人自撰年谱》惠栋注补:"是年冬十二月,覃恩进封父礼部公为朝议大夫、国子监祭酒,母孙宜人、妻张宜人赠恭人。"

魏禧卒。

康熙二十二年癸亥(1683)

王士禛编选《五七言古诗选》。

《渔洋山人自撰年谱》:"是岁撰五七言古诗,姜西溟宸英序之。"

盛符升集王士禛康熙十年至二十二年之诗为《渔洋续集》。

《渔洋山人自撰年谱》惠栋注补:"是年,盛侍御珍示裒集辛亥迄癸亥之诗共十六卷,重为编次,曰《京集》,曰《蜀集》,曰《家集》,合为《渔洋续集》。属常熟黄子鸿(仪)书之。明年,刻之吴中。"

施闰章卒。

康熙二十三年甲子(1684)

冬,王士禛迁詹事府少詹事兼翰林院侍讲学士。

《渔洋山人自撰年谱》:"冬迁詹事府少詹事兼翰林院侍讲学士。"

十一月,王士禛奉命祭告南海,途中有诗,为《南海集》,又有《粤行三志》《皇华纪闻》。

《渔洋山人自撰年谱》:"十一月奉命祭告南海。是岁科试得人之盛如辛酉。粤东之役,有诗三百余篇,为《南海集》。又有《粤行三志》三卷,《皇华纪闻》四卷。"

吴嘉纪、沈荃、吴兆骞卒。

康熙二十四年乙丑(1685)

六月,王士禛自粤归,七月便道过里,省父匡庐公,见父容色起居殊减往日,动归养之思,匡庐公不允,遂赴京复命。

《渔洋山人自撰年谱》:"七月,过里,省侍祭酒公。"惠栋注补:"山人于夏六月归自粤,便道过里起居,见匡庐公容色肌肤殊减畴昔,恝然动归养之思,因从容言,报命后当请假觐省。匡庐不许,力命趣装,山人意殊怆然。"

九月,王与敕卒。王士禛归京复命,途中闻父讣。

《世谱》卷四:"卒于康熙乙丑年九月二十八日酉时,享年七十七岁。"《渔洋山人自撰年谱》:"九月,复命。随请急归里。途次闻府君讣,徒跣奔丧。"

冬,王士祜长子启涫卒。

《渔洋山人自撰年谱》:"冬,侄启涫卒,叔兄长子也。"

徐夜、纳兰性德卒。

康熙二十六年丁卯(1687)

王士禛删定唐诗数种,益以韦庄《又玄集》、姚铉《唐文粹》为《唐选十集》,嘱门人盛符升、王我建校刊。

《渔洋山人自撰年谱》惠栋注补:"是年取唐人殷璠、高仲武诸家之选,各加删定,而益以韦庄《又玄》、姚铉《文粹》,通为《唐选十集》,属门人盛珍示、王我建较刊。"

杜濬、孙枝蔚、魏象枢卒。

康熙二十七年戊辰(1688)

正月,太皇太后崩,四品以上京官在籍者皆赴京师,王士禛赴京。三月归里。有《北征日记》。

《渔洋山人自撰年谱》:"正月闻太皇太后崩,有诏:四品已上京朝官在籍者,皆赴京师。三月归里。有《北征日记》。"

是岁,王士禛编选《唐贤三昧集》。

《渔洋山人自撰年谱》:"是岁,撰《唐贤三昧集》三卷。"

汪懋林、董俞卒。

康熙二十八年己巳(1689)

正月,康熙圣驾至山东,王士禛迎驾于德州,有《迎驾纪恩录》。

《居易录》卷九:"己巳正月,南巡视河。士禛以少詹事兼翰林院侍讲学士家居,迎驾于德州。四奉温谕,蒙上尊天厨之赐,已述《纪恩录》一卷,备载其事矣。"[1]

十一月,王士禛赴京,《池北偶谈》撰成。

《渔洋山人自撰年谱》惠栋注补:"冬十一月,赴京师。撰《池北偶谈》,成二十六卷。"

---

[1] [清]王士禛:《居易录》,袁世硕主编《王士禛全集》,齐鲁书社,2007年。

洪昇因在佟皇后丧期内招演《长生殿》被劾,革去国子监籍。赵执信、查慎行等因观演被革职。

邓汉仪、顾有孝卒。

康熙二十九年庚午(1690)

正月,王士禛再补原官,三月迁都察院左副都御史,充经筵讲官、三朝国史副总裁。

《渔洋山人自撰年谱》:"正月,再补詹事府少詹兼翰林院侍讲学士。三月,迁都察院左副都御史。充经筵讲官、三朝国史副总裁。"

六月,王士禛长女端卒。

《渔洋山人自撰年谱》:"六月,长女端卒于京师。"

九月,王士禛迁兵部督捕右侍郎。

《渔洋山人自撰年谱》:"九月,迁兵部督捕右侍郎。"

卢见曾生。

康熙三十年辛未(1691)

春,王士禛奉命与张玉书、陈廷敬、李光地主会试。

《渔洋山人自撰年谱》:"春,奉命主考会试,得张瑗等百五十余人。正主考文华殿大学士张玉书、工部尚书陈廷敬,而兵部侍郎李光地及士禛副之。"

汪琬卒。

康熙三十一年壬申(1692)

八月,王士禛调户部右侍郎。

《渔洋山人自撰年谱》:"八月初五日,调户部右侍郎。"惠栋注补:"山人调司农,督理钱法。故例有呈样钱,立禁革之。终事不遗遣一人至钱局。"

王夫之、赵进美卒。

康熙三十二年癸酉(1693)

四月,王士禛侧室陈孺人卒,七月,第三女宫卒。

《渔洋山人自撰年谱》:"夏四月,侧室陈孺人卒。七月,第三女宫卒。"

五月,王士禛覃恩赠祖父王象晋、父王与敕通议大夫、经筵讲官、户部左侍郎,祖母、母亲、妻子皆淑人。

《渔洋山人自撰年谱》:"是年五月,覃恩赠祖方伯公、父祭酒公皆通议大夫、经筵讲官、户部左侍郎。祖母成、张、母、妻皆淑人。"《居易录》:"先祖年及大耋,亲教诸孙相继成进士,先考妣教诸子稍宽假,然以布政公之故,督课殊切,回忆庭训且四十年矣。至是乃稍食其报,感激国恩,不禁泫然。"

冒襄、钱澄之卒。郑燮生。

康熙三十三年甲戌(1694)

王士禛在户部,先后署兵部主事、充纂修《类函》总裁官,转户部左侍郎。

《渔洋山人自撰年谱》惠栋注补:"二月,署兵部事。六月,充纂修《类函》总裁官。转左侍郎。"

吴绮、徐乾学卒。

康熙三十四年乙亥(1695)

五月,王士禛编甲子使粤以前及丁卯以后诗、庚午以后杂文为《蚕尾集》十卷。其古文前此者为《渔洋文略》十四卷。

《渔洋山人自撰年谱》惠栋注补:"五月,驾在畅春院。部务稍暇,与同人、诸及门,为结夏文字之会。山人既次甲子使粤以前及丁卯以后诗、庚午以后杂文,为《蚕尾集》十卷。其古文词前此者,复别为《渔洋文略》十四卷,属门人张汉瞻(云章)序之。"

黄宗羲、吴乔、余怀卒。

康熙三十五年丙子(1696)

正月二十七日,王士禛奉诏祭告西岳西镇江渎,九月复命京师,有《雍益集》《秦蜀驿程后记》《陇蜀余闻》。

《渔洋山人自撰年谱》:"奉命祭告西岳西镇江渎。秋七月,过里。……九月,复命京师。是役有诗百余篇,为《雍益集》。又有《秦蜀驿程后记》二卷,《陇蜀余闻》二卷。"惠栋注补:"康熙三十四年十二月十七日乙巳,诏赦天下,遣廷臣祭告长白山、五岳、四渎,及历代帝王陵寝、孔子阙里。三十五年正月二十一日戊寅,命下,同遣者十六人。二十七日甲申,上御保和殿亲阅祝文、香帛。礼部尚书、侍郎等官,执事奉使诸臣,皆在列。阅毕,由太和门驰道出,诸臣于午门辞朝,行三跪九叩头礼毕,随至礼部,颁祝文、香帛。"

屈大均卒。

康熙三十六年丁丑(1697)

二月,王士禧卒。

《世谱》:"卒于康熙三十六年二月十八日辰时。"

七月,王士禛祖、父皆赠经筵讲官、户部左侍郎加一级,祖母、母、妻皆赠夫人。

《渔洋山人自撰年谱》:"是年七月,覃恩赠祖、父皆经筵讲官、户部左侍郎,加一级。祖母、母、妻皆夫人。"

王士禛仲子王启汸官唐山县令,士禛忧心,手书《手镜录》教以洁己爱民。

《渔洋山人自撰年谱》惠栋注补:"山人仲子官唐山令。唐山下邑,土瘠民贫。山人训以洁己爱民,书《手镜录》一册付之。"《手镜录》拓片王士禛序:"康熙丁丑,予承乏左司徒且四年余矣。二子启汸筮仕,得顺德之唐山,赋税不过万金,县距驿路又三十里,向称简僻易治。近乃以乏粮逋欠,递马协济为累,拊循调剂,殆未易言。汸以书生骤膺斯任,老夫心殊惴惴,辄就思虑所及,手迹数十条付之,俾朝夕置座右,披玩而从事焉。汸能守而勿替,纵不敢遽拟古之循良,其亦可无损越也夫。"

高珩卒。惠栋生。

康熙三十七年戊寅(1698)

七月,王士禛迁都察院左都御史。

《渔洋山人自撰年谱》:"七月,迁都察院左都御史。"

冬,王士禛奉命直南书房。

《渔洋山人自撰年谱》:"冬,奉命直南书房,编类《御集》。同直户书陈廷敬、礼书张英、工书王鸿绪。"

宗元鼎、钱陆灿、曹贞吉、唐梦赉卒。刘大櫆生。

康熙三十八年己卯(1699)

六月,王士禛侧室张孺人卒,九月,次女婉卒。

《渔洋山人自撰年谱》:"六月,侧室张孺人卒。九月,次女婉卒。"

十一月,王士禛迁刑部尚书。

《渔洋山人自撰年谱》:"十一月,迁刑部尚书。……十一月初五日,户部尚书马齐、吏部尚书熊赐履、礼部尚书张英,并入相。户部尚书陈廷敬迁吏部,刑部尚书李振裕迁户部,兵部尚书杜臻迁礼部,原任江南江西总督兵部尚书范承勋起复兵部,左都御史王士禛迁刑部。同日命下,随赴乾清门谢恩。"

姜宸英、汪楫、蒋景祁卒。

康熙三十九年庚辰(1700)

六月,康熙皇帝赐王士禛御书"带经堂"。

《渔洋山人自撰年谱》惠栋注补:"六月,赐御书'带经堂'扁额,令中官送大学士张英处转颁,盖用汉御史大夫儿宽故事也。"

九月,王士禛充武会试读卷官。

《渔洋山人自撰年谱》:"秋九月,充武会试读卷官。"

盛符升、彭孙遹、冯廷櫆、陈恭尹卒。

康熙四十年辛巳(1701)

二月,王士禛撰《浯溪考》。

《渔洋山人自撰年谱》惠栋注补:"是年二月,撰《浯溪考》二卷。"

三月,王士禛请急迁葬,五月出都,撰《居易录》成。

《渔洋山人自撰年谱》:"三月,请急迁葬。奉俞旨:'卿才品优长,简任司寇,正资料理,览奏情词恳切,准给假五个月,事竣速来供职,不必开缺,该部知道。'五月出都。归,行焚黄礼于祖墓、父墓。撰《居易录》成,凡三十四卷。"

费密、曹禾卒。吴敬梓生。

康熙四十一年壬午(1702)

四月,康熙赐御书"信古斋"扁额。

《渔洋山人自撰年谱》惠栋注:"四月,赐御书'信古斋'扁额。"

冬,王士禛奉旨阅顺天乡试卷。

《渔洋山人自撰年谱》:"冬,奉旨同内阁九卿阅御试顺天举人卷。"

康熙四十三年甲申(1704)

三月,王士禛覃恩,赠祖、父皆如其官,祖母、母、妻皆夫人。

《渔洋山人自撰年谱》:"是年三月,覃恩赠祖、父皆资政大夫、经筵讲官、刑部尚书,祖母、母、妻皆夫人。"

九月,王士禛以王五一案失出罢归。

《渔洋山人自撰年谱》:"秋九月,罢归,以王五一案失出也。此案司官委咎于堂官,满官又委咎于汉堂官。山人自以年衰,前年引陈力之义,蒙恩不使开缺。回京欲乞骸骨,以大学士熊公、礼部韩公疏,上皆不允,不敢继请。兹以微罪行,幸矣。故于都察院议深文周内,绝不与辩。山人服官,至是四十五年矣。"

是年,王士禛集康熙三十四年至四十三年之作为《蚕尾续集》。

《渔洋山人自撰年谱》惠栋注补:"集乙亥迄甲申官少农以至大司寇京邸之作,为《蚕尾续集》。中间丙子使蜀诗不与焉。钱塘吴宝崖(陈琰)为之序。"

尤侗、洪昇、田雯、邵长蘅、韩菼卒。

康熙四十五年丙戌(1706)

正月,王士禛四妹卒。二月,三子妇王氏卒。三月,侄启浯卒。

《渔洋山人自撰年谱》:"正月赵氏妹卒。""二月,三男妇王氏卒。三月,侄启浯卒,仲兄次子也。"

四月,王士禛往于兹别业夫于草堂,是年所作诗为《古夫于亭稿》。

《渔洋山人自撰年谱》:"四月,往于兹山别业,憩夫于草堂。山有古夫于亭,取义于此,即陈仲子所居抑泉口也。是年得诗九十一篇,为《古夫于亭稿》。"惠栋注补:"山人既归里第,闭户著书,不以一字通朝贵,门无杂宾,惟与张萧亭(实居)、历友(笃庆)诸君,茗饮焚香,往来倡和,积成卷轴。明年五月,大名成周卜(文昭)较刊于京师之慈仁寺。"

康熙四十七年戊子(1708)

王士禛编选《唐人万首绝句选》成。

《渔洋山人自撰年谱》:"宋洪文敏公迈集《唐绝句万首》,经进孝宗御览。山人少习是书,惜其躇驳,久欲为刊定,而未暇也,是岁,乃克成之。"

王士禛是年之作,合为《蚕尾后集》。

《渔洋山人自撰年谱》惠栋注补:"是年,山人次一岁之作为《蚕尾后集》。"

徐釚卒。

康熙四十八年己丑(1709)

是年康熙御定《佩文斋广群芳谱》告成。

《渔洋山人自撰年谱》康熙四十八年己丑:"先祖方伯赠尚书公著《群芳谱》,刻于虞山毛氏汲古阁,流传已久。康熙四十四年,奉旨开馆广续,命编修臣汪灏等四人为纂修官,至四十六年告成,凡二百卷,赐名《佩文斋广群芳谱》,御制序文,冠于编首,仍用先臣自序,每卷小序亦所不遗。"

康熙四十九年庚寅(1710)

王士禛在里中,疝气之症复发,病体沉重。十二月,王士禛官复原职。

《渔洋山人自撰年谱》:"山人夙有疝气,二十余年,时发为累。是岁,忽婴瘍症,辗转床褥,苦不可言。冬十二月,奉旨:'朕每因朝列旧臣渐次衰谢,时切轸怀,爰命内阁询问,顺治年间进士所有罢职在籍者,已无多人。王士禛、江皋、周敏政、叶矫然、徐淑嘉、宋庆远皆因公挂误,屏废里居,今年臻耄耋,深可悯念,著复还原职,以示朕格外加恩至意,余依议。'山人感荷圣恩,虽疡症甚剧,使儿辈扶掖,向阙谢恩。即具疏,遣次儿启汸恭赍入谢。"王士骊《幔亭公漫录》:"辛卯年元旦,拜天地祖宗神祠之后,家人陈忠自城回报:司寇公赐还之旨,下在岁前琐屑之日,何翰林澹庵家人于元旦送到邸抄,日已夕矣。初二日早起,欲入城看司寇兄喜,兼贺新节,而风沙逼人,不可出门,至夕未已。初三早入城,而吾兄已走役来催,速进城,门迎诸侄,谓曰:'大人待叔至甚急,欲即赴京师谢恩。而近例禁邸抄,当是侯部文方可行,叔断不可即应其赴京。'则余一段兴致已索冷难言,问吾兄拜家庙之后,在西城大椿轩,俟我一见。兄弟握手情亲,悲喜交集,云:'弟闻此信自倍喜,但谢恩之本,我以疮毒不能躬赴,有负圣恩,须速赍奏本去,余胸中欲进之言,不能陈说,掣肘不可行矣,唯唯而已。总皆由余识见不广,退缩不前,其负吾兄期待之意,罪愆真不可逭,又何言哉!'兄言:'辛卯中乡魁第六名,年才十八,今则七十八岁,汝看我西堂之联耶?'余即应曰:'得意重逢辛卯岁,删诗断自丙申年。'兄曰:'恰当乎?'余曰:'然'。又曰:'丙申以前诗未尝不多,但正肄业,似非专学,虽已有刻本,而乙未以前者,盛珍示、王我建诸刻前集之时,皆删去幼年之作,所以断自丙申年也。六十年之遭逢阅历已尽尔,况位至尚书,一生不好贷财,惟守祖业,积书至数万卷,吾富贵已极,夫复何求于世?祖方伯公寿至九十三岁,乃甲午中举,癸巳年弃世,而不及见中举之年,以中时三十余耳。我今竟见辛卯,是七十八岁,乃曾祖司徒公弃世之年也。赠尚书公亦不过七十七岁,余今过矣,而况又复官,但腹下此毒疮,大是为累,弟其谓我何如?'兄弟两人握手,襟裾相依,自辰及酉,皆喜庆之词,所言者家世之兴废,六十余年之际遇,而孰知永诀之词,皆寓于此耶?忽忽至二月六日,始同侄启汸入都,诣通政,上谢表,而命下'览卿奏谢,知道了',甚淡,余心知其奏谢之迟矣。虽吾兄濒行付有宋板书及字画十三种,而侄逡巡不敢贡,厄于小心太过,不能行,亦见吾家忠厚谨守,废拙之故尔。"[1]

是年,王士禛刻《己丑庚寅近诗》一卷,《渔洋诗话》成,授门人黄叔琳序而刻之。

《渔洋山人自撰年谱》惠栋注补:"是年刻己丑、庚寅近诗一卷。山人乙酉年撰诗话六十条,戊子秋冬间,又增一百六十条,共成三卷。是秋,授门人黄侍读(叔琳)序而梓之。"

---

[1] [清]王士骊:《幔亭公漫录》,山东省图书馆藏清抄本,后文引用亦出于此版本。

康熙五十年辛卯(1711)

五月,王士禛卒。

《世谱》:"卒于康熙辛卯五月十一日,享年七十八岁。"

六月,王士骊赴京为王士禛请恤、请谥,未果。七月归新城。

王士骊《幔亭公漫录》:"六月朔日,入广宁门,遇长班李盛大哭来迎云云,知泽州复相矣。以京江相公薨于行在之热河,暂以泽州入阁办事。而疏上,止批'用该部知道',则恤典、谥法不可问矣。以昭代盛名之大文人,于身后不能邀圣恩,其福亦薄矣,抑扼于一时,尚有待耶?余之负吾兄者,此又一大罪案也。余自五月二十二日,在长山西关外犯痼疾,住京城二十日,病不可支,勉强周旋,未能有懈,于囗日,周策铭、缪湘芷、顾侠君、蒋静山、林吉人等设家兄位,祭于黑龙潭某庵,遥奠拜哭,皆失声。祭之顷,有一人徒步恸哭,来与祭者,则宜兴谢皆人,名芳莲,与司寇公并未谋面,止有声气之通,才一二次,其知己之感,恸切悲思,更甚于素好,其人蔼蔼吉士也。带病同刘静修归,途至德水,不能行,寓于田子益之数帆亭。七月朔日,遇李少司马于河干,七夕日至新城,与诸侄痛哭于吾兄灵次,言及世事人情,已不可问矣。遂谋窀穸之期,于十二月七日送吾兄于系水北岸祖茔之次。黄学使公点主之后,拜奠哭位失声,亦见门人之厚者。余是年两走京师,三诣云门,一入会城,其中周旋频仍,坎坷艰辛,不能尽述,此辛卯年之大概也。"

冬,王士禛病中编次所定《带经堂集》是年告竣。

《渔洋山人自撰年谱》附启汧跋:"痛念先君自婴痒症之后,苦不堪言,不肖辈从旁窃视,精神大减,至庚寅初秋,变为痦症,呻吟床褥,其苦更甚。会歙中程君圣跂(哲)、友声(鸣)昆仲,以书来征先君平生诗文,汇为全集,镂板以行。先君呼不肖辈曰:'余所著诗文,每欲删繁就简,合为一集付梓,未果。顷门人程氏昆仲之请,甚惬余怀。'因于病次置各集于枕旁,命不肖查检朗诵,详加去留。力疾编次,共九十二卷,颜曰《带经堂集》,至辛卯冬,始剞劂告竣。不意是书赍到之时,距先君之变已五阅月,竟不及见矣。"

王士骊将王象春《济南百咏画册》手稿交与青州黄学使,请为刊刻,后未刊,而手稿遗失。

《幔亭公漫录》载《跋齐音小记》:"《齐音》百首,乃《问山亭》诗集之一,皆是济南城中、城外之故迹,随地随人物,境内所关者,即记一绝句,实是纪载之要笔。而每首加以小记,又最有关于地方事迹之略。当年旧刻,是先叔武科公同淄川门人姜子柔刊厥者,其版草草,今剥落甚夥。先渔洋兄在京师,闲中将《问山亭》各集删选近千首,欲刻,偶以他事未谐,遂付儿子启座收存。……《齐音》百首,使余手录一册,数录而为人借抄而未返。余更有所存,先君子于己亥、庚子年在济南府患难中,同寓有乐安令黄公讳甲云,进士出身,大有经济才,相友善,善书画,遂画一册曰《济南百咏图》,有序、记、目录,欲将此图刻十三幅,附《齐音》诗之前,刊一家刻,以存风土人物之佳话。先君子以劳瘁之身,多病多误,遭家不造,徒抱志而未成,余又不肖,不能克家,蹉跎日久,年深而无复问矣。……于辛卯年冬月来青郡,请黄学使公为先兄点主,言及问山亭主人,未入乡贤,承黄公力,为取结入祀,复言表彰诗刻,余将手录《齐音》并百咏画册呈览,一并取去,余以为刊刻有主矣。会有济南郡丞公为同宗,讳朝佐者,身任其事,亦钞一本览之,许云取画册来,同为刊刻,得附不朽,是吾之幸也。余感其盛意,入京师求黄公查发画册,云是送过者,遂托同邑何澹庵太史,致意黄公发来临样刻出,仍以原本送上,再送几册刊本,从此杳无信音,而府丞公亦罣误去矣,至今惶惶于心。"

康熙五十七年戊戌(1718)

王士骊卒。

《世谱》卷四:"卒于康熙五十七年,享年六十有九。"

参考文献

一、别集

王之猷：《柏峰集》，上海图书馆藏稿本。
王之垣：《历仕录》，《四库全书存目丛书·史部》第127册，齐鲁书社，1996年。
王之垣：《炳烛编》，香港天马图书有限公司，1999年。
王之垣：《摄生编》，香港天马图书有限公司，1999年。
王之垣：《恩命录》，《原国立北平图书馆甲库善本丛书》第233册影印明万历八年刻本。
王象晋：《赐闲堂集》，《山东文献集成》第三辑第24册影印清顺治十年王与敕等刻本。
王象晋：《普渡慈航》，北京大学图书馆藏道光十八年抄本。
王象晋：《救荒成法》，山东省图书馆藏自刻本。
王象晋：《二如亭群芳谱》，明末毛氏汲古阁刻本。
王象晋：《清寤斋心赏编》，《四库全书存目丛书·子部》第139册影印明崇祯刻本。
王象艮：《迂园诗》，北京大学图书馆藏明崇祯间刻本。
王象春：《问山亭诗》，《山东文献集成》第二辑第28册影印清康熙树音堂钞本。
王象春：《问山亭遗诗》，《喜咏轩丛书·甲编》，民国武进涉园陶氏刊本。
王象春：《齐音》，济南出版社，1993年。
王象明：《聊聊草》，北京大学图书馆藏明崇祯间刻本。
王与玟：《笼鹅馆集》，国家图书馆藏清抄本。
王与胤：《陇首集》，《四库全书存目丛书·集部》第193册影印清康熙王士禛刻本。
王士禄：《表余堂诗》，山东省博物馆藏稿本。
王士禄：《十笏草堂诗选》，《清代诗文集汇编》第98册影印清初刻增修本。
王士禄：《辛甲集》，《四库全书存目丛书补编》第79册影印清初刻增修本。
王士禄：《上浮集》，《四库全书存目丛书补编》第79册影印清初刻增修本。
王士禄：《考功集选》，山东大学图书馆藏康熙间刻本。
王士禄：《王西樵诗选》，国家图书馆藏清康熙十一年刻本。
王士禄：《炊闻词》，国家图书馆藏康熙间留松阁刻本。

王士禛：《抱山集选》，《四库全书存目丛书·集部》第227册影印清康熙刻《王渔洋遗书》本。

王士禛：《函玉集》，国家图书馆藏稿本。

王士禛：《抱山堂小草一卷函玉集一卷》，国家图书馆藏清抄本。

王士祜《古钵集选》，《四库全书存目丛书·集部》第245册影印清康熙王士禛刻本。

王士禛撰，袁世硕主编：《王士禛全集》，齐鲁书社，2007年。

王士禛：《渔洋精华录集注》，齐鲁书社，1992年。

王士禛：《退寻草》，天津图书馆藏王氏家藏本。

王士禛：《阮亭诗余略》，国家图书馆藏康熙间《新城王氏杂文诗词》本。

王士禛：《阮亭壬寅诗》，国家图书馆藏康熙间《新城王氏杂文诗词》本。

王士禛：《阮亭癸卯诗》，国家图书馆藏康熙间《新城王氏杂文诗词》本。

王士禛：《阮亭甲辰诗》，国家图书馆藏康熙间《新城王氏杂文诗词》本。

王士禛：《秦淮杂诗》，国家图书馆藏康熙间《新城王氏杂文诗词》本。

王士禛：《金陵游记》，国家图书馆藏清康熙间《新城王氏杂文诗词》本。

王士禛：《入吴集》，国家图书馆藏清康熙间刻本。

王士禛：《咏史小乐府》，天津图书馆藏康熙间初刻本。

王士禛：《游西山诗》，天津图书馆藏康熙间初刻本。

王士禛：《古夫于亭稿》，国家图书馆藏康熙四十六年成文昭刻本。

王士禛：《渔洋杜诗话》，国家图书馆藏乾隆三十二年大兴翁氏刻本。

王士禛：《衍波词》，广东人民出版社，1986年。

王士禛：《带经堂诗话》，人民文学出版社，1963年。

王士骊：《幔亭公漫录》，山东省图书馆藏清钞本。

庄周著，王先谦集解：《庄子》，上海古籍出版社，2009年。

沈佺期、宋之问著，陶敏、易淑琼校注：《沈佺期宋之问集校注》，中华书局，2001年。

杜甫著，仇兆鳌注：《杜诗详注》，中华书局，1979年。

杜甫著，杨伦注：《杜诗镜铨》，上海古籍出版社，1980年。

杜甫著，刘浚编：《杜诗集评》，大通书局，1974年。

严羽：《沧浪诗话校释》，人民文学出版社，1961年。

张炎：《词源》，中华书局，1991年。

苏辙：《栾城集》，上海古籍出版社，2009年。

边贡：《华泉先生集选》，《四库全书存目丛书·集部》第49册影印清康熙王士禛京邸刻本。

边习：《睡足轩诗选》，《四库全书存目丛书·集部》第79册影印清康熙王士禛京邸刻本。

何心隐:《何心隐集》,中华书局,1960年。

申时行:《赐闲堂集》,《四库全书存目丛书·集部》第134册影印明万历刻本。

王锡爵:《王文肃公文草》,《四库全书存目丛书·集部》第136册影印万历王时敏刻本。

郭正域:《合并黄离草》,《四库禁毁书丛刊·集部》第14册影印明万历四十年史记事刻本。

叶向高:《苍霞草》,《四库禁毁书丛刊·集部》第124册影印明万历刻本。

冯琦:《用韫书牍》,《山东文献集成》第一辑第34册影印清乾隆三年程崟刻本。

冯琦:《宗伯集》,《四库禁毁书丛刊·集部》第15册影印明万历刻本。

公鼐:《问次斋稿》,齐鲁书社,1998年。

公鼐:《浮来先生诗集》,《四库禁毁书丛刊·集部》第160册影印明天启五年刻本。

于慎行:《谷城山馆集》,《景印文渊阁四库全书·集部》第1291册,台湾商务印书馆,1986年。

毕自严:《石隐园藏稿》,《景印文渊阁四库全书·集部》第1293册,台湾商务印书馆,1986年。

邢侗:《来禽馆集》,《四库全书存目丛书·集部》第161册影印明万历四十六年刻清康熙十九年郑雍重修本。

文翔凤:《东极篇》,《四库全书总目存目丛书·集部》第184册影印明万历刻《文太清先生全集》本。

文翔凤:《皇极篇》,《四库禁毁书丛刊·集部》第49册影印明万历刻本。

黄汝亨:《寓林集》,《四库禁毁书丛刊·集部》第42册影印明天启四年吴敬等刻本。

李若讷:《四品稿》,《四库禁毁书丛刊·集部》第10册影印明天启二年刻本。

李若讷:《五品稿》,山东省图书馆藏清抄本。

毛奇龄:《西河合集》,《四库全书存目丛书·集部》第420册影印清康熙书留草堂刻《西河合集》本。

高珩:《栖云阁文集》,《四库全书存目丛书·集部》第202册影印乾隆四十四年合印本。

冯溥:《佳山堂诗集》,《四库全书存目丛书·集部》第215册影印清康熙刻本。

陈维崧:《乌丝词》,上海图书馆藏康熙间孙默《国朝名家诗余》本。

李澄中:《白云村文集》,《清代诗文集汇编》第120册影印康熙刻本。

彭孙遹:《松桂堂全集》,《清代诗文集汇编》第125册影印乾隆八年武原彭氏刻本。

吴绮:《林蕙堂全集》,《清代诗文集汇编》第68册影印乾隆三十九年至四十一年衷白堂刻本。

严熊：《严白云诗集》，《四库未收书辑刊》七辑21册影印清乾隆十九年严有禧刻本。
王昊：《硕园诗稿》，《四库未收书辑刊》九辑16册影印清五石斋钞本。
李敬：《退庵诗集十二卷文集九卷》，《四库全书存目丛书·集部》第216册影印清康熙刻本。
王仲儒：《西斋集》，《四库禁毁书丛刊·集部》第73册影印康熙梦华山房刻本。
程邃：《萧然吟》，《四库禁毁书丛刊·集部》第116册影印清顺治刻本。
杜濬：《变雅堂文集》，《四库禁毁书丛刊·集部》第72册影印清康熙刻本。
叶方蔼：《叶文敏公集》，《续修四库全书·集部》第1410册影印清抄本。
程可则：《海日堂集》，《清代诗文集汇编》第90册影印道光五年一经书室刻本。
庄臻凤：《听琴诗》，《四库全书存目丛书·子部》第75册影印清康熙刻本。
毛先舒：《撰书》，《四库全书存目丛书》第210册影印清康熙刻《思古堂十四种书》本。
赵执端：《宝菌堂遗诗》，《四库全书存目丛书·集部》第252册影印清乾隆刻本。
蒲松龄：《蒲松龄集》，中华书局，1962年。
纳兰性德：《饮水词笺校》，中华书局，2005年。
董芸：《广齐音》，《清代诗文集汇编》第433册影印嘉庆八年红蕉馆刻本。
梁绍壬：《两般秋雨庵随笔》，庄葳校点，上海古籍出版社，2012年。
陈维崧：《陈迦陵文集》，商务印书馆，1936年。
朱彝尊：《曝书亭集》，国学整理社，1937年。
胡应麟：《诗薮》，上海古籍出版社，1979年。
何良俊：《四友斋丛说》38卷，中华书局，1959年。
谢榛、王夫之：《四溟诗话》，人民文学出版社，1961年。
孙枝蔚：《溉堂集》，上海古籍出版社，1979年。
赵执信、翁方纲：《谈龙录石洲诗话》，陈迩冬校点，人民文学出版社，1981年。
袁枚：《随园诗话》，人民文学出版社，1982年。
归庄：《归庄集》，上海古籍出版社，1984年。
徐釚：《词苑丛谈》，中华书局，1985年。
钱谦益：《牧斋初学集》，文海出版社，1987年。
郭麐：《灵芬馆诗话》，新文丰出版公司，1987年。
杨慎：《升庵诗话笺证》，上海古籍出版社，1987年。
赵执信：《饴山文集》，《四部备要》第85册，中华书局，1989年。
施闰章：《施愚山集》，黄山书社，1992年。
顾宪成：《泾皋藏稿》，《景印文渊阁四库全书·集部》第1292册，台湾商务印书馆，1986年。

王应奎：《柳南续笔》，周光培编《清代笔记小说》第35册，河北教育出版社，1996年。
徐夜：《徐诗》，《丛书集成三编》第43册，新文丰出版公司，1997年。
徐夜：《徐夜诗集校注》，山东大学出版社，1997年。
宋琬：《宋琬全集》，齐鲁书社，2003年。
龚鼎孳：《龚鼎孳诗》，钟振振编《清名家诗丛刊初集》，广陵书社，2006年。
朱彝尊：《静志居诗话》，人民文学出版社，2006年。
袁宗道：《白苏斋类集》，上海古籍出版社，2007年。
周亮工：《周亮工全集》，凤凰出版社，2008年。
李东阳：《怀麓堂诗话校释》，人民文学出版社，2009年。
李贽：《焚书》中华书局，2009年。
汪琬：《汪琬全集笺校》，人民文学出版社，2010年。

二、总集

王象晋：《诗余图谱》附《秦张两先生诗余合璧》，《四库全书存目丛书·集部》第425册影印明末毛氏汲古阁《词苑英华》本。
王士禄、王士禛：《琅琊二子近诗合选》，国家图书馆藏顺治十六年刻本。
王士禄、王士禛：《涛音集》，山东大学图书馆藏乾隆五十七年掖县儒学刻本。
王士禄、王士祜、王士禛：《齐鲁诗选》，山东省图书馆藏清溉堂刻本。
王士禄等：《王子底诗》，山东省图书馆藏清溉堂刻本。
王士禛、彭孙遹：《彭王倡和》，国家图书馆藏清康熙间刻本。
王士禛、王士祜：《和艺圃十二咏》，国家图书馆藏康熙间刻本。
王士禛等：《蜀冈禅智寺倡和诗》，国家图书馆藏康熙间《新城王氏杂文诗词》刻本。
王士禛等：《红桥倡和词》，国家图书馆藏清康熙间《新城王氏杂文诗词》本。
王士禛等：《忆洞庭诗倡和集》，国家图书馆藏清康熙间刻本。
王士禛：《选明代山左诗钞采访书目》，国家图书馆藏乾隆间刻本。
王士禄、宋琬、曹尔堪等：《广陵倡和词》，国家图书馆藏清康熙刻本。
王士禄、宋琬、曹尔堪等：《红桥倡和第一集》，国家图书馆藏康熙间刻本。
王士禄、宋琬、曹尔堪等：《秋水轩倡和词》，国家图书馆藏康熙十年至十一年遥连堂刻本。
王士禛、邹祗谟：《倚声初集》，《续修四库全书》1729册影印顺治十七年刻本。
王士禛：《感旧集》，《四库禁毁书丛刊·集部》第74册影印乾隆十七年刻本。
王士骊：《就园倡和诗》，山东省图书馆藏清抄本。
王启涑等：《西城别墅倡和集》，国家图书馆藏清刻本。
耿曰椿：《新城古文钞》，山东省图书馆藏清抄本。

蔡士顺:《同时尚论录》,《四库全书存目丛书·集部》第374册影印明崇祯刻本。

冒襄:《同人集》,《四库全书存目丛书·集部》第385册影印北京师范大学图书馆清康熙冒氏水绘庵刻本。

陈允衡:《国雅初集》,《四库全书存目丛书·集部》第399册影印康熙刻本。

邓汉仪:《诗观初集》,《四库禁毁书丛刊·集部》第1册影印清康熙慎墨堂刻本。

王昶:《国朝词综》,《续修四库全书·集部》第1731册影印清嘉庆七年刻本。

宋弼:《山左明诗钞》,《四库全书存目丛书·集部》第412册影印清乾隆三十六年李文藻刻本。

卢见曾:《国朝山左诗钞》,《山东文献集成》第一辑第41册影印乾隆二十三年德州卢氏雅雨堂刻本。

李本纬:《昭代选屑》,日本文政三年刻本。

吴之振:《八家诗选》,国家图书馆藏清康熙十一年刻本。

孙默:《国朝名家诗余》,国家图书馆藏清康熙间孙氏留松阁刻本。

吴曾祺:《历代名人书札(附续编)》,商务印书馆,1936年。

丁福保编:《清诗话》,上海古籍出版社,1978年。

永瑢、纪昀:《四库全书总目提要》,中华书局,1965年。

中国科学院图书馆:《续修四库全书总目提要》(稿本),台湾商务印书馆,1972年。

陈乃乾:《清名家词》,上海书店,1982年。

郭绍虞编:《清诗话续编》,上海古籍出版社,1983年。

邓之诚:《清诗纪事初编》,明文书局,1985年。

唐圭璋:《词话丛编》,中华书局,1986年。

周亮工:《尺牍新钞》,岳麓书社,1986年。

杜松柏:《清诗话访佚初编》,新文丰出版公司,1987年。

徐世昌:《晚晴簃诗汇》,中国书店,1988年。

钱仲联辑:《明清诗文研究资料辑丛》,吉林文史出版社,1990年。

陈田:《明诗纪事》,上海古籍出版社,1993年。

施蛰存:《词籍序跋萃编》,中国社会科学出版社,1994。

张忠纲注:《杜甫诗话六种校注》,齐鲁书社,2002年。

钱谦益:《列朝诗集小传》,上海古籍出版社,2008年。

王象乾、王象蒙:《忠勤录》,《北京师范大学图书馆藏明刻孤本秘笈丛刊》第11册,广西师范大学出版社,2010年。

三、谱牒史志

王世贞:《弇州史料后集》,《四库禁毁书丛刊·史部》第49册影印明万历四十二年刻本。

邹漪：《启祯野乘》，《四库禁毁书丛刊·史部》第40册影印明崇祯十七年柳围草堂刻、清康熙五年重修本。

王兆弘等：《新城王氏世谱》，《山东文献集成》第二辑第14册影印清乾隆二十五年新城王氏刻本。

王启涑：《王阮亭行述》，国家图书馆藏康熙五十年刻蓝印本。

《新城王氏家乘》，哥伦比亚大学东亚图书馆藏清刻本。

高之骧：《高氏家模汇编》，国家图书馆藏清康熙五十年刻本。

毕抚远：《淄西毕氏世谱》，民国十二年石印本。

孙发全：《般阳孙氏谱乘考》。

夏燮：《明通鉴》，中华书局，1959年。

李斗：《扬州画舫录》，中华书局，1960年。

孙葆田等：《山东通志》，华文书局股份有限公司，1969年。

张廷玉等：《明史》，中华书局，1974年。

崔懋：(康熙)《山东省新城县志》，《中国方志丛书》华北地方第390号，成文出版社，1976年。

赵尔巽等：《清史稿》，中华书局，1976年。

谷应泰：《明史纪事本末》，中华书局，1977年。

朱保炯等：《明清进士题名碑录索引》，上海古籍出版社，1980年。

《明神宗实录》，台湾"中央研究院"历史语言研究所校勘本，1962年。

吴廷燮：《明督抚年表》，中华书局，1982年。

孔昭明：《台湾文献史料丛刊》第4辑61册，《清世祖实录选辑》，台湾大通书局，1984年。

王晫：《今世说》，中华书局，1985年。

王钟翰点校：《清史列传》，中华书局，1987年。

赵翼：《廿二史札记》，商务印书馆，1987年。

王培荀：《听雨楼随笔》8卷，山东大学出版社，1992年。

王士禛撰，孙言诚点校：《王士禛年谱》，中华书局，1992年。

王培荀：《乡园忆旧录》，齐鲁书社，1993年。

李琬等：(乾隆)《温州府志》，《中国地方志集成·浙江府县志辑》58，上海书店出版社，1993年。

文秉：《烈皇小识》，北京古籍出版社，2002年。

《淄川高氏族谱》，2002年高氏重修。

山东省桓台县政协编：《忠勤祠帖》，广陵书社，2003年。

王赠芳、王镇修，成瓘、冷烜等纂：(道光)《济南府志》，《中国地方志集成·山东府县志辑》1，凤凰出版社，2004年。

袁励杰修,张儒玉、王寀廷纂:(民国)《重修新城县志》,《中国地方志集成·山东府县志辑》28,凤凰出版社,2004年。

凌锡祺修,李敬熙纂:(光绪)《德平县志》,《中国地方志集成·山东府县志辑》8,凤凰出版社,2004年。

倪企望修,钟廷瑛、徐果行纂:(嘉庆)《长山县志》,《中国地方志集成·山东府县志辑》27,凤凰出版社,2004年。

张鸣铎修,张廷寀等纂:(乾隆)《淄川县志》,《中国地方志集成·山东府县志辑》6,凤凰出版社,2004年。

王荫桂修,张新曾纂:(民国)《续修博山县志》,《中国地方志集成·山东府县志辑》7,凤凰出版社,2004年。

沈斅清修,陈尚仁纂:(宣统)《蒙阴县志》,《中国地方志集成·山东府县志辑》57,凤凰出版社,2004年。

姚延福、邓嘉缉等:(光绪)《临朐县志》,《中国地方志集成·山东府县志辑》36,凤凰出版社,2004年。

严有禧等:(乾隆)《莱州府志》,《中国地方志集成·山东府县志辑》44,凤凰出版社,2004年。

朱樟等:(雍正)《泽州府志》,《中国地方志集成·山西府县志辑》32,凤凰出版社,2005年。

李桓:《国朝耆献类征》,江苏广陵古籍刻印社,1990年。

邓之诚:《骨董琐记全编新校本》,人民出版社,2012年。

四、论著

孙殿起:《清代禁书知见录》,商务印书馆,1957年。

孙殿起:《贩书偶记续编》,上海古籍出版社,1980年。

黄景进:《王渔洋诗论之研究》,文史哲出版社,1980年。

孙殿起:《贩书偶记》,上海古籍出版社,1982年。

郭绍虞:《照隅室古典文学论集》,上海古籍出版社,1983年。

宁稼雨:《中国志人小说史》,辽宁人民出版社,1991年。

吴调公:《神韵论》,人民文学出版社,1991年。

王绍曾、杜泽逊:《渔洋读书记》,青岛出版社,1991年。

侯忠义、刘世林:《中国文言小说史稿》下册,北京大学出版社,1993年。

吴礼权:《中国笔记小说史》,商务印书馆国际有限公司,1993年。

王绍曾:《山东文献书目》,齐鲁书社,1993年。

伊丕聪:《炎黄书系王渔洋诗友录》,北京燕山出版社,1993年。

袁行云:《清人诗集叙录》,文化艺术出版社,1994年。

孙之梅：《钱谦益与明末清初文学》，山东大学出版社，2010年。
苗壮：《笔记小说史》，浙江古籍出版社，1998年。
黄裳：《来燕榭读书记》，辽宁教育出版社，2001年。
蒋寅：《王渔洋事迹征略》，人民文学出版社，2001年。
蒋寅：《王渔洋与康熙诗坛》，中国社会科学出版社，2001年。
柯愈春：《清人诗文集总目提要》，北京古籍出版社，2001年。
陈文新：《文言小说审美发展史》，武汉大学出版社，2002年。
黄河：《王士禛与清初诗歌思想》，天津人民出版社，2002年。
李圣华：《晚明诗歌研究》，人民文学出版社，2002年。
严迪昌：《清诗史》，浙江古籍出版社，2002年。
李伯齐：《山东文学史论》，齐鲁书社，2003年。
裴培科：《新城王氏家族》，天马图书有限公司，2004年。
张忠纲：《山东杜诗学文献研究》，齐鲁书社，2004年。
王小舒：《神韵诗学》，山东人民出版社，2006年。
孟森：《心史丛刊》，中华书局，2006年。
谢国桢：《明清之际党社运动考》，上海书店，2006年。
王利民：《王士禛诗歌研究》，中华书局，2007年。
王献唐：《双行精舍书跋辑存》，青岛出版社，2007年。
嵇文甫：《晚明思想史论》，河南大学出版社，2008年。
孙纪文：《王士禛诗学研究》，宁夏人民出版社，2008年。
石玲、王小舒、刘靖渊：《清诗与传统——以山左与江南个案为例》，齐鲁书社，2008年。
宫泉久：《清初山左诗歌研究》，中国社会科学出版社，2009年。
李丹：《顺康之际广陵词坛研究》，上海古籍出版社，2009年。
林宛瑜：《清初广陵词人群体研究》，文津出版社有限公司，2009年。
文珍：《王士禛笔记小说研究》，中国戏剧出版社，2009年。
袁世硕：《敝帚集》，山东大学出版社，2009年。
张明主编：《王士禛志》，山东人民出版社，2009年。
张永刚：《东林党议与晚明文学活动》，中国社会科学出版社，2009年。
朱亚非等：《明清山东仕宦家族与家族文化》，山东人民出版社，2009年。
孟森：《明清史讲义》，商务印书馆，2011年。
罗时进：《地域·家族·文学——清代江南诗文研究》，上海古籍出版社，2010年。
蒋寅：《清代诗学史》第1卷，中国社会科学出版社，2012年。
王英志：《清代唐宋诗之争流变史》，人民文学出版社，2012年。

五、论文

伦明：《渔洋山人著述考》，《燕京学报》1929年第5期。

朱东润：《王士禛诗论述略》，《国立武汉大学文哲季刊》1933年第3期。

郭绍虞：《神韵与格调》，《燕京学报》1937年第22期。

刘永平：《〈渔洋诗则〉及其在诗律学方面的贡献》，《文献》，1982年第13辑。

张忠纲：《渔洋论杜》，《文学评论》1987年第4期。

宫晓卫：《王渔洋选唐诗与其诗论的关系——兼论王渔洋的诗歌崇尚》，《文史哲》1988年第2期。

武润婷：《论王渔洋评杜》，《山东大学学报》（哲学社会科学版）1990年第2期。

宫晓卫：《扬州烟月·神韵·神韵诗——王渔洋诗歌、诗论一瞥》，《聊城大学学报》（社会科学版）1990年第4期。

赵晓华：《王士禛〈渔洋诗话〉戊子手稿考述》，《文物》1995年第9期。

蒋寅：《王渔洋与清词之发轫》，《文学遗产》1996年第2期。

陶敏、刘再华：《"笔记小说"与笔记研究》，《文学遗产》2003年第2期。

王小舒：《宋玫及莱阳宋氏作家佚诗考》，《文献》2004年第3期。

张宏生：《王士禛扬州词事与清初词坛风会》，《文学遗产》2005年第5期。

周潇：《"齐风"与"齐气"——万历朝山东诗坛》，《管子学刊》2006年第1期。

周潇、裴世俊：《晚明山东文坛宗尚》，《山东师范大学学报》（人文社会科学版），2006年第51卷第1期。

蒋寅：《王渔洋"神韵"概念溯源》，《北京大学学报》（哲学社会科学版）2009年第46卷第2期。

王小舒：《康熙朝的神韵诗派》，《中国诗歌研究》2010年。

杜泽逊：《渔洋山人著书续考》，《版本目录学研究》第三辑，国家图书馆出版社，2012年。

黄一农：《吴桥兵变：明清鼎革的一条重要导火线》，《清华学报》2012年第1期。

王小舒：《王氏四兄弟与清初神韵诗潮》，《文学评论》2012年第6期。

薛润梅：《说部文体概念辨析兼论"渔洋说部"的文体贡献》，《古代文学理论研究》2020年第1期。

后 记

本书是在博士论文的基础上完成的，从撰写、修改到出版，至今已有十几年，这期间求学、工作，既有幸运也有遗憾，在本书出版之际，聊赘数言，以资感念。

清代诗学史上的"海内八家"，王士禄、王士禛兄弟占其二，他们的家族新城王氏又是明清时期山东地区著名的文化望族，个人与家族文学、地域文学之间的关系值得深入探讨，因此，2011年我博士入学时，就在导师王小舒先生的指导下确定了论文题目。论文完成经历了四年时间，其间难度最大、耗时最长的是文献的搜集整理。王氏家族著述三百多种，除王士禛有整理本外，其余成员皆为原始文献，收藏于各大图书馆。为了做到对王氏文献的全面整理，我多次到山东省图书馆、山东博物馆、国家图书馆、上海图书馆、北京大学图书馆等查阅文献，反复核对订正，完成了对王氏家族著述的梳理，这是论文研究的文献基础。在占有第一手资料的基础上，论文研究的重要目的是较为完整地还原明清时期王氏家族的文学生态，尤其是除王士禄、王士禛以外的其他王氏成员，如王象春、王象艮、王与玫等人。他们是构成王氏文学的重要板块，只有充分关注到这些成员，才能形成对王氏家族文学完整、充分的认识。与此同时，个人、家族、地域不是孤立的，而是共进、共生的。王氏家族在明清时期的地域文学、明清诗学演进过程中扮演了什么角色？它又受到明清文学的哪些影响？王士禛诗学的形成与家族、地域诗学之间是什么样的关系？这些都是我希望在研究中解答的问题，所以在论文中将王氏家族置于明清地域文学的大背景下，力图展示王氏在时代文风与历史文化场景下的发展过程，发掘个人、家族、地域文学之间的关系。毕业后，我在工作之余，对论文进行了修改、调整和完善，2019年获得国家社科基金后期项目资助，又将王氏家族的笔记小说纳入研究中，对上、下编章节内容进行了调整、删改，补充了新见的文献资料，并对大事年表进行了订补，最终形成了本书。

  本书的完成，首先要感谢我的恩师王小舒先生。2008年我在山东大学本科毕业后受业于恩师门下，在他的指导下先后完成了硕士、博士学位论文，师生七载，情谊深厚。博士论文确定题目之初，为了让我对新城王氏家族有更深刻的了解，他亲自带我到桓台县王渔洋纪念馆参观，熟悉新城山川风物；查资料过程中带我到山东博物馆查找孤本《表余堂集》；论文写作过程中从章节逻辑到细节推敲，恩师都悉心指导，给予我许多的锻炼、学习机会，从他那里我学到了足以令自己受益终生的治学方法和态度。师母包老师则在生活上给予我细致的关怀，让我在异乡感受到家的温暖。毕业后，恩师还关心着我的后续研究工作，鼓励我参加优秀学位论文评选，叮嘱我继续完成王氏家族别集的整理工作。我总觉得时间还长，还可以经常回济南看望恩师、师母，然而2016年却先后传来师母、恩师生病返回上海的消息。后来的每次问候，他们总是乐观地告诉我他们的近况，叮嘱我也要注意身体，等回到济南再见。我也一直期待着他们恢复的一天。然而2017年12月17日晚，恩师病逝，天人永隔，再也不能聆听他的教诲。回顾恩师指导论文的点滴，只希望本书能回报恩师于万一。

  论文撰写过程中，我还得到了杜泽逊先生的帮助。2009年春，我到上海图书馆查找《三子倡和词》，由于著录信息的错误，在查阅此书时遇到了一些困难，看不到资料，又不想无功而返，焦虑之际向杜泽逊先生求助，当时他并不认识我，但听了我的情况后，向上海图书馆古籍部的老师问询了关于《三子倡和词》的保存问题，让我的文献查询工作能够顺利进行。此后，在博士学位论文写作中，以《清人著述总目》中的王氏著述目录为线索进行调研，互为印证，并多次向杜先生请教关于目录查询、古籍搜集、提要写作等文献学方面的问题，获益良多。恩师王小舒先生去世后，杜泽逊先生对我与其他同门颇多照顾，并在2020年全力主持整理《王小舒文集》，交山东大学出版社出版。开工作会议讲到王小舒先生时，他数次哽咽不能语，两位师长之间的友谊令人感动。杜泽逊先生的谦和以及对我的关怀也令我深感于心。

  同时，山东大学袁世硕、孙之梅、王平、李剑锋、李开军等诸位先生不仅在论文的框架、内容方面为我提出了宝贵的意见和建议，还在平日里传授给了我弥足珍贵的治学经验，在此一并感谢。

后　记

　　本书虽经过多次修改,但由于篇幅、精力等原因,难免有不足和遗憾之处,恳请方家及读者不吝指正。

贺琴
2022年7月11日于青岛